Dieses Buch ist für alle,
die keine Furcht vor der Finsternis haben.
Die wie meine Zenay ein Licht sein wollen
und sich nicht vor den Zaydas dieser Welt fürchten.

Ich danke euch, dass ihr dafür einsteht.
Für eine bessere Welt voller Farben, Liebe und Bücher.

Inhaltsverzeichnis

Vorwort

Ich mag jung sein, während ich diese Zeilen und das Prequel-Buch „Zayda" schreibe, aber für mich war es das bisher schwierigste Projekt. Nicht nur, weil ich mich in der Zeit des Schreibens nach Zenay und meinen Rebellen sehnte oder weil es die Erlebnisse einer fiktiven Despotin erzählt.

Es liegt viel mehr daran, dass es für mich einen Weg in die dunklen Abgründe der Seele und der Menschheitsgeschichte widerspiegelt.

Wie rechtfertigt es ein Mensch, grausam zu anderen zu sein? Unterdrückung, Rassismus, Sklaverei … Diese schrecklichen Dinge lasse ich nicht in einer erfundenen Fantasywelt geschehen, weil es mir Spaß macht, sondern weil ich finde, dass man nicht wegsehen darf.

Es gibt diese dunklen Seelen und schrecklichen Stunden auch in unserer realen Welt – und ich möchte, dass wir ihnen die Stirn bieten.

Um ehrlich zu sein, weiß ich nicht einmal, ob ich diese Zeilen stehen lassen werde, damit sie jemand lesen kann, aber es war mir wichtig, sie aufzuschreiben. Auch um mir selbst klarzumachen, warum ich das hier tue. Warum ich mich über ein Jahr mit einer jungen Frau beschäftige, die im Laufe meiner Buchreihe für so viel Schreckliches verantwortlich sein wird.

Warum? Weil ich der festen Überzeugung bin, dass man nicht über die dunklen Stunden schweigen darf.

Nur wenn man sie begreift und sie einen ergreifen, kann man etwas Besseres erschaffen – hoffentlich.

Ich schreibe dieses Buch, weil ich aus tiefstem Herzen von Demokratie, Mitgefühl und Liebe überzeugt bin. Bitte denkt daran, wenn ihr mit mir zusammen die Reise ins dunkle Herz von Zayda van Dymar antretet …

Augen gelb wie Schmiedeglut,
Zähne spitz wie Klingen;
Kalaratis kühler Geist
Lässt Ratkenherzen singen.

Scharfer Sinn und starke Hand,
Kriegerfreunde ringen;
Tod im Kampf, erfüllt von Mut,
Lässt Ratkenherzen singen.

Erwachen

Zayda verbarg rasch das Gesicht unter ihrer Decke, als ihre Dienerin das Gemach betrat und die Vorhänge zurückzog. Mit den hereinfallenden Sonnenstrahlen verblassten auch die letzten Erinnerungen an den seltsamen Traum der letzten Nacht.

Sie hatte sich mit ihren drei älteren Brüdern gestritten, und irgendwann hatten sich alle angeschrien, bis ein Mann namens Mazuk hereinstürmte und den Streit beendete, ehe er weiter eskalierte. Seltsam, wie klar und deutlich dieses fremde Gesicht gewesen war, genau wie die Mimik ihrer Brüder.

Mazuk hatte sie ermahnt, Geduld zu haben, doch dazu hatte sie gerade nun wirklich keine Lust. Weshalb sollte sie auf einen Fremden aus einem Traum hören?

Sebila öffnete eines der Fenster, um frische Luft hereinzulassen.

„Guten Morgen, junge Herrin. Wollt Ihr nicht einen Blick hinauswerfen? Es ist so ein schöner Tag! Die Wolken spielen mit der Sonne, aber sie siegt."

Zayda gab ein Murren von sich und vergrub sich tiefer in ihrem Kissen. Wenn es eines ganz sicher nicht werden würde, dann ein schöner Tag.

Heute war nämlich der verdammte Tag des Kriegerrituals. Die ganze Stadt würde am Nachmittag nach Blut riechen, bevor die großen Feuer der nächtlichen Feier den Geruch wieder verdrängten.

Und das Schlimmste war, dass sie zu all diesen Gerüchen beitragen wollte, es aber nicht durfte!

Sie konnte Sebilas tadelnden Blick auf ihrem Bett spüren. Wie eine schwere Hand, die über ihre Wange streichen wollte.

„Ach, Zayda. Hast du wirklich vor, den großen Tag deines Bruders schmollend im Bett zu verbringen?"

Der sanfte, freundschaftliche Ton ihrer Dienerin brachte das Mädchen dazu, sich trotzig aufzurichten. Die ältere Frau neben ihrem Bett sammelte gerade ein paar Kleidungsstücke vom Boden auf und lächelte milde. Eine Strähne ihrer braunen Locken hatte sich aus der Steckfrisur gelöst und wippte bei den geübten Bewegungen über ihre flachen Wangenknochen.

Zayda schnaubte.

„Das … ist gar nicht der Grund! Ich fühle mich heute nicht wohl, das ist alles. Ich habe Kopfschmerzen und will nicht hinaus ans Licht."

„Natürlich", murmelte Sebila so leise, dass man es eigentlich nicht hören konnte. Eigentlich.

„Lass mich allein. Ich will noch ein wenig schlafen."

Als der Blick der Dienerin, die sich zuweilen eher wie eine Mutter und nicht wie eine Zofe verhielt, missbilligend wurde, seufzte Zayda.

„Bitte", setzte sie nach.

Sebila nickte, schloss das Fenster und wandte sich zur Tür. „Ich halte etwas Grütze für dich in der Küche warm und entschuldige dich beim Frühmahl. Das ist im Übrigen schon fast vorbei, die anderen werden bald aufbrechen."

„Danke."

Kaum hatte Sebila die mit Schnitzereien reich verzierte Tür hinter sich zugezogen, ließ Zayda sich wieder in ihre Kissen fallen. Für gewöhnlich konnte sie stundenlang diese Schnitzereien von wilden Tieren und Kriegern bewundern, die das Holz beinahe zum Leben erweckten; heute war da jedoch nur diese nervende Wut in ihrem Bauch, die einfach nicht weggehen wollte.

Natürlich kannte sie die Regeln und Gesetze, doch sie waren dumm und ungerecht!

Den ganzen Tag über würde sie sich vorstellen, wie ihr Bruder Djark mit seinen dreizehn Sommern als einer der Jüngsten am

Ritual teilnahm und Ruhm und Ehre erntete, so wie Darzir und Zeruk zuvor im Hochland. Ohne sie!

An Darzirs Prüfung vor fünf Jahren konnte sie sich nur schemenhaft erinnern – und auch bei Zeruk zwei Jahre später war es anders gewesen. Sie lebten noch nicht in der großen Stadt Irfen, und die kleine Schwester der drei hatte noch nicht entdeckt, was für Kräfte tief in ihrem Inneren schlummerten. Sie hatte die Flüsterfunken noch nicht gespürt.

Nein, sie hatte es als selbstverständlich angesehen, dass die Jungen im Herbst für einen Tag verschwanden und blutverschmiert zurückkehrten – als Männer und als Krieger.

Zayda hingegen durfte nicht an dieser wichtigen Erprobung teilnehmen … ihre Mutter hatte auf ihre drängende Nachfrage klipp und klar erwidert, dass es dazu nicht kommen würde. Niemals.

Und dennoch: Sie brächte Schande über die Familie, wenn sie fernblieb.

Mit einem Ruck warf sie das Laken zurück, sprang auf und grub ihre nackten Zehen in das Wolfsfell, das auf dem Boden lag.

Sie liebte dieses Gefühl von rauem, wildem Haar unter ihren Sohlen; doch noch mehr liebte sie die Kräfte, die sich in einem leuchtenden Kern in ihrem Inneren gesammelt hatten. Wie ein brummender Bienenschwarm aus magisch tanzender Glut.

Zayda schloss die Augen und spürte, wie nach und nach kleine Funken in ihrem Bewusstsein erwachten. Sie schlichen sich über ihre Arme und Finger aus ihrem Körper, bis sie unsichtbar durch die Luft schwebten. Zayda konnte die tanzenden, zuckenden Bewegungen der Energie genau fühlen, wie ein kühles Kitzeln in ihrem Verstand, das ihre Welt erweiterte. Bis das untere Stockwerk als sanft wabernde Wahrnehmung in ihrem Geist auftauchte.

Sebila war bereits im großen Speisesaal angekommen und sprach mit ihren Eltern! Sie konnte deutlich spüren, wie die

Dienerin in Richtung ihres Zimmers gestikulierte und sie offensichtlich gerade entschuldigte.

„Verdammt", flüsterte Zayda und schlug die Augen wieder auf. Jetzt konnte sie nicht mehr einfach mitgehen. Wenn sie nun hinuntereilte und sich dem Prunkzug anschloss, würden ihre Eltern sofort merken, dass sie ihr Unwohlsein nur vorgetäuscht und sie belogen hatte.

Und eine junge Dame aus gutem Hause durfte nicht lügen, wenn es um solch wichtige Angelegenheiten ging.

Zähneknirschend wandte sie sich dem Spiegel zu und steckte ihre Haare hoch, nachdem sie sie zu einem Zopf gebunden hatte. Aus den Tiefen einer Truhe zog sie die alte Übungskleidung hervor, die sie bis vor Kurzem für die Kampflektionen getragen hatte. Bis ihre Mutter sagte, dass sich das für eine junge Dame nicht länger ziemte.

Sie rümpfte die Nase beim Schnuppern an der Hose – stinkig und schmutzig, so wie sie die Sachen wutentbrannt weggepackt hatte, als man ihr sagte, die Lektionen seien von nun an vorbei.

Jetzt waren sie genau das Richtige.

Zuerst ließ sie das Nachthemd achtlos auf den Boden fallen; dann entschied sie sich für eine etwas subtilere Vorgehensweise, schnappte noch ein paar weitere Kleider und stopfte alles unter ihre Bettdecke, bis es der Form eines Körpers ähnelte.

Mit einem zufriedenen Nicken schlüpfte sie in die alten Sachen und betrachtete sich im Spiegel. In der langen, schmucklosen Tunika und ohne ihre auffallend lange Haarpracht sah sie wirklich wie ein hagerer Junge aus. Ein Schmollen wollte sich auf ihren schmalen Lippen ausbreiten, doch sie gönnte ihren Brüdern keine Bestätigung, nicht einmal dann, wenn sie allein war. Immer wieder hatten die drei sie damit aufgezogen, dass sie sich endlich wie ein Mädchen benehmen sollte – wenn sie schon nicht wie eines aussah. Mit einem Schnauben schob sie die lästigen Erinnerungen fort und band sich noch ein altes Lederband um die Stirn, das ihren hohen Haaransatz und den Zopf hinten verbergen sollte.

Sie sah in ihren Kampfsachen also wie ein Junge aus? Dann würde sie das heute zu ihrem Vorteil nutzen!

Nachdem sie die Truhe erfolglos weiter durchwühlt hatte, fand sie ihren alten Überwurf mit Kapuze schließlich in den Tiefen des Schranks und warf ihn sich über die Schultern. Das Teil hatte sie seit dem Jagdausflug im vorletzten Herbst nicht mehr getragen, doch es passte noch einigermaßen.

Jetzt war ihre Tarnung perfekt.

Grinsend drehte sie sich einmal im Kreis, dann ließ sie ihr Spiegelbild zurück. So würde sie in der Menge nicht auffallen – und solange ihre Eltern und die Bediensteten sie nicht erkannten, wenn sie zufällig in ihrer Nähe stand, würde alles gut gehen.

Vorsichtig trat sie an die prunkvoll geschnitzte Tür und lauschte. Im Haus war es still, doch das mochte nichts heißen. Nachdem sie ihre magischen Funken achtsam vorausgeschickt hatte, erwachte die Welt in rauschenden Schlieren und Farben. Sie nahm den Flur wahr, die knisternden Flämmchen der Kerzenständer, eine Maus, die unter den blank polierten Dielen entlanghuschte. In der großen, weiten Eingangshalle standen ihre Eltern und ließen sich von Sebila ihre Mäntel bringen.

Zayda verzog das Gesicht. Ihre Mutter war wütend, das konnte sie deutlich an der roten Farbe erkennen, die für alle anderen unsichtbar um ihren Kopf schwebte. Doch sie schien nicht den Wunsch zu hegen, ihren Aufbruch zu verschieben. Djark stand bereits mit geschwellter Brust am Eingang, eine Hand lässig auf seinen Dolch gelegt, den Vater ihm zum zwölften Namenstag geschenkt hatte.

Zayda wurmte es, dass sie vermutlich niemals solch einen Dolch erhalten würde. Mutter würde dafür sorgen, dass sie als Tochter des Hauses ein edles Kleid erhielt – oder allerhöchstens ein kleines Messer, das sie in ihrem Stiefel verstecken könnte.

Sie unterdrückte ein Seufzen und wartete ab, bis ihre Eltern sich ausgehfertig gemacht und anschließend Djark in ihre Mitte genommen hatten. Er strahlte jetzt tief unterdrückte Nervosität aus und strich sich einmal mit einer fahrigen Bewegung durch das dunkle, lange Haar, das ihm immer so schmierig in die Stirn hing.

Auch Zeruk hatte sich zu der Gruppe gesellt und Sebila schloss als Letzte der Gesellschaft die Tür.

Zaydas Brüder schienen eindeutig ungehalten zu sein, dass sie fernblieb … Sie konnte es an der Anspannung ihrer Muskeln wahrnehmen. Doch vielleicht waren sie auch einfach nur nervös, weil nun der Jüngste endlich an der Reihe war?

Sie wollte sich gerade hinaus auf die Galerie wagen und allein hinausschleichen, als der alte Kämmerer in die Eingangshalle trat und zu fegen begann.

Ach verflucht.

Wenn sie abwartete, bis er sich wieder verzogen hatte, war es bestimmt längst zu spät! Die Zeremonie würde schon bald beginnen.

Mit einem Kopfschütteln wandte sich Zayda ab. Sie fühlte sich nicht zum ersten Mal wie eine Gefangene in diesem großen stillen Haus, wollte viel lieber wieder zurück in ihr altes Heim. Zurück an das gemütliche Küchenfeuer, über dem fast immer ein Kessel mit duftender, vor sich hinköchelnder Suppe gehangen hatte.

Natürlich hatte sie sich gefreut, als ihr Vater vor zwei Wintern seinen neuen Rang erhalten hatte. Anfangs.

Doch seitdem war alles auf den Kopf gestellt worden. Das neue, erhabene Leben hatte ihre wilde Kindheit beendet und ihre Mutter verändert – jetzt galten andere Regeln, und sie hatte sich wie die Tochter eines Stadtherrn zu benehmen. Keine spielerischen Kämpfe mehr, keine wilden Ausritte, kein gebratenes Fleisch über dem offenen Feuer auf den Weiten der Hochebene. Es zog ihr die Kehle zusammen, dass die Erinnerungen an diese Tage bereits verblassten und nur noch die Krieger auf der Tür ein letztes Stück zügelloser Freiheit in ihr Leben brachten.

Sie wischte die trüben Gedanken beiseite und trat ans Fenster. Mit einem Sprung auf den Sims erreichte sie den oberen Riegel und zog ihn herunter. Der untere klemmte immer ein wenig, doch schließlich wuchtete sie ihn hoch und stieß das Fenster auf.

Ein Windstoß wehte herein, blies ihr die Kapuze vom Kopf und hätte sie beinahe zurück ins Zimmer stürzen lassen.

Zayda atmete tief ein und seufzte, während sie sich am Fensterrahmen festhielt.

Der Wind flüsterte in ihren Ohren: Geheimnisvolle Dinge von der Ebene, von Abenteuern und Magie … Was würde sie dafür geben, wenn sie ihr altes Leben nur für einen einzigen Tag zurückhaben könnte!

Zayda spähte in den menschenleeren Innenhof und zu den Fenstern gegenüber. Dort lag das Schlafgemach ihrer Eltern, darunter befand sich der zweite große Saal, in dem ihr Vater Gäste empfing und die Angelegenheiten der Stadt regelte. Zayda langweilte all diese Politik ungemein, und sie fand es überaus öde, wenn sie den langen Sitzungen stillschweigend beiwohnen musste.

Doch heute wartete dort niemand – alle würden bei dem Kriegerritus, der Erprobung anwesend sein.

Und es juckte Zayda immer stärker in den Fingern, dem Aufnahmeritual der Jungen beizuwohnen.

Hinter dem Seitenflügel erhob sich die hohe Mauer, die das Anwesen gegen die Straßen und Gassen der inneren Stadt abschirmte; von dort drang schon ein dumpfes Murmeln herüber, das sicher von der versammelten Menge stammte.

Der innere Drang wurde stärker, wuchs an zu einem wahren Zwang. Mit einem Mal wusste sie ganz einfach, wie sie ihre Magie ausrichten musste.

Sie streckte die Nase in die frische Luft, lehnte sich weiter hinaus … und ließ sich fallen.

Hetzjagd

Der Wind schmiegte sich um sie, während sie die Arme ausstreckte und die Beine anwinkelte. Sie flüsterte der wirbelnden Luft zu, sie zu stützen und aufzufangen. Unter ihren Sohlen entstand ein deutlicher Druck, der ihren Fall abbremste und sie langsamer werden ließ.

Dabei verlor sie das Gleichgewicht. Sie kippte seitlich nach vorn, ruderte wild mit den Armen, als sich ihr Körper unkontrolliert drehte – und schaffte es im letzten Moment, weitere Magie zu überreden, sich dem Polster anzuschließen.

Eine Staubwolke wirbelte durch die Ecke des Innenhofs, dann kam sie auf dem Grund auf, der sie einigermaßen weich auffing. Kiesel und Schmutz regneten um sie herum zu Boden, als sie seitlich in das Beet plumpste.

Sie wollte fluchen, hielt sich aber zurück. Stattdessen rappelte sie sich auf und wischte Staub und Blätter von der Kleidung.

Sie lebte und war unversehrt!

Ein Lächeln stahl sich auf ihre schmalen Lippen, während sie hinter der Hecke hervorlugte, sich stets im Schatten des Anwesens hielt und unter den tiefen Buntglasfenstern des Beratersaals hindurchduckte.

Jetzt nur noch durch das Tor und dann …

Zayda erreichte den überdachten Gang, der sich rechts und links vom Hoftor auftat, und ruckelte an der Klinke.

Natürlich verschlossen.

Mit einem Seufzen blickte sie an dem Tor nach oben, das aus ihrer Sicht unüberwindlich wirkte. Sie würde eine Leiter benötigen, aber wo könnte sie eine finden?

Rasch huschte sie zum Schuppen hinter dem Küchenanbau und zögerte einen Moment in der Tür, als dort nur dunkle Schatten lauerten. Der späte Herbsttag war ungewöhnlich sonnig, so benötigten ihre Augen einen Moment, um sich an die neue Umgebung zu gewöhnen.

Im hintersten Eck entdeckte sie die Leiter, kletterte über zwei Kisten und versuchte, sie anzuheben. Ein frustriertes Ächzen entwich ihrer Kehle, als sie sich gegen das Gewicht stemmte und vergebens versuchte, die schwere Holzleiter zu bewegen.

„Verfluchter Mist!", zischte sie leise und kniff schnell den Mund zu. Plötzlich wurde ihr klar, dass ihre Mutter ja nicht in der Nähe war, und so fluchte sie erneut.

Die Leiter war einfach zu schwer. Selbst wenn sie ihren Muskeln zugeflüstert hätte, sich mit ihrer Energie zu verbinden … sie konnte die Leiter höchstens umwerfen, aber niemals über den halben Innenhof zerren.

Grummelnd trat sie in den grellen Sonnenschein hinaus. Es musste doch möglich sein, hier herauszukommen! Sie ließ den Blick durch den Innenhof gleiten, bis er an der abgestellten Kutsche hängen blieb. Ihre Mutter hatte letzten Winter darauf bestanden, dass sich ihre Familie eine zulegte – und jetzt stand sie in der Nähe des Vordachs.

Zayda schlug ihren Mantel zurück, um die Arme völlig frei zu haben, kletterte auf den Kutschbock und bekam mit einem Sprung das Dach der Kutsche zu fassen.

Zähneknirschend zog sie sich hoch, schwang ein Knie auf das Gefährt und richtete sich auf. Zur Dachkante des Galeriegangs war es nur noch ein Sprung.

Einfach.

Zayda stand am Rand der Kutsche und machte sich dazu bereit, bevor sie schwer schluckte.

Was sollte denn das? Sie war nur wenige Augenblicke zuvor aus einem offenen Fenster gesprungen, verdammt!

Sie rannte los. Nur vier Schritte, dann stieß sie sich ab und flog vorwärts. Das Dach kam näher, doch es war viel zu hoch! Ihr entwich ein leiser Schrei, und sie riss die Arme nach vorn – sofort schoss ein stechender Schmerz durch ihre Muskeln, als sie die Kante zu fassen bekam und ihr Körper über der Tiefe baumelte.

„Mist!", presste sie atemlos hervor und spürte dabei, wie ihre Finger langsam abrutschten. „Mist, Mist, Mist!"

Gerade, als sie den Halt zu verlieren drohte, stieß ihr Fuß gegen etwas Hartes. Instinktiv drückte sie sich dagegen und erkannte, dass es einer der Balken des Überbaus war.

Mit einem lauten Fluch zog sie sich hoch, rollte sich ab und blieb einen Moment auf den trockenen Schindeln liegen. Ein erleichtertes Lachen entwich ihren Lippen.

Nachdem sich ihre Atmung wieder beruhigt hatte, rollte sie sich auf den Bauch und kroch an den äußeren Rand, um auf die Straße zu spähen. Sie musste sich nur wieder fallen lassen und in die Seitengasse huschen. Die, in der sie nicht mehr spielen durfte, seit dort die betrunkenen Krieger gepöbelt hatten.

Einige Leute eilten am verschlossenen Tor vorbei und verschwanden um die nächste Ecke. Zayda holte tief Luft und schwang sich über den Rand.

Mit trommelndem Herzen kam sie auf der Straße auf und rückte schnell den Mantel wieder zurecht. Dann folgte sie dem Raunen der Menge, das schon nach wenigen Gassen zu lautem Lärm anschwoll. Sie hüpfte ein paar Treppenstufen hinab, ließ die Finger über das kühle Gemäuer im Schatten gleiten, bis sich das Ende der Gasse zum Tempelplatz öffnete.

Hinter einer Wand aus Körpern ragten die mächtigen Säulen des Heiligtums in die Höhe.

Es war eine Ehre, so nah am Tempel zu leben – doch Zayda mochte die Hüterin nicht. Kalarati blickte sie immer so streng an, wenn sie sich über der großen Statue einer aufgerichteten Ratte manifestierte.

Doch heute musste sie nicht in den Tempel. Nur die Jungen, die an diesem Tag ihren ersten Sklaven töteten und damit zum

Mann wurden, bekamen später im Inneren ihr erstes Rangabzeichen.

Langsam trat sie näher und versuchte, sich angesichts dieser Ansammlung von Ratken und Dienern zu orientieren, ohne allzu sehr aufzufallen. Wann war sie jemals unter so vielen Fremden gewesen, ohne ihre Eltern oder Brüder?

Sie starrte hoch zu den Erwachsenen und kniff die Augen zusammen, als die Sonne sie blendete.

Alle hatten ihr den Rücken zugewandt und waren vollkommen auf das bevorstehende Geschehen auf dem Platz konzentriert. Zayda reckte sich nach rechts und links, lief an der Menge entlang, doch nirgends konnte sie einen Blick auf das Ritual erhaschen.

Wutentbrannt ballte sie die Fäuste. Sie war die Tochter des Stadtherrschers, verdammt!

„He!", rief sie, bevor sie sich jäh eines Besseren besann. Sie konnte hier keine Forderungen stellen, sonst würde ihre Tarnung sofort auffliegen.

Rasch wich sie zurück und duckte sich hinter einen Karren, als sich ein Händler kurz zu ihr umdrehte. Schließlich zuckte er mit den Schultern und wandte sich wieder dem Schauspiel zu.

Nachdem ihr niemand mehr Beachtung schenkte, kletterte sie auf die Ladefläche des Karrens und reckte den Hals. Seufzend musste sie sich eingestehen, dass ihre mangelnde Größe zunehmend nervte. Sie war eine Ratke, verdammt! Alle in ihrer Familie waren groß, doch sie hing einfach hinterher. Selbst als sie sich auf die Randbretter stellte, konnte sie hinter der wartenden Menge überhaupt nichts erkennen.

Wie sollte sie da ihren Bruder entdecken?

Eine ungeahnte Eifersucht packte sie. Der Streit mit ihren Eltern vor wenigen Tagen schien nur der Gipfel des Eisberges gewesen zu sein. Sie wollte auch geachtet werden!

Ihr Vater hatte ihr vor zwei Jahren bei ihrem letzten Ausflug immer wieder gesagt, wie geschickt sie sich anstellte bei den kleinen

Kämpfen – dass Balzayd ihr nie den Umgang mit einer Waffe gezeigt hatte, verdankte sie dem nörgeligen Protest ihres jüngsten Bruders!

Dieser selbstverliebte, jähzornige Dreizehnjährige mit den schmierigen Haaren und der Adlernase!

Für einen Moment wünschte sie sich, Djark scheitern zu sehen, doch das war völlig unrealistisch. Er war begabt mit dem Messer und der Axt, er würde seinen Sklaven ohne Probleme bezwingen und ein großer Krieger werden, so wie Darzir und Zeruk vor ihm.

Warum nicht auch sie? Andere Mädchen durften doch auch mitmachen, wenn sie sich für das ehrenhafte Leben der Krieger berufen fühlten! Nur weil sie eine hochgeborene Tochter war.

Sie sprang vom Karren herunter und schritt zielstrebig auf die Menge zu. Mit Befehlen oder Bitten kam sie hier nicht durch. Zayda drängte sich weiter, duckte sich unter Ellbogen und Taschen hinweg. Als sich vor ihr eine Wand aus zusammengerückten Leibern auftat, kroch sie kurzerhand unter einem Mantel entlang, schob sich zwischen zwei Rücken hindurch ... und auf einmal blieb die Menge hinter ihr zurück. Zayda rappelte sich auf, klopfte sich den Staub von den Knien und trat vor – mitten hinein in eine Reihe Jungen.

Bevor sie ihre neue Lage richtig einordnen konnte, fiel ein großer Schatten auf sie.

Der Ratke überragte die Anwärter um fast das Doppelte, auch wenn Zayda wusste, dass das nur aus ihrer Perspektive so wirken musste. Er trug einen festlichen dunkelroten Mantel um die Schultern, den man nur bewundern konnte – und sein Blick richtete sich unmissverständlich auf das junge Mädchen, das soeben zwischen die Anwärter gestolpert war.

Seine gelben Augen glänzten in einem warmen Bronzeton, was völlig im Kontrast zu seinem strengen, harten Gesicht stand. Es schien, als wollten seine kantige Nase und die Narben auf der Wange die sanfte Farbe ausgleichen. Der penibel geflochtene Bart und die spitzen Zähne gaben dem Mann allerdings doch noch die nötige Härte.

Ein eisiger Schauer lief über ihren Rücken. Was würde dieser Kriegsmeister mit ihr anstellen, wenn herauskam, dass sie versehentlich in diese Lage gestolpert war?

Doch dann durchfuhr sie ein magisches Flirren.

Sie wollte auch spitze Zähne!

Mit einem Ruck wurde ihr bewusst, dass niemand in ihrem Clan an Zufälle glaubte. Sie war nicht hier hereingestolpert! Das war ihre Gelegenheit, sich zu beweisen und ihr Schicksal zu wenden! Genau das wollte sie.

Als wäre es das Selbstverständlichste der Welt, machte sie einen Schritt nach vorn und drängte sich zwischen die Jungen, die locker in einer Reihe standen und sichtbar ungeduldig warteten. Der Dunkelhaarige rechts von ihr murrte nur kurz, wagte aber angesichts des Ritualmeisters vor ihnen keinen Einwand. Der Vorsteher des Tempels ließ seinen Blick über die Versammelten wandern, wurde aber offenkundig davon abgelenkt, dass der jüngste Sohn der van Dymar an der Spitze der Reihe wartete.

Der Junge neben ihr stieß plötzlich seinen Ellbogen in ihre Seite und blitzte sie aus hellgelben Augen an, die so gar nicht zu seinen Sommersprossen passten.

„Willst du mitmachen? Du bist so winzig; wo hast du deine Mama gelassen?", zischte er sie leise an, während der Ritualmeister seinen Blick weiter über die Reihe wandern ließ. Auch der Junge links neben ihr schubste sie, drängte sie aus der Reihe nach hinten, und sie schlossen rasch die Lücke.

Sie reckte sich hoch auf und straffte die Schultern. „Ich bin fast dreizehn! Und mein Vater sagt, ich soll mich schon dieses Jahr beweisen!"

Der Meister wandte sich ihr wieder zu und lachte auf, was ihr beinahe die Röte ins Gesicht schießen ließ.

„Was ist los mit dir, Kleiner? Hast du Kreide geschluckt?"

Zayda räusperte sich rasch und verschluckte sich dabei fast, als ihr klar wurde, dass der Meister sie tatsächlich für einen schmächtigen Jungen hielt. Das würde die Sachen so erleichtern! Mädchen zogen Aufmerksamkeit auf sich, mussten sich rechtfertigen oder gar die Zustimmung der Eltern vorweisen, doch das könnte sie sich alles sparen, ohne aufzufliegen.

„Äh … Sti…immbruch", erwiderte sie krächzend.

„Dass ich nicht lache! Du bist doch höchstens elf Winter alt."

„Ich weiß selbst, dass ich klein bin!", schnappte sie zurück, von einer plötzlichen Welle Mutes ergriffen, die sie mit einer Portion Forschheit garnierte.

Ich bin ein Junge! Ich bin ein Junge. Ich bin ein Junge!, dachte sie immer und immer wieder und musste sich dabei beherrschen, es nicht laut hinauszubrüllen. Wenn ihre Magie jetzt nichts nützte, würde sie einen Riesenärger bekommen!

Die Bronzeaugen über ihr blitzten interessiert auf.

Ein weiterer Kriegsmeister trat neben den ersten und musterte sie abschätzend, bevor er ebenfalls lachte. „Ach, lass den Winzling doch mitmachen, wenn er unbedingt will. Die Sklaven sind ja unbewaffnet. Soll er sich eine Tracht Prügel holen und es nächstes Jahr wieder versuchen."

Die folgenden Atemzüge schienen sich quälend endlos in die Länge zu ziehen. Der Meister der Rituale betrachtete sie noch einen Moment kritisch, bevor er ihre Schulter packte und sie nach vorne zog.

Nicht weg von den anderen, nicht zu ihren Eltern – nein, sondern direkt in die Reihe der anderen, wartenden Jungen, wo sie jetzt einen richtigen Platz erhielt.

Ihr Herz schlug schneller, raste vor Erregung. Sie durfte teilnehmen!

Sie würde eine Kriegerin werden!

Der Ritualmeister wandte sich nun von ihr ab und schritt die Reihe der wartenden Jungen entlang bis zur Spitze. Dort erkannte

Zayda ihren Bruder, der als Sohn des Stadtherrn das Privileg hatte, die Jagd zu eröffnen.

Hinter Djark in der Menge meinte Zayda für einen kurzen Moment, das schmale Gesicht ihrer Mutter zu erspähen, dann ergriff der Ritualmeister das Wort.

„Wir alle sind heute hier versammelt, um das Erwachen einer neuen Generation zu bezeugen. In alter Tradition werden diese jungen Ratken heute ihr erstes Blut fordern. Sie werden die Trophäe ihres Triumphs als Beweis erbringen, um in das Erwachsenenalter einzutreten. Sie ehren damit unsere Hüterin Kalarati und den Weg des Kriegers."

Zayda spürte deutlich, wie die Jungen um sie unruhiger wurden. Sie hatte noch nicht einmal richtig realisiert, was gerade geschah – dass sie tatsächlich ihren tiefsten inneren Drang durch diese Entscheidung in die Realität umgesetzt hatte –, da gab der Ritualmeister ihrem Bruder einen Wink.

Djark nickte ihm ehrerbietig zu, warf noch einen kurzen Blick zu seinen Eltern, die streng und würdevoll dreinschauten, und stürmte mit einem wilden Kriegerschrei los. Rasch überquerte er den Platz vor dem Tempel und ließ die wartende Menge zurück. Auf der anderen Seite tauchte er in die Schatten der Häuserwand ein und verschwand in einer Gasse, die in den unteren Stadtteil führte.

Ehe Zayda sichs versah, stürmten auch die anderen los. Der Junge neben ihr rammte sie hart an der Schulter und stieß sie fast zu Boden. Sie sprang fluchend zur Seite, stolperte gegen den zu ihrer Rechten, der sich bis dahin still verhalten hatte. Jetzt traf sie sein wütender Blick, und ihre Magie verriet ihr schlagartig, dass sie sich bereits erste Feinde gemacht hatte. Dass sie die Aufmerksamkeit der Meister auf sich gezogen hatte – und ihre Dreistigkeit sogar mit der Teilnahme belohnt wurde, schien die anderen Jungen nicht gerade zu begeistern.

Während sie alle auf das Labyrinth aus engen Gassen zujagten, wurde sie mehrmals geschubst; schließlich ließ sie sich einige Schritte zurückfallen, um keine Verletzungen zu riskieren. Es wäre nicht das erste Mal gewesen, dass Rivalen sich schon auf dem Weg zum Sklavenviertel gegenseitig üble Wunden beigebracht hätten, um den Andrang auf die Sklaven zu verringern.

Doch wenn die anderen glaubten, dass sie sich geschlagen geben würde, hatten sie sich gewaltig geirrt!

Ein Teil von ihr wollte sich darüber aufregen und sie alle mit einem ordentlichen Windstoß zu Fall bringen – doch jetzt hatte sie das Jagdfieber gepackt, und nichts war ihr wichtiger, als sich zu beweisen. Eine derartige Möglichkeit erhielt sie vielleicht nie wieder! Sie würde es nicht riskieren, durch den Einsatz ihrer Kräfte aufzufliegen.

Sie rannte schräg über den Platz, weg vom Tempel, zum unteren Ende der Reihe von Anwärtern, die sich unterschiedlich schnell den Gassen näherten.

Ganz egal, wer all die Dreizehn- und Vierzehnjährigen auch waren, Zayda würde sich nicht übervorteilen lassen. Sie hatte das verworrene Netz aus Gassen schon öfter erkundet, auch wenn es nur mithilfe von Magie und ihren Gedanken gewesen war.

Als Zayda die steilen Treppen und Gassen auf der anderen Seite des Tempelplatzes jetzt so real vor sich hatte, war das jedoch etwas völlig anderes. Sie erreichte die Schatten, tauchte in die Häuserschlucht ein und hörte auf der anderen Seite der Steinhäuser die Rufe der übrigen Anwärter. Hinter ihr blieb es ruhig. Die kleine Gasse am Rand des Platzes hatte keiner gewählt, anscheinend wollte niemand diesen Umweg auf sich nehmen.

Froh, diese Rüpel für einen Augenblick los zu sein, eilte sie weiter und machte sich auf die Suche. Sicherlich würde ihr kein Sklave einfach vor die Füße laufen, so dumm waren diese selten, auch wenn manchen Linien eindeutig frisches Blut fehlte.

Zayda verspürte eine nie da gewesene Mischung aus Euphorie und Angst. Sie durfte jetzt nicht versagen, durfte sich diese Gelegenheit nicht durch die Finger gleiten lassen – doch schon im nächsten Moment ließ ein schrecklicher Schmerzensschrei ihren Körper zusammenfahren.

Offensichtlich hatte der erste Junge sein Opfer gefunden.

Einen Atemzug lang verspürte sie aufkeimende Sorge – man wusste als Teilnehmender nie, ob es genug Sklaven für alle gab oder ob jemand leer ausgehen würde, wenn er nicht schnell genug war. Soweit sie sich erinnerte, hatte es in den letzten Jahren nicht einmal halb so viele alte Sklaven wie Anwärter gegeben; deshalb waren dieses Jahr auch noch einige Fünfzehnjährige dabei.

Ein Grund mehr, sich vorsichtig zu verhalten, wenn solch ein Erfolgsdruck herrschte.

Sie rannte weiter, erreichte das untere Ende der Gasse und damit die Senke, die sich an den Tempelhügel anschloss. Hier lebten vor allem Handwerker und Krämer, auch viele ältere in kleinen Wohnungen und Gemeinschaften, doch Zayda wusste aus den Berichten ihres Bruders Zeruk ganz genau, dass sie heute hier keinem einzigen Ratken begegnen würde. Alle Erwachsenen hatten sich aus dem Stadtteil zurückgezogen und die Sklaven, die sie behalten wollten, in ihren Kammern eingesperrt.

Wer nicht zu den Glücklichen gehörte, wer nicht mehr gebraucht wurde oder ein Verbrechen begangen hatte, war jetzt Freiwild für die jungen Kriegeranwärter.

Doch wie sollte Zayda einen von ihnen finden, bevor es einem ihrer Konkurrenten gelang? Die alten Sklaven verbargen sich bestimmt wie Feiglinge in irgendwelchen Kellergewölben oder hinter Fässern, um nicht aufgespürt zu werden.

Wieder erklangen in der Ferne Schreie, gefolgt vom leisen Widerhall eines triumphierenden Lachens.

Ob ihr Bruder schon erfolgreich gewesen war? Sie würde es ihm in seinem Eifer durchaus zutrauen, doch diese

Aufmerksamkeit wollte sie ohnehin nicht auf sich ziehen. Hauptsache, sie ging nicht leer aus. Wenn die Sonne hinter den Tempelsäulen im Westen unterging, war die Prüfung vorbei; wer bis dahin keine Trophäe vorweisen konnte, hatte versagt.

So viel zur Theorie; ansonsten war ihr Wissen über diesen wichtigen Tag im Leben der jungen Krieger ziemlich eingeschränkt, denn mehr hatte sie aus Darzir und Zeruk nicht herauskitzeln können. Vor ihren Freunden und vor Mutter und Vater hatten sie oftmals über ihren glorreichen Tag geprahlt, aber kaum war die kleine Schwester aufgetaucht, hieß es nur, das sei nichts für ihre Ohren. Zudem verblassten besonders die Berichte von Darzir zunehmend in ihren Erinnerungen, immerhin war sie gerade einmal fünf Jahre alt gewesen, als er durch das Töten seines ersten Sklaven zum Mann wurde.

Hätte sie doch nur damals schon mehr von ihren Kräften verstanden.

Doch etwas sagte ihr, dass es unklug wäre, diese heute einzusetzen. Noch beherrschte sie die flüsternden Funken nicht gut genug, obgleich sie ihre Eltern damit doch so sehr beeindrucken wollte.

Wenn sie zurückblickte, wunderte sie sich sogar, wie gut es heute Morgen schon geklappt hatte. In diesem Moment war es ihr so richtig erschienen – doch hätte sie zu viel nachgedacht, wäre sie sicherlich weniger sanft im Innenhof aufgekommen.

Also besser nicht denken, ermutigte sie sich im Stillen und verlangsamte ihre Schritte. Allmählich hatten sich ihre Augen wieder an die starken Kontraste gewöhnt, die die Sonne in den tiefen Gassen erzeugte.

Der Geruch von gegerbtem Leder und frisch gehobeltem Holz erfüllte die Herbstluft.

Dazu mischte sich etwas, das Zayda nach einem Moment als Angstschweiß einordnete. Sie blieb stehen, spitzte die Ohren und lauschte. Ein Zittern übertrug sich auf ihre Haut, als sie den verborgenen Körper erspürte.

„Ich kann dich riechen", sagte sie laut und konnte dabei kaum fassen, was für ein Glück sie hatte! Sie würde keinesfalls Letzte werden!

Tatsächlich hatten ihre bedrohlichen Worte eine überraschende Wirkung auf den Niederen.

Der Sklave sprang hinter der Mauer eines Kellerzugangs hervor und floh in die Tiefe der Stadt. Zayda hetzte ihm nach – doch schon nach einem kurzen Augenblick schallte der Schrei des alten Sklaven in ihren Ohren und ließ sie klingeln.

Ein Schemen hatte sich aus den Schatten gelöst und dem Alten ein Messer in die Brust gerammt.

Zayda blieb zitternd stehen und wich zurück, während sich Entsetzen in ihr Herz stahl. Der Junge hatte den Sklaven, ohne zu zögern, angesprungen und ging jetzt gemeinsam mit dem Sterbenden zu Boden.

Einen Atemzug lang ächzte der Sklave noch, dann erschlaffte sein Körper, und der Sommersprossenjunge sah zu ihr auf. Ein fieses Grinsen stand auf seinen Zügen – es war der Anwärter, der sie zuvor beleidigt und gestoßen hatte.

„Was ist los, Kleiner? Hast du noch nie einen sterben sehen?"

Tatsächlich hatte Zayda das nicht.

Die Funken in ihrer Brust zitterten und bäumten sich kurz auf, um sich dem Grummeln in ihrem Magen anzuschließen.

Doch das war noch lange kein Grund, diesem Kerl solch eine Unverfrorenheit zu erlauben! Das hatte er doch mit Absicht gemacht, hatte ihr nachgestellt oder ihren Weg irgendwie vorausgeahnt, nur um ihr eins auszuwischen.

Angesichts dieser Beleidigung war ihr sogar der Schreck des ersten Todes egal.

Sie durfte jetzt nicht die Fassung verlieren, durfte nicht ihr Ziel aus den Augen lassen.

„Du hast ihn mir weggenommen!", blaffte sie den Jungen an, da es das Erste war, das ihr in den Sinn kam. Sommersprosse lachte jedoch nur leise und beugte sich tiefer über den toten Sklaven.

„Verzieh dich, kleiner Pechvogel, und such dir was Neues."

„Du bist ein Dieb!"

„Man kann nichts stehlen, was einem anderen ohnehin nicht zusteht! Du hast hier nichts verloren, wachs erst mal noch eine Armlänge und leg dir eine vernünftige Stimme zu."

Zayda knirschte mit den Zähnen und ballte die Fäuste, doch als Sommersprosse sein Messer aus der Brust des Toten zog, sprang sie rasch an ihm vorbei und eilte weiter die Gasse entlang.

Es gab noch mehr Sklaven, und sie wollte sich keine Auseinandersetzung mit einem eingebildeten Schnösel liefern.

Hinter sich hörte sie noch ein wieherndes Gelächter und dann, wie das Messer zum Einsatz kam, ehe sie um die nächste Ecke bog und wieder von ruhigen Schatten umfangen wurde.

Von da an fand sie nur noch tote Sklaven und zufriedene neue Krieger.

Mit einem leisen Fluch auf den Lippen drang sie tiefer und tiefer in das unübersichtliche Viertel vor. Sie war froh um die Sonne, sonst hätte sie schon lang die Orientierung verloren. Gerade als sie einen kleinen verlassenen Marktplatz erreichte, erklang vom Tempelhügel lauter Beifall.

Die ersten Jungen waren also bereits zum Tempelplatz und zu der wartenden Menge zurückgekehrt.

Zayda sah sich hektisch um. Sie konnte nicht verhindern, dass ihr der Schweiß ausbrach. War das letztes Jahr auch so verdammt schnell gegangen? Sie hatte nicht wirklich darauf geachtet, da keiner ihrer Brüder letztes Jahr teilgenommen hatte. Sie hatte sich nur in Gedanken ausgemalt, wie es sein musste, ein ehrenvoller Krieger zu werden, und dabei ihr Zeitgefühl verloren.

Auf einmal bekam sie es doch mit der Angst zu tun.

Hatte sie es sich zu einfach vorgestellt?

Unruhe fraß sich in ihr Inneres und lähmte ihre Gedanken. Sie stand mitten auf dem Platz und starrte abwechselnd auf drei verschiedene Gassen, die sich ihr gegenüber zwischen den hohen, stillen Häusern auftaten.

Wie sollte sie sich nur entscheiden? Woher sollte sie wissen, welcher der richtige Weg war?

Als die Unsicherheit überhandzunehmen drohte, trat sie wütend mit dem Fuß auf den staubigen Boden und horchte in ihr Inneres. Da durfte jetzt keine Unruhe sein, sondern sie musste Stärke zeigen! Mit einem tiefen Atemzug suchte sie nach den warmen Punkten in ihrem Bewusstsein und brachte sie durch ein leichtes, gezieltes Stupsen dazu, ihre Sinne zu schärfen und ihr klopfendes Herz zu beruhigen.

Eigentlich hatte sie es ohne ihre Kräfte schaffen wollen. Doch warum darauf verzichten, wenn die anderen auch nicht gerecht spielten? Ganz davon abgesehen, dass sie einige Jahre jünger, kleiner und ein Mädchen war.

Zayda biss sich auf die Lippen. Sie wollte sich nicht eingestehen, dass es ein Nachteil sein sollte, ein Mädchen zu sein. Sie hatte die Nase voll davon, anders behandelt zu werden als ihre großen Brüder!

Ein wütendes Schnauben entwich ihrer Kehle, und im nächsten Moment erspürten ihre Funken einen fremden Herzschlag.

Es war, als würde dieses andere Herz plötzlich leise neben ihrem schlagen und sie in die Richtung ziehen, in der sich der Sklave verbarg.

„Hab ich dich!", zischte sie leise und schlich zu den Kisten, die am Eingang der linken Gasse aufgestapelt waren.

Offenkundig hatte er ebenfalls die Ohren gespitzt, denn als der Sand unter ihren Sohlen knirschte, beschleunigte sich sein Herzschlag, und er sprang auf.

Er war nicht so alt wie die anderen, offensichtlich auch nicht gebrechlich oder krank. Nein, vielmehr wirkte er, als stünde er in der Blüte seiner Jahre. Was hatte er angestellt, dass seine Besitzer ihn nicht mehr haben wollten, sondern für das Ritual opferten?

Seine strähnigen braunen Haare zeigten nicht einmal einen Hauch von Grau; unter der schmutzigen Haut an seinen dünnen Armen spannten sich sehnige Muskeln.

Während er sich vollständig aufrichtete, zog sie ihr Messer aus dem Gürtel hervor und hielt es in die Höhe.

„Für die Hüterin!", rief Zayda mit trommelndem Herzen. Wenn sie schon den Weg der Krieger gehen würde, dann sollte alles seine Richtigkeit haben.

Doch der Sklave lachte bei ihrem Anblick und brachte sie damit umgehend aus der Fassung.

Niemals wäre es Zayda in den Sinn gekommen, dass sich einer der Sklaven wehren und sein Leben verteidigen würde.

Doch der Mann sprang auf sie zu, anstatt wegzulaufen – und schon war er direkt vor ihr.

Sie stieß mit dem kleinen Messer nach ihm, doch in ebendiesem Moment musste sie sich eingestehen, dass sie keine Ahnung von seinem Gebrauch hatte.

Mühelos schlug er ihre Hand beiseite und packte zu.

Bevor sie schreien oder sich verteidigen konnte, war ihr Messer verschwunden, und ihr Körper wurde unsanft zur Seite geschleudert. Alles drehte sich. Schon war sie mit dem Rücken an seine dürre Brust gepresst, und ihre Füße verloren den Kontakt zum staubigen Boden.

Das Lederband rutschte ihr von der Stirn, und ihr hochgesteckter Zopf löste sich, während sie sich kreischend gegen seinen Griff wehrte.

Sein Lachen klang seltsam gekünstelt, als habe er gerade seine Pläne vollkommen geändert.

„Hahaha! Ein kleines Mädchen? Ich habe eine kleine Ratke geschnappt?"

„Argh!" Zayda strampelte in seinen Armen, doch er hielt sie mit der Kraft eiserner Verzweiflung umklammert.

„Nana, nicht so zappeln! Ich hatte mit einer Gruppe deiner größeren Brüder gerechnet, aber das hier ändert alles!"

„Nichts ändert das!", rief sie wütend. Sie brauchte ihre Brüder kein bisschen, auch wenn er damit vermutlich nur die anderen Anwärter meinte.

Gerade als sie es fast geschafft hatte, sich von dem Kerl loszureißen, löste sich sein linker Arm, und etwas Kaltes presste sich an ihre Kehle.

„So, meine Kleine, schon wendet sich das Blatt, was? Wer gehört jetzt wem?"

Sie zuckte nur noch einmal und zischte wütend, als er ihr die eigene Klinge schmerzhaft gegen den Hals drückte. Da sie sofort stillhielt, grunzte er zufrieden.

„Sehr schön, jetzt verstehen wir uns, nicht wahr?"

Sein säuerlicher Atem strich über ihr Gesicht und ließ sie würgen, doch noch pochte ihr Herz zu schnell, und ihre Gedanken rasten zu wild, um die Angst zuzulassen.

Sicherlich würden jeden Moment Sommersprosse und einige andere Jungen auftauchen – und im Gegensatz zu ihr waren sie klug genug gewesen, sich eine Axt und große Jagdmesser als Waffen für das Ritual auszuwählen.

Wer hätte auch geahnt, dass ihr geheimer Wunsch, an diesem wichtigen Tag dabei zu sein, so plötzlich wahr werden würde?

Der Widerling mit seinem stinkenden Atem hatte kein Recht dazu, ihr das zu verderben! Wo blieben die anderen? Und wo verdammt steckte ihr eigener Mut?

Während der Sklave sie noch umklammert hielt, drehte er sich um und trug sie weg vom Platz, in die Schatten der Gasse.

„Lass mich los!"

„Ach? Und dann? Rennst du zu deinen Eltern und lässt mich vierteilen?"

„Oder achteln!", keifte sie zurück, was allerdings nur dazu führte, dass er das Messer stärker an ihren Hals presste.

Eine leise Stimme in ihrem Hinterkopf flüsterte ihr zu, dass das alte Schnitzmesser eigentlich viel zu stumpf sein müsste, um ihre Haut aufzuschlitzen. Während der Schock so langsam von ihr abfiel, stieg echte Angst in ihr hoch.

Eine Ratke hatte keine Angst! Niemals ...

Doch da fraß sich ein Schmerz von innen durch ihren Magen und ihre Brust. Die flüsternden Funken, die auch seinen Körper berührten, ließen sie zittern. Dieser fremde Mann war vollkommen verzweifelt, vermutlich bereit, alles zu tun. Die Funken schlichen sich leise über seine löchrige Kleidung und die verkratzte Haut voller roter Pusteln.

Alles an ihm vibrierte, während er leise, fast ungläubig lachte.

„Du bist der Preis für meine Freiheit!"

Zayda konnte nicht anders: Sie schnaubte.

„Was soll das? Sei nicht so dreist, du kleine Göre!"

„Glaubst du wirklich, Ratken würden sich erpressen lassen? Meine Mama ist die Härteste von allen, und mein Vater wird dich einfach erschlagen! Ihr Sklaven seid alle gleich! Ihr seid fiese Gauner und sollt heute sterben! So will es die Hüterin!"

Seine Hand krallte sich schmerzhaft in ihre Seite und drückte ihr die Luft ab, doch ihre Worte verpufften ohne Wirkung.

Da verpasste er ihr mit dem Messerknauf einen Schlag gegen den Kopf.

Einen Augenblick lang verschwamm alles vor ihren Augen, und ihr Körper erschlaffte, während er sie tiefer in die Gasse trug und auf etwas zuhielt, das wie ein Treppenabgang zu einem Keller aussah.

Ein Ächzen entwich ihrer Kehle. Ihr Schädel brummte, doch das war immer noch besser, als dass ihrer Kehle etwas ganz anderes entwich.

Blut zum Beispiel.

Plötzlich schoss ihr ein Gedanke durch den Kopf: Der Schlag bedeutete, dass das Messer nicht mehr an ihrer Kehle lag.

Zayda strampelte wild mit den Beinen und biss nach seinem Arm, der sich um ihre Brust presste, während sie herunterrutschte. Sie bekam nur kurz seine Haut zwischen die Zähne, bevor das Messer wieder an ihrer Kehle saß und in ihr Fleisch schnitt.

„Weißt du, wie das ist, für deine Leute schuften zu müssen? Das ganze Leben lang? Meine Frau habe ich hier kennengelernt, durfte sie aber kaum sehen! Nur, um ein Kind zu zeugen, das uns dann weggenommen wurde. Deine Leute sind Bestien!"

„Du bist verrückt!"

„Meine Frau ist tot! Die Ratken haben sie sich geschnappt und eine Runde *Spaß* mit ihr gehabt. So lange, bis sie leblos dalag! Und mich haben sie zusehen lassen, weil ich nicht schnell genug arbeite!" Er schüttelte sie grob und brachte ihre Sicht erneut zum Schwirren.

„Weißt du, was wir beide jetzt machen?"

Der stinkende Sklave drückte sie tiefer in den verwaisten Treppenabgang und stieß sie durch eine Tür, dass ihre Knie gegen das Holz prallten. Sie konnte kaum noch atmen, so fest drückte er sie an sich, während sich seine Brust wütend hob und senkte.

„Wir werden jetzt auch ein bisschen Spaß haben!"

Eiseskälte schoss Zaydas Rückgrat hinab. Selbst mit zehn Sommern wusste sie bereits, was das bedeutete. Immerhin hatte sie drei ältere Brüder, und Darzir prahlte nicht selten vor den beiden anderen mit seinen *Eroberungen*.

Sie wusste, was in diesem Keller auf sie zukam.

Eine Mischung aus Angst und Wut folgte dem kalten Schauer – und wandelte sich auf einmal in brodelndes Feuer.

Sie schrie! Sie schrie ihn an und jagte ihre Funken auf ihn, die jetzt nicht mehr flüsterten, sondern knisterten wie Flammen. Sie hetzte die glühende Magie auf ihn wie eine Meute wütender Jagdhunde, und ihr kindliches Brüllen wurde von seinen qualvollen

Schreien übertönt. Mit einem heftigen Zucken ließ der Sklave sie los. Zayda stürzte nach vorne, prallte mit den Knien hart auf den gestampften Lehmboden des Kellers auf, während der widerliche Mann hinter ihr zu Boden ging.

Sie verbiss den Schmerz und sprang rasch auf die Beine, doch er hatte das Messer schon längst losgelassen und sich die Hände vor das Gesicht geschlagen. Rot glühende Funken sprangen um seinen Kopf und die Haut an seiner Stirn, die jetzt Blasen warf. Im nächsten Augenblick zuckte er heftig, bäumte sich auf dem Boden auf, dass sich sein Rücken durchbog und nicht mehr den Lehm berührte. Sie ballte die Fäuste, war wütend auf diesen Widerling, war wütend auf den Sommersprossenjungen, der ihr all das eingebrockt hatte, und wütend auf sich selbst.

Sie hätte sich nicht so einfangen lassen dürfen, hätte geschickter sein müssen – und der Sklave zahlte nun für all das den Preis.

Er stöhnte noch einmal, spie unverständliche Worte aus, kippte zur Seite und blieb leblos liegen.

Die Stille, die seinem Todeskampf folgte, war erschreckender als alles zuvor. Sie wollte das Mädchen verschlucken, das sich schließlich wieder daran erinnerte, wie ihre Lunge zu atmen hatte, und laut nach Luft schnappte.

Es roch nach verkohltem Fleisch.

Zayda starrte entsetzt auf das verbrannte Gesicht des Sklaven und seine aufgerissenen, seltsam hervorquellenden Augen, bevor sie zurückwich und sich in einer Ecke des stickigen Kellers erbrach.

Anschließend erfüllte nur noch ihr röchelnder Atem den dunklen Raum. Sie tastete sich zurück in den Lichtkegel, der durch die Tür drang und genau auf den verkrümmten Leib fiel.

War er wirklich tot?

Zayda trat vorsichtig an ihn heran, stieß zaghaft mit ihrem Stiefel an sein Bein und rümpfte die Nase.

Er hatte sich eingenässt, und da er nicht mehr blinzelte, musste er wohl tot sein.

Sie hatte sich noch nie so vielen Gefühlen gleichzeitig ausgesetzt gesehen. Was sollte sie jetzt tun? Sie fühlte sich schrecklich gedemütigt und wütend – und ratlos.

Ich brauche einen Beweis … einen Beweis, dass ich ihn erledigt habe. Und dann nichts wie raus. Ich will heim, nur heim.

Tränen schossen in ihre Augen, doch sie wischte sie vehement weg. Sie unterdrückte ein lautes Schniefen, das ihrer Nase entweichen wollte, und klaubte das Messer vom Boden auf.

Es wirkte jetzt sonderbar lächerlich in ihrer Hand.

Weshalb hatte sie nie zuvor so etwas mit ihren Flüsterfunken bewirkt? Und *was* hatte sie eigentlich getan?

Mit zitternden Fingern trat sie näher und kniete sich schließlich neben den Toten; schlagartig wurde ihr bewusst, dass sie nicht die geringste Ahnung hatte, was die Trophäe sein sollte. Was hatten die Anwärter letztes Jahr mitgebracht? Sie erinnerte sich nicht!

Sollte sie ihm tatsächlich eine Hand abschneiden? Oder die Zunge?

Sonderbarerweise konnte sich Zayda nicht vorstellen, dass der Tempel der Hüterin auf solche Weise beschmutzt werden sollte. Blutverschmierte Gliedmaßen von Niederen?

Dann fiel ihr Blick auf seinen Hals. Unter der verschwitzten, schmutzigen Tunika trug der tote Sklave einen Metallreif, ein Halsband. Sie hatte es auch schon bei anderen Dienern gesehen, die sich nicht den Regeln unterordnen wollten oder denen man nicht richtig trauen konnte.

Auf jedem Halsband war eine bestimmte Zahl eingraviert.

Der Verschluss im Nacken war nicht so einfach zu öffnen.

Zayda nahm das Messer fester in die Hand und machte sich ans Werk. Einige Male rutschte sie ab und fluchte – allerdings mehr, um das Würgen zu unterdrücken, das sich aus ihrem Magen herausschleichen wollte.

Das Ritual

Als das Metallband frei war, machte sie rasch ein paar Schritte von der stinkenden Leiche weg und atmete erst wieder tief durch, nachdem sie den Keller verlassen hatte.

Mit zittrigen Fingern steckte sie sich die Haare wieder hoch und knotete das Stirnband fest.

Leise Rufe hallten von irgendwo links über die Häuser und verloren sich zwischen den Wänden und geschlossenen Fenstern. Sie verspürte nicht die geringste Lust, auf den kleinen Marktplatz zurückzukehren, auf dem der Sklave sie so schändlich übertölpelt hatte.

Nichts wie raus hier, dachte sie, behielt das blutige Messer aber lieber in der Hand, falls noch andere widerspenstige Sklaven in dem Viertel am Leben waren.

Doch auf ihrem Weg die schattigen Gassen hinauf blieb alles ruhig. Sie stieß noch auf einige tote Sklaven, die eindeutig älter gewesen waren und sicherlich kaum Widerstand geleistet hatten.

Während sie die Treppenstufen des Hügels erklomm, breitete sich eine Wärme in ihrer Brust aus, die sie bald als eine ihr unbekannte Form von Stolz einordnete. Auf gewisse Weise hatte Sommersprosse ihr sogar einen Gefallen getan.

Sie würde mit diesem Kampf viel besser prahlen können als er mit seiner hinterlistigen Finte.

Genüsslich malte sie sich gerade aus, wie sie ihn damit erniedrigen würde, da stockte sie, und eine tiefe Enttäuschung stieg in ihr hoch.

Sie durfte ja niemandem sagen, wie sie ihn getötet hatte! Das gäbe sicherlich Ärger.

Mit diesem sorgenvollen Gedanken erreichte sie den Tempelplatz am Ende der Stufen.

Die unsichtbare Grenze vor dem Ritualbeginn, die bisher eine klar definierte Linie entlang des Tempelplatzes gezogen hatte, war mittlerweile aufgelöst, und vereinzelte Gruppen standen hier und da um bereits eingetroffene Anwärter versammelt.

Zayda zögerte, blieb zunächst im Schatten stehen und beobachtete, wie ein Junge aus einer anderen Gasse hervortrat und triumphierend etwas in die Höhe streckte, das sie aber nicht genau erkennen konnte.

Sie ignorierte die Rufe der Begeisterung, die dem Anwärter galten, und war insgeheim froh, dass es nicht Sommersprosse war. Vermutlich hätte sie ihm das Halsband ihres Sklaven an den Kopf gepfeffert und sich damit zum Gespött aller Anwesenden gemacht, weil sie wieder etwas Unbedachtes tat.

Stattdessen ließ sie den Blick suchend über die Menge schweifen und entdeckte schließlich einige bekannte Gesichter.

Ihre Eltern und Zeruk standen um Djark geschart, andere lachten und versetzten ihrem Bruder kräftige Knuffe gegen die Schultern. Er lächelte zaghaft, fuhr sich mit den Lippen über die Zähne, die wohl noch schmerzen mussten. Er war jetzt ein Mann.

Und das war Zaydas Chance!

Alle, die sie möglicherweise erkannt hätten, waren gerade abgelenkt.

Sie umklammerte die blutige Metallklammer fester und verbarg sie unter ihrem Mantel, bevor sie aus den Schatten in die warme Nachmittagssonne trat.

Sie hatte spöttisches Lachen erwartet oder ablehnende Rufe – stattdessen empfing auch sie der aufbauende Jubel der wartenden Menge. Ein stolzes Lächeln umspielte ihre Lippen, als sie sich entspannte und aus der geduckten Haltung aufrichtete.

„Sogar der Kleine!", zischte einer der Anwärter in ihrer Nähe, und es klang so überrascht, dass sie beinahe laut aufgelacht hätte.

Du wirst Augen machen, wenn ich erst einmal aus dem Tempel zurück bin!

Das würden sie alle, da war sich Zayda sicher.

Kurz meinte sie, den Blick ihrer Mutter auf ihrer Schulter zu spüren, dann war sie auch schon durch die Menge hindurch und hatte die Treppen zum Tempel erreicht.

Er war ihr noch nie so gewaltig vorgekommen.

Am Eingang blieb sie kurz stehen, trat dann jedoch ein, da sie keine Schwäche zeigen wollte.

Im Tempelinneren war es gewohnt kühl. Die Luft roch feucht und nach verbrannten Kräutern.

Es war wie immer recht still. Weiter vorne, bei den erhöht stehenden Statuen, warteten einige Gestalten. Den Erhabensten von ihnen erkannte sie sofort: Es war der Ritualmeister. Er stand auf den Stufen eines kleinen Podests und wirkte dadurch noch riesenhafter. Gerade nahm er etwas von einem Anwärter entgegen und berührte ihn an der Stirn.

Zayda trat währenddessen langsam näher und versuchte, die einschüchternde Atmosphäre auszublenden. Eine Gänsehaut breitete sich auf ihren Armen aus, als sie Kalaratis Anwesenheit spürte, wie ein Prickeln in ihrem Hinterkopf, das ihre Funken zum Vibrieren brachte.

Schließlich hatte sie den erhöhten Bereich ganz hinten im Tempel erreicht. Da die Fackeln sehr stark rußten, musste sie ein Husten unterdrücken. Vor ihr standen noch immer zwei Jungen und warteten. Zayda versteifte sich, als sie einen Blick auf den Mann neben dem Ritualmeister mit den Bronzeaugen werfen konnte.

Seine Augen leuchteten!

Hinter ihr näherten sich Schritte, und jemand stellte sich in der Reihe an. Viel zu dicht an ihrem Rücken.

Sie brauchte keinen Blick nach hinten zu werfen, ihre flüsternden Funken erkannten seine dämliche Fresse sofort wieder.

Sommersprosse!

Sie hatte fest damit gerechnet, dass der Junge schon längst zurück bei seiner Sippe wäre und feierte, doch stattdessen stellte er sich hinter sie in die kurze Reihe der Wartenden.

Ein leises, für ein junges Mädchen äußerst unschickliches Schimpfwort wollte sich über ihre Lippen stehlen, doch sie presste sie fest zusammen.

Auf einmal fühlte sie sich eingekeilt zwischen zwei unangenehmen Aussichten: Hinter ihr dieser Idiot … und vor ihr ein Magier.

„Du hast hier nichts verloren!", flüsterte Sommersprosse drohend und so leise, dass nur sie es hören konnte.

„Das werden wir ja gleich sehen, Dieb!"

Sie machte einen Schritt nach vorn, nur weg von ihm, doch er hielt sie an der Schulter fest, sodass ihr zu kurzer Mantel zurückrutschte und ihre Hand preisgab.

Seine Augen weiteten sich, als er das blutige Metall rechts und links aus ihrer Faust ragen sah.

„Das ist ein Halsband!", stellte er flüsternd fest.

Sie nickte. Mehr nicht.

„Wieso … wieso bringst du denn *das*, du Dummkopf?"

Sie warf ihm einen irritierten Blick über die Schulter zu und versuchte, den Angstkloß zu ignorieren, der sich in ihrem Hals ausbreitete. Das war die Bestätigung. Sie hatte die falsche Trophäe.

„Wie hast du es abbekommen?", fragte er weiter.

Sie verdrehte die Augen, wollte einfach nur, dass er sie endlich in Ruhe ließ! Wie sollte sie sich auf die bevorstehende Konfrontation mit dem Magier einstellen, wenn er sie die ganze Zeit ablenkte?

„Ich habe ihm den Kopf abgeschnitten!", zischte Zayda wütend zurück und fühlte sich seltsam befriedigt, als er mit bleichem Gesicht einen Schritt zurückwich.

Jetzt hatte sie es ihm gezeigt!

Als sie sich wieder nach vorne umwandte, war da nur noch Leere zwischen ihr und dem Podest, auf dem der Ritualmeister und sein Begleiter warteten. Wie konnte die Zeit so völlig unkontrolliert vergehen? Sie war noch nicht bereit!

Neben dem Meister, der sie mittlerweile ungehalten taxierte, lag eine breite Schale, in der bereits einige längliche Dinge der Hüterin geopfert worden waren.

Der rechte Daumen ... der Finger, der das Schwert kontrolliert ... opfert ihn der Hüterin, um zu zeigen, dass ihr einem Sklaven niemals eine Waffe überlasst.

Na toll, dachte Zayda mit zusammengepressten Lippen. *Jetzt fällt mir der Ritualtext wieder ein.*

Sie überlegte tatsächlich, ob sie sich nicht irgendwie wieder davonstehlen könnte ... aber dafür war es jetzt eindeutig zu spät, denn eine ausgestreckte Hand forderte sie dazu auf, ihre Opfergabe für Kalarati auszuhändigen.

Mit zitternden Knien überreichte sie ihm das runde Stück Metall, das aus zwei verbundenen Hälften bestand – und lenkte sofort die Aufmerksamkeit des Magiers auf sich.

Der Ritualmeister drehte und wendete das Halsband und bedachte besonders das Blut mit einer tief gefurchten Stirn.

„Wo hast du das denn gefunden, Knirps?"

„Am Hals eines Sklaven, den ich getötet habe", erwiderte sie, selbst ein wenig überrascht von ihrer aalglatten Antwort.

„Er hat dem Sklaven dafür den Kopf abgeschnitten!", rief Sommersprosse, und Zayda stöhnte genervt.

Die beiden hochrangigen Ratken warfen ihm nur einen abschätzenden Blick zu, in dem jedoch eine deutliche Warnung lag. Der Junge schluckte hörbar und war dann still.

„Davon werden wir uns später überzeugen müssen, denn dieses Teil hier ist nicht als Gabe an die Hüterin geeignet."

Mit diesen knappen Worten reichte er es an sie zurück, als wäre die Sache damit erledigt.

„Ich kann den Daumen holen!", protestierte Zayda atemlos.

„Da bin ich sicher", erwiderte der Ritualmeister, und sein mitleidiger Blick machte ihr klar, dass er ihr kein Wort glaubte. Vermutlich dachte er, sie hätte eine Geschichte erfunden, die der Junge hinter ihr dämlich nachgeplappert hatte.

Das konnte nicht so enden! Sie war so nah am Ziel, ihr Leben ein für alle Mal zu wandeln und es nicht länger nur von ihrer Mutter bestimmen zu lassen.

„Ich habe mir mein Zeichen verdient wie jeder andere auch!"

Als sie die Faust ballte, schossen die Augen des Magiers in ihre Richtung. Er trat näher zu ihr, und sein raschelnder Mantel übertönte ihren aufgeregten Atem.

„Lass sie sich doch beweisen."

„Danke, Herr", erwiderte Zayda – und erkannte erst, dass er sie ausgetrickst hatte, als Sommersprosse ein überraschtes Ächzen entwich. Der Ritualmeister war auch neben sie getreten und packte sie an der Schulter, so schmerzhaft, dass sie unweigerlich zischte.

„Ein Mädchen?" Er riss ihr das Stirnband weg, und schon fiel ihr Zopf frei herunter, und zerzauste Strähnen hingen ihr ins Gesicht.

Doch auf einen Wink des Magiers ließ Bronzeauge sie wieder los. Als sie allerdings dieser glühende Blick traf, wünschte sie sich in die groben Hände des Ritualmeisters zurück.

Die Stimme des Magiers hallte in ihrem Kopf wider und ließ ihr beinahe das Blut in den Adern gefrieren. Da er die Lippen nicht bewegte, wurde ihr klar, dass er allein mit ihr sprach.

Wie hast du ihn getötet?

Er musterte sie noch einen Moment, bevor sein Blick auf das Halsband fiel und er fordernd die Hand ausstreckte.

Mit zitternden Fingern überreichte sie ihm das blutverschmierte Ding aus Metall und spürte, wie ein Sirren durch ihre Fingerkuppen in ihren Arm schoss, als seine Hand kurz ihre berührte.

„Mit einem Messer", erwiderte sie mit erstickter Stimme.

Ein Schauer rann ihren Rücken hinab, als der Ratke rau lachte.

Nein, du lügst. Doch du belügst einen Magier. Ich frage dich noch einmal: Wie hast du ihn getötet?

Sie zog das Messer hervor und hielt es ihm hin, doch die Angst hatte jetzt ihr Herz ergriffen.

Du bist ein ganz schön stures Mädchen, junge Zayda, um nicht das lobende Wort willensstark zu verwenden. Ich habe noch nicht entschieden, ob du das verdient hast.

Der Schauer wurde jetzt zu Eis.

„Woher ..."

„Ich deinen Namen kenne? Du schreist ihn mir in deinen Gedanken förmlich entgegen, junge Tochter des Stadtherrn."

Während sie sich mühsam zu entspannen versuchte, versteifte sich Sommersprosse hinter ihr deutlich.

„Was dein Bruder wohl dazu sagt?"

„Er ... weiß nicht, dass ich hier bin. Hat er ... es geschafft?"

Der Ritualmeister nickte langsam, während der Magier das Gespräch fortführte.

„Wie alt bist du, Zayda? Du wirkst etwas schmächtig für die heutige Initiation."

„Ich bin fünfzehn."

Das Lächeln auf seinen Lippen verriet ihr sofort, dass er ihre Lüge durchschaute. Er legte den Kopf leicht schief und wartete.

„Ich bin zwölf."

Das Lächeln blieb weiter bestehen, doch anhand des leichten Zuckens in den Mundwinkeln konnte sie erkennen, dass er noch immer nicht zufrieden war.

Seufzend senkte sie den Kopf. „Zehn."

Der Ritualmeister ächzte, doch dann wandelte sich seine Bestürzung in Wut, und er packte sie am Kragen. Offensichtlich wollte er über seine eigene Unfähigkeit hinwegtäuschen, oder eher über sein Versäumnis, einen kleinen Knirps genauer zu überprüfen, bevor er ihn zum Ritual zuließ.

Erst dann bemerkte sie seinen Blick. Die bronzefarbenen Augen sprühten jetzt vor Zorn.

„Du wagst es? Du kleine Göre erschleichst dir hier Zugang zu einem heiligen Ritual! In meiner Lebzeit ist mir das noch ni…"

Doch zu Zaydas Überraschung – und wohl auch zu der des Ritualmeisters – ging der Magier dazwischen.

Diesmal machte er sich nicht die Mühe, in ihrem Kopf zu sprechen, und machte dort weiter, wo der Meister ihn unterbrochen hatte. Doch dann … spürte sie es. Ein Ziehen in ihrer Stirn und entlang der Wirbelsäule ließ alle ihre Alarmglocken klingeln. Hatte er sich zuvor so in ihren Kopf geschlichen und so lautlos mit ihr sprechen können?

Jetzt rissen seine Augen sie aus ihrem Gedankenschwall, dazu packte er sie an den dünnen Oberarmen. Der Ritualmeister machte einen Schritt von ihnen weg, als wüsste er, was nun drohte.

„Zeig mir den Ort!"

Zayda zitterte noch unter seinem glühenden Blick, doch sie hielt stand. Er durfte nicht! Sie wollte das nicht!

Der Schmerz in ihrem Kopf schwoll an.

„Zeig's mir!"

Das gelbe Glühen in den Augen des Magiers wandelte sich, wurde intensiver und nahm einen rötlichen Schimmer an.

Einen schrecklich langen Moment war nichts außer ihrem Atem in der Tempelhalle zu hören. Zayda spürte den Blick des Meisters neben sich, den von Sommersprosse und einigen anderen Jungen hinter ihnen … und der Schmerz wurde stärker.

Ihr Atem ging schwerer, doch schon nach zwei tiefen Zügen hatte der Magier sie überwältigt und drang scheinbar mühelos in ihre Erinnerungen.

Zaydas Blick verschwamm, während sich ein Schleier aus Bildern darüberlegte. Sie sah die Gasse, in die der Sklave sie geschleppt hatte, dann die rutschige Treppe zum Keller und die dunkle Öffnung … dann gab der Magier sie frei, als er hatte, was er wollte: den Ort des Geschehens.

Sie rang nach Luft, konnte nur einen Zug von der rauchschwangeren Kühle nehmen, bevor sich ein Ächzen aus ihrer Kehle hervorquälte und sie erneut von Magie gepackt wurde. Dieses Mal von einer anderen. Die Welt verdrehte sich zu wirbelnden Schlieren; es gab weder oben noch unten.

Bevor sie überrascht schreien oder wegspringen konnte, wurde die Tempelhalle mit der wirbelnden Magie einer Teleportation durch ebenjenen Keller ausgewechselt, in dem der tote Sklave lag.

Sie war irritiert, als sich ein ungeahntes Gefühl von Begeisterung in ihr ausbreitete und offensichtlich auch von ihrem Gesicht deutlich abzulesen war. Der Magier runzelte die Stirn, als habe er erwartet, dass sie anders reagierte. Zwar rebellierte ihr Magen ein wenig, doch sie war sich jetzt schon sicher: Teleportieren; das musste sie unbedingt lernen!

Neben ihr schnaubte noch jemand – der Magier hatte auch den Ritualmeister zur Beurteilung der Lage mitgebracht.

„Ich habe mir schon gedacht, dass dieser Halbstarke nichts als Unsinn von sich gegeben hat."

Der Magier hielt noch immer ihren Oberarm umklammert, erlaubte ihr jedoch, sich jetzt zur Seite zu drehen, und gab gleichzeitig den Blick auf die Leiche frei.

Falls die Männer tatsächlich kurz erwartet hatten, dass der Sklave enthauptet war, ließen sie es sich nicht anmerken.

Der Ritualmeister warf ihr nur einen kurzen Blick aus seinen Bronzeaugen zu, bevor er sich zu der Leiche hinabbeugte.

„Keine Stichwunden, außer ein paar Schnitten am Hals."

Zayda hatte gehofft, auch der Magier würde eher darauf achten als auf alles andere – doch er schenkte der Leiche zunächst nur einen abwertenden Blick. Dann verengten sich seine Augen, und seine Gedanken drangen wieder in ihren Kopf, ohne dass sie es verhindern konnte.

Beweg dich nicht vom Fleck!

Er trat ebenfalls zu dem Toten, legte ihm zu Zaydas Grauen die Finger auf das rote Gesicht. Sie wollte eigentlich nicht zu genau hinsehen und wandte rasch wieder den Blick ab. Doch es hatte genügt, um mehr Details zu erkennen – wie die Blasen, die seine Haut geworfen hatte.

„Schlau ist sie, das muss man ihr lassen", murmelte der Ritualmeister leise zu seinem Begleiter. „Hat den rostigen Stift aus dem Halsband gehebelt und es so gelöst. Jelak scheint ja eine blühende Fantasie diesbezüglich zu haben."

„Ich glaube eher, dass unsere Zayda hier ihm etwas Angst einjagen wollte, um sich für sein unfeines Spiel zu revanchieren."

Zayda fröstelte, während sie den beiden Männern lauschte. Ihnen schien tatsächlich nichts während der Ritualeröffnung entgangen zu sein. Außer der Tatsache, dass sie ein zehnjähriges Mädchen war.

Die Augen des Magiers huschten zurück zu ihr – und leuchteten gelb wie die Sonne.

Mit zwei großen Schritten war er bei ihr.

„So, Kleine, es reicht mir jetzt. Du hast diesen Mann mit Magie getötet und willst offensichtlich nicht mit der Sprache herausrücken. Du bist weder als Magierin gemeldet oder identifiziert worden, noch wurdest du bisher irgendwelchen Tests unterzogen. Ich kenne *alle* magisch begabten Jünglinge in der Stadt."

Sie wollte ihm erklären, dass ihr erst vor Kurzem überhaupt bewusst geworden war, was die Funken wirklich waren. Dass sie erst da verstanden hatte, was ihre Fähigkeiten vermutlich bedeuteten, was für Möglichkeiten dahintersteckten. Sie hatte sich diese Chance nicht durch ein paar kleine Tricks vertun wollen.

Wenn ihre Eltern das als zu wenig, als zu belanglos abgetan hätten, würde sie vielleicht nie wieder eine solche Möglichkeit erhalten. Sie wollte sie doch stolz machen, sie wollte sie mit ihrer

Magie überraschen – und sie wollte lieber eine Kriegerin werden, als mit irgendeinem Herrschersohn aus dem Hochland verheiratet zu werden.

Doch sie konnte sehen, dass das Interesse ihres Beobachters noch nicht so weit ging.

Er warf seinen glühenden Blick auf sie, legte ihr die Hände an die Schläfen und tauchte tief in ihr Bewusstsein ein.

Zayda entwich nur noch ein überraschtes Keuchen, bevor die Bilder ihrer misslungenen Jagd wieder hochgezogen wurden. Sie sah den Sklaven, wie er sie überraschte und überwältigte, spürte erneut, wie er sie die Gasse entlangschleppte und in den Keller hinuntertrug.

Sie strampelte mit den Beinen – genau wie sie jetzt in Wahrheit in ihrem Kopf um sich trat, um wieder die Kontrolle zu erlangen –, doch der Magier ließ kein bisschen locker.

Ihr Herz begann zu rasen; sie spürte erneut die Klinge an ihrem Hals, hörte ihre eigenen Worte und dann die des Sklaven.

Wir werden ein bisschen Spaß miteinander haben …

Erst als der Magier vor ihr miterlebte, wie sie begriff, was ihr drohte, und wie sie sich dagegen wehrte, dass der Sklave ihr Gewalt antat – da ließ sein leuchtender Blick sie plötzlich los.

Schwer atmend entspannte sich ihr bis dahin versteifter Körper, und sie sackte rückwärts weg.

Mit vor Schmerzen zusammengebissenen Zähnen schwor sich Zayda, dass sie nie wieder jemanden so tief in ihren Kopf lassen würde.

Sie hörte, wie sich die beiden Erwachsenen unterhielten, doch erst nach ein paar tiefen Atemzügen drangen die Worte wieder zu ihr durch.

„Und was tun wir jetzt? So eine … Lage hatten wir noch nie. Ein Mädchen schon … aber so jung – und dann auch noch mit Magie? Bist du ganz sicher, dass sie das war?"

„Ohne Zweifel", bestätigte der Magier.

„Ich muss sie für diese List bestrafen."

Zu Zaydas Überraschung stellte sich der Magier zwischen sie und den Ritualmeister, als dieser die Faust ballte.

„Nein. Sie erhält das Zeichen der Krieger. Sie hat bestanden. Auf ihre ganz eigene Weise."

Zayda wollte ihren Ohren kaum trauen, doch im nächsten Moment drehte sich der Magier schon zu ihr um und kniete sich vor sie. Auf Augenhöhe wirkte er auf einmal gar nicht mehr bedrohlich, sondern lächelte sogar.

Diesmal lag so etwas wie Stolz und vielleicht sogar Freundlichkeit in seinen Augen, wenn sie ihrem Eindruck glauben konnte.

„Das hast du gut gemacht."

„Ach … wirklich?", fragte Zayda leise und mochte es nicht, wie zittrig ihre Stimme klang.

„Keine Ratke von Ehre darf sich von einem Niederen unsittlich berühren lassen. Erst recht nicht von einem Sklaven."

„Wobei es so aussieht, als hätte sie ihn seiner gerechten Strafe zugeführt", warf der Ritualmeister ein. „Hat sie seinen Kopf … *gekocht?*"

Der Magier bestätigte die Vermutung des Meisters mit einem stillen Nicken.

„Dann wird er zusammen mit den anderen abgeholt. Möchtest du noch etwas untersuchen?"

Zayda bemerkte überrascht, wie vertraut die beiden auf einmal miteinander sprachen. Waren sie etwa Freunde? Im Tempel hatten sie so ernst und distanziert gewirkt.

Jetzt nickte der Magier, blieb aber weiter vor ihr in der Hocke.

In dieser Position wirkte er irritierend gelassen und nett, was Zayda mehr verunsicherte als die bisherige Strenge der Männer.

„Fühltest du dich erschöpft, nachdem du dich von ihm befreit hattest? War dir schwindlig, oder wurde es schwarz vor deinen Augen?"

„Ich ... weiß nicht. Nicht genau ... mir war etwas übel." Sie spürte, wie ihr die Hitze ins Gesicht stieg, doch vielleicht konnte er es im dunklen Keller nicht genau sehen.

„Es ist keine Schande für eine Zehnjährige, wenn das vorfällt, Zayda. Wirklich ungewöhnlich ... äußerst ungewöhnlich. Ich erwarte in Zukunft Großes von dir."

Das Mädchen nickte, ohne recht zu wissen, was er damit meinte. Sie wusste nur eines: Obwohl sie den Mann vor sich eigentlich hätte hassen sollen, weil er sie so bedrängt hatte und in ihren Geist eingedrungen war, empfand sie in Wahrheit tiefe Faszination.

Die Möglichkeiten der Magie brachten all ihre Sinne zum Vibrieren.

Ein abschließendes Seufzen entwich der Kehle des Magiers, bevor er sich aufrichtete und die Hände in die Höhe streckte. Zayda riss fasziniert die Augen weit auf, als plötzlich Blitze von seinen Fingerspitzen wegzuckten. Sie erfüllten den Raum, ließen ihre Haare kurz schweben, dann verzerrte sich das Bild des Kellers, und alles drehte sich, wie schon auf dem Weg zuvor.

Diesmal wollte sie seine Magie genauer wahrnehmen, alles beobachten und sich einprägen, doch es ging zu schnell vorbei.

Sie hatte versucht, die Augen offen zu halten, musste jedoch geblinzelt haben, denn im nächsten Augenblick standen sie schon wieder im Inneren des Tempels.

Sommersprosse war zurückgewichen und anscheinend über seine eigenen Füße gestolpert, denn er saß heftig atmend auf dem Boden. Zayda konnte nur einen kurzen Blick auf ihn werfen, bevor die Männer wieder ihre Aufmerksamkeit verlangten.

Der Ritualmeister nahm ihr das Halsband aus den zittrigen Händen und ließ es irgendwo verschwinden, dann betrat er das Podest und legte zu Zaydas Überraschung einen Daumen in die Schale zu den anderen.

Wann hatte er ihn abgeschnitten? Warum hatte sie das nicht bemerkt?

Mit einem Stirnrunzeln trat sie näher und wunderte sich noch darüber, warum ihre Funken ihr nichts verraten hatten. Als sie an ihre Magie dachte, stieg jedoch nur das Bild des verbrannten Sklaven in ihr hoch und ließ sie schaudern.

Falls sie eine finale Ansprache oder etwas Ähnliches vom Ritualmeister erwartet hatte, wurde sie enttäuscht. Der Ratke musterte sie nur noch schweigend aus seinen Bronzeaugen und verschränkte die Arme vor der Brust, sodass sein edler Mantel glatt herunterfiel und verbarg, ob seine Finger vom Abtrennen des Daumens blutig waren.

War er wütend? Oder erstaunt, weil es ein junges Mädchen gewagt hatte, sich in sein heiliges Ritual zu schleichen? Vermutlich beides.

Als sich jedoch nichts tat, huschte ihr Blick zurück zu dem Magier, der sich gerade etwas Staub vom Mantel klopfte – und die kleine, elektrische Ladung ignorierte, die durch den Stoff zum Marmorboden zuckte.

Er lächelte verschlagen, als er sich ihr zuwandte.

„Nun, es scheint, als sei der feierliche Teil deines Ritualtages vorbei, Zayda. Möchtest du wissen, weshalb ich für diese Position ausgewählt wurde?"

„Weil Ihr ein Magier seid, natürlich", erwiderte Zayda und biss sich auf die Lippe wegen dieser dummen Antwort.

Sein Lächeln wurde jetzt schiefer, und er trat auf sie zu.

„Natürlich. Doch ich wurde auch wegen meiner außergewöhnlichen Fähigkeiten dazu berufen."

Seine gelben Augen glühten auf.

Du willst also eine Kriegerin werden, Zayda?

Kurz wollte sie sich gegen seine gedankliche Frage sträuben, die in ihrem Hinterkopf juckte, doch die Frage war zu wichtig.

Ja. Ja, das will ich.

So sei es. Ich habe die Erlaubnis. Mach dich bereit.

Bereit?

Ehe Zayda weiter fragen konnte, trat der Magier zu ihr und legte ihr die Hände ans Gesicht. Sie hielt den Atem an, während er ihre Lippen mit den Fingern zurückschob.

Heißer Druck breitete sich in ihrem Mund aus, schoss durch ihre Zähne und brachte ihren Kiefer zum Knacken.

Tränen des Schmerzes quollen aus ihren Augen. Sie hasste es, dass der Magier sie zurück in den Tempel gebracht hatte, bevor er ihre Zähne bearbeitete. Wenn sie eines nicht wollte, dann dass Sommersprosse sie feixend dabei beobachten konnte, wie sie weinte.

Sie wollte, dass der Schmerz wieder aufhörte! Sofort!

Da war Blut in ihrem Mund; verzweifelt versuchte sie, von dieser stechenden Hitze zurückzuweichen, die jetzt ihr halbes Gesicht ausfüllte.

Sie wollte schreien, konnte es aber nicht. Der Magier hatte ihren Kopf fest mit seinen großen Händen umfasst und presste ihr weiter die Daumen gegen die unteren Schneidezähne.

Der Geschmack von Blut und Metall wurde stärker, bis sie würgen musste. Ein Wimmern entwich ihrer Kehle, dann befolgten die Funken endlich wieder ihre Befehle und flüsterten lindernd über ihr Gesicht.

Einen tränenverschleierten Wimpernschlag später ließ der Magier von ihr ab, und sie schloss rasch den Mund. Vorsichtig fuhr sie sich mit der Zungenspitze über die untere Zahnreihe und ertastete mehrere kleine Spitzen. Ihr Gaumen und der gesamte Unterkiefer fühlten sich noch taub an, doch der Magier beobachtete sie weiterhin mit großem Interesse.

„Du hast intuitiv Magie eingesetzt."

Sie konnte ein kurzes Schmollen nicht unterdrücken.

Es war nicht intuitiv. Das war gewollt.

Die Augen des Magiers verengten sich, und seine Gesichtsfarbe wurde kurz blasser, doch er schien seine wahren Gedanken nicht auszusprechen.

„Verschwinde jetzt, kleine Zayda. Wir haben noch andere, weniger intrigante Anwärter."

Mit einem Klaps auf den Rücken sandte er sie hinaus. Als sie an Sommersprosse vorbeiging, wusste sie nicht, was sie von seinem intensiven Blick halten sollte. Ihr Kopf schwirrte ihr noch immer von all den Ereignissen und Wendungen.

Er hatte also ihren Namen erfahren und sie in einem unschönen Moment erlebt, aber angesichts ihrer schmerzenden Zähne war ihr das alles völlig egal.

Sie durfte jetzt eine Kriegerin werden!

„Der Nächste!", bellte die raue Stimme des Ritualmeisters gebieterisch durch die Halle und mahnte Sommersprosse wohl dazu, ihr nicht weiter hinterherzustarren.

Noch deutlicher als seinen Blick spürte sie den des Magiers, dessen Namen sie noch nicht einmal kannte.

Mein Name ist Izerdan. Und wir werden uns bald wiedersehen, richte das deiner Familie aus.

Zaydas Nackenhaare stellten sich unangenehm auf, und sie beeilte sich umso mehr, in die warme Herbstsonne hinauszutreten.

Offensichtlich war es als ungewöhnlich aufgefallen, dass so lange niemand mehr den Tempel verlassen hatte; die meisten Zuschauer hatten sich nahe den Stufen und Säulen versammelt und warteten gespannt.

Zayda traf die Wucht der vielen Blicke völlig unvorbereitet. Sie hatte gehofft, im Stillen irgendwo am Rande des Platzes untertauchen zu können, um nach Hause zu schleichen und das alles zu verarbeiten – doch plötzlich stand sie so sehr im Mittelpunkt wie noch nie zuvor in ihrem Leben.

Ehe sie ihren Blick auch nur einmal über die vielen Gesichter schweifen lassen konnte, wurde Gemurmel laut, dann deuteten

Unzählige auf ihre Haare. Zayda fluchte innerlich. Sie hätte die Kapuze wieder hochziehen sollen.

Im nächsten Moment war jemand ganz nah neben ihr und packte ihren Arm. Sie erkannte Zeruk, noch bevor er sie zu sich drehte und leicht schüttelte.

„Was machst *du* denn hier?", zischte er sie streng an.

„Ich …"

Sie hatte erwartet, direkt mit ihren Eltern konfrontiert zu werden, doch die beiden standen mitten in der Menge und starrten sie einfach an. Ihr Vater wirkte entrüstet … Das Gesicht ihrer Mutter war eine gefrorene Maske.

Natürlich durften sie jetzt nicht aufgebracht und wild gestikulierend zu ihr eilen – das hätte ja verraten, dass die Herrscherfamilie der Stadt überhaupt nicht geplant oder gar gewusst hatte, was hier soeben geschehen war.

Zeruk zerrte sie indes zwischen die Säulen und seitlich über den Platz, hinein in die Menge und schließlich in eine Gasse.

Zayda ließ sich bereitwillig von ihrem mittleren Bruder führen. Insgeheim war sie froh, dass der Fünfzehnjährige sie geholt hatte und nicht ihre Eltern. Vielleicht hatte ja niemand erkannt, wer sie war!

Zeruk schüttelte sie grober, sodass sie aus ihren Gedanken gerissen wurde. Sie fühlte sich wie in einem äußerst absonderlichen Traum, in dem ihre Zähne schmerzten.

„Was hast du dir dabei gedacht?! Dich einfach in den Tempel zu schleichen. Wolltest du etwa zusehen, wie Djark sein Zeichen erhält?"

Es war wohl zu offensichtlich, dass sie die Lippen aufeinanderpresste und nicht sprechen wollte.

„Antworte mir, sofort!"

Sie wich ein Stück von ihm weg, doch er hielt sie weiter fest und warf einen kurzen Blick die Gasse entlang. Noch war ihnen niemand gefolgt. Er wirkte fast gehetzt – in diesem Moment fiel ihr die tiefe dunkle Narbe auf seiner linken Wange besonders stark auf. Er hatte sie damals bei seinem Kriegerritus davongetragen, von einem wehrhaften Sklaven. Sie hatte keine schöne Narbe erhalten – zumindest noch nicht, wenn sie seine Sorge richtig interpretierte.

„Mutter und Vater sind sicherlich gleich hier! Und Djark wird gehörig wütend sein, dass du ihm die Schau stiehlst."

„Das wollte ich gar nicht!"

Zeruks Augen weiteten sich.

„Du ... du hast doch nicht ..." Er schob ihre Unterlippe herunter und schüttelte fassungslos den Kopf, als er die unteren spitzen Schneidezähne erblickte. Insgeheim war sie froh, dass er so ruhig blieb. Djark würde sicherlich toben.

„Zayda, ich wusste ja schon immer, dass du ein kleiner sturer Haudegen bist, aber dass du so weit gehen würdest – Mutter wird dich umbringen."

„Ich werde jetzt eine Kriegerin!"

„Du kleine Närrin! Nur weil du dir das Ritual irgendwie erschlichen hast, heißt das doch nicht, dass dich ein Meister in Ausbildung nimmt! Du bist viel zu jung – und ein Mädchen. Die haben es ohnehin viel schwerer, einen Meister zu finden!"

Die Farbe wich aus Zaydas Gesicht, und ihr wurde kalt, doch sie kam nicht mehr dazu, ihm zu antworten. Schritte näherten sich, dann traf sie ein Schlag gegen den Arm, der sie an Zeruks Brust drückte.

„Du blöde Kuh!", keifte Djark sie an. „Das zahle ich dir heim!"

Ihr Vater legte ihm eine Hand auf die Schulter und hielt ihn zurück, bevor er sie wieder angreifen konnte. Dunkle Strähnen hingen Djark wirr ins Gesicht, bis vor die blutigen Lippen. Auch er hatte seine neuen Zähne erhalten – und wollte gleich hier und jetzt seine erste Handlung als Krieger durchstarten, so wie er bebte.

Erst als Balzayds Griff um seine Schulter stärker wurde, entspannte er sich widerwillig.

„Zügle deinen Zorn. Du bist jetzt kein Kind mehr."

„Genau wie sie", warf Zeruk ein und schob seine kleine Schwester verräterisch von sich. Es schien, als ahnte er ganz genau, wie ihre Mutter reagieren würde.

Leryda packte ihre Tochter am Kinn und zwang sie, ihr das Gesicht zuzuwenden. Sie presste die schlanken, aber starken Finger rechts und links in Zaydas Wangen und öffnete dadurch ihre Lippen.

Ein Zischen entfuhr ihrem Mund, und sie ließ Zayda los, als habe sie sich verbrannt.

„Du kleine …", flüsterte sie, erinnerte sich aber gerade noch rechtzeitig ihrer edlen Abstammung, um das Mädchen nicht ungebührlich zu beleidigen. „Ich habe es dir verboten! Oh, Kalarati, wofür habe ich diese widerspenstige Erbin verdient? Du bringst Schande über uns!"

Zayda riss sich mit einem Ruck aus dem Griff ihrer Mutter und ignorierte das Brennen, das deren Fingernägel auf ihrer Haut hinterließen.

„Schande? Ich habe nur dasselbe Recht wie meine Brüder beansprucht!"

„Und das war absolut nicht dein Recht! Du hast mir zu gehorchen!"

„Abe…"

Eine schallende Ohrfeige brachte sie abrupt zum Schweigen und trieb ihr erneut Tränen in die Augen.

„Schweig still! Du sprichst kein Wort mehr, bis wir zu Hause sind!"

Damit wurde sie wie eine Gefangene zwischen Zeruk und ihrer Mutter abgeführt, bis sie den noblen Platz erreicht hatten, der sich an der Kreuzung vor ihrem Anwesen auftat. Ein Diener öffnete der schweigsamen Familie die Tür, und sie betraten die große Eingangshalle.

„Dass ich so etwas noch erlebe!", brüskierte sich Leryda und warf Sebila, die ihnen rasch nachgeeilt war, schnaubend ihren

Mantel vor die Füße. „Meine eigene Tochter! Balzayd, so sag doch etwas!"

Ihr Vater warf ihr einen niederschmetternden Blick zu. Doch dann – für das kurze Bruchstück eines Herzschlags – zuckte sichtlicher Stolz über sein Gesicht.

„Wir müssen jetzt Ruhe bewahren. Djark, hör auf, so ein Gesicht zu machen. Das ist dein Ehrentag, und wir werden ihn gebührend feiern, das hast du dir verdient."

Zaydas Mutter wirkte nicht so, als wäre sie mit seiner Antwort auch nur ansatzweise zufrieden. Sie tippte ihrer Tochter gegen die schmutzige Stirn, auf der wahrscheinlich Ruß und Blut klebten.

„Und wie du aussiehst! Sebila, hast du sie so hinausgehen lassen?"

„Herrin, ich habe sie zuletzt in ihrem Bett gesehen, tief in die Lammfelle gekuschelt."

„Nun, Lammfelle gibt es ab jetzt keine mehr!"

„Mama ...", setzte Zayda an, doch ihre Mutter unterbrach sie mit einer barschen Handbewegung.

„*Mama* mich nicht! Du hast dein Schicksal selbst in die Hand genommen und dich über meine Wünsche hinweggesetzt. Da kannst du nicht erwarten, dass ich deinen Wünschen noch irgendeinen Wert beimesse oder sie berücksichtige."

„Dann soll ich jetzt also den Weg einer Kriegerin gehen?", fragte Zayda hoffnungsvoll, doch ihre Mutter blitzte sie nur böse an.

„Nichts dergleichen! Wir müssen das mit den Beratern der Familie besprechen, müssen eine Erklärung abgeben, damit dein Vater und ich nicht zum Gespött der Stadt werden!"

Sie wandte sich an Djark, der sich bisher still verhalten und neben ihrem Vater abgewartet hatte.

„Und du, mein Lieber, bekommst jetzt dein zweites Geschenk von Balzayd und mir im Saal überreicht."

„Was ist mit mir?", rief Zayda und bereute die Frage, noch bevor sie ihre Lippen verlassen hatte. Ihre Mutter warf ihr einen eisigen Blick zu.

„Du gehst jetzt auf dein Zimmer und wäschst dich! Du stinkst, und das ziemt sich nicht für eine Dame deines Standes."

Für eine Kriegerin schon, dachte Zayda schmollend, verbiss sich aber diesen Kommentar.

Sie warf einen letzten Blick auf ihre Familie. Ihr Vater hatte bisher kaum ein Wort verloren. Vermutlich machte er sich seine ganz eigenen Gedanken und zog seine Schlussfolgerungen, die er seiner kleinen Tochter irgendwann mitteilen würde.

Djark starrte sie noch immer böse an, auch wenn er sich jetzt offensichtlich auf sein anstehendes Geschenk freute. Hoffentlich konnte sie ihren jüngsten Bruder irgendwann wieder milde stimmen.

Zeruk musterte sie hingegen mit größerem Interesse. Hatte er sie je zuvor so direkt angesehen? Es wirkte so, als wäre sie bisher nur ein Schatten gewesen, einfach immer ein selbstverständlicher Teil seines Lebens – und jetzt sah er sie wirklich.

„Ich … ich freue mich, dass du jetzt ein Krieger bist, Bruder", hauchte sie noch leise, an Djark gewandt. Der schnaubte nur genervt und verschränkte die Arme vor der Brust, während sie still zur Treppe huschte und hinauf in ihr Zimmer eilte.

Nachdem sie die Tür hinter sich zugeschoben hatte, rutschte sie langsam am unebenen Holz herunter und blieb einfach sitzen, mit dem Rücken an die geschnitzten Reiter und Hunde gelehnt.

Das erste Mal, seitdem sie den Tempel betreten hatte, atmete sie so tief ein, wie ihre Lungen es ermöglichten.

Sie wusste nicht, was sie erwartet hatte.

Lob? Freude? Was für ein Unsinn.

Weshalb hatte sie sich überhaupt Hoffnungen diesbezüglich gemacht? Mutter hatte in den letzten Tagen mehr als deutlich gezeigt, dass es für sie keine Zukunft als kämpfende Frau geben würde. Ihr *Stand* war zu wichtig.

Im Grunde genommen hatte sie schon lange unterbewusst befürchtet, dass ihre Mutter für sie eine baldige Hochzeit plante, um das Fortbestehen der Familie zu sichern.

Zayda hatte zwei etwas ältere Mädchen gekannt, die sie als so etwas wie Freundinnen bezeichnet hätte ... bis diese im Sommer verheiratet wurden und seitdem wie vom Erdboden verschluckt waren.

Ihre Eltern hatten schon darüber gesprochen, da war sie sich sicher. Bisher hatte sie es absichtlich ignoriert, hatte sich lieber mit ihren Flüsterfunken beschäftigt – und es doch gewusst.

Hatte sich deshalb der Wunsch, Kriegerin zu werden, so tief in ihr Herz eingebrannt?

Sie konnte sich einfach kein Stück weit vorstellen, einmal wie ihre Mutter zu werden.

Magie und andere Schwierigkeiten

Zayda schloss alle Magie in sich ein und riegelte dadurch ihre Sinne ab. Sie zog sich in ihr Inneres zurück, dachte über das Geschehene nach und wollte vor allem nichts weiter davon mitbekommen, was im Haus geschah.

Sollte Djark doch den Ruhm genießen, der ihr nicht vergönnt war.

Für einen Moment schoss ein heißer Stich aus Neid durch ihr Herz, doch sie verbannte dieses Gefühl rasch wieder. Das hatte er nicht verdient. Sie hätte auch ihre verdammte Ungeduld zähmen und bis nächstes Jahr warten können, dann wäre sie vielleicht auch nicht in die unschöne Situation mit dem Sklaven im Keller geraten.

Doch jetzt war es zu spät für Reue. Sie hatte ihre Entscheidung getroffen und damit Dinge ins Rollen gebracht, die sie eigentlich noch gar nicht begreifen konnte, wenn sie ehrlich mit sich war.

Dennoch hätte sie sich ebenfalls Geschenke und eine Feier gewünscht.

Genau in diesem Moment ließ sie ein sachtes Klopfen zusammenschrecken. Sie sprang auf, strich sich die wirren Haare ansatzweise glatt und öffnete die schwere Tür.

Erleichterung machte sich in ihr breit, als Sebila schnell hereinhuschte.

„Bitte entschuldige", raunte die Dienerin. „Möchtest du überhaupt Gesellschaft?"

Das Mädchen starrte sie noch einen Moment ungläubig an, dann brach sie in Tränen aus und warf sich der Dienerin an den Hals. Sie vergrub ihr Gesicht an Sebilas Schulter.

„Es tut mir leid", wimmerte sie und konnte es kaum fassen, wie leicht ihr diese Worte bei Sebila über die Lippen gingen. „Ich habe Djark so verle-etzt! Ich wo-ollte doch nur so stark und m-mutig sein wie meine Brüder und ni-nicht …"

Sebila schlang die Arme tröstend um das Mädchen und zog es an ihre warme Brust. „Schhh… ist ja gut. Das wird sich schon alles wieder richten."

„Aber er ist so wütend! Und Mu-Mutter erst …"

Sie schluchzte, verschluckte sich beinahe und fasste sich dann schlagartig wieder. Sie durfte sich nicht so gehen lassen, immerhin war sie jetzt eine Kriegerin!

Dankbar drückte sie sich einmal kurz an Sebilas Brust, dann löste sie sich aus der Umarmung und wischte sich über das Gesicht. Ein letztes Mal schniefte sie noch, dann nickte sie.

„Es geht … schon wieder. Danke."

Erst dann bemerkte sie, dass sie wieder auf den Dielen saß und die Dienerin neben ihr auf die Knie gesunken war, um sie in die Arme zu schließen. Zayda schalt sich innerlich für ihre Gefühlsausbrüche, das würde Mutter nur noch wütender machen.

Leryda war keine Frau, die Schwäche duldete – und erst recht kein Mitleid.

„Darf ich deine Zähne mal sehen?", fragte Sebila, während sie ein Zögern zwischen den Worten mühsam unterdrückte.

Zayda nickte, dankbar, dass überhaupt jemand Interesse an ihrem ersten Kriegerabzeichen zeigte … und sie darum bat, anstatt ihr einfach ins Gesicht zu fassen. Sie zog die Lippen auseinander, als würde sie spielerisch die Zähne fletschen, und Sebila musterte ihre kleinen Schneidezähnchen mit echtem Interesse, bevor sie sich schaudernd schüttelte.

„Bei den Hütern. Ich werde nie ganz verstehen, warum ihr das macht, auch wenn ich schon mein Leben lang bei euch bin."

„Es ist ein Zeichen des Mutes und Respekts für unsere Hüterin. Und es soll uns kennzeichnen, unseren Rang verdeutlichen und zeigen, dass wir diesen Weg mit Bedacht eingeschlagen haben", zitierte das Mädchen alles, was sie bei ihren Brüdern aufgeschnappt hatte.

„Und euren Feinden Furcht einflößen", wandte Sebila ein.

Zayda musste schmunzeln. „Ja, das wohl auch. Aber ich durfte bisher nicht die Bücher lesen, in denen die Geschichte dazu steht. Vater hat sie in einem teuren Schrank weggeschlossen, weil ich angeblich noch zu klein dafür war."

„Es wird sich nun einiges ändern, das ist dir bewusst, oder?"

Das Mädchen nickte und stand seufzend auf. Sebila half ihr, den kurzen Mantel abzustreifen und aus den anderen Kleidern zu schlüpfen, ehe sie Zayda in ein weiches Tuch einwickelte.

Danach arbeitete sie schweigend, heizte das Feuer im Kamin wieder an, das bisher nur noch leise geknackt hatte, und trat in die kleine Nebenkammer, in der allerhand praktische Dinge verwahrt waren, um das Leben angenehmer zu gestalten.

Zayda saß schweigend auf dem Bettrand und grub gedankenverloren ihre nackten Zehen in das Wolfsfell am Boden, während Sebila an einer Schnur zog, die in einer Führung in der Wand verschwand. Zayda hatte schon früh das große Haus erkundet und herausgefunden, dass diese Schnur zu einer Klingel führte, wie einige andere auch.

Die Klingel rief einen Diener, der wiederum den Magier informierte – und dieser sorgte dann für heißes Wasser für den großen Zuber.

Sie hatte ihre Funken noch nicht dazu bewegen können, sich mit Wasser anzufreunden; sie flüsterten lieber mit dem Wind oder mit Steinen. Doch irgendwie bewegte der Magier unten das Wasser durch die Rohre. Jetzt lief es dampfend aus einem Hahn und füllte den Zuber, in dem sich dank Sebila schon duftender Schaum sammelte.

Wenig später fand sich Zayda in wohlige Wärme getaucht, die ein wenig auf der Haut schmerzte, wenn sie sich bewegte. Doch nur für ein paar Atemzüge, dann war es so angenehm, dass sie all die Strapazen des Tages und alle Sorgen rasch vergaß.

Sebila schrubbte sie gründlich ab, wusch ihr die langen schwarzen Haare und fluchte leise, wie es nur eine Amme tat, als sie die vielen Knoten darin entwirren musste. Auch die Schramme an Zaydas Hals, die jetzt im Badewasser brannte, bedachte Sebila mit einem kritischen Blick, den man durchaus als sorgenvoll hätte bezeichnen können.

„Was hat es damit auf sich, kleine Herrin?"

„Nichts ... nicht wirklich etwas. Nur ein Kratzer."

Sebila fuhr weiter in gleichmäßigen, geübten Bewegungen durch die feuchten Haare, die mittlerweile wieder gebändigt waren.

„Hm, das sieht mir eher nach einer Auseinandersetzung aus. Mit einem störrischen Ritualmeister vielleicht?"

Zayda lachte auf. „Das wäre was! Dass das Bronzeauge der Tochter des Stadtherrn ein Messer an die Kehle hält."

„Bronzeauge?"

„Der Tempel- und Ritualmeister. Ich kenne seinen Namen nicht. Wo ich darüber nachdenke: Ich kenne eigentlich viel zu wenig Namen."

„Du hast nur nicht richtig zugehört, bei den vielen Treffen deines Vaters mit all den wichtigen Personen der Stadt."

Zayda machte einen Schmollmund.

„Keine Sorge, ich werde dir dabei helfen, wenn du mehr lernen möchtest."

„Danke."

„Nun? Wessen Messer war es dann?", fragte Sebila unbarmherzig weiter.

Seufzend gab das Mädchen nach. Wenn sie mit jemandem darüber reden konnte, ohne dass derjenige gleich ausrastete, dann war dieser Jemand eindeutig ihre Sebila. Mutter und Vater wären außer sich!

„Es war der Sklave, den ich töten musste. Er ... war anderer Ansicht, was den Wert des Rituals anging. Wollte sich nicht wirklich für meinen wichtigen Tag opfern."

Sebilas Hand an ihrem Hinterkopf erstarrte. „Es ist barbarisch", flüsterte sie atemlos.

„Es ist jedes Jahr so. Die, die dort unten in den Gassen gelassen werden, sind nicht mehr … sie werden nicht mehr gebraucht. Und sie dürfen auf diese Weise noch einer höheren Sache dienen. Es ist eine Ehre, sich zu opfern, das hat Zeruk mir gesagt."

„Was sollte ehrenhaft daran sein, einen wehrlosen alten Greis abzustechen?"

Zayda dachte daran, dass ihr Sklave alles andere als wehrlos gewesen war, doch der Ton gefiel ihr nicht.

„Sebila, wenn Mutter dich so reden hörte, würdest du sicher bestraft werden. Man stellt unsere Gesetze nicht infrage."

„Und was hast du getan?"

Zayda biss sich auf die Lippen, bereute es aber schon im nächsten Moment, als eine der neuen Spitzen in ihre Unterlippe pikste.

„Du hast den Sinn der Erprobung und des Rituals nicht verstanden. Wir sollen die Angst vor dem Tod überwinden und die Stärke eines wahren Ratken in unserem Herzen finden. Dafür werden die Alten geopfert."

„Würdest du mich dort sehen wollen, wenn ich älter werde?"

Zayda runzelte die Stirn.

„Das ist doch etwas anderes. Du bist keine Sklavin, du bist meine Amme und eine Dienerin."

Sebilas Hand zitterte ein wenig, doch sie begann wieder, Zaydas Haar zu kämmen.

„Natürlich. Du hast vollkommen recht, kleine Herrin."

Zayda lächelte und lehnte sich zufrieden im Zuber zurück.

In der Nacht träumte sie von Magiern mit leuchtend blauen Augen, die Flammen über ihren Händen schweben ließen. In einem Kreis ragten sie rings um sie in die Höhe, erhaben und voller Macht. Hinter jedem stand ein anderes Tier … eine riesige Ratte und ein Wolf mit Augen wie Eis beobachteten sie besonders gebannt.

Sofort wurde ihr bewusst, dass es ein Traum sein musste – doch sie wollte noch nicht erwachen, wollte erst alles genau erfassen.

Sie drehte sich einmal im Kreis und versuchte, die Magier den Völkern zuzuordnen. Der Wolf stand für die Miakoda, die mit den meisten Magiern in ihren Reihen gesegnet waren. Natürlich war die Ratte ihr Tier, das die Stärke in der Einheit symbolisierte. Hinter einer alten Frau mit langem blondem Haar erkannte sie ein großes, katzenartiges Tier. Das musste also eine Felide sein ... und der bullige Mann mit dem Steinbock, das war ein Hornträger. Danach sah sie noch weitere, mit Tieren wie einem Adler, einem Bären und anderen, doch sie konnte sie nicht alle zuordnen.

Der durchdringende Blick des Wolfes riss sie aus ihrer Konzentration.

Sie wachte auf, kuschelte sich in der Dunkelheit in die Lammfelle und lauschte dem leisen Knacken der Glut, während sie froh war, dass ihre Mutter die Drohung noch nicht wahr gemacht hatte.

Sie mochte die Felldecke, auch wenn sie eigentlich für diesen ungewöhnlich milden Herbst noch zu warm war. Der Geruch erinnerte sie an die langen Ritte mit ihren Brüdern, die in abenteuerlichen Abenden am Lagerfeuer geendet hatten. Wenn man abends das Fell ausrollte und sich hineinkuschelte, schien die Welt vollkommen in Ordnung.

Ihre Gedanken wanderten zurück zum gestrigen Tag, und sie fuhr sanft mit der Zunge über die angespitzten Zähnchen in der unteren Reihe.

War das alles wirklich erst gestern passiert?

Sie erinnerte sich an den gemütlichen Abend im warmen Schaumwasser. War sie eingeschlafen? Irgendwann hatte Sebila sie in ein Tuch gewickelt und ins Bett getragen.

Was Djark und ihre Eltern wohl den restlichen Abend getan hatten? Waren sie noch einmal in die Stadt gegangen?

Zayda schnaubte laut und drehte das Gesicht ins Fell.

Ist mir egal!

Sie wälzte sich eine Weile hin und her, bevor ihre Gedanken unvermeidlich zu den gestrigen Ereignissen zurückkehrten und sich nicht mehr davon lösen konnten. Warum konnte sie den Moment nicht vergessen, da dieser verdammte Niedere sie in den Keller schleppte?

Es sollte sie nicht so beschäftigen, aber sie … fühlte sich verletzt und gedemütigt.

Warum hatte sie diesem Kerl nicht einfach das Messer in den Hals gerammt, wie sie es in ihrer Vorstellung geplant hatte?

Sie ballte die Fäuste. Warum konnte sie nicht einfach denselben Unterricht erhalten wie ihre Brüder?

Die Dunkelheit im Raum wich allmählich dem ersten Grau der Dämmerung, das anschließend von sanftem Rosa abgelöst wurde. Sie blinzelte nur gelegentlich, starrte auf den Stoff ihres Himmelbetts und sehnte sich nach dem rauchigen Duft eines Lagerfeuers aus Kiefernholz.

Ein leises Klopfen riss sie aus ihren Gedanken; die Magie verriet ihr innerhalb eines Atemzugs, dass Sebila das Zimmer betrat.

Sie erkannte den ruhigen Herzschlag der Dienerin und die angenehme Ruhe, die sie umgab.

„Guten Morgen, junge Herrin. Es ist … nun, das Wetter ist nicht ganz so wunderbar wie gestern, aber willst du dennoch den ganzen Tag im Bett verbringen?"

Zayda seufzte, doch sie konnte nicht verhindern, dass sich ein Lächeln auf ihre Lippen stahl. Sie warf die Decke zurück und setzte sich auf.

„Ich bin wach. Schon … eine ganze Weile, glaube ich."

„Konntest du nicht schlafen?"

Die Dienerin trat neben sie, um die Kissen aufzuschütteln, doch ihr Blick war so sanft und freundschaftlich, dass Zayda ihr gerne Platz machte.

„Ich musste einfach über vieles nachdenken."

Sebilas Blick wurde weich. Die Dienerin warf das Kissen zurück an seinen Platz und setzte sich neben sie.

„Beschäftigt es dich, was mit dem Sklaven gestern geschehen ist?"

Zayda fragte sich, was sie in ihrem halb schlafenden Zustand alles erzählt hatte.

„Nein. Es beschäftigt mich mehr, was Mutter heute sagen wird … wegen … nun ja."

„Des Rituals?"

Ich wollte Magie sagen, aber das auch.

Stattdessen nickte sie nur.

Sebila drückte sie an ihre Brust, bevor sie aufstand und Kleider aus der Truhe zog, die Zaydas Mutter gefallen würden. Eine dunkle, bodenlange Tunika und einen schwarzen Ledergürtel, der hoffentlich als elegant durchgehen würde.

„Lass mich deine Haare richten, bevor wir hinuntergehen."

Zayda stand seufzend auf und zog sich die Kleidung über.

„Bringen wir es hinter uns."

Sebilas Lächeln war ein lindernder Trost für ihre Seele.

Sie ließ sich herrichten und dachte einen Moment darüber nach, den Kratzer an ihrem Hals abzudecken, als sie in den Spiegel blickte. Leider wusste sie nicht wirklich, wie sie das mit ihren Zähnen gestern angestellt hatte. Genügte einfach der Gedanke an Heilung?

Sachte fuhr sie mit dem Finger über das getrocknete Blut, doch als sie Sebilas Blick auf sich spürte, entschied sie sich gegen solche Experimente.

Mit einem Seufzen verließ sie das Zimmer und war froh, dass die Dienerin ihr auf leisen Sohlen folgte. Sie brachten die Galerie, die Treppe und die große Eingangshalle hinter sich; erst am Durchgang zum Speisesaal zögerte sie.

Natürlich waren alle bereits auf, und sie konnte sich nicht an den Tisch stehlen, ohne die Aufmerksamkeit aller auf sich zu ziehen, einschließlich der Diener, die gerade das Frühstück anrichteten.

Sebila schob sie tiefer in den Raum.

Jetzt gab es kein Zurück mehr.

„Ähm ... guten Morgen?"

Die Blicke sprachen Bände. Sie schluckte schwer und befahl ihren Füßen, weiterzugehen. Irgendwie erreichte sie ihren Stuhl und warf einen hilflosen Blick zu dem leeren Platz, der Darzir gehörte. Er war nur noch selten hier, seit er zu ehrenhaften Rängen im Hochland aufstrebte. Vater wollte, dass er sich insbesondere mit König Ray'Kal gut stellte, denn mit dem wichtigsten Clanherrscher Verbindungen zu hegen hatte auch Zayd, ihrem Großvater, durchaus geholfen, seinen Stand in Irfen zu erringen.

Seltsamerweise hatte sie die illusorische Hoffnung, dass ihr ältester Bruder auf ihrer Seite stehen würde. Er war schon einige Jahre weg und lernte Kämpfen und alles über Politik.

Immerhin war Zeruk gestern nett gewesen. Natürlich war er das. Solange sie zurückdenken konnte, war sein Lächeln milde und gönnerhaft gewesen. Djark hingegen ... nun, für seine dreizehn Sommer verhielt er sich mehr wie ein Kind als sie! Er streckte ihr die Zunge raus, als die Diener ihm gerade gebratene Eier mit Speck servierten.

„Djark, wir benehmen uns am Tisch, du bist jetzt ein Mann."

Er verzog das Gesicht und warf Zayda einen bösen Blick zu, als wäre sie schuld daran, dass er von Leryda zurechtgewiesen wurde.

Sie erhaschte ein kurzes Aufblitzen seiner gefeilten Zähne und fragte sich, ob er wohl noch Blut schmeckte. Sie wollte keine Schadenfreude empfinden, dennoch war sie wütend, dass er sich kein bisschen in ihre Lage versetzen wollte.

Zayda ließ sich auf den Stuhl fallen und erwiderte nichts, beobachtete stattdessen ihren Vater, der sie mit einem Interesse musterte, das sie absolut nicht gewohnt war.

„So. Wie es aussieht, haben wir einiges zu besprechen."

Seine dunkle Stimme war ruhig wie immer, doch es lag eine unterschwellige Drohung darin, die Zaydas Nackenhaare stehen ließ.

Djark warf seine Gabel mit einem Klirren auf den Tisch.

„Was hast du dir dabei gedacht, Zayda? Du musst dir doch etwas dabei gedacht haben, oder hast du dir einfach gestern Morgen gesagt: He, ich könnte ja meinem Bruder den Ritualtag ruinieren?"

„Nein … nein, das war es nicht."

Djark knirschte mit den Zähnen, auch wenn das jetzt sicherlich wehtat.

Zeruk warf seinem kleineren Bruder einen kurzen Blick zu. „Weißt du nicht mehr, wie viel sie in letzter Zeit mit Mutter gestritten hat?", fragte er leise.

Zayda stand auf und hasste es, dass sie selbst stehend nicht größer war als die sitzenden Erwachsenen. Wann würde sie endlich wachsen?

Sie räusperte sich.

„Ich möchte eine Kriegerin werden."

Dass ihr Vater lachte, war die schlimmste Reaktion, die sie sich hätte vorstellen können. Alle am Tisch erstarrten, selbst Mutter, die gerade den Mund geöffnet hatte, um vermutlich etwas Gemeines zu sagen. Balzayds dunkles Lachen erfüllte den gesamten Raum.

Zayda begann zu glühen.

Sie hatte gar nicht gewusst, dass sie so schwitzen konnte … gleichzeitig öffneten und schlossen sich ihre Hände in purer Hilflosigkeit.

„Zayda, ich hielt deine Streitereien der letzten Wochen für eine bloße Kindheitslaune, doch du erstaunst mich."

„Balzayd!", zischte Mutter entsetzt.

„Du musst doch zugeben, dass es durchaus überraschend ist."

„Überraschend vielleicht, aber *nicht richtig*!"

Zayda zog die Schultern ein, als Mutter laut wurde.

Gerade als alle den Mund öffneten, um vermutlich durcheinanderzuschreien, betrat Sebila wieder den Speisesaal.

„Herr ... es ist Besuch eingetroffen."

„Und wer, verdammt?", rief Leryda dazwischen, bevor Vater etwas erhabener nachfragen konnte.

„Es ist Izerdan."

Am Tisch setzte kurzes Schweigen ein, bevor Leryda sich erhob und für einen kurzen Moment ihre guten Manieren vergaß. „Was will der denn jetzt?"

Zayda gluckste leise und erntete sofort einen vernichtenden Blick – dann schwante ihr Böses. Warum war der Magier hier?

Der gestrige Tag war so überwältigend gewesen, dass sie glatt vergessen hatte, wie er bei ihrem Abschied ankündigte, der Familie van Dymar bald einen Besuch abzustatten.

Aber so bald?

Ihre Beine zuckten, aber Zeruk gab ihr mit einem angedeuteten Kopfschütteln zu verstehen, dass es keine gute Idee war, jetzt vom Tisch aufzuspringen.

Zaydas Herz trommelte wild in ihrer Brust, und sie sandte heimlich ein paar kleine Funken aus. Sie schlichen sich über die Fliesen und durch den edlen Teppich, doch bis sie die Eingangshalle erreicht hatten, betrat der Ratke bereits den Speisesaal.

„Guten Morgen, Stadtherrscher", begrüßte der Magier die Familie und deutete eine ehrerbietige Verbeugung vor dem Herrscherpaar an. Als man ihm einen Stuhl anbot, lehnte er mit einer freundlichen Geste ab.

„Bitte verzeiht, Herr, ich hatte schon vor dem Morgengrauen mein Morgenmahl. Ich wollte mich gebührlich vorbereiten und mich noch mit dem Ritualmeister beraten, bevor ich zu Euch komme."

„Falls Ihr Absolution für Eure Taten erhalten wollt, Izerdan, dann muss ich Eu…", setzte Leryda an, doch Balzayd gebot mit gehobener Hand Ruhe.

„Nur damit das klar ist: Ich war nicht darüber informiert, dass meine Tochter vorhatte, sich der Erprobung zu unterziehen, dennoch bin ich stolz auf sie."

Mutters Gesicht wurde erst rot, dann noch blasser als sonst, doch Vater fuhr ungerührt fort, während Zayda an seinen Lippen hing. „Das heißt jedoch nicht, dass ich ihrem Wunsch, eine Kriegerin zu werden, nachgeben werde. Sie ist die einzige Tochter des Hauses und hat damit ganz bestimmte Verpflichtungen."

Izerdans Blick huschte kurz vom Stadtherrn weg und streifte fragend das kleine Mädchen.

„Hat Eure Tochter Euch nicht berichtet, wie sie ihren Sklaven zur Strecke gebracht hat?"

„Wie jeder andere auch, nehme ich an. Auch wenn ich nicht weiß, woher sie die Waffe hatte."

Der Magier schmunzelte leicht. „Nun, Herr, ich bin nicht hier, um mich für die Durchführung des Rituals zu entschuldigen oder zu rechtfertigen. Ich bin hier, weil ich der Lehrmeister Eurer Tochter werden möchte."

Djark und Zeruk klappten die Münder auf.

Ihre Schwester hätte diese lächerlich übertriebene Reaktion gerne mit einem Lachen quittiert – nur leider sprach der Magier von ihr.

Leider?

Nein, das könnte großartig werden! Hatte Zeruk nicht gestern noch gesagt, sie würde keinen Meister finden? Ha!

Der Stadtherr legte langsam sein Besteck auf dem Tisch ab und faltete die Hände.

„Zayda, möchtest du uns freundlicherweise aufklären?"

Sie nickte hastig, wohl wissend, dass das alles andere als eine freundliche Bitte war.

„Ich habe einen Sklaven verbrannt. Er hat … hat mir mein Messer weggenommen und wollte mich gefangen nehmen, um mich gegen sein Leben auszutauschen. Da hab ich ihn verbrannt."

„Na und?", hakte Leryda gereizt nach.

„Sie hat ihn mit Magie getötet", fügte der Magier hinzu und verschwieg dankbarerweise ebenfalls, dass der Sklave sie hatte schänden wollen.

Ihre Mutter schnaubte laut.

„Das ist ein schlechter Scherz. Zayda beherrscht keine Magie, wir haben es vor Jahren einmal getestet. Sie ist keine Magierin."

„Mit Eurer Erlaubnis, Herrin, würde ich mich gerne selbst davon überzeugen, was sie ist und was nicht."

Er hielt ihrem feurigen Blick stand, ohne auch nur mit der Wimper zu zucken. Balzayd hingegen wandte sich an seine Tochter.

„Nun gut, Zayda. Ich möchte mich ebenfalls davon überzeugen, ob das alles Hand und Fuß hat. Gehen wir in den Innenhof."

Sie erhob sich mit zittrigen Knien. Das lief alles ganz und gar nicht, wie sie es sich vorgestellt hatte. Doch jetzt gab es kein Zurück mehr.

Ehe sie es sich versah, führte der Magier sie an den Schultern durch die Räume, gefolgt von der ganzen Herrscherfamilie und einem der Berater des Hauses, den ihr Vater herangewunken hatte. Sebila wies dem Meister der Magie den Weg und hielt sich dann dezent an der Tür zurück, während Djark und Zeruk keinerlei Anstalten machten, sie nicht offen anzustarren.

Zayda wünschte sich zurück in ihr Zimmer … oder noch besser: Am liebsten hätte sie sich mithilfe eines lauten, grellen Blitzes wegtransportiert, wie Izerdan es vermochte.

Glücklicherweise führte er sie ein wenig von den anderen weg, die sich am Rand des Hofes hielten.

Bevor sie etwas sagen konnte, spürte sie seine Gedanken sanft über ihre streifen.

Keine Sorge. Wir werden sie schon befrieden. Wenn sie erst einmal sehen, wozu du fähig bist, wird alles anders.

Woher … wollt Ihr so sicher wissen, dass so etwas in mir steckt? Ich weiß ja selbst nicht einmal, was genau geschehen ist.

Das werden wir herausfinden. Falls es sich als Fehleinschätzung meinerseits herausstellt, werde ich mich persönlich bei dir und deiner Familie entschuldigen.

Er ging vor ihr in die Hocke, sodass sich sein Mantel am Boden aufbauschte, und nahm ihre Hände in seine. Sie war erstaunt, wie seltsam zart seine Haut war, gar nicht rau wie die eines Kriegers. Musste er nie mit seinen Händen arbeiten?

Ich arbeite viel, kleine Zayda. Nur bin ich im Gegensatz zu den meisten anderen in der Lage, die Spuren zu verwischen. Verschwinden zu lassen, sogar.

Das Mädchen schluckte schwer, während ihr die Hitze ins Gesicht schoss.

Vergiss nicht: Nur wenig bleibt einem Magier wie mir verborgen!

Sie deutete ein Nicken an, das wohl nur er bemerken konnte.

Gut, dann wäre das geklärt. Und nun zeige mir deine Kräfte.

Wie … was wollt Ihr denn wissen?

Zeige sie mir einfach. Ich werde nur beobachten – und später urteilen.

Sie verzog die Lippen zu einem schiefen Lächeln, das sicherlich einen ihrer neuen spitzen Zähne preisgab. *Wollt Ihr mir Angst einflößen, Meister?*

Das kurze Zucken seiner Mundwinkel war Antwort genug – denn leider konnte sie nicht in seinen Kopf blicken wie er in ihren.

Jetzt gab es also kein Zurück mehr.

Mit einem tiefen Seufzen lenkte sie die Gedanken auf die Funken, die schon die ganze Zeit tief in ihrem Inneren warteten.

Die Magie flüsterte, vibrierte durch ihre Adern und Muskeln und machte ihr alles ungemein *bewusst*.

Sie sandte sie zu ihren Fingern und hinaus in die Freiheit, gab den unsichtbaren Funken Kraft, holte tief Luft und ließ das unhörbare, innere Flüstern zu einem magischen Brüllen anschwellen!

Ein Sturm erwachte um sie, ließ Staub und Blätter im Inneren des Hofes aufwirbeln und den Mantel des Magiers aufflattern, dass er ihm über den Kopf wehte.

Sie konnte spüren, wie beide Brüder ächzten und zurückwichen, während ihre Eltern dem Sturm wie ein Berg standhielten.

Das genügt.

Sie ließ die Luft los; sofort regneten rings um sie kleine Kieselsteine auf das Pflaster, und trockene Blätter segelten sachte tanzend hinab.

Ein schöner Trick. Was kannst du noch?

Es war ein heftiger Stich gegen ihr Ego, dass es ihn so wenig rührte. Doch das musste … nun, es musste bedeuten, dass er schon viel Größeres bewirkt oder erlebt hatte.

Sie dachte an die Wut, die sie verspürt hatte, als der Sklave sie gepackt und gedemütigt hatte, doch in Wahrheit wusste sie nicht, was genau ihre Funken dabei angestellt hatten.

Ich kann … ich kann vieles hören, was andere gar nicht hören. Und weiß Dinge, weil die Funken es mir zeigen. Aber ich weiß nicht, wie ich das hier zeigen soll.

Was fühlen und denken deine Eltern gerade?

Zayda schnaubte. „Bitte", sagte sie laut. „Das ist viel zu einfach." *Das steht ihnen doch auf den Gesichtern geschrieben.*

Er schmunzelte. *Dumm bist du nicht. Du setzt deine Kräfte nicht für alles ein, sondern bedenkst erst, was sich lohnt.*

Zu Anfang wurde mir dunkel vor den Augen, wenn ich nicht vorsichtig war. Deshalb bin ich jetzt vorsichtiger.

Eine kluge Schlussfolgerung. Nun überlege, ob du mir deine Kräfte noch weiter demonstrieren kannst.

Zählt diese Unterhaltung?

Nur, wenn du die Magie dafür lieferst – und das tust du nicht.

Könntet Ihr mir zeigen, wie das geht?

Wieder so ein kurzes Schmunzeln. Was es wohl bedeuten mochte?

Da er nicht antwortete, musste sie davon ausgehen, dass er noch nicht zufrieden war. Mit einem inneren Grummeln gestand sie sich ein, dass sie wohl doch nicht so viel konnte und wusste, wie sie zuvor gedacht hatte. Aber wie sollte man auch nicht davon ausgehen, wenn man nichts zum Vergleichen hatte?

Bisher hatte sie ihre Funken einfach gewähren lassen und dabei hauptsächlich darauf geachtet, sie vor den Beratern ihres Vaters versteckt zu halten, um ihre Eltern wirklich überraschen und begeistern zu können.

So viel zu ihren gescheiterten Plänen.

Doch sie wollte sich jetzt nicht schlecht fühlen und erst recht nicht verunsichern lassen. Wenn er das bewerkstelligte, hatte sie sicherlich schon verloren. Als Kriegerin musste sie jetzt stark sein und durchhalten; das Gegenüber mit List und Geschick dazu bringen, sich mit ihr zu verbünden.

Dieser Magier war mächtig – sie beschloss in ebendiesem Moment, dass sie nichts mehr wollte, als seine Schülerin zu werden. Was würde sie als Kriegerin alles vollbringen können, wenn sie es beherrschte, ihre Feinde zu verbrennen oder sich in deren Rücken zu teleportieren?

Das brachte Zayda auf einen Gedanken.

Sie schloss die Augen, um nicht mehr von den Blicken ihrer Brüder abgelenkt zu werden, und versuchte, sich zu entsinnen, wie sich solch ein Teleport angefühlt hatte.

Izerdan hatte die Luft irgendwie mit seiner Magie aufgeladen. Er hatte eine Reibung erzeugt, einen Riss, mit einem positiven und einem negativen Ende, um eine Spannung aufzubauen, die den Körper an seinen Zielort riss.

Allerdings hatte sie keine Ahnung, wie man die Energie richtig an ihr Ziel lenkte.

Doch das war ihr jetzt egal. Sie verspürte nur diesen Drang, den Magier zu beeindrucken.

Sie horchte in ihr Inneres, konzentrierte sich auf den leuchtenden Strom aus Funken, bevor sie eine große Menge herauszog. Sie ließ die Funken aneinander reiben, bis ein Knistern ihre Muskeln erfüllte.

Jetzt musste sie sie nur noch lenken und dann – verlor sie die Kontrolle.

Ein Blitz jagte quer durch den Innenhof, bog jedoch gerade noch in die Höhe ab, bevor er ihre Familie traf. Das knisternde Licht schlug in der Regenrinne ein und kroch fein verästelt über das Dach eines Anbaus, wo es die Ziegel zum Knacken und Zischen brachte.

Mist!

Sie durfte noch nicht aufgeben, musste etwas schaffen, das seinen kritischen Blick umwandelte. Eine Mischung aus Euphorie und Angst hatte sie gepackt. Dieser Blitz! Er war so strahlend hell gewesen – und aus ihrer Hand geschossen!

Sie blickte auf ebendiese Hand, auf ihre Finger, die stark zitterten und schmerzten. Die Haut an den Kuppen war verkohlt und voller roter Pusteln.

Ist schon gut. Du hast genug getan.

Izerdan nahm ihre schmerzenden Finger in seine Hände und umschloss sie mit starkem Druck. Die Brandblasen brannten wie Feuer, doch schon nach einem Atemzug ließ der Schmerz nach, und bald erinnerte nichts mehr daran als das leichte Kribbeln der Erschöpfung.

Der Magier erhob sich und wandte sich in einer eleganten Drehung an den Stadtherrn und seine Familie.

„Konnte sie Euch davon überzeugen, was in ihr steckt, Herr?"

Balzayd nickte bedächtig, während Leryda und die Brüder sie einfach nur fassungslos anstarrten.

Der Magier lächelte freundlich. „Sehr gut. Dann würde ich gerne mit Euch die Bedingungen besprechen, die eine Ausbildung in meiner Schule erfordert, und einen Vertrag aufsetzen lassen."

„Sie ist dafür noch viel zu jung! Sie hat sich in die Kriegerprüfung geschlichen, doch eine Ausbildung zum Magier ... Der übliche Beginn ist eigentlich erst, wenn der Körper reif genug für die Härte der Ausbildung ist ...", setzte ihre Mutter an, doch der Magier winkte ab.

„Nicht in ihrem Fall. Sie hat von selbst schon eine sehr starke Verbindung zur Magie entwickelt. Das müssen wir kontrollieren, bevor es sie kontrolliert."

Er ließ Zayda allein in der Mitte des Innenhofs stehen und verschwand mit Balzayd im Inneren des Anwesens. Es überraschte Zayda nicht wirklich, dass ihr Vater keine Reaktion für sie übrighatte.

Zeruk trat als Erster auf sie zu, auch wenn sie den Blick nicht von dem ihrer Mutter lösen konnte.

„Wie hast du das gemacht? Wie hast du all diese Sachen ohne Hilfe gelernt?", fragte ihr großer Bruder.

Zayda hatte das Gefühl, als schwinge in seiner Frage ein einziger großer Vorwurf. „Ich ... ich weiß nicht. Die Funken waren da ... und sie lassen mich alles anders sehen, zeigen mir die vielen Möglichkeiten."

„Das klingt so, als wären sie schon lange deine Begleiter. Die Funken", meinte Sebila sanft, doch ihre Mutter machte eine wegwischende Bewegung. Irrte sich Zayda, oder war da tatsächlich so etwas wie Sorge in ihren Augen?

„Zayda, du darfst nicht ohne Aufsicht Magie entwickeln! Das ist gefährlich!"

„Aber die Magie ist mein Freund."

Leryda wandte sich an den privaten Berater der Familie, der ihnen nach draußen gefolgt war. „Wie ist so etwas möglich? Wie konnte das nicht bemerkt werden, bei *meiner* Tochter?"

„Es ist heutzutage äußerst ungewöhnlich, dass ein Kind so eine intime Beziehung zur Magie von ganz alleine entwickelt. Mir scheint, sie ist eine wahre Geborene."

Zaydas Mutter wurde blass, und eine Weile schwiegen alle nur und betrachteten die Jüngste der Familie.

Als Zayda nur Sorge und Unwillen in ihren Blicken sah, brach es endlich aus ihr heraus.

„Ich dachte, ihr würdet euch freuen ..."

„Das tun sie doch, meine Kleine", murmelte die Dienerin leise, um sie zu trösten. Leryda echauffierte sich sofort.

„Du sprichst nicht in unserem Namen, Sebila! Geh und hilf dem Koch, bevor ich dich auch noch zum Ritual freigebe!"

Die alte Amme erbleichte und wich von Zayda zurück, als hätte sie sich verbrannt. Sie warf ihr noch einen entschuldigenden Blick zu, dann verschwand sie rasch in die Küche.

Zayda wollte nicht mit ihrer Familie allein gelassen werden, doch ihre Mutter winkte sie ohnehin nach drinnen.

„Glaub ja nicht, dass deine freche Aufmüpfigkeit keine Konsequenzen haben wird!", zischte sie bedrohlich. „Du hast mich schändlich enttäuscht! Ist dir eigentlich bewusst, was du angerichtet hast? Deine achtlose Entscheidung wirft alles durcheinander, alle Pläne für unsere Familie! Du warst bereits für eine ehrenvolle Hochzeit vorgesehen ... doch wer möchte eine Heirat mit einer kriegerischen Magierin eingehen? Grins gefälligst nicht so frech, ich habe Augen im Kopf!"

Zayda zog die Schultern ein und presste die Lippen aufeinander, als ihre Mutter ihr einen Klaps gegen den Hinterkopf gab.

„Glaube nicht, dass wir dir ab jetzt alles erlauben werden, nur weil du einen Blitz abgefeuert hast. Dein Vater und ich werden das ganz genau besprechen und entscheiden, was das Beste für die Familie ist. Übe dich in Geduld, oder du wirst den gestrigen Tag dein Leben lang bereuen."

Das Mädchen nickte hastig, während sie innerlich seufzte.

Geduld war nun wirklich nicht ihre Stärke ...

Harte Übungen

Zayda erwachte mit trommelndem Herzen. Sie sprang so schnell aus dem Bett, dass sie die leichte Sommerdecke mit sich riss und stolperte, als ihre Beine sich darin verfingen.

Mit einem leisen Lachen rollte sie sich zur Seite ab und befreite zugleich ihre Beine mit einer Drehung, die die Decke in die Höhe warf. Elegant kam sie direkt vor dem Spiegel wieder auf die Füße, als wäre das alles von vornherein ihr Plan gewesen.

Während hinter ihr die Decke an einer Stange des Himmelbetts baumelte, atmete sie keuchend.

Vergessen war der Frust der letzten Monate. Vergessen waren der unsäglich lange, regenschwere Winter und das Frühjahr, in dem sie unter einem wochenlangen Husten gelitten hatte. Vergessen war der grausame Blick ihrer Mutter, die den Heilern verbot, sie zu behandeln – mit der Begründung, dass sie als Kriegerin und angehende Magierin mit so einer Nichtigkeit allein zurechtkommen müsse.

Ihre Brust hatte ihr noch vom Husten wehgetan, als die Bäume ihre Blüten verloren und erste Fruchtansätze zeigten.

Auch jetzt ging ihr Atem schwer. Rasch warf sie die Decke zurück ins Bett und schlüpfte schnell in die neue Tunika – da klopfte es bereits, und Sebila betrat das Gemach.

„Sag mal … wartest du eigentlich geduldig vor der Tür, um genau den richtigen Moment für deinen Auftritt abzuwarten?"

Die Dienerin lächelte wissend, während sie zu ihr schritt und den Schemel bereitstellte, damit sich die Tochter des Hauses darauf niederlassen konnte.

„Heute hat dich ein gewisses Gerumpel verraten. Es klang, als würde eine Horde Krieger durch den Raum stürzen …"

Schon nach wenigen Atemzügen ließ Sebila seufzend wieder von ihrem Scheitel ab.

„Nun zappel doch nicht so, wie soll ich deine Haare da zurechtstecken?"

„Tut mir leid, ich kann nicht anders."

Sebilas Blick wurde wieder sanft, doch zugleich auch sorgenvoll.

„Ich möchte nur nicht, dass du zu aufgeregt wirst, meine Kleine. Wer weiß, ob deine Mutter Wort hält."

Zayda nickte langsam, doch ihre Gedanken überschlugen sich bereits.

Heute ist es so weit, ich weiß es!

Mutter hatte es versprochen: An Zaydas elftem Jahrestag würde sie in die Magierschule gehen dürfen, wenn sie sich bis dahin ordentlich benahm.

Ein Dreivierteljahr war seit dem Tag des Kriegerrituals vergangen, und der lange Winter hatte Zayda auf eine harte Probe gestellt. Ihre Eltern hatten einen Vertrag mit dem Magier aufgesetzt und die Zeit des Eintritts in Izerdans Schule absichtlich so weit wie möglich hinausgezögert.

Sicherlich in der verständlichen Hoffnung, dass die einzige Tochter des Hauses ihre Meinung ändern würde.

Doch mit jedem wöchentlichen Besuch Izerdans und seinen Lektionen, die zumeist nur aus langen Reden und Meditationen bestanden, hatte sich ihr Eifer nur weiter gesteigert. Die Übungen waren ihr zu Anfang schrecklich öde erschienen, doch jetzt bemerkte sie wieder einmal voller Freude, dass sich das Warten gelohnt hatte. Mit jedem schweigsamen Nachmittag hatte sich die Magie ein Stück lauter in ihrem Inneren gemeldet, auch wenn dafür das Flüstern verschwunden war. Es hatte sich irgendwie *verändert*, obwohl sie nicht beschreiben konnte, worin dieser Wandel bestand.

Sie hörte Sebilas Herzschlag hinter sich, die ruhigen Atemzüge und das Rascheln ihrer Ärmel, während sie Zayda das Haar kämmte und es anschließend gekonnt zu einer Frisur hochsteckte.

„Du warst sehr geduldig in den letzten Monaten, aber ich rate dir, heute noch viel geduldiger zu sein. Du wirst noch einmal auf die Probe gestellt."

Zayda zog eine Augenbraue hoch. Hatte Sebila vielleicht eine Unterhaltung ihrer Eltern mit angehört und wusste mehr, als sie jetzt preisgeben wollte?

Für einen Moment überlegte sie, ob sie sich in den Kopf der Dienerin schleichen sollte, doch Izerdan hatte sie ausdrücklich davor gewarnt, solche Experimente ohne Anweisung zu wagen.

Ohnehin hatte sie in den letzten Monaten Probleme damit gehabt, ihre Funken unter Kontrolle zu halten. Mehrmals waren ihr einfachste Übungen misslungen, weil die Magie sich sträubte oder sie ihre Gedanken nicht ordentlich fokussierte.

Seufzend schloss sie die Augen, während Sebila ihre Arbeit beendete und ihr zum Schluss noch eine Kette um den Hals legte. Ein Blick in den Spiegel verriet Zayda nur, wie nervös sie auf einmal geworden war. Sie beachtete das Mädchen im Spiegel kaum, das im letzten Jahr leider immer noch viel zu wenig gewachsen war – und mit der aufgesteckten Frisur dennoch erwachsener wirkte.

Nach einem tiefen Atemzug ging sie mit Sebila hinunter in den Speisesaal.

An der Tafel saßen nur ihre Eltern neben den drei leeren Stühlen der Söhne. Djark war von demselben hochrangigen Meister wie Zeruk angenommen worden, und die beiden befanden sich nun mit dem Krieger auf einer Reise zu den nördlichsten Posten des Reiches, in die Nähe der riesigen Stadt Maila.

Wo Darzir wohl gerade sein mochte? Sein letzter Brief hatte sie vor Wochen aus Mazmorra erreicht, doch jetzt war er sicherlich schon weitergezogen. Alle schienen auf Reisen zu sein, nur sie steckte hier fest und fühlte sich seit Monaten wie eine Gefangene.

Vielleicht könnte ich ihn später erreichen? Mit ihm sprechen, ohne Briefe und lange Reisen auf dem Rücken eines Kaltbluts. Irgendwann, wenn Izerdan

es mir endlich beibringt. Aber ob er mich überhaupt sprechen will? Was ein
neunzehnjähriger Krieger wohl so macht? Ob er König Ray'Kal schon einmal
persönlich getroffen hat?

Lerydas nahezu gütiger Blick lenkte sie von ihrem Gedankengang ab.

„Alles Gute zum Jahrestag, Zayda. Du hast dich im letzten Jahr vorbildlich verhalten, seit … du weißt schon."

„Seit ihr wisst, dass ich eine Magierin bin? Oder seit dem Ritual?", fragte sie und biss sich rasch auf die Zunge. Verdammt, wieso hatte sie das laut ausgesprochen?

Ihre Mutter schnaubte ungehalten. „Das ist doch immer dasselbe. Freche Ausdrücke und Ärgernisse, mit denen wir umgehen müssen."

Zayda spürte Sebilas durchdringenden Blick im Rücken und seufzte innerlich, während sie das Stechen auf ihrer Zungenspitze ignorierte. *Ist ja schon gut, ich reiße mich zusammen.*

Sie schwiegen eine Weile, während ein Diener heißen Kräutertee servierte. Zayda mochte ihn nur mit viel Honig, doch heute wollte sie ihre Mutter nicht weiter verärgern, also schlürfte sie ihn bitter und verzog nicht einmal das Gesicht.

Leryda setzte die zarte Tasse ab, während Balzayd sich schon den ersten Berichten zuwandte, die der Diener ihm mit dem Tee geliefert hatte. Wie jeden Tag.

„Möchtest du, dass ich etwas Bestimmtes tue, Mutter?", fragte das Mädchen schließlich nach unzähligen stillen Atemzügen.

„Nein. Wir werden heute darüber reden, ob du ganztägig in die Schule von Meister Izerdan eintreten wirst."

„Darüber reden? Es war doch so abgemacht, oder nicht?"

Ihre Mutter feuerte ihr einen bösen Blick zu.

„Wir werden darüber *reden*, weil ich es sage."

„Ich habe alle Edikte und Gesetze auswendig gelernt, wie du es mir aufgetragen hast. Und ich kenne jeden wichtigen Vertreter der

Städte und Clans. Alle! Ich könnte König Ray'Kals persönliche Informantin über Irfens ranghohe Bevölkerung werden!"

„Ich hatte auch nichts anderes von dir erwartet, Zayda. Dennoch möchte ich sichergehen, dass du die Tragweite deiner Wünsche voll und ganz verstehst."

Das Mädchen nickte langsam. Das klang ja gar nicht mal so schlecht, wie sie befürchtet hatte. Nach der ersten Aussage ihrer Mutter hatte sie erwartet, ein Nein zu erhalten.

„Da du magische Fähigkeiten entwickelt hast, bleibt uns wohl nichts anderes übrig, als dich unterweisen zu lassen; das haben uns die Berater und der Meister deutlich gemacht. Du bist zu stark mit den Quellen verbunden und würdest Schaden anrichten, wenn du nicht unterwiesen wirst." Sie machte eine kurze, gekonnte Pause, die einer Stadtherrin ungemein gut stand. „Dafür kannst du schließlich nichts. Aber ganz anders verhält es sich mit deiner Entscheidung, dir ein Kriegerabzeichen zu ergaunern. Diesen Weg wirst du niemals beschreiten."

„Aber …"

„Nein, es ist entschieden. Du wirst an die Magierschule gehen und lernen, deine Kräfte zu kontrollieren, bevor du deine Pflichten als Tochter des Hauses wieder aufnimmst."

Zayda spürte noch immer Sebilas warnenden Blick im Rücken, deshalb nickte sie langsam und deutlich. Besser so, als einen erneuten Streit zu provozieren.

Gerade wollte sich eine freudige Erregung in ihr breitmachen, da ergriff Balzayd das Wort.

„Du wirst von nun an Izerdan als Meister bezeichnen und ihm gehorchen, wie du mir gehorchst."

Sie nickte hastig, während er einen kurzen Blick zu seiner Frau warf.

„Izerdan erwartet, dass seine vielversprechendsten Novizen bei ihm in der Schule nächtigen. Mit ein Grund, warum Leryda und ich darauf bestanden, dass du erst einmal älter wirst. Du hast die

Erprobung viel zu früh vollzogen und kannst daher nicht als Erwachsene angesehen werden. Zähne hin oder her. Du wirst ab heute in der Schule leben, und alle drei Tage wird Sebila dich abholen, damit du mit uns zu Abend isst und uns berichtest."

„Natürlich, Vater, so soll es geschehen."

Sie schwiegen, während das Frühmahl angerichtet wurde, das heute nicht nur aus dem üblichen Brot, Speck und Eiern bestand, sondern feine Wachteln für ihre Eltern beinhaltete – und einen kleinen Kuchen für Zayda.

Mit einem Strahlen auf dem Gesicht bedankte sie sich dafür und verschlang das süße Gebäck mit einem Eifer, den sie lange nicht mehr von sich gekannt hatte. Essen schien ihr in letzter Zeit so belanglos, besonders nachdem sie nicht richtig wachsen wollte.

Kaum hatte sie das letzte Stück verspeist und sich nochmals bedankt, entließen ihre Eltern sie unspektakulär in die kommenden Aufgaben. Sie musste packen!

Da war es ihr sogar gleich, dass es für sie keine Feier gab wie für ihre Brüder. Das Haus war in den letzten Wochen ohnehin sehr still geworden – fast schien es, als wären ihre Brüder vor der aufmüpfigen, ständig hustenden Magierin geflohen.

Ob es bedrohlich wirkte, wenn sie im Nachbarzimmer Stühle schweben ließ oder das Feuer im Kamin mit ihren magischen Funken anheizte?

Sie sind nur neidisch, weil ich Großvaters Fähigkeiten geerbt habe und nicht sie.

Und das Herrscherpaar hieß die Wendungen in ihrem Leben keinesfalls gut, das zeigten beide auf ihre individuelle Art seit Monaten deutlich.

Manchmal hatte Zayda den Eindruck, dass Vater im Grunde genommen doch Stolz ob ihrer Fähigkeiten empfand, aber wann immer sie versucht hatte, diesbezüglich eine Anerkennung zu erhalten, kam nur die übliche rationale Antwort.

Das Erbe der Familie lag auf ihren Schultern.

Während ihre Brüder ehrenhafte Krieger und Diplomaten werden durften, sollte sie heiraten und den Fortbestand der Blutlinie sichern.

Als ob ihre Brüder das nicht auch könnten!

Gerade Darzir und Zeruk hatten früher immer wieder damit geprahlt, was man alles mit hübschen Freudenmädchen anstellen konnte. Daher könnten sie sicherlich eine hoch geachtete Ratke zufriedenstellen.

Aber daran wollte sie jetzt keinen weiteren Gedanken verschwenden.

Zayda sprang mit wenigen Schritten die Treppe hinauf und stieß die Tür zu ihrem Zimmer auf. Was sollte sie mitnehmen?

Was benötigte sie für die Ausbildung als Novizin?

Nach einem flüchtigen Blick durch das Gemach schritt sie zur Truhe, bevor ihr einfiel, dass sie die Sachen vom Ritualtag hatte wegwerfen müssen.

Mit einem Mal fühlte sie sich unangenehm unvorbereitet für diesen Tag.

Seit Wochen träumte sie von nichts anderem, hatte aber in Wahrheit überhaupt keinen Plan.

Gerade als die Unsicherheit in ihrer Brust zu Angst anschwellen wollte, griff sie auf die Funken zurück und spürte den beruhigenden Fluss der Magie.

Sofort fühlte sie sich klarer und von einer inneren Kraft berauscht.

Dann war sie eben planlos – dafür war sie stark!

Außerdem konnte sie notfalls immer noch nach Sebila oder einem anderen Diener rufen lassen, um ihr fehlende Sachen zu bringen.

Im Grunde war sie ja nur ein Stadtviertel entfernt.

Zwei Diener trugen die schwere Truhe, die Sebila mit einem milden Lächeln schließlich doch noch gepackt hatte, hinter Zayda die Straße entlang und schwitzten in der Nachmittagssonne.

Einige Schaulustige hatten es sich nicht nehmen lassen, dem kleinen Umzug zu folgen. Sie tuschelten leise, während Zayda den beiden Wächtern nachlief, die ihren Geleitschutz zur Schule der Magier bildeten.

Anscheinend hatten nicht alle vergessen, was letzten Herbst am Ritualtag vorgefallen war, und deuteten jetzt unauffällig auf das Mädchen.

Zayda wusste nicht, ob sie sich deswegen beobachtet oder eher beachtet fühlen sollte. Einerseits kam sie sich wie ein seltsames Subjekt vor, das man anstarren konnte, ohne Konsequenzen fürchten zu müssen – und das, obwohl sie die Tochter des Stadtherrn war! Andererseits fühlte es sich aber auch gut an, und sie bekam große Lust, irgendetwas mit ihrer Magie anzustellen, um einen bleibenden Eindruck zu hinterlassen.

Sie hatte sich gerade in Gedanken einen ominösen Auftritt ausgemalt, als die Männer ihres Vaters vor einem großen Tor anhielten.

Zayda bestaunte die reichen Beschläge und das verzierte Wappen, das an einem Schild über dem Eingang hing. Im nächsten Moment wurden die beiden Flügeltüren von zwei Helfern geöffnet und gaben den Blick auf einen Hof frei, dessen Mitte eine mächtige alte Eiche zierte.

Sofort zog die faszinierende Ausstrahlung dieses Baums Zayda zu sich. Er strahlte – und das lag nicht im Mindesten an den Sonnenstrahlen, die durch sein Blätterdach drangen. Sein Inneres war so erfüllt von tiefer, ruhiger Kraft, dass er sie anlockte wie eine zu offensichtliche Falle, in die man gerne tappte. Wie ein heller Bienenschwarm surrte die Magie um ihn herum.

Kein Wunder, dass die Schüler das große Bauwerk und seine Höfe so gut wie nie verließen, wenn sie hier eine eigene Quelle nutzen konnten!

Sie wollte alles untersuchen und dabei nicht von den Kriegern beobachtet werden.

„Ist gut, ihr könnt jetzt gehen", wandte sie sich gedankenverloren an die persönlichen Herrscherwachen.

Sie ignorierten Zaydas Bemerkung, betraten den Hof mit ihr und winkten die Diener mit einem strengen Blick herein, damit das Tor wieder geschlossen werden konnte.

„Wir bleiben bei dir, junge Dame, bis Meister Izerdan dich in Empfang genommen hat."

Zayda stöhnte und versuchte, die aufkommende Ungeduld zu bändigen. Sie wollte los, wollte die Gemäuer der Schule und all ihre Geheimnisse erkunden!

Hinter ihr fielen die Tore ins Schloss und hinterließen eine Stille, die sie nicht erwartet hatte. Der Lärm der Stadt, die laut knarrenden Wagen, die fluchenden Krieger und jammernden Sklaven – alles blieb zurück, und nur ein sanftes Blätterrauschen rieselte beruhigend durch den Hof, nachdem das Geraune der angesammelten Menge ausgeschlossen war.

Mit Mühe löste Zayda schließlich den Blick wieder von der Eiche und ließ ihn über die Gebäude schweifen. Rechts und links von der Mauer, die den Innenhof von der Stadt abgrenzte, ragten dreistöckige Flügel des Hauptgebäudes auf, das selbst noch ein Stück höher war. Der Innenhof war von einem überdachten Säulengang umringt, der es ermöglichte, trockenen Fußes zwischen den Gebäuden zu wechseln. Dort im Schatten entdeckte Zayda nun eine huschende Bewegung; es waren einige Schüler, die in einem Durchgang verschwanden.

Als ihre Wachen allmählich ungehalten wurden, weil man die Tochter des Stadtherrn warten ließ, trat ein groß gewachsener Ratke mit wehendem Mantel in die Mitte des Hofs. Izerdan umrundete die Eiche und lächelte Zayda kurz an, bevor er sich an die Wachen wandte. „Ihr könnt die junge Herrin nun meiner Obhut überlassen, danke."

Die beiden nickten knapp, neigten dann vor Zayda das Haupt und traten zurück, um den Dienern mit der Truhe Platz zu machen. Izerdan zog eine Augenbraue hoch.

„Bringst du deinen halben Haushalt mit?"

Zayda schoss die Hitze in die Wangen. „Meine Dienerin hat es sehr gut mit mir gemeint."

Er lächelte, auch wenn seine Augen eine strenge Kühle behielten. „Nun, dann folge mir, und ich zeige dir deine neue Unterkunft."

Zayda nickte. Als er jedoch keine Anstalten machte, ihr von der Geschichte der Schule zu erzählen oder andere Geheimnisse zu verraten, ließ sie sich am Eingang zum rechten Gebäudeflügel unauffällig zurückfallen. Ihre Diener schauten kurz irritiert, dann folgten sie dem Meister, und sie konnte sich ein wenig umsehen.

Kaum ins Innere getreten, empfing sie kühle Luft, die einen angenehmen Kontrast zu dem schwülen Sommertag bildete. Ihre Magie kribbelte unter der Haut und sandte ihr flüsternde Nachrichten über die Gemäuer und Räume dahinter. Interessanterweise konnte sie nicht in alle vordringen, nach den ersten paar Zimmern, die lange Bänke und teilweise auch fast nichts enthielten, schienen die übrigen Räume irgendwie abgeschirmt zu werden.

Nach mehreren Gängen und einer engen Wendeltreppe, die den beiden Dienern das Äußerste abverlangte, erreichten sie einen langen Flur mit vielen gleich aussehenden Türen. Meister Izerdan wies die Diener an, die Truhe neben der vierten Tür zu ihrer Rechten abzustellen, und schickte sie nach Hause, bevor er das Zimmer öffnete und Zayda heranwinkte.

Zögerlich trat das Mädchen vor und warf einen Blick an ihm vorbei in den schmalen Raum. Sie entdeckte zwei Betten, die rechts und links an der Wand standen, getrennt durch einen schmalen Gang, der an einem schlichten Sprossenfenster endete. Da nur vor einem Bett eine kleine Truhe stand und sich auch nur auf diesem eine Decke befand, würde sie wohl mit einer unbekannten Zimmernachbarin vorliebnehmen müssen, ob sie das wollte oder nicht.

Offensichtlich spürte Izerdan ihren Unmut. „Glaube nicht, dass du hier gesondert behandelt wirst, weil du die Tochter des Stadtherrn bist. Hier richtet sich dein Rang einzig und allein nach deinen Fähigkeiten und Fortschritten. Ich erwarte Disziplin und Gehorsam."

Zayda nickte rasch, auch wenn sich in ihrer Brust bereits ein Funken Unwille regte.

Er schien zufrieden mit ihrem Schweigen, und fast erwartete sie schon, dass er nun ihre Truhe durchwühlen würde, um die Hälfte der Sachen auszusortieren. Stattdessen deutete er den Gang hinab.

„Normalerweise gebe ich den neuen Schülern die Gelegenheit, sich einen ersten Abend einzugewöhnen, doch wir haben noch etwas Zeit bis zum gemeinsamen Abendessen im Speisesaal. Also folge mir."

Mit einem Wink seiner Hand erhob sich die große Truhe im Gang vom Boden und schwebte in das Zimmer, ohne auch nur einmal über die Steine zu kratzen oder gegen die Wand zu schlagen. Zayda beobachtete es mit großen Augen und hoffte voller Begierde, dass sie eines Tages auch solch schwere Sachen würde anheben können.

Und dann auch noch so spielend leicht.

Izerdan warf ihr einen Blick über die Schulter zu, bevor er die Tür zu ihrer neuen Bleibe zuzog.

„Ich weiß auch schon, was deine erste Übung sein wird."

Anstatt eine Erklärung zu geben, ging er einfach los und erwartete offensichtlich, dass sie seinen schnellen Schritten folgte.

Sie hatte überhaupt keine Zeit, all die Eindrücke einzuordnen oder abzuschätzen, wie viele solcher kleiner Schlafkammern es hier oben wohl geben mochte, als er sie auch schon auf einem anderen Weg hinabführte und sie einen kleineren Innenhof erreichten.

Dort erwarteten sie nicht nur sommerlich heiße Luft und strahlender Sonnenschein, sondern auch eine ganze Reihe Schüler.

Sie zeigten jedoch kaum Reaktionen. Einige hochgereckte Köpfe, ein paar neugierige Blicke für das fremde Mädchen neben dem Meister, dann wandten sie sich wieder ihren Aufgaben zu.

„In diesem Hof widmen wir uns der Studie und Geduld. Auch du wirst hier viel Zeit verbringen, bevor du im großen Haupthof deine Kräfte nutzt – ja, ich habe dein Interesse an der Eiche bemerkt, doch es ist nicht ratsam und auch nicht erlaubt, dort ohne Aufsicht Magie zu wirken. Die Eiche wächst direkt über einem aktiven Kreuzungspunkt von zwei magischen Strömen im Erdreich. Dort können besondere Übungen und Rituale durchgeführt werden. Und so mancher Schüler, der nicht auf mich gehört hat, hat mit üblen Konsequenzen leben müssen. Strafen waren noch das geringere Übel, verglichen mit den Verbrennungen."

Zayda nickte langsam, während sie ihren Blick bereits über die anderen Schüler schweifen ließ. Allmählich hatte sie das Gefühl, dass der Meister fast lieber über Regeln redete als über Magie.

Plötzlich spürte sie einen kurzen Hauch von Magie, der durch den Innenhof gesandt wurde – und die Schüler reagierten augenblicklich darauf. Sie sprangen von ihren Büchern oder aus einer Art Meditation hoch und scharten sich in einem weiten Halbkreis um sie und den Meister, der sie offensichtlich herbeigerufen hatte.

Obwohl sich die junge Tochter des Stadtherrn nun im Mittelpunkt der Aufmerksamkeit sah, wurde sie nicht verlegen, sondern nutzte die Gelegenheit, um die anderen ebenfalls genauer zu mustern.

„Dies ist Zayda van Dymar, die neueste Novizin unserer Schule. Ich erwarte, dass sie mit demselben Respekt behandelt wird wie alle", fing Izerdan an.

Das Mädchen warf nur einen flüchtigen Blick zu ihm hoch, bevor sie wieder die Versammelten betrachtete. Insgesamt zählte sie siebzehn Kinder und Jugendliche, doch niemand schien jünger als sie zu sein.

Sie versuchte, anhand von Blicken und Haltung der Schüler abzuschätzen, was für Fähigkeiten wohl in ihnen stecken mochten, doch es gelang ihr nicht, ohne ihre Funken loszuschicken.

Gerade als sie die letzten Novizen mit ihrem Blick streifte, blieb sie an einem hängen, der sie besonders intensiv anstarrte. Sein Haar war lang und hing ihm ins Gesicht, dennoch erkannte sie ihn schon nach einem Atemzug.

Sommersprosse! Was macht der denn hier?

Sie ballte unwillkürlich die Fäuste, versuchte aber, weitere Ausdrücke von Emotionen zu verbergen. Er war so verdammt groß geworden! Wie hatte er es geschafft, innerhalb eines Jahres solch eine Wandlung zu vollziehen, dass er kaum noch wie ein Junge wirkte?

Zu ihrer Überraschung mischten sich nun Wut und ein unaufhaltsames Gefühl der Erniedrigung.

„Zayda!"

Sie zuckte zusammen. „Hm?"

„Ich habe dir eine Frage gestellt!"

Als sie das Kichern der Novizen hörte, schoss ihr die Hitze ins Gesicht, und sie verneigte sich rasch vor ihrem neuen Meister. „Verzeiht, ich war … abgelenkt."

„Das ist wohl offensichtlich. Jelak, möchtest du einmal für unsere verträumte Novizin wiederholen, worin ihre Aufgabe besteht?"

Sofort trat der Junge mit den Sommersprossen vor und warf ihr kurz ein feixendes Lächeln zu. „Zayda soll sich darin üben, die

Gedanken anderer wahrzunehmen, um zu lernen, wie gut wir unsere bereits abschirmen – was sie auch können sollte."

Der Meister nickte. „Gut. Jelak, du wirst deine Gedanken auf Zayda richten und mit ihr üben. Die anderen tun sich in Dreiergruppen zusammen. Immer zwei versuchen gemeinsam, in den Kopf des Dritten vorzudringen. Nach jeder erfolgreichen Abwehr wird gewechselt."

Sommersprosse stellte sich demonstrativ vor sie hin und hob auffordernd die offenen Hände. „Bist du bereit?"

Zayda warf einen kurzen Blick auf die Umstehenden, die sich nun ihren Übungen zuwandten, und hoffte vergebens, dass Izerdan noch mehr erklären würde.

Stattdessen beobachtete er sie kritisch. Jelaks Finger zuckten provokativ nach oben.

Dir werde ich es zeigen, du hochgeschossener Ar…

Im nächsten Moment zähmte sie ihre Gedanken, bevor der Meister ihr wieder etwas anmerken würde, und konzentrierte sich besser auf ihre Magie.

Es war das erste Mal, dass sie mit Erlaubnis absolut bewusst nach fremden Gedanken suchte. Sie hatte erwartet, dass es dem ähneln würde, was sie bisher wahrgenommen hatte, doch es stellte sich schon nach wenigen langsamen Atemzügen als wesentlich schwieriger heraus. Da sie keine Anweisungen erhalten hatte, verließ sich Zayda einfach auf ihre Intuition, doch es wollte ihr nicht gelingen. Bisher war es ihr einfach so geglückt, zumindest grobe Gefühle oder Absichten zu erahnen, doch jetzt war da … absolut nichts.

Sie schloss die Augen, als ein freches Grinsen auf Jelaks Gesicht breit wurde.

Nicht ablenken lassen. Du schaffst das!

Ermutigt von Izerdan, sandte sie ihre Funken aus, ließ sie ausschwärmen und auf den Kopf des verdammten Jungen zuschießen. Endlich bemerkte sie etwas! Da war seine Magie, schwach und sonderbar *dumpf.* Er hatte seinen Kopf in eine schützende Schicht gehüllt, die ihn abschirmte. Aus diesem Rauschen heraus konnte sie gelegentlich einzelne Worte und Eindrücke erhaschen, die allerdings schattenhaft blieben, solange sie sich noch nicht mit ihren Funken damit verbunden hatte.

Die Gedanken waren wie schlüpfrige kleine Fische, die einfach durch ihr zitterndes Netz aus Magie glitten, wenn sie danach greifen wollte.

Izerdan schien es sofort zu spüren, als sie ihre Funken zurückzog. „Noch einmal."

Zayda musste sich davon abhalten, mit den Zähnen zu knirschen. Obwohl der Innenhof von schweigsamer Konzentration erfüllt war, hatte sie das Gefühl, dass die meisten Novizen sie insgeheim doch beobachteten.

Sie wurde geprüft – und würde für schwach befunden werden, weil sie in den letzten Monaten kein bisschen auf diesen Moment vorbereitet worden war!

Doch sie würde ihnen allen zeigen, was in der Tochter des Stadtherrn steckte! Sie durfte diese Chance nicht verspielen, sonst würde Mutter sie doch noch zurückrufen und ihr wieder alles verbieten.

Sie schob diese Sorgen von sich und sandte ihre Magie aus, um sie auf Jelak zu richten. Es musste doch eine Möglichkeit geben, in seinen Kopf vorzudringen!

Sie konzentrierte ihre Funken erneut und drang auf den Schutz ein, der seinen Geist umgab. In der dumpfen Schicht, die alles so verschwommen machte, tauchte ein feiner Faden auf.

Bevor sie sich darauf einrichten konnte, sprang der Gedanke plötzlich auf sie über. Sie sah, wie Jelak durch dunkle Gassen schlich und sich mit einem Sprung auf einen gekrümmten Sklaven stürzte, ehe eine kleinere Gestalt die Gelegenheit dazu erhielt. Ihr eigenes empörtes Gesicht tauchte in der Erinnerung auf – schmutzig und kantig.

In seinen Augen sah sie wirklich wie ein kleiner Junge aus, den er schon jetzt nicht leiden konnte.

Zayda wich zurück, von der plötzlichen Intensität des Moments überrumpelt, und brach die magische Verbindung schon nach einem Herzschlag wieder ab.

„Noch einmal!"

Zayda presste die Lippen zusammen und schloss wieder die Augen. Sie mochte Jelak von Moment zu Moment weniger, doch sie wollte ihm die Genugtuung nicht gönnen. Sie jagte seine Gedanken mit ihren Funken und versuchte, ihren Inhalt zu begreifen.

Warum, verdammt, war das nur so schwer?

Die Hitze des Nachmittags schien sich jetzt in ihren Verstand zu brennen wie Gift. Ihre Knie wurden weich wie matschiger Schnee im Frühling. Wie sehr sie sich nach einem kühlen Schluck Wasser sehnte, um ihre trockene Kehle zu befeuchten …

Der Schwindel wurde schlimmer, und für einen Moment meinte sie, einen gemeinen Gedanken von Jelak zu erhaschen, bevor sich alles drehte.

Es war eine Erleichterung, als der Meister seufzte. Etwas theatralisch für ihren Geschmack, doch es war ein deutliches Signal.

„Das genügt. Hoffentlich wirst du morgen weniger enttäuschend sein."

Zayda nickte schwer atmend und war froh, dass ihre Beine nicht nachgaben, als sie einen Schritt zurücktrat. Sie hasste dieses Gefühl der Schwäche, das sich jetzt durch ihren ganzen Körper zog und sie in einer Umklammerung aus kribbelndem Zittern festhielt. Doch noch mehr hasste sie es, heute versagt zu haben. Vor den Augen von Izerdan, all den Schülern und dem widerlichen Sommersprossen-Jelak.

Sie hatte mehr von sich erwartet. Bisher war sie es eigentlich nur von ihren Brüdern und ihrer Mutter gewohnt, so gedemütigt zu werden. Allerdings nie vor Fremden, dafür war der Stand ihrer Familie zu hoch.

Wie war sie nur so unerwartet in diese Situation gestolpert? In ihrem Kopf hatte sie sich diesen Tag seit Wochen ausgemalt. Als glorreiche Demonstration ihrer unvergleichlichen Fähigkeiten.

„Mach dir nichts daraus", flüsterte auf einmal eine Mädchenstimme links hinter ihr. „Das macht er mit jedem neuen Novizen."

„Ach ja?"

Sie spürte, wie das Mädchen sachte nickte. „Er will testen, wie viel du aushalten kannst und ob du den Willen hast, alles über dich ergehen zu lassen, um ein Magier zu werden. Denn das wird kein einfacher Weg."

Zayda nickte langsam und wandte sich ihrer netten Unterstützerin zu, um lächelnd die spitzen Zähne zu zeigen.

„Keine Sorge. Den Willen habe ich."

Das Mädchen war mindestens einen Kopf größer als sie. Ihr hübsches Gesicht wurde von blonden Wellen umrahmt, doch jetzt weiteten sich ihre gelben Augen.

„Du steckst wohl voller Geheimnisse", stellte sie fest. „Darüber möchte ich unbedingt mehr erfahren. Und als Gegenleistung gebe ich dir ein paar Ratschläge, wie du die nächsten Tage überlebst, ohne weinend nach Hause zu laufen."

Zayda streckte die Hand nach hinten und schüttelte die Finger des Mädchens in schweigender Übereinkunft, kaum hatte diese ihre Hand ergriffen.

Izerdan ignorierte ihre kleine Unterhaltung oder war vielmehr damit beschäftigt, die anderen zu dirigieren. Auch wenn es Zayda vor wenigen Augenblicken noch brütend heiß erschienen war, bemerkte sie nun doch, dass die Sonne schon längst verschwunden und von einem matten orangegelben Himmel ersetzt worden war.

Verdammt. Wie lange war sie denn geprüft worden?

War es schon schattig gewesen, als sie in den Hof zu den anderen Schülern getreten war?

Das ältere Mädchen bedeutete ihr mit einem Nicken, ihnen zu folgen, und so betraten sie kurz darauf einen Speisesaal, der kaum kleiner war als die prächtige Haupthalle der Herrscherfamilie. Die Schüler ließen sich in Grüppchen an den langen Tischen nieder; einige verschwanden in einem angrenzenden Raum, aus dem man Töpfe klappern hörte. Jelak war unter ihnen, was ihr mehr als recht war.

Falls Zayda jedoch gehofft hatte, dass sich das Mädchen neben sie setzte, wurde sie enttäuscht. Alle schienen ihre Plätze zu kennen und als sie sich Hilfe suchend nach Izerdan umsah, bemerkte sie eine Reihe älterer Leute, die mit ihm an einem separaten Tisch saßen und sich bereits angeregt unterhielten.

Vielleicht hätte sie sich unwohl und verloren fühlen sollen, doch im Grunde war sie nur erschöpft; deshalb setzte sie sich einfach irgendwohin, etwas abseits der anderen.

Alles musste für viel mehr Leute ausgelegt sein, bei so vielen leeren Plätzen. Ob wohl einige der Novizen unterwegs waren? Oder gab es zurzeit einfach so wenige junge Magier? Insgesamt schien diese Schule unglaublich viele Räume aufzuweisen.

Leise Gespräche und gelegentliches, unterdrücktes Lachen erfüllten die Halle, während das Essen aufgetragen wurde.

Zayda war noch nie so müde gewesen. Sie schenkte den anderen Novizen und auch dem Essen kaum Beachtung. Obwohl die anderen Schüler und selbst die Diener neugierig auf sie zu sein schienen, regte niemand ein Gespräch mit ihr an.

Zayda war erleichtert deswegen. Sie hatte im letzten Jahr schon mit so manchem hohen Besucher oder Gesandten der anderen Völker gesprochen, aber außer ihren Brüdern und den Anwärtern am Ritualtag – hatte sie jemals Kontakt mit gleichaltrigen Kindern gehabt?

Als sie jetzt darüber nachdachte, erschien ihr das seltsam. Aber worüber sollte man auch mit ihnen sprechen? Mädchen in ihrem Alter lernten zwar auch lesen und schreiben, doch dann hörten die Gemeinsamkeiten auch schon auf. Während sie sich für Kampfkünste, Feuermachen und wildes Reiten interessierte, sollten und *wollten* andere Mädchen die vornehme Etikette erlernen.

Zumindest hatte ihre Mutter ihr das immer vorgehalten.

Als sie sich jetzt mit schweren Lidern umsah, kam ihr das erste Mal in den Sinn, dass ihre Mutter vielleicht auch so manches verschwiegen hatte. Zum Beispiel, dass hier beinahe die Hälfte der Novizen Mädchen waren.

Sie wusste, dass diese Entdeckung aufregend sein müsste; stattdessen konnte sie ein langes Gähnen nicht unterdrücken, und ein Junge am Ende des Tisches kicherte. Sie war einfach nur froh, dass es nicht Jelak war.

Bevor sie sich dessen bewusst wurde, war ihre Schüssel schon leer; sie wollte jedoch nicht an allen vorbeilaufen, um in der Küche nach einem Nachschlag zu fragen. Erst als zwei, drei andere aufstanden und gingen, wagte sie es ebenfalls, die Versammlung zu verlassen, nachdem sie sich kurz vor dem Meister und seinen Tischnachbarn verneigt hatte.

Sie wankte die Gänge eher orientierungslos entlang, als sie wirklich bewusst zu wählen, doch irgendwie führten ihre Füße sie auf den richtigen Weg und fanden die Tür, hinter der sich ihr Zimmer verbergen musste.

Als sie diese aufzog, fiel die Erschöpfung jedoch schlagartig von ihr ab.

Ein Mädchen saß auf dem linken Bett, vielleicht vierzehn oder fünfzehn Sommer alt … und es war eindeutig diejenige, mit der sie zuvor einen Pakt per Handschlag eingegangen war, ehe sie sich zu ihren Freunden setzte.

„Du!"

Das Mädchen lächelte sie ein wenig listig an, klopfte dann aber einladend neben sich auf das Bett, wo Zayda sich zögernd niederließ und sie musterte. Ihre Augen waren von einem angenehmen Honiggelb mit helleren Flecken an den Pupillen. Etwas ungewöhnlich, doch es passte gut zu den strohfarbenen Haaren, die sie jetzt hochgesteckt hatte.

„Ich bin übrigens Kielle."

„Ki…äll? Ein ungewöhnlicher Name."

Das Mädchen verzog das Gesicht, und ihre gelben Augen schienen ein wenig dunkler zu werden. „Meine Eltern haben ein Faible für die Feliden, seit meine Mutter einmal von einem aus einem Sturm gerettet wurde."

„Mein Beileid", erwiderte Zayda etwas frech.

Kielle verschränkte die Arme vor der Brust, lachte aber. „Ach, dein Name ist ja auch eher altmodisch."

„Mein Großvater hieß Zayd und war absolut kein schlechter Magier, also will ich mich nicht beklagen."

Kielle grinste schief. „Schlagfertig bist du, das muss man dir lassen."

Zayda fühlte sich allmählich wohl und machte es sich ein wenig auf dem Bett gemütlich. „Danke. Also, was kannst du mir über die Schule erzählen? Und über Jelak."

Ihre Mitbewohnerin zog die linke Augenbraue hoch. „Was willst du denn mit dem?"

„Wie lang ist er schon an der Schule?"

„Seit letztem Herbst. Ich bin seit fast drei Jahren hier. Beantwortest du meine Frage?"

„Er … weiß einiges über mich."

„Über die Tochter des Stadtherrn? Verzeih, aber das bezweifle ich doch stark."

Jetzt war es an Zayda, den Mund zu verziehen. „Er war bei meiner Erprobung dabei, im letzten Herbst. Ich mag ihn nicht."

Kielle lachte auf und gab ihr einen leichten Hieb gegen die

Schulter. „Du bist echt hart. Und ja, wir müssen uns nicht alle mögen. Doch merk dir eins: Meister Izerdan toleriert keine Unruhestifter und Aufwiegler. Du solltest deine Meinung über andere für dich behalten, wenn du verstehst, was ich meine."

Zayda nickte. Sie hatte schon zuvor den Eindruck gewonnen, dass ihr neuer Lehrmeister Disziplin und Gehorsam schätzte.

Sie war sich nur in einem sicher: Wenn sie in dieser Schule bestehen wollte, musste sie schnell lernen, ihren Geist abzuschirmen.

Erste Freunde

Schweißtropfen rannen über Zaydas Stirn und brannten in ihren Augen, doch unter Izerdans tadelndem Blick war es ihr gleichgültig.

Die letzten Tage hatten nur aus Anstrengungen bestanden, was machten da Muskelkater und Kopfschmerzen noch aus?

„Du musst lernen, deine Gedanken und deine Magie besser abzuschirmen, Zayda. Du hast noch nie viel mit anderen Magiern zu tun gehabt; dementsprechend gering ist deine Erfahrung. Deine Magie springt hin und her wie ein kleines, wildes Tier und ist für jeden hier so offensichtlich, dass es alle ablenkt und stört."

Zayda spürte, wie ihr wie so oft in letzter Zeit wieder einmal die Hitze ins Gesicht stieg – etwas, das sie unbedingt kontrollieren lernen musste. Es schickte sich nicht für eine Magierin und erst recht nicht für eine Tochter ihres Standes, wenn sie ständig errötete.

Sie spürte den heimlichen Blick der anderen Novizen auf sich und war mehr als froh, dass Jelak gerade an irgendeinem anderen Ort in der Schule übte.

„Weshalb habt Ihr mir das im letzten Jahr nie gesagt, Meister? Ich hätte es üben können."

Sein Blick wurde hart, als sie ihn so offen kritisierte. „Weil du zuallererst lernen musst, überhaupt Kontrolle über deine Magie zu gewinnen. Du hast viel zu lange ohne Anleitung getan, was du wolltest, doch mit dieser Wildheit muss jetzt Schluss sein. Du brauchst einen starken Willen für starke Magie. Deine Gedanken sprühen über vor Magie – deswegen springt mir jeder von ihnen ins Bewusstsein. Es macht dich angreifbar! Beruhige deinen Geist und halte deine Funken, wie du sie nennst, davon ab, sich mit jedem deiner Gedanken zu verbinden."

Zayda nickte, auch wenn sie sich eher darauf konzentrieren musste, nicht die Fäuste zu ballen.

„Und wie schirme ich meinen Kopf ab? Wenn ich nicht möchte, dass Ihr hineinblickt?"

Kielle, die hinter dem Meister stand, wurde auf einmal blass. Izerdan baute sich vor Zayda auf, und seine gelben Augen starrten sie kalt an.

„Du wirst es niemals wagen, mich aus deinen Gedanken auszuschließen, hast du mich verstanden? Wenn ich in deinen Geist blicken möchte, hast du es zu gestatten."

Da sie ihn offensichtlich entsetzt anstarrte, wurde sein Blick wieder ein wenig milder. „Allerdings erlaube ich meinen Schülern natürlich, ihre privaten Gedankengänge von der Außenwelt abzuschirmen."

Izerdan ging zu einem anderen Schüler, den Zayda noch nicht kannte, und schob ihn etwas vor. „Perkir wird es demonstrieren."

Der ältere Junge nickte rasch und schloss die Augen.

„Zayda, du solltest nicht nur zusehen."

Sie verstand den Hinweis und machte ebenfalls einen Schritt nach vorne, um den Jungen in ihr natürliches magisches Feld zu lassen.

Sie streckte ihre Funken aus und beobachtete gebannt, wie die Gedanken des Novizen um seinen Geist schwirrten wie unzählige unsichtbare Glühwürmchen. Er schien sie absichtlich mit Magie zu tränken, und es fiel Zayda schwer, nicht alle auf einmal wahrzunehmen. Kurze Bilder von Fremden zuckten durch ihren Kopf und tauchten dann wieder in das Meer aus Gedanken ein. Für einen Augenblick konnte sie sich selbst aus seiner Perspektive sehen und stockte. Er dachte an sie?

Im nächsten Moment zogen sich seine schwirrenden Gedanken zurück, wurden blass, und die Umgebung versank in Farblosigkeit. Während der Junge seinen Geist abschirmte, erschien es Zayda, als würde alles um ihn herum grau.

Beide Zustände gefielen ihr nicht sonderlich.

Izerdan musterte sie streng.

„Hör auf, alles zu bewerten, was du siehst, Zayda. Das steht dir mit deinen jungen Jahren noch nicht zu. Es geht hier darum, dass deine Magie für andere weniger offensichtlich sein muss."

Zayda nickte zögernd und war ein wenig stolz, dass sie diesmal trotz ihrer Blöße nicht errötete.

Der Meister trat vor und wandte sich endlich auch an die anderen Schüler. „Denkt stets daran, dass eure Magie eure größte Stärke ... und zugleich eure schlimmste Schwäche sein kann. Nutzt ihr sie unbedarft, oder verausgabt ihr euch zu sehr, könnt ihr Verletzungen davontragen – im schlimmsten Fall sogar den Tod. Wenn ihr sie dagegen zurückhaltet, werdet ihr verkümmern wie geschnittene Blumen. Ihr müsst den richtigen Mittelweg finden, euren angemessenen Pfad, der euch zu mehr Stärke und Kontrolle führt. Wenn ihr keine Kontrolle habt, könnt ihr euch auch gleich euren Feinden überlassen."

„Welche Feinde haben wir denn, Meister?", fragte Zayda, als er eine kurze Pause machte.

„Andere Magier, hauptsächlich die der Miakoda, die unsere Geheimnisse stehlen wollen. Sie sind Meister der Magie, doch sie haben nicht unsere wahre Stärke! Während sie mit Wasser und Wind herumzaubern, glänzen Magier der Ratken durch ihre Standhaftigkeit und ihren unbezwingbaren Geist! Wir sind Berge, gegen die der Wind nutzlos anstürmt."

Obwohl die anderen Novizen nickten, fand Zayda diese Antwort wenig befriedigend. Sie konnte sich nicht vorstellen, dass ein Magier der Miakoda überhaupt einem Ratken begegnen würde. Lebten die nicht weit entfernt in den Wäldern im Westen?

Andererseits hatte so jemand Wichtiges wie ihr Vater sicherlich öfter mit den anderen Völkern zu tun. Wie kam es da, dass sie noch nie einem Miakoda begegnet war?

„Nun, wir werden euch zu Bergen formen, zumindest einige von euch", setzte der Meister dann wieder an und lächelte knapp in die Runde. „Jetzt übt weiter. Diesmal möchte ich, dass ihr klare

Unterhaltungen im Geiste führt, so wie ich es euch gezeigt habe. Kontaktiert euer Gegenüber und lasst ihn oder sie nur die Gedanken hören, die ihr mitteilen wollt! Es ist eine gewaltige Gratwanderung, wie gezielt ihr euren Geist für jemanden öffnet."

Als die anderen sich zu Paaren zusammentaten, war Zayda froh, dass Kielle sich mit einem Lächeln ihr gegenüber aufstellte.

„Bist du bereit?"

„Ich ... ich habe das noch nie bewusst gemacht. Ich ... es sind so viele Aufgaben auf einmal."

Kielle schien es zu gefallen, dass die Herrschertochter so aufrichtig war, denn sie trat verschwörerisch einen Schritt näher.

„Keine Sorge, ich verschließe meinen Geist nicht. Wag dich einfach mit der Magie voran, und dann geht es ganz von selbst."

Zayda schloss die Augen und blendete das magische Hintergrundsummen aus, das die anderen Novizen in ihrem Umfeld erzeugten.

Sie benötigte nur einen Moment, um die Gedanken von Kielle zu spüren, denn sie riefen deutlich ihren Namen. Jedes Mal leuchteten sie in wundervollen Orange- und Gelbtönen um den Kopf der jungen Ratke auf und lockten sie damit an.

Kaum hatte sie ihre Magie nach Kielle ausgestreckt, verbanden sich ihre Gedanken und Funken, und die Welt wurde stiller.

Hallo Zayda. Willkommen in meinem Kopf, hörte sie ihre Bettnachbarin sagen. Ihre Stimme hallte zwar ein wenig, doch sie war so klar, als stünden sie gemeinsam in einem langen Korridor nebeneinander.

Es ist so einfach!

Kielle schmunzelte. *Was hast du erwartet?*

Ich ... weiß nicht. All die Zeit habe ich es nicht geschafft, bei Jelak stoße ich immer gegen eine eiserne Wand aus grauer Willenskraft.

Nette Umschreibung. Aber es bedeutet auch, dass er sich gegen die Anweisungen des Meisters gewandt hat.

Wie meinst du das?

Beende deine Verbindung mit mir und versuche es erneut, dann wirst du sehen, was ich meine.

Zayda nickte, zog sich zurück und musterte Kielle mit geschlossenen Augen. Tatsächlich war ihr Geist einfach ruhig und unauffällig, so wie der von vielen anderen – doch er war nicht so geschützt wie der von Jelak!

Vorsichtig tastete sie wieder nach Kielles Gedanken und baute die Verbindung erneut auf.

Er schützt sich! Noch mehr, er hat meine Kontaktversuche aktiv abgewehrt!

Tja, da scheint jemand nicht besonders erpicht darauf zu sein, dass du in seinen Gedanken herumstöberst.

Was habe ich Jelak getan, dass er mich derart angehen muss? Wieso kann er nicht einfach das machen, was Izerdan uns aufgetragen hat?

Er will dich hier nicht haben.

Zayda schnaubte. *Aber warum?*

Das werden wir herausfinden müssen.

Gegen Nachmittag gestattete ihnen der Meister, eine kurze Pause einzulegen; einige Diener brachten kühles Wasser, in dem aromatische Minzblätter schwammen.

Zayda konnte sich nicht daran erinnern, jemals einen solch heißen Sommer erlebt zu haben. Andererseits lag das Anwesen ihrer Eltern auch an einem der östlichen Hänge, mit Blick zum Hochland ihrer Urväter, und die Schule hier war nach Süden ausgerichtet.

Vielleicht fehlte ihr auch einfach der Wind, der immer über die Ebenen gestrichen war, wenn sie früher ausritten.

Sie nahm einen tiefen Schluck und seufzte leise, wollte sich aber auch nicht zu viel Offenheit gönnen. Gerade als sie den Becher abstellte, trat Kielle neben sie. Ehe sie etwas sagen konnte, hatte Zaydas Blick bereits den Eingang erfasst – beziehungsweise eine

Gestalt, die in dem Augenblick aus dem Hauptgebäude der Schule trat.

Jelak gesellte sich zu den anderen älteren Jungen, und sie führten ein leises Gespräch, das Zayda allerdings nicht belauschen konnte.

Es nervte sie schon jetzt, dass sie ihre Kräfte nicht mehr so unkontrolliert wie zuvor einsetzen konnte. Bisher hatte es eben niemand bemerkt, besonders ihre Eltern nicht ... hier erntete man sofort schiefe Blicke, weil alle alles wahrnahmen!

Sie seufzte und hörte nicht auf das, was Kielle sagte, während Izerdan sich von seinem Platz erhob und ihnen allen einen stillen Befehl sandte.

Zayda wollte nicht zugeben, dass sie seine Worte noch immer nicht deutlich wahrnehmen konnte, wenn er sie nicht direkt an sie richtete. Allerdings erfasste sie den Sinn und reihte sich bei den anderen ein, als gehöre sie schon ganz selbstverständlich dazu.

Sie hatte in der kurzen Zeit schnell gelernt, das Verhalten der anderen zu kopieren, auch wenn sich noch niemand die Zeit genommen hatte, ihr die eigentlichen Abläufe zu schildern. Die letzten drei Tage hatte sie häufig vergeblich versucht, in Jelaks Kopf einzudringen – mit dem Ergebnis, dass sie sich völlig unfähig vorkam.

Wieso konnte sie die Gedanken von diesem verdammten arroganten Kerl nicht lesen? Sein Kopf schien aus Granit zu bestehen. Zu allem Überfluss gesellte er sich jetzt zu dem braun gebrannten Perkir, und der Meister hatte natürlich nichts Besseres zu tun, als die Neue zu den beiden Schülern zu winken.

„Vielleicht bewältigst du deine Aufgabe ja, wenn du bei deinen Übungen etwas Unterstützung erhältst, Zayda."

Perkir lächelte sie an, doch etwas in seinem Blick ließ das Mädchen aufmerksam werden. Er und Jelak demonstrierten ihr, wie sie abwechselnd ihren Kopf abschirmten, und anschließend streckte Perkir ihr seine offene Hand hin.

Zayda zögerte.

Als sie ihre Finger auf seine legte, ging sofort ein Ruck durch ihren Körper. Noch nie hatte sie jemanden berührt, der ihr so offen seine Magie zeigte und mit seinen Funken ihren Kontakt suchte. Zuerst dachte sie, es sei ein Trick, deshalb näherte sie sich nur zaghaft; dann spürte sie, wie seine Magie es ihrer vormachte.

Er zeigte ihr, wie er seinen Geist abschirmte, genau wie zuvor, nur durfte sie diesmal daran teilnehmen, als Jelak verbissen angriff.

Eines musste sie dem Jungen lassen: Er war nicht nur körperlich gewachsen, sondern hatte sich tatsächlich ernst zu nehmende magische Fähigkeiten angeeignet! Während sie sich noch fragte, wie er das innerhalb des letzten Jahres vollbracht hatte, prallte seine Magie gegen Perkirs Abwehr, und die beiden rangen eine Weile im Geist miteinander, bevor sie die Übung wieder beendeten.

Perkir ließ ihre Hand los, bevor Zayda etwas sagen konnte.

„Jetzt du."

Zayda hatte kaum Zeit, etwas zu erwidern, da spürte sie schon, wie sich die Energie der beiden Novizen ihrem Kopf näherte. Sie versuchte noch, einen Wall hochzuziehen, wie Perkir es getan hatte, doch da sie beide angriffen, hatte sie keine Chance. Die Funken strömten über ihre Abwehr hinweg und krallten sich an ihre Gedanken – die sich natürlich um die beiden und ihre Frustration drehten.

Sie wollte das nicht mehr! Erst sollte sie nachempfinden, wie er seinen Geist abschirmte, dann sollte sie sich selbst schützen. Dabei hatte sie keine Ahnung, wie sie sich verteidigen konnte!

„Du sollst uns abwehren, Zayda, nicht deinen Kopf mit Magie fluten", rief Jelak grinsend. „Na fein, vielleicht läuft es ja andersherum besser. Versuch noch einmal, in meine Gedanken einzudringen."

Sie nickte und wischte sich den Schweiß aus den Augen. Verdammte Hitze, verdammter Jelak!

Mit einem tiefen Schnaufen nutzte sie ihre Wut und feuerte die Funken an. Wie kühle, beruhigende Glut loderten sie auf und warfen sich gegen Jelaks dumpfen Schutz. Doch er wehrte sie diesmal nicht ab, sondern schlüpfte an ihr vorbei wie ein glatter Fisch und drang wieder in ihre ungeschützten Gedanken vor.

Verdammt, das ist nicht gerecht!

Wer hat etwas von einem gerechten Kampf gesagt?

Zayda zuckte zusammen, als Jelaks Stimme in ihren Ohren widerhallte, ohne dass er die Lippen bewegte.

Verschwinde aus meinem Kopf!

Sein Lachen brachte ihre Augen zum Jucken. *Zwing mich doch.*

Sie zog ihre Magie zurück, weg von ihren verbundenen Gedanken, damit er den Kontakt verlor.

Sie musste den Spieß umdrehen; ihn irgendwie in seine Schranken weisen, damit er aufhörte, sie derart dreist anzugehen!

Ihr Schädel dröhnte jetzt, als sie die flüsternde Magie in ihrem Inneren weiter anspornte, auf seinen Schutz einzuschlagen.

Da! Da war ein ungeschützter Gedanke, der durch seinen Kopf schlich.

Er leuchtete auf wie ein schwebender, bläulicher Faden, den schwirrende Funken umgaben.

Das war ihre Gelegenheit!

Unwillkürlich trat sie einen Schritt vor und legte Jelak die Finger an den Arm, bevor sie sich bewusst dazu entschieden hatte.

Ihre Funken stürzten sich auf den leuchtenden Faden, auf ihr einziges Ziel, auf das sie sich all die Zeit, all die letzten Tage so sehr fokussiert hatte.

Sie ruckte nach vorn, tauchte tief in die Erinnerungen ein, ohne es verhindern zu können. Im nächsten Augenblick hörte die echte Welt auf zu existieren. Sie musste nichts mehr tun, nicht einmal mehr atmen, denn alles bestand nur noch aus den Eindrücken, die Jelak ihr ungewollt sandte.

Er war klein, viel kleiner, als sie jetzt noch war. Aus seiner Perspektive sah die Welt groß und der Mann über ihm bedrohlich aus. Der Ratke brüllte wütend, holte mit der Hand aus und verpasste ihm einen Schlag, dass selbst Zayda die Ohren klingelten.

Der kleine Jelak ging zu Boden, schüttelte sich den schwirrenden Kopf und stand wieder auf. Sein Vater beugte sich über ihn und würde ihm gleich noch eine Ohrfeige verpassen, das spürte Zayda in Jelaks Knochen.

Doch während der Kleine schwer atmete und versuchte, die Tränen zurückzuhalten, verschwamm das Bild und wurde stumpf.

Nein. Neeein.

Nein!

Die Stimme schwoll an, kam aus ihrem Kopf!

Gerade, als alles nur noch hallte und sich unendlich zu wiederholen drohte, riss Jelaks dunkler Ton sie aus den Erinnerungen und zurück in die Realität.

Zayda rang nach Luft und zog die Hand zurück.

„Es tut mir leid! Das wollte ich nicht!"

Er grollte wütend, und seine gelben Augen verengten sich zu schmalen Schlitzen. Im nächsten Moment erhielt sie einen Schlag aus Magie. Er war eigentlich nicht heftig, im Vergleich zu Izerdan oder ihren bisherigen eigenen Erfahrungen sogar eher schwächlich – doch der Angriff gegen ihren Geist traf sie völlig unvorbereitet.

Sie wollte zurücktaumeln, aber der Schock hielt sie an Ort und Stelle. Jelak warf seinen Zorn gegen ihren Geist und wollte hineindringen, doch sie hielt ihm verbissen stand. Bevor er völlig in ihre Gedankenwelt vorstoßen konnte, baute sie eine Wand aus Funken auf, die sofort zu vibrieren begannen, als er dagegen schlug.

Durch ihre ungewollte Verbindung spürte sie, wie seine Zähne knirschten – denn er musste schon nach einem langen Atemzug aufgeben. Seine Kraft war versiegt, bevor er richtig angefangen hatte.

Dass sich ein bitteres Lächeln auf ihre Lippen schlich, konnte Zayda nicht verhindern, geschweige denn, dass er es bemerkte.

Bevor er anderweitig angreifen konnte, was er zweifellos wollte, trat Meister Izerdan hinzu.

„Das genügt. Zayda du sollst Gedanken lesen und nicht Erinnerungen erkunden."

Rasch neigte sie das Haupt. „Verzeiht, Meister."

Der Magier warf einen Blick in die Runde, dann hinauf zum Himmel, an dem die Sonne schon eine Weile hinter den Mauern verschwunden war.

„Wir beenden die Übungen für heute. Geht alle in den Saal."

Als Zayda den anderen zum Abendessen folgen wollte, hielt Izerdan sie zurück. Er legte ihr nicht die Hand auf die Schulter, doch sie spürte einen vagen Gedanken – oder eher Befehl – an ihrem Geist entlangstreifen.

Sie blieb wieder stehen. „Ist noch etwas, Meister?"

„Du wirst heute nicht mit den anderen speisen, sondern dich weiter üben. Ich dachte, dass Jelak eine Herausforderung für dich ist und dich anspornen würde, aber vielleicht musst du zuerst lernen, dich richtig zu fokussieren. Die Übungen bei dir daheim waren nur Kleinigkeiten."

Er lief los, während er mit ihr sprach, und bedeutete ihr mit einem knappen Winken, ihm zu folgen.

„Ich freue mich, dass Ihr das auch so seht, Meister."

Ein schlichtes Lächeln zuckte über seine Lippen.

Gemeinsam gingen sie durch eine Tür. Nur der Meister war bisher einige Male dort verschwunden oder daraus aufgetaucht, während sie im Innenhof übten. Jetzt lüftete sich damit noch ein Geheimnis, denn dahinter lag ein dunkler Raum mit vielen Büchern und zwei weiteren Türen. Die rechts gelegene führte in unbekannte

Tiefen der Schule, während die geradeaus verborgen in einer Ecke des Haupthofes mündete.

Kaum in den überdachten Säulengang getreten, spürte Zayda die Magie der alten Eiche in der Luft.

Izerdan hielt direkt darauf zu und sah hinauf in die Blätter, die sich dunkel gegen den blauen Himmel abzeichneten, dessen Färbung sich langsam zu dem Gelborange des beginnenden Abendrots wandelte.

„Du musst dich erneut mit deiner Magie verbinden. Das Mädchen, das ich letztes Jahr bei der Erprobung erlebte – sie hatte ein intuitives Verständnis für ihre *Funken*. Finde zurück zu ihr und beobachte genau, wie du dich dabei fühlst. Nach dem, was du mir berichtet hast, warst du sogar dazu in der Lage, deine körperliche Schwäche auszugleichen. Davon sehe ich nun nichts mehr. Verkopfe deine Magie nicht, sondern lass deine Intuition sprechen, bevor du sie lenkst. Das Ganze ist ein Gleichklang aus Ziehen und Schieben. Jetzt beruhige deinen Geist und meditiere, bis du das verstanden hast."

Zayda öffnete den Mund, schloss ihn aber wieder, bevor ihm ein Ton entweichen konnte. Zu groß war ihre Neugier auf die Magie des Baumes.

Sie setzte sich an den Platz, den der Meister ihr mit einer Handbewegung wies und lehnte zaghaft ihren Rücken an den dicken Stamm.

Sofort spürte sie, wie die Energie dieses Knotenpunktes auf sie überging, an ihrem Rückgrat entlangstreifte und sie wie flüssiges Gold umgab. Selbst mit geöffneten Augen konnte sie die Funken sehen, die über ihre angewinkelten Knie und ihre Stiefel tanzten und anschließend in die Höhe stiegen.

Zuerst begann ihr Herz zu rasen, doch nachdem sie einen Moment den Atem angehalten hatte, wurde alles ruhig.

Zayda atmete tief durch und stieß die Luft besonders bewusst und langsam aus, während sie die Augen schloss.

Sie blendete alles aus, ließ den Innenhof und Izerdan hinter sich zurück. Einen Moment lang wollten ihre Erinnerungen sie zurück in ihr Zimmer bringen, zur schön beschnitzten Tür und dem Himmelbett, doch wenn sie ehrlich mit sich war, dann hatten ihr die Nächte unter freiem Himmel schon immer am besten gefallen. Sie entschied sich für dieses Bild. Im Geiste malte sie weite Hügel, wehende Gräser und hohe Bäume, die sich sanft im Wind wiegten. Auf einem Hügel stand der mächtige Baum, unter dem sie jetzt saß.

Sie schwebte darauf zu, bis sie nur noch sein rauschendes Blätterdach über sich erblickte. Nach einem tiefen Atemzug ließ sie auch dieses Bild los.

Schwärze umgab sie.

Durchsichtige Funken glitten durch die Schwärze, kribbelten auf ihrer Haut und leuchteten schließlich in der ewigen Dunkelheit auf.

Wie lange war sie schon hier?

Sie hatte alles losgelassen, selbst ihr Zeitgefühl, das sie ohnehin öfter als gewollt trog. Einen kurzen Moment drohte das Gefühl der Überraschung sie aus diesem Zustand zu stoßen. Es war ihr noch nie während einer der Übungen gelungen, so tief einzutauchen.

In das tiefe Nichts.

Eine Hand führte sie weiter, immer weiter hinein in diese Leere.

Die Schwärze wich einem unendlich tiefen See aus Ruhe und sanft wabernder Magie, aber das war nicht die Energie eines jungen Mädchens. Ihre Funken waren immer lebendig und wild gewesen. Sie warteten noch tiefer.

Die Hand zog sie weiter, durch die Schwärze hindurch, bis zu einem Feuer, um das ihre Funken tanzten.

In diesem Moment wurde Zayda klar, dass sie die letzten zehn Monate in einem Dauerzustand magischen Halbschlafes verbracht hatte. Nach und nach, schleichend, war ihr natürlicher Zugang zu ihren Funken zurückgegangen. Kein Wunder, bei all dem Druck, dem sie sich ausgesetzt gesehen hatte. Ihre Brüder, die sich mehr und mehr zurückzogen und ihr eigenes Leben lebten. Ihr Vater, den nur die Herrschaft über die Stadt zu interessieren schien. Ihre Mutter, die sich andauernd gegen ihre Träume ausgesprochen und sie als wertlosen Unfug abgetan hatte, der ihr Leben zerstören würde.

All das fiel in diesem Moment von ihr ab, und ein kitzelndes Lachen entsprang ihrer Kehle, als die Funken in ihrem Inneren wahrhaftig zu schwirren begannen.

Die Dunkelheit erwachte zum Leben, entfachte einen wilden Strom aus bunten Funken, die ihr flüsternd zeigten, was sie alles vollbringen konnte.

Ihre geliebten Flüsterfunken waren wieder erwacht.

Als sie die Augen aufschlug, war es dunkel. Nach mehrfachem Blinzeln erkannte sie die Umrisse des Innenhofs, den überdachten Gang und hinter den Säulen das flackernde Licht von mehreren Fackeln.

Ein Stück entfernt kniete Izerdan und öffnete nun ebenfalls die Augen. Sofort fing sein leuchtender Blick den ihren ein. Erst bei diesem gelb glühenden Blick wurde ihr bewusst, dass er sie die ganze Zeit geleitet hatte. Seine Hand hatte sie durch die Dunkelheit geführt, in der er sich bestens auszukennen schien. Sie wusste nicht, ob sie enttäuscht sein sollte, weil sie es nicht allein vollbracht hatte. Aber nein, sie war einfach dankbar – und glaubte, sein Lächeln auszumachen, ehe er vernehmlich seufzte.

„Ich habe einen Fehler gemacht, indem ich damals nachgab. Deine Eltern … ich hätte meiner Intuition vertrauen sollen, anstatt mich dem Willen des Stadtherrschers zu beugen. Die Zeit der Isolation in den letzten Monaten hat dir nicht gutgetan und dich blockiert. Wir werden aber Wege finden, dies zu heilen."

„Ich glaube, es hat schon begonnen, Meister."

Er nickte und erhob sich, um sie auf die Beine zu ziehen. Erst jetzt wurden ihr die Schmerzen in ihrem Rücken und in den steifen Knien bewusst.

Wie viele Stunden hatte sie hier gesessen?

Nach dem Grummeln ihres Magens und dem Stand des Mondes mussten es einige Stunden gewesen sein.

„Das genügt. Du solltest jetzt schlafen und dich erholen."

Zayda nickte und folgte dem Meister zum Hauptgebäude.

Am Eingang blickte sie sehnsüchtig zurück zum Baum. Aus seinem Kraftfeld zu treten, hinterließ eine ziehende Leere in ihrer Brust. Izerdan legte ihr eine Hand auf die Schulter und führte sie weiter.

„Ich sehe deine Gedanken, junge Zayda. Merke dir, dass du niemals ohne Erlaubnis in den Schatten des Baumes treten darfst." Er blickte sie an, und zu Zaydas Überraschung lächelte er kurz über ihren Gedanken. „Und nein, ich meine damit nicht den Schatten, den die Sonne wirft. Das Kraftfeld des Baumes kann gefährlich werden, wenn man es nicht zu kontrollieren weiß. Ich habe dich während deiner Meditation die ganze Zeit gehalten und geleitet, allein hättest du dich in der Magie verloren."

Er schritt mit ihr den Gang entlang bis vor ihre Kammer.

„Gib dir noch etwas Zeit. Davon hast du genug."

Kielle weckte sie mit einem kurzen magischen Rüttler an ihrem Bett.

„Na, bist du bereit für die morgendlichen Übungsstunden? Izerdan ist allerdings beschäftigt, und wir erhalten heute bei den anderen Meistern Lektionen."

Zayda schlug die Augen auf, spürte die Schmerzen in ihrem Rücken und war sofort genervt. Der Schlaf hatte ihr keine Erholung gebracht, nur wirre Träume von glühenden Augen und tanzenden Funken.

Sie setzte sich auf und warf wütend die Decke zurück.

„Ich weiß gar nicht, wer die anderen Lehrmeister sein sollen! Hätte man sie mir nicht vorstellen müssen?"

Kielles Lachen klang seltsam bitter. „Hier wird dir nichts auf dem Silberteller serviert, auch der Tochter der van Dymars nicht. Wenn du etwas wissen willst, dann frag – und wenn du die Antwort hören darfst, wirst du sie auch erhalten."

Zayda starrte ihre Mitbewohnerin überrascht an. Das hatte sie nun wirklich nicht erwartet. Kielle war nicht hart und auch nicht sorgsam sanft wie Sebila. Sie war einfach ehrlich.

Irgendwie erfrischend, dachte sie und lächelte dann schwach; auf die Idee war sie gar nicht gekommen, so gebieterisch, wie sich Izerdan gegeben hatte.

Eine angemessene Antwort, wenn sie angemessen fragte. Wie einfach.

„In Ordnung. Würdest du mir bitte verraten, wer die anderen Meister sind?"

„Was möchtest du wissen?"

Zayda setzte sich aufrecht hin und führte sich gleichzeitig das allabendliche Bild im Speisesaal vor Augen. Links vom Meister saßen immer ein älterer Mann mit weißen Haaren und eine Frau mittleren Alters, deren rotbraune Locken Zayda schon früh aufgefallen waren.

„Die Rothaarige mit der breiten Narbe am Kinn."

„Ah, Herrin Cara. Sie ist die Cousine von Meister Izerdan. Und der Ältere, das ist der Onkel von beiden. Ich weiß, was du jetzt denkst. Sie … die ganze Familie ist mit magischen Fähigkeiten gesegnet. Die beiden sind allerdings bei Weitem nicht so stark wie unser Meister, deshalb leitet er die Schule. Sie unterstützen ihn, Cara hauptsächlich mit Lehrstunden über das Wissen unserer Stämme oder magischen Theorien und Onkel Oyran ist zumeist für die Meditation zuständig und kümmert sich auch um andere Belange der Schule, er nimmt Izerdan viel Organisatorisches ab."

„Und wer ist der mit der Adlernase? Der Braunhaarige rechts neben dem Meister?"

Kielle lachte wieder. „Der Bibliothekar."

Seufzend kratzte Zayda sich an der Wange. „Und für diese Erklärung hatte niemand bisher Zeit?"

„Ich habe es dir doch schon am ersten Tag gesagt. Du wirst die ganze Zeit über getestet."

„Hm. Nachdem so viele Plätze im Saal leer sind, hätte ich nicht gedacht, dass Izerdan besonders wählerisch ist."

„Nichts für ungut, aber ich glaube, bei dir ist er es besonders. Er mag es nicht, dass es deinetwegen zu Spannungen zwischen der Schule und dem Stadtherrscher kommt. Du bringst alle in eine prekäre Lage – und noch viel weniger wird er es mögen, dass du dich wegen deines Namens für privilegiert hältst."

„Ich halte mich nicht für privilegiert!", protestierte Zayda, zögerte dann jedoch, und Kielle lächelte schief.

„Siehst du? Nicht einmal du kaufst dir diese Lüge ab."

Zayda atmete einmal tief durch. Sie war zu erschöpft, um zu erklären, wie sie sich fühlte.

„Was für Spannungen gab es denn?"

„Nun, deine Aufnahme an Izerdans Schule ist seit letztem Herbst leider ein häufiges Thema am großen Tisch. Die Lehrer waren sich nicht einig darüber, ob sie es gutheißen sollten, dass du so jung aufgenommen wirst."

Zayda entschloss sich, diese Information vorerst unkommentiert zu lassen, und zog stattdessen eine Augenbraue hoch. „Ich dachte, der Meister würde es sofort bemerken, wenn man sich seinen Gedanken nähert."

Kielles Lächeln bekam eine durchtriebene Anwandlung. „Wer hat gesagt, dass man nur Gedanken lauschen kann? Ich habe doch auch Ohren."

Zayda vergaß den Ärger und ihre Müdigkeit. „Du hast dein Gehör verbessert?"

Kielle nickte und streckte ihr die Hand über den Spalt zwischen den Betten hinweg entgegen. „Ich zeige es dir."

Ihr Herz begann zu rasen, als sie Kielles Finger ergriff.

Sofort ging die Magie des Mädchens auf sie über, schlichen sich die Funken ihren Arm entlang bis zu ihrem Geist, um eine Verbindung zu formen, die sie alles mitfühlen ließ.

Voller Faszination beobachtete sie, wie Kielle ihre Energie gekonnt und effizient durch ihre Adern lenkte, wo sie den geringsten Widerstand erfuhren. Viel geschickter als Perkir am Mittag – und Jelak hatte davon ebenfalls keinen Gebrauch gemacht.

Sehr faszinierend!

Ihre eigene Magie begann zu vibrieren, wollte sich der neuen Idee anpassen und sie austesten.

Mit größter Willenskraft zwang sie sich zur Geduld und lauschte stattdessen. Kielle hatte ihre Magie jetzt durch ihren Körper gelenkt und bis zu ihrem Ohr geführt. Intuitiv hatte Zayda das vor einem Jahr ebenfalls ab und an getan, doch auf viel aufwendigere Weise. Sie hatte ihre Magie selbst ausgestreckt, um die Vibrationen der Stimmen in der Luft wahrzunehmen. Kielle fokussierte einfach Magie in ihrem Ohr, auf dem Trommelfell, und verbesserte damit ihr Gehör.

„Hast du es verstanden?"

Zaydas Kopf ruckte hoch. „Ich glaube schon."

„Dann lass dir Zeit, es selbst auszuprobieren. Es eilt ja nicht."

„Und für andere ist es schwieriger, das zu bemerken?"

„Selbst Meister Izerdan bekommt es in einem gefüllten Raum nicht mit, wenn man nicht zu viel eigene Aufmerksamkeit darauf lenkt und sehr subtil vorgeht."

„Das ist ja unglaublich!"

„Freu dich nicht zu früh. Erst einmal musst du es mir nachmachen können."

Zayda nickte, schloss die Augen und konzentrierte sich auf ihre eigene Magie.

Stunden schienen zu vergehen, in denen Kielle geduldig wartete und in einem Buch blätterte.

Zu Anfang hatte Zayda nichts außer ihrem Atem gehört. Danach immer wieder viel zu laute, krachende Geräusche, und schließlich hörte sie, wie Kielles Finger über das Pergament strich.

Es war ein langsames Schaben, gemischt mit einer feinen Vibration aus dem Widerstand des Fingers auf der Oberfläche. Einen Moment lang meinte Zayda, sogar die Unterschiede zwischen der Tinte der Buchstaben und dem puren Papier zu hören, bevor es zu viel wurde.

Ihre Ohren klingelten, und sie ließ rasch von der Magie ab.

„Das ist verrückt", murmelte sie und rieb sich über die Ohren, um das Rauschen loszuwerden.

Nach ein paar tiefen Atemzügen machte sie wieder weiter, ignorierte das Klingeln und drückte die Magie weiter in ihr Ohr, um die Schicht zu verändern. Die lauten Geräusche verschwanden, wurden von der seltsamen Dumpfheit einer Mauer ersetzt.

Dahinter hörte sie erneut, wie jemand atmete!

Vielleicht hatte sie erwartet, Schnarchen zu hören, da die anderen noch schliefen; stattdessen unterhielten sich zwei Mädchen. Sie nahm ihre Stimmen wahr, musste sich jedoch noch zu sehr auf ihre Magie konzentrieren, um die Bedeutung der Worte verstehen zu können. Ihre Ohren begannen wieder zu klingeln, doch sie versuchte, ihre Magie zu beruhigen und dadurch das Gespräch besser zu hören. Vergeblich.

Nach einem langen Atemzug, der wieder alles zum Rauschen brachte, machte sie eine Pause.

„Lass dir Zeit", flüsterte Kielle mit einem milden Lächeln auf den Lippen, das Zayda sonderbarerweise bestärkte und beruhigte. War sie gerade dabei, eine Freundin zu gewinnen? Hatte sie überhaupt schon mal eine gehabt? Kielle wirkte so anders als die Mädchen, die sie bisher kennengelernt hatte. Ihre Zimmergenossin würde sich bestimmt nicht mit einer arrangierten Ehe zufriedengeben. Sie hatte Ambitionen und eigene Pläne, oder nicht?

Für eine kurze Zeit gestattete sie sich, diesen Fragen nachzuhängen und sich ein wenig zu freuen … dann war das Kribbeln in ihren Beinen endlich verschwunden, und sie konnte wieder loslegen.

Beflügelt durch Kielles Geduld, sandte sie diesmal ihre Magie durch ihre Adern und hätte beinahe gelacht, als die Funken dem Blutstrom mit Freude folgten. Wie leicht sie sie damit lenken konnte! Weshalb war ihr das niemals zuvor in den Sinn gekommen? Sie hatte die Funken zumeist einfach den direkten Weg unterhalb der Haut nehmen lassen, aber das hier … das war revolutionär!

Da waren ihr selbst die vielen Rückschläge egal, während sie sich Stück für Stück vorarbeitete, hinter die Wand, bis zu den beiden Betten.

Jetzt waren die Stimmen klarer! Da saßen zwei Mädchen auf ihren Betten, und eines umklammerte sein Kissen – zumindest vermutete Zayda das wegen der raschelnden Federn.

Sie musste sich davon abhalten, wie üblich ihre Funken auszusenden. Kielle und Izerdan hatten recht: Die würde jeder halbwegs Magiefühlige wahrnehmen.

„Hattest … schon … ieder … Hüter?"

Zayda runzelte die Stirn, als eines der Mädchen sprach. Die Deutlichkeit ließ immer wieder nach, aber nach ein paar Atemzügen hatte sie die Energie in ihrem Ohr so weit stabilisiert, dass sie mehr verstehen konnte.

„Das ist einfach Glück."

„Du schummelst doch!"

„Lies meine Gedanken, wenn du mir nicht glaubst."

Die Zweite lachte und warf etwas auf die Decke zwischen ihnen. Sie saßen sich im Schneidersitz gegenüber und spielten Karten.

„Ach verflucht, ich bin noch immer nicht müde."

„Das kommt davon, wenn du dich nach den Nachtübungen noch mal hinlegst. Jetzt ist dein Schlafrhythmus völlig durcheinander."

„Komm, noch eine Run…"

Zayda löste die Magie und atmete langsam durch, bevor sie die Augen öffnete. Draußen verblassten schon die Sterne.

Kielle grinste. „Hast du gehört, was im Nachbarzimmer geredet wird?"

Zayda nickte langsam und erschauderte, als sie die Bewegung ihrer eigenen Nackenmuskeln vernahm.

„Lass es langsam angehen, sonst überspannst du deine Ohren. Schwäch die Magie etwas ab und konzentriere sie mehr auf eine bestimmte Reichweite, anstatt sie alles wahrnehmen zu lassen. Dadurch wirst du nicht so überfordert."

Zayda grinste. „Danke, Meister Izerdan."

Als Kielle erbleichte, überraschte es sie. „Zayda, bitte tu mir den Gefallen, und lass dir vom Meister noch einmal alles erklären, wenn er sich entschließt, dir diese Lektion zu geben. Er mag es nicht sonderlich, wenn wir … wenn ich bei der Ausbildung der anderen … vorgreife."

Zayda zog eine Augenbraue hoch. *Dann hast du das schon einmal getan?*

Nur gelegentlich.

Du überraschst mich immer wieder.

Jetzt war es an Kielle, zu grinsen. „Und nun gehen wir Jelak belauschen, komm."

Hufe gegen Wölfe

Zayda folgte ihrer Freundin mit trommelndem Herzen.

Sie war noch nie bei Nacht durch die Gänge der Schule geschlichen, auch wenn es sie nun wunderte, wie lange sie das aufgeschoben hatte – auf ihre anfängliche, überschäumende Neugier war eine Zeit der völligen Auslastung gefolgt, die sie ihre Pläne hatte vergessen lassen.

Kielle schien zu wissen, wo sie hinging, und auch, wo man entlangschleichen sollte, um nicht erwischt zu werden. Sie mied die fackelerleuchteten Hauptgänge, tastete sich eine Treppe hinab, die Zayda vorher noch gar nicht bemerkt hatte, und brachte sie so in den Flügel gegenüber dem Übungshof. Dorthin, wo die Jungen schliefen.

Auf leisen Sohlen schlichen sie an den Kammern vorbei, deren Stille höchstens von gelegentlichem Schnarchen unterbrochen wurde, und hielten bei der letzten Tür am Ende des Korridors an.

„Seltsam …", murmelte Kielle leise, während sie sich atemlos an die Wand lehnte.

„Was denn?", fragte Zayda nach einem Moment, in dem sie ihre Energie so konzentrierte, wie sie es von Kielle gelernt hatte.

„Er … er scheint seine Magie abzuschirmen, obwohl er schläft."

Zayda seufzte, was sich in ihren Ohren wie stürmisches Meeresrauschen anhörte. Oder zumindest so, wie sie sich Meeresrauschen vorstellte. „So viel zu deinem spannenden Plan, ihn zu belauschen."

„Ich wundere mich einfach. Ich konnte ihn kaum finden, weil er sich so versteckt hält. Zumindest magisch."

„Vielleicht liegt das daran, dass er dich kennt?", fragte Zayda mit hochgezogener Augenbraue.

„Er kennt mich nicht, glaub mir."

Zayda verlagerte ihr Gewicht und horchte weiter in das fremde Zimmer hinein. „Und was machen wir jetzt?"

„Abwarten. Vielleicht redet er ja im Schlaf."

„Das hoffst du", murrte Zayda, lehnte sich dann aber gegen die Wand, um mit Kielle auszuharren.

„So oder so können wir doch jetzt nicht einfach zurück ins Bett, wenn wir schon einmal hier sind."

Zayda brummte nur leise als Erwiderung, und sie warteten – bis ein Geräusch am Ende des Gangs sie aufschrecken ließ.

„Da kommt jemand!", zischte Zayda und sprang auf. Bevor sie davonhuschen konnte, hatte Kielle ihre Hand gepackt und sie in die Dunkelheit der gegenüberliegenden Wandnische gezogen. Mit unterdrücktem Atem pressten sie sich in die Spalte zwischen einer Säule und der Wand und warteten reglos ab.

Jemand lief den Gang entlang, mit müde schlurfenden Schritten, und öffnete genau die Tür, vor der sie noch vor wenigen Augenblicken gelauscht hatten.

Kaum hatte sich die Tür wieder geschlossen, stupste Kielle sie in die Seite. „Sag ich's nicht?"

Das war purer Zufall, dachte Zayda für sich, lenkte dann aber doch ihre Magie in ihre Ohren, um zu lauschen, ob Perkir nicht vielleicht seinen schlafenden Bettnachbarn geweckt hatte.

„Mmmhhhm!", hörte sie ein Brummen, das wohl von Jelak stammen musste.

„Freu dich schon mal, Jelak, du bist morgen Nacht auch dran."

Sommersprosse vergrub sein Gesicht im Kissen. „Das werden wir ja sehen", murrte er kaum hörbar, bevor er wieder schwieg.

Zaydas Ohren rauschten, aber sie konnte nur noch seinen Atem hören und das laute Rascheln der Laken, als sich Perkir daraufsetzte.

„Uh, ich will nicht mit anhören, wie er sich auszieht", flüsterte Kielle ihr zu und löste sich aus den Schatten.

„Was hat er damit gemeint?", wollte Zayda wissen, während sie ihrer Freundin hinterherschlich.

„Hm? Keine Ahnung, vielleicht will er sich weigern, bei den eingeteilten Übungen mitzumachen. Aber so richtig wach wirkte er auch nicht. Wirklich schade, dass wir deine neue Fähigkeit nicht weiter ausreizen konnten."

„Ich verstehe nicht, warum er sich vor einer von Izerdans Übungen drücken sollte."

Kielle grinste schief und ließ ihre makellosen Zähne dabei aufblitzen. In dem Moment fragte Zayda sich, ob sie wohl jemals so hübsch wie ihre Freundin werden könnte. Wenn sie älter wurde ... und trotz der spitzen Zähne. Ihre Mutter hatte ja so furchtbar entsetzt reagiert und immer wiederholt, wie sehr die Kriegerzeichen ihren Wert als Frau minderten.

Auch wenn sie eigentlich Zuchtstute meinte.

Kielle schien ihre Unsicherheit zu spüren, obgleich sie es dem falschen Grund zuordnete.

„Glaub mir, in nächster Zeit geht es erst richtig los. Izerdan hat dich noch nicht für die Sonderübungen bei Nacht ausgewählt. Aber irgendetwas sagt mir, dass es bald so weit ist."

Die Tage vergingen von da an wieder im gewohnten Trott der magischen Übungen und regelmäßigen Essen im Anwesen und mündeten schließlich in einen späten Nachmittag, an dem sie neue Bücher zum Lernen benötigte.

Zayda schlenderte die Gänge entlang und versuchte, nicht zu häufig zu lauschen. Sie erwischte sich dabei, wie sie ihre neu erworbene Fähigkeit ständig einsetzen wollte – aber Kielle hatte recht. Das wäre nicht klug, denn entweder würde ihr dann die Kraft für die Übungen der Meister fehlen, oder sie könnte sich wirklichen Ärger einhandeln.

Und der Ärger kam direkt um die nächste Ecke auf sie zu.

Zayda zog den Kopf ein, als Jelak, Perkir und einige andere sich näherten, und hoffte einfach, dass sie vorbeigehen würden. Natürlich vergebens.

Die beiden ließen sich ein wenig zurückfallen, die anderen beachteten das junge Mädchen gar nicht – und Perkir stellte sich ihr in den Weg, kaum hatte Jelak kurz genickt. Sie spürte seine Wut, wie üblich hinter einer Wand abgeschirmter Gedanken. Er war auf nichts Gutes aus, das konnte auch sein magischer Schild nicht verbergen.

Es wunderte sie noch immer, warum Perkir und er so verbunden waren, warum jener sich dem Jüngeren gegenüber wie ein helfender Schatten verhielt und sich darauf einließ – andererseits … tat Kielle nicht etwas Ähnliches?

Auch die beiden Novizen wohnten in einer Kammer. Das schien zusammenzuschweißen.

„Was schnüffelst du in unseren Gängen herum, hm?", fing Jelak ohne eine Begrüßung an und brachte sie dazu, unwillkürlich an die Wand auszuweichen, als er sich ihr näherte.

„Das ist nur eine Abkürzung zur Bibliothek, falls es dir nicht aufgefallen ist", erwiderte sie und bereute ihren bissigen Ton sofort.

„Was will eine Idiotin wie du denn für Bücher lesen?"

„Selbst Idiot!"

„Du bist eine vorwitzige kleine Schl…"

Zayda ballte die Fäuste. Niemand durfte so mit ihr sprechen!

„Lass deine schlechte Laune nicht an mir aus! Was kann ich dafür, dass du Ärger bekommst, wenn du Übungen schwänzt?"

„Eh … ich habe nicht … Moment mal! Du hast mich belauscht?"

Jelak war so schnell bei ihr, dass sie gar nicht reagieren konnte. Er packte sie, stieß sie rückwärts an die Mauer, dass ihr Kopf gegen den Stein prallte, und presste ihr den Ellbogen gegen den Hals. Sie packte seine Hand und spürte, wie die Funken in ihrem Inneren wütend aufbrüllten. Ein Schlag aus Magie traf ihn an der Brust und warf ihn einen Schritt zurück, doch er wappnete sich schnell dagegen. Einen Moment lang war der ganze Gang von aufgewirbeltem Staub und knisternden Funken erfüllt, während er sich gegen ihren magischen Schlag lehnte.

„Ich würde damit aufhören, wenn du nicht willst, dass Izerdan dich von der Schule verweist", presste er wütend hervor.

„Dasselbe könnte ich auch sagen", zischte sie. „Nur dass meine Familie dich in Stücke reißen wird."

Jelaks Atem ging unregelmäßig; er schnaubte unwillig, ließ dann aber von ihr ab.

Perkir klopfte sich Staub von den Schultern. „Diese kleine Schlampe hält sich für die Größte, nur weil ihre Elter…"

Jelak hob die Hand – und zu Zaydas Überraschung hielt der Ältere tatsächlich inne.

„Ist gut, Perkir, so ein kleines Problem kann ich allein lösen."

Zayda knirschte mit den Zähnen und stieß Jelak ein Stück von sich weg, kaum dass Perkir sich abwandte, um den schummrigen Gang zu verlassen.

„Was ist dein *Problem*?", zischte sie und sah dem älteren Novizen ungläubig nach, bevor sie sich wieder an Jelak wandte.

„So ein Winzling wie du würde das nicht verstehen."

„Was willst du damit sagen?"

Jelak verschränkte die Arme vor der Brust.

„Du bist schwach und klein, und es ist allgemein bekannt, dass Kranke niemals zu richtigen Magiern heranwachsen!"

„Du redest Mist."

„Izerdan sagt, ein starker Geist braucht einen starken Körper. Kinder sind zu weich und formbar, nicht standhaft genug für die harte Ausbildung, der man als Magier unterzogen wird."

„Ich finde nicht, dass es so aussieht, als würde ich das nicht schaffen!", erwiderte sie trotzig und wünschte sich, ihr wäre eine bissigere Antwort eingefallen.

Jelak schnaubte. „Das wird die Zeit zeigen, kleine Zayda."

Sie öffnete den Mund, doch er ließ sie einfach stehen.

Bebend und fassungslos blieb sie inmitten des Ganges allein zurück.

Ihr war klar, dass er eigentlich kein Recht dazu hatte, sie so zu behandeln. Sie war klein, weil sie erst elf Sommer alt war! Vielleicht war er vor drei Jahren größer gewesen als sie jetzt, aber es war nicht gerecht, sich mit ihr zu vergleichen. Es stimmte schon, dass sie in den letzten zwei Wintern in der Stadt öfter krank gewesen war – aber was ging ihn das überhaupt an, und woher wusste er davon?

Ihr fiel keine Erklärung dazu ein, doch eines war klar: Sie war stolz darauf, die jüngste Schülerin von Izerdan zu sein, und sie hatte sich das verdient!

Das würde sie sich nicht durch einen dahergelaufenen, sommersprossigen Möchtegernkrieger zerstören lassen.

Egal, wie viel Blut oder Schweiß es sie kosten mochte.

Sie war viel mehr eine Kriegerin als er.

Zayda wankte den Flur entlang und fühlte jeden Knochen in ihrem Körper leise schreien. Wie eine Kriegerin fühlte sie sich absolut nicht mehr, geschweige denn, dass sie sich erinnern konnte, wann sie das gedacht hatte.

Es schien, als wäre sie fünf Tage lang wach gehalten worden, dabei war es nur eine Nacht gewesen. Kielle hatte recht behalten: Sie mochte diese Stressübungen nicht, bei denen Izerdan sie und einige andere wach hielt, um ihre Ausdauer zu testen.

Eine ganze Nacht von magischer Dauernutzung zehrte an ihren Kräften und ließ den alten Husten aus dem Winter wieder hochkommen – den sie allerdings trotzig unterdrückte.

Auf dem Weg zum Frühmahl gähnte sie ausgiebig, bevor sie sich am Brunnen im hinteren Innenhof erfrischte. Ein wenig kaltes

Wasser im Gesicht erweckte die Sinne – und machte ihr umso stärker bewusst, wie sehr sie sich schon hier zu Hause fühlte.

Die letzten vier Wochen waren wie im Flug vergangen. Alle paar Tage kam Sebila in Begleitung der zwei Wachen und holte sie für das Abendessen im Kreise der Familie ab. Und jedes Mal war Zayda überrascht, dass schon wieder drei Tage verstrichen waren.

Sie betrachtete die verzerrte Gestalt im Wasser, die kaum mehr als einen dunklen, schemenhaften Umriss im Gegenlicht zeigte, doch ihr gefiel die Vorstellung, dass sie jetzt weiser und ... *magischer* aussehen könnte.

All die kräftezehrenden Übungen mussten doch Spuren hinterlassen, oder nicht? Einmal abgesehen von der derzeitigen Erschöpfung, fühlte sie sich erwachter denn je!

Ihr Leben schien nur noch aus Magie und neuen Erkenntnissen zu bestehen. Etwas, das sie sich noch vor einem Jahr niemals erträumt hätte – oder von dem sie auch nur gewusst hätte, dass es erstrebenswert war.

Immerzu hatte sie sich ihr Leben als Kriegerin ausgemalt. Gut, vielleicht hatte sie ihre glorreichen Taten hier und da mit einem ausgedachten Feuerball ausgeschmückt ... aber das könnte jetzt tatsächlich Wirklichkeit werden!

Sie würde in der Lage sein, das Beste aus zwei Welten zu vereinen!

Voller Motivation richtete sie sich vom schwappenden Wasserbecken neben dem Brunnen auf und schritt durch die immer vertrauter werdenden Gänge.

Mittlerweile war sie auch in einigen der Räume gewesen und hatte weitere Korridore mit Schlafkammern entdeckt, allerdings die anderen Novizen kaum kennengelernt.

Während Kielle ihr alles bereitwillig zeigte und das meiste nach bestem Wissen erklärte, mieden die anderen längere Gespräche. Sie wurde kühl und höflich auf irgendetwas hingewiesen, man nannte ihr auch Namen, aber damit endete jedes Gespräch dann auch wieder.

Zuerst hatte es Zayda verletzt. Bis ihr klar wurde, dass ihr Name schlichtweg abschreckte. Die meisten Novizen wollten es sich nicht mit der Tochter des Stadtherrn verscherzen und mieden sie daher lieber.

Zumindest war das die einzige Erklärung, die ihr bisher hatte einfallen wollen.

Jetzt betrat sie den Hauptsaal und ließ ihre Gedanken an der Pforte zurück. Allerdings war heute etwas anders. Während der Saal für gewöhnlich von hungrigem Schweigen und erschöpfter Stille beherrscht wurde, erfüllten ihn heute angeregte Gespräche. Sie war spät dran, die meisten waren schon mit dem Morgenmahl fertig, und sie setzte sich rasch hin, ohne nach Kielle zu suchen. Zu groß war der Hunger nach der anstrengenden Nacht.

Sie verschlang ihr Frühstück und schreckte erst auf, als jemand sie gegen die Schulter stupste. „He, Zayda, hörst du zu?"

Sie sah auf und bemerkte da, dass Kielle sich neben sie geschlichen hatte – und Izerdan vor der Gruppe stand.

„Wie ihr alle wisst, ist heute der letzte Tag des Monats. Wir werden eure Fortschritte prüfen."

Ein Schauer lief Zaydas Rücken hinab.

Eine Prüfung?

Wie es schien, hatte sie noch immer eine Menge über diese Schule zu lernen … und über Izerdans Beweggründe. Ausgerechnet heute Nacht hatte sie keinen Atemzug Ruhe gehabt, geschweige denn Schlaf!

Bevor sie sich darüber aufregen konnte, zog Kielle sie auch schon auf die Beine, und sie begaben sich alle gemeinsam in den größten Übungsraum, da es draußen stark zu regnen begonnen hatte.

Waren wirklich schon vier Wochen vergangen, seitdem sie hier war? Sie musste die letzte Prüfung gerade verpasst haben, und niemand hatte sich die Mühe gemacht, sie darüber in Kenntnis zu setzen. Wieder einmal.

Es wurmte sie allerdings nicht nur, dass man sie nicht instruiert hatte, sondern vielmehr, dass sie einfach nicht richtig nachgefragt hatte. Schon von klein auf hatte ihre Mutter ihr eingebläut, dass eine van Dymar keine albernen Fragen zu stellen hat, um sich nicht zu blamieren. Dieses lästige Muster musste sie schleunigst ablegen, wenn sie hier mehr erfahren wollte.

Und was würde sie nun bei dieser Prüfung erwarten? Hatte sie überhaupt genügend Fortschritte gemacht?

Sie war eine der Letzten, die den Raum betraten, hielt sich jedoch eher im Hintergrund und bemerkte überrascht, dass auch die anderen Lehrer eingetreten waren. Sie stellten sich an eine der schmalen Wände, während sich die Novizen alle an der langen Seite aufreihten, vor den Säulen, die den großen Raum stützten. Zayda folgte ihnen mit trommelndem Herzen, schob sich neben Kielle – doch lange durfte sie die Nähe ihrer Freundin nicht genießen. Izerdans Blick blieb an ihr hängen, als er die Reihe entlangschritt. Mit einem Satz fühlte sie sich in den Herbsttag des letzten Jahres zurückversetzt, spürte ihr trommelndes Herz und den Schein der schräg stehenden Morgensonne, die schon ihre Stärke verlor. Sie stand in der Reihe der Anwärter, in diese Lage unbewusst gewollt hineingestolpert.

Für einen kurzen Augenblick meinte sie sogar, die Sonne auf ihrer Haut zu spüren, bevor Izerdans Blick sie traf.

Das schien gerade wenige Tage und zugleich eine unglaubliche Ewigkeit her zu sein.

Jetzt deutete Izerdan ihr mit einem schwachen Kopfnicken an, vor die anderen zu treten. Zayda brauchte gar nicht zu raten, natürlich schickte er keinen Atemzug später Jelak zu ihr vor.

Der Junge stellte sich ihr gegenüber auf, sodass die Meister sie mustern konnten. Das selbstbewusste Lächeln auf seinem Gesicht verärgerte sie augenblicklich.

Sie hätte große Lust gehabt, es ihm auszuprügeln, doch daraus bestand ihre heutige Prüfung nicht. Sehr bedauerlich.

„Die erste Erprobung der Fortschritte im geistigen Widerstand findet heute zwischen Zayda und Jelak statt."

Izerdan trat zur Seite und machte eine ausladende Bewegung.

„Schüler, macht euch bereit."

Zaydas Herz schlug ihr bis zum Hals, als sie die Blicke aller Anwesenden auf sich spürte. Sie versuchte, die aufkeimende Panik zu unterdrücken und sich zu beruhigen, um ihre Funken unter Kontrolle zu bringen.

Ein magisches Zittern erfüllte die Luft, als sich seine Energie ihrem Geist näherte. Rasch zog sie ihre Funken zusammen, löste sie zugleich von ihren Gedanken und baute sie zu einer Wand auf.

Sein Angriff kam nicht wie ein Schlag, sondern glich eher leisem Herbstnebel, der sich unbemerkt durch die Straßen schlich. Er versuchte, ihre Abwehr zu umgehen und sich so an ihre Gedanken heranzuschleichen, doch sie wich zurück und trennte ihre Magie noch weiter von ihrem Geist. Nur dann würde er es nicht hineinschaffen.

Richtig?

Im nächsten Moment traf seine Magie auf ihre Abwehr und drang durch sie hindurch wie ein spitzer Dolch. Seine Funken waren zu intensiv, viel zu fokussiert, um sie abwehren zu können.

Es schleuderte sie nach vorn, riss ihr den Kopf auf die Brust und brachte sie aus dem Gleichgewicht. Sie stürzte auf die Knie, und die Prüfung war vorbei, bevor sie überhaupt richtig Zeit gehabt hatte, um sich auf so einen Test vorzubereiten.

Zu langsam. Zu spät.

Zayda biss sich auf die Zunge, als sie ihr Versagen eingestehen musste.

Sie spürte den richtenden Blick der Meister, doch zu ihrer Überraschung war es nicht Izerdan, der als Erster das Wort ergriff.

„Du bist stärker als Jelak, hast viel mehr magische Kraft –
dennoch weist du ihn nicht in seine Schranken. Du könntest ihn
hinwegfegen, wie er dich gerade zu Boden gefegt hat."

Zayda zitterte und erhob sich von ihren schmerzenden Knien.
„Ich weiß", erwiderte sie nach einem Zähneknirschen, während
Jelak vollkommen blass wurde.

„Warum tust du es dann nicht?"

„Was hält dich auf?", fragte da auch Cara.

„Weil ... ich ihn nicht verletzen möchte."

„Das ist Unsinn", widersprach Izerdan. „Er will dich
verletzen – warum solltest du dies nicht erwidern?"

„Weil ich nicht so sein möchte wie er."

Zu ihrer Überraschung schienen die anderen Meister zufrieden
mit ihrer Antwort. Izerdan schüttelte jedoch schwach den Kopf.

„Zayda hat die Prüfung nicht bestanden, und da sie keine
ernsthafte Herausforderung für Jelak darstellt, hat auch er sein
Potenzial noch nicht ausgeschöpft und wird weiter mit ihr üben."

„Aber Meister!", widersprachen Zayda und Jelak wie aus einem
Mund, doch Izerdan hob die Hand, um ihnen Einhalt zu gebieten.

Er musste nichts sagen, um seine Drohung deutlich zu machen;
die beiden Novizen stellten sich schweigend wieder in die Reihe
der Wartenden, auch wenn Jelak vor Wut zitterte.

Seufzend schluckte Zayda ihre Enttäuschung hinunter und
verfolgte die anderen Prüfungen so aufmerksam, wie ihre
Müdigkeit es ihr ermöglichte.

Vielleicht würde sie Jelak in einem Monat besiegen. Sie musste
es, wenn sie seine ständigen Attacken loswerden wollte.

Lieber würde sie seinen Hass auf sich nehmen, als ihre Meister
zu enttäuschen.

Nach und nach traten die anderen Schüler gegeneinander an –
und zu Zaydas Erleichterung war sie nicht die Einzige, die versagte.
Wenn man genauer darüber nachdachte, konnte ja auch nur etwa

die Hälfte weiterkommen … und die meisten der Verlierer wirkten nicht besonders besorgt.

Am wenigsten überraschte es sie, dass Kielle ihre Prüfung mit Bravour schaffte. Ihr Gegner, ein Novize, dessen Namen Zayda noch nicht kannte, ging zitternd in die Knie und musste sich sogar etwas Blut von der Nase abwischen, nachdem sie seinen Geist überwältigt hatte.

Mit ihr sollte ich mich besser nicht anlegen … und mir lieber einiges abschauen, bevor ich auch nur darüber nachdenke.

Das wäre sicherlich klüger, erwiderte Kielle mit einem Schmunzeln auf den Lippen, kaum hatte sie sich in die Reihe zurückgestellt.

Zayda freute sich tatsächlich für ihre Freundin, auch wenn sie das niemals vor Jelak oder den anderen zugegeben hätte. Von einer van Dymar erwartete man Stärke und Unnachgiebigkeit, auch wenn Zayda nicht verstand, warum ihre Mutter immer auf beides gepocht hatte.

War es nicht dasselbe?

Während sie diesem Gedanken nachhing, beendete Izerdan die Prüfung und schickte sie hinaus.

Es wurde ihr erster freier Tag, seitdem sie in der Schule eingetroffen war … und sie spürte den Blick des Meisters in ihrem Nacken, wie er enttäuscht und tadelnd den Kopf schüttelte.

Gerade als sie sich etwas ratlos fragte, was sie mit der unerwarteten Freizeit anfangen sollte, legte sich eine Hand auf ihre Schulter. Natürlich Kielle.

„Heute dürfen wir raus in die Stadt. Lass uns meinen Sieg feiern!"

Kielles strahlende Laune steckte sie sofort an.

„Außerdem kannst du sicherlich eine Ablenkung vertragen, nehme ich an?", setzte sie nach und brachte Zayda damit zum Seufzen.

„Du sprichst mir aus der Seele."

Kielle drängte sie weiter, und zu Zaydas Überraschung zog ihre Mitbewohnerin einige Münzen aus ihrer Truhe hervor, kaum dass sie allein in ihrer Kammer waren.

„Wo hast du das Geld her?"

„Ich biete meinen Körper dem Meister an."

Kielle drehte sich ihr zu und brach in schallendes Lachen aus, als sie Zaydas entsetztes Gesicht erblickte.

„Du bist wirklich sehr leichtgläubig, weißt du das? Ich dachte, du hättest drei Brüder."

„Von denen bin ich aber keine aalglatten Lügen gewohnt, sondern ... äh." Sie wollte Gemeinheiten sagen oder Hiebe und Beleidigungen, aber nichts davon schien ihr richtig. Seit sie nicht mehr im Anwesen lebte, vermisste sie die drei zunehmend. Es war ihr lieber, von ihren Brüdern gehänselt als von ihrer Mutter gemaßregelt zu werden.

Kielle steckte das Geld weg und warf sich einen feinen Schal aus ihrer Truhe elegant um den schlanken Hals, um den Ausschnitt ihrer Sommerbluse etwas zu verdecken.

„Los geht's!"

Irgendwie wurde Zayda das Gefühl nicht los, dass ihre Bettnachbarin durchaus öfter in der Stadt unterwegs war, als es der Meister erlaubte. Zumindest bewegte sie sich so zielstrebig und sicher, dass Zayda ihr kaum folgen konnte.

Ob sie wohl Botengänge erledigte und daher das Geld hatte? Oder hatten die letzten Jahre genügt, um sich so gut in der Stadt auszukennen? Eine Stadt, die Zayda eigentlich immer noch fremd war.

War das nicht seltsam, dass sie als Mitglied der Herrscherfamilie so abgeschirmt gelebt hatte? Nachdem ihr Vater Nachfolger von Großvater Zayd geworden war, hatte sich ihr gesamtes Leben auf den Kopf gestellt.

Vor wenigen Wochen war sie sich noch absolut sicher gewesen, dass ihre Mutter viel zu streng mit ihr war. Doch je mehr sie über Magie lernte, desto mehr stellte sich auch ihre Wahrnehmung in ein anderes Licht. Sie musste ihre Eindrücke und auch ihr Gedächtnis wohl oder übel infrage stellen.

Hatte ihre Kindheit wirklich nur aus wilden Jagdritten bestanden? Nein, das waren die idealisierten Fantasien einer Siebenjährigen gewesen. Auch damals hatte das Leben der vier Geschwister schon aus Lektionen über das Herrschen bestanden. Ihr Vater war der designierte Herrschersohn gewesen, der mit seiner Familie im Hochland lebte und darauf wartete, seinen angestammten Platz in Irfen einzunehmen.

Das junge Mädchen von damals hatte sich nur nicht eingestehen wollen, dass ihr Lebenslauf bereits festgeschrieben war.

Dass ihr Vater unnahbar war und sie eine unnachgiebige Mutter hatte, die sie eigentlich lieben sollte, weil sie ihre einzige Tochter war, und die sie in Pläne verwob, aus deren Verstrickungen sie einfach nur entkommen wollte.

Die Magie veränderte ihre Sichtweise – und ließ sie nichts mehr vergessen, seitdem sie sie bewusst förderte.

Allerdings half die Energie nicht immer dabei, alles wahrzunehmen, denn sie schreckte erst aus ihren Gedanken auf, als Kielle mit einer Hand vor ihrem Gesicht wedelte.

„Hörst du mir zu, Zayda?"

„Hm? Ja. Ja, mach ich."

Kielle schmunzelte wissend und setzte ihren Weg fort.

Zayda folgte ihr durch die Gassen und Straßen, hängte sich an ihre Fersen, bis sie einen Marktplatz erreichten, auf dem die Herrschertochter noch nie gewesen war.

Sie hätte neugierig sein sollen, doch stattdessen zog es ihre Gedanken übermächtig zu den Fragen zurück, die sich um ihre Familie drehten – und letztendlich auch um ihre Sorge, was geschehen würde, wenn sie weiter versagte.

Wenn sie sich nicht als würdig genug erweisen konnte, um an der Schule zu bleiben.

Kielle war indessen stehen geblieben und sprach mit einem Händler. Etwas Geld und ein paar Floskeln wurden gewechselt, bevor sich die blonde Ratke ihr zuwandte.

Kielle stupste sie an und streckte ihr mit einem aufmunternden Lächeln einen karamellüberzogenen Apfel hin, der auf einem Holz steckte.

„Mach dir nichts draus. Ich war zwölf, als ich angefangen habe, also auch recht jung für Izerdans Schule … und ich habe meine ersten sechs Prüfungen versaut."

Zaydas Augen weiteten sich unwillkürlich. „Das hätte ich jetzt wirklich nicht erwartet."

„Wir fangen alle klein an. Selbst die mächtige, mächtige Zayda."

Zayda gab Kielle einen Stoß, bevor sie lachte und in den Apfel biss.

Ihr Mund zog sich zusammen, als die Säure des grünen Apfels und die pure Süße des Zuckers zugleich ihre Zunge trafen; dennoch war sie sich sicher, dass dies der beste Apfel in der ganzen Stadt sein musste – ach was, der beste des Landes!

Es war ein Geschenk der Freundschaft.

Kielle grinste sie an, biss dann ebenfalls in ihren Apfel und verzog das Gesicht. Sie musste nichts dazu sagen, um Zayda zu einem zuckerklebenden Lachen zu bringen, und schlenderte los. Sie liefen gemütlich zwischen den Ständen entlang, ließen sich die Sonne auf die nackten Arme scheinen und genossen die von Gerüchen geschwängerte Luft.

„Versuch, das Leben nicht so schwer und ernst zu nehmen. Du bist elf Sommer alt, bei Kalarati – und schon zynischer als meine Mu…" Sie brach ab und biss stattdessen ein großes Stück ihres Apfels heraus.

„Es ist nicht einfach, den Erwartungen meiner Familie gerecht zu werden, das weißt du. Um ehrlich zu sein, weiß ich nicht einmal wirklich, was sie von mir erwarten. Es ist jede Woche etwas anderes … und meistens auch noch durch unausgesprochene Zwischentöne verschlüsselt", setzte Zayda mit einem frustrierten Stirnrunzeln an, als ihre Freundin nicht weitersprach.

Eine Weile liefen sie schweigend über den Markt und aßen ihre Belohnung, bis es nur noch etwas zuckrigen Saft vom Holzstab abzuschlecken gab.

Zayda zwirbelte ihn nachdenklich zwischen ihren Fingern, während sie den Blick über den Markt schweifen ließ. Eine bunte Mischung aus Dienern und Ratken erfüllte die Wege zwischen den Ständen; es war viel mehr los, als sie erwartet hatte. Auf dem Markt am Haupttempel war es viel ruhiger und erhabener zugegangen, hier riefen die Verkäufer wild durcheinander, und stritten sich Käufer um die besten Waren – alles war ausgelassen und erfüllt von der guten Laune des Sommers, die Zayda ebenfalls ansteckte.

„Entschuldige. Ich glaube, du hast recht. Mein Leben gehört nicht meinen Eltern. Ich muss meinen eigenen Beweggründen nachgehen, wenn ich meine innere Quelle richtig nutzen möchte."

Kielle lächelte schief. „Endlich mal eine kluge Aussage aus deinem Munde."

„He, nur weil du mir den Apfel gekauft hast, heißt das nicht, dass du gemein zu mir sein darfst."

„Lass mir doch ein wenig Spielraum, um meinen heutigen Sieg auszukosten. Immerhin bin ich meinem Ziel wieder einen Schritt näher."

„Und was ist dein Ziel?"

„Die Weltherrschaft als Magierin, was denn sonst?"

Zayda lachte und hob ihren Holzstab, um ihn Kielle schelmisch entgegenzustrecken. „Dann fordere ich die Weltherrscherin zu einem Duell heraus."

Ihre Freundin nahm offensichtlich an, denn sie riss ihren eigenen kleinen Holzstiel in die Höhe und ging in eine gespielt übertriebene Verteidigungshaltung. Sie stieß mit dem Stab zu,

Zayda drehte sich rasch zur Seite, war jedoch zu langsam, und das Holz pikste schmerzhaft in ihren Oberarm.

„He! Das bekommst du zurück!"

Doch Kielle machte einen Satz nach vorne statt nach hinten, wie Zayda es vermutlich getan hätte, und hieb mit ihrem Stöckchen gegen das ihrer Gegnerin. Die Dinger klebten fast zusammen, bis Kielle den ihren mit einem wuchtigen Schwung drehte und damit den von Zayda aus ihrer Hand drückte.

Der kleine Stab flog in hohem Bogen durch die Luft, und Zayda hob die Arme, um aufzugeben. Sie lachte schwer atmend – bis hinter ihnen ein protestierendes „He!" laut wurde.

Kielles Mundwinkel fielen nach unten, und sie warf ihren abgenagten Apfelstock zwischen die Marktstände. Rasch packte sie Zaydas klebrige Hand und zog sie mit sich, um mehrere Ecken, bis sie im Schatten eines Gemüsestandes wieder stehen blieben.

„Was war denn los? Wen hat es getroffen?", fragte Zayda atemlos.

„Das ... das willst du nicht wissen, glaub mir."

Jetzt wollte Zayda es umso mehr wissen. Ihr Blick schien bettelnd genug zu sein, denn Kielle verdrehte seufzend die Augen, während sie sich Strähnen aus dem Gesicht strich.

„Einer der Templer ... ein wichtiger."

„Oh ... bitte nicht der Ritualmeister", stieß Zayda stöhnend hervor.

Kielles Schweigen sprach Bände.

„Verflucht. Meinst du ... Hat er uns gesehen?"

„Ich glaube nicht. Zumindest hat er meines Wissens nicht die magischen Fähigkeiten, um uns aufzuspüren."

Zayda spähte um die Ecke des Standes die Marktgasse entlang, durch die sie gerannt waren. Keine roten Roben. „Was hat der überhaupt auf dem Markt gemacht?", fragte sie nachdenklich.

„Was weiß ich. Er wird sich kaum einen süßen Apfel geholt haben."

Zayda kicherte. „Nein, ich kann ihn mir ganz und gar nicht bei etwas Erfreulichem ausmalen."

„Der Mann lebt ja auch ausschließlich für seine Rituale. Nicht umsonst ist er der Meister vom Tempel geworden", fügte Kielle hinzu.

„Er hat Hingabe", murmelte Zayda und wischte sich die klebrigen Finger an ihrem Hemd ab. „Lass uns nach Hause gehen, mehr freie Zeit brauche ich nicht."

Kielle lächelte stolz und nickte. „Das hatte ich nicht anders erwartet."

Die nächsten Tage ignorierte Zayda die stechenden Blicke und verletzenden Kommentare von Jelak mit eiserner Disziplin. Natürlich gab er ihr die Schuld, dass auch er mit seiner Prüfung nicht vorangekommen war, und wiegelte Perkir und einige andere Schüler weiterhin gegen sie auf.

Sie rettete sich in die Bibliothek und genoss die Stille, die die vielen Schriftrollen und Bücher umgab. Gezwungenermaßen, denn der Bibliothekar erlaubte nicht einmal ein Flüstern zwischen den Novizen, die seine Räume betraten.

Einige Male spürte sie, wie Jelak sie von außerhalb in Gedanken kontaktieren wollte, doch dann kniff sie die Augen zusammen und setzte alles ihr Mögliche daran, ihn abzuwehren.

Das Resultat waren pochende Kopfschmerzen und einzelne bissige Worte, die durch ihre Abwehr drangen.

Sie musste zusehends dem Drang widerstehen, ihren Eltern bei den abendlichen Essen davon zu berichten. Besonders da sie ihrer Mutter beweisen wollte, dass es eine gute Idee gewesen war, sie auf die Schule zu schicken.

Also schluckte sie ihren Frust herunter, hielt sich an Kielle und überstand die Übungen mit Jelak, so gut sie konnte. Jeden Tag bemühte er sich, ihr das Gedankenlesen möglichst schwer zu machen, indem er sich entweder äußerst gut abschirmte, gar nichts dachte, um sie zu ärgern – oder sie in seinem Kopf schlichtweg beleidigte.

Die Zeit verging quälend langsam, wie zähes Pech, doch Zayda arbeitete stur weiter, jeden Tag, mit Übungen und stärkenden Meditationen.

Izerdan ließ alles zu, was Jelak und Perkir in den Übungen mit Zayda anstellten, und sie biss knirschend die Zähne zusammen, um ihnen nicht zu zeigen, wie sehr es sie ärgerte.

Der Meister testet mich. Er will sehen, wie sehr ich das hier möchte. Sie warf einen Blick zu Perkir hinüber, und zum ersten Mal schien ihre Sicht klar zu werden. Sie sah durch seinen Mantel aus erwachsenem Gehabe, durch seine Kameradschaft mit Jelak und durch das gemeinsame Feindbild, das die beiden sich von ihr gemacht hatten. Dahinter nahm sie einen flackernden Hauch von Unsicherheit wahr, der wie ein unsichtbares Band zu Izerdan führte.

Er toleriert es nicht nur. Er hat es Perkir befohlen!

Die Erkenntnis traf sie völlig unvorbereitet und ließ ihre Deckung wanken. Jelak nutzte die Chance und versetzte ihr einen magischen Schlag, der ihren Kopf nach hinten rucken ließ. Sie fiel rückwärts zu Boden und prallte schmerzhaft mit Ellbogen und Handgelenk auf die Pflastersteine.

Mit zusammengebissenen Zähnen rappelte sie sich wieder auf und zog ihren geistigen Schutz hoch, um erneute Stunden von magischen Angriffen über sich ergehen zu lassen. Und langsam wuchs in ihr eine Wut, die sie nie zuvor gekannt hatte.

Zu allem Überfluss musste sie am Abend nach Hause und ihren Eltern kleinlaut von ihrem Fehlschlag bei der Prüfung berichten. Sie hütete sich davor, sich zu beschweren, sondern trug es mit Fassung – auch als ihre Mutter ihre bereits erwartete Enttäuschung zum Ausdruck brachte und andeutete, dass es nicht viele solcher Fehlschläge in ihrer Ausbildung geben dürfe. Sonst wäre ihr Traum rasch vorbei.

Zaydas Herz zog sich zusammen, und sie sprach den Rest des Abends kein Wort mehr mit ihrer Mutter.

Ihre Eltern schien das nicht einmal zu stören; sie unterhielten sich einfach weiter über die Politik in der Stadt.

Wenn sie ihre Mutter so ansah, wurde ihr klar, dass diese gar nicht beunruhigt wirkte. Leryda ging selbstverständlich davon aus, dass Zayda es nicht schaffen und schließlich in den Schoß der Familie zurückkehren würde, um die für sie vorgesehenen Pläne zu erfüllen.

Zayda sehnte sich danach, von Sebila in den Arm genommen zu werden, und war froh, endlich wieder gehen zu können, als der Nachtisch abgeräumt wurde. Sie verneigte sich knapp vor ihren Eltern, drehte sich auf dem Absatz um und wollte einfach nur noch in ihr Bett in ihrer kleinen, kargen Kammer kriechen.

Auf den Straßen der Stadt roch es nach Regen und dem ersten Anzeichen des Herbstes. Sie trottete dahin und vermisste nichts sehnlicher, als sich auf ihr Pferd im Stall zu schwingen und über die Weiten der Hochebene zu galoppieren.

„Ich …" Sie blieb stehen und wandte sich an ihre Begleiter. „Ich gehe noch einmal zurück."

„Es ist schon spät, Herrin. Meint Ihr …"

„Ja, ich meine."

Sie drehte sich um und befahl den beiden, das Tor zum Stall aufzustoßen, kaum hatten sie das Anwesen wieder erreicht.

Im Inneren war es dunkel, doch einer der Wächter – der nettere, der ihr manchmal sogar zulächelte, wenn er sie abholte – zündete eine Laterne an, um sie für seine junge Herrin in die Höhe zu halten.

Das Licht der Kerze fraß sich in die nächtliche Schwärze und warf lange Schatten hinter jeden Balken und in das Stroh auf dem Boden.

Zayda wusste nicht, was sie fühlen sollte, als sie zu dem Abteil ihrer Stute schritt. Weshalb war sie in den letzten Wochen nie hier gewesen, um nach der jungen grauen Stute zu sehen, die sie in den letzten Jahren immer treu durchs Hochland und die Ebene getragen hatte? Sie zog den Riegel zurück, stieß das hohe Gatter auf und ließ das Pferd an ihrer Hand schnuppern.

Na, Anmra?

Sie strich der Stute sanft über die dunkelgraue, samtig weiche Nase. Falls sie jemals ein richtig schlechtes Gewissen gehabt hatte, kam das hier diesem Gefühl sehr nahe.

Warum habe ich dich so vernachlässigt? Habe ich wirklich nur noch Magie im Kopf?

Sie blickte fasziniert in das große glänzende Auge ihrer Stute, in dem sich das Licht der Kerze spiegelte. Fast schien es, als flackere darin ein ganz eigenes Feuer. Sie streckte ihre Hand nach Anmras Stirn aus, und ein Funke sprang von ihren Fingern in das kurze graue Fell.

Die Magie griff zu, erfasste den Geist des Pferdes und riss sie aus dem Stall heraus. Der Funke zuckte wie ein kleiner Blitz durch ihren Verstand, und die Kerze erlosch. Schwärze umhüllte Zayda wie eine kalte Decke. Sie musste mehrere tiefe Atemzüge machen, bevor sie wieder irgendwelche Umrisse sehen konnte – doch die zeigten nicht den Stall.

Was passiert hier? Träume ich?

Sie fühlte sich seltsam … fremd.

Zayda stand auf einer weiten Ebene, über ihr glitzerten Sterne am unendlich breiten Himmelszelt. Mit einem leisen Schnauben blickte sie sich um, auch wenn es sich absolut nicht seltsam anfühlte, hier zu sein. Im Gegenteil, es erschien ihr eher natürlich. Jäh verspürte sie den Drang, ihre Hufe stampfend ausschlagen zu lassen, loszugaloppieren und den Wind in ihrem Haar zu fühlen …

Das Gras um sie herum wogte sachte in der nächtlichen Brise.

Zayda schüttelte den Kopf und stampfte kräftig mit dem Bein auf. Ihre Nüstern weiteten sich. Der Geruch von wilder Natur stieg ihr in die Nase. Nasser Boden, frische Kräuter und Laub, das würzig nach Pilzen duftete.

Doch dann mischte sich etwas anderes darunter.

Schweiß, raues Fell, ein Atem, in dem Blut mitschwang.

Ein Geruch, der etwas in ihrem Inneren auslöste, das sie noch nie zuvor gefühlt hatte.

Todesangst.

Auf einmal war die Weite der Wiese kein friedvoller Anblick mehr, sondern eine Bedrohung. Das Ungewisse wartete hinter jeder Senke, hinter jedem sanften Hügel – und es wandelte sich in glühende Augen und weiße Zähne.

Die Augen reflektierten in Grün und Blau und näherten sich rasch.

Zayda spürte, wie ihre Instinkte übernahmen. Sie drückte die Hufe tief ins Gras und preschte los. Die Muskeln in ihren Beinen arbeiteten wie Zahnräder, brachten sie schnell voran. Schneller und schneller.

Dann hechteten glühende Augen vor, und Zähne schnappten nach ihrem Vorderbein.

Markerschütterndes Heulen erfüllte die kühle Nachtluft. Schmerz schoss ihr Bein hinauf und sie wieherte laut. Für einen schrecklich langen Augenblick fürchtete Zayda zu stürzen. Ihr Bein wollte nachgeben, doch dann machte sie noch einen Satz und verpasste dem Wolf einen Tritt, der ihn aufjaulen ließ.

Alles in Zayda schrie danach, weiter zu flüchten und die Wölfe hinter sich zu lassen, doch sie war umzingelt.

Die Todesangst kroch ihren langen Rücken entlang und lähmte sie, als ob bleischwere Felsen an ihr hingen. Sie wusste nicht, was sie fühlen sollte. Die Wölfe waren hungrig, sie würden ihr das Fleisch von den Knochen reißen, wenn sie nichts unternahm.

Beweg dich! Sofort! Beweg dich, na los!

Ihre Hufe waren an das Gras geschweißt wie schwere Eisenketten.

Aber sie musste keine Hufe haben, sondern Füße! Starke Ratkenfüße, die eine Kriegerin trugen.

Eine Magierin.

Mit einem Ruck überwand sie ihre Lähmung.

Sie stampfte mit den Hufen auf, wieherte laut und blieb stehen. Sie war jetzt ein mächtiges Streitross! Ein kraftvolles Kaltblut. Sie würde sich nicht von Wölfen fressen lassen, egal ob als Pferd oder Ratke!

Als sich der nächste Wolf näher heranwagte, trat sie wütend nach ihm aus und brüllte dabei. Der Schrei mischte sich mit dem des Pferdes, in dessen Leib sie steckte.

Es hätte ihr alles so sonderbar vorkommen müssen, doch das tat es nicht. Sie war jetzt hier und würde sich niemals töten lassen!

Ihre Hufe trafen den Wolf, schleuderten ihn jaulend durch die Luft.

Kommt her! Traut euch!

Die Wölfe fletschten die Zähne, lauerten und knurrten, aber als Zayda nach dem nächsten großen Tier trat, wichen die anderen zurück.

Doch schon nach einem Atemzug umrundeten sie Zayda weiter, kauerten sich tiefer an den Boden, und plötzlich sprangen zwei von ihnen sie an.

Bevor sie ausweichen konnte, prallte einer schwer gegen ihre Seite. Krallen kratzten über ihr Fell, und Schmerz schoss durch ihren Schenkel, als sich scharfe Zähne hineingruben.

Ein lauter Schrei entfuhr ihrer Kehle und die Welt um sie herum schien noch dunkler zu werden. Die Sterne am Himmel flackerten, die Wiese bebte – und die Wölfe winselten.

Zayda bockte, stieß ihre Beine in die Höhe und schüttelte den Wolf auf ihrem Rücken ab. Er schlug heftig auf dem Boden auf, doch ehe er sich aufrichten konnte, trafen ihre Hufe ihn so hart, dass er lautlos liegen blieb. Die anderen wichen zurück, dann heulten sie im Chor und ergriffen die Flucht.

Ja! Ja, genau, haut ab!

Mit einem triumphalen Wiehern stieg sie auf die Hinterläufe, ehe die Welt zur Seite kippte.

Zayda ächzte laut auf und fiel nach hinten. Alles stürzte an ihr vorbei, und plötzlich schlug sie im Stroh auf. Flackerndes Kerzenlicht erhellte das Gebälk über ihr.

Sie war wieder im Stall. Die seltsame Vision war vorüber, auch wenn sie ihr noch in den Knochen nachklang.

„Herrin!"

Große Hände griffen ihr unter die Arme und zogen sie in die Höhe. Einer ihrer Wächter war herbeigeeilt, um ihr auf die Beine zu helfen. Sie schüttelte seine Hand ab und strich sich den Sommermantel glatt, dass das Stroh nur so herabrieselte.

„Ist alles in Ordnung mit Euch?"

„Es geht mir gut!"

Sie pickte sich einen letzten Strohhalm vom Ärmel und stapfte aus dem Stall. Ihre Stute schnaubte nervös. Zaydas Herz trommelte wild, und sie hörte noch immer das Heulen der Wölfe als Rauschen in den Ohren ... doch es machte ihr keine Angst.

Im Gegenteil, es beflügelte ihre Schritte auf dem Weg durch den Innenhof. Sie winkte die Wachen am Tor herrisch beiseite und stieß eine der großen Flügeltüren mit ihrer Magie auf. Ihre Begleiter hatten einen Moment Mühe, mit ihr Schritt zu halten, doch wohl eher aus Verblüffung, denn an Zaydas Schrittlänge konnte es wohl kaum liegen.

Die Wachen folgten ihr schweigsam, auch wenn Zayda sie gedanklich schon tuscheln hören konnte. Seufzend wurde ihr klar, dass die beiden ihren Eltern sicherlich von dem kleinen Zwischenfall im Stall berichten würden.

Immerhin wussten sie hoffentlich nur, dass sie gestolpert war. Sie konnte wohl kaum etwas von ihrer Vision mitbekommen haben, oder doch?

Sie schielte kurz zu den beiden und sandte ihre Magie aus. Vorsichtig tastend versuchte sie, in ihre Köpfe vorzudringen – und wenn sie es richtig wahrnahm, dachten sie nur an Frauen und ein kühles Bier nach dem Feierabend.

Mit einem Schmunzeln ließ sie vom Geist der Männer ab und verbrachte den Rest des Weges zur Schule mit ihren eigenen Gedanken.

Prüfungen des Geistes

Es war zwar schon spät, aber sie wollte jetzt noch nicht in die Kammer. Die Bilder der Ebene hingen ihr noch nach und lockten sie in die Bibliothek.

Sie hatte Glück, es holte sie niemand ab, nachdem die Wachen der Stadt sie in der Schule abgeliefert hatten. Also schlenderte sie möglichst beiläufig an den Treppen zu den Schlafkammern vorbei und nahm den Weg zur Bibliothek. Es begegneten ihr nur ein paar gähnende Novizen und einige Diener der Schule.

Sie erreichte die Bibliothek, ohne Aufmerksamkeit zu erregen, fand die Tür allerdings verschlossen vor.

Doch nach den Ereignissen im Stall war sie nicht in der Stimmung, vorzeitig aufzugeben. Sie horchte, verdrängte die seltsamen Erinnerungen für einen Moment und atmete tief durch.

Auch nach den langen Übungen und dem nervenzehrenden Abendessen mit ihren Eltern hatte sie noch ausreichend Magie in ihren Knochen stecken, um das zu bekommen, was sie wollte.

Informationen.

Nach einem zweiten langen Atemzug schloss sie die Augen und legte ihre Hand flach an das Holz der schweren Tür.

Auch wenn sie das noch nie versucht hatte, musste es theoretisch doch möglich sein. In den letzten Wochen hatte sie gelernt, ihre Funken wesentlich bewusster einzusetzen, nachdem sie endlich ihre Blockade überwunden hatte.

Oder zumindest wollte sie sich gerne einbilden, die Probleme hinter sich zu haben, auch wenn ihr Prüfungsergebnis nicht wirklich dafürsprach.

Doch wie sie die Wölfe davongejagt hatte ... das war jetzt in ihren Kopf eingebrannt und ließ sie nicht mehr los. Mit einem Ruck stieß sie ihre Funken durch das Holz und fand mit ihnen das

Metall des schweren Riegels, der zwischen ihr und der Bibliothek lag.

Schweiß rann ihr über die Stirn, als sich das Schloss gegen ihren magischen Griff wehrte. Doch sie zog ihre geballte Hand am Holz entlang, bis es auch auf der anderen Seite der Tür schabte.

Nach einem ersten langen Atemzug stieß sie auf einen neuen Widerstand.

Sie zischte einen leisen Fluch. *Komm schon ...*

Als sie weitere Magie in das Türschloss lenkte, leuchtete es in ihrem Kopf auf wie wabernde Glut. Natürlich musste sie den Riegel drehen, damit der Hebel ihn nicht mehr aufhielt.

Zayda verstärkte den Strom aus Magie zwischen ihrer Hand und dem Riegel, dann drehte sie ihre Hand und presste sie noch stärker gegen das Holz. Die Magie war fast so dicht wie ihre eigenen Finger, doch endlich konnte sie das Metall wegschieben.

Es war ein befreiendes Gefühl, als der Riegel aus der Halterung rutschte. Die Tür bewegte sich mit einem leisen Knarzen, Zayda schlüpfte rasch ins Innere und schob sie hinter sich zu.

Die Bibliothek war so verdammt dunkel, dass sie unmöglich die Schriften finden würde, die sie suchte.

Mit einem erleichterten Seufzen tastete sie sich an der Wand entlang bis zu den ersten Regalen. Ihrer Erinnerung nach mussten dahinter die Tische zum Studieren und der Sekretär des Bibliothekars folgen. Dort stand die große Laterne, mit der er die hinteren Nischen des verwinkelten Raumes ausleuchtete.

Immerhin war niemand sonst hier, der alte Ratke hätte auch hier geschlafen, wenn sie Pech gehabt hätte. Da der Riegel vorgeschoben gewesen war, musste er in der Kammer nebenan sein und schlafen.

Entschlossen zündete sie die Laterne an und schritt lautlos die Reihen von Büchern und Pergamentrollen ab, die sie schon kannte. Geschichte und politische Verbindungen interessierten sie heute nicht, auch nicht die Übungen rund um Teleportation, auf die sie bisher heimlich ein Auge geworfen hatte.

Wenn die magische Berührung mit einem Pferd so etwas auslösen konnte, was konnte sie sonst noch durch solche Verbindungen erfahren?

Es musste eine Art Vision gewesen sein, denn Anmra hatte so etwas nie erlebt. Sie war auf den Koppeln westlich der Stadt geboren und ausgebildet worden. Hier gab es keine Wölfe, und selbst Zayda hatte sie bisher nur in Büchern gesehen.

Zeichnungen kamen dem, was sie da erlebt hatte, kein bisschen nahe.

Also war es ein uralter Instinkt, eine Angst, die in den Knochen der Pferde steckte, bevor sie von Menschen gezähmt wurden. Doch Zayda hatte sich dieser Angst gestellt!

Da endlich erreichte sie ein Regal mit einer passenden Inschrift: Geistige Verbindungen.

Sie stellte die Laterne ab und zog ein Buch nach dem anderen hervor, bis der Stapel kaum noch unter ihren Arm passte. Anschließend ging sie zu den Pergamentrollen mit rotem Stoffband, die sie als Übungsanweisungen kennzeichneten, nahm so viele, wie sie tragen konnte, und schlich sich mit angehaltenem Atem hinaus.

Sie musste sich auf die Wölfe vorbereiten.

Zayda verfluchte sich dafür, dass sie sich offensichtlich mit den Tagen verzählt hatte – denn eines Morgens herrschte im Speisesaal auf einmal wieder eine seltsame Stimmung.

Ich kenne diese Anspannung, dachte sie und fragte sich im nächsten Moment, warum sie Kielle nicht einfach gebeten hatte, sie vor der nächsten Prüfung vorzuwarnen.

Jetzt waren die Wochen an ihr vorbeigerauscht wie ein wilder Gebirgsbach im Hochland ... und Zayda konnte nichts weiter tun, als zu hoffen, dass das reißende Wasser der Zeit auch ihre Nervosität fortspülen würde.

Und das hoffentlich in den nächsten zehn bis zwanzig Atemzügen, denn die würde sie benötigen, um in den verdammten Prüfungsraum zu gelangen.

Warum hatte sie sich verzählt?

Als sie sich in der Reihe aufstellte und ihr Blick auf Izerdan fiel, wurde aus der Nervosität schlagartig Groll. Er enthielt ihr diese Informationen mit Absicht vor, um sie immer weiter zu reizen.

Sie schüttelte sich den Kopf frei.

Reiß dich zusammen! Hör auf, dich in die Freiheit zu träumen, und konzentriere deine Wut auf etwas, das dich hier weiterbringt.

In diesem Moment huschte ein herausforderndes Lächeln über Izerdans Gesicht, und er winkte sie nach vorn.

Sie hörte Kielles Seufzen nicht, sondern spürte es als Vibration in der Luft, während sie vortrat und tief durchatmete. Natürlich würden sie noch viele weitere Prüfungen erwarten, doch Zayda konnte sich einfach des Eindrucks nicht erwehren, dass sie an einem Wendepunkt stand.

Es lag in der Art, wie Izerdan sie wertend betrachtete. Wie er ihre Gedanken und Gefühle erforschte und sie für kindisch und kein bisschen bereit befand. Es musste so sein, da er wie immer uneingeschränkten Zugang zu ihrem Geist hatte.

Im nächsten Moment trat Jelak als ihr Gegner vor, und ihr war alles gleich. Mochte ihr Meister sie doch für sonst was halten und falsch einschätzen – es juckte sie in diesem Moment einfach in den Fingern, ihrem nervigen Mitschüler ordentliche Kopfschmerzen zu verpassen.

Sie legte ihr sarkastischstes Lächeln auf und verneigte sich, während alle bemerkten, wie ihr Gegenüber dies nicht tat.

Eins zu null für mich, Jelak.

Sie ging in Kampfstellung und griff tief in ihr Innerstes, um all die Magie hervorzuholen, die sie mit einem Schlag kontrollieren konnte. Die Funken schwirrten um sie wie ein wilder Schwarm aus Wespen und machten alles realer, was sie berührten.

Bis ihre Magie der von Jelak nahekam, und das darauffolgende Gefühl ihre Augen zum Aufleuchten brachte.

Etwas an ihm war heute anders. Seine Magie war weicher, weniger fokussiert. Sie hatte das schon an manchen Tagen bei ihm bemerkt, doch dann war immer Perkir eingesprungen, um ihm zu helfen, sie gemeinsam fertigzumachen.

Jelaks Lächeln war allerdings nicht weniger gefährlich oder herausfordernd als letztes Mal.

Sie wartete lauernd ab, gefasst auf seinen ersten Schritt, und zog währenddessen eine Wand um ihren Geist hoch. Sie baute eine Standhaftigkeit auf, von der sie nicht gewusst hatte, dass sie in ihr stecken konnte.

Sei wie das Pferd in der Vision, Zayda! Es würde niemals vor den Wölfen flüchten. Es weiß genau, dass sie nur im Rudel jagen, weil sie alleine Angst haben! Sie sind schwach, und ich lasse mich nicht von einem dahergelaufenen Köter beißen!

Sie richtete ihren feurigen Blick auf Jelak.

Dreckiger Köter!

Sein Mundwinkel zuckte kurz nach unten, und ihr wurde klar, dass sie den Gedanken auf ihn geschossen hatte wie einen Pfeil.

Und er hatte es gehört!

Gerade als sein Angriff gegen ihren geistigen Schutz prallte, ohne etwas zu bewirken, änderte sie ihre Taktik. Heute war nicht der Tag, um sich nur zu verteidigen …

Während Jelak noch versuchte, ihre dicke Wand aus Magie zu durchdringen, riss sie diese freiwillig ein. Sie schleuderte die mächtigen Bruchstücke auf ihn wie Felsen, die von einer steilen Bergwand abplatzten.

Der Angriff traf ihn völlig unvorbereitet, als die gedankliche Wucht seinen Schutz einriss und über ihn hinwegspülte wie eine Lawine.

Jelaks Augen weiteten sich – dann verdrehten sie sich, bis nur noch das Weiß zu sehen war. Er brach zusammen, während eine Flut von Bildern durch Zaydas Kopf drang. Sie sah Jelak als Kind, mit seinen Eltern, mit seinem brüllenden Vater – aber dann auch gemeinsam lachend und spielerisch kämpfend.

Im nächsten Moment riss der Strom an Bildern abrupt ab. Sie hatte zu fest zugeschlagen, und er verlor das Bewusstsein, brach einfach im Prüfungsraum zusammen.

Sie stand schwer atmend da, ließ langsam die Magie los und spürte dann, wie ihre Knie zitterten.

Zayda!

Sie zuckte zusammen, als Izerdans Stimme mahnend durch ihren Kopf hallte und sie selbst beinahe von den Beinen riss.

Verzeiht, Meister … ich wollte nicht … ich wollte nur nicht wieder verlieren.

Zu ihrer Erleichterung wandelte sich sein ernster Blick zu einem halbwegs zufriedenen Lächeln. Perkir und Meisterin Cara waren indes zu Jelak getreten und hatten ihn wieder auf die Beine gezogen. Anscheinend war er bereits wieder zu sich gekommen.

Zaydas Mundwinkel zuckten unkontrolliert nach oben, als er sich Blut von der Nase wegwischte und dann wütend Perkirs Hand abschüttelte. Caras Magie flirrte in fast unsichtbaren Funken um seinen Kopf, und das Nasenbluten versiegte.

„Willst du noch eine Runde?", rief Zayda laut und bemerkte mit Freude, wie Jelak kurz zusammenzuckte.

„Das wird nicht nötig sein. Zayda hat den Kampf gewonnen und wird sich ab nächster Woche einem neuen Übungsziel widmen – vorausgesetzt, sie wird bis dahin keine Fehler begehen."

Izerdan zog mahnend eine Augenbraue hoch, und sie nickte hastig, während ihr Herz schneller schlug. Sie hatte es geschafft! Erst jetzt drang die Erkenntnis richtig zu ihr durch. Sie musste nur noch ein paar Tage lang aufmerksam sein und ihren Geist immerwährend schützen, dann wäre sie Jelaks ständige Gemeinheiten endlich los.

Izerdan warf einen prüfenden Blick zu Cara und Oyran, und die beiden nickten ebenfalls.

„Zayda hat große Willenskraft bewiesen. Überraschend."

Das Mädchen ließ die kleine Beleidigung an sich abprallen wie Jelaks Angriff zuvor. Sie fühlte sich beflügelt und achtete kein bisschen auf die Prüfungen der anderen.

Sie wollte nur noch los, mit Kielle auf einen Marktplatz irgendwo in der Stadt und danach ihre Eltern überreden, dass sie ausreiten durfte.

Jetzt würden sie es ihr doch sicherlich erlauben?

Doch aus dem freien Nachmittag wurde diesmal nichts. Jelak sagte die ganzen Stunden über kein Wort, während die anderen ihre Prüfungen ablegten – oder zumindest ihre Fortschritte demonstrierten.

Zayda stellte überrascht fest, dass nicht alle einzeln gegen Gegner antreten mussten, sondern manche auch lediglich vorführten, was sie gelernt hatten. Als sie Kielle leise danach fragte, nickte ihre Mitbewohnerin.

„Du hattest letzten Monat das großartige Glück, zur Sommerprüfung anzufangen. Wir bekommen jedes halbe Jahr als Gruppe neue Aufgaben, die gemeinsam geübt und auch geprüft werden, anschließend verteilt es sich natürlich ein wenig, da jeder unterschiedlich schnell vorankommt. Meister Izerdan hat absichtlich nichts gesagt, weil … nun, mir gegenüber hat er einmal erwähnt, dass er nicht gerade erfreut darüber war, wie alles im letzten Herbst bei deiner Erprobung abgelaufen ist …"

„Na toll", murmelte Zayda leise.

„Mach dir nichts daraus. Du hast deine geistige Abwehr innerhalb von gerade mal acht Wochen aufgebaut. Das ist unglaublich! Jelak und einige andere haben damit im Winter angefangen!"

Zayda spürte, wie die Farbe aus ihrem Gesicht wich. So lange übten die anderen schon daran?

„Und was war mit dir?"

„Ich habe das schon vor drei Jahren gelernt … aber Meister Izerdan hat mich gefragt, ob ich unterstützend mitmachen könnte. Außerdem ist ein wenig Wiederholung und Herausforderung nicht schlecht. Das wirst du in ein paar Jahren auch erleben."

Zayda kniff den Mund zusammen. *Du meinst wohl, dass ich dann auch meine Freunde hinterrücks bespitzle? Nicht mit mir!*

Sie wusste nicht, ob sie wirklich beleidigt sein sollte. Natürlich hatte Kielle das getan, was Izerdan von ihr verlangte. Aber dass sie selbst ihrer Zimmernachbarin nicht über den Weg trauen konnte, kränkte sie doch.

„Und über solche Pläne kannst du mich nicht informieren? Also dass … du weißt, dass Izerdan von dir nicht will, dass du mir sagst, dass ich nicht … äh …"

„Dass du nicht informiert werden sollst?" Kielles Augen glitzerten vor unterdrücktem Lachen.

Zaydas Gesicht wurde heiß. So ungeschickt hatte sie sich schon lange nicht mehr ausgedrückt, aber ihr schwirrte noch immer der Kopf von der bestandenen Prüfung und ihrem Triumph über Jelak.

Kielle knuffte sie leicht in die Seite. „He, mach dir nicht zu viele Gedanken, ja? Das ist jetzt alles erst mal vorbei. Du bist jetzt im engeren Kreis. Izerdan ist sehr zufrieden, das ist ihm deutlich anzusehen."

Zayda erforschte das Gesicht ihres Meisters, konnte darin aber nur die übliche Strenge entdecken.

„Glaub mir, es ist so."

Auf Kielles Worte hin nickte Zayda langsam.

Izerdans Blick zuckte zu den beiden flüsternden Schülerinnen, und er winkte sie und ein paar andere vor. Zu Zaydas Erleichterung war Jelak nicht unter den Ausgewählten.

„Bevor es jetzt zu weiteren Spekulationen kommt: Die anderen werden sich mit Meisterin Cara in den zweiten Innenhof begeben und dort auf mich warten."

Zayda hätte schwören können, dass Jelaks Augen Blitze schossen, während er den anderen widerwillig folgte. Izerdan wartete kurz ab, bevor er sich vor die sechs verbliebenen Schülerinnen stellte.

Erst jetzt fiel Zayda auf, dass sie eindeutig die Jüngste in der kleinen Gruppe war. Alle anderen waren mindestens so alt wie Kielle, oder noch älter.

„Die heutige Prüfung hat mich dazu bewogen, meine Entscheidung noch einmal abzuwägen und eine neue … Kandidatin zu unserem Kreis hinzuzufügen."

Der Meister fasste Zayda ins Auge, während Kielle neben ihr eindeutig stolz lächelte.

Was ist hier los?, flüsterte sie leise in Gedanken – und sofort wurde der Blick des Meisters etwas kritischer.

„Unsere junge Zayda erhält heute Einblick in meine Elite, wenn sie es wünscht."

Auf einmal spürte Zayda, wie sich ihr ganzer Körper anspannte. Sie hielt sich zurück, heftig zu nicken, weil es ihr kindisch vorgekommen wäre, sondern wartete schweigsam ab. Hatte sie also doch etwas richtig gemacht, als sie Jelak so zusetzte.

„Vor allem, da ich davon ausgehe, dass sie sich durchaus für meine besonderen Lektionen interessieren wird. Es ist mir nämlich nicht entgangen, dass eine ganze Reihe von Schriften schon vor einer Weile aus unseren Sammlungen entwendet wurde."

Izerdan schritt vor ihnen auf und ab, blieb dann direkt vor Zayda stehen, die ein rotes Gesicht bekommen hatte. „Du hast dich gut geschlagen. Deine Fortschritte haben mich überzeugt, besonders weil sie so überraschend gut ausfielen."

„Ich danke Euch, Meister."

Sie war froh, ihre Sprachlosigkeit überwunden zu haben, während er ehrlich lächelte und einen kurzen Gedanken aus dem Raum sandte. Zayda fühlte ein wenig Stolz, es wahrnehmen zu können, während der Meister ihnen bedeutete, sich im Halbkreis auf den Boden in seinem Saal zu setzen. Kurze Zeit später trat einer der Gehilfen des Meisters ein und brachte ein Tablett mit Tassen und einer großen Teekanne, um jeder der Schülerinnen etwas von dem heißen Gebräu einzuschenken.

Zayda saß so ruhig wie möglich da, im Schneidersitz, während ihre Zehen unkontrolliert zuckten. Es mochte daran liegen, dass ihre Magie endlich in ihre Knochen zurückkehrte ... oder an der Vorahnung, die sich bei ihr anbahnte.

„Trinkt aus, Mädchen. Diese Kräutermischung stärkt die Konzentration und beruhigt den Geist. Das wird euch unterstützen, wenn wir beginnen."

Izerdan lächelte erneut. So kannte Zayda ihn gar nicht, seitdem er sie im vorigen Herbst angeworben hatte. Seitdem ihre Mutter es ihm so rüde verwehrt hatte, sie gleich mitzunehmen.

„Wir werden heute einen neuen Abschnitt in eurer Ausbildung beginnen. Ihr wisst alle, dass Zayda bereits ihr Abzeichen als Kriegerin hat, und ihr wisst, dass ich gedenke, euch diese Möglichkeit ebenfalls zu bieten. Es ist an der Zeit, eine neue Generation an Kriegerinnen zu schaffen – magische Kriegerinnen."

Zaydas Herz trommelte immer schneller in ihrer Brust. Deutete er da wirklich an, wovon sie die ganze Zeit geträumt hatte?

„Nachdem nun alle von euch bewiesen haben, dass sie in der Lage sind, ihren Geist zu schützen, wird es Zeit für den nächsten Schritt. Zayda hat es vorhin schon gut demonstriert; mit dem Geist kann man den Angriff eines Feindes auch schnell gegen diesen wenden. Ich werde heute den nächsten Schritt mit euch wagen."

Er leerte seine Tasse in einem Zug und warf sie dem Diener zu, der sie gerade noch auffing und rasch auf das Tablett stellte. Die

Mädchen trauten sich nicht, eine der filigranen Tassen des Meisters so einem Risiko auszusetzen. Izerdan räusperte sich.

„Ihr werdet euch von nun an darin üben, andere geistig anzugreifen. Diese Ausbildung ist nicht jedem vergönnt, und sie wird neben euren anderen Übungen stattfinden. Cara instruiert gerade die anderen, denn sie werden sich ab jetzt ganz den Elementen widmen."

„Haben wir das nicht schon indirekt gelernt? Wir haben doch ständig versucht, in den Kopf des anderen Schülers einzudringen", warf Zayda mit einem fragenden Unterton ein.

„Ja, in einem kontrollierten Umfeld habt ihr versucht, den geistigen Schutzschild zu durchdringen, den der andere in Ruhe aufbauen konnte. Doch bei den folgenden Übungen soll es darum gehen, nicht nur gedanklichen Kontakt mit jemandem aufzubauen, sondern ihn unbemerkt zu dem zu bringen, was ihr wollt."

„Ihr meint … Gedankenmanipulation?"

Er nickte. *Und noch viel mehr.*

Zaydas Puls jagte in die Höhe, dann setzte sie sich bequemer hin und bereitete sich darauf vor, alles Wissen aufzusaugen, das der Meister ihnen an diesem Nachmittag bieten würde.

Sie warf einen ungläubigen Blick zu Kielle, die ihr von alldem nichts gesagt hatte. Man musste ihrer Zimmergenossin eines lassen: Sie konnte Geheimnisse bewahren.

Das wollte sie ihr gleichtun.

Der Meister schickte seinen Diener hinaus und wandte sich wieder an die Mädchen.

„Zayda, nimm mir gegenüber Platz und schließ die Augen. Ich werde dir nun demonstrieren, woran die anderen bisher gearbeitet haben."

Sie tat wie geheißen und wartete voller Anspannung.

Mit jedem Atemzug, den sie wartete, wuchs ihre Ungeduld. Als nichts geschah, öffnete sie die Augen wieder, und der Meister lächelte sie wissend an.

„Ich glaube, wir müssen einen anderen Weg wählen."

Irritiert folgte sie ihm, während er die anderen Novizinnen einfach im Halbkreis sitzen ließ. Er schritt durch die Gänge bis zum Innenhof, wo gerade zwei Diener ein Pferd über den verschneiten Hof führten.

„Was? Was macht meine Stute hier?"

„Ich möchte etwas anderes versuchen. Mir wurde berichtet, dass du eine Vision hattest. Zeig sie mir."

Zayda zögerte, als sie gemeinsam vor Anmra stehen blieben. „Ich weiß nicht, wie, Meister."

„Berühre sie mit deiner Magie wie beim letzten Mal, es sollte dann dasselbe auslösen."

Zayda runzelte die Stirn, hob jedoch ihre Hand an Anmras Blesse. Sie verstand nicht, was das alles mit der besonderen Ausbildung zu tun haben sollte, doch es brachte nichts, ihren Meister ständig zu hinterfragen.

Als sie ihre Funken nach der Stute ausstreckte, tauchte sie wieder in die Dunkelheit ein.

Doch diesmal huschte sie am Boden entlang, schnupperte im Gras und spürte, wie ein sanftes Grollen durch ihre Kehle rollte. Es erschuf eine Resonanz, die sie auf eine nie da gewesene Weise mit den anderen im Rudel verband und ihr ein Gefühl der Geborgenheit gab, das sie bestimmt noch nie erfahren hatte.

Eine Familie, mit der sie zusammen jagte. Alle verbunden und mit einem Ziel: das mächtige Streitross niederzuzwingen, das da auf der Wiese graste.

Weshalb hatte sie nicht gleich beim ersten Mal gesehen, wie falsch sie lag? Die Wölfe verdienten diese Beute. Sie hätte sich von ihnen fressen lassen sollen, um Teil des Rudels zu werden.

Nein. Nein, das war falsch.

Sie war kein Wolf, sondern eine Ratke!

Sie riss die Augen auf und sah.

Die weite Ebene verflog und das Gefühl der Verbundenheit mit den Wölfen mit ihr. Dahinter tauchte der Innenhof mit Izerdan und ihrer Stute auf, doch auch hier stimmte etwas nicht. Wieso sollte sie so eine Vision haben? Das war nicht logisch … genauso wie der Anblick ihres Meisters, dessen Iris blau leuchtete anstatt gelb.

Das war auch nicht die Realität.

Ihre Stute verschwamm, waberte seltsam … und verschwand genauso. Auch der Innenhof flackerte jetzt, verzerrte sich, löste sich auf und machte dem Übungsraum Platz. Sie hatte ihn nie verlassen, weil alles danach Folgende Teil der Illusion gewesen war. Ihr gegenüber kniete Meister Izerdan und nickte anerkennend.

Zayda hätte sich vielleicht darüber freuen sollen, dass sie anscheinend etwas richtig gemacht hatte, doch sie war einfach wütend.

Ihr habt in meinem Kopf herumgepfuscht! Dazu habt Ihr kein Recht! Ich bin eine van Dymar!

Ich hatte dir doch gesagt, dass du eine Kostprobe der Manipulation erhalten würdest. Ich dachte nur, es würde dir früher auffallen.

Was? Was sollte das dann alles? Was soll ich, bitte, dabei lernen, wenn ich eine falsche Version meiner … Vision erlebe?

Sie verzog das Gesicht über ihre schreckliche Ausdrucksweise, die den Meister auflachen ließ.

Ich habe dich ein Wolf sein lassen, junge Zayda – so wie du zuvor in der Vision auf der anderen Seite standest.

Zaydas ganzer Körper zitterte, als ihr klar wurde, dass ihr Meister ihre Einstellung beinahe gewandelt hatte, indem er unbemerkt ihre Gedanken manipulierte – doch im nächsten Moment wandelten sich ihr Zorn und ihre Angst in absoluten Optimismus. Das war unglaublich!

Sie hätte Izerdan verfluchen sollen, doch stattdessen bewunderte sie ihren Meister immer mehr. Er hatte sie ausgetrickst, indem er ihr die andere Facette der Vision gezeigt hatte.

Ein durchaus enormer Vorteil, wenn man es einzusetzen wusste.

Aber noch hingen ihr die Bilder nach, die Izerdan in ihren Kopf gepflanzt hatte. Er wollte ihr damit etwas sagen, das sie bisher nicht verstand.

Ihr habt mich die Wölfe aus einem bestimmten Grund sehen lassen. Wölfe sind im Rudel stark, so wie wir Ratken. Aber auch allein können sie noch ganz schön zubeißen, oder nicht?

Durchaus. Aber die meisten verstecken sich winselnd in Höhlen, wenn ihr Rudel sie im Stich lässt.

Tun sie das denn?

Im Grunde haben sie alle Angst, nur deshalb beißen sie.

Woher wisst Ihr das, Meister? Habt Ihr schon einmal welche gesehen?

Oh ja. Und ihre großen Brüder, die Miakoda. Deshalb wollte ich dir ihre Sicht der Dinge zeigen. Sie sind süchtig nach ihrer Magie, und das verwirrt ihre Sicht der Dinge.

Zaydas Augen wurden groß. Sie hatte sich schon eine Weile gefragt, wie die Leute dieses anderen Volkes aussehen mochten. Fast wäre ihr die Bitte herausgerutscht, ihr einige Erinnerungen an die Miakoda zu zeigen, doch sie hielt sich zurück.

Die Zeit dafür würde kommen.

Da wandte Izerdan sich wieder an die Gruppe. „Denkt daran: Die Techniken, die ihr von mir hier erlernt, sind nicht für jedermann bestimmt, und ihr werdet sie nur üben oder einsetzen, wenn ich es euch ausdrücklich gestatte."

Zayda nickte ernst und konnte im Augenwinkel sehen, wie auch die anderen zustimmten.

„Ihr könnt jetzt gehen."

Die Mädchen erhoben sich alle zugleich und machten sich auf den Weg. Nur die Jüngste zögerte kurz an der Tür.

„Ach, und Zayda?"

Wie erwartet. Sie blieb stehen und drehte sich wieder zu ihm um. „Ja, Meister?"

„Bitte bring die Bücher und Schriftrollen zurück, die du dir …
ausgeliehen hattest. Auch die anderen möchten sie gerne nutzen,
wie du vielleicht verstehst."

„Natürlich, Meister."

Ein Schmunzeln huschte über sein Gesicht. *Ich hoffe, du hast
gefunden, wonach du in den Schriften gesucht hast, kleine Novizin.*

*Noch nicht, Meister. Aber ich bin zuversichtlich, dass ich jetzt viel bessere
Aussichten habe, Antworten auf meine Fragen zu bekommen.*

Er nickte wieder einmal auf seine übliche Weise, die so vieles
und auch nichts bedeuten konnte, dann entließ er sie in den Abend.

Damit hätte es gut sein können.

Zayda rauschte noch der Kopf von den neuen Informationen,
und sie war froh, dass Kielle nicht im Gang auf sie wartete.

Stattdessen war es Jelak, der sie am Durchgang zwischen den
Innenhöfen abpasste.

Kalarati, hört das denn nie auf?

Schon stellte er sich ihr in den Weg, die Arme vor der Brust
verschränkt.

„Glückwunsch, kleines Spitzzähnchen."

Zayda schnaubte. „Soll das gemein sein? Du hast auch solche
Zähne, schon vergessen?"

„Ich weiß, aber im Gegensatz zu dir werden meine Eltern mich
nach der Ausbildung hier zu einem Krieger machen – nicht zu
einer Kammerzofe, die ihre Gedanken abschirmen kann."

Die Art, wie er diese Worte ausspie, so furchtbar abwertend
und gehässig … es brachte die Vision zurück.

Verfluchter Wolf.

Sie schoss den Gedanken gegen seinen Kopf, und er musste ihn
wohl hören, auch wenn ihr sein Schutz jetzt schon wieder
wesentlich stärker vorkam als am Morgen. Er knirschte mit den
Zähnen.

„Du hast nicht gerecht gespielt. Wir hatten nie …" Er hielt
inne, und ein äußerst säuerlicher Ausdruck tauchte auf seinem

Gesicht auf. Als hätte er zu viel gesagt, dabei war es überhaupt nichts gewesen.

Schnell fasste er sich wieder und lief ihr nach, doch sie wollte jetzt einfach nur allein sein.

„Lass mich in Ruhe, Jelak!"

Sie stapfte den Gang entlang und riss die Tür zu ihrer Kammer auf. Kielle saß auf dem Bett, entflocht sich gerade die Haare, und Zayda hatte große Lust, ihrem Widersacher die Tür mitten ins Gesicht zu stoßen – doch heute hatte sich alles gewandelt.

Sie war jetzt kein kleines Mädchen mehr. Sie würde zu Izerdans Elite gehören.

Nach einem kurzen Atemzug wandelte sie ihren Frust in ein süffisantes Lächeln und drehte sich ihrem Verfolger zu.

„Und, bist du traurig, dass du nicht mehr in meinem Kopf herumschleichen kannst?"

Jelaks Augen wurden zu schmalen Schlitzen. „Glaub ja nicht, dass so einfach alles zwischen uns vorbei ist, kleine van Dymar. Nur weil ich einen schlechten Tag hatte und die verdammte Prüfung vorgezogen wurde, bist du mir noch lange nicht voraus."

Zayda schnaubte ungläubig, auch wenn sie sich in Wahrheit darüber wunderte, dass auch er nichts von der heutigen Prüfung gewusst hatte. Aber vermutlich wollte er nur ihren Sieg miesmachen.

„Ich denke, du wirst bestimmt auch mit jemand anderem als Übungspartner sehr glücklich werden."

Jelaks Mundwinkel zuckten, und sie spürte, wie er hinter dem Rücken die Fäuste ballte. „Aber lediglich für einen Monat."

Zayda stieß ihm die Tür vor der Nase zu, als ihr seine Worte einen Schauer den Rücken hinunterjagten. Was für eine widerliche Hassliebe hatte er da gerade angedeutet?

Sie wartete, horchend und mit angehaltenem Atem. Draußen war es ebenfalls absolut still, doch er musste noch da sein. Es dauerte unnatürlich lange, bis sich seine Schritte endlich entfernten.

„Grusel-Jelak", murmelte sie, nachdem sie noch einmal bis zehn gezählt hatte, um sicherzugehen, dass er den Flur verlassen hatte.

„Was sollte das denn?", fragte Kielle, die dem Ganzen schweigend beigewohnt hatte, mit hochgezogener Augenbraue.

Schwer schnaufend ließ sich Zayda auf ihr Bett fallen, drückte ihr Gesicht in das Kissen und machte ihrer Frustration mit einem unterdrückten Schrei Luft.

„Wie war das?"

Grummelnd hob Zayda wieder den Kopf, um Kielle ansehen zu können. Die Ratke trug die Haare jetzt offen und wirkte dadurch viel jünger, dass ihr die langen Strähnen über die Schultern fielen. Doch auch hinter diesem beinahe unschuldig wirkenden Gesicht spürte Zayda einen lauernden Hauch von Magie. Immer und überall.

„Jeder spioniert hier jedem nach!"

Kielle verdrehte die Augen und strich sich eine Strähne hinters Ohr. „Du bist es einfach nicht gewohnt, andere Magier um dich zu haben. Für uns ist es alltäglich und gehört zur Ausbildung, dass wir uns gegenseitig reizen und fordern. Es stählt den Geist und lehrt uns, unsere Kräfte stets aufrechtzuerhalten."

„Und es lehrt euch, keine Privatsphäre zu haben", murmelte Zayda leise.

Kielle lachte und warf dabei ihre blonden Haare zurück. „Du wirst so theatralisch paranoid, Zayda."

„Paranoid? Ich bin bereits seit Wochen hier, und Izerdan hat mir erst heute verraten, worauf meine Ausbildung hinauslaufen soll!"

„Du wirst getestet, das habe ich dir schon mal gesagt. Ich musste fast ein Jahr warten und die normalen Gruppenübungen durchstehen, bis sich herausgestellt hat, wo meine Talente liegen. Er hat Pläne für dich, und du hast kein Recht, etwas zu fordern."

Zayda starrte sie wütend an. Das so einfach abzutun, fand sie nicht gerecht. Es störte sie nicht, dass Jelak ein Fiesling war oder Izerdan sie so lange auf die Folter gespannt hatte. Sie fühlte sich von ihrer Freundin verraten, auch wenn es am Ende doch zu etwas Neuem geführt hatte.

„Weißt du, wie das ist? Ich habe *nie* frei über mein Leben entscheiden dürfen."

Kielle lachte ungläubig. „Du bist elf Sommer alt, was erwartest du?"

Zayda knirschte mit den Zähnen. Wie so oft waren es ihre Größe und ihr Alter, die ihr einfach im Weg standen. Wieso konnte niemand verstehen, dass sie sich schlicht und einfach reifer fühlte?

Doch Izerdan schien es zu verstehen – nur Kielle eben nicht.

Zayda konnte sich nicht bremsen, auch wenn sie sich zugleich fragte, warum ihr das so furchtbar wichtig war.

Zitternd blieb sie stehen und fühlte sich einfach nicht ernst genommen.

„Ich habe hart dafür gekämpft, hier zu sein! Meine drei Brüder werden einflussreiche Krieger, weil sie die Söhne meines Vaters sind. Sie sind groß, gesund und wurden schon immer gefördert – und weißt du, welches Schicksal mir zugedacht ist? Ich soll mit fünfzehn heiraten und möglichst bald die Dynastie sichern! Dieser ... dieser Plan für mein Leben hat mir seit Jahren Angst gemacht! Mir wird schlecht dabei! Irgendwann vorletzten Winter, nachdem mein Großvater gestorben und Vater Stadtherrscher geworden war, haben meine Eltern darüber gesprochen. Ich kann doch nichts dafür, dass ich das absolut nicht will! Ich will nur so sein wie meine Brüder, stark und ohne Angst und frei!"

Kielle sah sie wütend an. „Denkst du, du bist die Einzige mit Problemen? Du kannst eine von Izerdans Elite werden, also hör auf, dich zu beschweren! Du hast das Drama nicht allein gepachtet!"

Zayda stockte, als sie bemerkte, wie viel mehr hinter Kielles Stimmung steckte. Sie wollte noch nachfragen, doch ihre Zimmergenossin hob die Hand und wandte den Blick ab. „Nicht."

Sie konnte spüren, dass Kielle allein sein wollte. Zayda hatte ungewollt eine Grenze überschritten.

Hatten Jelak und ihre Zimmergenossin am Ende recht? War sie wirklich so selbstbezogen?

Völlig in Gedanken versunken, verließ sie die Kammer und ging in den Innenhof. Von dort ließ sie sich von den Wachen zum Anwesen eskortieren, um das Nachtmahl mit ihren Eltern einzunehmen und endlich von ihrem Erfolg zu erzählen. Auch dieses Mal hütete sie sich, zu viel Enthusiasmus in ihren Bericht zu legen oder die Quälereien von Jelak zu erwähnen.

Oder die gesonderten Übungen mit Izerdan.

Irgendetwas sagte ihr, dass ihr Vater durchaus einige Jungen und auch deren Väter verschwinden lassen würde, wenn sich jemand seiner Tochter in den Weg stellte. Aber das wäre vielleicht kein guter Plan.

Zumindest jetzt noch nicht.

Ein Lächeln breitete sich auf Zaydas Gesicht aus, und sie genoss die geröstete Ente, die aufgetischt wurde, noch um einiges mehr.

Erst nach dem Essen beging sie den Fehler, neugierig ihre Magie auszustrecken. Die Berater ihres Vaters hatten sich schon aus dem täglichen Geschäft zurückgezogen, und nur noch der Koch und eine Dienerin waren im Haus. Und die Gedanken ihrer Mutter.

Natürlich hatte sie nicht erwartet, so etwas wie Stolz bei ihr zu entdecken, aber dass sich ihre Stimmung kaum merklich von dem Treffen vor einem Monat unterschied, schockierte sie doch.

Es schien für ihre Mutter keinen Unterschied zu machen, ob sie eine Prüfung bestand oder nicht! Eine Gleichgültigkeit umhüllte ihren Geist, die nicht einmal Wut zu verbergen schien – und Zayda getraute sich einfach nicht, noch tiefer zu forschen.

Sie stocherte zwischen den abgenagten Knochen herum und bemühte sich, möglichst nicht den Blick zu heben, da sie befürchtete, dass ihre Mutter sie durchschauen würde, sobald sie Blickkontakt aufbauten.

Wie kann ihr das egal sein? Ist … ist sie sich so verdammt sicher, dass ich es nicht schaffen werde? Warum ist sie nicht wenigstens wütend über meinen Erfolg, wenn sie es doch gar nicht will? Verflucht noch eins!

Jetzt warf sie doch einen Blick nach oben, und sofort fing ihre Mutter sie mit ihren hellgelben Augen ein. In diesem Moment hätte Zayda schwören können, dass ihre Mutter ihre Gedanken lesen konnte.

Das ist verrückt. Sie hat keine magischen Kräfte … oder etwa doch?

Ein Schauer lief ihren Rücken hinab. Instinktiv schloss sie ihre Gedanken tief in ihrem Kopf ein. Warum konnte ihre Mutter auch so verdammt durchdringend schauen?

Sie wandte sich wieder ihrer abgenagten Entenkeule zu und zog noch ein Stückchen krosse Haut ab, um es sich hoch konzentriert zwischen die Lippen zu schieben.

Unglaublich … wie lang kann sie mich noch ansehen? Und wie lang kann ich auf diesem Stück Haut herumkauen? Welche Gewürze hat der Koch da wohl verwendet? Was ist denn nur los mit mir? Ich sollte …

„Du solltest jetzt zurück zur Schule, Zayda, es wird spät."

Ihr Kopf nickte von selbst, während der Ton ihrer Mutter ihr einen zweiten Schauer den Rücken hinabsandte.

Sie stand auf und verneigte sich so tief wie schon lange nicht mehr.

„Ich danke euch, dass ihr mit mir … gefeiert habt, gute Nacht."

Bevor ihre Mutter sich entschließen konnte, sie aufzuhalten, trat sie rasch in die große Halle und atmete einmal tief durch. Sie sog den vertrauten Geruch des alten Gebälks und des offenen Kamins ein, in dem wohlriechendes Birkenholz knackend verglühte.

Sebila war ihr gefolgt und reichte ihr den leichten Sommermantel.

„Ich bin stolz auf dich, kleine Herrin."

Zayda nickte knapp und sah niemanden mehr an, bis die Tore zu Izerdans Schule hinter ihr zugefallen waren. Sie blieb still stehen und wartete ab, bis sich die beiden Diener, die immer das Tor öffneten, zurückgezogen hatten. Sie wollte niemanden mehr sehen. Der Gedanke, sich in ihrem Zustand auch noch mit der verletzten Kielle zu befassen, bereitete ihr Bauchschmerzen.

Sie wusste nicht, wie lange sie im stillen, dunklen Innenhof gestanden und einfach auf die Eiche gestarrt hatte. Nach einer Weile flackerten winzige Lichtblitze durch die Dunkelheit, und sie benötigte eine peinlich lange Zeit, bis ihr bewusst wurde, dass das keine Irritationen waren, weil sie nicht blinzelte.

Sie sah die Magie der Quelle.

Fasziniert trat sie näher heran, und ihr Blick huschte über den Stamm der Eiche. In seinem Inneren strömten Funken nach oben, doch sie musste nicht einmal ihre Magie aktivieren, um das wahrzunehmen. Sie konnte es wirklich sehen!

Wie gerne hätte sie einfach Stunden allein hier verbracht, doch das war ihr nicht vergönnt.

Jelak trat hinter der Eiche hervor. Vielleicht hatte er auf der Bank gesessen und meditiert, doch in diesem Moment hatte Zayda das bestimmte Gefühl, dass er hier auf ihre Rückkehr gewartet hatte.

„Sieh an, sieh an."

Zayda seufzte. „Weißt du, ich bin vielleicht erst elf, aber selbst ich weiß, was für eine blöde Anmache das ist."

Jelak knirschte so laut mit den Zähnen, dass sie es selbst auf der anderen Seite der Eiche hören konnte. Sie nahm ihren Mut zusammen und trat in dem dunklen Innenhof auf ihn zu.

„Willst du etwas von mir? Hast du noch nicht genug?"

„Du hast nicht gerecht gespielt, du miese kleine …"

„Was, bei der Hüterin, meinst du denn? Ich habe dich besiegt, und in einem Monat wirst du garantiert den Nächsten fertigmachen und selbst weiterkommen! Was ist schon dabei?"

„Ich habe noch keine einzige Prüfung verloren!"

„Und deshalb hasst du mich? Das ist kindisch! Man kann eine van Dymar doch nicht wegen so etwas ..."

Jelak schnaubte laut. „Dymar!", spie er aus. „Du solltest dich langsam entscheiden, was du sein willst. Die Rebellin, die die Privilegien ihrer Familie verneint – oder die kleine Herrschertochter, die sich alles auf dem Silbertablett servieren lässt. Das Beste von beidem geht nicht! Du kannst nicht an einem Tag das eine und am nächsten wieder das andere sein. Niemand wird dich dann jemals ernst nehmen."

Zayda spürte, wie die Farbe aus ihrem Gesicht wich. Sie verabscheute sich selbst dafür, dass Tränen in ihre Augen traten.

„Das ... das sagt genau der Richtige."

Das klang überhaupt nicht so, wie sie es sich in Gedanken gewünscht hatte. Was war das nur für ein verdammter Tag?

Jelak grinste triumphierend. „Schlagfertig bist du in beiden Fällen nicht. Das hat dir deine Mutter wohl nicht beigebracht."

„Ach, halt doch die Klappe!", rief Zayda wütend und stieß ihn von sich. In dem Schlag lagen mehr Zorn und Magie, als sie beabsichtigt hatte, und sie fühlte noch immer die Energie der Quelle. Ohne es zu wollen, packte sie die Magie und verband sie mitten im Schlag mit ihrer.

Die Wucht riss Jelak von den Beinen, schleuderte ihn quer durch den Innenhof und an eine der Säulen der Galerie.

Langsam rutschte er daran herunter, während rot glühende Funken den Innenhof erfüllten. Zayda bebte noch immer, entspannte schwerfällig ihre schmerzende Faust und starrte ihn entsetzt und zornig zugleich an. Das hatte sie nicht gewollt, auch wenn es sich in Wahrheit einfach nur gut anfühlte, diesen Idioten atemlos und geschockt am Boden liegen zu sehen. Sie wich zurück und hastete davon, bevor er sich erholen konnte.

Nur weg von hier ... und hoffen, dass Jelak sich nicht für ihren Ausbruch rächen würde.

Warum hasste er sie überhaupt so sehr? Sie wollte ihm doch keinen Platz wegnehmen, nur ihre Ausbildung meistern und ihren Eltern beweisen, dass sie mehr sein konnte als nur das vierte Kind in der Dynastie der mächtigen van Dymar.

Was waren Jelaks Motive? Sollten sie nicht Verbündete sein, mit demselben Ziel und Ansporn für ihr Leben? Es konnte doch nicht nur daran liegen, dass sie in einer Prüfung miteinander gekämpft hatten, dann müssten sich doch alle hier gegenseitig an die Kehle gehen. Und nach der Prüfung hatte er gar nicht wütend gewirkt, eher peinlich geknickt.

Er schien so vollkommen unberechenbar und sich nicht einmal entscheiden zu können, warum er sie hasste.

Es wurmte sie, es nicht zu verstehen.

Doch vielleicht war es das Klügste, ihm aus dem Weg zu gehen und abzuwarten, ob sich das Problem nicht mit der Zeit von selbst löste. Immerhin hatte sie jetzt die einmalige Gelegenheit, sich in der Elite zu beweisen, und dann würde er sie vielleicht endlich in Ruhe lassen.

Hoffentlich.

Im Wandel der Zeit

Im Gegensatz zum Herbst, der sich langsam herangeschlichen und den Sommer mit kühleren Nächten und verfärbtem Laub nach und nach verdrängt hatte, kam der Winter mit einem mächtigen Schlag.

Ein heulender Sturm riss alle verbliebenen Blätter von den Bäumen und ließ nur kahle Gerippe zurück, die schon bald von gefrorenem Regen und am darauffolgenden Tag von Schnee ummantelt wurden.

Für Zayda war das Schlimmste an dem Sturm, dass die mächtige Eiche dabei einen großen Ast verlor. Er brach in der Nacht ab und krachte auf eine Bank, dass sie es selbst in ihrer Kammer spüren konnte. Sie wachte davon auf, und ihr erster Gedanke galt Sebila, die für gewöhnlich bei so etwas sofort zur Stelle gewesen wäre.

Vielleicht war es gar nicht schlecht, dass Zayda von der fürsorglichen Amme und ihren Lammfellen getrennt war, denn das hatte sie weich gemacht! Ihr gefiel der Gedanke nicht, dass das auf ihrem Weg zur magischen Kriegerin ein Klotz am Bein sein könnte.

Die Kälte kroch während des Sturmes in Izerdans Schule, drängte sich heulend durch Schlitze und Fensterspalten. Sie machte die Ausbildung härter und nährte in Zayda den sehnlichen Wunsch, ihre Fähigkeiten zu steigern, um endlich wieder Wärme zu empfinden – und dafür wäre die Energie der Eiche äußerst praktisch gewesen, wenn Izerdan ihr denn wieder Übungen an der Quelle gestattet hätte.

Doch ihr Meister blieb hart und wies immer wieder darauf hin, dass sie die Kraft aus ihrem Inneren schöpfen sollte, anstatt sich auf äußere Quellen zu konzentrieren.

Was konnte sie denn dafür, wenn die Eiche anziehender war als alles andere – sogar bei der eisigen Kälte?

Selbst prasselnde Kaminfeuer in der Haupthalle und ein System aus dampfgefüllten Rohren schafften es nicht, die Wärme nachts in den Kammern zu halten.

Hatte Zayda im Spätsommer noch ihren Triumph über Jelak gefeiert, war sie schon kurz darauf enttäuscht worden. Nur weil sie ihn in einer Disziplin besiegt hatte, hieß das nicht, dass sie ihn losgeworden war. Obwohl seine angedrohte Rache ausblieb, bestand er einen Monat später wie angekündigt seine Prüfung im geistigen Abschirmen. Danach wurde sie immer wieder in Übungen mit ihm zusammengesteckt und musste sich beweisen. Der Rest des Sommers wurde von Meister Izerdan dazu genutzt, ihnen die Kontrolle der Elemente Stück für Stück näherzubringen, während die Eliteübungen wesentlich seltener stattfanden, als sie erhofft hatte. Der Meister hatte neue Aufgaben in der Stadt erhalten, die viel von seiner Zeit in Anspruch nahmen und über die er mit keinem Novizen sprach.

Zayda steigerte also weiter ihre anderen Fähigkeiten, lernte Perkir und zwei weitere Mädchen etwas näher kennen, doch ihre stärkste Bindung würde wohl immer zu Kielle bestehen.

Spätestens nach einer Nacht mit gemeinsamen Kraftübungen, die ihnen das Äußerste abverlangten.

Zayda konnte mittlerweile einiges an Elementarkontrolle zu ihrem Repertoire zählen und fast so große Steinbrocken in die Höhe stemmen wie Kielle. Diese Übungen machten eindeutig mehr Spaß als das Fokussieren von Gedanken.

Sich mit den anderen in magischen Kräften zu messen, indem man Holzklötze, Steine und abschließend sogar große Metallkugeln durch die Luft stieß, lag ihr definitiv mehr, das musste sogar Jelak schwer atmend zugeben, nachdem sie ihn in einem Duell geschlagen hatte.

Sie wurden aus der letzten Meditationsrunde entlassen, als die Sterne gerade verblassten, und rieben sich die eiskalten Arme, während sie das Schulinnere betraten. Theoretisch sollte ihre Magie sie warm halten, während sie im verschneiten Innenhof knien mussten. Theoretisch.

Zaydas Zähne klapperten, und ihre Zehen fühlten sich ganz taub an. Ob es an der frostigen Nacht oder doch eher am Magiemangel lag, konnte sie nicht sagen.

„Brrr", machte Kielle und schüttelte sich. „Das ist der Tod."

Zayda sagte nichts, doch sie spürte einen Gedanken durch Kielles Kopf geistern.

Komm mit.

Sie nahm Zaydas kalte Finger in ihre ebenso eisigen und zog sie weiter, nicht in Richtung der Wendeltreppe zu ihrem Zimmer, sondern zur Haupthalle.

„So können wir doch unmöglich schlafen, findest du nicht auch?", flüsterte sie grinsend und durchquerte den stillen Raum.

Zayda war noch nie bei Nacht hier gewesen. Irgendwie hätte sie erwartet, dass der Saal abgeschlossen wäre, stattdessen lagen die langen Tische verwaist da.

„Bleib hier und halte Ausschau nach ungewollten Besuchern."

„Ich glaube, wir sind die ungewollten Besucher", gab Zayda murmelnd zurück, während Kielle unbeirrt auf die Küche zuhielt.

„He! Kielle, was machst du?"

Ihre Freundin antwortete nicht, stattdessen vernahm Zayda mit ihrem verbesserten Gehör ein gläsernes Klappern.

Zayda sah sich nervös in dem stillen Saal um, wobei ihr nur die Vorstellung, erwischt zu werden, missfiel. Allein zu sein, erzeugte bei ihr kein Unbehagen. Im Gegenteil, sie konnte endlich mal wieder einen Moment durchatmen.

Seit ihrem Entzug in der Schule war sie kaum einmal einen Moment lang allein gewesen. Selbst vor oder nach den regelmäßigen Abendessen mit ihren Eltern konnte sie nicht für sich sein, sondern wurde immer von Wachen eskortiert.

Gerade als sie anfing, die Stille des Raumes zu genießen, huschte ein geduckter Schatten aus der Küche heraus und auf sie zu. Kielle ergriff ihre Hand und zog sie wieder hinaus auf den Gang.

Die andere Seite ihres Kurzmantels hing schwerer herab als gewöhnlich.

Kaum in ihrem Zimmer angekommen, schob sie die Tür hinter ihnen ins Schloss und zog eine Flasche mit gluckerndem Inhalt aus dem Inneren ihres Mantels.

„Wir brauchen etwas zum Aufwärmen, findest du nicht auch?"

Zayda starrte sie mit großen Augen an, ehe sie ihr die Flasche aus der Hand zog und sie begutachtete. Sie hatte keine Beschriftung, doch als sie das Wachssiegel aufriss und den Korken zog, um am Inhalt zu schnuppern, stach ihr eindeutig Alkohol entgegen.

„Puh, was ist das denn?"

„Ich glaube, Apfelschnaps. Den mag Onkel Oyran am liebsten im Winter. Er denkt wohl, wir bemerken es nicht, wenn er sich einen Schluck in seinem normalen Becher reichen lässt."

Kielle entriss ihr die Flasche wieder und nahm einen tiefen Schluck, bevor sie husten und lachen musste.

„Ahaha, puh … du auch?"

Zayda zögerte kurz, dann nippte sie an dem Schnaps. Er brannte auf der Zunge und im Rachen, doch er wärmte tatsächlich! Mit Mühe unterdrückte sie das Husten, das sich ihre Kehle hinaufdrängen wollte, und nahm noch einen Schluck.

Kielle starrte sie bewundernd an, während sich die Wärme in ihren Bäuchen ausbreitete.

„Ob wir dafür Ärger bekommen?"

„Nur, wenn wir uns erwischen lassen. Also nimm noch einen Schluck und dann verschließ diese Gedanken in der hintersten Ecke deines Geistes", erwiderte Kielle zwinkernd, bevor sie ebenfalls noch etwas Schnaps trank und den Korken zurücksteckte. Während sie noch kicherten, versteckte Kielle die Flasche unter ihrem Bett; wohlig aufgewärmt krochen sie unter ihre Decken.

Langsam begann sich alles um Zaydas Kopf zu drehen. Sie kuschelte sich in ihr Kissen und starrte hinauf an die Decke, die schon nicht mehr ganz so dunkel war.

Nur schnell noch ein bisschen Schlaf, bevor der nächste anstrengende Tag beginnen würde. Morgen war ein Abendessen bei ihren Eltern angesetzt – und bei der Kälte freute sie sich tatsächlich darauf.

Außerdem würde Zeruk endlich wieder einmal daheim sein! Zayda hielt inne.

Daheim ist ein seltsames Wort, dachte sie und spürte, wie Kielles Magie träge auf ihre reagierte.

Was meinst du?

Ich … ich glaube, ich weiß gar nicht genau, was es bedeutet.

Das ist normal für Magier wie uns.

Dann … Zayda musste sich konzentrieren, um die Verbindung aufrecht zu halten. Jetzt spürte sie langsam doch die Wirkung des Schnapses. *Dann fühlst du dich auch manchmal so verloren?*

Kielle zögerte nicht einmal, sondern seufzte nur. *Ständig. Die Kunst ist es, die anderen nichts davon wissen zu lassen. Jelak und seine Freunde sind wie listige Berglöwen! Du bist schnell mit ihnen aneinandergeraten, ich hingegen muss mich mit Perkir und den anderen schon seit Jahren herumschlagen.*

Was ist mit deiner Familie? Ich glaube, du hast noch nie die Schule verlassen, oder? Außer du gehst an denselben Abenden zu ihnen wie ich zu meiner.

Nein, Zayda. Ich gehe nie zu ihnen. Ich finde, der Geruch des Friedhofs steht mir nicht sonderlich.

Sie brach die Verbindung ab, bevor Zayda etwas sagen konnte. Ein kalter Schauer lief ihren Rücken hinab, obwohl der Schnaps sie wärmte.

Danach wurde ihr übel.

Zayda sprang die Stufen zum Eingangsportal hinauf und ließ sich von Sebila den Mantel abnehmen, sobald sie beide das Anwesen betreten hatten.

Wie immer blieben die beiden Wachen vor der Tür zurück – und heute taten sie Zayda tatsächlich leid. Es war so eisig draußen, dass alle Feuchtigkeit aus der Luft zu Kristallen gefroren war und der Schnee sich entweder in hartes Eis oder knirschendes Pulver verwandelt hatte.

Schon in der großen Eingangshalle herrschte wohlige Wärme, die sich im Speisesaal fortsetzte.

Seltsam, dass ihre Mutter sich diesen Luxus gönnte; meist waren die großen Räume im Winter nur spärlich beheizt.

Wie immer in den letzten Monaten erwarteten ihre Eltern sie bereits an der Tafel – doch diesmal saßen zwei weitere Personen am Tisch!

„Darzir!", rief Zayda überrascht und sprang zu ihrem ältesten Bruder, um sich an seine Brust zu drücken. „Was machst du denn hier?"

„Hallo, kleine Magierin", brummte er mit einem deutlichen Lächeln in der Stimme, bevor er sie wieder von sich schob. Zu viel Gefühlsduselei schickte sich für einen Krieger nicht.

Ebenso wenig für eine angehende Kriegerin – dennoch schmerzte es sie.

„Was machst du hier?", wiederholte sie stattdessen, während Zeruk sich neben ihnen regte und sie ebenfalls umarmte.

Wie sehr sie die beiden vermisst hatte!

Mit Mühe brachte sie ihre Aufregung unter Kontrolle und setzte sich auf ihren Stuhl, bevor sie nervös auf der Kante hin und her rutschte. Wie viel erwachsener Darzir aussah! Er war richtig kräftig geworden, mit breiteren Schultern und kantigerem Gesicht. Der Bart war voller geworden und ansehnlich getrimmt – er sah

Vater sehr ähnlich! Beide hatten die leicht schräg stehenden Augen und buschigen Brauen, die sich schwungvoll durch ihre Gesichter zogen. Zeruk wirkte neben ihm fast etwas mager, doch mit seinen helleren Haaren und der Narbe zugleich auch verwegener und intelligenter.

„Dein ältester Bruder hat einen Auftrag in der Stadt und wird deshalb einige Tage hier sein", erklärte ihr Vater plötzlich mit einem knappen Lächeln. Zayda fragte sich, ob sie ihn an der abendlichen Tafel jemals ohne einen Bericht vor der Nase gesehen hatte.

Es war ihr mittlerweile ohnehin ein Rätsel, weshalb ihre Eltern noch immer auf zwei der drei wöchentlichen Treffen bestanden. Sie machte nicht so schnelle Fortschritte und hatte demnach nur wenig zu berichten.

Vermutlich ging es einfach darum, sie weiter zu kontrollieren.

„Und unser Meister hat uns für die Feier der Sonnenwende freigegeben – aber Djark wollte bei ihm bleiben und ..."

„... ist immer noch sauer auf mich, schätze ich", beendete Zayda seinen Satz, nachdem Zeruk auffällig gezögert hatte.

Er deutete ein Nicken an, dann forderte ihre Mutter ihre Aufmerksamkeit und ließ die Brüder berichten.

Zayda bemerkte kaum, wie das festliche Abendessen aufgetragen wurde, während sie an Darzirs Lippen klebte. Er war jetzt neunzehn Winter alt und erlebte wahre Abenteuer!

Sie schob sich Stücke von der Fasanenbrust in den Mund und spülte alles mit warmem Apfelsaft herunter.

„Gegen Ende des Sommers wurde ich von Skir nach Mazmorra versetzt, um die Grenze von Ray'Kals Clangebieten nach Norden abzusichern. Es gibt Berichte über Ausbrüche der schwarzen Krankheit in Maila, und daher werden alle ankommenden Händler gründlichst kontrolliert. Bei Wintereinbruch hatten wir den ersten Zwischenfall."

„Wa... was ist passiert?", fragte Zayda mit vollem Mund.

Auf einmal wirkte ihr Bruder beunruhigt, warf einen nervösen Blick zu ihrer Mutter, als müsse er sich absichern, bevor er weitersprach.

„Es gab … einige Kranke. Sie wollten aus Hornträgergebieten über die Grenze, kamen offensichtlich durch die schwarze Zone und passierten die Clangebiete, die Ray'Kal noch nicht … übernommen hat." Er zögerte wieder kurz. „Das Gebiet von Shan'tiel lässt nur selten jemanden unberührt passieren, das wissen wir aus Berichten über die Schwärze, die das ganze Gebiet verpestet hat. Der König will in Zukunft sichergehen, dass dies nicht mehr möglich sein wird. Seine Krieger bereiten sich bereits vor."

Zayda lief ein kalter Schauer über den Rücken, als er das Wort Shan'tiel in den Mund nahm; sie achtete danach nicht mehr auf seinen Kriegsbericht zwischen weit entfernten Clans.

„Es … du meinst … *die* Krankheit?"

Sie konnte es nicht lassen, die Betonung ein wenig zu übertreiben, denn sie musste vollkommen sichergehen.

Das leichte Zucken der Muskeln an seinem Hals genügte ihr als Bestätigung, auch wenn ihre Mutter scharf zischte.

„Ich denke nicht, dass dies auch nur ansatzweise angemessene Themen für die Feierlichkeiten dieses Nachtmahls sind. Wir nähern uns dem neuen Jahr, und seit Monaten sind das erste Mal fast all meine Kinder an meinem Tisch vereint."

Darzirs Adamsapfel zuckte jetzt, stärker als die Muskeln zuvor.

„Denkst du nicht, das sollten wir besprechen? Diese Frau kam die Straße entlanggewankt! Eine alte Miakoda … sie stöhnte, und es waren überall schwarze Flecken auf ihrem Gesich…"

„Das genügt! Ich werde keine Gerüchte über die schwarze Krankheit an meinem Tisch akzeptieren! Nicht heute Nacht."

Zayda juckte es in den Fingerspitzen, mehr darüber zu erfahren, doch eine unangenehme Stille legte sich auf den Saal. Vor ihrem inneren Auge malte sie sich aus, wie diese Frau ausgesehen haben mochte. Sie hatte schon so manchen Bericht mitgehört, seitdem ihr Vater der Herrscher war … aber was diese Krankheit wirklich bedeutete, konnte ihr Verstand noch immer nicht richtig erfassen.

Woher kam sie, und was verursachte sie? Diese schwarze Krankheit, die Magier befiel und ihren Kern vernichtete, wenn sie sich mit Magie retten wollten.

Und soweit sie gehört hatte, betraf es nicht nur starke Magier, sondern konnte jeden befallen, der einen magischen Funken in sich trug.

Der Rest des Essens verlief eher schweigsam, und Zayda hörte nicht wirklich zu, als Zeruk von den letzten Zügen seiner Ausbildung berichtete und sie mit Darzirs Erfahrungen verglich. Seitdem sie die Faszination für ihre eigene Schule entdeckt hatte, war der Wunsch nach einer Lehre als reine Kriegerin zusehends in den Schatten gerückt.

Warum sollte sie lediglich politische Taktiken erlernen, wenn sie so viel mehr erreichen konnte? Sie könnte hoch angesehen werden, als Heilerin oder mächtige Elementarin, die ganze Berge versetzte, um ihr Volk gegen die Unzivilisierten im Norden zu verteidigen.

„Wie wäre es dann, wenn Zayda uns von ihrer Ausbildung erzählt, ich komme ja kaum zum Essen", riss Darzir sie aus ihren Gedanken. Er lächelte freundlich, doch sie hätte ihm am liebsten ihren Becher ins Gesicht gekippt.

Seufzend hielt sie sich zurück. Er konnte ja nicht wissen, dass sie genau mit diesem Thema schon eine Weile Probleme hatte.

Wenn sie ehrlich mit sich war, hatte sie die Komplikationen mit dem Element Wasser eher schlecht als recht verdrängt. Nach den Gedankenübertragungen und dem Abschirmen ihres Geistes waren sie ja unter anderem zur Kontrolle des fließenden, weichen Elements übergegangen – und es lag ihr einfach nicht!

Jetzt nickte Zeruk eifrig, und das Leuchten in seinen Augen versprach nichts Gutes.

„Hervorragende Idee! Schwesterchen, was hat dein Meister dir beigebracht? Was sind deine aktuellen Lektionen?"

Zayda biss sich auf die Lippen. Am liebsten hätte sie gelogen, hätte ihnen etwas anderes demonstriert – dummerweise hatte sie sich beim letzten abendlichen Treffen mit ihren Eltern auf kindische Weise darüber beschwert, dass ihre Fortschritte eher kläglich ausfielen.

„Ich …" Bevor sie etwas erklären oder von dem Thema ablenken konnte, hatte ihre Mutter bereits die Idee aufgegriffen und Sebila befohlen, ihr eine große Schale Wasser zu bringen.

Zayda verfluchte ihre zitternden Finger. Dass ihre großen Brüder sie so intensiv musterten, ließ eine Nervosität in ihr hochkochen, die sie sonst gar nicht von sich kannte.

Ihre Mutter erwartete Konzentration und Beherrschung von ihrer Tochter, das zeigte ihr kalter Blick eindeutig.

Mit einem unhörbaren Seufzen schob sie den Teller vor sich weg, um Sebila Platz für die Schüssel zu machen.

Das Wasser darin schwappte vorwurfsvoll hin und her und warf kleine Ringe am Rand, während es sich langsam beruhigte. Zayda streckte ihre Finger danach aus und nutzte dann wohlweislich den Kniff, den Kielle ihr gezeigt hatte. Wenn sie ihre Hände nicht über dem Wasser schweben ließ, sondern ihre Fingerspitzen hineinsteckte, war die Verbindung schon halb geschafft. Sie mahnte sich zur Konzentration, richtete ihre Aufmerksamkeit auf ihr Inneres und die Magie, die dort begierig wartete.

Sie bewusst durch ihre Adern zu lenken, war mittlerweile so angenehm selbstverständlich. Die Funken schienen einfach zu wissen, wohin sie als Nächstes sollten, was ihre Aufgabe sein würde.

Zumindest bis sie ihre Fingerspitzen erreichten.

Dort stockte die Magie, scheute sich überraschend davor, ins Wasser vorzudringen, als würde sie das Gefühl nicht mögen. Nun, genau genommen war es nach den Übungen der letzten Wochen nicht mehr überraschend, sondern enttäuschender Alltag.

Sie fühlte sich in die Halle zurückversetzt, in der sie zuletzt so viel Zeit verbracht hatte, jeden Nachmittag mit einem Eimer dampfenden Wassers vor den Knien.

Und auch dieses Mal wollte es ihr nicht gelingen.

Die Magie drang zwar mit etwas Druck in die Schüssel vor, doch die Funken schwebten in der Flüssigkeit umher, ohne so recht zu wissen, was sie dort sollten.

Hätte nicht etwas Magisches passieren müssen? Etwas ... Weltverrückendes? Die Funken hatten ihr schon einige Male die Welt eröffnet, ihre Sicht auf so phänomenale Weise erweitert, doch bei Wasser war sie blind.

Eine Dumpfheit erfüllte ihren Körper, wenn sie sich nur auf die Funken im Wasser konzentrierte – als wäre sie in der großen Zinnwanne mit dem Kopf untergetaucht, und ihre Ohren hätten sich mit schaumigem Badewasser gefüllt. Zugleich erfasste eine wirbelnde, verwirrende Wildheit ihren Geist.

Das Wasser war für sie einfach nicht greifbar!

Auf eine unglaublich gemeine Weise fühlte sie sich in die Situation im Sommer mit Jelak zurückversetzt. Auch damals war ihr sein Geist entglitten wie ein schlüpfriger Aal, und die anderen Schüler hatten sie dafür als unfähig abgestraft.

Alle am Tisch warteten gebannt – oder zumindest milde interessiert, wenn man ihre Mutter mit einbezog. Während Zayda den Blick auf sie richtete, über die ganze Tafel mit dem reichen Essen und den Weinkrügen hinweg, zog sich die Stirn ihrer Mutter in tiefe Falten.

Zaydas Herz raste jetzt, und ihre Füße wurden taub, während sie mehr und mehr Funken in die Wasserschüssel presste, bis die wallende Oberfläche sachte zu dampfen begann, ohne dass sie einen einzigen Tropfen herausheben oder anderweitig kontrollieren konnte.

„Ich kann es nicht!", rief sie atemlos und zog die Finger aus dem warmen Wasser, als würde es eigentlich kochen.

Sie hatte erwartet, dass ihre beiden Brüder sie auslachen oder demütigen würden, aber Zeruk lächelte nur sanft, und sogar Darzir deutete ein Nicken an.

„Wenn das Problem am Wasser ist, dass es zu beweglich und wild reagiert, wie sieht es dann mit Schnee aus?", fragte Zeruk in den Raum.

Zayda sah ihn überrascht an, bevor sie wild nickte und ihn am Mantel packte, um ihn in den Hof zu ziehen.

Er ist nicht Djark. Er mag, was ich mache!

Noch stärker pochte ihr Herz, als sie spürte, wie auch Darzir ihr folgte. Obwohl er schon ein ganz anderes Leben lebte als sie, interessierte es ihn!

Sie wollte lachen, wollte vor Freude hopsen, stattdessen vergrub sie ihre Finger tiefer in Zeruks Mantel und stieß die Tür vor sich auf.

Die kalte Winterluft schlug ihnen entgegen, manifestierte sich in ihren wilden Atemwolken, die vom Wind durch den Innenhof gewirbelt wurden und nach zwei Herzschlägen wieder verschwanden.

Der eisige Wind fuhr unter ihre Kleidung und in Zaydas Fellkragen, der so kuschelig war, dass sie ihn selbst im warmen Speisesaal nicht abgenommen hatte.

Zayda rutschte über den schneebedeckten Boden, und Zeruk stieß gegen sie, als sie jäh abbremste. Ihre Euphorie hatte ihn jetzt ebenfalls ergriffen, ließ ihn auflachen, derweil sich die anderen am offenen Tor versammelten.

War sie im ersten Moment noch von ihrer wachsenden Begeisterung gelenkt worden, drohte jetzt der Unmut zurückzukehren.

Sie ließ ihren Bruder los, trat einige Schritte von ihm weg in die Mitte des Hofes.

Mit geschlossenen Augen spürte sie die Kälte des Windes, die ziehende, negative Energie, die in dem Eis steckte.

Das erste Mal in diesem langen zähen Winter begrüßte sie die Kälte und versuchte, ihren Ursprung wirklich zu verstehen. Flüssiges Wasser strömte indirekt durch ihre Adern, doch die Wärme ihres Körpers hielt es davon ab, zu gefrieren. Wasser benötigte also mehr Energie ... und sie müsste ihm Kraft entziehen können, wodurch es zu Eis gefror.

Dieser Schnee hier hatte demnach weniger natürliche Magie in sich stecken. Nun blieb nur noch eines herauszufinden: Machte es dieser Tatbestand einfacher oder schwerer für eine junge Magierin wie sie?

Zayda ging in die Hocke, zog die frische Luft tief in ihre Lunge und ließ sich ganz auf die Kälte ein. Sie versuchte, nur noch Kälte zu denken und zu lenken.

Selbst ihre Muskeln schienen die Kälte aufzusaugen, während sie die Finger in den Schnee grub und das Beißen erwartete, das das Schmelzwasser auf ihrer Haut auslösen würde.

Es folgte ein atemberaubendes Kribbeln. Ihre Funken konnten das Wasser hinter dem Schnee spüren, die symmetrischen Kristalle und die wundervollen Formen, zu denen sie sich zusammengeschlossen hatten. Alles war fest und logisch ... und dadurch greifbar.

Die Funken verstanden die Kristalle, verbanden sich mit ihnen und gaben Zayda das erste Mal die Kontrolle über ein Element, wie sie es noch nie erlebt hatte.

Da lag so viel mehr in der Tiefe des gefrorenen Wassers.

Wie hatte sie das zuvor nicht sehen können?

Lachend packte sie noch viel mehr Schnee, soviel sie mit ihrer Magie auf einmal kontrollieren konnte, und schleuderte ihn um sich. Sie genoss das Gefühl der wirbelnden Kälte, die ihren Geist so angenehm ruhig werden ließ.

Auch wenn es ihr Bewusstsein auf andere Art erweiterte, sich mit der Luft zu verbinden, wie sie es früher immer wieder gerne getan hatte, so war das hier doch berauschend.

Es schien, als könnte sie alles mit dieser Kälte kontrollieren – und schon schlugen die Schneemassen gegen die Wände des Innenhofs und gegen ihre versammelte Familie.

Ein lautes Ächzen war zu hören, gefolgt von Darzirs tiefem Lachen. Nur er wagte das.

Zayda zuckte zusammen und zog rasch die Schultern ein. Um sie herum klatschte Schneematsch zu Boden, und sie drehte sich langsam zu ihren Eltern um, an deren Kleidung überall Schnee klebte.

Ihre Mutter wischte sich wortlos den Schnee von der Schulter und aus dem Haar.

„Zurück in den Saal. Ich finde, es gibt noch wichtigere Anliegen zu besprechen."

Auch wenn Zayda einerseits froh war, dass ihre Mutter ihr nicht den Kopf abriss, so war sie andererseits auch enttäuscht.

Wie konnte Leryda nur alles, was sie im letzten halben Jahr vollbracht hatte, so missbilligen?

Zayda wollte schreien, ballte die Fäuste, doch Zeruk legte ihr seine warme Hand auf die Schulter. „Lass gut sein."

Die Stimme ihres Bruders stimmte sie sofort milde.

Auch Darzir trat neben sie.

„Zayda, du hast ganz blaue Finger ..."

Bei den Worten sah sie verblüfft auf ihre Hände.

Erst da bemerkte sie, wie sich die Kälte in ihren Körper gefressen hatte. Es war kein reiner Segen, sondern kostete Kraft. Ihre Beine zitterten, aber sie wollte sich ihre plötzliche Erschöpfung nicht anmerken lassen.

Mit einem tiefen, bewussten Atemzug lenkte sie ein wenig wärmende Energie aus ihrem Bauch zu den klammen Fingern und verbarg dann ihre Hände hinter ihrem Rücken.

Sie folgten ihren Eltern hinein, vorbei am Speisesaal, wo die Diener bereits die Tafel abgedeckt hatten, in das Foyer mit den fellbedeckten Sesseln.

In einem Kohlebecken knackte bereits rote Glut, und ein Diener hatte duftenden Tee bereitgestellt.

Während die anderen sich setzten, warf Zayda einen Blick hinauf zur Galerie und zu ihrem Zimmer. Seit Wochen war sie nicht mehr darin gewesen, hatte ihr altes Leben bewusst ignoriert.

Sollte sie einen Blick hineinwerfen, um zu sehen, ob ihre Mutter etwas verändert hatte?

Doch warum sollte sie? Im Grunde hegte Leryda doch sicherlich die geheime Hoffnung, dass Zayda sich nur in einer rebellischen Phase befand und in wenigen Monaten genug von ihrer magischen Ausbildung haben würde, um dann reumütig zurückzukehren und die töchterlichen Pflichten einer van Dymar zu erfüllen.

Während sie gemeine Dinge über ihre Mutter dachte, hatte diese es sich im großen Sessel neben Balzayd bequem gemacht und eine Frage an Zaydas Brüder gerichtet.

Sie riss sich von dem Gedankengang los und ermahnte sich, dass sie ihren Geist besser abschirmen sollte, wenn sie so etwas dachte. Schließlich hatten ihre Eltern immer mehrere Magier in ihrem Dienst. Auch jetzt konnte sie die magische Strahlung des einen wahrnehmen, der sich in Vaters Saal aufhielt. Wartend … aufmerksam … stets bereit, falls nötig, sofort einzugreifen.

Zayda konnte sich noch immer nicht vorstellen, dass jemand ihren Vater herausfordern würde. Er schien so unerschütterlich wie ein Berg, ein wahrer Krieger mit breiten Schultern und einem messerscharfen Verstand. Warum sollte jemand nicht wollen, dass er die Stadt regierte?

„… wie es scheint, ist der Magier noch immer verschwunden. Die Wachen in Skir konnten ihn nicht wieder ausfindig machen.

König Ray'Kal ist nicht zufrieden. Absolut nicht.", drang da die Stimme von Darzir zu ihr vor.

„Was war denn seine Position in der Stadt?", warf sie ein.

„Forschung …", erwiderte Darzir ausweichend, nachdem er offensichtlich Zaydas interessierten Blick bemerkt hatte. Sie richtete ihre Augen rasch wieder auf das Kohlebecken und vergrub ihre kalten Finger in dem weichen Schafsfell, auf das sie sich gesetzt hatte. So langsam kehrte das Leben in ihre Finger zurück, zusammen mit ziehendem Schmerz.

Gedanklich nahm sie sich vor, Kielle danach zu fragen, wie sie solche Nebenwirkungen vermeiden konnte. Was nützte es, Eis und Schnee zu kontrollieren, wenn sie dafür von innen heraus erfror?

„Hatte er vielleicht eine Mission, von der ihr nichts wisst?", hakte Zeruk nach.

„Er hatte strikte Anweisungen, die er nicht befolgt hat – stattdessen wurde seine Kammer zerstört vorgefunden, mit dunklen Brandmarken überall."

„Könnte er entführt worden sein? Von Magiern der Miakoda?"

Darzir lachte leise über Zaydas Einwand.

„Schwester, das ist schon Jahre nicht mehr vorgefallen, auch wenn sich die alten Gerüchte anscheinend wacker halten. Vater und die anderen Herrscher haben die Wölfe in ihre Schranken gewiesen."

„Warum sollte ein Magier also abtrünnig werden?"

Stille breitete sich um sie aus, kaum hatte die Frage ihre Lippen verlassen – und erst da wurde ihr bewusst, dass sie so etwas nicht fragen sollte. Es implizierte zu viel, gab der Angelegenheit mehr Gewicht, als sie haben durfte.

Nicht in der Welt der Ratken, die so unumstößlich sein sollte.

„Vielleicht ist ihm einfach seine Macht zu Kopf gestiegen", schlug Zeruk mit einem halbherzigen Lachen vor.

„Das kann ich mir nicht vorstellen. Warum sollte jemand seine Aufgaben als Magier aufgeben und einfach abhauen?"

„Schwesterchen, wie sollte eine begeisterte Novizin wie du das verstehen? Als angehende, starke Magierin wirkt die Welt sicherlich anders auf dich."

Sie schnaubte. „Ich bin nun wirklich nicht stark."

„Zayda, ist dir gar nicht aufgefallen, was du noch getan hast? Du hast die große Eichentür zum Hof aufgestoßen, als wäre es nichts! Nicht mal Djark könnte die so mühelos öffnen. Vielleicht nicht einmal ich oder Darzir."

Sie riss die Augen auf, als sie echte Bewunderung in Zeruks Stimme hörte und in seinem Herzen fühlte.

Gerade als sie den Mund zögerlich öffnete, um etwas zu erwidern, stellte Leryda ihre Teetasse geräuschvoll ab.

„Es ist spät. Verabschiede dich nun von deinen Brüdern, Zayda."

Sie sah ihre Mutter bekümmert an. Wollte sie wirklich diesen besonderen Abend so früh beenden? Sie hatte noch so viele Fragen an Darzir, ganz zu schweigen von Zeruk, den sie auch seit Wochen nicht gesehen hatte.

„Aber Mutter!"

„Diese Unterhaltung ist für die Ohren einer jungen Dame nicht geeignet, selbst wenn sie sich für eine Kriegerin hält."

Zayda presste schmollend die Lippen zusammen, doch sie konnte deutlich spüren, dass sich Leryda heute Abend nicht auf Diskussionen einlassen würde.

Etwas beschäftigte sie, wühlte ihre Gefühle auf, doch nachdem Zayda den magisch begabten Berater im Nachbarzimmer spürte, wagte sie es nicht, in den Gedanken ihrer Mutter zu forschen. Er würde es wahrnehmen – und so wie sie ihre Mutter einschätzte, wäre das der perfekte Grund, sie aus Izerdans Schule ausschließen zu lassen.

Sie drückte sich also an ihre beiden Brüder und umarmte sie definitiv länger, als es sich schickte, bevor sie sich von Sebila zur Tür begleiten ließ.

Es war ihrer alten Amme deutlich anzusehen, dass sie ungern noch einmal in die Kälte hinausging.

„Bleib doch hier und genieß die Zeit mit meinen Brüdern für mich, ja?"

Sie zögerte, als ihr klar wurde, dass sie soeben eindeutig Schwäche vor einer Dienerin gezeigt hatte. Offensichtlich war dies ein Abend voll unsittlichen Verhaltens.

„Keine Sorge Zayda, in wenigen Tagen ist die Feier des Neubeginns, da werden die beiden noch immer da sein, und ich werde mir alles merken, was sie erzählen – und was für deine Ohren bestimmt ist."

Zayda lächelte gerührt, bevor sie etwas Magie in ihre Arme leitete, um die große Eingangstür allein aufzuziehen. Die beiden durchgefrorenen Wachen verabschiedeten sich von den zweien, die ohnehin davorstehen mussten, und brachten die Herrschertochter auf dem üblichen Weg zur Schule.

Der gefrorene Schnee knirschte laut unter ihren Sohlen, und die Fackeln zischten, doch ansonsten war die Stadt still. Niemand schien unnötig vor die Tür zu wollen.

Schweigsam setzte Zayda ihre Schritte mit Bedacht, wich den glänzenden Stellen aus Eis aus und kicherte heimlich, als einer ihrer Wachposten beinahe ausrutschte und sich nur durch eine wilde Bewegung fangen konnte, die die Fackel flackern ließ.

Danach verlief der Rest des Weges unspektakulär, und bis sie ihre Kammer erreicht hatte, war die miese Laune wegen ihrer Mutter längst von Müdigkeit abgelöst worden.

Das Bett rief nach ihr, und sie ließ sich bereitwillig in fremde Traumwelten entführen.

Es war mitten in der Nacht, als Zayda aufschreckte. Gedanken strichen rufend an ihrem Geist entlang und wischten ihre Müdigkeit fort.

Kielle?

Oh, du bist sofort aufgewacht! Sehr gut, das hat bisher nicht so gut geklappt.

Du hast mich doch hoffentlich nicht nur geweckt, um mich zu loben?

Die Tür zur Kammer öffnete und schloss sich so fließend, dass kaum ein Lichtstrahl aus dem Flur hereindringen konnte.

Die junge Ratke tauchte neben ihrem Bett auf, und ihre gelben Augen funkelten in der Dunkelheit. Warum war Kielle draußen gewesen und nicht in ihrem Bett?

„Nein", erwiderte sie leise. „Ich wecke dich für einen nächtlichen Ausflug."

Zayda streckte sich gähnend, weigerte sich aber, aufzustehen.

„Bist du etwa auf den Geschmack gekommen? Ich glaube, es wird den Meistern durchaus irgendwann auffallen, wenn du noch weitere Flaschen entwendest."

Ein Kissen flog durch den dunklen Raum und landete auf Zaydas Gesicht. Gleichzeitig setzte sich Kielle mit all ihrem Gewicht auf die Strohmatratze neben sie, sodass sie fast hinausgerollt wäre.

„Nicht das! Ich ... möchte woandershin."

„Und das kannst du nicht allein erledigen?"

Kielles Zögern ließ sie hellhörig werden.

Seufzend setzte sie sich auf und umarmte das Kissen, das noch auf ihr lag. „In Ordnung. Brauche ich meinen Mantel?"

Kielle nickte und erhob sich vom Bett, um ihr Platz zu machen.

Also nicht die Bibliothek. Was ist denn los mit dir?

Sie zog sich an, verschwendete keine Zeit mehr mit Fragen, die ihre Freundin ihr wohl ohnehin nicht beantworten würde. Eine mysteriöse Stimmung umgab Kielle, und darunter nahm Zaydas Magie eine vibrierende Unruhe wahr, die die junge Ratke nicht richtig verbergen konnte.

Oder wollte.

Mittlerweile würde sie Kielle durchaus solche Manipulation zutrauen, allerdings lag da etwas in den Augen ihrer Freundin, das absolut ehrlich wirkte.

Kaum war Zayda in den Mantel und die Stiefel geschlüpft, öffnete Kielle leise die Tür und schob sie hinter ihnen wieder zu. Nächtliche Stille hatte sich über die Schule gelegt. Es war eine dicke, schwere Stille, die nicht einmal von ihrem gedeckten Atem und den leisen Schritten aufgehoben werden konnte.

Zayda ließ die Nacht auf sich wirken. Ihr Blick huschte wachsam über dunkle Ecken und die Wendeltreppe, doch außer ihnen schien wirklich niemand die Schlafräume verlassen zu haben.

Erst als sie unter dem Dach des Rundgangs in die Mitte des Innenhofs traten, zögerten Zaydas Füße.

„Wo wollen wir denn hin? Hier ist nichts!"

Kielle deutete zum Tor, meinte es allerdings wohl nur symbolisch, denn sie machte keine Anstalten, es zu öffnen. Stattdessen folgte sie der Mauer tiefer in die Schatten, hinter eine Bank und einige Büsche bis zur hintersten Ecke des Hofes.

Dort hielt sie inne und spähte demonstrativ lange hinauf zum Rand der Mauer.

„Du willst ernsthaft die Schule verlassen?", zischte Zayda leise. „Wir bekommen riesigen Ärger, wenn wir erwischt werden!"

„Dann solltest du besser leise sein, oder nicht?"

Kielles Augen blitzten herausfordernd auf, aber ihre jüngere Bettnachbarin war noch nicht überzeugt.

„Das ist keine Kleinigkeit."

„Keine Sorge, ich bringe uns hier raus. Besondere Umstände erfordern besondere Maßnahmen."

Sie ergriff Zaydas Hände und zog sie ganz nah an ihren Körper, bis sie sich fast umarmten. Gerade als der Herrschertochter die Nähe unangenehm wurde, erwachte Kielles Magie und umfing sie wie ein warmes Netz aus vibrierenden Ladungen.

Zayda ließ es geschehen, wartete gespannt ab, was ihre Freundin wohl vorhaben mochte – dann drehte sich alles, und der Boden wurde unter ihren Füßen weggerissen.

Schon nach einem Moment dunkler Schwerelosigkeit landeten ihre Füße erneut auf festem Grund. Einige kleine Blitze zuckten durch die Dunkelheit und hinterließen dampfende, gezackte Linien im Schnee neben einer hoch aufragenden Mauer.

„Du kannst dich teleportieren! Ohne magischen Speicherstein!", rief Zayda ächzend, kaum dass sie wieder Luft holen konnte.

„Ja."

„Aber ohne Bilur! Seit wann?"

„Seit ein paar Wochen."

„Und das sagst du mir erst jetzt?"

„Ich wollte dich überraschen und Jelak einen Streich spielen, aber … heute gibt es etwas Wichtigeres, bei dem ich dich brauche."

„Warum hast du uns dann nur auf die andere Seite der Mauer gebracht und nicht weiter?"

Kielle zuckte mit den Schultern. „Man benötigt weniger Energie für kurze Strecken, und es hinterlässt keine so deutlichen Spuren – was mir bei Izerdans allgegenwärtiger Aufmerksamkeit recht ist. Jetzt komm."

Zayda heftete sich an Kielles Fersen und genoss das kribbelnde Gefühl, das der Transport auf ihrer Haut hinterlassen hatte.

„Kannst du es mir zeigen?"

Kielle rutschte die vereisten Treppenstufen in einer Gasse hinunter und wäre gestürzt, wenn Zayda sie nicht am Kragen gepackt hätte.

„Was? Nein! Ich kann es ja selbst gerade erst – und Izerdan würde mich verstoßen, wenn ich dir so etwas Gefährliches beibringe."

Zayda war enttäuscht, doch etwas an Kielles Stimme ließ sie aufmerksam werden. Es schwang nicht nur Sorge darin, sondern eine abgrundtiefe Angst, die Zayda noch nie bei ihrer Freundin wahrgenommen hatte.

Sie schwieg also und wartete ab, wohin Kielle sie führen würde, denn neben der Angst konnte sie in Kielles Gefühlen auch eine eiserne Entschlossenheit ausmachen.

Etwas würde sich heute Nacht ändern. Vielleicht für immer.

Ein Schauer jagte Zaydas Rücken hinab, den sie jedoch wohlweislich auf die Kälte schob.

Gemeinsam schlichen sie durch die Gassen, hielten den Atem in einer dunklen Nische an, als einige Nachtwächter vorbeimarschierten, und durchquerten auf diese Weise zwei Stadtviertel.

Es waren mehr Wachen unterwegs, als Zayda erwartet hätte. Weshalb sollten sie überhaupt durch die Straßen patrouillieren? Es gab doch nichts und niemanden, der dem Volk etwas anhaben konnte.

Betrunkene junge Krieger könnten ein Grund sein, meinte sie in Gedanken an Kielle, um ihre Überlegungen zu teilen.

Oder rebellische Sklaven, die unerlaubt eine Runde an die frische Luft wollen, warf die Ratke ein.

Um die Uhrzeit? Wer will denn da noch unterwegs sein?

Kielle grinste listig. *Außer uns, meinst du?*

Zayda schwieg, da ihr keine passende Erwiderung einfallen wollte. Sie richtete ihren Fokus wieder auf die Straßen und zuckte zusammen, als sie einen fremden Körper wahrnahm, jemanden, der ihnen auf der Straße entgegenkam. Er war schon nur noch eine Hausecke entfernt.

Zurück!, zischte sie im Geist, packte Kielle an der Hand und zog sie mit sich.

Ihre Freundin wich mit ihr in die Dunkelheit eines Kellerabgangs aus und presste sich an die eisüberzogenen Stufen neben ihr. Offensichtlich hatte sie es jetzt auch wahrgenommen.

Schritte näherten sich, dann mischten sich der schnaufende Atem und das deutliche Knurren eines Hundes dazu.

Verflucht.

Zayda schloss die Augen, obwohl all ihre Instinkte danach schrien, aufzuspringen und die Flucht zu ergreifen. In Rekordzeit aktivierte sie ihre Kräfte, jagte sie durch ihren Körper hinaus in die Luft und genoss das Gefühl, als die Funken einen Strom aus Hitze unter ihrer Haut hinterließen.

Sie schleuderte dem Hund einen Energiesturm entgegen, gerade als seine Schnauze an der Kante der Mauer auftauchte.

Jaulend und fiepend wich er zurück, grollte dann kurz und sprang herum. Sein Besitzer fluchte laut, als das große graue Tier sich losriss und in die entgegengesetzte Richtung davonsprang.

„Blödes Mistvieh! Was ist denn in dich gefahren?", rief der Mann erbost, dann eilte er dem Hund nach, und schon nach wenigen Atemzügen herrschte bis auf das entfernte Bellen des Tieres wieder Ruhe.

„Sehr subtil", meinte Kielle leise, ohne jedoch die deutliche Skepsis in ihrer Stimme zu verbergen.

„Was denn? Hätte ich warten sollen, bis er und sein Fackel tragender Besitzer uns auf der Treppe entdecken?"

Kielle grinste. „Dann hätte ich ihn erledigen dürfen."

„Und uns damit eine ganze Schar Krieger auf den Hals gehetzt? Sagst du mir jetzt endlich, weshalb wir überhaupt dieses dämliche Risiko auf uns nehmen?"

Nachdem Kielle nur die Lippen zusammenpresste, bereute Zayda ihren kurzen Ausbruch. Ihre Freundin war zwar älter, doch manchmal vergaß Zayda, dass sie sich auch noch in der Position einer Novizin befand.

Sie schlichen aus dem dunklen Kellerabgang und machten sich rasch davon, bevor andere Wachen durch den Lärm angelockt würden.

Die anschließenden Straßen waren glücklicherweise verlassen

und boten ihnen außerdem guten Sichtschutz; sie endeten an einer hohen Mauer. Zayda hatte mittlerweile vollkommen die Orientierung verloren, doch Kielle schien ganz genau zu wissen, was sie tat.

Sie blickte rasch rechts und links die Mauer entlang, an deren Oberkante sich eine saubere Schicht Schnee krallte. Darüber zu klettern, würde eindeutige Spuren hinterlassen, also führte Kielle sie nach rechts, den sanften Hang hinab bis zu einem großen Gittertor.

Egal, was Zayda gedacht hatte – das hatte sie ganz sicher nicht erwartet.

Nacht und Nebel

Kielle trat an das Tor, rüttelte kurz daran und legte ihre Hand an das eisbedeckte Metall. Ihre Finger glühten sanft auf, dann klickte es deutlich in dem schweren Schloss, und sie drückte die Klinke herunter.

Nach einem tiefen Atemzug stieß Kielle das Tor auf und betrat schweigend den Friedhof.

Nebel hing zwischen den Gräbern und hüllte alles in eine dämpfende, geisterhafte Atmosphäre. Eine Stimmung, die Zayda einfach nur als passend empfinden konnte, doch sie verkniff sich jeglichen Kommentar, sobald sie Kielles Gesichtsausdruck bemerkte.

Sie lief zielstrebig durch die Reihen der Gräber, ohne die Namen auf den Inschriften zu beachten, und verschwand schließlich in einer dichteren Nebelschwade. Zayda folgte ihr mit etwas Abstand, ignorierte die eisigen Kristalle, die sich auf ihr Gesicht setzten, und ließ stattdessen den Blick über den Friedhof schweifen.

Eine unheilvolle Ahnung machte sich in ihr breit, wollte sich ihr grausam aufdrängen, während Kielle vor einer Krypta stehen blieb und augenscheinlich auf sie wartete.

„Du hast mich gefragt, ob ich meine Eltern oft besuche, während du bei deinen bist – die Antwort lautet Nein."

Sie richtete ihren Blick auf die Krypta, und ihre Augen glühten in einem ominösen Licht auf, während sie auf den Eingang zutrat.

Zögerlich berührte ihre Hand das schwere Eichenportal, das den Zugang versperrte, und schob es schließlich auf. Dahinter erwarteten sie Dunkelheit, Spinnweben und stickige Luft.

Da Zayda noch nicht die Fähigkeit besaß, im Dunkeln zu sehen, folgte sie Kielle nur langsam und tastete sich bei jedem

Schritt an der Wand entlang. Schon zwei Armlängen hinter dem Eingang fiel der Boden in einer steilen Treppe ab.

Auch wenn sie kaum etwas erkennen konnte, war ihr der grobe Aufbau solcher Gräber bekannt. Die Treppe mündete in eine Kammer, in deren Mitte ein steinerner Sarg stehen würde.

Gerade als die Dunkelheit sie zu erdrücken drohte, hallte ein leises Schnipsen in der Kammer wider, und eine Flamme entsprang der Schwärze. Mit einem Zischen wurde sie größer, schwebte über Kielles Hand in der Luft und erfüllte das Grab mit zuckendem, gelbem Licht, das sich in ihren Augen widerspiegelte.

Der Sarg in der Mitte des Raumes war groß und sicher breit genug für zwei Körper.

Zayda erschien ihr eigener Atem mit einem Mal unwahrscheinlich laut und störend. Die Stille schien sich tief in die Schatten der Ecken zurückzuziehen und wollte gefüllt werden. Mit mehr als Atmen und pochenden Herzen.

„Was … ist ihnen zugestoßen?"

Die Frage schwebte zwischen ihnen, während die Flamme auf Kielles Hand bedrohlich zitterte.

„Mein Vater war ein Magier. Er … war ein Freund von Izerdan. Meine Mutter war auch dabei. Sie haben gemeinsam bei den *Unruhen* gekämpft."

Zayda musste bei dem Wort die Stirn runzeln. Den Krieg zwischen den Stämmen der van Dymar und Kotronas *Unruhe* zu nennen, war eine übliche, aber höchst unpassende Untertreibung. Damals waren ihr Großvater und ein anderes Oberhaupt aneinandergeraten, was einen Kampf zwischen den Volksgruppen zur Folge gehabt hatte – und in der faktischen Isolation ihrer Stadt resultierte.

Kielle zögerte kurz, bevor sie weitersprach und Zaydas Gedanken unterbrach.

„Sie gerieten in einen Hinterhalt. Mein Vater rettete Izerdan das Leben, doch er und meine Mutter starben. Izerdan steht deshalb in der Schuld meiner Familie – oder von denen, die davon noch übrig sind. Deshalb bin ich an seiner Schule und werde einen Platz als Lehrende erhalten, sobald ich es aus der Position einer Novizin schaffe. Wenn ich es schaffe, denn manchmal habe ich das Gefühl, dass Izerdan das gar nicht will. Das ... ist meine Geschichte, jetzt kennst du sie."

Zayda starrte Kielle fassungslos an und vergaß sogar ihren Wunsch, auch so eine Flamme erzeugen zu können. Eine eisige Kälte zog sich um ihr Herz zusammen: Der eisige Winter war nichts im Vergleich dazu.

Sie wich einen Schritt zurück und stolperte über die erste Treppenstufe. Schmerzhaft schlug sie auf die Steinkanten, ignorierte jedoch das Brennen, das sich kurz unter ihrem Ellbogen breitmachte. Jäh loderte die Flamme über Kielles Hand heller auf, als sie sich erschreckte.

Zayda zog sich zitternd auf die Stufen, setzte sich und konnte nicht verhindern, dass Tränen in ihre Augen schossen.

„Wie kannst du mit mir befreundet sein? Überhaupt mit mir sprechen? Mein Großvater hat diese Kämpfe zwischen den Stämmen provoziert, um seine Macht zu sichern. Er ... er ist schuld am Tod deiner Eltern. Also bin ich es auch."

Kielle schnaubte. „Dein Schuldbewusstsein in allen Ehren, aber das ist Unsinn. Du bist nicht deine Familie."

„Aber mein Großvater hat alles ausgelöst! Er wollte Unabhängigkeit für die Stadt, und deine Eltern haben für ihn gekämpft."

„Das ist zwölf Jahre her, Zayda. Du warst vielleicht noch nicht einmal geboren."

„Aber es war sinnlos!", stammelte sie weiter, ohne richtig auf Kielle zu hören. Es fühlte sich schrecklich an, dass ihre Familie so viel Leid über Kielles Leben gebracht haben sollte. Was hatte sie noch alles durch ihre Blutlinie zu verantworten? Welche Leben waren noch zerstört worden?

Doch durfte sie so überhaupt denken? Das war die Sorge eines Mädchens, keiner Kriegerin!

Jäh zuckte ein Anflug von Wut durch ihre Brust. Sie durfte nicht schwach sein oder jammern, das war erbärmlich!

Sie raffte sich auf, strich den Ärmel glatt und schob mit einem Streich ihrer Hand den Schmerz von sich. Es war nichts gebrochen, also war es auszuhalten.

„Tut mir leid. Du hast mich ganz schön erwischt mit dieser … Enthüllung", sagte sie und gab sich besonders viel Mühe, ihre Stimme hart klingen zu lassen.

„Verständlicherweise", erwiderte Kielle knapp und winkte sie dann zu sich heran. „Nimm die Flamme."

Zayda stockte mitten im Gehen, nickte dann aber – auch wenn sie im Grunde keine Ahnung hatte, ob ihre Magie dafür ausreichte. Sie streckte Kielle ihre Finger entgegen und spürte sofort die magische Wärme des Feuers. Ein Strom aus Energie ging von Kielles Handfläche und den leicht gespreizten Fingerspitzen aus und floss stetig in die Flamme, um sie zu nähren.

Vor einigen Wochen hatte Izerdan ihnen diese Technik demonstriert, doch sie hatte kläglich versagt und sich nur die Finger verbrannt. Sich von den anderen heilen zu lassen, war nicht gerade spaßig gewesen, denn es war beschämend und hatte teilweise mehr geschmerzt als die Verbrennung. Aber seitdem hatte Zayda an ihrer Konzentration gearbeitet und ihre Ausdauer stetig erhöht – und war hoch motiviert, selbst heilen zu können.

Sie konnte es also schaffen. Außerdem erkannte sie an Kielles Gesichtsausdruck, dass diese jetzt keine Enttäuschung vertragen würde. Sie brauchte eine wahre Freundin, die ihr zur Seite stand.

Nach einem tiefen Atemzug verband Zayda ihre Magie mit der von Kielle, übernahm die nährende Funktion und zog das Feuer auf ihre Hand herüber. Sofort begannen ihre Finger zu kribbeln und wurden taub, doch sie schob rasch die Energie aus ihrem Arm nach und erzeugte einen dauerhaften kleinen Fluss aus Funken, der in die Flamme übergehen durfte, um sie in der Luft zu erhalten.

Zwar züngelte das brennende Licht bedrohlich und wurde mal kleiner, mal größer, aber es erzeugte ausreichend Strahlung in der Kammer, sodass Kielle tun konnte, wofür auch immer sie hier war.

Zayda trat einen Schritt zurück und beobachtete gebannt, wie Kielle ein Messer hervorzog und die Schneide durch ihre Hand zog, um sie dann rasch über das Grab zu strecken.

Eine unpraktische Stelle für solch eine Wunde, wie Zayda fand – doch sie wusste auch, dass sich Kielle heilen konnte.

Schweigend standen sie da und beobachteten, wie dunkle Blutstropfen auf die glatte Steinoberfläche des Grabes fielen und dort nach und nach eine kleine Lache bildeten. Als Kielle ihre Hand zusammenpresste, verging der Blutfluss, wie Zayda es erwartet hatte. Ihre Freundin drückte ihre Finger in das Blut, um daraus einen großen Kreis zu ziehen, der über beide Grabstätten hinwegging.

Seufzend trat sie einen Schritt zurück und lächelte dann Zayda an, die dem Ritual still beigewohnt hatte.

„Ich komme einmal im Jahr her, um mein Blutsband für das kommende Jahr zu erneuern. So will ich nie vergessen, woher ich stamme und wohin wir alle schnell gehen, wenn wir nicht aufpassen."

Zayda nickte, wagte es aber noch immer nicht, etwas zu sagen. Dass sie hier war, an diesem so intimen Ort, der die tiefsten Geheimnisse von Kielle barg, erschien ihr zu wichtig, um den Moment mit Worten zu zerstören.

„Du … du bist die Erste, die ich jemals mitgenommen habe. Ich wusste nicht, wie ich es dir sonst erklären soll."

„Du hättest es mir einfach sagen können. Jederzeit."

Kielle wischte sich die blutige Hand am Mantel ab und legte sie dann noch einmal kurz an die Kante des Steinsargs.

„Ich weiß. Aber ich wollte dich dabeihaben. Nur ein einziges Mal wollte ich nicht allein sein."

Zayda nickte und bemerkte, dass die Flamme auf ihrer Hand wild zuckte, bevor sie über ihre Fingerspitzen leckte. Sie hatte die Finger unbedacht zusammengezogen und stieß einen Fluch aus, als die Hitze ihre Haut verbrannte.

Das Feuer erlosch. Rasch machte sie einen Satz die Treppe hinauf, um ihre rote Hand in den Schnee zu stecken. Kielle folgte ihr mit einem lautlosen Lachen in der Kehle und zog die Tür zur Gruft hinter sich zu.

„Das hast du gut gemacht."

Zayda zog schmollend die Unterlippe vor. „Gut würde ich anders definieren."

„Nicht, wenn ich damit gerechnet hatte, dass du es nur die halbe Zeit durchhältst."

Zayda gab ihr einen Stoß gegen den Oberarm, den sie im selben Moment schon bereute. Ihre Hand brannte noch vom geschmolzenen Schnee, doch sie war froh, dass Kielle nicht bekümmert war oder gar weinte. Sie fühlte sich selbst gerade wieder als Herrin über ihre Gefühle, da hätte sie es nicht ertragen, wenn ihre Freundin, die schon so vieles gemeistert hatte, jetzt weinend neben dem Grab ihrer Eltern zusammengebrochen wäre.

Kielle bedeutete ihr mit einem Nicken, dass sie jetzt gehen wollte.

„Komm, unter meinem Bett wartet noch ein ordentlicher Schluck Schnaps auf uns, den ich unbedingt im Gedenken an meine Eltern vernichten möchte."

Sie stapften durch den Schnee, und eine Weile vermischten sich nur ihre Atemwolken mit dem eisigen Nebel, bevor dieser zwischen den Grabsteinen zurückblieb. Die offenen Grasflächen waren mit knirschenden Eiskristallen überzogen, und auf dem Gitter des Friedhofstors hinterließen ihre Finger leichte Abdrücke; ansonsten blieben keine Spuren ihres Aufenthalts zurück.

Der Schnee war in den meisten Straßen schon so zusammengetreten, dass zwei weitere Schuhpaare nicht weiter auffallen würden – bis es zu schneien begann.

Kielle streckte ihre Finger den Flocken entgegen und fing einige auf, doch das Schneetreiben wurde immer dichter und nahm ihnen die Sicht auf die Gassen. Überall tanzten die Flocken, umwirbelten Schenkenschilder und kalte Kohlebecken und hinterließen eine jungfräuliche Schicht auf dem Pflaster, die die Mädchen durchschritten.

Zayda genoss diese stille Winterlandschaft, in der die Stadt so völlig anders wirkte als sonst. Alles war sauber und klar, jegliche Schatten schienen zurückzuweichen, obwohl es mitten in der Nacht war. Überhaupt konnte sie so gut sehen wie sonst nie …

Als sie den Kopf zur Seite neigte, bemerkte sie Kielles Hand auf ihrer Schulter. Die Augen ihrer Freundin leuchteten gelb, wie zwei kleine Sonnen in der Nacht – und sie übertrug diese Fähigkeit auf Zayda!

Ein überraschtes Keuchen entwich ihrer Kehle. Jäh spürte sie die Magie, die sich in ihren Körper geschlichen hatte. So vertraut waren die beiden nach den vielen magischen Übungen, dass sie es erst gar nicht bemerkt hatte.

Mein Geschenk an dich. Zumindest für die nächsten paar Gassen.

Zayda strahlte und konnte danach gar nicht mehr aufhören, ihren Blick durch die Umgebung huschen zu lassen. Wie wunderbar alles auf einmal wirkte! Begeisterung erfasste ihr Herz, ließ es schneller schlagen und ihr Innerstes ganz warm werden.

Sie konnte es kaum erwarten, all die Fähigkeiten ihrer älteren Freundin zu meistern, andererseits wollte sie diesen Moment auch nicht durch ihre Ungeduld ruinieren.

Alles hatte seine Zeit, würde schon zum passenden Moment geschehen.

Sie schritt mit Kielle an ihrer Seite weiter und ließ sich von ihr leiten, während die Eindrücke dieser Nacht auf sie eindrangen. Wie unglaublich diese Sicht ihre Wahrnehmung erweiterte – und sie ablenkte.

Ein lautes Knacken hinter ihnen ließ sie heftig zusammenzucken.

„Was war das?"

Kielle horchte ebenfalls und nahm die Hand von Zaydas Schulter. Sofort fiel die Dunkelheit über sie herein, verblassten die wunderbaren Konturen der Straße, und alles wurde wieder zum üblich grauen Schneetreiben bei Nacht.

Ein Gefühl des Verlusts breitete sich in ihr aus, das jedoch von wachsender Sorge überschattet wurde. Die Nacht schien trotz des Schnees viel zu dunkel.

Zayda fühlte sich beobachtet, konnte aber nicht ausmachen, wer oder was dieses Gefühl verursachte.

Ein weiteres Knacken ertönte, diesmal sogar noch näher.

Sie klammerte sich an Kielles Arm, doch ein ungewohntes Unwohlsein machte sich in ihren Knochen breit. Etwas stimmte nicht.

Auch Kielle schien es zu spüren, doch sie runzelte die Stirn.

Ich kann nichts finden, da ist niemand … und doch …

Zayda umkrallte Kielles Hand, plötzlich zog sie sie weiter. „Weg hier", hauchte sie und rannte los.

Ihr Atem ging heftig, und ihre Füße rutschten im frischen Schnee so unkontrolliert über die Pflastersteine, dass sie mehrmals an Wände rempelten. Nur weiter, immer weiter durch die Stadt, einen Hügel hinauf, über die Kuppe, den nächsten hinab. Nach und nach kehrten sie in Bereiche zurück, die Zayda kannte, auch wenn das Viertel der Erprobung im Schneetreiben fast nicht wiederzuerkennen war.

Ihre Füße wählten den Weg von da an fast von selbst. Sie sprangen die Stufen hinauf und verfluchten den Widerhall, den ihre Schritte in den verwinkelten Gassen erzeugten. Es klang, als würden überall um sie herum ebenfalls Menschen rennen.

Mit trommelndem Herzen hetzten sie über den offenen Tempelplatz, zurück in den Sichtschutz der Gassen und weiter bis zur Schule. Schwer atmend kamen sie an dem Gemäuer an, das das Gelände umgab.

Da waren noch weitere Fußspuren im frischen Schnee, direkt an der Mauer, wo sie sich teleportiert hatten.

„Jemand war hier, Kielle."

„He", zischte ihre Freundin. „Mach dir keine Sorgen, auch an der Schule patrouillieren regelmäßig Wachen, aber ich glaube nicht, dass sie unsere Spuren bemerkt haben."

Kielle streckte ihr die Hand entgegen, und Zayda ergriff sie bereitwillig, da sie schon ahnte, was jetzt kommen würde. Sie schloss die Augen, wartete freudig auf die Magie ihrer Freundin, die sich um sie zog wie ein zuckendes Netz aus Blitzen und sie auf die andere Seite der Schulmauer riss.

„Ich *muss* das lernen!", flüsterte sie atemlos und ballte mehrmals die Fäuste, um das Kribbeln aus ihnen zu vertreiben.

Sich innerhalb der Mauern wiederzufinden, erfüllte Zayda mit einem unerwarteten Gefühl der Geborgenheit. Die Schule war mittlerweile zu ihrem Zuhause geworden, auch wenn sie sich gelegentlich in ihr eingeschlossen vorkam.

„Werden wir verfolgt?", flüsterte Zayda leise und drückte sich gemeinsam mit ihrer Freundin an die Mauer. Sie war froh, das dicke Gestein im Rücken zu haben anstelle von nebelverhangenen Gräbern oder schneeverwehten Gassen, in denen sich wer weiß was herumtrieb.

„Niemand würde es wagen, in Meister Izerdans Schule einzudringen. Nicht ohne Erlaubnis."

„Wir haben uns gerade eben hinaus- und wieder hineingetraut", wandte Zayda skeptisch ein und warf einen Blick zur Oberkante der Mauer. Sie war so hoch, dass man unmöglich darüber springen könnte. Außer mit Magie vielleicht.

„Komm schon, seien wir froh, dass uns niemand entdeckt hat! Wir haben es geschafft! Jetzt los."

Kielle grinste sie an und lief los.

Vergessen war der kurze Anflug von Sorge und Bedrohung.

Vergessen war die erschütternde Enthüllung, dass Kielle eine Waise war.

Und dass außer den Meistern anscheinend niemand davon wusste. Nur Zayda.

Nachdem sie sich den Mantel von den Schultern gestreift und sich ins Bett gekuschelt hatte, fragte sie sich, welche Geheimnisse die Schule wohl noch hütete.

Oder die anderen Novizen.

Ein Rumpeln an der Tür riss Zayda aus ruhigen Träumen. Stöhnend vergrub sie ihr Gesicht im Kissen. Nach der letzten Sonderübung mit Izerdan fühlte sie sich völlig ausgelaugt, und ihr Kopf dröhnte noch von den geistigen Manipulationen.

„Oh Kielle, nicht schon wieder …"

Doch es war ganz sicher nicht ihre Freundin, die sie da an der Schulter packte und zum Aufsitzen zwang. Wütend und noch immer verschlafen blinzelte sie in Perkirs Gesicht.

„Was mach…"

„Wo ist er?", unterbrach er sie laut.

„Wen meinst du denn?", rief jetzt auch Kielle, die wohl von dem Tumult aufgewacht war.

„Jelak! Er ist nicht zu unserer gemeinsamen Elementarübung aufgetaucht."

„Bei Kalarati! Was hat das denn mit uns zu tun?"

„Ich weiß, dass ihr Miststücke etwas geplant hattet!"

Während er Zayda noch schüttelte, gab Kielle ein Zischen von sich. Perkirs verkrampfte Hand verschwand von Zaydas Schulter, als er plötzlich zurückgezogen wurde.

An seiner statt erschien nun der größere Umriss Izerdans im Gegenlicht der offenen Tür.

„Was ist hier los? Warum stört ihr die Nachtruhe?"

„Perkir ist hier einfach …", setzte Zayda an, verstummte aber rasch wieder. Der Meister hatte den Novizen ins Auge gefasst, und etwas an seinem leuchtenden Blick sagte ihr, dass er jetzt keine Regelverstöße mehr tolerieren würde.

„Ich kann Jelak nirgendwo finden", fing Perkir an. „Und ich weiß, dass die beiden ihm einen Streich spielen wollten, dass sie ihn wegsperren wollten!"

Kielle sah im Halbdunkel so überrascht aus, wie Zayda sich fühlte. Diese Idee war Wochen alt und aus einem Gespräch heraus entstanden, nachdem Jelak einmal wieder nichts Besseres zu tun gehabt hatte, als sie zu beleidigen. Sie hatten sich ausgemalt, wie man einen Novizen wohl in den Gewölbekellern der Schule einsperren könnte – ein Ort, den Zayda bisher nur einmal durch ein Gitter gesehen hatte und der von den Schülern mit vielen Schauergeschichten ausgeschmückt wurde.

Woher wusste Perkir überhaupt davon? Anscheinend war Kielle nicht die Einzige der älteren Novizen, die ihre Ohren zum magischen Lauschen nutzte.

„Das war nur eine dumme Idee, die wir einmal hatten, Meister. Jelak hatte mich bei einer Meditationsübung immer wieder absichtlich aus dem Gleichgewicht gebracht und … nun, der Keller schien der passende Ort für den Drecksk…" Sie brach ab, konnte aber deutlich sehen, wie Kielle hinter Izerdans Rücken über ihre Wortwahl grinste.

„Ihr habt den Plan nicht ausgeführt, wie es mir scheint", wandte der Meister nach einem Moment des Schweigens ein. Zayda nickte hastig und war das erste Mal seit Langem froh, dass sie dem Meister nicht den Zugang zu ihren Gedanken verwehren durfte.

„Habt ihr sonst etwas mit ihm vorgehabt? Oder eine Ahnung, wo er stecken könnte?"

„Nein, Meister. Wir waren nur sauer auf Jelak. Das war nur dummes Gerede mit dem Keller, versprochen. Wir ..."

Wir würden mit so einer Dummheit nicht unseren Platz in Eurer Gruppe riskieren, Meister.

Izerdans ernste, gelb leuchtende Augen ruhten noch einen Moment auf ihr, ehe er nickte. „Schlaft jetzt wieder."

„Aber", setzte Perkir an, wurde jedoch vom Meister scharf unterbrochen. Zayda spürte die Magie, die prickelnd in der Luft schwebte, drohend und lauernd. Etwas hatte den Meister gereizt, das war mehr als deutlich. Doch hätte diese kurze Auseinandersetzung dafür gereicht?

Nein, ihn beschäftigte etwas anderes. Hatte es vielleicht mit den Aufgaben zu tun, die er in der Stadt zu erledigen hatte?

Er warf ihr einen drohenden Blick zu, bevor er Perkir aus der Kammer schob und die Tür polternd ins Schloss fiel.

Kielle rieb sich die Augen, ließ sich dann aber wieder auf ihr Laken sinken. „Was sollte das denn?"

„Hoffentlich erfahren wir es morgen", murmelte Zayda.

„Und hoffentlich bekommt Jelak richtig Ärger, weil er verschwunden ist."

Zayda schmunzelte.

„He, ich dachte, ich wäre für die Wut auf den Mistkerl zuständig."

„Es geht um Solidarität, Schwester."

Zayda starrte lächelnd hinauf an die Decke, während sie die Worte im Geiste wohlig wiederholte.

... um Solidarität, Schwester ...

Nach einer unruhigen Nacht, in der immer wieder überraschend Lärm durch die Gänge der Schule gehallt war, herrschte beim Frühstück im Speisesaal gedrückte Stille.

Niemand hatte viel geschlafen. Dank Perkir wussten alle, dass Jelak verschwunden war – und ebenfalls dank ihm schien Meister Izerdan besonders lange zu warten, bis er sich an die versammelten Novizen wandte.

Er erhob sich langsam von seinem Sitz, und eine Aura der Erschöpfung umgab ihn. Plötzlich schlug er einmal mit der flachen Hand auf den Tisch.

Zayda legte ihren Löffel ab und schluckte den Haferbrei möglichst lautlos hinunter, während der Blick des Meisters sie streifte. Er schien ein Talent darin zu haben, dass sich jeder beobachtet fühlte und man sich dennoch absolut sicher war, dass er explizit einen selbst am allermeisten taxierte.

„Wie ihr alle sicherlich schon wisst, ist einer der Novizen … abhandengekommen. Ich möchte euch alle bitten, in diesen Vorfall nicht mehr hineinzuinterpretieren, als angemessen ist. Es gab Fälle wie diesen zuvor, und es wird sie zweifelsohne wieder geben. Junge Liebe oder die Versuchung durch andere Abenteuer locken Magier fort, ehe sie ihre Ausbildung beendet haben. Wisset, dass es Konsequenzen für Jelak haben wird, sich unerlaubt vom Gelände der Schule zu entfernen. Dies gilt auch für jeden von euch, der ihm geholfen hat oder zurzeit etwas über seinen Aufenthaltsort verschweigt. Soweit mir bekannt ist, gab es keinen tragischen Vorfall, der sein Fehlen erklären würde. Falls ihr mich vom Gegenteil überzeugen könnt, bitte ich euch, nach dem Essen mit mir zu sprechen. Der Unterricht wird wie gewohnt fortgeführt."

Der imposante Redeschwall brach so unmittelbar ab, dass die Stille über die Schüler schwappte und sie unvorbereitet zurückließ.

Kielle und Zayda wechselten einen ratlosen Blick, dann erhoben sie sich fast zeitgleich und brachten ihre Schalen in die Küche.

Ihre Freundin legte das Besteck und ihre Schüssel neben den Waschtrog und nickte zurück in den Saal.

„Das wird sicherlich *aaalle* dazu bringen, ihm ihre Geheimnisse anzuvertrauen."

„Als ob es jemand hier wagen würde, Izerdan etwas zu verschweigen."

Kielle schnaubte. „Du wärst überrascht."

Zayda schwieg, bis sie den Saal verlassen und einen leeren Gang erreicht hatten.

„Er weiß das von dir … von deinen Eltern."

Kielle beugte sich näher zu ihr, bis ihre Gesichter sich fast berührten. „Aber ansonsten weiß es niemand, und das soll auch so bleiben … und es bedeutet nicht, dass er über alles immer Bescheid weiß. Selbst Meister Izerdan hat seine Grenzen. Das sieht man auch jetzt bei Jelak. Er verliert die Kontrolle, und wir müssen es jetzt ausbaden."

Zayda nickte langsam.

Jelak.

Sie hatte sich ständig den Kopf über ihn zerbrochen, aber nicht die richtigen Fragen gestellt. Ihr Bauchgefühl sagte ihr, dass er nicht einfach nur abgehauen war – doch im Grunde kannte sie ihn gar nicht und konnte kein bisschen einschätzen, wie er sich verhalten würde.

In ihrer dummen Arroganz war sie einfach davon ausgegangen, dass die Familien aller Novizen so waren wie ihre: intakt und von den vielen Regeln des Volkes diktiert.

Doch Kielle hatte überhaupt keine Familie und sich all die Monate nichts anmerken lassen. Wer sagte ihr, dass bei Jelak nicht auch so etwas dahintersteckte? Vielleicht lebte seine Familie ja nicht mal in der Stadt, sondern irgendwo im Hochland?

Nein, sie lebten hier, es musste so sein. Er war auch mindestens einmal pro Woche abends für eine Weile verschwunden und hatte sich anschließend besonders seltsam verhalten. Das traf allerdings auch auf sie selbst zu, wenn ihre Mutter wieder einmal ihre Träume zerpflücken wollte.

„Kennst du ihn?", fragte Zayda unvermittelt und sorgte dafür, dass Kielles Schritte kurz unregelmäßig wurden.

„Hm? Wen?"

„Na, Jelak. Kennst du ihn? Ich meine wirklich. Nicht nur den gemeinen Kerl aus den Unterrichtsstunden."

„Ich weiß nicht. Was willst du denn wissen?"

„War er anders, bevor ich herkam? Also … ich frage mich, ob sein Verhalten ausschließlich mit mir zu tun hat."

Kielle zögerte, bevor sie die Stirn runzelte und antwortete: „Die ersten paar Monate ist er mir, ehrlich gesagt, kaum aufgefallen. Hat lange gebraucht, um das erste Mal überhaupt mit mir in einer Prüfung zu enden. Vorher hat er seine Fähigkeiten im mentalen Angriff geübt und dann noch in Heilung …"

„Heilung?" Zayda zog überrascht eine Augenbraue hoch. Es wollte so gar nicht in ihr Bild von ihm passen, dass er jemandem etwas Gutes tun könnte.

„Hat er dich mal geheilt?"

Kielle lachte leise. „So weit kommt es noch."

„Und wie war sein Verhalten da? Bei der Prüfung?"

„Ach, er war schon öfter ein Idiot, auch zu anderen jüngeren Mädchen. Manchmal ist er launisch, manchmal schweigsam. Man weiß nie so recht, woran man ist, und erfährt kaum etwas."

„Aber er muss doch auch mal etwas von sich erzählt haben? Von seiner Familie?"

„Hat er dir gegenüber doch auch nie, oder?", erwiderte Kielle mit einem Achselzucken. „Warum interessiert dich das plötzlich? Vermutlich hat er sich mit alten Freunden getroffen – mit welchen, die in der Kriegerausbildung sind –, und die haben ihn abgefüllt. Er wacht in irgendeiner Gasse oder einem Keller wieder auf und hat einen mächtigen Schädel. Dann kommt er mit gesenktem Kopf zurück und bittet den Meister um Vergebung."

„Hm."

„Das gefällt dir vielleicht nicht, aber viele hier halten es mit ihren privaten Dingen wie ich mit Onkel Oyrans gutem Schnaps: Wir halten alles gut versteckt und geben fast nichts preis. Verbündete zu wählen, ist eine hohe Kunst, und manche von Izerdans Schülern bleiben nur einen Sommer, manche zwei oder drei, aber viele sind eben nur hier, um ihr Ansehen zu verbessern. Man muss es gut abwägen, mit wem man sich vertraut machen möchte, bei wem sich die Mühe lohnt."

Zayda warf ihr einen prüfenden Blick zu und entschied sich dann, ihre aufkeimende Unsicherheit nicht zuzulassen. Sie musste nicht mehr anzweifeln, ob Kielle eine loyale Freundin sein würde.

Nicht seit der Nacht auf dem Friedhof.

Dennoch konnte sie nicht verhindern, dass sie sich weitere Fragen über Jelak stellte, während der Tag langsam verstrich.

Am Abend zitterten ihr die Knie von den anstrengenden Übungen, durch die Izerdan sie gehetzt hatte. Er war – wenig überraschend – noch unerbittlicher in seinen Forderungen und so streng, dass kaum einer der Novizen den Nachmittag ohne ernsthafte Blessuren überstand.

„Er lässt seinen Frust an uns aus", meinte Zayda und erntete einen schiefen Blick von Kielle, während sie ihre schmerzenden Arme in das kalte Wasserbecken im Innenhof tauchten.

„Stellst du gerne das Offensichtliche fest?"

„Ach komm, sag mir nicht, dass es dich nicht auch stört. Jelak war vermutlich wirklich mit seinen Freunden trinken, und wir werden dafür abgestraft."

Sie zischte laut mit zusammengepressten Zähnen, als das eiskalte Wasser in ihre Haut biss. Die Muskeln an ihren

Unterarmen zuckten, doch der anfängliche Schmerz verging rasch, und die Kälte tat unglaublich gut.

Sie konnte sich nicht daran erinnern, wann ihr jemals die Arme so geschmerzt hatten. Wer hatte sich überhaupt diesen Unsinn ausgedacht, Flammen zu erschaffen und sie dann in einem Kraftakt gegen den anderen zu drücken? Jedes Mal war ihr der Schweiß ausgebrochen, wenn Kielle oder ein anderer Schüler den Flammenball in ihrer Mitte erzeugt hatte, um ihn in der Luft hin und herzuschieben.

Die feinen Härchen auf ihren Armen würden sicherlich nicht mehr nachwachsen, und die Augenbrauen hatte sie nur mit sehr viel Glück behalten.

„Es sollte verboten gehören, seine Novizen so zu quälen", maulte sie dennoch weiter, und Kielle lachte.

„Zayda, die großen Magier der Ratken wurden nicht mit Umarmungen und netten Worten geformt. Stählerne Härte wird eben nur durch stählerne Härte erzeugt. Sollte eine Kriegerin das nicht wissen?"

Zayda lächelte schief und spürte dabei, wie ihre Zunge über die spitzen Zähne glitt. Kielle hatte ja recht – sie fühlte sich tatsächlich um einiges stärker, seitdem sie der Schule beigetreten war. Und wenn Izerdan nicht gerade wütend wegen ihrer Streitereien oder Misserfolge war, hatte er sogar gelegentlich Freundlichkeit gegenüber der Herrschertochter gezeigt.

Allerdings nie, wenn andere Schüler zugegen waren.

Eigentlich mochte er sie. Aber es störte ihn, dass sie für Unruhe sorgte – und dass sie vielleicht etwas mit Jelaks Verschwinden zu tun haben könnte.

In diesem Moment reifte ihr Entschluss.

„Ich muss mit Perkir sprechen. Es war nicht in Ordnung, was er in der Nacht gemacht hat. Uns so anzuprangern."

Kielle zuckte wenig beeindruckt mit den Schultern.

„Er und Jelak sind Freunde. Und du weißt mittlerweile, wie kostbar das hier ist."

„Noch kostbarer ist es für mich, nicht mehr fälschlicherweise beschuldigt und bestraft zu werden. Wenn ich Jelak finden würde, wäre das alles vorbei."

Kielle sah sie mit hochgezogener Augenbraue an, sagte jedoch nichts mehr. Stattdessen rieb sie sich den restlichen Ruß von den Armen und trocknete sich an ihrem Mantel ab.

Zayda tat es ihr gleich, war aber weniger gründlich und verschmierte nasse Asche auf dem Stoff. Ihre Haut schmerzte noch an einigen Stellen, wo sich rötliche Verbrennungen zeigten. Sie sehnte sich danach, endlich das Heilen zu lernen.

Statt zu jammern, brach sie auf und machte sich auf die Suche nach Perkir. Er würde mehr wissen. Er musste es einfach, auch wenn sie eigentlich nichts weniger gern tat, als sich mit dem nervigen Jungen herumzuschlagen.

Vor dem Abendessen war sie nicht erfolgreich; Perkir hatte sich irgendwo verzogen und saß dann im Speisesaal bei den anderen Älteren, zu denen Zayda sich nicht wirklich traute.

Wenn sie ihn konfrontieren wollte, musste sie ihn allein erwischen.

Also aß sie, wenig verwundert über die Stille im Saal. Alle waren erschöpft, und einige wiesen deutliche Blessuren auf; nachdem die meisten ihre Portionen vertilgt hatten, machte Meisterin Cara eine schweigsame Runde und heilte die ernsthaften Verletzungen.

Zayda beobachtete neugierig, was sie tat und ob sie irgendwann erschöpft wirkte. Fast war sie enttäuscht, selbst keine größere Wunde nach den Übungen vorweisen zu können, um sich von der Meisterin heilen zu lassen.

Bisher hatte sie kaum Unterricht bei ihr gehabt, sondern war fast jeden Tag von Izerdan in Beschlag genommen worden. Konnte sie einfach zu ihr gehen und sie darum bitten, ihr Lektionen über das Heilen zu erteilen?

Noch während sie sich darüber Gedanken machte, stand Kielle auf und verabschiedete sich von ihr. Zayda blieb sitzen, stocherte lustlos in den Resten auf ihrem Teller herum und schielte immer wieder unauffällig zu Perkir und den anderen jungen Männern hinüber.

Erst als diese sich erhoben, brachte sie rasch ihr Geschirr weg und nickte der jungen Frau in der Küche kurz zu. Nicht zum ersten Mal war sie froh, dass ihre Eltern es Izerdan untersagt hatten, sie für die Küchenarbeit einzuteilen.

Es separierte sie wieder einmal von den anderen, machte sie noch ein Stück mehr zu einer Außenseiterin, aber es verschaffte ihr auch angenehme Freiheiten, da eine Herrschertochter nun einmal nicht arbeitete.

Außerdem war sie nicht die Einzige, die kaum mit den anderen sprach oder sich einordnete. Mit mehreren der Älteren hatte sie noch nie ein Wort gewechselt, doch sie schienen auch sonst mit kaum jemandem Kontakt zu pflegen, sondern verbrachten jede freie Minute in der Bibliothek oder mit den Meistern.

Anders Perkir, der sich an die anderen Jungen hielt und mit ihnen in den Innenhof zu der Eiche ging. Zayda entschied sich bewusst für einen anderen Weg und setzte sich auf eine der Bänke am überdachten Rundweg, der den Innenhof säumte. Sie zog eine Schriftrolle aus ihrer Tasche, vermochte aber im flackernden Fackellicht nicht wirklich viel zu erkennen. Doch das war nicht wichtig. Perkir beachtete sie überhaupt nicht und konnte daher wohl kaum wissen, ob sie ihre Sicht bereits mit Magie verbessern konnte oder nicht.

Sie rollte also das Pergament auf und tat beschäftigt, während sich in ihrem Inneren eine wachsende Unruhe ausbreitete. Vergeudete sie gerade einfach nur ihre Zeit?

Doch sie hatte Glück: Tatsächlich verabschiedeten sich die anderen, und Perkir lief schließlich allein in ihre Richtung. Er ignorierte sie auch, als sein Mantel ihre Knie streifte und sie aufsprang und ihm nachrief.

„He, warte doch kurz!"

Perkir rieb sich die Nasenwurzel und stöhnte, blieb jedoch am Eingang zum nächsten Gang stehen. „Zayda, ich habe gerade wirklich keinen Nerv dafür."

Sie schob die Tür zum Innenhof zu, und sie waren definitiv allein. „Das ist mir so was von gleich. Du hast es gewagt, eine van Dymar zu beschuldigen!"

„Rennst du deswegen jetzt zu deinen Eltern?"

„Ich will einfach nur, dass Jelak wieder auftaucht und meine Ausbildung nicht länger gestört wird."

„Er wird sich sicherlich tausendfach dafür entschuldigen, die ehrwürdige Zayda behindert zu haben", meinte er sarkastisch und wandte sich zugleich zum Gehen.

„Du bist ein Idiot. Nur weil du mich nicht leiden kannst, musst du doch nicht meine Suche nach ihm sabotieren! Ich will, dass sich das alles aufklärt."

„Das hat nichts damit zu tun, dass ich dich nicht mag, Zayda. Jelak hat sicher seine Gründe, und diese respektiere ich – aber du hast ihn nie respektiert."

Zayda spürte, wie eine bekannte Wut bei dem Thema in ihr hochstieg. Wovon redeten diese beiden Kerle denn nur immer? Sie hatte so die Nase voll von all diesen wirren Andeutungen und vagen Formulierungen. Würde ihr ganzes Leben aus so einem Mist bestehen? Sie wollte einfach Klarheit und ihre Ruhe!

„Gründe? Mich nicht zu mögen? Oder redest du von dem Grund für seine Abwesenheit?"

„Ich – weiß – nicht – wo – er – ist!", rief er da plötzlich lauter und schlug mit der flachen Hand an die Mauer links neben Zaydas Kopf, nur um dann zu fluchen. „Verdammt!"

Mit einem Mal wurde ihr bewusst, um wie viel größer er war. Seine Brust hob und senkte sich direkt vor ihrem Gesicht, doch sie widerstand dem Drang, ihn von sich wegzustoßen wie zuvor Jelak. Sie musste etwas an ihren Reaktionen ändern, wenn sie andere Antworten wollte.

„Hör zu, es tut mir leid, falls er dich nicht mitgenommen hat. Kielle meinte, dass die Älteren sich gelegentlich davonschleichen, um etwas zu trinken … vielleicht wollte er allein gehen und hat sich irgendwie Ärger eingehandelt?"

Er machte einen Schritt zurück, und sie atmete befreit auf, als sie erkannte, wie sehr ihn ihre bedachte Reaktion irritiert hatte.

„Wir waren bisher immer zusammen unterwegs!", erwiderte er in einem verteidigenden Ton, in dem auch ein Hauch Beleidigung mitschwang.

„Wenn er dich *nicht* mitgenommen hat … wo könnte er dann sein? Bei seiner Familie?"

„Glaubst du etwa, da hätte Izerdan nicht zuerst nachgefragt? Was denkst du denn, warum er alles durchsuchen lässt? Sie haben ihn auch seit Tagen nicht gesehen. Er ist einfach weg."

„Und wann …"

„… ich bemerkt habe, dass er fehlt? Bei Kalarati, Zayda, du bist schlimmer als die schwarze … Wenn du es unbedingt wissen willst: Ich war eine Nacht auch nicht da. Er könnte also eigentlich schon länger weg sein, immerhin haben wir nicht alle Übungen zusammen. Er sollte eigenständig einiges lernen, und ich war …"

„Du hast das Schulgelände also wirklich verlassen?"

Zayda konnte nicht umhin, einen etwas übertriebenen Vorwurf in ihren Ton zu legen. Immerhin wusste er nicht, dass sie des gleichen Verbrechens schuldig war – und umso mehr genoss sie es, ihm das vorzuwerfen.

Tatsächlich wirkte er einen Moment unsicher, bevor er böse wurde.

„Falls du es unbedingt wissen willst: Ich war bei einem Mädchen. Einem sehr hübschen, reifen Mädchen … davon gibt es hier nicht gerade viele. Besonders nicht in diesem Augenblick."

Falls er ihr das nur erzählte, um sie zu demütigen, würde das nicht funktionieren. Was interessierten sie Männer und deren Begehren?

„Sonst noch was?", fragte sie und stemmte dabei die Hände in die Seiten. „Kannst du nur um dich schlagen und mir wirklich nichts Nützliches über Jelak sagen? Um den geht es hier doch eigentlich."

Perkir knirschte mit den Zähnen. „Was willst du von mir hören? Ich teile mit ihm ein Zimmer, wir halten uns den Rücken frei – aber er hatte manchmal sehr seltsame Phasen. Ich habe ihn fast nicht wiedererkannt."

„Wie ... seltsam?"

Perkirs Gesicht wurde verschlossen, als er erkannte, dass er ungewollt etwas preisgegeben hatte.

„Du solltest dich um deine Angelegenheiten kümmern, kleine Dymar. Ich wette, die sind alle unglaublich wichtig."

„Hat Jelak dir beigebracht, so unverschämt zu einer Herrschertochter zu sein?", platzte Zayda da heraus. „Nicht, dass es mich stören würde, denn dein Leben und dein späterer Rang sind mir vollkommen egal. Ich frage mich nur, ob er dir als Vorbild für solche Dummheit gedient hat."

Er ballte die Fäuste.

Es ist genug, Dymar-Dreck!, schrie er so laut in Gedanken, dass sie gar nicht anders konnte, als es zu hören. Im nächsten Moment stieß sein Arm nach vorn.

Zayda reagierte instinktiv, bevor sie realisieren konnte, dass er wieder auf die Wand zielte und nicht auf sie. Er wollte nur seine Muskeln spielen lassen, aber ihre Magie schoss bereits durch ihre Hände auf ihn zu. Ihr Arm zuckte, die Finger drückten sich wie in Zeitlupe an seine Stirn, und es war zu spät.

Dunkle Geheimnisse

Ihre Magie riss sie aus der realen Wahrnehmung. Die Funken, geladen von Zorn und auch etwas Angst, klammerten sich an seine Gedanken und ließen sie nicht mehr los.

Ihr Blick verschwamm, fokussierte sich dann auf eine schwarze Wand, die in Wahrheit gar nicht da sein konnte.

Perkir stand noch vor ihr oder etwa nicht?

Sie spürte seinen schwelenden Zorn über die Situation, aber dahinter brodelte etwas, das viel tiefer ging.

Einen Moment lang wollte sie zurückweichen, ihre Magie zurückziehen und von ihm ablassen, dann erinnerte sie sich jedoch an den Augenblick, als sie in Jelaks Unterbewusstsein eingedrungen war. Es hatte ihr vieles verraten.

Vielleicht zu viel.

Die Magie drängte vorwärts, ging wie ein stetiger Strom auf Perkir über und öffnete seinen Kopf wie ein großes Buch.

Sie sah die letzten Momente aus seiner Perspektive und erschrak über ihren eigenen Anblick. Die Haare hingen ihr in Strähnen ins Gesicht, sie war verschwitzt, und Ruß klebte auf ihren Wangen, was sie düster und mager aussehen ließ.

Doch da lag auch eine Entschlossenheit in ihren gelben Augen – bevor ein helles Blitzen durch sie zuckte und ihm die Sicht raubte.

Doch mit der Schwärze kam keine Ruhe, sondern ein Sturm an Gedanken und zusammenhanglosen Bildern.

Beißend gruben sich ihre Funken tiefer in seinen Verstand und fanden zielsicher eine Erinnerung, die sie zu sich rief. Sie spürte ihren Namen, den ihrer Familie … und aus der Dunkelheit schälten sich einzelne Schemen.

Zuerst sah sie keine Gesichter, aber sie erkannte Perkirs Stimme.

Ihm gegenüber standen mehrere Männer, die erst nach und nach an Konturen gewannen. Der direkt vor Perkir musste sein Vater sein, sie hatten dieselbe hohe Stirn und breite Nase. Auch die Stimme ähnelte der des Sohnes, sie klang nur tiefer … und was da gesprochen wurde, erzeugte ein mulmiges Gefühl in Zaydas Bauch.

„Ich sage dir, bald ist es genug. Balzayd und seine ganze Sippe!"

„Was meinst du?", fragte Perkir, und seine Stimme hallte in Zaydas Ohren wider.

„Das Regime funktioniert nicht, so einfach ist es."

„Und das aus deinem Mund, Vater? Du bist doch einer seiner Berater!"

„Ich verstehe einfach nicht, warum sie alle so blind die Gesetze von Zayd fortführen. Wir sind hier nicht im Hochland – gemäßigtere Gesetze könnten so viel bewirken!"

„Der Handel würde viel besser florieren!", kommentierte ein Dritter im Hintergrund.

Allmählich wurde die Erinnerung noch deutlicher. Zayda erkannte einen schummrigen Raum, in dem mehrere Sessel standen. Ein rauchiger, würziger Geruch hing in der Luft, den sie nicht einordnen konnte – genauso wenig wie die anderen Anwesenden.

Perkir blickte sich nicht viel um, fixierte mit großem Interesse seinen Vater, den Zayda jetzt auch wiedererkannte. Es war Volutan, einer der externen Berater ihres Vaters! Sie hatte ihn nur selten gesehen, häufig wurden lediglich Boten in seinem Namen zum Anwesen geschickt, die irgendwelche Berichte überbrachten.

Sie hatte sich bisher nicht wirklich für die Wirtschaft in der Stadt interessiert, im Gegensatz zu diesen Männern hier.

„Wieso schlägst du ihm nicht vor, dass den anderen Völkern der Zugang erleichtert werden sollte?", fragte Perkir auf einmal.

Volutan schlug mit der flachen Hand auf den niedrigen Tisch in der Mitte der Sitzgruppe.

„Balzayd beleidigt mich schon seit Monaten damit, dass er mich zu keiner der Versammlungen einlädt. Er will meine Vorschläge nicht hören – und ich will sie nicht länger unterbreiten."

„Was ..."

Sein Vater warf einen langsamen Blick in die Runde, bevor ein grimmiges Lächeln auf seinen rauen Lippen auftauchte. „Wenn er nicht bald etwas ändert, werden wir es tun."

Nein!

Einen Moment lang war Zayda in Versuchung, ihre neu erlernten Fähigkeiten an ihm zu testen. Sie müsste nur noch einmal hineintauchen und ihn manipulieren ... doch was würde es ändern? Volutan wäre noch immer ein Verräter. Außerdem hatte es Izerdan ausdrücklichst verboten.

Zayda riss sich los und brach den Fluss aus Magie ab. Sofort verblasste die Szene und wich dem Gang in der Schule.

Zischend stolperte sie zurück und konnte einen Moment lang nur heftig atmen, während sie und Perkir beide kraftlos an den gegenüberliegenden Mauern zu Boden rutschten.

„Wenn du ... noch *einmal* ... unverschämt zu mir ... bist!", setzte sie atemlos an und riss sich dann zusammen, um seinen huschenden Blick einzufangen. „Noch einmal! Dann werde ich deine ganze Familie ans Messer liefern."

Er öffnete den Mund, zitterte mindestens so sehr wie sie und ballte die Fäuste.

„Nicht! Kein Wort mehr! Und wehe, du erzählst jemandem davon!"

Sie rappelte sich auf, strich mit den Fingern tastend am Gemäuer entlang und hastete davon.

Zayda konnte sich nicht daran erinnern, wann sie jemals so hellwach und müde zugleich gewesen war. Sie hatte sich in ihr Bett verkrochen, ohne den restlichen Ruß abzuwischen oder ihre

Kleidung wegzuräumen, und war einfach nur froh, sich die Decke über den Kopf ziehen zu können, bevor Kielle den Raum betrat.

Sie verschloss ihren Geist, schirmte ihre Gedanken ab und blieb ganz ruhig liegen, während die Fragen in ihrem Kopf heulten wie ein elendes Wolfsrudel, das nie mehr verstummen wollte.

Auch nachdem Kielle sich schweigend hingelegt hatte und schon eine ganze Weile leise schnarchte, hatte Zayda noch keine Vorstellung davon, was sie mit den Informationen aus Perkirs Kopf anstellen sollte.

Natürlich wäre es ihre Pflicht als gute Tochter, sofort zu ihrem Vater zu eilen und alles zu berichten, aber vermutlich würde es die Liste an Komplikationen, die sie bisher heraufbeschworen hatte, nur verlängern.

Eines nach dem anderen. Zuerst muss ich herausfinden, was mit Jelak geschehen ist – und jetzt habe ich Perkir in der Hand!

Über all den Fragen und neuen Erkenntnissen durfte Zayda jedoch nicht ihre Ausbildung vergessen. Irgendwann schlief sie vor Erschöpfung ein und wurde von Kielle geweckt.

„Alles in Ordnung bei dir?"

„Nein. Aber ich muss das allein klären, tut mir leid."

Zu ihrer Erleichterung war Kielle nicht eingeschnappt, sondern nickte einfach und ließ sie in Ruhe.

Sie frühstückten in der Halle, die noch immer von Schweigen beherrscht wurde – und Jelaks leerer Platz schien wie eine düstere Drohung zwischen ihnen allen zu stehen.

Genau in diesem Moment stand Izerdan am erhöhten Tisch auf, doch es folgte keine weitere Ansprache. Das erste Mal in all den Monaten, die Zayda ihn jetzt schon kannte, wirkte der Meister ausgelaugt. Dunkle Ringe hatten sich unter seine gelben Augen gelegt, die in letzter Zeit kaum noch an helle Bronze erinnerten.

Er ließ seinen Blick kurz über die versammelten Novizen gleiten, dann fasste er Zayda ins Auge. Sein Geist strich deutlich an ihrem entlang.

Folge mir.

Zayda schluckte, ließ ihre Schale bei Kielle stehen und beeilte sich, den Meister am Ausgang der Halle wieder einzuholen.

Bevor sie fragen konnte, was er wollte, deutete er den Gang entlang. „Wir gehen in den kleinen Innenhof, und du wirst mir deine Fortschritte mit dem Wasser demonstrieren."

„Was ist mit den anderen?"

Izerdan schmunzelte kurz. „Du kannst nichts akzeptieren, ohne es zuvor zu hinterfragen, oder?"

„Nein, Meister."

„Nun, du bist nun schon seit fast einem halben Jahr hier, und auch wenn deine Fortschritte noch zu wünschen übrig lassen, wird es Zeit für private Übungsstunden. Dein Vater hat mich darum gebeten, möglichst bald damit zu beginnen."

Vater hat um Privatunterricht für mich gebeten? Wie viel er dafür wohl bezahlen muss?

Das musst du ihn wohl selbst fragen.

Zayda zuckte zusammen, als Izerdans Stimme in ihrem Kopf widerklang. Nach all den Monaten hatte sie sich noch immer nicht daran gewöhnt.

Sie presste die Lippen zusammen und schwieg, bis sie die Mitte des verschneiten Innenhofs erreicht hatten, der ansonsten verlassen dalag.

Mit pochendem Herzen zeigte sie Izerdan ihre Fortschritte in der Elementarkontrolle und dankte im Stillen ihren Brüdern. Sie packte die festgetretene Mischung aus Schnee und Eis mit ihrer Magie, bevor Izerdan sie zu etwas aufgefordert hatte.

Er stand einfach nur ihr gegenüber und observierte jede ihrer Bewegungen mit seinen glühenden Augen.

Mit einem Wink ihrer Hand zog sie das Eis in die Höhe und zwischen ihre Gesichter – bis er sie nicht mehr sehen konnte, weil eine so große Masse zwischen ihnen schwebte.

„Was sollen diese Betrügereien, Zayda?"

Sie erstarrte, und das Eis zerbröckelte noch in der Luft, bevor der Fokus ebenfalls aus ihren klammen Fingern fiel.

„Wie meint Ihr, Meister?"

„Dieses Umgehen meiner Anweisungen. Ich dulde so etwas nicht. Du solltest Wasser kontrollieren. Den Weg eines Meistermagiers bestreitet man nicht, indem man sich um schwierige Aufgaben windet wie eine kleine Schlange."

Zayda lächelte schief, als er sie so offensichtlich provozieren wollte. „Aber Meister, Eis und Schnee sind doch Wasser. Sollte ich nicht flexibel sein, als Magierin? Nur so habe ich Jelak besiegt, indem ich mir etwas Neues ausgedacht habe."

Sie wagte es, den Blick von Izerdan abzuwenden, und sandte wiederum ihre Magie aus. Ihre Funken schossen in die Tiefe, fraßen sich in die eisige Kälte und hoben die Eisbrocken an. Sie streckte ihre Finger danach aus, ließ die Klumpen auf ihre Handfläche schweben und drückte sie in Gedanken zurecht. Das Eis knackte und knirschte, während es sich verformte und langsam die Gestalt einer Halbkugel annahm. Kaum fertig erstarrt, jagte sie noch mehr Energie hinein und ließ die Mitte schmelzen, bis sich eine wassergefüllte Eisschale bildete.

Die Wärme wich aus ihren Armen, ließ ihre Finger ganz steif werden, doch sie hörte nicht auf, bis das Innere mit schwappendem Wasser gefüllt war, das ein wenig dampfte.

„Seht ... Ihr?", rief sie atemlos. „Wasser ... ich kontrolliere ... Wasser."

Als sie ihm die Schale hinstreckte, lächelte er tatsächlich.

„Du lässt dich niemals unterkriegen, das muss man dir lassen, Zayda van Dymar."

Sie stutzte und hätte beinahe das Eis fallen lassen. Hatte sie tatsächlich gerade eine Art Gefecht gegen Izerdan gewonnen? Bevor sie jedoch etwas fragen konnte, ruckte sein Kopf etwas zur Seite, und sein Blick wurde wieder todernst.

„Ich möchte, dass du den Rest des Nachmittags mit Meditation verbringst. Ich weiß, dein Vater hat darum gebeten, dass du einen ganzen Tag Einzelunterricht mit mir bekommst, aber die Umstände erfordern anderes."

„Ich verstehe, Meister."

Ein dankbares Lächeln huschte über seine Lippen, dann ließ er sie allein.

Seufzend zog sich Zayda ihre Handschuhe wieder an und schritt zu der Bank unter der Eiche, wo sie ihr wassergefülltes Gefäß abstellte. Wenn sie schon keine weiteren Einzellektionen erhalten würde, wollte sie wenigstens die Nähe der Quelle genießen.

Sie setzte sich im Schneidersitz auf das kalte Holz, schloss die Augen und ließ einen sanften Funkenstrom aus Magie durch ihren Körper fließen, um ihre Muskeln warm zu halten.

Nach zwanzig oder dreißig langen Atemzügen hatte sie den Eindruck, dass sie ihre Magie selbstständig weitermachen lassen konnte. Der Fluss erschien so natürlich und lebendig, fast als hätte er seinen eigenen Willen – der sich aber ihrem beugen musste, wenn sie genug Kontrolle aufbrachte.

Die Zeit verstrich, und sie vergaß sogar die Kälte, wenn man einmal davon absah, dass die Meditation ihre Sinne schärfte und sie sogar die Eiskristalle spüren ließ, die bei jedem ihrer Atemzüge als kleine Wolke entstanden.

Die Dämmerung zog auf, und so langsam wurden Zaydas Zehen und Finger wirklich kalt, doch sie blieb eisern sitzen. Izerdan hatte ihr noch nicht erlaubt, mit den Ausdauerübungen aufzuhören.

Das Wasser in ihrem kleinen Eisgefäß war schon wieder von einer dicken glatten Oberfläche überzogen.

Als zwei ältere Novizinnen den Innenhof betraten und durch den Säulengang schritten, wollte Zayda schon aufstehen, doch die beiden bemerkten sie wohl im Dunkeln gar nicht. Sie hielten bei einem der zwei Glutbecken an und wärmten sich die Finger.

Zayda konnte das Rascheln des Stoffes hören, das leichte Schaben von Haut auf Haut, den Atem und Herzschlag der Mädchen, deren Namen sie noch gar nicht kannte. Sie gehörten zu Izerdans kleiner Elite, waren noch etwas älter als Kielle – und von denen gab es nur wenige. Sie hatten zumeist Jahre der Ausbildung überstanden und ließen sich nicht zu längeren Interaktionen mit den Jüngeren herab, selbst wenn es sich bei der Jüngsten um eine van Dymar handelte.

Die beiden warfen einen kurzen Blick über den Innenhof, doch Zayda saß in der dunkelsten Ecke der Bank, die den Baum umrundete.

Rasch schirmte sie ihre Gedanken ab und zog ihre Magie weitestgehend in sich zurück. Sie konnte die beiden auch hören, wenn sie einfach ihre Ohren spitzte.

Eine der beiden, die besonders groß gewachsene – sie war die Tochter eines Generals ihres Vaters, wenn Zayda sich nicht täuschte –, schien mit der Situation im Hof zufrieden und wandte sich an ihre schmächtige Begleiterin.

Cuvia und Sikeh, so hießen die beiden, wie Zayda plötzlich wieder einfiel.

„Ich habe Izerdan einmal mit Onkel Oyran darüber sprechen hören. Er hat natürlich Kontakt zu den anderen Eliteschulen im Hochland … und auch dort sind im letzten Jahr mehrere Novizen verschwunden", setzte Sikeh eine Unterhaltung von vorher fort.

„Das ist doch verrückt. Er würde niemals zulassen, dass dasselbe hier geschieht. Solch ein Ungehorsam. So etwas würde ich niemals wagen."

„Glaubst du wirklich, Jelak ist abgehauen? Und die anderen auch?"

Die Erste, Cuvia, zuckte mit den Schultern und wollte sich offensichtlich nicht festlegen.

„Was soll denn sonst passiert sein?", machte da die groß gewachsene Sikeh weiter.

Zayda hatte genug gehört. Sie glaubte keinen Herzschlag lang an einen Zufall, aber eine Verbindung wollte sich auch ihr nicht offenbaren. Sie musste tiefer graben, wenn sich wieder Normalität in ihrem neuen Zuhause einfinden sollte.

Sie streckte ihre Magie aus, ließ sie langsam in den Baum über ihr wandern und ignorierte den Schauer, der ihren Rücken hinunterjagte, als sie die Magie der Quelle berührte. Ihre Funken umgriffen einen Ast und zogen daran, dann ließ sie los. Der Ast schnalzte zurück und knackte laut, als er gegen einen anderen schlug.

Sofort zuckten die beiden Novizinnen zusammen und ließen ihren Blick misstrauisch über den Hof wandern.

Zayda trat aus dem Schatten hervor und musste ein wenig grinsen, als die beiden tatsächlich kurz überrascht schienen.

„Was machst du denn hier, van Dymar?"

„Meister Izerdan gab mir den Auftrag, den restlichen Tag hier zu meditieren, ihr könnt ihn selbst fragen."

„Schon gut", erwiderte da Sikeh.

Jetzt war es an Zayda, überrascht zu sein. Sie hatte eine bissige Bemerkung, vielleicht sogar einen Angriff erwartet, doch die beiden standen anscheinend über so etwas.

Oder sie akzeptierten ihre Dreistigkeit, weil sie seit dem Herbst auch zu Izerdans kleiner Geheimgruppe gehörte.

Sikeh und Cuvia lächelten milde und wechselten dann einen Blick. „Ist ja nicht so, dass wir den Gerüchten Glauben schenken würden."

„Gerüchten? Welchen Gerüchten?"

„Dass du schuld an Jelaks Verschwinden bist – ihn beseitigt hast."

Cuvia grinste jetzt. „Ich habe ja schon einiges über dich gehört ... über deine Erprobung zum Krieger zum Beispiel, aber das mit Jelak kann ich mir nun wirklich nicht vorstellen. Dazu fehlt dir der Mumm in den Knochen."

Je länger sie sprachen, desto irritierter fühlte Zayda sich. Das klang ja geradezu so, als wäre es nichts Ungewöhnliches, dass man jemanden als Magier tötete, dass man andere Magier tötete – aber darüber hatte Izerdan nie ein Wort verloren.

Das wäre auch verrückt.

Sie ließ die beiden älteren Novizinnen stehen, ohne ein weiteres Wort mit ihnen zu wechseln, und ging rasch in den Speisesaal.

Wenn sie nicht bald etwas gegen diese Gerüchte unternahm, könnte das noch ein böses Ende nehmen. Sie durfte nicht zulassen, dass diese Sache mit Jelak dazu führte, dass Izerdan am Ende ihre Ausbildung vernachlässigte.

Soviel ihr Vater auch für eine besonders intensive Ausbildung zahlen mochte – der Meister würde sich nichts vorschreiben lassen. Und ganz sicher nicht bestechen, selbst wenn es um den Stadtherrscher ging.

Der Gedanke, wieder aus dem Eliteunterricht geworfen zu werden, war ihr unerträglich. Ihr Vater wusste offensichtlich nichts davon, denn sonst hätte er Izerdan nicht extra um eine Sonderbehandlung gebeten … und egal, wie sich die Sache jetzt entwickelte: Sie wollte einfach niemanden enttäuschen.

Nachts war es diesmal an ihr, Kielle zu wecken. Sie hatte sich bereits angezogen und den Mantel übergeworfen – und konnte sich ein kurzes, zufriedenes Schmunzeln nicht verkneifen, als ihre Freundin zusammenzuckte.

„Erschreck mich doch nicht so!", zischte sie leise und erzeugte eine kleine Flamme, um die Kerze auf ihrem gemeinsamen Nachttisch zu entzünden.

„Heute brauche ich dich. Kommst du?"

Kielle zögerte, zog dann aber die Finger von der Flamme weg und setzte sich auf. Sobald sie angezogen war, schlichen sie durch die Korridore und auf den Innenhof hinaus. Ihre Füße wählten den Weg schon ganz von selbst, und ihr Blick wurde wie immer kurz von der Eiche angezogen, die mit ihrer Magie für das geübte Auge selbst in der tiefsten Nacht leuchtete.

Kielle achtete hingegen nicht auf die Quelle und trat mit ihr an die versteckte Stelle im Hof. Hinter den Büschen duckten sie sich in den Schnee und ihre Freundin drückte Zayda fest an sich.

Es könnte diesmal heller werden, da ich noch nicht ganz wach bin. Schließ besser die Augen.

Zayda tat wie geheißen und wartete ab.

Auch dieses Mal war die Teleportation nicht weniger faszinierend als zuvor. Sie löste erneut den verzehrenden Wunsch in ihr aus, das selbst zu vollbringen – doch heute hatte sie ein ganz anderes Ziel.

Auf der anderen Seite der Mauer zuckten helle Blitze hin und her, aber wie schon beim letzten Mal schien niemand sie entdeckt zu haben.

Ist die Schule wirklich nachts so schlecht bewacht? Oder haben wir einfach nur unverschämtes Glück?

Zayda kannte die Antwort nicht und machte sich auch nicht die Mühe, Kielle danach zu fragen.

Ihre Freundin ließ sie los, richtete sich auf und sah sich in der dunklen Gasse um, deren nächtliche Kontraste durch den frischen Schnee verstärkt wurden.

„Wohin willst du überhaupt?"

„Jelak suchen."

Kielle verschränkte die Arme unter ihrem Mantel, als wäre ihr kalt – doch Zayda konnte deutlich fühlen, wie unwohl ihr bei dem Gedanken wurde.

„Du musst nicht mitkommen, wenn du nicht möchtest. Ich finde auch einen anderen Weg zurück."

Da schnaubte Kielle und warf ihren Mantel zurück. „Ich lasse dich doch nicht allein hier durch die Gassen irren. Ich kenne mich viel besser in dem Viertel aus, und du bist ... nicht so gut vorbereitet wie ich."

„Vorbereitet?"

„Du musst nun einmal eingestehen, dass ich schon eine Reihe von Prüfungen abgelegt habe. Auch wenn du dich gut machst, wird es dir schwerfallen, mich in den nächsten Jahren einzuholen. Vielleicht werde ich sogar bald deine Lehrerin, wenn sich die Rätsel um Jelaks Verschwinden aufgeklärt haben und ich meine letzten Aufgaben meistere."

Zayda musste wohl oder übel schief grinsen und ging los, ohne etwas dagegen einzuwenden, dass Kielle ihr folgte. Sie schlichen sich also wieder einmal durch die nächtlichen Gassen, drückten sich in dunkle Kellerabgänge und schattige Nischen, wenn sie den Nachtwachen auf ihren üblichen Runden begegneten.

Zaydas Herz pochte wild; sie konnte nicht verhehlen, wie aufregend das alles für sie war. Der Geruch der rußenden Fackeln und des frostigen Schnees in der Luft, der Wechsel von klirrender Kälte und plötzlicher Wärme der Kohlebecken vor Taverneneingängen. Um nicht allzu sehr aufzufallen, übernahm Kielle die Führung, wenn sie an den Schenken vorbeigingen – denn dort hätte Zayda als Kleinere sonst wesentlich mehr Blicke auf sich gezogen.

Zaydas Augen weiteten sich, wenn sie den großen Schemen von torkelnden Kriegern und Händlern begegneten. Die Türen, aus denen jedes Mal seltsame Gerüche dampften, wenn einer der Männer sie aufstieß, erweckten durchaus eine Neugier, die vermutlich nur ein junges Mädchen mit drei Brüdern verspüren konnte.

„Warum nehmen wir nicht den Weg durch die leeren Gassen?", flüsterte sie leise, nachdem sie den letzten Männern ausgewichen waren.

Kielle warf ihr einen kurzen Blick über die Schulter zu. „Willst du wirklich die ganze Strecke allein sein … nachdem wir letztes Mal diese komischen Geräusche gehört haben?"

Zayda grinste. „Du hast doch nicht etwa Angst?"

„Ich möchte nur nicht dumm sein, das ist alles."

Also gingen sie weiter und bogen in die nächste leere Gasse ab, die sie den Hügel hinab in das stille Viertel führte, in dem sie sich nach ihrem Friedhofsgang so beobachtet gefühlt hatten.

„In Ordnung, hier waren wir, und das Geräusch kam von hinten … eher links."

Zayda drehte sich um, starrte die Gasse hinunter, bog dann um die Ecke und verfluchte ihre Blindheit. Wie gerufen trat Kielle hinter sie, um ihr die Hand auf die Schulter zu legen.

Zuerst dachte Zayda, sie wolle sie von etwas abhalten, doch dann spürte sie das Flüstern von Kielles Funken. Es war ein sanftes Pulsieren, hinter dem aber eine angenehm warme Macht steckte. Sie ließ die Energie ihrer Freundin durch ihren Körper bis zu ihren Augen strömen, wo sie sich auf die Pupillen legte.

Zayda nahm die Magie in sich auf wie einen herrlichen Duft, den man mit einem besonders tiefen Atemzug lange festhalten wollte. Ihre Sicht flammte auf, als sie mit Kielle in die Hocke ging. Sie mussten es nicht einmal absprechen, so sehr verband sie die Magie.

Da waren Spuren im Schnee. Tiefe Abdrücke von Stiefeln, der Größe nach von einem Erwachsenen. Sie mussten schon etwas älter sein, denn die Kanten waren angetaut und dann wieder gefroren – zumindest erschien das Zayda ein Hinweis zu sein, dass sie nicht frisch waren. Anders als die Mehrzahl der Abdrücke war diese Person ganz nah an der Wand gelaufen und hatte sich vermutlich an sie gepresst.

„Ich habe mich nicht umsonst beobachtet gefühlt. Jemand war hier, ganz in unserer Nähe. Aber er oder sie wollte nicht bemerkt werden."

Kielle schnaubte wütend. „Ich fasse es nicht, dass wir das nicht gespürt haben! Wir sind wohl doch nicht besonders gut vorbereitet."

Zayda stand wieder auf und versuchte, den Abdrücken zu folgen, doch sie verschwanden bald zwischen anderen; von da an ließ sie sich einfach nur von ihrem Gefühl leiten. Kielle lief langsam hinter ihr her. Ihr Stirnrunzeln konnte Zayda sogar spüren, ohne sie überhaupt zu sehen. Ihre Sinne waren so geschärft, dass sie einfach alles wahrnahm – auch die dunklen Flecken im Schnee an der nächsten Ecke.

Sie kniff die Augen zusammen und meinte kurz, dass ihr Blick flackern würde, doch das war nur Kielle, die sie losgelassen hatte, denn sie brauchte jetzt keine Magie mehr in ihren Augen. Sie zog sich den Handschuh ab und steckte die Fingerspitzen in den Schnee, der an der Stelle noch recht unberührt war. Mit dem Fingernagel kratzte sie ein wenig von dem Eis weg, dann steckte sie sich den Finger in den Mund.

„Uh!", zischte Kielle mit einem angewiderten Unterton.

„Es ist Blut, eindeutig."

„Zayda, das konnte ich auch so sehen."

„Ich wollte nur sichergehen, dass wir keinen Fehler machen. Nichts Dummes, du weißt schon."

Kielle schnaubte. „Ha, ha."

Zayda fuhr sich mit der Zunge über die Lippen, um den metallischen Geschmack loszuwerden.

Dabei kam ihr ein verwegener Gedanke: Konnte das Blut eines Ratken noch Spuren seiner Magie in sich tragen?

Sie schloss rasch die Augen, um alle ablenkenden Eindrücke auszuschließen, griff dann intuitiv ein zweites Mal in den Schnee und grub ihre Finger tief in die gefrorenen Blutflecke.

Ihre Stirn zog sich in tiefe Falten, und sie presste die Lider fester zusammen, während sie ihre Funken so stark wie möglich fokussierte. Für einen langen Augenblick war da nichts außer Dunkelheit, wenn sie die Kälte der Schneekristalle beiseiteschob.

Doch dann blitzte ein kurzes, helles Licht in der Dunkelheit auf, als ein einzelner ihrer Funken auf Resonanz stieß. Da war der letzte zerfallende Hauch von Magie in diesem gefrorenen Blut – und dieser Hauch erinnerte sie zutiefst an Jelak.

„Er war hier", murmelte sie leise, und ihre Stimme klang dabei ganz fremd in ihren Ohren.

„Jelak? Wieso sollte er …"

„Vermutlich ist er uns gefolgt. Du weißt doch selbst, wie gut er sich abschirmen kann. Deshalb haben wir ihn nicht bemerkt und … und …"

„Und was? Er ist uns bis zum Friedhof gefolgt? Was geht ihn das überhaupt an? Bastard!"

Zayda konnte auch diese Fragen nicht beantworten. Sie würden Jelak finden müssen, wenn sie Antworten erhalten wollten, also richtete sie sich auf und verrieb das geschmolzene Blut zwischen ihren Fingerkuppen.

Sie konnte die Energie darin gerade noch spüren; einzelne flackernde Spuren, die kaum mehr als Funken bezeichnet werden konnten.

Bevor der Funken zerfiel, prägte sie sich seinen Klang, seine ganz eigene Vibration ein. Als sie ihre Magie selbst losschickte, suchte sie bewusst nach diesem Widerhall.

Was sie um die nächste Häuserecke fand … war fremd.

Diese Magie fühlte sich seltsam an, anders als bisher. In dem sterbenden Hauch, der als sanfte Spur zwischen den Häusern waberte, schien eine Wut zu stecken, die Zayda so bisher nicht von Magie gekannt hatte.

„Da ist etwas …"

Sie lief los und machte sich nicht die Mühe, noch zu schleichen. Nachdem sie ihre Funken suchend in alle Richtungen ausgesandt hatte, war sie sich ziemlich sicher, dass sich niemand in ihrer Nähe aufhielt.

Hinter einer Hauswand konnte sie zwei schlafende Gestalten wahrnehmen, zwei Häuser weiter saß ein zusammengekauerter Diener vor einem Kaminfeuer und nähte – aber keine Wachen.

„Komm mit", sagte sie knapp und folgte dann der Spur durch die Nacht. Ihr Herz pochte zusehends stärker, ohne dass sie einen Grund dafür erkennen konnte. Was machte sie nur so nervös?

„Was ist denn los? Hast du etwas gehört?"

„Nein, da sind Reste von Magie. Aber ich kann nicht erkennen, ob sie von Jelak stammt. Ich muss näher ran."

Kielles Blick wurde skeptisch, doch sie blieb ohne Widerworte an der Seite ihrer jüngeren Freundin.

Und diese folgte dem flüsternden, kaum spürbaren Hauch von Magie.

Zwei Stufen hinauf, um eine Ecke, vorbei an einer einsamen zischenden Fackel und mehreren dunklen Hauseingängen. Über eine Kreuzung, vorbei an einem erloschenen Kohlebecken und dann viele Treppen hinab.

Die Spur begleitete sie, tauchte als einzelne Funken auf und leitete sie Stück für Stück voran.

Es war zumeist nicht mehr als ein leises Wispern, wie eine ehemalige Berührung auf Stein, ein letzter Schatten, aber ohne Wärme.

Wie sollte sie jemals jemandem erklären, was sie da wahrnahm?

Es war … kaum greifbar.

Mit jedem Schritt traten Kielles Atem, ihr Herzschlag und ihre Tritte im Schnee weiter in den Hintergrund. Zayda schloss die Augen, um sich ganz auf den Hauch konzentrieren zu können.

Er flüsterte. Der Schatten reagierte auf ihre Funken, jede kleinste Spur leuchtete kurz auf und verglühte dann wie ein Stück Asche im Wind, das seine letzte Glut in der kühlen Winterluft verlor.

Aber je länger sie sich darauf konzentrierte, desto dunkler schien alles zu werden. Sogar mit geschlossenen Augen hatte ihre Magie sie geleitet, ihre Schritte im Schnee gelenkt und sie nicht gegen Mauern laufen lassen. Jetzt verschwanden all diese lenkenden Eindrücke und hinterließen nichts als Dunkelheit, in der die Spur leise flüsterte.

Und dann – mit einem Schlag – Stille.

Sie öffnete die Lider, sah eine Weile nichts als Schwärze, bevor die Konturen des Schnees und die Blautöne der Nacht zurückkehrten. Noch einmal sandte sie ihre Funken suchend aus, aber da war nichts mehr.

Zayda fluchte, als sie den Zugang zu dem magischen Echo endgültig verloren hatte. „Es ist verschwunden."

Kielle schnaubte ungläubig. „Du bildest dir das ein, Zayda."

„Ich bin mir ganz sicher. Da waren Spuren von Magie."

„Niemand kann so etwas fühlen. Das ist völlig unmöglich. Falls Jelak hier war, dann war das reiner Zufall."

„Das war nicht seine Magie. Ich glaube, er ist auf jemanden gestoßen, daher das Blut."

„Und du willst mir ernsthaft erzählen, du hättest eine Art Relikt dieser Magie entdeckt? Das klingt verrückt."

Zayda nickte langsam. Vermutlich hatte Kielle recht, denn das hätte bedeutet, dass auch all ihre Taten solche Spuren zurückließen. Und wieso hätte Izerdan dann nie bemerkt, dass sie sich vom Gelände geschlichen hatten? Immerhin würde eine Teleportation sicherlich auch solch ein Echo hinterlassen.

Kielle runzelte währenddessen ihre Stirn und trat an die Mauer vor ihnen. Sie hob die Finger und ließ sie im Dunkeln über die Steine gleiten, bevor sie sie zurückzog und betrachtete.

Da schien etwas Dunkles an ihren Fingerspitzen zu haften – Ruß.

Kielle wischte die Finger an ihrem Mantel ab und wandte sich wieder um.

„Was auch immer hier war, es ist weg, und wir sollten ebenfalls verschwinden."

Zayda nickte kantig, auch wenn sie nichts mehr wollte, als dieser faszinierenden Spur weiter zu folgen.

Doch sosehr sie ihre Funken auch danach horchen ließ, sie konnte nichts aufspüren. Die Spur war fort, genau wie Jelak.

~~~

Ein unerwartetes Gefühl von Sorge erfüllte Zaydas Brust, als es nicht Sebila war, die sie zum letzten Tag des Jahres am Tor abholte.

„Wo ist meine Dienerin?", fragte sie ihren üblichen Geleitschutz ohne große Begrüßung. Selbst nach all den Abenden, an denen die beiden Männer sie zum Anwesen und zurückbegleitet hatten, war es ihr noch nicht in den Sinn gekommen, sich ihre Namen zu merken.

„Sie erwartet Euch zu Hause, kleine Herrin."

Zayda verzog den Mund. Sie mochte diese Herabwürdigung nicht, war aber gewillt, sie wieder einmal hinzunehmen. Zu groß war die Neugier, was an diesem Tag so besonders war im Vergleich zu den anderen, an denen sie zum Nachtmahl abgeholt worden war.

War Sebila krank, oder hatte sie einen Fehler begangen, der nun bestraft wurde? Es überraschte Zayda, dass sie sich anscheinend noch nie Sorgen um das Wohl ihrer Dienerin gemacht hatte. Oder fiel es ihr heute zum ersten Mal bewusst auf?

So oder so gefiel ihr dieses Gefühl nicht, denn es machte sie verwundbar. Es schickte sich nicht für eine van Dymar, so über Dienerschaft nachzudenken.

„Wenn Ihr uns folgen würdet?"

Zayda nickte schweigend und beschloss in ebendiesem Moment, dass sie so nicht enden wollte wie diese beiden Wachen, sobald sie eine Kriegerin war. Natürlich war es eine Ehre, für die

Sicherheit einer Herrscherfamilie zu sorgen, doch ganz ehrlich, was für Bedrohungen gab es denn für sie?

Auch wenn grundsätzlich das Recht des Stärkeren galt, konnte Zayda sich einfach nicht vorstellen, dass jemand ihren Vater herausfordern würde. Ihre Familie herrschte jetzt schon seit zwei Generationen in der Stadt, und wer würde an Mutter vorbeikommen? Diese Möchtegern-Verräter?

Das konnten ihre Eltern mit dem Wink eines Fingers bereinigen.

Nein, sie würde etwas anderes mit ihrer magischen Kriegerlaufbahn anstellen. Vielleicht die Länder der Völker bereisen? Die edlen Miakoda und kriegerischen Feliden treffen?

Während sie so ihren Gedanken nachhing und Pläne schmiedete, wählten die Krieger den üblichen Weg zum Anwesen und ließen sie im Inneren allein.

Zayda platzte in den großen Besprechungssaal, ohne sich anzukündigen, und trat vor die lange Tafel mit den unzähligen Berichten, an der ihr Vater saß.

„Warum verbietest du Sebila, mich abzuholen?"

„Guten Abend, Tochter. Hättest du die Güte, dich ein wenig zu beherrschen."

Wieder keine Antwort, sondern ein Befehl.

„Guten Abend, Vater. Hättest du die Güte, mir zu verraten, was los ist?"

Er seufzte schwer und legte einen Bericht zur Seite, dem er bisher mehr Beachtung geschenkt hatte als ihr. Statt einer Antwort machte er eine ausladende Bewegung hinter sie – wo sie bisher bewusst einen stillen Zuschauer ignoriert hatte.

„Zayda, bitte begrüße R'jato."

Sie warf dem Mann einen Blick zu und machte einen kleinen Knicks, während sie ihn einzuschätzen versuchte. Er war in ein schlichtes dunkles Lederwams gekleidet, das keine Zuordnung zu einem Clan oder Rang zuließ. Ein schmuckloses Schwert hing an seinem Gürtel, und es schien die einzige Waffe zu sein, die der Ratke bei sich trug. Anhand seiner Haltung und der deutlichen Muskeln schätzte sie allerdings, dass er nicht einmal das benötigte, um tödlich zu sein.

„Guten Tag, Herr."

Balzayd wartete nur kurz ab, bevor er mit dem Grund für die Anwesenheit des Fremden herausrückte.

„Er wird dir ab heute nicht mehr von der Seite weichen; ich habe ihn als deinen Leibwächter bestimmt."

Unwillkürlich musste Zayda schnauben.

„Das ist doch Unsinn, Vater. Ich bin eine Magierin, vergessen?"

„Und genau deswegen wird R'jato dich von nun an überallhin begleiten. Er ist ein ausgezeichneter Kämpfer und Beschützer, der einen hervorragenden Ruf im Hochland und insbesondere im Dienst von König Ray'Kal genießt."

Zayda seufzte innerlich. *Toll, ein Schnösel vom Hof des östlichen Königs.*

„Hat das einen triftigen Grund, oder machst du dir einfach nur allgemeine Sorgen um deine einzige Tochter?"

Balzayds Blick wurde tadelnd.

„Wenn Magier aus Izerdans Schule verschwinden, ist das kein Scherz, junge Dame."

Sie verdrehte die Augen. „Jelak ist vermutlich einfach abgehauen, weil er seine Fähigkeiten nicht weiter steigern konnte."

„Er ist nicht der Erste und nicht der Einzige."

Das ließ sie zögern.

Wenn ihr Vater recht hatte, musste also doch etwas anderes dahinterstecken.

Zayda musterte den großen fremden Mann erneut von oben bis unten. Irgendwie erinnerte er sie an ihren ältesten Bruder – nur mindestens zehn Jahre älter. Vielleicht auch zwanzig, woher sollte sie wissen, wie alt mancher Erwachsener war?

Sie konnte es schlecht einschätzen, weil er seinen Bart ordentlich gestutzt hatte und die dunklen Haare an der Seite kurz geschoren und nur oben lang zurückgebunden waren.

Als er ihr ein kurzes Lächeln schenkte, blitzten spitze Zähne auf, und sofort fühlte sich Zayda ein wenig mit ihm verbunden. Er war ein Krieger! Sie könnte ihm so viele Fragen stellen … und sie musste ihm ja nichts von ihren nächtlichen Aktivitäten mit Kielle erzählen. Also neigte sie ihren Kopf zu einem langsamen, bedachten Nicken.

„Gut. Ganz wie du wünschst, Vater."

Zu ihrer Überraschung seufzte Balzayd erleichtert, während er sich erhob und sie gemeinsam zum Speisesaal schritten.

„Das freut mich, Tochter. Du musst wissen, dass deine Mutter sich ohnehin ständig sorgt. Deine magische Ausbildung ist eine Investition – zumindest sehe ich es so, während sie es als Hindernis betrachtet. Aber ich hätte nichts dagegen, unserer Herrscherdynastie auch noch einen gesicherten magischen Aspekt hinzuzufügen."

Zayda presste die Lippen aufeinander. Zuerst hatte sie gedacht, ihr Vater wäre auf eine erfrischende Art ausnahmsweise offen, doch ein Gespräch über die Dynastie vor einem Fremden – sie mochte das nicht!

War ihr Vater einfach gedankenlos? Oder vertraute er diesem R'jato so sehr? Der Krieger lief stillschweigend hinter ihnen, hielt sich dezent zwei Schritte zurück, konnte Balzayds Worte jedoch keinesfalls überhört haben.

„Ihr müsst euch beide keine Sorgen um mich machen, Vater. Ich bin an Meister Izerdans Schule gut aufgehoben – und der einzige Junge, der meine Autorität als Herrschertochter infrage gestellt hat, ist passenderweise nun verschwunden."

„Ein wenig zu passend, findet Ihr nicht auch?"

Zayda warf R'jato einen verstohlenen Blick über die Schulter zu.

Er hatte eine tiefe, wohlklingende Stimme und schien klug zu sein. Sie wusste noch nicht, ob ihr das gefallen würde.

„Falls Ihr mir etwas unterstellen wollt, sprecht es nur aus, Leibwächter", erwiderte sie bissig und lockte damit ein kurzes Lächeln auf die Lippen ihres Vaters.

„Ganz die Tochter des Hauses. Ich teile lediglich meine Beobachtungen mit – und meine nächste Beobachtung ist bereits, dass Ihr einen messerscharfen Verstand habt, junge Zayda."

„Ich bin nicht ohne Grund die Jüngste an Meister Izerdans Schule."

„Gewiss nicht."

„Und Ihr glaubt also, dass … was? Jelak nicht gegangen ist, sondern von der Schule entfernt wurde, um mir einen Gefallen zu tun? Ich weiß nicht, ob jemand so weit gehen würde, um dem vierten Kind des Stadtherrschers das Leben etwas angenehmer zu gestalten."

„Da unterschätzt du deinen Wert gewaltig, wie ich vermute", murmelte er so leise, dass die Worte fast schon unausgesprochenen Gedanken glichen.

Zayda fragte sich gerade, wie weit er über den Stand ihrer Fähigkeiten informiert war – ob es sich dabei um Absicht oder Unwissenheit handelte –, da erreichten sie auch schon den Speisesaal.

Ihre Verwirrung über die Neuigkeiten mit R'jato waren wie weggewischt, als sie ihre drei Brüder am Tisch erblickte. Der Leibwächter blieb in der Tür stehen, und es schien auch niemand sonst darüber verwundert. Wussten ihre Brüder etwa bereits, dass dieser Kerl ab jetzt an ihr kleben würde wie Pech?

Sie seufzte schwer und ließ sich auf ihren Platz neben Djark sinken.

„He, Brüderch…", setzte sie an, bevor sie rasch den Atem anhielt. Sie erwartete einen bissigen Kommentar, doch vielleicht hatten Zeruk und Darzir mit ihm gesprochen, denn er lächelte und legte ihr tatsächlich kurz die Hand auf die Schulter.

„Hallo, Schwesterchen."

Zeruk lachte los, als seiner Schwester der Mund aufklappte.

„Wa… warum redest du wieder mit mir?"

„Also bitte", meinte er mit einem Schnauben, das wohl überlegen wirken sollte, „ich werde ein Krieger. Da ist es überfällig, dass wir uns wieder vertragen. Außerdem fängt heute Nacht das neue Jahr an, und da sind die alten Sachen vergessen."

„Oh … in Ordnung. Danke."

R'jato

Zayda schwebte durch den Rest dieses seltsamen letzten Abends im Jahr. Alles schien anders, als sie erwartet hatte.

Ein köstliches Mahl wurde von den Dienern serviert, und Sebila nahm ebenfalls daran teil, auch wenn sie kaum Zeit hatten, mehr als ein paar Worte zu wechseln. Nach dem Essen gab es sogar für Zayda einen Schluck warmen Gewürzwein, und sie traten gemeinsam in den Innenhof, wo ein großes Feuer entzündet wurde.

Es war ihr drittes Neujahr in dem herrschaftlichen Anwesen – und wie jedes Jahr wurde etwas Wichtiges verbrannt, von dem man sich in diesem Jahr lösen musste.

Während Djark seinen alten Bogen den Flammen opferte, beträufelte Zayda ihr Lammfell mit wohlriechenden Ölen. Ein Teil von ihr schämte sich, als sie das kuschelige Fell ins Feuer warf, doch andererseits war sie erst elf Sommer alt und sollte nicht so streng mit sich sein.

Sie räusperte sich, bevor sie laut und deutlich sprach.

„Ich opfere dir dieses Symbol meines Wachstums, Kalarati. Ich bin nun eine Kriegerin und eine Magierin, kein Kind mehr. Bitte nimm mein Opfer an", rief sie atemlos gegen das laute Knistern und Knacken des Holzes.

Sie meinte, in den Flammen ein Augenpaar aufglühen zu sehen, doch das war sicherlich nur Einbildung – denn im nächsten Moment sprang die Sehne von Djarks glühendem Bogen, und der laute Knall ließ sie zusammenzucken, während Glutstückchen durch den Innenhof sausten. Ein besonders großes Stück flog direkt auf Sebila zu, die sich bisher im Hintergrund gehalten hatte, um gemeinsam mit den anderen Dienern Feuerholz nachzulegen.

Zaydas Magie schoss instinktiv durch den Hof und packte das Glutstück, genau eine Handbreit vor Sebilas Gesicht. Sie zuckte kurz, dann starrte sie die still schwebende Glut vor sich an, bevor diese zischend in den Schnee fiel.

Ein dankbares Lächeln huschte über Sebilas Lippen, bevor sie auf einen Befehl von Leryda hin rasch zum Feuer marschierte, um neues Holz hineinzuwerfen. Es durfte keinesfalls kleiner werden, während die Opfergaben verbrannt wurden, dies galt als schlechtes Omen für das nächste Jahr.

Zayda trat vom Feuer zurück und rümpfte die Nase über den Gestank von verbranntem Fell, den auch die Öle nicht übertünchen konnten.

Was war denn an dem Feuer heilig, wenn es auf diese Weise künstlich hochgehalten wurde? Viel lieber hätte Zayda ihre Magie eingesetzt, um die Flammen in die Höhe schießen zu lassen.

Sie machte einen Satz über dampfende Kohlestückchen, die sich langsam zischend in den Schnee fraßen, und gab den Platz am Feuer für die Diener frei, die nun ebenfalls symbolisch etwas verbrennen mussten – hauptsächlich Kleidungsstücke und Briefe ihrer Liebsten, falls sie denn welche hatten.

Sebila trat als Letzte vor das knackende Ritualfeuer und warf eine Schriftrolle hinein, dann ging sie mit gesenktem Kopf rückwärts weg, um der Familie van Dymar wieder Platz zu machen.

Balzayd hob die Hände weit über den Kopf, ein Messer in der rechten und einen Knochen in der linken Hand. Als Herrscher der Stadt war es seine Pflicht, noch ein zweites Opfer zu bringen, das symbolisch für seine Macht stand. Wenn das Feuer heruntergebrannt war, würden die Diener die Asche aufsammeln und an allen Stadttoren verteilen, um seine Ansprüche als alleiniger Stadtregent zu verdeutlichen.

Zayda stand neben ihren drei Brüdern, hörte jedoch nicht richtig zu, als ihr Vater die traditionellen Sätze sprach und den Knochen und den Dolch in die lodernde Glut warf. Der weiße Knochen verfärbte sich, und Risse überzogen seine Oberfläche, dann rutschte das brennende Holz darüber und begrub ihn und das Messer unter sich.

„Für unsere Hüterin Kalarati", rief ihr Vater ehrerbietig und ließ die Arme sinken.

„Für Kalarati", wiederholte der Rest der Familie wie aus einem Mund, auch wenn Zaydas Blick hohl war und sie sich in Wahrheit fragte, warum eigentlich keiner der hohen Tempelmagier heute anwesend war.

Sie starrten noch eine Weile schweigend ins Feuer, ehe ihr Vater das Ritual für beendet erklärte und sie wieder in den großen Saal traten.

Zayda war froh, es hinter sich zu haben – und noch viel mehr, dass ihre Brüder nicht gelacht hatten, als sie ihr kindliches Kuschelfell verbrannt hatte. Ärgerlicherweise konnte sie sich nicht daran erinnern, was ihre Brüder in ihrem Alter verbrannt hatten. Als Djark elf war, hatten sie noch draußen bei einem traditionellen Ausritt die Sachen verbrannt, in kleinem Kreis, mit höchstens einem oder zwei Dienern und Sebila.

Eigentlich wollte sie nicht, dass diese ungewöhnliche Nacht schon zu Ende ging, doch es erschien ihr zunehmend seltsam, wie nett ihre Brüder waren. Selbst jetzt in der Halle ließ Djark keine unangebrachten Kommentare über ihre Opfergabe verlauten, wenn man einmal von einem seltsam harschen Blick in Richtung ihres neuen Begleiters absah.

R'jato hatte sich bisher zurückgehalten; nun trat er an Zaydas Seite.

„Wir sollten langsam los, meint Ihr nicht auch, Herrin?"

Sie nickte abwesend und wurde erst wieder richtig aufmerksam, als Sebila ihr Mantel und Schal reichte. Ihre Brüder lächelten und verabschiedeten sich freundlich, wobei auch Darzir und Zeruk einen merkwürdigen Blick auf R'jato warfen.

Sie musterte den Leibwächter im Hinausgehen. Er lächelte, als er die Treppe hinunterschritt und den Wachen zunickte.

„Macht es gut, kleine Herrin", murmelte einer von ihnen mit einem säuerlichen Unterton.

Sie sah ihm irritiert hinterher, während sie R'jato folgte. War er etwa beleidigt, dass er die Aufgabe, sie zu begleiten, verloren hatte? Bisher war es ihr nicht so erschienen, als hätte er großen Spaß daran gehabt. Das einzige Anzeichen dafür war sein gelegentliches Lächeln gewesen ... aber vielleicht irrte sie sich ja? Wer wusste schon, was im Kopf eines Kriegers vor sich ging, der als Wachmann arbeitete.

Es war kalt in dieser Nacht, doch nicht zu kalt, um den Schneefall zu verhindern, der sich wie ein Tuch über die Stadt legte. Die Flocken ließen die Fackeln in den Straßen zischen und sandten zuckende Linien aus Dampf in die Höhe, die aber angesichts der Feuer in den vielen Innenhöfen eher belanglos erschienen.

Zayda genoss den Geruch von kaltem Schnee und Lagerfeuer. Überall in der Stadt wurde der Anbruch des neuen Jahres gefeiert, mit Opfergaben an die größte Ratke.

Zayda lief die Straße entlang, doch gerade als sie die erste Kreuzung überqueren wollte, legte der Leibwächter ihr eine Hand auf die Schulter.

„Hier entlang, kleine Herrin."

„Ich bin nicht klein", murrte Zayda leise, ließ sich jedoch von ihm nach rechts lenken. Sie sah die dunkle Straße hinunter und wusste nicht, was sie davon halten sollte, dass dieser fremde Mann sie ins Unbekannte führte.

„Gehen wir nicht zur Schule?"

„Doch."

„Warum nehmen wir dann diesen Umweg?"

Er deutete ein Nicken nach hinten an. „Um zu sehen, wer uns folgt."

Ein Schauer lief Zaydas Rücken hinab, doch dann schnaubte sie. „Uns folgt niemand. Das würde meine Magie spüren."

„Glaub mir, es gibt Wege und Mittel, sich zu verbergen. Insbesondere für Magier."

Sie schwieg und dachte über die verschiedenen Lektionen nach, die sie in den letzten Monaten erhalten hatte – und wie viele Jahre an Lektionen sie noch erwarteten. R'jato hatte recht. Sie hatte keine Ahnung, wozu ein Magier alles fähig war. Wer sagte ihr, dass nicht jemand in ihren Gedanken gesteckt hatte, um ihr diese Paranoia einzupflanzen? Könnte Jelak so etwas? Nein, das konnte sie nicht wissen. Doch sie wusste eines: Seit Tagen ließ sie der Gedanke nicht mehr los, dass mehr hinter der dunklen Spur gesteckt hatte, die sie in der Nacht in den Gassen verloren hatte.

Eine Woche war das nun schon her, und Jelak fehlte nun schon seit ... neun Tagen? Oder waren es schon zehn?

Was, wenn er wirklich die falschen Leute gegen sich aufgebracht hatte?

Oder er spielt einfach nur ein perverses Spiel mit mir. Lässt alle glauben, er wäre verschwunden, um meine Ausbildung zu sabotieren? Würde er wirklich so weit gehen? Das ist doch Irrsinn.

Sie schreckte auf, als R'jatos Hand sie unvermittelt zur Seite lenkte. Ihn hatte sie ganz vergessen.

Mit einem kurzen Schütteln klärte sie ihren Kopf und wandte sich dann an den Leibwächter. „Ist ja gut! Vielleicht wäre es besser, wenn du vorausgehst, anstatt mich herumzuschubsen."

Sofort zog er seine Hand weg und nickte. „Verzeiht, Herrin. Ich wollte nicht anmaßend sein. Hier entlang, bitte."

Sie nickte knapp, um ihre Zufriedenheit auszudrücken, dann folgte sie ihm durch ein Gewirr aus Straßen und warf dabei immer wieder Blicke über die Schulter.

„Wenn du so offensichtlich nervös bist, wird das jeder Verfolger bemerken", wandte R'jato ein, ohne stehen zu bleiben.

„Ich ... oh."

Sie sah beschämt zu Boden und kam sich wie ein Kind vor.

„Wie macht man es dann richtig?"

„An den Straßenecken, wenn du sowieso den Kopf drehst, kannst du einen kurzen Blick wagen, um die Lage auszukundschaften. Du musst lernen, alles schon im Augenwinkel zu erkennen, dir die Umrisse von Personen einzuprägen, ihre Gangart und andere Bewegungen zu merken und später einzuordnen, wenn du dich wieder umsehen kannst."

Zayda lief mit offenem Mund hinter ihm her und kam aus dem Staunen nicht mehr heraus. Sie hatte alles erwartet, aber nicht solch eine lehrreiche Antwort.

In diesem Augenblick hätte sie ihm sofort abgekauft, dass er ein Spion war, der eigentlich noch ganz andere Missionen hatte, als die Tochter des Herrschers zu beschützen. Sicherlich hatte er schon andere Clans im Hochland beschützt oder sogar gegen Magier der anderen Völker gekämpft.

Vor ihrem inneren Auge sah sie ihn wild fechten und magische Krieger mit blauen Augen zu Boden werfen, um sie aus dem Leben zu schicken.

Als sie drei oder vier weitere Straßen überquert hatten, erreichten sie den Tempelplatz. Mehrere große Gluthaufen im Halbkreis vor dem Tempel zeugten von den Feierlichkeiten des Jahreswechsels.

Vereinzelt saßen noch Gestalten an den heruntergebrannten Feuern.

„Du kannst dich entspannen. Uns folgt niemand."

Zayda nickte, obwohl ihr Blick weiter über die Versammelten huschte. Sie wünschte sich mehr denn je, ihre Magie absolut sinneserweiternd nutzen zu können – als Schutzschild und Vorwarnung. Seit der Leibwächter es angesprochen hatte, wähnte sie Verfolger, die überhaupt nicht da waren.

Beruhige dich. Du benimmst dich lächerlich.

Sie sandte einen leisen Strom an Magie durch ihre Adern und genoss das beruhigende Flüstern der Funken. Sie kannte diesen R'jato nicht, musste ihm wohl oder übel vertrauen. Nur würde sie sich von seiner völlig übertriebenen Vorsicht nicht das Vertrauen in ihre Magie nehmen lassen.

„Können wir dann jetzt nach Hause? Ich muss morgen wieder früh raus – Meister Izerdan hat uns nicht freigegeben, nur weil heute eine ausgiebige Feier angedacht war."

R'jato zog eine Augenbraue hoch. „Mir war lediglich an Eurer Sicherheit gelegen, Herrin."

Er beschleunigte seine Schritte, führte sie an einer Reihe von Feuern und betrunkenen Feiernden vorbei, dann tauchten sie wieder in die Dunkelheit der Straßen ein und erreichten schließlich die Schule.

Auch hier roch es nach Qualm und den typischen Ölen für die Opfergaben. Zayda war sich eigentlich sicher gewesen, dass sie viel lieber hier das Ritual erleben wollte, doch waren ihre Brüder so nett gewesen, dass sie sich fast wieder ins Anwesen zurücksehnte.

Gerade als sie das stille Hauptgebäude betrat und der Leibwächter ihr immer weiter folgte, kam ihr doch noch eine etwas seltsame Frage. Zayda biss sich auf die Lippe. Sie mochte es nicht, sich verlegen zu fühlen.

„Ähm, wenn du ... also wenn du ab jetzt auch hier bleibst, wo ... wo schläfst du dann?"

R'jato lachte einmal auf, bevor er still wurde, als ob ihm etwas unangenehm sei. „Euer Vater hat bereits dafür gesorgt, dass ich eine Kammer erhalte. Direkt neben ..."

„Oh nein." Zayda seufzte schwer und stapfte ihm voran.

Super, jetzt habe ich also doch wieder eine Amme.

„Na, da hast du ja einen feinen Mann bekommen, finde ich", witzelte Kielle am nächsten Morgen vor den Übungen. R'jato hielt dezenten Abstand zu ihnen, dennoch musste er Kielles Blicke durchaus bemerkt haben. Sie zog die Augenbrauen vielsagend hoch, bevor sie breit grinsen musste.

„Was? Nein! Nein!"

Zayda starrte Kielle entsetzt an und spürte, wie ihr kalter Schweiß ausbrach – ehe sie nervös in das Lachen ihrer Freundin einstimmte.

„Jetzt sei doch nicht so angespannt, mir ist schon klar, dass er bestimmt nicht der ist, den du laut deiner Mutter heiraten sollst. Aber ... was macht er hier? Warum hat er uns abgeholt?"

„Mich."

„Hm?"

„Er hat mich abgeholt ..." Zayda seufzte. „Und er wird uns ab jetzt dauerhaft Gesellschaft leisten. Er ist mein neuer Leibwächter."

Kielles Lachen wurde schallend. „Also wenn jemand keinen Leibwächter braucht, dann ja wohl du. Das meine ich spätestens nach den letzten Übungen mit den ..."

Sie hob wieder vielsagend die Augenbraue, während ihr Blick kurz zu R'jato huschte.

„*Das* habe ich meinem Vater auch gesagt, aber er besteht darauf."

„Hast du mal daran gedacht, deine Möglichkeiten bei ihm *anzuwenden*?", flüsterte Kielle verschwörerisch und mit leuchtenden Augen.

„Bei meinem Vater? Der würde mich umbringen, gefolgt von meiner Mutter und Meister Izerdan. Ich fürchte, seine Magier würden es bemerken, noch bevor ich seine Ansichten großartig wandeln könnte. Ich konnte meine Fähigkeiten nur vor ihnen verbergen, weil ich immer einen großen Bogen um sie gemacht habe – und nicht im Kopf meines Vaters herumgeisterte."

Jetzt war es an Kielle, laut zu seufzen. „Da muss man eben neben seinen magischen Fähigkeiten auch noch das notwendige Feingefühl erlernen, junge Herrin."

Zayda versetzte ihr einen Schubs, doch dann räusperte sich R'jato hinter ihnen.

„Alles in Ordnung?"

Die Mädchen wechselten einen Blick. „Ja. Natürlich."

Kielle beugte sich näher zu ihr, während sie sich zu Izerdans Quartier für die besonderen Übungen begaben, die heute Vormittag stattfinden würden. „Aber er hat schon etwas an sich, oder nicht?"

„Also Kielle!"

Zayda versuchte, tadelnd auszusehen – falls sie überhaupt wusste, wie man so etwas mit dem Mienenspiel darstellte –, aber dann stahl sich doch wieder ein Lächeln auf ihre Lippen.

„Eigentlich finde ich das schon ... beeindruckend."

„Beeindruckend? Dass meine Eltern jetzt wieder jeden meiner Schritte kontrollieren? Ich bin auf diese Schule gekommen, um endlich den Klauen meiner Mutter zu entkommen, und jetzt bin ich wieder eingesperrt und unter Aufsicht. Egal, wo ich hingehe."

„Du weißt aber schon, was das bedeutet? So wie dein R'jato sich bewegt und aussieht, ist er ganz sicher nicht günstig. Deinem Vater ist nichts zu teuer – weil er dich liebt."

Zayda schnaubte und wollte schon widersprechen, zögerte dann jedoch. „Wirklich?"

„Ich meine ja nur." Kielle klopfte an die Tür zu Izerdans Übungsraum, die schon einen Atemzug später von selbst aufschwang. Ihre Freundin nickte knapp zu dem Leibwächter hin. „Kommt der jetzt überallhin mit?"

Ganz sicher nicht.

Die Novizinnen zuckten zusammen, als Izerdan voller Bestimmtheit in ihren Köpfen sprach.

Sobald sie eingetreten waren, flog die Tür wieder ins Schloss, um R'jato auszuschließen.

Kielle schmunzelte darüber, während Zayda sich fragte, ob diese seltsame Spannung zwischen ihrem neuen Leibwächter und dem Meister zu weiteren Konflikten in ihrem Umfeld führen würde. Da schien etwas vorgefallen zu sein. In ihrer Vorstellung sah sie schon ihren Vater und Izerdan, wie sie sich wegen R'jatos

Anwesenheit in der Schule duellierten … und sie konnte wirklich nicht sagen, wer dann die Oberhand behalten würde.

Ein Schauer lief ihren Rücken hinab, ehe sie sich im Schneidersitz in der Reihe der versammelten Mädchen niederließ. Warum war ihr zuvor nie der Gedanke gekommen, dass Magie eindeutig über Kampfkraft siegen würde?

Sie warf einen Blick zu ihrem Meister, der sich gerade eingehend mit Cuvia unterhielt.

Warum ist er nicht der Stadtherrscher?

Izerdans Blick zuckte zu ihr herüber.

Warum sind Magier nicht die Herrscher der Welt, Zayda?

Sie zögerte misstrauisch. Was für eine Antwort würde er erwarten? Doch bevor sie sich darüber den Kopf zerbrechen konnte, fuhr er fort.

Weil unsere Fähigkeiten über Politik und Kämpfe hinausgehen. Wir sind Heiler, Streitschlichter, Bergeversetzer … und Visionäre.

Aber haben Magier nicht eine entscheidende Rolle in den Dimensionskriegen gespielt?

Durchaus — und sie sind auch heute noch entscheidend bei der Verteidigung unseres Landes und bei der Stabilisierung des Kräftegleichgewichts, aber wenn du einmal die Fähigkeiten eines Meisters in dir trägst und drei der vier magischen Prüfungen bestanden hast … erscheint dir Herrschen belanglos.

Zayda nickte langsam, dankbar über die unerwartete Offenheit des Meisters, auch wenn die Antwort sie nicht so richtig zufriedenstellen wollte.

Izerdan beendete sein Gespräch mit Cuvia, als wäre er in Gedanken nie anderweitig abgeschweift, wandte sich an die versammelten Mädchen und rief sie dazu auf, sich in Zweiergruppen zusammenzutun und die Übungen fortzusetzen.

Kielle drehte sich zu ihr, dass sich fast ihre Knie berührten, und legte die Hände entspannt in ihren Schoß.

Zayda mochte ihre Freundin – aber die Übungen mit ihr konnten zu einer Tortur werden, wenn Kielle es wünschte. Sie war so geschickt darin, die Realität nur ein wenig zu verschieben, sodass Zayda in der abschließenden Befragung kaum alles aufzählen konnte, was Kielle verändert hatte. Falls sie denn überhaupt etwas bemerkte.

Sie schlossen die Augen und warteten ab. Wie schon bei den Treffen zuvor erhielt Zayda auch diesmal keine Aufgabe, was bedeutete, dass Kielle die Übung aktiv gestalten würde. Izerdan hatte ihr erklärt, dass sie zu Anfang lernen sollte, die feinen Veränderungen wahrzunehmen, während Kielle als geübtere Novizin eine Art Mission erhielt.

Doch im Gegensatz zu Jelak war Kielle niemals grausam, sondern einfach unglaublich talentiert.

Letztes Mal hatte sie Zayda in einem Gespräch, das eigentlich nie stattgefunden hatte, unter anderem den Zweitnamen ihres Vaters entlockt – und es danach für sich behalten.

Zayda atmete tief durch und konzentrierte sich, während sie sich wieder erhob.

Sinn dieser Übungen war es, dass sie ganz nebenbei im normalen Alltag abliefen. Und manchmal fragte Zayda sich, warum sie sich überhaupt zusammen in Izerdans privatem Gemach einfinden mussten, um die neuen Aufgaben zu erhalten. Im Grunde hätte er ihnen doch einfach an jedem anderen Ort gedanklich ihr Ziel nennen können.

Doch wenn sie eines gelernt hatte, dann, dass es in der prekären Lage nach Jelaks Verschwinden unklug gewesen wäre, den Meister mit noch mehr Fragen als üblich zu löchern.

Draußen wartete R'jato und begleitete sie und Kielle in die Bibliothek. Zayda warf ihrer Freundin immer wieder warnende Blicke zu, doch die war nicht so dumm, gleich ein verräterisches Gesprächsthema zu wählen.

Auch R'jato schwieg auf dem Weg; das Gesicht schien so versteinert, dass Zayda nicht sagen konnte, was ihn beschäftigte. Würde ein Leibwächter daran Anstoß finden, wenn er unhöflich behandelt wurde?

An der Tür zur Bibliothek blieb sie stehen, ließ Kielle vorbei und wandte sich an den groß gewachsenen Mann.

„Darf Meister Izerdan überhaupt so mit dir umspringen?"

„Unser Verhältnis ist … sagen wir, kompliziert."

„Dann kennt ihr euch also. Hast du etwa auch magische Fähigkeiten?"

„Darüber darf ich nicht sprechen", erwiderte der Leibwächter so aalglatt, dass sie prompt versucht war, ihre Funken nach seinem Geist auszustrecken. Eigentlich müsste sie dort alle Antworten finden, doch etwas hielt sie zurück. Sie musste zuerst mehr Informationen sammeln, bevor sie in eine Falle tappte.

Sie zögerte, weil ihr diese seltsamen Gedanken durch den Kopf schossen, doch da rutschte ihr bereits die nächste Frage heraus.

„Woher kommst du eigentlich?"

R'jato runzelte die Stirn, aber als er den Mund öffnete, kam kein Ton heraus. Für den Bruchteil eines Wimpernschlags schien die Umgebung zu flackern.

Und da wurde Zayda misstrauisch. Wieso hatte sie ihn das gefragt? Und warum wollte er es nicht beantworten … oder konnte er es vielleicht nicht?

Weil sie es nicht wusste.

Er konnte nichts beantworten, worauf sie nicht selbst die Antwort wusste … weil ihr selbst gerade Informationen entzogen wurden.

Kielle, da hast du einen Fehler gemacht, dachte Zayda mit einem innerlichen Grinsen. Sie spielte aber das Spiel mit, dachte rasch an die Stadt Skir – und siehe da, es ertönte als Antwort aus seinem Mund.

Zayda nickte möglichst beiläufig, während ein abgeschotteter Bereich ihres Hirns schon daran arbeitete, wie sie dieses Szenario gegen Kielle wenden konnte. Was daran war überhaupt real? Saß sie am Ende noch in Izerdans Kammer?

Einen Augenblick spielte sie mit dem Gedanken, Kielle direkt bloßzustellen und ihr zu eröffnen, dass sie die Illusion durchschaut hatte. Doch hatte der Meister ihr vor Wochen erklärt, dass sie nicht nur lernen sollte, Spione zu entdecken, sondern dass sie deren Unwissenheit ausnutzen sollte.

Ich werde ein Doppelspion, so wie R'jato bestimmt einer war, dachte sie heimlich. *Immerhin sind die Magier meines Vaters auch darauf ausgebildet, fremdes Eindringen aufzuspüren und ihn zu schützen. Wenn ich so etwas später auch ausgezeichnet beherrsche, stehen mir politisch alle Türen offen.*

Sie wandte sich also der Bibliothek zu und war nicht sonderlich überrascht, im Inneren niemanden außer Kielle anzutreffen.

R'jato folgte ihr, blieb jedoch still. Nicht einmal atmen hören konnte sie ihn, geschweige denn einen Herzschlag wahrnehmen.

Er trat viel zu nah an sie heran, während sie sich in der Bibliothek umsah. Kielle warf ihr nur einen kurzen Blick zu und schob sich zwischen die Regale, die trotz der kerzenbesetzten Laternen ziemlich dunkel wirkten.

„Zayda, warte. Warum stellst du mir so persönliche Fragen?"

„Ich ..." Sie steckte noch zu sehr in ihren abgeschirmten Gedanken, um sich rasch eine gute Antwort einfallen zu lassen. Als er ihr eine Hand auf die Schulter legte, erschauderte sie.

„Du bist ein sehr schönes Mädchen, weißt du das?"

Zaydas Hals schnürte sich zu, und ihre Gedanken zuckten ungewollt zu dem Tag der Erprobung zurück. Über ein Jahr war seitdem vergangen, es hatte sogar schon eine neue Erprobung gegeben, in der allerdings keine neuen Magier für die Schule entdeckt worden waren.

Dennoch träumte sie manchmal von dem widerlichen Sklaven.

Aber das hier waren Kielles Machenschaften.

Diese Anspielungen waren nichts weiter als billige Manipulationen ihres Verstandes.

Es ist nicht echt.

Sie schloss die Augen, konzentrierte ihre Magie, um sich zu beruhigen – und spürte, wie die Hand auf ihrer Schulter verschwand. Auch ansonsten wurde es dunkler. Ihre Magie prallte gegen die von Kielle, drang in die Illusion ein und formte sie neu.

Zayda schlug die Augen wieder auf. Die Kerzen flackerten in ihren Laternen, als würde ein heftiger Wind durch ihr Glas fahren.

Sie musste sich nicht umdrehen, um zu spüren, dass R'jato nicht mehr dastand. Sie hatte ihn gedanklich aus der Bibliothek geschickt, hatte die Vision, die Kielle ihr einpflanzte, nach ihrem eigenen Willen verändert.

Sie seufzte schwer und stellte dabei fest, wie trocken ihre Kehle schon die ganze Zeit war.

Ich habe Durst.

Sie machte einen Schritt vorwärts in die schattige Bibliothek, und ein platschendes Geräusch drang an ihr Ohr. Alles schien verzerrt und unglaublich langsam abzulaufen, während sie den Blick zu Boden schlug.

Wasser rann über die Holzdielen und färbte sie dunkel.

Was ist hier los? Weshalb würde Kielle so etwas machen, wenn sie doch weiß, dass ich auf der Hut bin?

Schnaubend schritt sie zwischen den Regalen entlang, unter denen das Wasser hervordrang, und kehrte schließlich zur Eingangstür zurück. Ihre Freundin war nirgends zu sehen, doch das Wasser stieg immer weiter. Es durchweichte jetzt schon ihre Stiefel und hatte die unteren Regalböden erreicht.

Es genügt jetzt. Kielle, ich weiß Bescheid. Das ist doch Unsinn, so etwas.

Der Raum blieb still, nur die Laternen zischten, und das Wasser gurgelte, während es sich zielstrebig ihren Knien näherte.

„Kielle!"

Anstelle einer Antwort wurde die Tür der Bibliothek aufgestoßen. R'jato stürmte herein – und er hatte kein Gesicht. Im nächsten Moment versteifte sich sein Körper, fiel wie ein Brett ins Wasser und verschwand, als würde er versinken. Doch er war wirklich nicht mehr da.

Der Raum krümmte sich, die Regale ächzten, während sich die Wasseroberfläche kräuselte wie der See im Sturm. Ein seltsamer Gedanke drängte sich ihr in diesem Moment auf, völlig fehl am Platz und dennoch beunruhigend.

Sie hatte den See bisher immer nur aus den obersten Fenstern des Anwesens betrachtet und war noch nie an seinem Ufer gewesen.

Und jetzt drohte sie in einer Illusion zu ertrinken, ohne jemals richtig schwimmen gewesen zu sein.

Sie schnaubte wütend, kniff die Augen zusammen und drängte das Knarren und Ächzen der zitternden Bücherregale aus ihrem Kopf. Sie hatte die Kontrolle!

Als sie die Augen wieder aufriss, war das Wasser zwar noch weiter gestiegen, aber immerhin näherten sich spritzende Schritte, und Kielle watete zwischen den Regalen auf sie zu.

„Was ist hier los, verdammt?"

„Das fragst du mich?!", rief Zayda zurück, gegen einen brausenden Lärm, der vor einem Atemzug noch nicht da gewesen war.

Es schien, als würden alle Regale in den verwinkelten Räumen zugleich krachend bersten, obwohl sie stehen blieben. Wind kam auf, und dazu mischte sich ein seltsames Heulen ... von Wölfen.

Die Haare in Zaydas Nacken stellten sich auf, als das Heulen lauter wurde.

Kielle blieb schwer atmend neben ihr stehen und warf einen gehetzten Blick auf die Tür, an der jetzt Krallen kratzten. Vor ihrem inneren Auge sah Zayda gefletschte Zähne, die über altes

Holz schabten, dazu leuchtend blaue Augen und rote Mäuler ...
doch wie konnte sie eine Art Vision in der Vision haben?

„Hör damit auf, Kielle!"

„Ich mache das nicht."

„Lass mich hier raus, sofort!"

Doch an den weit aufgerissenen Augen ihrer Freundin erkannte
sie, dass diese wirklich die Wahrheit sagte.

Das Wasser wurde noch dunkler, sprudelte mit immer höherem
Druck unter der Tür hervor, hinter der das Grollen und wütende
Jaulen lauter wurde.

„Wieso ertrinken diese Wölfe nicht?", brüllte Zayda gegen den
wütenden Sturm aus Wasser und Büchern, die sich spritzend aus
den Regalen ergossen.

Kielles Gesicht war jetzt eine verzerrte Fratze der Angst; ihre
Freundin schien ihr kein Stück helfen zu können.

Instinktiv sprang Zayda zur Tür und stemmte sich mit dem
Rücken dagegen, als das Heulen noch lauter wurde. Sie schloss die
Augen und aktivierte ihre Magie.

Es soll aufhören! Es soll ...

Wasser spritzte ihr ins Gesicht, und sie schnappte nach Luft.

Als sie die Augen aufriss, stand R'jato über ihr und hielt einen
leeren Eimer auf sie gerichtet. Wasser tropfte aus ihrem Haar, lief
ihr in die Augen und über die Kleidung.

Kielle atmete ebenfalls heftig, war nass und richtete sich gerade
auf. Zaydas Muskeln taten weh, als hätte sie sich wirklich gegen die
Tür in der Bibliothek geworfen.

„Was ... was ist passiert?"

Izerdan schnaubte laut und riss Zaydas Leibwächter den leeren
Eimer aus den Händen.

„Ihr hattet kein Recht dazu, die beiden zu unterbrechen!"

„Habt Ihr gesehen, wie sie gezuckt haben?" R'jato gestikulierte
wild, wies auf die beiden Mädchen und zeigte wütend zurück auf

Izerdan. „Er wollte euch in dieser seltsamen Illusion lassen, bis ihr euch selbst befreien könntet."

„Ich wollte lediglich sehen, ob sie es allein schaffen können, bevor ich sie selbst herausgeholt hätte – und das wesentlich eleganter als mit einem Eimer Wasser."

R'jato grummelte etwas Unverständliches und zog Zayda auf die Beine. „Alles in Ordnung? Kann ich etwas für Euch tun, Herrin? Trockene Kleidung vielleicht?"

Sie lächelte dankbar, streifte seine Hand jedoch ab und wollte das Wasser mithilfe ihrer Magie aus der Kleidung ziehen. Nur um festzustellen, dass ihre Knie zitterten und ihre Kräfte nach der Illusion vollkommen erschöpft waren.

„Was ... was machst du überhaupt hier?", fragte Zayda ihren Leibwächter, während Kielle sich das nasse Gesicht an ihrem Ärmel trocknete.

„Ihr habt beide etwas von Wölfen geschrien."

Zayda warf Kielle einen Blick zu, die allerdings erleichtert seufzte. „Ich war nur froh, dass du noch nie wirklich welche gesehen hast. Das war der einzige Grund, warum ich sie draußen halten konnte."

Zayda musste an ihre Vision im Pferdestall denken, verkniff sich aber einen Kommentar.

„Es ist ... definitiv nicht das, was ich erwartet hatte, aber auch nicht ungewöhnlich", ergriff da der Meister wieder das Wort.

„Was ist denn passiert?"

„Sag du es mir. Was hast du erlebt und getan?"

Zayda runzelte die Stirn und ignorierte die Tropfen, die weiter in ihre Kleidung eindrangen.

„Ich ... habe Kielles plumpe Versuche, mich auszuspionieren, durchschaut und ... versucht, es umzudrehen, die Illusion gegen sie zu wenden. Dabei ist wohl etwas schiefgegangen. Ich habe alles so getan, wie Ihr es erklärt habt, Meister."

„Eure Magie hat sich verbunden und verkeilt. Das ist schon bei anderen vorgekommen, wenn sich ihre Magie ähnelte. Wir werden das beobachten müssen und weitere Übungen durchführen, sobald das nächste Treffen ansteht. Aber ich warne euch: Macht keine Dummheiten. Bis auf Weiteres ist es euch verboten, eure Fähigkeiten aneinander auszutesten, habt ihr mich verstanden?"

Kielle und Zayda nickten im Gleichtakt.

„Was ist mit Jelak? Habt ihr noch einmal nach ihm gesucht?"

Zayda biss sich auf die Lippen, kaum war ihr die Frage herausgerutscht. Der Meister schoss ihr einen wütenden Blick zu, bevor er ihn angewidert auf R'jato richtete.

„Dies ist weder der richtige Ort noch die richtige Gesellschaft, um das Problem mit dem verschwundenen Jungen zu erörtern."

In diesem Moment geschah etwas Sonderbares. Ohne es recht bedacht oder gar abgewogen zu haben, entschied sie sich für eine Seite: für eine Verbrüderung mit ihrem Aufpasser.

„Ach ja? Und was wäre die richtige Gesellschaft? Mein Leibwächter darf und soll alles erfahren, was mich und meine Sicherheit betrifft, wenn ich meinen Vater richtig verstanden habe. Er ist der Stadtherrscher, erinnert Ihr Euch?"

Sie blitzte den Meister aus nicht minder wütenden Augen an, doch seine Reaktion blieb gelassen, und er entgegnete eisig kalt: „Heb dir dein Temperament für den Ring auf, Zayda van Dymar. Du wirst es brauchen."

Zayda nickte langsam, auch wenn sie nichts anderes wollte, als zu lächeln. Was machte schon die Rüge des Meisters, wenn er ihr doch unbewusst etwas viel Wichtigeres bestätigt hatte: Kielle und sie waren sich ähnlich.

Qualm hing in der kalten, stillen Winterluft des Übungshofs.

„Noch einmal."

Zayda biss die Zähne zusammen, um sich die Worte zu verkneifen, die aus ihrer Kehle entweichen wollten. Sie musste aufhören, den Meister offen zu kritisieren, wenn sie das hier überstehen wollte. Es waren vier Tage vergangen, seitdem R'jato ihr als Leibwächter zugeteilt worden war.

Vier Tage, in denen Izerdan zusehends ungehaltener wurde und Zayda keinen einzigen Fehler mehr verzieh. Wenn sie etwas nicht schaffte, brummte er ihr Strafen auf; außerdem verbot er Kielle und Meisterin Cara, ihre Wunden zu heilen, wenn sie sich bei den Übungen mit Feuer, die er mit der Gesamtgruppe angesetzt hatte, Verbrennungen zuzog.

Wenn er sie dafür strafen wollte, dass ihre Eltern sie schützen ließen, dann verstand sie den Gerechtigkeitssinn des Meisters und seine Ideologien zusehends weniger. Andererseits wollte sie ihm keinen Grund liefern, sie aus seiner aktuellen Laune heraus vielleicht aus der Elite zu verbannen.

Eigentlich hielt sie das für unwahrscheinlich, da er durch kleine Kommentare oder kurze Blicke schon öfter angedeutet hatte, dass er sie für eine seiner begabtesten Schülerinnen hielt – aber wer konnte schon in den Kopf eines Meisters sehen?

Sie biss also die Zähne zusammen, als sie zum vierten Mal in Folge aufgerufen wurde, um gegen den nächsten ausgeruhten Novizen in der kräftezehrenden Übung anzutreten.

Ihre Knie zitterten, und ihre Finger rauchten, doch als sie daran dachte, wie wunderbar warm und lebendig sich die Flammen angefühlt hatten, überwand sie den Anflug von Schwäche. Perkir war ihr nächster Gegner, und sie konnte ihm ansehen, wie sehr ihm diese Begegnung im Grunde widerstrebte.

Sehr gut. Hab Angst vor mir.

Zu Anfang schien der junge Mann sein Feuer tatsächlich mit einem Zögern zu entfachen. Er hob die Hand, schnipste mit den Fingern und ließ die Flammen anwachsen, bis die Hitze Schweiß auf sein Gesicht trieb, doch er griff nicht an.

Erst als Izerdan ihm einen durchdringenden Blick zuwarf, veränderte sich Perkirs Magie. Die Flammen wurden fast dunkelrot, schossen in die Höhe und dann in einem Sturm auf Zayda zu.

Seine Magie war anders als die von Cuvia, Kielle oder Sikeh – sie war getrieben von einem Widerwillen, einer innerlichen Spaltung, die ihn aus der Balance brachte.

Zayda packte ihre Hitze, baute sie zusammen mit der Luft zu einer Barriere auf und schlug damit die Flammen aus dem Weg. Doch Perkir war noch nicht am Ende. Er setzte nach, schickte einen zweiten Strahl aus Feuer hinter dem ersten her und zwang sie dazu, sich hastig auf die Knie fallen zu lassen, um dem Gröbsten zu entgehen. Einige heiße Funken streiften ihr Gesicht und hinterließen schmerzhafte Striemen. Sie packte auch dieses Mal wieder die Hitze, ignorierte das Brennen und Zittern in ihren Armen und lenkte die Flammen hoch Richtung Himmel, um sie aus dem Weg zu schaffen.

Als sie schwer atmend die Arme senkte und einen Blick zum Meister warf, schüttelte der nur den Kopf.

„Zu langsam. Noch einmal, Perkir."

R'jato, der bisher das Spektakel unbewegt vom Säulengang aus beobachtet hatte, schnaubte laut.

„Wollt Ihr sie nicht gleich einem direkten Feuerstrahl aussetzen?"

Die Schüler erstarrten, als Izerdan sich dem Leibwächter zuwandte, der sich so unverwandt zu Wort gemeldet hatte.

„Wie bitte?"

„Ich meine, dass ich nicht nachvollziehen kann, was diese Grausamkeit gegenüber Zayda soll. Sie hat sich nicht schlechter angestellt als die anderen Schüler."

„Ich verbitte mir solche Einwände an meinen Lehrmethoden. Ich bin seit mehreren Jahrzehnten Meister dieser Schule, und einzig und allein ich entscheide, welche Novizen meiner kostbaren Zeit würdig sind."

„Und das beinhaltet die Demütigung einer Hochgeborenen? Habt Ihr in Eurer Zeit als Ratsmitglied nicht gelernt, was Ehrenhaftigkeit und Respekt bedeuten? Auch wenn es sich noch um eine Anwärterin handelt?"

Izerdans Gesicht wirkte auf einmal, als hätte er einen üblen Geruch in der Nase.

„Wie könnt Ihr solche Anmaßungen überhaupt auf die Zunge nehmen?"

„Im Auftrag des Stadtherrschers ist mir diese Einwendung erlaubt."

Die knappe unbeeindruckte Antwort schien den Meister einen Moment aus der Fassung zu bringen.

Izerdans Blick nahm dieselbe frostige Kälte an wie seine Stimme und die Winterluft.

„Verzeiht, ich wünsche, nicht weiter gestört zu werden."

„Nein, Ihr müsst mir verzeihen, Herr Izerdan. Denn ich gebe kein Kupferstück darauf, was Ihr Euch wünscht."

„Wie kannst du es wagen –", setzte der Meister an, doch R'jato unterbrach ihn, als müsste er alles einem kleinen Kind erklären.

„Ich bin auf direkten Befehl des Stadtherrschers hier, Izerdan. Ich müsste Euch keinerlei Respekt entgegenbringen, denn meine Sorge gilt einzig und allein der Sicherheit meiner jungen Herrin Zayda van Dymar."

Izerdan wurde erst blass, dann dunkelrot.

Zayda konnte seine Magie spüren, wie sie in der Luft prickelte und vor Spannung zuckte; doch Izerdan hielt sich zurück, drehte sich stattdessen auf dem Absatz um und verschwand in Richtung seiner Privatgemächer.

R'jato entspannte sich sichtlich, während er Zayda anlächelte. Ihre Mundwinkel zuckten ebenfalls nach oben, als sie feststellte, dass sie ihren Leibwächter auf einmal ziemlich sympathisch fand.

Abends verabschiedete sie sich von R'jato, indem sie ihm ein möglichst ehrliches Lächeln schenkte, bevor sie die Tür der Kammer schloss. Wie auch die Nächte zuvor blieb er im Gang, stellte sich wohl an eines der Fenster und beobachtete den stillen Innenhof, während seine Aufmerksamkeit sicherlich ganz auf etwaige Gefahren im Korridor gerichtet blieb.

Zayda fragte sich nicht zum ersten Mal, wie er mit so wenig Schlaf zurechtkam. Wenn sie es richtig einschätzte, hatte er lediglich Zeit zur Erholung, während sie sich tagsüber in ihren Übungen befand.

Ob da Magie im Spiel ist?

Sie verwarf den Gedanken, noch einmal hinauszugehen und ihn zu fragen, und richtete ihre Aufmerksamkeit lieber auf den Brief, den sie auf ihrem Bett vorfand.

Lächelnd stellte sie fest, dass er von Zeruk stammte, der sich verabschiedete, weil er wieder ins Hochland zurückmüsse. Er schrieb ihr von seiner Freude, sie als Magierin wiedergetroffen zu haben, dass er sich auf ihre nächste Begegnung freue – und dass sie Djark nicht so hart angehen solle. Mit ihren magischen Kräften, die ihm eindeutig überlegen seien.

Zayda starrte die Zeilen eine ganze Weile stumm an, während Kielle den Raum betrat, sich auf ihr Bett warf und in ihre Decke einrollte. Sie sagte etwas über anstrengende Übungen, drehte sich weg, und Zayda konnte immer noch nicht fassen, was ihr Bruder da geschrieben hatte.

Er hielt sie für stärker als Djark?

Auch wenn der Brief so förmlich wie sonst auch war, schwang etwas zwischen den Zeilen mit, das sie beflügelte.

„Hast du das gelesen?", rief sie freudig, doch vom anderen Bett kam nur ein Schnauben.

„Ich lese für gewöhnlich nicht die Briefe anderer Leute, Zayda. Auch wenn sie von gewissen Brüdern sind. Du solltest deine Gedanken wirklich nicht so hinaussenden, weißt du."

Zayda lief rot an und setzte sich auf ihre eigene Decke, um ein Buch aus Izerdans Sammlung zu lesen und ihre Gedanken auf etwas anderes zu richten. Vor allem nach innen.

Sie spürte, dass Kielle heimlich lächelte und ein Nicken andeutete, das wohl bedeuten sollte, dass sie mit Zaydas Resultat zufrieden war.

Ich sollte mir angewöhnen, einen dauerhaften Schutz aufrechtzuerhalten wie die großen Meister.

Doch dieses Ziel würde sie nur erreichen, wenn sie endlich all die Konflikte beilegen konnte, die sich um sie herum aufbauten.

Kielle?

„Hm?", kam ein Murmeln aus dem anderen Bett.

„Ich könnte deine Hilfe gebrauchen."

Mit einem Seufzen drehte sich Kielle unter ihrer Decke zu ihr um.

Als sich ihr Blick traf, übertrug Zayda ihr mit einem kurzen Funken aus Magie ihr Ziel.

Da warf Kielle die Decke zurück und setzte sich auf.

„Zayda, ich glaube nicht, dass es sinnvoll ist, einen Leibwächter abzuhängen und auszutricksen."

„Es ist das letzte Mal, ich verspreche es."

Kielle zog den Mund schief. „Das sagst du nur, weil du Izerdan bitten willst, dir so bald wie möglich das Teleportieren beizubringen. Dann brauchst du mich nicht mehr."

„Diese Unterhaltung ins Lächerliche zu ziehen, wird dir auch nichts nützen. Ich lasse mich nicht ablenken oder in einen forcierten Streit verwickeln. Bitte, Kielle, nur einmal noch."

Ihre Freundin seufzte, auch wenn sie lächeln musste. „Dich kann keiner so leicht hinters Licht führen, was?"

„Das mit den Augen steht auch auf meiner Liste. Kannst du es mir noch einmal zeigen, bevor ich heute Nacht verschwinde?"

„Sonst noch etwas? Soll ich dir noch eine Handvoll Bilure besorgen, wo wir schon dabei sind?"

Kielle verschränkte die Arme vor der Brust, aber Zayda schob absichtlich schmollend die Unterlippe vor.

„Du weißt doch genau, dass Izerdan mir keine magischen Speichersteine geben will. Er sagt immer, ich wäre noch nicht bereit dafür, mit magischen Explosionen und Teleportationen in der Tasche herumzulaufen. Aber die Steine glitzern nun mal so schön …"

Nach einem kurzen Moment des Schweigens seufzte Kielle erneut. „Dann komm her."

Sofort sprang Zayda hinüber auf das Bett und setzte sich ganz nah neben ihre Freundin, um sich von ihr die Hand auf die Schulter legen zu lassen.

„Nein, mach die Augen wieder auf, du musst die Veränderung ja sehen können."

Zayda tat wie geheißen, während ihr Herz schneller in der Brust trommelte. Kielles Magie wanderte durch ihre Hand in Zaydas Körper und bis zu ihren Augen, wo sie sich auf sie legte wie eine Glasschicht aus Funken.

Alles wurde gestochen scharf und hell.

Zayda strahlte und prägte sich das Gefühl ein, um es später imitieren zu können. Sie bewunderte in diesem Moment die Schönheit ihrer Freundin, die Gelbnuancen ihrer strahlenden Augen und das Haar, das aussah wie sonnenbeschienenes Stroh. Sie fragte sich, ob sie überhaupt schon einmal bei einer Ratke in der Stadt solch goldenes Haar gesehen hatte – da brach die Sicht zusammen und wich wieder den Schatten der Kammer, die nur von der einzelnen Kerze verdrängt wurden.

Kielle wirkte ein wenig verlegen, bevor sie sich räusperte.

„Die Miakoda haben diese Kunst perfektioniert. Sie nennen es Konane, wenn man die Sicht so verbessert. Fast alle von ihnen haben dauerhaft reflektierende, leuchtende Augen … zumindest habe ich das in einem Buch gelesen."

„Hast du schon mal einen gesehen?"

„Hm? Einen Miakoda? Ja, sicher, es gibt auch welche hier in der Stadt. Händler und so."

„Aber einen Magier? Mit glühenden Augen und Wolfsohren?"

Kielle lachte. „Komm, ich glaube, es wird Zeit, dass ich dir bei deiner Mission helfe."

„Aber …"

„Zayda, du musst dich entscheiden. Willst du eine Lektion über die anderen Völker hören, oder willst du deinen geheimen Ausflug erleben?"

Sie zögerte, doch es musste heute Nacht sein. R'jato war nach der langen Diskussion mit Izerdan sicherlich abgelenkter als sonst, und es könnte ihre einzige Chance sein. Ganz davon abgesehen, dass jegliche Spuren mit der Zeit verschwinden würden. Falls es überhaupt noch welche gab, musste sie jetzt danach suchen, auch wenn sie lieber herausfinden wollte, wieso Kielle Kontakt mit den Miakoda hatte, obwohl nicht einmal die Tochter der van Dymar sie kannte.

Oder war vielleicht gerade das der Grund?

Soweit Zayda wusste, waren im innersten Stadtviertel nur sehr wenige Fremde als Gäste zugelassen. Hatte man sie gezielt von fremden Eindrücken und den anderen Völkern ferngehalten?

Mit Erstaunen stellte Zayda fest, dass sie nicht einmal wusste, welchem Volk Sebila angehörte.

Sie würde ihre Amme darüber ausfragen müssen, wenn sie das nächste Mal zum Anwesen kam – vorausgesetzt, R'jato entdeckte ihren jetzigen Plan nicht und ließ sie dann noch aus den Augen.

„In Ordnung. Bring mich hier raus, und ich verspreche, dich für eine Woche nicht mehr mit nervigen Fragen zu löchern."

„Versprich nichts, was du nicht halten kannst, Schwester."

Zayda grinste, dann hüllte sie sich fester in ihren Mantel und wartete darauf, dass Kielle sie an den Schultern umfasste.

Gib mir ein wenig Zeit. Ich habe es noch nie aus der Kammer heraus versucht. Der Weg ist weiter, und schon das leiseste Knacksen könnte deinen Leibwächter an unsere Fersen heften.

Dann lass dir besser so viel Zeit, wie du möchtest.

Sie schlossen beide die Augen, und Zayda wartete geduldig, solange Kielle die Energie fokussierte. Bald kitzelten die magischen Funken auf ihrer Haut, tanzten durch ihre Gedanken und umschlossen ihren Körper.

Der Ruck, der sie aus der Realität riss und an anderer Stelle wieder ausspuckte, war diesmal wesentlich zielgerichteter, doch er überrumpelte Zayda stärker als zuvor. Kielles Magie hatte sie so abgelenkt, dass sich alles drehte, als sie wieder Boden unter den Füßen spürte.

Übelkeit wollte sich in ihren Magen schleichen, doch sie drückte das Gefühl weg, während kalte Luft unter ihren wehenden Mantel fuhr.

Dankbar nickte sie Kielle zu. „Wir sehen uns später, ja? Ich kontaktiere dich, wenn ich wieder reinwill."

„Du bist sicher, dass ich nicht mitkommen soll?"

Zayda nickte bestätigend, dann stellte sie den Kragen ihres Mantels auf und huschte in die Dunkelheit der verschneiten Gassen.

„Ich muss das allein machen."

Kanalratten

Sie hätte es Kielle gegenüber niemals zugegeben und wollte es auch nicht sich selbst gegenüber eingestehen, aber in ihrer Brust rührte sich etwas, das sie einfach nur als Angst bezeichnen konnte.

Kriegerinnen hatten keine Angst. Magierinnen erst recht nicht!

Mit einem Schnauben löste sie sich von der Wand, an die sie sich kurz zum Luftholen gelehnt hatte.

Sie durfte jetzt nicht aufgeben. Wenn sie in Izerdans Gunst wieder steigen wollte, musste sie endlich herausfinden, was Jelak zugestoßen war.

Der einzige Weg.

Sie hielt also erst wieder inne, als sie die Gasse erreichte, in der sich die Spur der Magie verloren hatte.

Neue Fußspuren waren seit der Nacht hinzugekommen und hatten eine schmutzige Linie aus vielen Abdrücken in der Mitte der Gasse hinterlassen, gesäumt von einer weggeworfenen Fackel, die heruntergebrannt war, einem abgenagten Knochen und etwas, das Zayda nicht genauer betrachten wollte.

Es dauerte einen Moment, bis sie die Stelle wiedergefunden hatte, dann lenkte sie Magie in ihre Augen und ignorierte den stechenden Schmerz, der sich dabei in ihrem Schädel breitmachte.

Die Umgebung flackerte, wirkte verzerrt und nicht wirklich real – doch nach einem Moment fokussierte sich zumindest ein kleiner Teil ihres Sichtfelds und wurde heller und kontrastreicher.

Sie wollte sich selbst dafür schelten, diese Konane vorher nicht geübt zu haben, doch plötzlich erregte etwas ihre Aufmerksamkeit.

Dort an der Mauer war etwas, das sie in der Nacht mit Kielle für Ruß gehalten hatte. Aber es war kein Ruß.

Mit gerunzelter Stirn trat sie näher, betrachtete das Zeug genauer und wusste nicht recht, wie sie es einordnen sollte. Ihr erster Gedanke galt einem schleimigen, dunklen Pilz, wie sie ihn schon einmal am Eingang der Kanalisation gesehen hatte.

Sie streckte ihre Finger danach aus, und als sie ihre Magie damit verband, schoss ein dumpfer Schmerz durch ihre Adern. Rasch zuckte sie davon weg, wollte schon losrennen, doch dann zögerte sie.

Was auch immer das war – es musste irgendwie mit Jelak zusammenhängen.

Nachdem sie einen Blick die Gasse hinauf und hinunter geworfen hatte, legte sie die Finger wieder auf den dunklen Schleim. Mit einem Seufzen bereitete sie sich vor, sandte vorsichtig einzelne Funken in die Mauer und versuchte, jede Regung und jede Wandlung ihrer Gefühle genau wahrzunehmen.

Zuerst entstand ein Ziehen in ihrer Brust, bevor der Schmerz dazukam.

Wohin führt dieses Ziehen?

Sie zog ihre Funken zurück, verlangsamte den Prozess noch weiter, während ihr vor Anstrengung Schweiß auf die Stirn trat.

Nach rechts.

Sie schloss die Augen, während sie das Gefühl weiterverfolgte. Es schmerzte, brannte in ihrer Brust, doch sie machte weiter, bis ihr Atem stoßweise ging und sie nicht mehr konnte.

Mindestens vier Straßen weit hatte sie die Spur gefühlt. Sie schüttelte sich das Zittern aus den Knien und stapfte eisern los.

Sie zögerte erst, nachdem sie schleichend zwei Kreuzungen überwunden und sich im tiefen Schatten eines offenen, leeren Stalls verborgen hatte. Hier hatte sie die Spur wieder verloren, und sosehr sie auch suchte, sie konnte nichts Sonderbares an den Wänden oder Balken finden.

Bis sie einen Schatten unter den Schneeschichten der letzten Nacht ausmachte. Da war etwas grauer Schleim, überdeckt von neuen Flocken, die sie wegwischte.

Weshalb wirkt es so unpassend, dass sich Schnee auf diesem Zeug hält? Was ist das?

Nach einem erneuten tiefen Atemzug legte sie die Fingerspitzen auf den gefrorenen schwarzen Fleck, der sich kein bisschen kalt anfühlte.

Diesmal führte sie das Ziehen nicht so weit. Hinter dem langsam zerfallenden Pferdestall und einem schmalen Durchgang öffnete sich ein Hinterhof. Und ab dort lenkte das Gefühl sie in die Tiefe.

Als Zayda sich erhob, hatte sich dieses schmerzhaft ungute Gefühl endgültig in ihrem Inneren festgesetzt. Der kleine Innenhof sah genauso verlassen aus wie der Stall – verwelktes Laub hatte sich in überschneiten Haufen angesammelt, eine der wenigen Türen stand einen Spaltbreit offen, und einige Fenster hatten keine Scheiben mehr.

Sie sah sich um und fühlte sich bedroht, obwohl Stille herrschte und offensichtlich niemand hier war. Die Einzigen, die zu dieser Stunde noch die Straßen der Stadt bevölkerten, waren Feierlustige, Stadtwachen und Dirnen. Zumindest hatten ihre Brüder das immer behauptet.

Doch dieser schwarze Schleim erzählte ihr eine andere Geschichte.

Die magische Spur führte sie weiter. Wenn sie die Augen schloss, konnte sie das dunkle Ziehen noch als leises Echo in ihrem Hinterkopf wahrnehmen. Es zeigte in die gegenüberliegende Ecke des Hofs, zu einer Mauer, hinter der sich ein Kellerzugang verbarg.

Am oberen Ende der Treppe zögerte sie.

Reiß dich zusammen! Du willst Jelak finden und ihm ordentlich eine verpassen, falls das alles nur ein dummer Streich sein sollte!

Sie lenkte also wieder Magie in ihre Augen, ignorierte das Flackern am Rand ihres Sichtfelds und schritt die Treppe hinab.

Was konnte sie auch groß in einem Keller erwarten?

Nur schwarze Schatten.

Sie machte den finalen Schritt über die Türschwelle und ärgerte sich dabei über ihr wild pochendes Herz. Eine Kriegerin hatte keine Angst!

Mit geballten Fäusten betrat sie den Keller und hätte fast laut geschnaubt.

Leer?

Zayda runzelte die Stirn und fokussierte dabei ungewollt ihren Blick stärker. Die Konane wurde deutlicher, also ließ sie die Augen so zusammengekniffen und sah sich genauer um.

Zerbrochene Gefäße, vertrocknete Reste von Vorräten; sie hatten einige Ratten angelockt, die nun rasch in einer Ritze verschwanden.

An einer Seite des Kellers standen noch alte Regale, in einer Nische stapelten sich Kisten. Dahinter war das Gemäuer eingebrochen und gab einen schmalen Spalt frei, der in einen nachtschwarzen Raum führte.

Sie schlüpfte durch den Riss zwischen den Ziegelsteinen, versuchte, nicht zu viele von den zerbrochenen Stücken am Boden zu verschieben, und fasste dabei unbedacht an die Wand, wo noch mehr schwarzer Dreck klebte.

Angewidert wischte sie ihre Finger an ihrem Mantel ab, ehe sie sich umsah – und das nicht zu früh. Direkt vor ihren Füßen ging es abwärts, in einen trockenen, leicht abgerundeten Graben, der sich rechts und links in die Länge zog.

Sind das die Abwasserkanäle?

Als sie hinuntersprang, beantwortete der aufsteigende Geruch der eingetrockneten Kruste unter ihren Füßen die Frage.

„Ha… Halloooo?", rief sie erst zaghaft, dann lang gezogen in die Gänge hinein.

Hallooo.

Hallo…

Lo…

Zayda lauschte auf den leiser werdenden Widerhall des Echos und kam sich dabei lächerlich klein vor. Natürlich blieben ihr beide Richtungen eine Antwort schuldig, also wandte sie sich einfach zufällig nach rechts und suchte den schmalen, erhöhten Rand des Kanals nach Spuren ab.

Sie durfte jetzt nicht aufgeben, nicht stehen bleiben. Hier unten wartete ein Geheimnis auf sie, eine Erklärung.

Ein Stück weiter entdeckte sie einen dunklen Handabdruck an der Kante und einige glänzende, noch feuchte Flecken im eingetrockneten Bett des Kanals. Die Spur führte um eine Biegung des Gangs, dann hinauf auf den schmalen Weg und über eine kleine Brücke aus Brettern.

Ihr Atem und die knirschenden Schritte im Dreck waren die einzigen Geräusche in dieser toten Kanalisation – bis sie wieder auf den Rand geklettert war und durch einen Bogen trat.

Der Gestank von Unrat und Verwesung wurde immer stärker.

Zayda hob schützend den Arm vor das Gesicht, um nicht würgen zu müssen, als sie an den Rand des Kanals trat. Er lag ein Stück tiefer als der hinter ihr, und war mit trübem braunem Wasser gefüllt.

„Das ist widerlich! Jelak? Was machst du hier unten, du Idiot?"

Ihre erstickte Stimme hallte diesmal nicht wider. Sie sprang mit Anlauf über den vollen Kanal und wäre auf der anderen Seite fast ausgerutscht. Mit zu viel Schwung prallte sie an die Wand gegenüber. Ihr entwich ein lautes Ächzen, das sich zu einem unheimlichen Zischen verzog, als das Echo durch die Gänge hallte.

Fluchend drückte sie sich von dem Gemäuer weg und stapfte weiter. Das schmerzhafte Ziehen, das die Verbindung mit dem schwarzen Schleim in ihrer Brust auslöste, wurde jetzt immer stärker und lenkte ihre Schritte.

Der Kanal neben ihr gurgelte; sie wandte den Blick von den braunen Strudeln ab, die sich darin immer wieder bildeten.

Weshalb würde ein Junge freiwillig hier heruntergehen?

Zu dem Gurgeln des Wassers kam jetzt ein fernes Plätschern hinzu. Ein Windhauch trug ihr einen ekelhaft süßlichen Gestank entgegen; er ließ in Zaydas Magen ein Würgen aufsteigen, das sie kaum niederkämpfen konnte.

Endlich führte die Spur aus Magie um eine Ecke in dem Labyrinth aus Kanälen, hinter der sich eine Tür befand. Am Griff klebte leimartiges schwarzes Zeug.

Zayda schüttelte das ungute Gefühl ab und drückte die morsche, halb zerfallene Tür mit ihrem Knie auf, um die Klinke nicht berühren zu müssen.

Falls sie die schwarzen Spuren zuvor faszinierend gefunden hatte, so waren sie mit einem Mal abstoßend – kaum war die Tür aufgeschwungen.

Der ganze Boden war mit einer Schleifspur besudelt, die ins Innere des unterirdischen Gewölbes führte. Nicht nur das. Auch die Wände und Möbel waren damit überzogen.

Und auch die Gestalt, die auf dem Bett lag.

Zayda blieb der nächste Atemzug im Hals stecken, als sie vorsichtig den Raum betrat. Fast schien sich das Bett immer weiter von ihr zu entfernen, während sie darauf zuging. Dann stand sie davor, streckte ihre Hand aus und berührte die Gestalt an der Schulter.

Er lag seitlich, mit dem Rücken zum Raum und dem Gesicht zur Wand … und als sie zögerlich an seiner Schulter zog, rollte er auf den Rücken.

Der Hals drehte sich nicht richtig, weil er steif war; das Gesicht zeigte zur Decke, und dunkle, hohle Augen starrten ins Nichts.

Ein Schrei entwich Zaydas Kehle. Hastig sprang sie zurück, als sein Arm vom Bett rutschte und gegen ihren Schenkel stieß.

Das kann nicht wahr sein … das ist alles nur ein Scherz.

„Je… Jelak?"

Natürlich antwortete er nicht.

Es war überflüssig und absolut lächerlich, hier unten in diesem Versteck auch nur ein Wort zu sprechen.

Denn es war nun ein Grab.

Zayda rannte los. Sie stürmte aus dem kleinen Raum, schlitterte über rutschige Gänge und würgte, weniger wegen des Gestanks als wegen ihrer Feigheit ... dann stolperte sie durch den Keller, die Treppe hinauf und fiel in das weiche Weiß des Winters.

Ihr Magen wollte sich umdrehen, doch sie rappelte sich wieder auf und hastete durch den rutschigen Schnee.

Sie sah nicht, wo sie hinlief, sah überhaupt kaum mehr etwas außer Dunkelheit, blaugrauem Schnee und gelegentlich dem roten Flackern einer Fackel. Und dazwischen tauchte immer wieder das leblose Gesicht vor ihr auf, mit den toten Augen, dem Schleim und Ruß ...

Während ein kleiner Teil ihres Verstandes schrie, dass sie sich gefälligst beruhigen und wie eine Kriegerin verhalten sollte, behielt die Panik die Kontrolle über jede ihrer Bewegungen.

Sie war nur froh, dass ihre Augen anscheinend vergessen hatten, wie man Tränen produzierte – denn das hätte ihr endgültig den Rest Sicht geraubt, der ihr in der sternlosen Nacht noch blieb.

Diese Überforderung und Hilflosigkeit, wie sie sie hasste! Doch alle Magie schien beim Anblick des Toten aus ihrem Innersten gewichen zu sein.

Als hinter ihr eine Fackel an einer Straßenecke zischte, warf sie einen Blick über die Schulter, bevor sie um die Ecke bog, so wie es R'jato ihr geraten hatte.

Keine Ahnung, warum ich mich überhaupt verfolgt fühle, keine Seele ist hier! Nur Tote und schwär ...

In dem Moment prallte sie mit der Schulter gegen etwas Weiches, wurde zu Boden gerissen und fand sich jäh in einem verknoteten Bündel, das aus zwei Wintermänteln und Armen und Beinen bestand.

„He!", keuchte sie atemlos und mit viel zu hoher Stimme, riss sich los und sprang äußerst unelegant wieder auf die Beine.

Vor ihr rappelte sich ein Junge auf, klopfte sich fluchend den Schnee vom Mantel und sah dann zu ihr auf.

Sie blickte dem Tod direkt in die Augen.

Zayda spürte, wie jegliche Farbe aus ihrem Gesicht wich. Sie zuckte von ihm weg und torkelte rückwärts, doch er griff nach ihrem Arm und hielt sie fest.

„Du bist tot! Du bist …"

„Wovon redest du da?"

Doch es war wirklich Jelak, der ihren Arm umkrallte. Der schmerzhafte Druck seiner Finger, die in dünnen Handschuhen steckten, half jedoch kein bisschen dabei, sie in die Realität zurückzuholen.

Zayda fühlte sich getrieben wie das Pferd von den Wölfen in ihrer Vision. Nur dass sie sich diesmal nicht imstande fühlte, sich den Biestern zu stellen.

War das alles vielleicht nur ein grausam lebhafter Albtraum? Oder eine Vision von Kielle? Doch dafür war alles unten in den Kanälen viel zu real gewesen. So etwas konnte man sich nicht ausdenken.

Ihr fiel nur einer ein, der sich diese Mühe machen würde und dafür düster genug war.

Sie riss sich los, auf einmal absolut nicht mehr verängstigt.

„Was sollte das?", schrie sie jetzt, und es war ihr dabei völlig egal, dass sie vermutlich die ganze Straße aufwecken würde. „Warum machst du das mit mir?"

Sie wollte es nicht, doch plötzlich stieg eine Hysterie in ihr hoch, die sie nicht kontrollieren konnte. Sein lebloser Körper und seine toten Augen – sie erinnerte sich noch immer klar und deutlich daran, obwohl er jetzt kerngesund vor ihr aufragte.

Auf seinem schmutzigen, etwas hageren Gesicht zeigte sich jedoch eine absolut ehrlich wirkende Verwirrung.

„Wovon redest du? Ich habe dich seit über einer Woche nicht gesehen! Und überhaupt: Was machst du hier draußen in der Stadt?"

„Ich habe dich gesucht! Meister Izerdan ist außer sich, die ganze Schule steht kopf, und ich wollte herausfinden, was da in den Gassen vor sich ging, wo ich deine Magie gespürt habe."

„Du hast meine Magie gespürt? Wo war das?"

„In den Dienergassen südlich vom Tempel. Das ... ist alles nur ein Traum. Es muss so sein. Lass mich sofort aufwachen, du Bastard!"

„Ich mache gar nichts!", rief er da zurück und wirkte ehrlich gekränkt. Wenn er das nur spielte, dann war er gut. Verdammt gut. Aber er war auch tot. Sie spürte es.

„Das ... ich ... ich habe dich gesehen! Da war Schleim, eine Spur, sie führte runter in die Kanalisation, in uralte Katakomben ... und da lagst du! Du ..."

Bevor sie reagieren konnte, hatte er sie an beiden Armen gepackt.

„Wo war das? Zeig es mir!"

Zayda wollte alles lieber, als noch einmal hinunter in diesen Albtraum zu steigen, doch er ließ nicht davon ab – dabei glänzte eine Verzweiflung in seinen Augen, die sie noch nie bei ihm gesehen hatte.

Wenn er nicht selbst für diese Illusion verantwortlich war, dann wollte er wohl offensichtlich um jeden Preis herausfinden, wer dahintersteckte. Und mit einem Mal wollte sie das auch! Wer auch immer ihr diesen äußerst morbiden Streich gespielt hatte, konnte nur düstere Absichten hegen.

Also nickte sie zustimmend, drehte sich auf dem Absatz um und hielt erst wieder an, als sie sich durch die Stadt bis in den dunklen Innenhof geschlichen hatten.

Jelak zwängte sich hinter ihr durch die Spalte in der Kellerwand, rümpfte die Nase und zögerte plötzlich.

„Wenn du mich hier in eine Falle lockst, wirst du es bitter bereuen, das verspreche ich dir."

„Pass lieber auf, wo du hintrittst ... und achte auf Magie. Wenn du recht hast, war ich hier unten vorhin keineswegs so allein, wie ich gedacht habe. Wer auch immer das war, er ist gut."

Er schien ihre Ernsthaftigkeit richtig zu interpretieren, nickte nur und folgte ihr dann über denselben Pfad, den sie kurz zuvor entdeckt hatte. Es blieb jetzt keine Zeit, um die Umgebung zu erkunden oder nach Abkürzungen zu suchen.

Jelak fluchte leise, als sie sich an den stinkenden Kanälen vorbeischoben und hinüberspringen mussten. Vor der Abbiegung blieb Zayda stehen und lauschte, doch Jelak atmete so laut und ungeduldig, dass sie auf nichts anderes horchen konnte. Mit einem Kloß im Hals trat sie um die Ecke.

Sie hatte erwartet, dass sie nur einen langen Kanal vorfinden würde, keine Tür.

Doch die dunkle Öffnung und auch die Schleifspur waren deutlich zu sehen. Ihr wurde übel, und das lag ganz sicher nicht an den widerlichen Ausdünstungen des Abwassers.

Wenn die Tür und der Schleim nicht Teil einer Illusion gewesen waren ... dann lag dort drin vielleicht wirklich ein Toter.

Jelak schien ihren Gesichtsausdruck zu bemerken, denn er stürmte vor und ins Innere der Kammer. Schon nach einem Atemzug war er wieder draußen und zog sie heran. „Was soll das alles? Du schleifst mich hier herunter ... für nichts?"

Zaydas Atem stockte, als sich ihre Augen magisch an die noch dunklere Umgebung anpassten. Das Bett war leer, auch wenn alles andere noch da war. Die Schleifspur, der Schleim und der seltsame Ruß, der fast alles bedeckte. Aber Jelak stand jetzt neben ihr.

Da wurde ihr klar, dass sie bis zu diesem Moment ein klein wenig daran gezweifelt hatte, ob er wirklich leibhaftig neben ihr stand.

Er deutete auf das Bett, auf dem Zayda sogar noch den Abdruck eines Körpers ausmachen konnte. Jelak hingegen schien nichts davon zu bemerken.

„Was ist das hier? Wolltest du mich hier herunterlocken? Du glaubst doch nicht ernsthaft, dass du es mit mir aufnehmen kannst!"

Zayda starrte noch immer auf das Bett, bevor sie wild den Kopf schüttelte. „Darum geht es nicht! Ich verstehe … das nicht. Du lagst da auf dem Bett – tot, aber es war keine Illusion! Der Raum ist echt."

„Du bist eine gemeine Hexe, Zayda! Lässt mich glauben, dass mein Bru…"

Jelak stockte, während Zaydas Augen sich an seine klammerten. *Mein …*

Mit einem Schlag setzten sich die Teile eines Bildes zusammen, von dem ihr jetzt erst klar wurde, dass es immer fehlerhaft gewesen war. Das seltsame Verhalten, seine schwankenden magischen Fähigkeiten, seine unerklärlichen Stimmungen.

Nur ein Teil davon war Jelak gewesen!

„Jorek!", rief sie aus und hätte beinahe gelacht, weil das Ganze endlich einen Sinn ergab. „Das war er!"

Jelak zuckte zusammen, als hätte man ihn mit einer glühenden Kohle gestochen. „Woher weißt du davon?"

„Ich habe dich seinen Namen einmal denken hören. Dabei dachte ich einfach, es wäre dein kleiner Bruder … aber er ist dein Zwilling! Bei Kalarati, dass ich nicht früher darauf gekommen bin."

Sein Blick wurde wahrhaft verzweifelt.

„Was ist jetzt mit ihm? Hast du ihn gesehen oder nicht? Sag mir endlich die Wahrheit!"

Er war offensichtlich nicht in der Laune für ausführliche Erklärungen – und auf einmal verstand sie auch, was ihn antrieb. Er und sein Zwilling hatten so vieles geheim gehalten. Obwohl

Zayda die Gründe dafür noch nicht durchschaut hatte, war ihr doch klar, dass eine Beteuerung hier nicht reichen würde.

Sie musste ihm die Wahrheit zeigen.

„Ich … ich lasse dich in meinen Kopf und meine Erinnerungen sehen. Keine Abwehr, keine Manipulation, nur die Wahrheit. Wenn du versprichst, mich nicht anzugreifen."

„Ich verspreche es."

Schon trat er zu ihr, legte die Hände an ihre Schläfen und drückte ein wenig zu fest zu.

Zayda musste sich überwinden, ihn nicht wieder wegzustoßen. Ihr Herz raste noch, genauso wie ihre Gedanken, die mehr und mehr Einzelheiten der letzten Monate zusammensetzten, um zu entschlüsseln, wann ihr wohl welcher Bruder gegenübergestanden hatte. Bei welcher der vielen Prüfungen sie mit Jorek oder Jelak gekämpft hatte … und ob es da einen Unterschied gab.

Wie konnten sie das so gut verbergen? Die Magie von Zwillingen muss sich absolut ähnlich anfühlen, wenn nicht sogar gleich.

Zayda klärte mühsam ihren Kopf und versuchte, nicht daran zu denken, ob Meister Izerdan wohl davon gewusst hatte. Immerhin ließ er seit Tagen nach Jelak suchen …

Jetzt ergriff sie ebendessen Magie und ließ sie bereitwillig in ihren Geist strömen. Sofort entstand eine Verbindung zwischen ihnen, wurde ein Seil geknüpft, das ihre Gedanken zusammenschweißte und ein Verständnis erschuf, das sie bisher immer bewusst abgewehrt hatten.

Aus Missverständnissen und offener Feindschaft wurde schlagartig so etwas wie Mitgefühl.

Und das, obwohl sich Jelak ihr gegenüber immer wie ein Krieger verhalten hatte, der einem verfeindeten Familienclan angehörte. Doch jetzt war er einfach nur ein verzweifelter, junger Magier, der um jeden Preis seine zweite Hälfte wiederfinden wollte.

Zayda hätte niemals diese extreme brüderliche Liebe verstanden, wenn seine Magie es ihr nicht unbewusst erklärt hätte.

Natürlich empfand sie viel für ihre Brüder, doch sie waren auch häufig grob und hart zu ihr gewesen, hatten von ihr erwartet, dass sie alles einsteckte und das kleine Mädchen gab, das sie absolut nicht sein wollte.

Auch jetzt wollte sie stark sein.

Sie fokussierte ihre Gedanken, lenkte sein Bewusstsein und spürte, wie ihre frischen Erinnerungen gestochen scharf in seinem Geist auftauchten.

Wie sie sich von dem magischen Schatten leiten ließ, den Keller fand und sich Stück für Stück zu dem Versteck vorarbeitete, in dem sie sich jetzt befanden. Jelak hastete vor, beschleunigte die Erinnerung bis zu dem Moment, als sie die Tür aufstieß.

Sein Griff um ihren Kopf wurde fest, während sie gemeinsam zu der Gestalt auf dem Bett schritten und sie umdrehten.

Beim zweiten Mal war es für Zayda nicht minder beängstigend … und dennoch auf irgendeine Weise faszinierend.

Joreks Gesicht war abgemagert und durchzogen von schwarzen Schatten, die unter seiner Haut die Muskeln nachzeichneten.

Die Lippen waren rissig und bleich, aus der Nase lief etwas, das dunkles Blut oder vielleicht doch eher Schleim sein musste. Doch das Schrecklichste waren seine Augen.

Die Iris war milchig, rötlich und zugleich von dunklen verästelten Adern durchzogen, als hätten Würmer darin ihre Gänge gefressen; und das Weiß seiner Augen war dunkelrot von Blut.

Unter Jelaks magischem Einfluss schien sich die Erinnerung unendlich zu verlangsamen, sodass er alles ganz genau sehen konnte.

Er betrachtete seinen toten Bruder durch ihre Augen, dann löste er seine Finger von ihrem Kopf, und seine Hände fielen kraftlos auf ihre Schultern.

„Es tut mir so leid", flüsterte sie.

Er schien es nicht wahrhaben zu wollen, wehrte sich gegen die entsetzlichen Bilder. „Das ist alles nur ein Trick! Das muss es einfach sein …"

„Jelak, ich kann so etwas überhaupt nicht … und sieh dich doch hier um! Etwas Schreckliches ist hier passiert, überall ist dieses schwarze Zeug!"

Da wandelte sich das Entsetzen in seinen Augen in puren Hass.

„Du warst das! Du hast ihn getötet!"

Er stieß sie von sich, doch ihr Stand war fester als seiner, und so taumelte er selbst nach hinten, fiel rückwärts und landete in dem schleimigen Pech auf dem Boden.

Während sich seine Hände in das Zeug gruben, wurde sein Blick trüb und dunkel, und er schien das Mädchen über sich gar nicht mehr wahrzunehmen.

„Ich muss ihn finden. Er braucht mich!"

Jelak rappelte sich wieder auf und hechtete auf Zayda zu. Sie konnte sich gerade noch aus dem Weg drehen, da hastete er an ihr vorbei, hinaus in die Kanalisation.

Als Zayda endlich ihre Knie wieder unter Kontrolle gebracht hatte und ihm folgte, war er bereits fort. Das Echo seiner gehetzten Schritte erfüllte die Kanäle mit chaotischem Lärm, dessen Ursprung sie nicht verfolgen konnte.

„Jelak!", schrie sie, doch es kam keine Antwort. Das Echo verging und ließ eine Stille zurück, die ihr Herz mit Angst durchflutete.

Er war weg, genau wie sein Bruder – und Zayda drängte sich die Frage auf, wer oder was den toten Jungen geholt hatte.

Sie verwarf den Gedanken, nach Jelak zu suchen. Er wollte allein sein, war wütend und außer Kontrolle, deshalb zog sie es vor, ihm nicht unbedingt noch einmal zu begegnen.

Mit weichen Knien rannte sie los, wählte denselben Weg wie zuvor und war unendlich erleichtert, als ihre Lungen die eisige

Winterluft im Innenhof wie eine lang vermisste Köstlichkeit einsogen.

Einen Moment lang wollte sie einfach nur in einen warmen Zuber steigen und all den Schmutz und Gestank loswerden; sie überlegte schon, etwas Schnee zu schmelzen, um zumindest ihre Hände zu waschen.

Bildete sie es sich nur ein, oder brannte das schwarze Zeug auf ihrer Haut?

Fluchend steckte sie ihre Hände in den Schnee und kramte anschließend ihre Handschuhe aus der Manteltasche. An der frischen Luft hätte sie sich wacher und erholter fühlen sollen, doch stattdessen übermannte sie eine bleierne Erschöpfung.

Sie gab sich nicht einmal mehr Mühe, ihre flackernde Version der Konane aufrechtzuerhalten, sondern orientierte sich an den Grautönen des Schnees in den Gassen. Ihrem Gefühl nach war es schon spät, bald schon müsste die Dämmerung hereinbrechen, doch in der Stadt herrschte noch immer nächtliche Stille. Nicht einmal Hunde bellten.

Die meisten Fackeln waren heruntergebrannt und würden auf den Hauptstraßen vermutlich bald von Dienern ausgetauscht. Zayda verbarg sich im Schatten der Gasseneingänge, wartete eine patrouillierende Wachtruppe ab, die wie üblich zu unfähig waren, um ein Mädchen in ihren Straßen zu entdecken.

Zayda hätte sich vielleicht für diese Art von Überheblichkeit rügen müssen, doch sie konnte es manchmal einfach nicht fassen, wie selbstverständlich sie sich als Magierin in der Stadt bewegen konnte, ohne dass jemand sie bemerkte.

Allmählich machte die eisige Luft auch ihren Kopf wieder klar und beruhigte ihre Nerven.

Nach der Hälfte der Strecke begannen ihre Hände in den Manteltaschen zu schmerzen, und sie hörte das erste Mal ein hohes Quietschen in den Gassen.

Gänsehaut breitete sich auf ihren Armen aus, und die Haare in ihrem Nacken stellten sich auf, als das lang gezogene Geräusch an ihre Ohren drang. Sie blieb wie angewurzelt stehen, drehte sich um und erblickte am Ende der Gasse mehrere kleine Schemen mit rot leuchtenden Augen.

Sie standen einfach da, am unteren Ende der Gasse, und starrten sie an.

Erst als Zayda langsam einen Schritt rückwärts machte, erwachten die Kreaturen zum Leben und quietschten erneut.

Ohne darüber nachzudenken, lenkte Zayda Magie in ihre Augen, um besser erkennen zu können, was da lauerte – und erkannte im selben Moment ihren Fehler.

Es waren Ratten. Ihre Augen waren jedoch rot und blutunterlaufen, ihre Zähne lang und verwachsen, ihr Fell war voll schwarzem Schleim und mit seltsamen Dornen überzogen. Außerdem waren sie zu groß, fast wie Katzen … und sie reagierten mit weit aufgerissenen Mäulern, als Zayda ihre Magie nutzte.

Dem Mädchen blieb ein Schrei in der Kehle stecken. Zayda wirbelte herum und rannte los, so schnell es ihre Beine zuließen. Hinter ihr wurde das Trippeln von unzähligen Krallen auf Stein und vereistem Schnee immer lauter.

Kielle!, schrie sie in Gedanken in die Nacht hinaus. Als Antwort wurde jedoch nur das Kreischen der ungeheuerlichen Ratten lauter.

Sie reagieren auf meine Magie, stellte sie mit Schrecken fest und spürte, wie heftiges Seitenstechen in ihrem Körper aufstieg. Sie wollte schon ihre Funken ausstrecken, um den Schmerz zu mildern, zögerte dann jedoch und zwang sich dazu, noch schneller zu laufen.

Als sich der Tempelplatz vor ihr auftat, hätte sie erleichtert sein sollen, doch die riesigen Ratten hatten sie fast eingeholt – und machten sich bereits daran, sie einzukreisen.

Nein! Nein, verschwindet!

Sie schlitterte über Eis und spürte, wie sie die Kontrolle über ihr Gleichgewicht verlor. Ihr rechtes Bein rutschte viel zu weit nach links, war plötzlich im Weg von allem ... Sie stürzte, schaffte es aber irgendwie, sich noch mit dem Arm abzufangen und abzurollen.

Einen Moment später sprang etwas auf ihren Rücken und krallte sich in ihren Mantel, dann hatte sie sich weitergerollt und drückte es auf den Boden.

Das Etwas war eine der kreischenden Ratten.

Zayda schlug die Hände flach auf das Eis am Boden und jagte ihre Funken hinein. Sie sprang auf und zog dabei eine gewaltige Masse aus Eisscherben in die Luft.

Bevor sie überhaupt richtig darüber nachgedacht hatte, schleuderte sie das Eis in einer wilden Drehung um sich und spürte, wie sich einige Stücke in Fell und dunklen Schleim gruben.

Doch die Ratten zischten nur wütend, anstatt zu fliehen oder auf die Wunden zu reagieren, und fixierten sie mit ihren glühenden Augen, aus deren Winkeln schwarze Flüssigkeit quoll.

„Haut ab! Verschwindet!"

Zayda biss die Zähne zusammen und spürte, wie Wut in ihr hochkochte. Diese Ratten hatten nichts mehr mit den stolzen kleinen Tieren gemein, für die ihre Hüterin stand! Sie waren widerlich, schleimig und boshaft.

Dann hatten sie auch keine Gnade verdient.

Die Wut in Zaydas Bauch verwandelte sich in Hitze, die sie kanalisierte und zu ihrer Hand lenkte. Ihre Finger schmerzten, als die plötzliche Winterkälte von Flammen vertrieben wurde.

Die dunklen Grau- und Blautöne wichen Rot und Orange. Knisterndes Feuer erfüllte die Luft und schoss in einem Strahl aus ihrer Handfläche.

Die Ratten zischten schmerzerfüllt und wichen zurück, als die Flammen über ihre Körper leckten. Das schwarze Zeug warf

blubbernde Blasen und schien sich tiefer in die Leiber zu graben –
dann flohen sie mit brennendem Fell in die Gassen.

Zaydas Beine zitterten, und ihre Finger fühlten sich an wie
Kohlestücke, doch sie jagte einen weiteren Flammenstrahl gegen
die Biester, solange sie noch dazu fähig war.

Als ihr schwer atmend die Kontrolle über das Feuer entglitt und
die Flammen verpufften, wurde es wieder dunkel auf dem
Tempelplatz. Qualm und Dampf verzogen sich um Zayda, und es
war nur noch eine Ratte übrig.

Das Viech war fast so groß wie ein Hund und hatte überhaupt
kein Fell mehr. Stattdessen überzogen nur noch schleimige Dornen
seinen Körper, der nass glänzte. Die Ohren waren zerfetzt, die
Augen milchig trüb und lagen in so tiefen Höhlen, dass der Kopf
fast schon an einen Totenschädel erinnerte.

Die Ratte riss das Maul auf, schabte mit den langen Krallen
über den Schnee und sprang sie an.

Zayda holte aus, ohne darüber nachzudenken, und traf ihren
Angreifer mitten in der Luft mit ihrem Stiefel. Dornen gruben sich
in das Leder und in ihre Haut, dann fiel die Ratte in den Schnee
und schüttelte sich.

Hau ab!

Sie wusste, es wäre kriegerischer gewesen, wenn sie jetzt laut
und bedrohlich gebrüllt und die Ratte einfach mit ihrem Stiefel
zertreten hätte – aber sie trug nun mal keine harten Kriegerstiefel
und führte auch keine Axt mit sich.

Faktisch hatte sie überhaupt keine Waffe, wenn man einmal
von ihrer Magie absah.

Sie biss die gefeilten Zähne zusammen, um nicht zu fluchen.
Ihre Brüder hätten das Haus niemals ohne Waffe verlassen, aber sie
würden wohl auch nicht von einer verrückten Ratte verfolgt
werden.

Als ebendiese Ratte sich wieder aufrappelte und die Krallen
streckte, riss in Zaydas Innerem ein Nerv. Es war nicht die Angst

vor den übergroßen Zähnen des Tieres oder seinen Bissen ... es war die Wut über ihre Ohnmacht, die die Magie in ihrem Inneren aktivierte und nach außen dringen ließ.

Ein Knistern erfüllte die Luft um ihren Kopf. Ihr Verstand packte die Magie und schleuderte sie gegen das Untier. Ein helles Licht blendete sie, ehe die geballte Energie als Blitz über den Tempelplatz zuckte und direkt in den Kopf der riesenhaften Ratte fuhr.

Feine Verästelungen zuckten von ihr zum Boden und schmolzen den Schnee rund um das grausige Tier.

Die Ratte zuckte, gab ein letztes hohes Quietschen von sich und erschlaffte.

Während Zayda noch atemlos dastand und darauf wartete, dass sich die nächsten Ratten aus den dunklen Gassen auf den Platz stürzen würden, machte sich stattdessen Stille breit.

Die Ratte blieb tot auf den Pflastersteinen liegen, doch schon nach einem Wimpernschlag kräuselte sich eine wabernde Masse über den Körper, stieg schwarzer Nebel daraus hoch und ersetzte den Dampf des geschmolzenen Schnees.

Der Körper wurde flacher, die Knochen bäumten sich auf, als würde ein Sturm Wellen in Wasser schlagen, dann zerfiel das Fleisch mit einem Zischen.

Zayda hob rasch den Ärmel vor ihr Gesicht, um den süßlichen Gestank abzumildern.

Es riecht wie unten bei Jorek ...

Waren ihr diese monströsen Ratten gefolgt, seitdem sie die schwarze Spur in den Kanälen entdeckt hatte? Es musste eine Verbindung zwischen alldem bestehen, denn Zayda glaubte keinen Augenblick lang an einen Zufall.

Als sie den Arm wieder senkte, war von der missgebildeten Ratte kaum mehr übrig als ein Skelett und einige Fetzen schleimiger Haut.

Sie wusste selbst nicht genau, warum sie es tat, doch sie bückte sich nach dem Skelett und hob den Schädel auf. Er löste sich ganz einfach von der verformten Wirbelsäule und dampfte ein wenig in der kalten Nachtluft. Für einen Moment schien da noch ein rötliches Glühen in der leeren Augenhöhle nachzuglimmen, dann lag der bleiche Schädel reglos auf ihrem Handschuh.

Zayda warf einen nervösen Blick zum Tempel, vor dem jetzt Gestalten auftauchten und in ihre Richtung eilten.

„Bitte verzeih mir, Kalarati. Ich musste es tun. Sie … sie waren krank!", flüsterte sie, bevor ihre Füße wieder ihre Arbeit aufnahmen und sie rasch vom Tempelplatz forttrugen.

Ihre Hand rutschte wie von selbst in ihren großen Beutel am Gürtel und ließ den Rattenschädel hineingleiten, bevor sie in die Dunkelheit der angrenzenden Gasse eintauchte.

Den Rest des Weges rannte sie mit zitternden Knien, bis ihr der Atem in der Lunge stach und sie die hohe Mauer der Schule erreicht hatte.

Kielle! Kielle, hol mich rein!

Es kam keine Antwort.

Zayda runzelte die Stirn. Sie konnte ihre Freundin spüren, sie war definitiv im Inneren der Schule, doch sie reagierte nicht. Ob sie schlief?

Schwester!

„Verflucht!", zischte sie, als sie mehrere tiefe Atemzüge lang keine Antwort erhielt.

In der Stadt wurden jetzt einige Hunde laut, und auch Rufe mischten sich darunter. Offensichtlich hatte ihr Kampf mit den Ratten etliche Leute geweckt, denen sie jetzt auf gar keinen Fall begegnen wollte.

Doch der ansteigende Lärm konnte das Quietschen nicht übertönen, das hinter ihr durch die Gasse drang. Das hohe Geräusch rollte wie eine bedrohliche Welle über sie und brachte ihre Magie zum Vibrieren.

Zayda machte einen Satz nach vorn, rannte an der Mauer entlang bis zur Pforte. Wenn ihr nichts anderes übrig blieb, würde sie daran hochklettern oder ... sie warf einen nervösen Blick über die Schulter, meinte schon, rot glühende Augenpaare in der Schwärze zu entdecken – da prallte sie gegen etwas Hartes.

Bevor sie stürzte, hielten Hände sie fest und sie erkannte ein schwarzes Wams und breite Schultern.

Ihr Leibwächter.

Die Krankheit

„Bitte ... bitte schreit mich nicht an, Herr", flehte sie und vergaß dabei völlig, dass sie nicht förmlich mit ihm reden musste.

Sie zitterte am ganzen Leib – und zu ihrer größten Überraschung zog er sie plötzlich an sich, um sie in seinen wärmenden Mantel zu hüllen. Das weiche Futter schmiegte sich wie ein schützendes, lauschiges Zelt um ihre Schultern und ließ das Zittern schlagartig von ihr abfallen.

Sie hatte alles erwartet, nur nicht das.

Er zog sie ins Innere der Schule und stieß das schwere Tor zu, dass es scheppernd ins Schloss fiel.

„Du bist sicher, das ist das Wichtigste. Und jetzt sag mir, was passiert ist. Hat dir jemand wehgetan?"

„Was? Nein. Nichts dergleichen." Sie schälte sich aus dem Mantel, obwohl sie viel lieber für immer darunter geblieben wäre, und entschied im selben Augenblick, dass sie diese Ratten nicht erwähnen durfte. Nicht dem Mann gegenüber, der ihren Eltern berichten musste. „Verriegle das Tor. Ich muss zu Meister Izerdan und ihm etwas ... mitteilen. Bitte bring mich zu ihm. Jetzt sofort."

R'jato nickte ernst, bevor ein kurzes Grinsen über sein Gesicht huschte. „Ich werfe ihn mit Freude für dich aus dem Bett, Zayda."

Sie lächelte matt und versuchte, das Zittern aus ihren Knien zu verbannen, während er ihrer Bitte nachkam. Die Schule war durch die hohe Mauer völlig abgeriegelt, die Biester konnten nicht herein.

Dass R'jato den Meister aufweckte, erwies sich zum Glück als unnötig, denn unter seiner Tür schimmerte noch flackerndes Kerzenlicht hindurch.

Zayda war nicht in der nervlichen Verfassung, erst noch anzuklopfen und darauf zu warten, dass Izerdan sie hereinließ. Also stieß sie die Tür auf und platzte ins Zimmer hinein – in dessen

Mitte stand Izerdan, hielt Kielle am Nacken gepackt und war ihr viel zu nah.

Sie war angespannt, völlig steif erstarrt und zuckte weg, als die Tür laut gegen die Steinwand prallte. Izerdan wandte sich zur Tür, sein Gesicht war rot vor Wut, doch als er Zayda erkannte, wich der Ausdruck echter Überraschung.

„Zayda, was machst du hier?"

„Ich …"

Kielle fasste sich wieder und ließ ihren Blick deutlich an Zayda herunterwandern. Da wurde dem Mädchen erst bewusst, wie sie überhaupt aussah. An ihren Armen, am Mantel, an ihren Knien … überall klebte stinkender schwarzer Schleim.

Bevor sie sich darüber wundern konnte, warum Kielle hier bei ihrem Meister war, trat er schon auf sie zu.

„Was ist das?"

Sie warf einen nervösen Blick zum Eingang und stieß die Tür zu – gerade bevor der Meister sie an die Wand drückte.

„Zayda. Was – ist – das?"

Als seine Finger den schwarzen Schleim berührten, zuckte er weg und zischte einen Fluch.

„Was hast du getan, Mädchen?"

Angst schwang in seiner Stimme mit, unterschwellig, aber dennoch deutlich spürbar.

Ein Meister hatte keine Angst.

Das Gefühl sprang von seinen Augen auf sie über und packte sie, wollte sie verschlingen und zurück in den dunklen Raum ziehen, in diese Katakomben und Kanäle unter der Stadt.

Bevor sie darin versinken konnte, riss Izerdan ihr grob den Mantel von den Schultern und warf ihn in den Kamin. Während ihre Augen noch unfokussiert waren, loderte magisch genährtes Feuer auf, und Flammen ergriffen den Stoff.

„Kielle, hol eine Schale mit Wasser aus meiner Kammer. Und eine Tunika, eine lange", befahl er, ohne die Ältere anzusehen.

Stattdessen huschte sein Blick prüfend weiter über Zayda. „Zieh auch die Hose und das Hemd aus. Sofort."

Zayda zitterte, tat aber, wie ihr geheißen, legte nur ihren Gürtel mit den Taschen ab und reichte ihm die anderen Sachen, die er ohne Zögern ebenfalls ins Feuer warf.

Die Flammen knisterten und nahmen eine leuchtend rote Färbung an, wie sie es noch nie gesehen hatte.

Als nur noch ein Haufen schwarzer Ruß übrig war, erloschen die Flammen mit einem Zischen, kaum dass Izerdan einmal blinzelte.

Kielle kehrte zurück, stellte hastig eine Schale mit Wasser und Seife vor Zayda auf den Boden und half ihr dann in die dunkelgrüne Tunika, wie man es mit einem kleinen Kind getan hätte.

Sie wusch sich die Hände, schrubbte das schwarze Zeug von ihren Fingern und Handrücken, während Izerdan auf Kielle und sie einredete und kein einziges Wort zu ihr durchdringen wollte – bis er sie am Arm packte und wieder auf die Beine zog.

„Wo bist du gewesen? Warum warst du außerhalb der Schule?"

„Ich …"

„Zayda, ich habe keine Geduld mehr!"

Als sie seine Magie in ihrem Kopf spürte, riss sie sich aus der einhüllenden Lethargie und fasste ihre Gedanken endlich in Worte.

„Ich wollte Jelak finden! Weil es ja niemand überhaupt wirklich versucht hat – und ich habe ihn gefunden." Sie machte eine kurze Pause, um die Worte zu unterstreichen, die nun folgen sollten. „Und nicht nur ihn. Auch Jorek."

Der Meister schloss seinen Mund wieder und seine Miene wurde undurchsichtig, während er lange schwieg und sie musterte.

„So. Dann weißt du es also."

Kielle sah rasch zwischen den beiden hin und her. „Was weiß sie?"

„Jelak hat einen Zwillingsbruder. Oder besser … hatte."

Izerdan packte Zayda am Arm, dass es schmerzte. „Was hast du getan?", zischte er wütend.

„Gar nichts! Ich habe Jelak gesucht und fand eine Spur, die in die Tiefen der Stadt führte. Dabei wusste ich nicht, dass ich eigentlich die Magie von Jorek verfolgte! Er … er lag einfach da … von diesem schwarzen Schleim getötet. Seine Augen …"

Bei der Erinnerung stockte sie – und Izerdan öffnete ihren Geist, als wäre es nichts. Sie kam nicht einmal auf die Idee, sich gegen den Meister zu wehren, während er sich durch die Ereignisse in den Kanälen grub und die Verbindung erst abbrach, nachdem sie wieder und wieder mit angesehen hatte, wie sie selbst die Leiche auf dem Bett umdrehte und in die blutunterlaufenen Augen starrte.

Als er sie endlich losließ, keuchte sie atemlos und wäre an der Wand heruntergerutscht, wenn diese nicht so rau gewesen wäre.

„Bei den Hütern", flüsterte Kielle, und in diesem Moment wurde Zayda klar, dass Izerdan die Bilder mit der älteren Novizin geteilt hatte.

„Was … was war das?"

Izerdan richtete sich von Zayda auf und schritt mit gerunzelter Stirn quer durch den Raum.

Eine Weile waren nur seine Stiefel auf den Dielen zu hören. Mit jedem Herzschlag wurde das Pochen und Knarren lauter … Zaydas Blick huschte hinüber zu Kielle, deren Augen etwas so Unheilvolles ausstrahlten, dass sie den Blick abwenden musste.

„Schwarze Magie."

Dass sie es aussprach und nicht der Meister, machte es nicht weniger wahr. Seine Reaktion zeigte es deutlich, denn er fuhr nicht herum, um sie zu korrigieren.

Nein, die Funken sprangen in einem wilden Tanz um ihn, als er so intensiv nachdachte und vermutlich einige Freunde kontaktierte.

„Was ist danach geschehen?"

„Ich bin gerannt. Ich weiß, eine Kriegerin macht so etwas nicht, aber ich hatte keine Kontrolle mehr über meine Beine. Plötzlich lief ich genau in Jelaks Arme, und da wurde es mir klar: Es sind Zwillinge. Das erklärt auch, warum seine Fortschritte so seltsam variierten."

„Wie konnte mir das nie auffallen?", murmelte Kielle leise, verstummte jedoch, als Izerdan ihr einen warnenden Blick zuwarf.

„Weiter."

„Nun, Jelak ist ausgerastet, als ich ihn für tot hielt! Ich habe ihn anschließend in die Kanäle geführt, doch sein Bruder lag nicht mehr da, war einfach weg. Etwas hat ihn geholt. Wir waren nicht allein dort, und Jelak hat mich beschuldigt und ist losgestürmt, seinen Bruder suchen."

„Du hast ihn nicht aufgehalten?"

„Wie sollte ich? Wie sich ja herausgestellt hat, habe ich wohl gegen den Schwächeren der beiden gewonnen."

„Nur einmal! Und hier ging es um viel mehr!"

„Ja, um seinen verdammten Zwilling! Er wollte ihn suchen, und ich ... da war überall dieses schwarze Zeug, das wehtat! Auf einmal kamen Schreie aus der Nacht, und diese katzengroßen Ratten mit roten Augen haben mich gejagt!"

Es genügte ein einzelner Gedanke, der zu dem Schädel in ihrem Beutel hinzuckte, um sie zu verraten. Sie öffnete den Stoff und präsentierte den Schädel – als der Meister jedoch danach greifen wollte, zog sie ihn zurück.

„Zayda, es ist absolut nicht der richtige Zeitpunkt für Spielchen."

„Das ist kein Spiel für mich! Dieser Schädel ist eine Trophäe, und das wisst Ihr! Es war mein erster richtiger Kampf und ...

„Du erhältst ihn zurück", fiel er ihr ins Wort und streckte fordernd die Hand aus. „Versprochen."

Zaydas Blick ruhte noch einen Atemzug lang auf dem großen, deformierten Rattenschädel, dann reichte sie ihn an den Meister weiter, der ihn intensiv musterte und drehte.

„Schwarze Schatten in den Knochen, manche Stellen sind überwuchert und seltsam verwachsen, als er mutierte ..."

„Sie waren alle so groß wie Katzen und hatten Angst vor Feuer, nur die größte nicht, die habe ich getötet, nachdem die anderen durch meine Flammen verjagt wurden."

„Könnten wir davon einmal absehen?", rief Kielle mit hoher Stimme dazwischen. „Ein Junge ist tot! Und offensichtlich waren wir alle zu leichtgläubig, um sein Versteckspiel zu durchschauen. Selbst als Magier."

„Das beunruhigt dich daran am meisten?", fragte Zayda ungläubig zurück.

„Als angehende Wakenda-Magierin durchaus. So etwas sollte einem fähigen Magier nicht entgehen. Abgesehen davon, dass unser Meister nicht bemerkt hat, wie sich schwarze Magie in seiner Stadt ausgebreitet hat."

Kielles herausfordernder Blick traf Izerdan, der den Schädel in seinen Mantel steckte, während Zayda sich noch darüber wunderte, dass ihre Freundin von den Wakenda-Prüfungen gesprochen hatte. Wollte sie etwa bald in die Tempel der Hüter und dort die magischen Erprobungen durchführen?

Izerdan seufzte.

„Ich bin nicht allwissend, Kielle. Wer auch immer Jorek das angetan hat, wird von mir zur Rechenschaft gezogen werden. Aber nun müssen wir vor allem Jelak finden und dafür sorgen, dass diese Situation nicht noch weiter außer Kontrolle gerät."

Als sie etwas erwidern wollte, unterbrach er sie.

„Weiß noch jemand außer euch davon?"

Zayda wusste, worauf der Meister anspielte. „Nein, R'jato weiß nichts. Er stieß erst am Tor wieder auf mich, und ich glaube auch nicht, dass er die Ratten gehört oder gesehen hat."

Als Izerdan nichts erwiderte, wurde Zayda unruhig. „Meister, was hatte diese armen Ratten denn so verändert?"

„Es reicht. Geht jetzt und schweigt darüber."

Kielle schnaubte laut.

„Ihr könnt das nicht einfach so stehen lassen! Weshalb solltet Ihr mich überhaupt an Zaydas Erinnerung teilhaben lassen, wenn wir dann keinerlei Erklärung erhalten?"

Izerdan hob mahnend die Hand, und eine drohende Wolke aus Magie schwebte im Raum.

Sein Schweigen zog sich schier endlos in die Länge. Zayda begann, ihre Atemzüge zu zählen, um ruhig zu bleiben.

Endlich richtete sich sein glühender Blick wieder direkt auf sie, und er holte tief Luft.

„Geht jetzt – alles Weitere besprechen wir morgen. Ich erwarte euch nach dem Mittagessen. Ihr werdet nicht an den Übungen am Morgen teilnehmen und mit niemandem sprechen! Und Zayda … nimm ein heißes Bad."

Hitze stieg in ihr Gesicht, und sie wandte sich rasch zum Gehen, dicht gefolgt von Kielle.

Draußen wartete R'jato mit einer Hand am Waffengürtel. Sein Gesicht war eine Maske, hinter deren Fassade sie nicht blicken konnte und auch nicht wollte. Er würde ihren Eltern sicherlich davon berichten … aber erst morgen.

Sie musste sich etwas einfallen lassen, um ihn davon abzuhalten, doch jetzt wollte sie einfach nur in ihr Zimmer und all das Grauen der Nacht ausschließen.

Nachdem sie Izerdans Hemd abgestreift und ihr eigenes Schlafgewand angezogen hatte, fühlte sie sich schon besser und konnte langsam wieder klarer denken.

Kielle saß still auf ihrem Bett und schien darauf zu warten, dass Zayda etwas sagte.

„Was … hast du eigentlich bei Izerdan gemacht?"

„Du bist nicht wieder aufgetaucht – dafür aber er. Er wusste sofort, dass etwas nicht stimmte, und hat mich … befragt."

„Nun, viel konntest du ihm ja nicht sagen."

„Dafür du umso mehr. Bei Kalarati … Zayda, wo bist du da hineingeraten?"

„Ich weiß es wirklich nicht, Kielle. Ich weiß nur, dass ich morgen früh dringend in einen heißen Zuber möchte und sehr viel Seife beanspruchen werde."

Die folgende, recht kurze Nachtruhe war durchtränkt von vagen Bildern und Gefühlen. Zayda sah Flammen, die über schwarzes Fell leckten, und Eis, das von Blut und Schleim dunkel gefärbt wurde. Dazwischen flackerte immer wieder das Bild des Rattenschädels auf, dessen Inneres rot und schwarz glühte.

Ein kleiner Teil von ihr, der im Dämmerzustand zwischen zwei Träumen ansatzweise so etwas wie Wachheit darstellen mochte, fragte sich, wieso Schwärze eigentlich glühen konnte. Dann wachte sie auf.

Es war hell im Zimmer. Die Geräusche, die leise durch die Gemäuer der Schule drangen, vermittelten ihr das Gefühl, dass der Morgen schon weit fortgeschritten war.

Zayda hatte den Eindruck, dass jemand sie gerufen hatte und sie deshalb aufgewacht war, doch Kielle saß lesend auf ihrem Bett und erweckte nicht den Anschein, jemanden gehört zu haben.

„Ist es spät?"

„Nicht wirklich", erwiderte sie, ohne den Blick von dem Buch in ihren Händen zu lösen. „Du hast noch genug Zeit, dich im Zuber aufzuweichen, bis deine Haut ganz schrumpelig ist."

„Und keine schwarzen Krusten mehr aufweist", kommentierte Zayda und nahm sich vor, erst nach dem Bad einen Blick in irgendeinen Spiegel zu werfen.

Wenn sie sich vorstellte, in ihrem jetzigen Zustand durch die Schule zu streifen, wurde ihr übel. Bei ihrem Glück würde sie garantiert Perkir über den Weg laufen, und der würde wieder ausrasten oder sie für verrückt halten – und damit wollte sie auf keinen Fall ihre vorteilhafte Position ihm gegenüber verlieren.

Genauso wenig Lust verspürte sie, sich mit R'jato auseinanderzusetzen, der vor ihrer Tür sicherlich schon darauf wartete, ihr weitere Details über die vergangene Nacht zu entlocken.

Seufzend wandte sie den Kopf hin und her und richtete schließlich ihren Blick auf Kielle.

„Nein."

„Was?"

„Nein, denk gar nicht daran. Ich teleportiere dich nicht zum Badehaus. Ich bin gestern nur durch dein glückliches Wiederauftauchen einem Schicksal als geistiger Brei entgangen. Izerdan hat mir noch weitere Strafen angekündigt, weil ich dich unerlaubt aus der Schule teleportiert habe. Für so etwas sind andere schon ihren Platz als Novizen losgeworden!"

„Hatte er dich deshalb so gepackt?"

Kielle verschluckte sich fast, bevor sie etwas zu gehetzt wirkte. „Was? Nein. Er hat mich lediglich einschüchtern wollen."

„Aha."

Sie war müde, hungrig, ihr Körper schmerzte an diversen Stellen, an denen sie es gar nicht für möglich gehalten hätte, und sie fühlte sich schmutzig. Kielle wollte ihr nicht helfen, also musste sie selbst eine Lösung finden.

Seufzend trat sie an die Tür und streckte ihre Magie zu R'jato aus, der tatsächlich direkt an der Wand gegenüber lehnte und geduldig wie eh und je auf ein Öffnen der Tür wartete.

Sie zögerte nur kurz, bevor sie ihre Funken in seinen Geist schickte und dort unbemerkt ausbreitete. Sie spürte einen leichten Widerstand, schlich sich vorsichtig um seine Barrikaden und wandte somit das erste Mal ihre Fähigkeiten an, die sie bei Izerdans Elite erlernt hatte.

Sie runzelte die Stirn, während sich vor ihrem inneren Auge seine Sicht ausbreitete. Sie sah die Tür zu ihrem Zimmer, spürte seine Wachsamkeit und einen Hauch von Nervosität, der von den nächtlichen Ereignissen herrühren mochte.

Es gefiel ihm nicht, in Unwissenheit gelassen zu werden.

Da würde ihm eine kleine Ruhestörung auch nicht gefallen.

Es genügte bereits ein kurzer Wink ihrer Magie, um die kleine Illusion zum Leben zu erwecken. Am Ende des Ganges erklang ein lautes Klirren – in Wirklichkeit allerdings nur in R'jatos Kopf – und ein Fenster ging zu Bruch.

Glassplitter regneten über den Steinboden, und ihr Leibwächter eilte prompt dorthin.

Zayda atmete einmal tief durch, um die Illusion aufrechtzuerhalten, während sie leise die Tür öffnete. R'jato stand noch immer direkt vor ihrer Kammer, doch er reagierte nicht, als sie durch die Tür in den Gang schlüpfte. Seine Augen waren getrübt, so als wäre er blind, doch sie wollte ihr Glück nicht herausfordern und hastete rasch zum offenen Treppenhaus.

Kopfschmerzen breiteten sich in ihren Schläfen aus, während ihr Geist versuchte, die überlagerten Bilder der Illusion und ihres echten Weges zu verarbeiten.

Als sie außerhalb seiner Sicht war, ließ sie ihn nichts Verdächtiges im Innenhof entdecken und auf seinen Posten zurückkehren, wo sie die Illusion wieder aufhob.

Mit unterdrücktem Atem presste sie sich hinter der Tür an die Wand und wartete ab, ob er Verdacht geschöpft hatte.

Nach ein paar leisen Atemzügen schien sie sicher zu sein und wischte sich die laufende Nase ab. Sie hatte leichtes Nasenbluten, aber da sie sich nun ohnehin ausgiebig waschen würde, spielte das kaum eine Rolle.

Sehr geschickt.

Ach, sei still, Kielle, für einfallsreichere Lösungen fehlt mir gerade die Energie.

Sie konnte das Feixen auf Kielles Gesicht sogar über ihre geistige Verbindung spüren. Mit einem sanften Kopfschütteln schlich Zayda weiter und erreichte schließlich das Badehaus, das als Anbau an einem Ende des großen Schulgebäudes stand.

Sie atmete erleichtert auf, als sie das Innere verlassen vorfand. Zwischen einigen weißen Leinentüchern, die als Sichtschutz dienten, standen mehrere Zuber und Waschschüsseln.

Nach einem letzten prüfenden Blick in die hinteren Bereiche stellte sie fest, dass sie tatsächlich allein war.

Für gewöhnlich war das Badehaus abends einige Stunden geöffnet, und die Schüler konnten sich dort frei im warmen Wasser entspannen, wenn sie nicht irgendwelche Übungen zu absolvieren hatten.

Zayda fiel dabei auf, dass sie noch nie mit einer größeren Gruppe hier gewesen war. Sie nutzte meist die komfortableren Einrichtungen daheim, wenn sie den Abend bei ihren Eltern verbrachte – und es gab ihr einen guten Grund, das zumeist von Schweigen überschattete Essen früher zu verlassen und Zeit mit Sebila zu verbringen.

Die Technik hier war weniger ausgefeilt als im Anwesen ihrer Eltern, doch sie konnte immerhin mit einem Hebel Wasser in einen Zuber pumpen. Es war eisig kalt.

Natürlich, warum sollten die Diener der Schule auch den ganzen Tag die Feuer brennen lassen?

Für den Bruchteil eines Atemzugs überlegte sie, einfach im kalten Wasser zu baden, aber das war definitiv unter ihrer Würde. Also streckte sie ihre Hände hinein und schloss die Augen, während sie ihre Kräfte aktivierte.

Auf dem Weg zu ihren Fingerspitzen gab sie den Funken so viel Hitze, wie sie ertragen konnte, und sofort begann das Wasser um ihre Hände zu sprudeln.

Nach einer Weile hielt sie inne, verwirbelte das Wasser mit einigen Bewegungen und warf dann eines der Seifenstücke hinein, das bisher auf einer Bank gelegen hatte. Erst als der Zuber nach einigen weiteren Behandlungen in sanften Dampf gehüllt war, streifte sie ihre Kleidung ab und ließ sich wohlig seufzend in das heiße Wasser sinken.

Die Zeit schien im heißen Nass angenehm langsam zu verstreichen, während das Kribbeln in Zaydas Gliedern einem warmen Prickeln wich. Sie ignorierte den leichten Schwindel, den die magische Anstrengung ausgelöst hatte, und entspannte eine Weile einfach ihren Geist, bevor sie sich gründlich abzuschrubben begann.

Bald war das Wasser nicht mehr milchig weiß von Seifenschlieren, sondern grau.

Zayda verzog den Mund, zog den dicken Korkstöpsel heraus und ließ neues Wasser nachfließen, nachdem das alte gurgelnd verschwunden war. Diesmal zitterten ihre Hände stärker als zuvor, doch sie schob es auf die Kälte und nicht auf den Energiemangel, den das Erhitzen verursachte.

Als ihr das warme Wasser bis zum Hals reichte und alle Schwärze abgeschrubbt war, fühlte sie sich endlich wieder wie eine richtige Ratke. Ihre Mutter hätte sicher einen Anfall erlitten, wenn sie so schmutzverkrustet nach Hause gekommen wäre.

Hoffentlich konnte sie R'jato davon überzeugen, ihren Eltern nicht so exakt zu beschreiben, was vorgefallen war, doch irgendwie missfiel Zayda der Gedanke, ihn erneut zu manipulieren.

War das so etwas wie ein schlechtes Gewissen, was sie da fühlte?

Er war ihr Leibwächter. Er hatte dafür zu sorgen, dass sie keinen Schaden nahm – auch nicht durch ihre Mutter.

Sie musste grinsen, ehe sie die Luft anhielt und mit dem Kopf untertauchte.

Was für eine Wohltat, die Welt für diesen kurzen Moment auszuschließen. Sie zog die Beine etwas an und versuchte, im

Inneren der großen Holzwanne so zu schweben, dass sie die Ränder nicht berührte.

Es klappte nur kurz, dann musste sie wieder auftauchen und wischte sich prustend das Seifenwasser aus dem Gesicht. Ihre schwarzen Haare schwebten um sie herum wie dunkle Grashalme, die sich in sanftem Wind wiegten.

Ob die anderen wohl abends um die Wette tauchen und die Luft anhalten? Oder stehlen sie Met und Oyrans Schnaps und betrinken sich im warmen Wasser?

Würden die Diener über so etwas schweigen?

Sie tauchte wieder unter und schwebte eine Weile in der wohligen Wärme.

Hängt vielleicht davon ab, vor wem sie mehr Angst haben. Vor Izerdan oder vor einer Meute Schüler. Aber wenn man keinerlei magische Abwehr hat und so jemandem wie Cuvia und Sikeh aus der Elite begegnet, macht das vielleicht kaum einen Unterschied. Wenn sie wollten, könnten sie jeden Nichtmagier hier töten. Was trennt uns also von den listigen Magiern der Miakoda und Feliden? Dass wir es nicht tun? Dass wir gütig sein können?

Ihre Lunge forderte ihren Tribut, und so setzte sie sich wieder auf, atmete die warme Luft ein und ächzte laut auf, als eine große Gestalt zwischen den durchscheinenden Stoffwänden sichtbar wurde und hereinstürmte.

Zayda packte einen Schwall des heißen Wassers und schleuderte es dem Eindringling entgegen, bevor sie darüber nachdachte, dass es ja vielleicht auch Meister Izerdan sein könnte.

Sie war daher durchaus erleichtert, als sie den tropfnassen R'jato erkannte. Der Leibwächter hatte die Augen zusammengekniffen und strich sich über das nasse, leicht dampfende Gesicht.

„Raus hier!"

„Zayda …"

„Und wag es ja nicht, die Augen zu öffnen", zischte sie drohend und versicherte sich dann, dass das milchige Seifenwasser trüb genug war. Dennoch hatte sie nicht vor, es ihm zu erlauben.

„Du hast kein Recht, mich so zu sehen! Ich bin eine van Dymar! Eine Kriegerin!"

R'jato schnaubte. „Du bist ein Kind. Und glaubst du ernstlich, dass Krieger sich so etwas wie Schamgefühl leisten? In den Truppen wird nicht zwischen Mann und Frau unterschieden, alle werden nach ihren Leistungen beurteilt, nicht nach ihrem Aussehen beim Waschen. Was übrigens nicht so oft vorkommt, wie eine feine junge van Dymar es vielleicht gewohnt ist."

„Willst du etwa andeuten, ich wäre verweichlicht?"

„Ich würde sagen, Ihr seid ungewöhnlich reinlich für eine angehende Kriegerin, kleine Herrin."

Sie schnaubte wütend und hätte ihn am liebsten gefragt, wie er sich wohl gefühlt hätte, nachdem er knietief durch schwarzen Schleim gewatet war. Sicherlich hätte er gern ein oder zwei Dienerinnen dazu abberufen, ihn sauber zu schrubben.

„Reich mir das Handtuch."

Während er sich noch danach umsah, packte sie mit ihrer erholten Magie die oberste Wasserschicht der Wanne und zog sie in die Luft, um sie zu weiterem Dunst zerfallen zu lassen. Bald umgaben dichte Nebelschwaden den Zuber. Sie stieg hinaus und schnappte sich das Handtuch von seiner ausgestreckten Hand.

Als sie sich frische Kleidung übergestreift, ihr nasses Haar zu einem Zopf geflochten hatte und sich wieder vorzeigbar fühlte, wedelte sie die dichten Nebelschwaden mit einer magischen Handbewegung fort und trocknete auch sein Wams.

„Wie hast du mich eigentlich gefunden?"

„Bitte, Zayda. Das zerbrochene Fenster war nicht mehr da, genauso wenig wie du."

„Und es hat so lange gedauert, mich hier aufzuspüren?"

Sein kurzes Schmunzeln sprach für sich. „Ich dachte mir, ein wenig Ruhe könnte dir guttun, bevor du Ärger von mir bekommst. Ich hörte ein lautes Platschen und wollte lediglich sichergehen, dass alles in Ordnung ist."

Sie schnaubte. „Du bist mein Leibwächter, nicht meine Mutter. Lektionen im Benimm gehören nicht zu deinen Aufgabenbereichen."

Als er sich vor sie kniete, ihre Schultern packte und sie inständig ansah, verstummte sie.

„Zayda, ich bitte dich, nicht wieder so einen Wagemut an den Tag zu legen wie gestern Nacht. Ich bin nicht dein Gefängniswärter, sondern auf deiner Seite! So verstört, wie du aus den Gassen zurückgekehrt bist, waren die Sorgen deiner Eltern alles andere als unbegründet. Ich soll dich beschützen ... doch das ist nur möglich, wenn du dich beschützen lässt, verstehst du?"

„Ich bin sehr gut allein zurechtgekommen."

„Aber ein Schwert an deiner Seite hätte gegen diese übergroßen Ratten wohl kaum geschadet."

Zayda öffnete den Mund, schloss ihn aber wieder, ohne einen Ton zu sagen.

Vielleicht musste sie sich erst an den Gedanken gewöhnen, dass jemand außer Kielle auf ihrer Seite sein könnte.

Sie strich sich nachdenklich über den nassen Zopf und nickte langsam. „Lass uns Kielle abholen und etwas essen, bevor wir zum Meister gehen."

„Du willst mir noch immer nicht sagen, was vorgefallen ist, nicht wahr?"

Sie sah ihn unglücklich an, bevor sie den Kopf schüttelte. „Ich darf nicht, entschuldige."

Mit einem kaum wahrnehmbaren Seufzen, das sich wohl auf Izerdan bezog, geleitete er sie hinaus. Kielle wartete bereits auf der gegenüberliegenden Seite des kleinen Innenhofs auf sie, als hätte sie ihre Pläne durchschaut.

„Dein Leibwächter kann ziemlich gut insistieren, wenn es um dich geht", murrte sie und stieß sich von der Wand ab. Sie schien keine Antwort zu erwarten, also gingen sie zum Essen, machten sich schweigend über einen scharfen Eintopf her und ignorierten das Getuschel, das R'jatos Anwesenheit noch immer in der Halle auslöste.

Meister Izerdan erschien nicht zum Mittagsmahl, doch außer Kielle und Zayda fiel das anscheinend niemandem auf. Sie wechselten einen vielsagenden Blick, kratzten ihre Schüsseln leer und warteten ungeduldig, bis auch R'jato seine Portion mit einem letzten Stück Brot verzehrt hatte.

Der anschließende Weg zu Izerdans privaten Gemächern war Zayda noch nie so lang erschienen.

Unzählige Dinge schossen ihr durch den Kopf, und doch konnte sie keinen wirklich klaren Gedanken fassen, bis sie anklopften und eintraten. R'jato machte sich gar nicht erst die Mühe, sondern blieb gleich im Korridor zurück.

Im Inneren wartete nicht nur Izerdan auf sie, sondern auch Meisterin Cara, Oyran und sogar der Bibliothekar. Sie waren in eine hitzige Diskussion vertieft, die allerdings schlagartig erstarb, als die beiden Novizinnen eintraten.

Der Bibliothekar klappte geräuschvoll ein schweres Buch zu.

„Ihr seid spät", begann Meister Izerdan das Gespräch.

„Wir sollten nach dem Essen kommen."

Zayda sah Kielle an und bewunderte ihre Freundin, die sich wie eh und je nicht einschüchtern ließ.

„Du bist bitte still. Zayda, ich möchte, dass du mir und den anderen die Ratten zeigst, von denen der Schädel stammt."

Dabei deutete er auf einen Tisch an der Wand, auf dem sich noch weitere dicke Bücher aus der Sammlung stapelten. Ganz obenauf lag der Schädel, der aus dieser Entfernung tatsächlich eher an den einer Katze oder eines großen Hasen erinnerte – wären da nicht die scharfen, übergroßen Vorderzähne und die lang gezogene Schnauze gewesen.

Zayda riss ihren Blick davon los und schloss die Augen. Sofort spürte sie Izerdans Magie. Hinter seinen Funken wartete ein Netzwerk aus Verbindungen, das aus allen Anwesenden im

Zimmer und noch einigen anderen bestand. Sie spürte ihr kühles, distanziertes Interesse und eine Form von Magie, die nicht so recht zu Ratken passen wollte.

Zayda atmete einmal tief durch und versetzte sich zurück in die Nacht, zurück zum Tempelplatz, auf dem die Ratten sie eingeholt und umzingelt hatten.

Es widerstrebte ihr zutiefst, ihre Angst und Flucht mit den Meistern zu teilen, doch denen schien das völlig gleich. Ihre Aufmerksamkeit stürzte sich förmlich auf die Wesen mit den roten Augen und klaffenden Mäulern, so wie diese sich auf das Mädchen hatten stürzen wollen.

Sobald die Erinnerung bis zu dem Punkt gekommen war, wo die hartnäckigste Ratte zu einem Skelett zerfiel und Zayda den Schädel aufhob, ließ sie die Verbindung zu Izerdan los und war froh, dass er es ebenfalls tat.

Cara war die Erste, die das folgende Schweigen brach. Ihre Stimme klang vom Entsetzen gedämpft. „Mindestens sieben oder acht von diesen Untieren sind noch frei – und allein Kalarati weiß, was sonst noch in den Kanälen entstanden ist."

„Wir werden sie alle beseitigen müssen. Uns bleibt nur, systematisch den Untergrund zu durchsuchen", warf der Bibliothekar ein.

Zayda machte einen Schritt auf Izerdan zu und konnte sich nicht länger zügeln. „Bitte lasst uns helfen, Meister!"

„Das kommt nicht infrage."

„Ich habe bereits bewiesen, dass ich gegen solche Wesen ankommen kann! Ich habe eine Ratte getötet, und ich möchte wissen, was es mit ihnen auf sich hat."

„Es geht aber nicht immer um dich, Zayda van Dymar!", fuhr da plötzlich Meister Oyran aus der Haut.

Cara schaute etwas milder. „Was er damit sagen möchte, ist, dass deine Sicherheit nun einmal von äußerster Wichtigkeit für uns ist."

„Sie hat sich unerlaubt vom Gelände der Schule entfernt und gehört bestraft, nicht mit Kampfmissionen belohnt!", warf Oyran weiter ein.

Izerdan trat zwischen sie, und sofort kehrte Stille ein, als sie seinen stechenden Blick bemerkten.

„Niemand wird für diese wichtige Entdeckung bestraft. Ich habe euch alle nur aus einem einzigen Grund zusammengerufen: damit ihr wisst, wer noch alles im Bilde ist, und damit wir gemeinsam etwas vereinbaren: Niemand sonst darf erfahren, dass sich ein abtrünniger Magier in der Stadt aufhält."

„Abtrünnig? Wie kommt Ihr darauf?"

Der Meister warf Kielle einen langen Blick zu, bevor er das Schweigen wieder brach. „Jemand hat nicht nur dunkle Magie in die Stadt gebracht, sondern auch die schwarze Krankheit."

Die hohe Kammer mit ihren Säulen und gewölbten Decken schien mit einem Schlag jegliche Wärme zu verlieren.

„Seid Ihr ... sicher?", fragte Kielle leise.

Für Izerdan schien die Sache sogar zu ernst zu sein, um sie dafür zu tadeln, dass sie ihn offen infrage stellte.

„Wir haben Zaydas Erinnerungen mit alten Aufzeichnungen und Beschreibungen aus unserer Sammlung verglichen. Es deuten alle Anzeichen darauf hin, dass der Verursacher kein gewöhnlicher Magier ist, sondern auch noch Träger der Krankheit."

„Warum entführt er dann einen Jungen und infiziert ihn damit?", fragte Kielle mit gerunzelter Stirn.

„Es ist tragisch, dass Jelak sterben musste. Aber wir vermuten, dass der Abtrünnige ihn für etwas benutzen wollte. Vielleicht, um sich zu heilen. Oder er ist wahnsinnig und will nur Dunkelheit verbreiten."

Zayda horchte auf, als Meisterin Cara seufzte. Hatte sich die sonst so stille Lehrerin der Elemente vielleicht einfach versprochen, als sie *Jelak* sagte?

Sie wollte gerade etwas einwenden, als sie Izerdans warnenden Blick aus dem Augenwinkel wahrnahm. Wussten die anderen Meister etwa nichts von den Zwillingen?

Das Nicken war so schwach, dass man es auch für ein gewöhnliches Zucken eines angespannten Mannes hätte halten können.

Zayda wechselte einen kurzen Blick mit Kielle, und ihre Zimmergenossin hatte es ebenfalls verstanden.

Sie schwiegen eine Weile, doch als niemand etwas sagen wollte, fragte Zayda geradeheraus.

„Was passiert nun?"

„Ihr kehrt zum Unterricht zurück", beschied Izerdan.

Kielle schnaubte ungläubig.

„Ihr erwartet allen Ernstes, dass wir weitermachen, als wäre nichts geschehen?"

„Ihr seid Schüler, die in eine Situation geraten sind, mit der sie absolut nicht umgehen können oder sollten. Also ja. Die nächsten Prüfungen stehen an, und ihr werdet geprüft wie alle anderen auch."

„Macht euch keine Sorgen, wir werden uns um diesen Abtrünnigen kümmern", wandte Meisterin Cara ein.

Zayda musterte die ältere Frau mit den weißen Strähnen im roten Haar und stellte ohne besondere Überraschung fest, dass sie ihr nicht gleichgültiger sein könnte. Seitdem sie zu Izerdans Elite gehörte, hatte sie die Lektionen der Frau nur noch mit halbem Interesse verfolgt, ohne dass es in den Prüfungen aufgefallen war.

„Was ist mit den Ratten?"

„Um die kümmern wir uns zu gegebener Zeit. Doch sie sind nicht das Problem. Wir müssen den Ursprung ausfindig machen, um das Ganze zu stoppen."

Cara und Oyran stimmten Izerdan mit einem Kopfnicken zu. „Es wird eine Reinigung der Stadt geben. Und gewisse anwesende Novizinnen werden die Konsequenzen zu spüren bekommen –

und zwar ohne Rücksicht auf ihren Stand –, wenn sie auch nur Andeutungen davon unter den Schülern verbreiten."

Sie wollten das also alles vertuschen, und Izerdan wollte Jelak und Jorek weiterhin eins sein lassen: ein verschwundener kleiner Rebell.

Zayda knirschte widerwillig mit den Zähnen und spürte das erste Mal seit Langem wieder ganz bewusst die Spitzen, die hineingefeilt worden waren.

Es widerstrebte ihr, dieses Zeugnis ihres kriegerischen Schicksals so zu verleugnen ... doch wenn sie wählen müsste, war es auf einmal ganz klar. Sie wollte eine Magierin sein, durch und durch, und niemals die besonderen Lektionen missen, die Izerdan zu bieten hatte.

Zuerst musste sie ihren Meister zufriedenstellen – ihre eigenen Ziele würden warten müssen. Also ergriff sie Kielles Hand und zog ihre protestierende Freundin auf den Flur hinaus.

Ein unerfreuliches Gespräch mit ihren Eltern stand ihr bevor, denn der Unterricht würde auch für den Rest des Tages ausfallen. Die Meister hatten nun ganz andere Probleme.

Nachdem R'jato gezwungen gewesen war, von ihrem nächtlichen Ausflug in der Stadt zu berichten, bestanden ihre Eltern in dem folgenden Streitgespräch darauf, dass sie eine Nacht zu Hause verbrachte. Vermutlich konnte sie sich glücklich schätzen, dass ihre Aufmüpfigkeit nicht schwerwiegendere Folgen gehabt hatte. Doch vielleicht hatten ihre Eltern nach ihren Fortschritten bei Izerdan auch endlich verinnerlicht, wie wertvoll eine begabte Magierin noch für sie werden könnte.

Sie verbannten Zayda also im Anschluss an den Streit in ihr komfortables Zimmer, in dem sie endlich mal wieder eine Nacht ganz alleine verbringen könnte – mit dem Hintergedanken, dass sie dort sicherer war.

Nicht sicherer vor irgendwelchen Abtrünnigen, die Schüler entführten, sondern sicherer vor sich selbst.

Zayda hätte ihnen sagen können, dass man schon mindestens ihre magischen Berater als Wachen abstellen müsste, wenn man sie in ihrem Zimmer festhalten wollte, aber angesichts der schmalen Linie, die die Lippen ihrer Mutter bildeten, ließ sie es lieber bleiben.

Also warf sie R'jato einen vorwurfsvollen Blick zu, bevor sie Ergebenheit an der großen Tafel im Speisesaal heuchelte und in ihr Zimmer schlich.

Ach, wie herrlich groß und weich ihr Bett doch war! Sie ließ sich seufzend hineinfallen und fragte sich, wie viel ihr Vater bereits über die Geschehnisse in der Stadt wusste. Sicher war es nicht ihre Aufgabe, ihn über die schwarze Magie zu informieren, sondern die von Izerdan oder anderen Beratern.

Ihre Eltern waren ohnehin die Letzten, die ihr gestatten würden, an der Jagd auf den fremden Magier teilzunehmen.

Als Sebila ihr später noch eine heiße Milch mit Honig aufs Zimmer brachte, fühlte sie sich in ihre Kindheit zurückversetzt. Obwohl das alles noch gar nicht lange her war, schien seitdem unendlich viel passiert zu sein. Auf Sebilas Wange waren zwei neue schwache Narben zu ihrer Sammlung hinzugekommen, die Zayda vorher nicht aufgefallen waren.

Sie nippte vorsichtig an der Milch, die genau richtig war, und hielt sie dann auffordernd ihrer Amme hin.

„Nimm auch einen Schluck."

Sofort wich die ältere Frau einen Schritt zurück und hob abwehrend die Hände. „Oh nein, Herrin. Ich darf nicht."

„Ich verrate es niemandem, komm schon."

Sebila setzte sich auf das Bett, als wäre es ein äußerst fragiles Gebilde. Bildete Zayda es sich nur ein, oder zitterten die Finger der Amme leicht, als sie die Tasse umfasste? Nach einem zweiten, nach Bestätigung suchenden Blick nahm sie einen kleinen Schluck, der kaum ihre Lippen benetzte.

„Trau dich. Es ist kein Gift drin. Der Schlummertrunk ist von meiner Amme."

Zayda grinste und spürte deutlich, wie Sebilas Blick an ihren spitzen Zähnen hängen blieb, bevor sie einen waghalsigeren Schluck von der süßen Milch nahm.

Eine Weile saßen sie gemeinsam auf dem großen Himmelbett und schwelgten in Erinnerungen und süßen Genüssen. Zayda fragte sich in diesem Moment zum ersten Mal, ob Sebila sich jemals eine Honigmilch erlaubt hatte. Naschten die Diener gelegentlich in der Küche, oder war ihre Angst vor der omnipräsenten Magie der Herrschaftsberater zu stark?

Zayda versuchte, sich den alten Koch und seinen Gehilfen dabei vorzustellen, wie sie nachts Wein tranken und knuspriges Hühnchen aßen, aber es wollte ihr absolut nicht gelingen.

„Gefällt es dir an der Schule, Zayda?"

Das Mädchen verschluckte sich beinahe an der Milch.

„Das hat mich noch nie jemand gefragt", stellte sie überrascht fest und zog dann die Stirn in Falten. Eigentlich war die Antwort so einfach wie sonst nichts, dennoch fiel es ihr schwer, sie in Worte zu fassen.

„Es … war schon lange an der Zeit, dass sich etwas in meinem Leben wandelt. Ich glaube, ich habe meine Bestimmung gefunden, Sebila. Oder zumindest den Weg zu meiner Bestimmung. Meister Izerdan ist ein harter Lehrer, doch was könnte ich mir Besseres wünschen? Nur durch Härte wird ein stählerner Wille geboren. Und ich will einen absolut unvernichtbaren Willen entwickeln. Daraus entsteht Kontrolle über Magie, und Meister Izerdan sagt, ich wäre eine seiner besten Schülerinnen."

Sebilas Augen wurden groß. „Hat er das wirklich gesagt?"

„Nicht wirklich mit Worten. Aber ich sehe es in seinem Kopf. Er weiß nicht, dass meine Flüsterfunken es sehen. Er will es nicht, aber manchmal hat er sogar fast ein bisschen Angst vor meiner Magie."

Sie schwieg und musterte eine Weile ihre stille Amme. Sie hatte noch nie so offen über diese Beobachtungen gesprochen und verspürte auf einmal eine tiefe Dankbarkeit, dass Sebila sie einfach reden ließ. Manchmal konnte man auf diese Weise wunderbare Erkenntnisse gewinnen, wenn man seine Gedanken einfach fließen ließ.

Sie lächelte und drückte Sebila die leere Tasse in die Hand.

„Machst du uns noch eine?"

Träume

In der Nacht träumte Zayda wieder von den dunklen Gängen der Stadt. Es schien egal zu sein, in welchem Bett sie sich befand ... die Bilder wollten zu ihr. In einem seltsamen Zustand, der sich eigentlich nicht wie Schlaf, sondern vielmehr wie eine neue Art des Wachseins anfühlte.

Sie irrte durch die Tunnel, die einander stets abwechselten und dennoch schrecklich gleich blieben, und es gab absolut keine Geräusche ... bis ein dunkles Flüstern sie weckte.

Lange Zeit lag sie wach und kuschelte sich in die Decken, den Geschmack von Honig noch auf der Zunge.

Sosehr sie diesen friedlichen Moment mit Sebila genossen hatte, so falsch fühlte er sich jetzt an. Da draußen ging etwas Dunkles vor, und die Meister gaukelten allen Schülern widerliche Normalität vor.

Wenn sie die Augen schloss, hörte sie wieder das Flüstern und sah die Gänge vor sich. Sobald sie jedoch ihre Magie danach ausstreckte, verschwanden die Eindrücke vollends.

Als die Dämmerung heraufzog, stand sie auf, kleidete sich an und klopfte sachte an die Kammer, in der R'jato schlief.

Vermutlich war das die erste erholsame Nacht für ihn, seitdem er als ihr Beschützer angeheuert worden war, doch darauf konnte sie jetzt keine Rücksicht nehmen. Sie wollte raus, an die frische Luft und ihren Kopf klar bekommen.

Dichter eisiger Nebel hielt sich an die Straßen der Stadt gekrallt, als R'jato sie kurz darauf zurück zur Schule geleitete. Es war noch still zu dieser frühen Stunde, nur einige Boten und Diener hasteten mit hochgeschlagenen Kragen durch die Häuserschluchten und versuchten, nicht auf dem vereisten Schnee auszurutschen.

Zayda konnte sich nicht erinnern, dass ein Winter in ihrer Kindheit jemals so bitterkalt und hartnäckig gewesen war. Es schien, als würde er die Stadt überhaupt nicht mehr loslassen wollen, auch wenn es schon eine ganze Weile nicht mehr geschneit hatte.

Wie lange war R'jato jetzt schon ihr allgegenwärtiger Begleiter? Eine Woche etwa? Erstaunlich, wie schnell man sich an so etwas gewöhnen konnte.

Jelak galt offiziell sogar noch länger als verschollen, und außer einer Handvoll Leute wusste niemand, dass er noch immer den Untergrund der Stadt nach seinem toten Bruder durchsuchte.

Nach einem Zwilling, von dem niemand in der Schule etwas geahnt hatte, auch wenn ihr die Gründe dafür noch immer schleierhaft waren.

Nach einem Zwilling, der von einem Unbekannten getötet worden war, der sich völlig frei in der Stadt zu bewegen schien.

Irgendwie konnte sich Zayda nicht recht vorstellen, dass das alles so beabsichtigt war. Müsste es den Meistern, den Magiern in Kalaratis Tempel und den Männern ihres Vaters nicht mit vereinten Kräften möglich sein, die ganze Sache aufzuklären?

Bisher hatte sie die Politik der Stadt immer für ein gut geöltes Mahlwerk gehalten, auch wenn es offene und verborgene Rangeleien und Probleme gab ... aber dass man einen verschollenen Jungen und seinen toten Bruder nicht finden konnte?

In Zaydas Kopf begann sich ein grober Plan zu formen, doch um diesen umzusetzen, würde sie Perkir und Kielle zu so vielen Regelbrüchen überreden müssen, dass sie sich vorher jedes Wort genau zurechtlegen musste.

Sie benötigte einen neuen Blickwinkel.

„R'jato, ich möchte einen Umweg machen."

„Das ist keine gute Idee."

„Komm schon! Es ist noch so früh, da ist in der Schule ohnehin noch niemand außer den Meistern auf – und wer weiß, ob sie heute Vormittag nicht wieder eine Suchaktion oder so etwas starten."

„Ich weiß nicht, Zayda …"

„Was soll schon passieren? Ich habe doch dich dabei."

Sie kramte ihr zauberhaftestes Lächeln hervor und spürte, wie sein Widerstand dahinschmolz.

„Außerdem kannst du dann wieder deine Augenwinkel-Technik etwas aufwärmen. Wir werden bestimmt durch einige verwinkelte Gassen müssen, oder nicht?"

Seine Mundwinkel zuckten kurz nach oben, dann kontrollierte er den Sitz seiner Waffe und bedeutete ihr mit einer kleinen Bewegung, voranzugehen.

„Und wohin führen uns deine Überredungskünste?", fragte er nach einer Weile, in der er wohl die Umgebung überprüft hatte.

„Das wirst du bald sehen, hoffe ich. Es ist nichts Verbotenes oder Gefährliches, keine Sorge."

Sie konnte spüren, dass er nicht überzeugt war, doch da er schwieg, führte sie ihre Gedanken nicht weiter aus; stattdessen nahm sie die große Allee, die über zwei Hügel anstieg und schließlich an der Abbruchkante mündete, die das südliche Ende der Stadt markierte.

Der Anblick des Sees war noch viel atemberaubender, als sie es sich in ihren Träumen vorgestellt hatte. Von der hoch gelegenen Straße aus hatte man einen so weiten Blick, dass Zayda sich sicher war: Die Weite der Ebene war unendlich, und alle Karten von Tyarul mussten falsch sein.

Sie hatte damit gerechnet, zuerst gar nichts erkennen zu können, doch auf ihrem Weg durch die Stadt hatte die Sonne sich über den Horizont gekämpft und den Nebel fortgeleckt.

Feine, leuchtende Wolkenbänder zogen sich in der Ferne über den Himmel, wo sich der Übergang zur weiten Ebene in den letzten Nebelschwaden verlor.

Die Sonne hatte noch nicht ihre mittägliche Kraft erlangt, doch sie schickte bereits erste Strahlen über den See und ließ seine spiegelglatte Oberfläche glänzen.

Zuerst hielt Zayda es für ein Trugbild, weil der hellblaue Himmel so windstill war, doch dann entdeckte sie feine Linien, die sich kreuz und quer über den See zogen. Er war mit einer herrlich blauweißen Eisschicht überzogen.

Sie streckte ihre Nase in die Sonnenstrahlen und schloss einen Moment die Augen, um die frische Luft einzuatmen, die ihr flüsternd vom nahenden Frühling erzählte.

Als der letzte orangegelbe Schimmer des Sonnenaufgangs verschwunden war und die Sonne nur noch blendete, wandte sie sich an ihren stillen Begleiter, und sie gingen zur Schule zurück.

Der Unterricht bestand – für Zayda wenig überraschend – an diesem Vormittag aus langatmiger Recherche in der Bibliothek. Sie erhielten Themen, über die sie sich in kleinen Gruppen schlaumachen sollten, während die Meister vermutlich im Untergrund der Stadt unterwegs waren und die Spuren untersuchten, die Zayda ihnen gedanklich gezeigt hatte.

Der Bibliothekar musterte sie und Kielle eindeutig öfter als die anderen, und so schlug sie es sich aus dem Kopf, eine heimliche Unterhaltung mit ihrer Freundin zu führen. Oder gar einen Plan zu schmieden, wie sie hier frühzeitig herauskämen.

Allgemein herrschte eine bedrückte Stimmung, die Zayda aber nach einiger Überlegung eher dem langen Winter zurechnete als den verborgenen Ereignissen der letzten Tage. Kaum zu fassen, dass all die Schüler – Cuvia, Sikeh und Perkir eingerechnet – anscheinend so gar nichts davon mitbekommen hatten.

Was sind wir nur alle für Hochnasen, dass wir uns für ach so tolle Novizen halten und nicht einmal mitbekommen, dass ein Junge unter uns eigentlich regelmäßig den Platz mit seinem Doppelgänger tauscht? Und noch wichtiger: Dass er seinen Bruder all die Zeit verzweifelt gesucht hat, in der wir ihn für verschollen hielten?

Sie klappte das Buch zu und war erleichtert, als der Bibliothekar sie kurze Zeit später zum Mittagessen entließ. Natürlich wollte sie mit Kielle über all das reden, doch der Gedanke ließ sie nicht los, was die Meister wohl schon erreicht hatten. Ob sie Jelak überhaupt noch suchten?

Irgendwie bezweifelte sie es. Izerdan und die anderen hatten deutlich gemacht, wo ihre Prioritäten lagen.

Also musste Zayda wohl eigene setzen.

Sie konnte nicht genau sagen, warum … aber das Rätsel um Jelaks Verschwinden und das seltsam dunkle Blut ließ sie einfach nicht mehr los.

Während sie nach dem Mittagessen durch die Gänge schlenderten, bat sie R'jato, ihr zu folgen, sich aber in die künftigen Ereignisse möglichst nicht einzumischen.

Ihr Ziel war ein Korridor mit vielen kleinen Zimmern, in dem sie vor einer ganzen Weile einmal mit ihrer Freundin gelauscht hatte. Sie fand die Kammer auf Anhieb, spürte die Anwesenheit einer Person hinter der Tür und klopfte an.

Perkir wirkte nicht wenig überrascht, als er das Mädchen vor sich erblickte. Den Leibwächter, der sich wie üblich im Hintergrund hielt, ignorierte er.

„Was machst du denn hier?"

„Ich will Jelak finden."

„Das ist nicht deine Aufgabe."

„Nun, anscheinend ist es *niemandes* Aufgabe, also geh mir aus dem Weg."

Als er zögerte und die Arme vor der Brust verschränkte, zog sie die Augen zu schmalen Schlitzen zusammen.

„Erinnere dich an meine Worte, Perkir. Du willst doch nicht, dass ich etwas davon in Anwesenheit meines Leibwächters wiederhole? Einem Mann, der meinem Vater zu absoluter Treue verpflichtet ist?"

Perkirs Gesicht wurde eindeutig um eine Nuance blasser, ehe er sich zur Seite drehte und seine breiten Schultern aus dem Weg räumte.

Sie schlüpfte hinein und schlug die Tür hinter sich zu, ohne darauf zu achten, ob sie ihn damit treffen oder seine Nase brechen würde.

Vielleicht hatte sie schon zu viel gesagt, aber das war ihr in dem Moment gleich. Sie sah sich kurz im Zimmer um, öffnete dann die Truhe neben Jelaks gemachtem Bett und durchwühlte seine Sachen. Noch nie war sie auf diese Weise in die Besitztümer eines anderen Menschen eingedrungen, aber was blieb ihr sonst für eine Wahl? Sie musste doch etwas tun! Bisher war sie die Einzige gewesen, die etwas erreicht hatte.

Unten aus der Truhe zog sie ein altes Büchlein mit ledernem Umschlag hervor, das wohl oft angefasst und durchgeblättert worden war. Es waren Notizen in einer so krakeligen Handschrift, dass sie rein gar nichts entziffern konnte, aber das war auch nicht wichtig. Es war für Jelak offensichtlich von Bedeutung gewesen, und wenn er irgendwo magische Spuren hinterlassen hatte, dann am ehesten daran.

Mit einem leisen Seufzen ließ sie sich auf sein Bett sinken und umfasste das dünne Notizbuch mit beiden Händen.

Nach mehreren langen Atemzügen sandte sie ihre Funken aus, suchte nach etwas, das sich so ähnlich anfühlen würde wie das, was sie bei den Blutstropfen im Schnee entdeckt hatte.

Ein magisches Echo.

Es dauerte länger, beanspruchte viel mehr Konzentration und Energie … doch nach einer Weile fand sie das Echo. Es war nur der Hauch einer Spur, der durch die Mauern der Schule hindurch und hinaus in die Stadt führte. Sie konnte sich nicht bewegen, nicht einmal atmen, weil sie diesen Hauch sonst sicherlich verlieren würde.

Sie stärkte das Echo mit ihrer eigenen Magie, bis ihr der Schweiß von der Stirn lief, konnte aber keinen Jelak finden. Gerade als sie schwer atmend den magischen Faden loslassen musste, weil sich alles drehte, hämmerte R'jato laut an die Tür und fragte nach ihrem Wohlbefinden.

Zayda schluckte schwer, bevor sie aufstand und das Buch in ihre eigene Tasche schob. Sie wollte es nicht – aber in diesem Moment begrub sie innerlich ihre Bestrebungen, den Jungen zu finden, der ihr das Leben in all den Monaten in der Schule so schwer gemacht hatte.

Entweder war er einfach zu weit weg, um von ihr gefunden zu werden ... oder seine Magie war verschwunden.

In den darauffolgenden Nächten kehrten die Träume mit wachsender Intensität zurück.

Zayda wusste, dass sie ihr Angst machen sollten, aber mit jeder Nacht zeigten ihr die Visionen einen neuen Ausschnitt der unterirdischen Katakomben, in die sie im echten Leben einfach nicht mehr hinabsteigen konnte – oder wollte.

Es war eine kleine Flucht, nicht real, aber dennoch so faszinierend detailliert! Nachdem sie die anfängliche Furcht vor der Stimme und dem Schattenmann überwunden hatte, konnte sie sich frei im Inneren der Träume bewegen – und dies tat sie einfach in die entgegengesetzte Richtung der Stimme.

Wenn Zayda danach erwachte, fühlte sie sich seltsam erholt und störte sich nicht einmal mehr an der winterlichen Dunkelheit, die sie morgens immer erwartete.

Kielle und sie nahmen die täglichen Übungen wieder auf und waren beide froh, dass dieser Monat einen starken Fokus auf elementare Magie hatte – und nicht auf die Gedankenangriffe, die ihr neues Wissen durchaus gefährdet hätten.

Die Tage vergingen schweigsam, und selbst abends wollte Kielle kaum die Stille brechen. Zayda schlug sogar vor, noch etwas Schnaps zu stehlen ... und erntete nur einen bösen Blick.

Etwas brodelte in Kielles Innerem, doch Zayda wagte es nicht, in den Gedanken ihrer fähigeren Freundin zu forschen.

Stattdessen konzentrierte sie sich auf ihre Aufgaben und ließ sich von R'jato überall hinbegleiten, um ihre Eltern ein wenig zu beruhigen, was nicht sonderlich gut funktionierte.

Mittlerweile hatte es sich in der gesamten Stadt herumgesprochen, dass Menschen verschwanden ... und bei einem abendlichen Treffen wagte Zayda es, sich zu Cuvia und ihrer Freundin zu setzen.

Die beiden verstummten für einen Moment und warfen ihr einen fragenden Blick zu, doch sie begann einfach zu essen, als wäre es völlig selbstverständlich, sich zu den ältesten Novizinnen aus Izerdans innerem Ring zu gesellen.

Sie spekulierte darauf, dass die beiden sie nicht länger als Eindringling oder Bedrohung ansehen und ihr Schweigen brechen würden, und schon kurze Zeit später behielt sie recht.

Sikeh nahm einen Schluck aus ihrem Becher und setzte dann das Gespräch fort, dessen Anfang Zayda verpasst hatte.

„Meine Schwester hat es vorhin bestätigt – auf dem Tempelplatz wurden seltsame Spuren entdeckt, und in der ganzen Stadt haben gestern die Tiere verrücktgespielt. Sie sagt, es käme sicherlich ein Wintersturm auf uns zu, aber das halte ich für eine ziemlich schwache Erklärung."

„Seltsame Spuren finden sich zurzeit überall. Ich habe von Blut im Schnee gehört ... und riechen kann ich es auch."

„Du kannst vielleicht den anderen weismachen, dass du diese Fähigkeit entwickelt hast, aber ich kaufe dir das nicht ab."

Cuvia kaute ein wenig auf ihrem Brot herum, bevor sie weitersprach, als hätte Sikeh nicht widersprochen.

„Wenn meine Informationen stimmen, sind es jetzt schon sechs Opfer … und anscheinend sind auch eine Menge Hunde und einige Hausratten verschwunden."

Sikeh schnaubte. „Ratten verschwinden doch ständig, sie haben ihren eigenen Willen."

„Aber Hunde sind so dumm wie Miakoda, die könnten sich verlaufen oder abhauen?", warf Zayda ein und erntete ein trockenes Lachen.

„Du weißt wirklich nicht sonderlich viel über die anderen Völker, oder?"

„Das muss ich gar nicht. Ich weiß so gut wie alles über die Politik der Stadt und der Ratken allgemein", erwiderte Zayda stolz, auch wenn sie sich den beiden Älteren trotzdem unterlegen fühlte.

„Aber eine Magierin willst du schon werden? Dann solltest du auch offen für Neues sein. Eigentlich hatten wir das Gefühl, dass du recht begabt bist … allerdings scheinst du doch ein wenig eingeschränkt zu sein … von familiären Restriktionen."

Zayda schwieg und aß weiter ihren lauwarmen Haferbrei mit Honig, während sie über Cuvias tadelnde Worte nachdachte. Kielle war den beiden ganz schön ähnlich. Kein Wunder, dass sie alle in Izerdans Kreis berufen worden waren. War sie selbst nur deshalb Teil davon, weil sie auch so war?

Oder würde die besondere Ausbildung sie erst dazu machen?

So oder so wollte sie den Älteren keinen Grund mehr geben, sie zu erniedrigen. Sie musste einfach all ihre Einstellungen und alles, was ihre Mutter ihr beigebracht hatte, hinterfragen.

Auch wenn noch immer niemand in der Schule ahnte, was Zayda über Jelak erfahren hatte, wandelte sich die Stimmung doch von Tag zu Tag. Während die Sonne sich immer früher aus dem Morgennebel kämpfte, wurden die Leistungen der Novizen schlechter und die Meister ungnädiger.

Immer mehr Lektionen fielen aus; sie wurden durch langatmiges Lesen oder Meditieren ersetzt, das jedoch kaum dabei half, die Gemüter zu beruhigen.

Es kam zu Streitereien unter den Schülern, die von den älteren grob beendet wurden, bevor die Meister es taten. Die Eliteübungen fielen aus, es schneite so unablässig, dass der kleine Innenhof kaum noch zu nutzen war und die Eiche über der Quelle unter der Schneelast ächzte.

Zum ersten Mal war Zayda froh über R'jatos ständige Anwesenheit, denn so wagte es niemand, sie ernsthaft anzugehen. Zugleich schien sich eine unsichtbare Blase um sie zu formen, in die nur Kielle und Meister Izerdan vordrangen.

Nach einer Woche akzeptierte Zayda widerwillig die starre Haltung der Meister. Von den neusten Ereignissen drang nichts an die Ohren der Schüler, sie schirmten jegliche Pläne und Vorhaben komplett ab.

Diese Geheimniskrämerei nervte sie sehr! Wenn sie in Izerdans Position wäre, hätte sie schon lange Suchtrupps aus den begabtesten Schülern geformt und sie, mit Wachen und Templern vereint, losgeschickt, um dem ein Ende zu machen.

Mit jeder Nacht, die verging, bereute sie es mehr, ihre kämpferische Ausbildung nicht weiter verfolgt zu haben. Djark konnte jetzt sicherlich schon mit einem Schwert oder einer schweren Axt umgehen und hätte mit Zeruk und Darzir zusammen einen starken Kampftrupp abgegeben. Da sie jetzt das erste Mal nicht mehr durch ihre magische Ausbildung ausgelastet wurde, fing sie an, sich zu langweilen und sogar Djark zu vermissen.

Anders als Zayda genoss Kielle ihre Freiheit und verschwand immer wieder für Stunden. Als Zayda sie an einem übungslosen Abend in der verwinkelten Schule suchte, wurde sie schließlich im Badehaus fündig.

Kielle suhlte sich in einem dampfenden Zuber, und für einen Moment wusste Zayda nicht, ob sie mit einem Seufzen oder

Stöhnen reagierte, als das Mädchen die Tücher zurückschlug. „Kannst du deinem Wächter sagen, dass ich hier drinnen auf dich aufpasse? Es gibt keinen Grund, uns zu behelligen."

Zu Zaydas Überraschung zog R'jato sich tatsächlich zurück und ließ sie in Ruhe. Sie gesellte sich zu Kielle ins Bad und lachte.

„Das sollte ich mir merken."

„Was?", murmelte Kielle mit geschlossenen Augen.

„Na, dass R'jato dich für ebenbürtig mit Izerdan hält, um meine Sicherheit zu garantieren."

Kielle schmunzelte, dann genossen sie eine Weile einfach schweigend das warme Wasser und die kalte Luft, die ihnen um die Nasen wehte.

Am nächsten Morgen war Kielle schon fort, als Zayda aus ihren Träumen erwachte.

R'jato wartete wie immer vor der Tür und begleitete sie in den Saal zum Frühstück, blieb aber dezent bei der Küche stehen, als Zayda sich zu Cuvia und Sikeh setzte.

„Habt ihr Kielle gesehen?"

Die beiden Frauen schenkten ihr nur einen halbherzigen Blick. „Müsstest du nicht am ehesten wissen, wo sie steckt? Ihr beide macht doch alles zusammen."

Sikeh lachte kurz. „Na, hoffentlich nicht *alles*."

„Was meinst du?"

„Vielleicht solltest du sie das fragen – oder Meister Izerdan."

Zayda verstand nicht, warum die beiden so gehässig lachten. Waren sie neidisch darauf, dass Kielle mehr Lektionen erhielt als sie? Aber bisher hatten sie doch die heimlichen Treffen immer gemeinsam vollzogen, oder nicht?

Sie stand auf, ohne etwas gegessen zu haben, und streifte durch die Schule, mit R'jato als stets präsentem Schatten.

Als sie weder Kielle noch einen der Meister finden konnte, blieb sie im eingeschneiten Innenhof stehen und starrte hinauf zu den dunklen Ästen der Eiche.

Die Funken der Quelle waren deutlich spürbar, so verführerisch nah zum Greifen. Sie machten alles viel klarer – doch ihre Fragen konnten nicht von der Magie beantwortet werden.

„R'jato ... könntest du mir etwas erklären?"

Sie spürte sein Nicken, obwohl er hinter ihr stand und sie ihm keinen Blick zuwarf.

„Was ist Liebe?"

Hätte der Leibwächter gerade ein Trinkhorn an den Lippen gehabt, hätte er sich todsicher verschluckt. Er zögerte, schluckte mehrmals und sah in die verschiedensten Richtungen.

„Das ist ... äh ... ich bin nicht sicher, ob ich dafür der Richtige bin, Herrin. Sicherlich hat Eure Amme ..."

„... niemals ein Wort darüber verloren", beendete sie seinen Satz, um ihn aus der unangenehmen Lage zu befreien. „Und frag gar nicht erst wegen meiner Mutter. Ich frage dich. Du bist doch ein Mann und ein Krieger. Sicherlich hast du schon einmal geliebt?"

Er trat neben sie und sah ebenfalls hoch in die Eiche, wo einige Flocken von der Schneeschicht der Äste geweht wurden und zu Boden fielen.

„Du willst wirklich wissen, ob dein Leibwächter verliebt war?"

Sie stutzte, als er sie plötzlich so persönlich ansprach, ließ ihn jedoch gewähren. „Warum nicht?"

„Du bist ein seltsames Mädchen, hat dir das schon mal jemand gesagt?"

Zayda kicherte leise. „Ich glaube, meine Amme hat versucht, mir das schon ein paar Mal zu sagen, aber das zählte nicht, weil sie keine Ratke ist."

Nachdem er eine Weile schwieg, setzte sie erneut an. „Also kannst du mir nicht antworten?"

„Ich versuche noch, die richtigen Worte zu finden, Herrin. Ich bin nicht immer so wortgewandt wie Ihr."

Zayda wollte Einwände erheben, beließ es aber bei einem kurzen Schmunzeln.

„Es macht nichts, wenn du es nicht beantworten kannst", murmelte sie schließlich und dachte daran, dass Kielle es ihr sicherlich besser erklären könnte. „Ich werde es schon noch herausfinden."

Sie schloss die Augen und versuchte, ihre Gedanken zu beruhigen, bis nur noch Stille und Magie sie umgaben. R'jato schien zu spüren, dass sie meditieren wollte, also zog er sich an seinen üblichen Platz zurück und ließ sie in Ruhe.

Erstaunlich, wie wenig ihr die Kälte ausmachte, seitdem sie gelernt hatte, mit Magie Wärme in ihren Muskeln zu erzeugen und sie wie eine wärmende Schicht über ihre Haut zu legen. Sie könnte Tage und Wochen hier verbringen, ohne dass es etwas ausmachte.

Es dämmerte bereits, als sie fremde Magie spürte.

Zayda! Komm sofort zu deinem Zimmer.

Sie zuckte zusammen, als die Stimme des Meisters bedrohlich laut durch ihren Kopf hallte. Bevor sie etwas erwidern konnte, packte ein Strudel aus Magie ihren Körper und zog sie durch den magischen Riss einer Teleportation.

Keuchend stolperte sie vorwärts und direkt in Izerdans Arme. Ihr war schwindlig, und sie fühlte sich gedemütigt, so die Kontrolle verloren zu haben.

„Ihr könnt einfach andere ... teleportieren ... ohne bei ihnen ... zu sein?", rief sie atemlos und wusste nicht, ob sie fasziniert oder verängstigt sein sollte, während sie bemerkte, wo sie stand: im Flur vor ihrem Zimmer.

„Es wird Zeit."

Zayda versuchte noch immer, ihren Atem wieder zu kontrollieren, während sich Misstrauen in ihr Herz schlich. „Zeit für ... was?"

Izerdan wirkte vollkommen kühl und distanziert, doch sie konnte die brodelnde Empörung in seinem Inneren deutlich wahrnehmen.

„Die Wahrheit. Ich will die Wahrheit wissen, über dich, über Jelak und Jorek, einfach alles! Ich will wissen, wer dir geholfen hat, falsche Spuren zu legen, und ob du verhinderst, dass wir diesen Bastard von einem Abtrünnigen find…"

Da verstand sie endlich.

„Ihr verdächtigt *mich*?", fragte Zayda entgeistert.

Für einen kurzen Moment schlich sich Schuldbewusstsein auf das Gesicht des Meisters, ehe es wieder von der unglaublichen Strenge beherrscht wurde. Dahinter lauerte eine Boshaftigkeit, die sie noch nie in seinen Augen gesehen hatte. Er glaubte tatsächlich, sie hätte etwas mit alldem zu tun!

„Es war allgemein bekannt, dass du und Jelak eine Feindschaft pflegtet. Aber ich verstehe einfach nicht, wie dir das alles möglich war."

Zayda verschränkte die Arme vor der Brust. „Und Ihr traut mir was genau zu? Dass ich ihn … fortjage? Ihn aus der Schule ekle? Er hat sich von mir doch rein gar nichts sagen lassen! Wahrscheinlich ist er nach Hause gelaufen, nachdem ich seinen toten Bruder gefunden hatte. Er war wütend und verzweifelt."

Das Zögern in Izerdans Stimme ließ sie aufhorchen und brachte die Magie in ihrem Inneren zum Flirren.

„Nein."

Ihr Meister hatte sie gut unterrichtet – denn just in diesem Moment sah sie all seine Gedanken wie ein offenes Buch.

Vielleicht wusste er schlicht nicht, was er sagen sollte, und ließ sie auf diese Weise erkennen, was er dachte. Anders konnte sie sich nicht erklären, weshalb sie schlagartig so einen tiefen Einblick in seine Gedankenwelt erhielt.

Und er hielt sie für zu allem fähig. Für gnadenlos und unberechenbar.

Izerdan hatte eine Zeit lang mit dem Gedanken gespielt, dass sie Jelak getötet und beseitigt haben könnte. Dass sie einen Konkurrenten aus dem Weg geräumt habe, der ihr schon seit Monaten ein Dorn im Auge gewesen sein musste.

Doch dass er sie tatsächlich verdächtigte, die Verursacherin dieser schwarzen Schatten zu sein, war wie ein Schlag ins Gesicht, der ihr die kindliche Unschuld rauben wollte. Er hielt sie für fähig, einen Mord mit schwarzer Magie zu begehen!

Noch beängstigender aber war die leise Stimme in ihrem Hinterkopf, die ebenso gnadenlos flüsterte.

Vielleicht hat er recht. Vielleicht bist du manchmal gnadenlos.

Aber ich bin keine Mörderin!

Sie zog sich aus seinen vagen Erinnerungen und Andeutungen zurück und schwieg eine Weile, bevor sie ihm wieder in die Augen sehen konnte.

Sie wollte ihn anschreien, was ihm einfiel, die Tochter des Stadtherrn so zu beschuldigen – und sei es auch nur in seinem Kopf. Sie war noch nicht einmal zwölf! Doch gerade als sie Luft holte, wurde ihr auch bewusst, dass sie dazu kein Recht mehr hatte.

Seit dem Tag des Rituals, seit der Erprobung, in der sie einen Sklaven getötet hatte, war alles anders. Sie hatte dafür gekämpft, nicht mehr wie ein Kind behandelt, sondern als Kriegerin betrachtet zu werden!

Langsam ließ sie den angehaltenen Atem wieder entweichen und beruhigte ihr pochendes Herz, ehe sie zurückhaltend weitersprach.

„So ist das also."

„Ja."

Zayda sah sich in dem Gang um, warf einen Blick in ihre offen stehende Kammer, die allerdings verlassen war.

„Aber jetzt nicht mehr? Sonst hättet Ihr mich doch bestimmt schon zum Tempel geschleift oder mich getötet."

„Du denkst immer, dir entgeht nichts, kleine van Dymar."

„Was hat Euch also vom Gegenteil überzeugt?"

Der Meister wich ihrem Blick aus – etwas, das er noch nie getan hatte.

„Kielle ist verschwunden."

Ein eisiger Schauer rann Zaydas Rücken hinab.

„Sie … wenn sie nicht in der Schule ist, dann ist sie vielleicht zum Grab ihrer Eltern gegangen", plapperte sie drauflos und spürte sofort, wie der Blick des Meisters durchdringender wurde.

„Du weißt davon?"

„Sie hat mich einmal mitgenommen, und ja, ich kenne die ganze Geschichte."

Izerdan schüttelte tadelnd den Kopf. „Ich habe wohl nicht so viel unter Kontrolle, wie ich dachte. Aber nein, sie ist nicht dort. Ich kann sie nicht mehr finden."

„Dann versucht es erneut!", rief Zayda. Das konnte doch nicht sein Ernst sein! Warum klang er so resigniert? Diese unangebrachte Trauer passte überhaupt nicht zu diesem Mann. Er sollte wütend sein, Häuser mit einem Wink seiner Hand einreißen, um seine Lieblingsschülerin aufzuspüren!

Zayda biss sich auf die Lippe, als dieser Gedanke durch ihren Kopf schoss.

War es ihrer oder der des Meisters? Es sollte sie eigentlich nicht überraschen. Sie war schon immer zu wissbegierig und unangepasst gewesen und hatte ihn oft genervt. Kielle schien so viel besser in die Schule zu passen und immer alles richtig zu machen.

Ein kurzer Stich durchfuhr sie, ein winziger Anflug von Neid, dann konzentrierte sie ihre Magie und sandte Funken aus, um nach Kielle zu rufen.

Izerdan packte sie am Handgelenk und drückte so fest zu, dass sie schmerzerfüllt zischte.

„Ich sagte doch, sie ist fort. Willst du dir etwa anmaßen, sie besser kontaktieren zu können als ich?"

Zayda riss sich mit einem Ruck los und wich einen Schritt vor ihm zurück. Das war alles nur ein gemeines Spiel! Kielle konnte nicht tot sein!

Bilder drängten sich ihr auf, wie ihre Freundin auf dem Bett in der Kammer lag und mit toten Augen ins Nichts starrte.

„Nein! Ich lasse sie nicht da unten sterben! Ich überlasse sie nicht diesem Monstrum."

Sie wollte losrennen, prallte jedoch gegen eine unsichtbare Wand aus Magie.

Wie Fesseln legte sich die Energie des Meisters um ihren Geist und ließ sie erstarren. Die Eiseskälte des Winters kroch in ihre Knochen und nahm ihr die Gewalt über ihre Bewegungen.

Doch nur für einige schwere Atemzüge.

Ich habe damit nichts zu tun! Ich würde niemals einem Ratken etwas tun! Selbst Jelak wollte ich einfach nur wiederfinden. Nur deshalb bin ich doch so tief in diese Sache hineingeraten!

Sie warf ihre Magie gegen seine, bäumte sich gegen die Kontrolle auf. Falls der Meister das nicht erwartet hatte, ließ er sich keine Überraschung anmerken, als sie sich losriss und durch die Wand brach.

Sie kam nicht weit.

Der Griff kehrte zurück, schloss sich wie eiserne Fesseln um ihre Arme und brachte ihren Kopf zum Kreisen. Sie ruckte nach vorn, stolperte und stürzte. Im nächsten Augenblick griffen mehrere Hände nach ihr, sie sah Meisterin Caras rote Haare, dann Oyran und auch Sikeh, die den Meistern half.

„*Nein!* Lasst mich zu ihr, lasst mich!"

Sie verlor die Kontrolle.

Es fühlte sich an, als würde etwas in ihr reißen. Die Verzweiflung wuchs zu Wut, feuerte ihre Magie an und verwandelte die sonst nur flüsternden Funken zu einem schreienden Sturm.

Vor ihren Augen verschwamm alles, und ihre Knie wurden urplötzlich weich.

Alles drehte sich; ein Ziehen ging durch ihren Arm, als hätte man ihn schlagartig eingefroren. Zayda verdrehte die Augen und spürte das erste Mal in ihrem Leben, wie sie in eine tiefe Ohnmacht fiel.

Die Kälte hatte sich fest um ihren Körper geklammert, als Zayda wieder klarere Gedanken fassen konnte.

Warum fiel es ihr so verdammt schwer, die Augen zu öffnen? Als wären ihre Lider mit Gewichten belegt worden ... nach dem ersten Blinzeln wurde es besser, und allmählich klärte sich ihr Blick.

Sie lag in ihrer Kammer, angezogen auf dem Bett – und um ihren rechten Unterarm war ein schmales Tuch gewickelt. Die Kälte strahlte von dort aus! Zayda stöhnte und schaffte es, ihre taube linke Hand auf das Tuch zu legen.

Was ... ist ... das?

Sie fühlte ihre Finger nicht, beugte sie aber dennoch unter größter Mühe und kratzte damit über den Stoff. Irgendwann gelang es ihr, den Verband ein wenig zu lösen und den Arm zu drehen – sofort ließ das Kältegefühl nach. Sie drehte ihn weiter, zog ihn zu sich heran und aus der Schlaufe heraus. Etwas Weißes glänzte zwischen den Stoffbahnen und strahlte diese Kälte aus!

Kaum berührte ihre Haut es nicht mehr, strömte Wärme in ihren Körper zurück, und sie wurde wieder wach. Die Schwäche blieb, aber immerhin verflog das Gefühl, zu sterben.

Noch nie hatte sie sich so entkräftet gefühlt.

Oder entmutigt.

Die Erinnerungen kehrten zurück, und sie versuchte noch einmal, Kielle zu erreichen, doch ihre Funken waren so still wie noch nie. So konnte keine Magie mehr wirken!

Als sie vorsichtig den Stoff auf dem Bett auseinanderschlug, wurde der magische Speicherstein sichtbar: ein Absorber, ein Magie saugender Bilur.

Entrüstet stand sie auf, wankte zur Tür und pochte laut dagegen.

„He! He, lasst mich raus! Es ist verboten, Absorber gegen Mitglieder der Herrscherfamilie anzuwenden!"

Die Stille draußen wurde schnell durch eine Diskussion ersetzt, die Zayda aber mangels Magie nicht verstehen konnte. Es klang hitzig, dann wurde die Tür aufgerissen, und R'jato stand vor ihr.

„Herrin, geht es Euch gut? Fühlt Ihr Euch geschwächt?"

Sie schnaubte nur und schob sich mit einer geschickten Windung an seinen breiten Schultern vorbei, um sich an Izerdan zu wenden.

Als sie die anderen Gesichter im Schulflur musterte, traf sie eine ernüchternde Erkenntnis. Cara, Oyran und die Novizinnen, Cuvia und Sikeh … die interessierten sie so wenig wie ein einfacher Bote ihres Vaters.

Mit Ausnahme von Jelak und Perkir, die sich ihr mit ihrer unangenehmen Art förmlich aufgedrängt hatten, war sie vollkommen auf Kielle fixiert gewesen und hatte alle anderen nur als temporäre Aufgabe betrachtet. Als belanglose Abschnitte in ihrem Leben, das nach der Ausbildung zur Magierin ohnehin eine ganz andere Richtung einschlagen würde als das all dieser anderen.

Sie hatte sich nie die Mühe gemacht, mehr über sie zu erfahren oder sie einfach nur kennenzulernen. Die Bewohner der Schule waren im Grunde alle nur flache Schemen, die für die edle Tochter aus gutem Hause keine wirkliche Rolle spielten. Und jetzt war sie allein.

Eisige Kälte umklammerte ihre Brust, die Schmerzen strahlten bis in ihren Hals aus.

Izerdan hatte die Arme vor der Brust verschränkt.

„Ich musste dich ruhigstellen, das werden auch dein Leibwächter und dein Vater verstehen, wenn ich die Umstände erläutere."

„Habt ihr sie schon gefunden?"

Das folgende Schweigen war Antwort genug. Cara wandte den Blick ab, und Oyran presste die Lippen zu einer so schmalen Linie zusammen, dass sein Bart vollkommen verschmolz.

„Habt ihr überhaupt schon nach ihr gesucht? Das ist unfassbar! Ich kann nicht …"

Izerdan hob die Hand. Seine Magie schwebte in der Luft, so deutlich wie nie zuvor. Zayda konnte spüren, wie sich ihre Funken in ihrem Inneren regten und sanft erwachten.

„Wirst du dich beruhigen? Ich kann es nicht zulassen, dass du Dummheiten anstellst, Zayda."

Sie öffnete den Mund, doch als sie in die gelben Augen des Meisters blickte, formte sich jäh eine Entscheidung in ihrem Verstand. Sie wollte ihm alles an den Kopf werfen: Wie lächerlich es war, ein elf Sommer altes Mädchen für eine Schwarzmagierin zu halten, die in ihrer Heimatstadt die schwarze Krankheit verbreitete!

Aber sich zu verteidigen, würde nur Zeit kosten.

Wie bei der Illusion in der Bibliothek befahl sie einigen Funken, einen winzigen geheimen Bereich in ihrem Geist abzuschirmen.

Während sie langsam nickte und den Blick demütig zu Boden schlug, sandte sie alle verbotenen und rebellischen Gedanken dorthin.

Als sie dieses Versteck ausbaute und ihm Energie gab, wurde ihr bewusst, dass es schon immer da gewesen war. Auch von den regelmäßigen Träumen hatten der Meister und Kielle nichts mitbekommen, weil sie ihre Gedanken daran in die Tiefe geschoben hatte.

Wenn sie möglichst bald wenigstens ein bisschen ihrer eingeschränkten Freiheit zurückerlangen wollte, musste jetzt alles stimmig sein.

Sie presste die Lippen zusammen und legte ein Zittern in ihre Stimme, das nicht einmal gespielt war.

„Ich will ... ich will doch nur meine Freundin zurück, Meister."

Als er ihre Trauer sah, wurde sein Blick weich. „Das wollen wir alle, Zayda. Wir werden sie suchen, noch heute, aber ich kann es nicht riskieren, noch mehr von euch zu gefährden. Kielle war schon sehr gut ausgebildet, trotzdem wurde sie von diesem Abtrünnigen möglicherweise entführt."

„Wenn er es denn war", warf Oyran mit einem leicht säuerlichen Unterton ein, der Zayda aufhorchen ließ.

Alle schwiegen einen Moment, bevor Zayda wieder das Wort ergriff. „Darf ich mich dann wieder den anderen anschließen? Ich bin sicher, R'jato wird ein Auge auf mich haben und dafür sorgen, dass ich in keine Kanäle hinabsteige."

„Das klingt vernünftig."

Vernünftig wäre es auch, wenn Ihr endlich richtig suchen würdet!

Als der Gedanke abgefeuert war, erwartete Zayda eigentlich, einen bösen Blick des Meisters zu ernten ... doch nichts geschah. Offenbar funktionierte ihr Schutz besser, als sie es sich selbst zugetraut hatte.

„Bitte geht sie suchen, Meister. Ihr müsst sie zurückholen. Sonst sehe ich mich gezwungen, meinen Vater über dieses Dilemma zu informieren."

Da war er wieder, der böse Blick.

Izerdan murmelte etwas Unverständliches, öffnete einen Beutel an seinem edlen Gürtel und drückte R'jato einen schwach leuchtenden Gegenstand in die Hand.

„Damit sie nicht mehr in deinem Kopf herumgeistern kann", flüsterte der Meister dem Leibwächter zu und ließ sie dann einfach stehen.

Zayda tat so, als würde sie nicht bemerken, dass die Meister die Schule am Vormittag verließen. Sie hatte etwas Brot hinuntergewürgt und im Speisesaal, der diesmal noch stiller war als sonst, fragende Blicke geerntet.

Anscheinend waren Cuvia und Sikeh zu den neuen Lakaien der Meister ernannt worden, denn sie hatten jetzt das Sagen und ordneten an, dass alle im Saal bleiben sollten, um dort zu lernen. Zayda war unglaublich durstig; auf ihr mehrfaches Nachfragen sagte Cuvia, dass sie die ganze Nacht mit dem Absorber eingesperrt gewesen war.

Zähneknirschend schluckte sie die Demütigung hinunter und las anschließend im Speisesaal in irgendeinem Buch über einstige Berufe von Wassermagiern, ohne die Worte wirklich aufzunehmen; stattdessen erforschte sie die Schule mit schleichenden Funken.

Irgendwo musste es doch Hinweise auf Kielle geben!

Das war der Moment, in dem es ihr auffiel.

So überdeutlich, dass sie es zunächst nicht glauben konnte: Warum war es ihr bis dahin niemals so vor Augen getreten?

Im Grunde konnte sie die gesamte Schule erfühlen, wenn sie eine Weile horchte und die Funken arbeiten ließ. Alles tauchte nach und nach in ihrem Verstand auf, auch wenn es ihr Kopfschmerzen bereitete. Nur eines konnte sie nicht sehen: die Kammern und Gemächer des Meisters der Schule.

Wie ein großer weißer Fleck lag dieses Nichts inmitten des Inneren des Hauptgebäudes.

Sie sind komplett abgeschirmt! Das muss Bilure als Ursprung haben ...

Was wollte der Meister verbergen? War das nur eine übliche Gepflogenheit, oder steckte mehr dahinter? War es das, was Cuvia gemeint hatte?

Aber diese seltsamen Andeutungen hatten eine ganz andere Bedeutung gehabt. Etwas, das zwischen Kielle und Izerdan ablief und ihrer Aufmerksamkeit entgangen war.

Könnten auch eine Novizin und ein Meister eine Liebesgeschichte haben?

Es war ein so simpler und doch Grauen erweckender Gedanke, denn er löste eine Kaskade an Möglichkeiten aus.

Was, wenn noch viel mehr dahintersteckte, und sie verstand nur die Zusammenhänge nicht?

Vor ihren Augen entfaltete sich auf einmal die Szene, als sie aus der Stadt zurückgekommen war. Sie war den Ratten entflohen, hatte sich zu Izerdans Kammern begeben und dort die beiden erblickt. Wie der Meister Kielle angespannt am Nacken gepackt hatte, wie eng sie zusammengestanden hatten.

Zayda schlug das Buch zu und ließ es einfach liegen. Mit zusammengekniffenen Augen beobachtete sie die versammelten Novizen, die noch übrig waren.

Erst jetzt fiel ihr auf, dass sie noch weniger waren. Mindestens zwei oder drei der Vierzehn- und Fünfzehnjährigen fehlten! Zayda hatte selten mit ihnen gesprochen, da sie sich eher auf das magische Wissen als auf die Übungen fokussiert hatte. Mit den Novizen hatte sie bisher kaum zu tun gehabt. Waren auch sie von dem Abtrünnigen geholt worden? Zayda bezweifelte es – dann wäre bestimmt schon die halbe Stadt auf der Suche. Also hatten ihre Familien sie wohl zur Sicherheit aus der Schule geholt.

Sie fand Perkir in der ausgedünnten Gruppe, und damit stand ihr Entschluss fest. Ein kurzer Blick versicherte ihr, dass R'jato von seinem Platz neben der Küche noch immer die versammelten Schüler im Auge behielt. Sie war sich ziemlich sicher, dass die anderen jetzt nichts mehr gegen seine Anwesenheit hatten. Immerhin hatte sich Kielles Verschwinden wie ein Lauffeuer herumgesprochen.

Zayda schlenderte zu Perkir hinüber, der fast allein an einem der langen Tische saß. Wie auch Zayda, wurde er jetzt gemieden, seitdem sein Kamerad verschwunden war, als klebe die Schuld an ihm.

„Bist du mit dem Buch fertig?"

Er schlug es zu, dass es staubte, und warf ihr einen misstrauischen Blick zu.

„Was willst du?"

„Guter Mann. Du kommst gleich zur Sache."

Er presste die Lippen zusammen, bevor er schnaubte. „Das solltest du auch, wenn du nicht Cuvias Aufmerksamkeit auf uns ziehen willst."

„Ich will sie aber auf dich ziehen."

Perkirs Hände ballten sich für einen kurzen Moment zu Fäusten. „Sag, was du willst, Zayda."

„Zettle mir zuliebe einen Streit an, damit ich verschwinden kann."

„Das ist Unsi…"

Zayda beugte sich zu ihm. Sitzend war er kaum kleiner als sie, also konnte sie mit Leichtigkeit in sein Ohr zischen. Sie konnte seine Anspannung förmlich greifen, während er sich noch sträubte.

„Es ist mir vollkommen egal, wie du es machst – Hauptsache, mein Leibwächter und unsere neu ernannten Despotinnen werden darin verwickelt. Verstanden?"

Er nickte widerstrebend, und sie ließ ihn einfach stehen. Als sie fast wieder an ihrem Platz war, erhob er sich und warf mit einem Ruck die Bank hinter sich um. Auf der saß noch ein Junge, vertieft in ein Buch, das nun in hohem Bogen durch den Raum segelte, während er selbst zu Boden stürzte.

Das Buch landete an Sikehs Kopf, und der Junge regte sich lautstark auf. Innerhalb weniger Augenblicke brach ein Tumult los, angefeuert durch Perkirs Fluchen und Schreien und die allgemeine Anspannung der Novizen.

Zayda kroch unter ihren Tisch, als die ersten kleinen Blitze durch den Raum zuckten und eine Bank krachend zersprang. Sie vertraute darauf, dass ihr Lakai den Leibwächter irgendwie ablenken würde, während sie unter dem Tisch zum Ausgang schlich und ungesehen hinausschlüpfte.

Die Schule war noch nie so totenstill und lärmerfüllt zugleich gewesen. Die Meister jagten einen Verbrecher, die Schüler stritten sich im Speisesaal, und die Gänge lagen allesamt verlassen da. Zayda rannte, huschte wie ein Schatten durch die Korridore und stieß eine Tür nach der anderen auf, bis sie keuchend vor Izerdans Gemächern ankam.

Sie presste die Hände an die Tür, horchte auf mögliche Verfolger und sandte dann ihre Funken durch das massive Holz.

Dahinter war nichts – nur ein seltsamer, gleichmäßiger Sog, der es ihren Funken verwehrte, etwas wahrzunehmen.

Sie musste hinein!

Als sie mit ihrer Magie nach einem Hebel oder Schloss tasten wollte, prallte sie gegen diese schützende Wand. Sie ruckelte an der Klinke, warf sich wütend dagegen, schaffte es jedoch nicht, sie mit Magie aufzuschließen.

Als sie noch mehr Energie entfesselte, ging ein Knirschen durch die Tür und die umgebende Mauer. Sie drückte weiter, ignorierte die Kopfschmerzen, den Schweiß und das heiße Pulsieren in ihren Händen, die sich fest gegen die Bretter pressten.

Risse zogen sich durchs Holz, schließlich knackte der Türrahmen. Die Magie in Zaydas Innerem bäumte sich auf, warf sich mit voller Wucht gegen den Schutz und ließ ihre Hemmungen fallen.

„Komm schon!"

Sie schrie und spürte, wie sich ein lautes Wummern in den Gängen der Schule ausbreitete. Dann gab der Schutz nach und verflog so schnell, dass sie nach vorne stolperte.

Die Tür wurde in Stücke gerissen und ins Innere der Kammer geschleudert. Bretter und Steine der Mauer flogen durch die Luft und prasselten in der Kammer gegen die gegenüberliegende Wand.

Qualm und Staub hingen in der Luft, während die letzten Holzsplitter zu Boden rieselten. Sie wischte sie mit tauben Fingern vor sich weg, trat ein und sah sich um. Jetzt spürte sie den Sog der Bilure noch viel deutlicher. Das war wohl erst seit Kurzem so, sonst hätten sie es bei den Eliteübungen bemerken müssen. Doch die Speichersteine interessierten Zayda nicht. Sie hastete durch die Räume, riss Schränke und Truhen auf, warf sogar die Bettdecke im Schlafgemach zurück.

Nichts! Hier war einfach nichts!

Was hatte sie erwartet? Dass Kielle sich hier verstecken würde? Oder tot in einer Truhe lag, weil der Meister seiner Liebschaft überdrüssig geworden war?

Das ist idiotisch, Zayda! Warum sollte er das tun? Du bist auf einer völlig falschen Fährte und wirst deine Freundin nicht retten. Nicht so.

Voller Wut riss sie den Rattenschädel, den Izerdan ihr abgenommen hatte, von der Tischplatte. Der gehörte ihr!

Als einige Bücher auf dem Tisch verrutschten, kam eine Schatulle zum Vorschein. Der Deckel klemmte ein wenig, doch der Inhalt zog sie bereits durch das Holz magisch an. Es musste sich um Bilure handeln.

Sie zog den Deckel weg und sah die bunte Auswahl an Speichersteinen. In ihrer Verzweiflung war es ihr gleich, welcher von ihnen den abschirmenden Schutz der Gemächer bewirkt hatte – am liebsten hätte sie alle zugleich auf den Boden geschmettert und ihre Magie freigesetzt.

Was für eine Verschwendung!

Einem Impuls folgend, packte sie eine Handvoll und ließ sie in die Öffnung auf der Unterseite des Rattenschädels rutschen.

Gerade als sie diesen in ihren Beutel steckte, erfüllte ein elektrisches Flirren die Luft, und ein lautes Krachen zeugte davon, dass ihr Einbruch vorbei war.

Izerdan hatte sich in sein verwüstetes Heim teleportiert. Im nächsten Moment brach ein Gewitter über Zayda herein, dem sie sich kaum gewappnet fühlte. Was sie rettete, war die gleichzeitige Ankunft ihres Leibwächters, der keuchend und leicht qualmend aus dem Speisesaal zu ihr vorgedrungen war.

Schrecken

Sie sah es im Blick ihres Vaters, als Zayda und R'jato den großen Saal des Stadtherrschers betraten. Eine Grenze war überschritten worden, und es gab kein Zurück mehr.

Izerdan hatte das Anwesen mit wehendem Mantel verlassen, ohne sie noch eines Blickes zu würdigen. Er war lange bei ihrem Vater gewesen, doch Zayda musste das Gespräch nicht belauschen, um zu wissen, dass ihre Zeit bei Meister Izerdan vorbei war.

Manchmal verfluchte sie ihre Magie.

R'jato hatte während des Wartens kein Wort mit ihr gesprochen, sie nicht einmal angesehen, sondern nur den schützenden Bilur demonstrativ unter seinem Hemd hervorgezogen, damit sie ihn anstarren konnte, wie er an der Kette baumelte.

Wo waren die magischen Berater Balzayds? Müssten die nicht seinen Geist abschirmen? Aber sie taten es nicht, waren nicht hier und schützten ihn nicht.

Und es gefiel ihr nicht, was die Wut mit ihr machte.

Sie sah ihren Vater vor sich, wie er so vollkommen teilnahmslos hinter seinem Tisch und all seinen Berichten saß. Das alles widerte sie an … und dennoch wollte sie es nicht missen.

„Du hast Schande über unsere Familie gebracht, Zayda. Was ich mir da gerade anhören musste, ist mir unbegreiflich. Du hast alle Regeln gebrochen, alle Meister beleidigt und dich in unsagbare Gefahr gebracht. Das hat nun alles ein Ende."

Als sie seine Gedanken sah, zog sich ihre Brust schmerzhaft zusammen.

„Bitte, schickt mich nicht weg!", platzte es aus ihr heraus.

„Das hast du nicht zu entscheiden. Du bist nun einmal eine Geborene – auch wenn du dich wie eine Verrückte aufführst, bleibst du es."

„Aufhören? Ich will nicht mit meiner Magierausbildung aufhören!"

„Genau das ist das Problem. Und wir können nicht zulassen, dass du ebenfalls spurlos verschwindest. Deshalb wird R'jato dich zu einer anderen Schule bringen."

„Ich werde nicht bestraft, weil ich eingebrochen bin?", fragte sie verdutzt.

„Deine Sicherheit steht über allen Strafen, die dich ansonsten erwarten würden."

„Aber meine Freunde sind in Gefahr!"

„Deine Freunde sind tot. Und ich werde dafür sorgen, dass *meine Tochter* nicht das gleiche Schicksal ereilt!"

Zayda schwieg, als ihr Vater so laut wurde.

Sie wollte ihn anschreien, wollte sich weigern, dass er sie von daheim verbannte.

Doch da war auch eine gewisse Neugier in ihrem Inneren, die sich Kielle gegenüber wie Verrat anfühlte: In Wahrheit gefiel ihr der Gedanke, das große Heimatland der Ratken mit eigenen Augen zu sehen, so wie ihre Brüder. In Wahrheit wollte sie fort von den dunklen Schatten, die Irfen umnachteten, auch wenn sie Kielle nicht im Stich lassen und Izerdans Lektionen nicht missen wollte.

„Und wohin?", sprachen ihre Lippen, während ihre Gedanken rasten.

„Tna'Ni."

Zayda klappte der Mund auf. „Was? Das ist Felidenland, dort leben diese barbarischen Stämme! Noch weiter könntet ihr mich gar nicht wegschicken."

Ihr Vater schnaubte.

„Mir würden noch ein paar ganz andere Orte einfallen. Aber die Schule in Tna'Ni hat nun einmal die beste Reputation außerhalb unserer Lande."

„Das ist wegen des Einbruchs, oder? Ich schwöre, so etwas kommt nicht mehr vor."

Ihr Vater seufzte.

„Zayda, sieh es doch ganz nüchtern: Die sogenannten Meister hier sind weder deiner Magie noch deinem Temperament gewachsen. Und noch wichtiger: Offensichtlich können sie ihre Novizen nicht schützen!"

„Ich kann gut auf mich selbst aufpassen."

„Das kannst du dann in Tna'Ni beweisen."

Zayda konnte ihrem Vater ansehen, dass er seine Entscheidung nicht mehr zurücknehmen würde. Zorn brodelte in ihrem Bauch, doch sie schluckte ihn hinunter, ebenso die heißen Tränen, die sich in ihre Augenwinkel geschlichen hatten.

„Sehr wohl, Vater", presste sie leise hervor.

Er nickte nur knapp, machte aber keine Anstalten, ihr auch nur den Hauch von väterlicher Zuneigung zu zeigen.

„Geh dich jetzt von deiner Mutter verabschieden. R'jato wartet im Stall auf dich."

„Im Stall? Du erwartest allen Ernstes, dass wir nach Tna'Ni reiten?"

„Hast du einen besseren Vorschlag?"

„Die Meister könnten mich teleportieren, wenn ihr mich unbedingt so dringend loswerden wollt."

Ihr Vater schlug mit der Hand flach auf den Tisch. „Schweig! Du hast dich nicht aufzuführen wie eine kleine verzogene Göre! Du bist eine Kriegerin und Magierin, also benimm dich auch so."

„Ich …"

„Glaubst du etwa, ich hätte deinen Meister nicht als Erstes um diese Option gebeten? Glaubst du, ich lasse meine einzige Tochter gerne mit ihrem Leibwächter quer durch Tyarul reiten?"

„Vater …", flüsterte Zayda kaum hörbar und den Tränen nah.

„Izerdan hat es ausgeschlossen. Er sagt, die Gefahr auf diese Distanz ist nicht abzuwägen. Außerdem erzählte er etwas von einer Spur, der man nachgehen könnte."

Zaydas Tränen trockneten schlagartig, als ein kalter Schauer ihren Rücken hinablief. Sie wusste, was Izerdan damit gemeint hatte, und es hätte ihr peinlich sein sollen, dass sie nicht ebenfalls daran gedacht hatte.

Sie galt als eine der aufstrebendsten Schülerinnen von Izerdan, und bisher waren nur talentierte Novizen verschwunden. Eine Teleportation würde magische Spuren hinterlassen, die einen möglichen Verfolger genau auf ihre Fährte führen könnten.

Insbesondere einen Mörder, der ungeheure katzengroße Ratten hervorbrachte.

Zayda stand neben Zeruks kastanienbraunem Wallach und kraulte ihm die Flanke, da sie den Kopf nicht wirklich erreichen konnte. Mit zusammengepressten Lippen kletterte sie auf die Trittleiter, um sich in den Sattel zu ziehen.

Sie konnte es noch immer nicht verstehen, warum sie Zeruks Wallach nehmen sollte und nicht ihr eigenes Pferd. Gut, Cengiz war kräftiger und konnte auch noch ihr Gepäck tragen, aber warum nicht Anmra als Packpferd mitnehmen?

Ob Mutter das nur entschieden hatte, um sie noch mehr zu kontrollieren?

Sie musste sich um das Zweitpferd ihres Bruders viel mehr Gedanken machen, hatte größere Verantwortung, da es sich um fremdes und wertvolleres Gut handelte als ihre weniger reinrassige Stute.

Zayda mochte es nicht, so manipuliert zu werden.

Mit einem unterdrückten Ächzen schwang sie sich in den Sattel und rutschte nach vorn, bis sie bequemer saß, während sie die Lippen zusammenpresste.

Der Abschied von ihrer Mutter war kurz und herzlos verlaufen, zumindest hatte Zayda das so empfunden. Aber was hatte sie erwartet? Eine Umarmung hatte sie seit Jahren nicht mehr erhalten.

Doch ihre Mutter hätte ihr wenigstens so viel Zeit schenken können, um die offenen Fragen zu klären, die ihre Tochter quälten.

In ebendiesem Moment betrat R'jato die Stallungen und schnürte wortlos eine letzte Tasche an seinem Sattel fest. Sie konnte seinen Blick auf ihrem Nacken spüren, und es war ihr unglaublich unangenehm, wie offensichtlich sie litt.

„Wir reiten jetzt los."

„Aber ich …"

„Wir reiten jetzt los, Zayda", wiederholte er eisern und etwas zu laut, doch ein kurzes Zögern ließ sie aufmerksam werden. „Doch zuvor … finden wir deine Freundin."

Zayda klappte der Mund auf, während ihr Herz einen Satz machte. „Wirklich?"

„Du würdest sonst heute Nacht von unserer ersten Lagerstätte davonlaufen, habe ich nicht recht?"

Sie nickte und fühlte sich ertappt wie ein Kind. Er schien sie mittlerweile viel zu gut zu kennen.

Ein verstohlenes Lächeln huschte über seine Lippen, dann gab er Cengiz einen Klaps auf den Hintern, und der Wallach lief schnaubend aus dem Stall. Im Innenhof wartete Sebila neben den beiden Wachen, die sie seit dem Sommer so oft durch die Stadt geleitet hatten. Nachdem R'jato ihren Posten übernommen hatte, war sie ihnen nur noch selten begegnet, und es rührte sie, dass sie sich am Tor zur Straße eingefunden hatten.

Sie legten beide die Hand an die Brust.

„Macht es gut, kleine Herrin."

„Möge die Hüterin immer mit Euch sein."

Zayda nickte nur knapp, ohne die beiden wirklich anzusehen. Sie konnte den Blick nicht von Sebila abwenden, der Tränen über die Wangen rollten.

Bevor sie etwas sagen konnte, hatten die Männer es bemerkt, und der näher stehende versetzte der Amme einen groben Schlag gegen die Schulter. Sebila jaulte auf und stürzte in den schmutzigen Schnee.

Sie war klug genug, nicht wieder aufzustehen, hob nicht einmal die Hand an die schmerzende Schulter, sondern grub die Finger in den Schneematsch.

Zayda sah weg. Auf eine unangenehme Weise war sie sogar froh, dass der Ratkenwächter die Dienerin gezüchtigt hatte. Sonst hätte sie es selbst tun müssen … und ein kleiner Teil von ihr war nicht sicher, ob sie das vollbracht hätte.

Der Blick der Wache blieb weiter hart, als er die Dienerin unsanft auf die Beine zog und ihr befahl, keinen Ton mehr zu machen, bevor er die Herrin holte.

Es ziemte sich nun einmal nicht für eine Amme, derartige Gefühlsausbrüche zu zeigen.

Und für eine Herrschertochter ziemte es sich erst recht nicht. Auch R'jato saß mittlerweile auf seinem Pferd, und so gab sie Cengiz die Sporen. Die beiden Tiere wieherten laut, stampften mit den Hufen auf dem Boden auf und trabten los. Sebila musste rasch aus dem Weg springen, um nicht von den schweren Hufen getroffen zu werden.

Das sollte als Drohung von mir genügen, dachte Zayda und schielte kurz zu R'jato. An seinem Blick konnte sie sehen, dass er ihren Gedanken genau durchschaut hatte, aber nichts dazu sagte.

Nachdem sie das Anwesen mit diesem dramatischen Abgang verlassen hatten, ritten sie zunächst die Straßen entlang bis über den Tempelplatz hinaus. Dort nickte Zayda kurz in Richtung des Tempels von Kalarati und ließ dann ihren Leibwächter die Führung übernehmen.

Er lenkte seinen Wallach eine abfallende Straße hinunter, mit dem Rücken zum Tempel, weg vom Anwesen und Izerdans Schule. Eine Weile klapperten nur die Hufe auf dem Pflaster und trugen sie in ein Stadtviertel, das Zayda noch nicht gut kannte – dann bog R'jato jäh nach links ab. Nach einigen Gassen hielt er sein Pferd an, das schnaubend in der engen Umgebung tänzelte. Er lehnte sich zur Seite, klopfte dann vom Pferderücken aus laut pochend an eine Tür, die sich nach wenigen Atemzügen öffnete.

Mit gerunzelter Stirn beobachtete Zayda, wer da heraustrat. Warum waren sie hier?

Der Ratke mit langem blonden Haar begrüßte R'jato mit einem vertrauten Händedruck, dann saß dieser ab und bedeutete Zayda mit einem Nicken, es ihm gleichzutun.

Sie ließ sich möglichst geschickt vom Rücken des großen Kaltbluts gleiten und rutschte ein wenig mit den Stiefeln auf dem Schnee. Bevor sie etwas fragen konnte, hatte der Blonde schon Cengiz' Zügel ergriffen und führte beide Pferde ein Stück die Straße hinab. Dort stieß er ein mannshohes Gatter auf, das bisher einen kleinen Stall verborgen hatte.

„Wir sind bald zurück, Taniz."

Der Blonde nickte auf R'jatos Worte hin und lächelte breit. „Wie immer: keine Fragen, kein Kupfer. Aber ich sage dir, bei der nächsten Runde habe ich mehr Glück mit den Karten."

Während Zayda den Mann noch überrascht anstarrte, schüttelte R'jato den Kopf.

„Es wird vorerst keine Runden mehr geben."

Zayda bemerkte den überraschten und etwas traurigen Blick, mit dem der Mann namens Taniz R'jato bedachte, und musste einfach fragen. „Du spielst Karten?"

R'jato zuckte knapp mit den Schultern, dann wechselte er leise ein paar Worte mit seinem Bekannten.

Zayda war noch zu überrascht, um auf die Idee zu kommen, sie zu belauschen. Weshalb war es ihr nie in den Sinn gekommen, dass R'jato auch ein Leben hatte? Natürlich schlief er tagsüber, wenn sie Unterricht hatte, um sie nachts zu bewachen – aber er hatte nicht immer anwesend sein müssen, wenn er sie bei ihren Eltern abgeladen hatte.

Ob er Familie in der Stadt hatte? Freunde zählten wohl auf jeden Fall zu seinem Umfeld, denn der Blonde wirkte ehrlich traurig, als R'jato sich verabschiedete.

„Ich fordere aber noch immer eine Revanche."

R'jato schmunzelte kurz. „Vielleicht, wenn wir erledigt haben, weswegen wir die Pferde bei dir abstellen." Er wandte sich ab und führte Zayda die Straße hinunter. „Und wenn meine kleine Herrin es erlaubt, natürlich", fügte er leise hinzu.

Sie nickte nur, zu verloren in ihren eigenen Gedanken, und folgte ihm die Straße hinab – bis ihr irgendwann auffiel, dass er sie nicht mehr führte, sondern den Weg selbst wählen ließ.

Sie blieb stehen und war froh, die Straße in der Dämmerung wiederzuerkennen. Sosehr sie auch versucht hatte, alles in ihr Gedächtnis einzubrennen, so war es ihr in den letzten Monaten und Jahren noch nicht gelungen, alle Winkel der Stadt zu erkunden. Irfen war einfach zu groß.

Doch in dieser Straße lag ein Gewürzladen, der ganz vortrefflichen Tee machte. Zeruk hatte sie letztes Jahr einmal dorthin mitgenommen und ihr ein Getränk mit süßer würziger Milch ausgegeben.

Das Viertel, in dem Jorek verschwunden und getötet worden war, lag nördlich von hier.

Sie warf R'jato noch einen letzten fragenden Blick zu, den er mit einem bekräftigenden Nicken erwiderte; dann ging sie los.

Eigentlich sollten sie jetzt schon den Stadtrand erreicht haben und die äußeren Bezirke verlassen, aber diese Gelegenheit durfte sie auf keinen Fall verstreichen lassen.

Allein die Tatsache, dass R'jato ihr half … hatte er wirklich vor, sie zu begleiten? Die laut ausgesprochene Frage beantwortete er zuerst mit einem Schnauben.

„Als ob ich Euch allein lassen würde, Zayda. Ich habe den Bericht gelesen, den Izerdan über den toten Jungen verfasst hat."

„Es gab eine Untersuchung über ... Jelak? Was hat sie ergeben?", hakte Zayda sofort nach, während sie die Straße überquerten und eine Reihe vorbeimarschierender Ratken und Diener ignorierten.

Kaum in den Schatten der gegenüberliegenden Gasse getaucht, erklangen die leisen Worte ihres Leibwächters.

„Schwarze Magie."

Zayda wunderte sich, wie perplex R'jato wirken konnte. Falls er eine überraschte Reaktion von ihr erwartete, musste sie ihn enttäuschen.

Seine Augen wurden zu schmalen Schlitzen, und seine ganze Haltung zeugte von Misstrauen.

„Das versetzt dich nicht im Mindesten in die Schockstarre, die ich erwartet hatte."

„Es ist auch keine Überraschung für mich. Ich war schließlich diejenige, die das Ganze entdeckt hat."

R'jato klappte vor Staunen der Mund auf.

„Was stand noch in dem Bericht? Haben sich mein Vater und die Templer Izerdan angeschlossen? Haben sie den Abtrünnigen gefunden?"

R'jato fasste sich erstaunlich schnell wieder und schüttelte den Kopf, vermutlich über Zaydas unverschämt detailliertem Wissensstand. „Das ... nein, sie haben ihn nicht gefunden. Aber es gab eine Pause zwischen dem Verschwinden von einigen Stadtbewohnern und ..."

„Kielle."

Er nickte zustimmend.

Sie sagte nichts mehr, sondern wählte den schnellsten Weg durch das Stadtviertel, passierte mithilfe ihres Namens einige neu eingerichtete Wachposten und führte R'jato schließlich in den verlassenen Innenhof, in dem der Keller lag.

Die Tür war erneuert und verriegelt worden, doch Zayda war fest entschlossen, sich keine Steine mehr in den Weg legen zu lassen.

Es genügte ein einziger zielgerichteter Gedanke, und eine Druckwelle prallte gegen die Tür, die ihre Bretter bersten und ins Innere fliegen ließ. Das Echo schallte durch die Ruine am Innenhof. Doch der größte Teil verirrte sich durch den nun verbreiterten Spalt in der Wand und blieb in der Weite der Kanäle gefangen.

Während die Bretter noch an der Wand herunterrutschten, verfolgte Zayda bereits das Echo und stellte fest, dass es ein Muster in ihrem Kopf formte. Ein Muster, das nur allzu gut zu dem Lageplan der unterirdischen Gänge passte, den die Träume ihr geschenkt hatten.

Vielleicht habe ich deshalb davon geträumt? Um mich darauf vorzubereiten? Sicherlich hat meine Magie das unterbewusst so gesteuert.

Eine kleine Stimme in ihrem Unterbewusstsein lachte sie gerade aus. Das war die dümmste Ausrede, um sich zu beruhigen, die sie sich bisher hatte einfallen lassen.

Aber sie musste es für wahr befinden, sonst hätte sie ihre Beine nicht dazu überreden können, in diesen verdammten Keller zu steigen.

„Wir müssen das nicht machen, Zayda. Wir können auch einfach gehen."

R'jatos Worte schnitten wie Messer durch ihre Lethargie. Sie riss sich aus ihrer Starre und ging die Stufen hinunter ins Innere der Katakomben. Es waren tatsächlich bereits einige Suchende hier gewesen, denn unzählige Abdrücke hatten den Staub am Boden verwischt.

Schon bald wogte ihnen der faulig süße Gestank entgegen, der Zayda würgen ließ. Er schien schlimmer geworden zu sein.

Als ihre Augen sich gerade an die Dunkelheit gewöhnen wollten, erklang hinter ihr ein kurzes Scharren, und Licht flackerte auf. R'jato hob eine Fackel in die Höhe und rümpfte die Nase.

„Wo entlang?"

„Hier. Aber pass auf, letztes Mal war der Kanal trocken und nicht voller … na ja."

Sie warf einen angewiderten Blick auf das vorbeifließende dunkle Gewässer. Etwas vorsichtiger als beim letzten Mal wählte sie ihre Schritte, geführt vom flackernden Licht, das R'jato möglichst hoch hielt.

Es gefiel ihr nicht, wie laut ihre Schritte im Schmutz schmatzten und wie das Echo sie ankündigte.

Als sie am Ende des Tunnels an der Biegung angekommen waren, mussten sie wohl oder übel auf die andere Seite springen. Zayda nahm Anlauf und war froh, drüben nicht auszurutschen. Das hätte noch gefehlt, dass sie vollkommen verdreckt aus den unterirdischen Katakomben zurückkehrte und sich so auf die Reise machen müsste.

Aber musste sie wirklich gehen? Weshalb schien es so unvorstellbar, diese Stadt und all ihre dunklen, anziehenden Geheimnisse hinter sich zu lassen?

R'jato machte einen Satz über die Abwässer, der wesentlich eleganter wirkte als ihrer, und drängte sie dann zu größerer Eile. Erst vor der Tür zur Kammer zögerte sie wieder. R'jato übernahm die Führung, brach die Tür auf und leuchtete das Innere mit seiner Fackel aus. Die übliche Schwärze erwartete sie – doch etwas war anders. Dieses bedrohliche Gefühl, das damals in der Luft gehangen hatte, war einer magischen Stille gewichen. Zayda trat ein und entdeckte, dass alles verbrannt war. Der ganze Raum verkohlt, die wenigen Möbel zu dunkler Asche zerfallen und das schwarzmagische Zeug verdorrt.

„Izerdan und die anderen waren wohl hier und haben aufgeräumt."

Zayda fluchte so laut, dass ihr Echo R'jatos Feststellung übertönte.

„Es muss noch etwas da sein. Eine Spur von ihr, irgendwo."

„Herrin ... bist du dir absolut sicher, dass Kielle hier unten ist? Könnte sie nicht auch einfach ... einen Mann kennengelernt haben? Oder sie besucht ihre Familie außerhalb der Stadt?"

„Sie hat keine Familie und ganz sicher keinen Liebhaber. Sie würde nicht einfach ohne ein Wort verschwinden. Dafür ist ihr die Magie zu wichtig."

Zayda warf einen letzten Blick auf das vernichtete Innere der Kammer, ehe sie ihren Weg fortsetzte – ins Unbekannte, in das Jelak verschwunden war.

R'jato schwieg, ließ sie führen und leuchtete ihnen den Weg durch den Irrgarten aus Kanälen. Das erste Mal fiel Zayda auf, dass gelegentlich gedämpftes Licht durch zugeschneite Gitter in der Decke drang. Seltsamerweise wähnte sie sich in der besagten Nacht viel tiefer unter der Stadt. Es war beruhigend, die Oberfläche so nah zu wissen. Es musste also noch weitere Zugänge geben – und notfalls auch Ausgänge.

Der Gestank wurde süßlicher.

Hinter der nächsten Ecke erwartete sie der Schleim.

Es war kein üblicher Dreck, kein Abwasser oder schlammverklebtes Moos. Es war schwarz und hatte etwas widerlich Lebendiges an sich.

Mit Entsetzen musste Zayda feststellen, dass es anscheinend gar nichts bewirkt hatte, dass die Meister nun von der Sache wussten. Es sah alles noch genauso aus wie bei ihrem letzten Besuch an diesem widerlichen Ort.

Wenn man einmal von den gestiegenen Wasserständen in den Kanälen absah.

R'jato murmelte leise Flüche vor sich hin, was Zayda irritierte und nervte. Sie blendete es aus, konzentrierte sich ganz auf die Gänge und die Umgebung.

Im Stillen machte sie sich auf eine langwierige und äußerst unangenehme Aufgabe gefasst, von der sie eigentlich hoffte, dass sie ergebnislos bleiben würde.

Aber wenn sie mit allem in der Stadt und vor allem mit Kielles Verschwinden abschließen wollte, blieb ihr keine Wahl.

Sie musste Blut finden. Kielles Blut.

Immer wenn Zayda dachte, ihre Nase hätte sich endlich an den Gestank der Gänge gewöhnt, wehte ihnen eine neue, noch widerlichere Nuance entgegen.

Sie passierten einen Bereich, der vollkommen dunkel und stickig war. Die Gitter in den Decken fehlten, und der Weg führte über rutschige Treppen eine ganze Weile bergab. Das Abwasser schoss in einem Strahl neben ihnen durch eine glitschige Rinne; es gluckerte und rauschte so laut, dass es Zayda unmöglich war, mögliche Angreifer vorzeitig zu hören.

Der Gestank wurde immer erstickender, als sie das Becken am Ende der Treppe erreichten. Zayda hielt sich den Ärmel vor die Nase, hastete möglichst schnell weiter und war froh, eine Brücke zu entdecken, die auf die andere Seite führte. Es schien nur einen Ausweg zu geben: auf der anderen Seite wieder hinauf.

Die Treppe blieb gleichförmig; wenigstens war der steile Kanal auf dieser Seite trocken und wehte ihnen warme, erträglichere Luft entgegen. Als die Treppe in einen langen Korridor mit vielen Öffnungen überging, mussten sie wieder nah an der Oberfläche sein.

Zayda wusste jedoch nicht, ob sie das besser fand, wodurch der Gestank abgelöst wurde: Knochen.

Sie knirschten plötzlich bei jedem Schritt unter ihren Stiefeln. Kleine Skelette von Ratten und Mäusen, dazwischen auch Schädel und Rippen von größeren Tieren. Hunde, Katzen … später entdeckten sie auch das Becken und den Schädel eines Pferdes.

Die meisten waren fein säuberlich abgenagt und weiß; doch je weiter sie kamen, desto mehr waren wieder von schwarzem Schleim bedeckt oder hatten seltsame Verformungen. Manche schienen eher aus Kohle zu bestehen, wiesen Wucherungen und glänzende Dornen auf.

Zayda wollte schon den Blick abwenden, als sie etwas Sonderbares bemerkte. An einer Stelle waren eine Menge kleinere Knochen zusammengeschoben. Sie beugte sich darüber, und R'jato leuchtete ihr mit der Fackel.

„Ist das ein Fußabdruck? So wie die Knochen da fehlen? Als wäre jemand gelaufen und hätte sie unter den Schuhen weggeschoben?"

R'jato nickte anerkennend. Er demonstrierte ihr, wie er sich selbst mit dem Stiefel abstieß, als würde er einen schnellen Schritt machen, und hinterließ damit eine knochenfreie Stelle.

Zayda ließ jetzt den Blick mit neuer Aufmerksamkeit über den Boden wandern und entdeckte ein Stück weiter den nächsten Abdruck. Eine Spur! Diesmal hatte ein fremder Fuß eine richtige Linie in die Knochenschicht gezogen, als wäre er gerutscht … und ein Stück weiter lag ein Schädel, aus dem mehrere Dornen ragten.

Sie glänzten nicht nur schwarz, sondern auch dunkelrot im Fackellicht.

Als sie den Schädel anhob, von dem sie nicht einmal sicher sagen konnte, zu welchem Tier er wohl gehört hatte, fand sie endlich, was sie suchte. Wer auch immer hier gestolpert war, hatte sich vermutlich abstützen wollen und war mit der offenen Hand in die Dornen gefallen.

Ohne Zögern legte sie die Finger an das getrocknete Blut und hoffte inständig, dass darin noch ein Funken auf ihre Magie antworten würde.

Umso überraschter war sie, als sie den Besitzer des Blutes erkannte.

Jelak?

Das unhörbare Flüstern hallte durch den Gang, immer weiter bis in unbekannte Dunkelheit.

„Weiter", flüsterte sie R'jato zu. Der Leibwächter zog die dritte Fackel aus einem langen Beutel an seiner Seite hervor, da die nächste abbrannte. Zayda bewunderte ihn für seine Voraussicht. Fast schien es, als habe er das Gespräch im Stall nur mit ihr geführt, um ihr das Gefühl der Kontrolle zu geben.

Wahrscheinlich hatte er ab dem Moment, als sie von den Meistern eingesperrt worden war, schon genau gewusst, wohin alles führen würde.

Mit einem Seufzen ging sie schneller, blendete den Gestank und die aufkeimende Angst aus, einfach alles, was ihre Konzentration stören könnte. Die Knochen wurden weniger, blieben schließlich hinter ihnen zurück und wurden von schwarzen Flecken ersetzt, die alles überzogen.

Zayda fragte sich, wo unter der Stadt sie sich wohl gerade befanden. Mittlerweile hatte sie nicht nur ihr Zeitgefühl, sondern auch ihren Richtungssinn verloren; der lange dunkle Gang half bei beidem kein bisschen.

Nach einer Weile flackerte das Licht stärker, als ein Luftzug die Fackel nach hinten drückte. Vor ihnen schälte sich eine aufgebrochene Tür aus der Dunkelheit, und dahinter öffnete sich eine weite Kammer, gesäumt von Säulen und spärlich beleuchtet durch ein paar ferne Gitter in der Decke.

Weshalb war es Zayda in all der Zeit in der Stadt nie aufgefallen, dass es diese Gitter gab, um das Regenwasser und andere Abwässer verschwinden zu lassen?

R'jato betrat hinter ihr den bisher größten Raum, und beide hielten den Atem an.

Da war ein Schemen am Ende der Kammer, der sich über etwas anderes beugte. Erst dachte sie, hier lauere schon wieder eines der seltsamen Wesen. Für eine Ratte war es zu groß, doch ein scheußlich verwachsener Hund?

Nach kurzem Zögern aktivierte sie die Magie in ihrem Inneren und lenkte sie in ihre Augen.

Die Umgebung flackerte kurz in helleren Schattierungen auf, bevor alles ganz schnell ging. Der Schemen erhob sich, ließ einen grässlichen zitternden Schrei fahren und schoss auf sie zu, so schnell, dass sie gar nichts erkennen konnte.

Erst da wurde ihr klar, dass sie einen Fehler begangen hatte. Ihre eigene Magie hatte das Wesen aufgeschreckt und ihm ein Ziel gegeben.

Sie hechtete zur Seite.

R'jato reagierte ebenfalls. Er sprang vor seine junge Herrin und hatte nicht einmal mehr Zeit, eine Warnung auszurufen oder Luft zu holen, als der Schemen auch schon auf ihrer Höhe war.

Der Schlag schleuderte ihn nach hinten; es gab ein solch lautes Knacken, als er an die Wand prallte, dass Zayda augenblicklich übel wurde.

Die Fackel kullerte zischend über den Boden und blieb irgendwo hinter ihnen liegen.

In ihrem zuckenden Netz aus magischen Funken spürte Zayda, wie R'jato reglos an der Wand herunterrutschte und in sich zusammensackte. Ausgeschaltet und nutzlos, innerhalb eines Atemzugs.

Angst keimte in ihr auf, durchfuhr ihre Glieder und drohte sie einzufrieren. Das Fackellicht flackerte weiter, dann fand es offensichtlich neues Futter in Form von fauligem Stroh. Die Flammen loderten auf und beleuchteten die Gestalt, die keine zwei Schritte von ihr erstarrt war.

Kielle.

Eiseskälte wollte sich in Zayda ausbreiten, doch es blieb keine Zeit. Das blonde Haar hing in klebrigen, verfilzten Strähnen herab. Kielles Gesicht war verzerrt und so eingefallen, dass es mehr einem Totenschädel glich. Schwarze Flecken hatten sich darüber ausgebreitet und nachtfarbene Augenringe gezogen, in denen Augen saßen, die zugleich glänzten und völlig tot wirkten.

Ein Wahn lag in diesem Blick, ein schrecklicher Schmerz.

Und Blutdurst.

Kielle ließ einen Schrei los, der Zaydas Herz fast aussetzen ließ. Sie riss ihren Mund viel zu weit auf, und dahinter schien einfach nur ein schwarzes Loch zu gähnen.

Kielles Augen fixierten nicht Zayda, sondern etwas weit Entferntes. Sie leckte sich mit einer schwarzen Zunge über ihre blutverschmierten Lippen und sprang vor.

Ein Schlag traf Zayda in die Brust und stieß alle Luft aus ihren Lungen. Sie wurde nach hinten geworfen, flog durch die Luft und vollbrachte irgendwie eine Drehung, die ihre Beine zwischen sie und die heransausende Wand brachte.

Schmerz zuckte durch ihre Füße und Knie, als sie auf die Steine trafen und die Wucht abfederten. Einen Herzschlag lang schwebte sie an der Mauer, so als wäre die Schwerkraft der Erde nicht mehr von Relevanz.

Sie glitt mit den Fingern über die Steine, heftete ihre Hände mit einem Hauch Magie an den festen Untergrund und fixierte ihre Freundin.

Bitte ... bitte zwing mich nicht dazu.

Kielles Kopf legte sich schief, als die Gedanken ihren verrückten Geist streiften. Ein Zischen entwich ihrer Kehle, und das Lächeln in ihrem Totenschädelgesicht wurde breiter. Falls da noch etwas in ihr war, das sich an Zayda erinnerte, leistete es keinen Widerstand mehr gegen den Wahnsinn dieser Kreatur.

Zayda fühlte sich grausig an die Ratten erinnert, die sie mit roten Augen angestarrt hatten ... und die sich von ihrer Magie angezogen fühlten, als wäre es das Köstlichste in ganz Tyarul.

Bevor sie sich eine Strategie zurechtlegen konnte, nach Hilfe rufen oder Izerdan kontaktieren, war der kurze Moment des gegenseitigen Musterns verstrichen.

Kielle sprang mit einer Geschwindigkeit vor, die einen Wirbel aus schwarzem Ruß aufsteigen ließ. Sie ballte ihre Hände zu Fäusten und rammte sie genau dorthin, wo Zayda noch an der Wand ausharrte.

Sie drehte sich weg, machte eine seitliche Pirouette in der Luft und spürte noch den Hauch einer Berührung an ihrem Rücken, bevor es laut krachte. Mehr schlecht als recht landete sie auf den Füßen, stolperte nach hinten und kam in sicherer Entfernung zum Stehen. Risse zogen sich durch die Mauer, Staub und herausgebrochene Stückchen spritzten in alle Richtungen und regneten auf den zusammengesackten R'jato.

Kielle stand schwer atmend an der Wand, hatte den Kopf zwischen die Schultern gezogen und bebte. Sie schien keinen Schmerz, keine Furcht zu empfinden. Ihr Kopf ruckte herum, und der einzige Grund, warum sie jetzt nicht über R'jato herfiel, war Zaydas Magie.

Sie musste ihre Freundin von dem Leibwächter weglocken!

Aber allein beim Anblick ihres Gesichts wich jede Wärme aus ihrem Körper. Diese Augen. So tot und ... lag da ein rotes Leuchten in den Pupillen?

Kielle sprang erneut auf sie zu, wieder wich Zayda zurück und entging nur knapp einem Schlag.

Beim nächsten Angriff hatte sie weniger Glück: Die Krallen ihrer Freundin zerfetzten ihren Ärmel und hinterließen blutende Striemen.

Zayda wollte sie anschreien, wollte sie irgendwie wachrütteln, doch ein inneres Flüstern verriet ihr, dass es aussichtslos war.

Das war nicht mehr ihre Freundin, sondern eine kranke Kreatur, von dem Abtrünnigen wie von einem Strippenzieher gesteuert oder zumindest erschaffen.

Wie sollte sie dagegen ankommen?

Während ihre Gedanken rasten, hatte Kielle ihre Hand wieder aus der pulverisierten Wand gezogen und änderte ihre Taktik. Sie jaulte und schrie so fürchterlich, dass Zaydas Ohren klingelten.

Unbeabsichtigt entstand eine lodernde Flamme auf ihrer Hand, wuchs an, ballte sich zusammen und schoss auf ihre alte Freundin zu, als sie die Hand nach vorne riss.

Qualm explodierte, während die Flammen über Haut, Kleidung und Haar leckten, jedoch verpufften, als sich die Besessene schüttelte. Ihre Zähne blitzten rötlich von Blut, doch sie lachte und schrie zugleich, während sich einige Funken in das schwarze Zeug auf ihrer Wange fraßen.

Sie trat einen Schritt vor, und Zayda wich einen zurück.

„Ich kann das nicht tun! Kielle, du musst aufhören und zu dir kommen, sofort!"

Die Verzweiflung in ihrer Stimme widerte sie an. Kielle reagierte nur mit einem schmerzerfüllten Krächzen und streckte die Finger aus, die zu dunklen Klauen verwachsen waren.

Während sie sich lauernd näherte, rasten in Zaydas Kopf die Gedanken. Sie suchte verzweifelt nach einer Möglichkeit, nach irgendeinem Ausweg. Aber was hatte Izerdan ihr schon beigebracht, was in dieser Situation helfen würde?

Nichts.

Sie kannte kein Mittel gegen diesen Fluch.

Kielle war langsam näher gekommen, schnaubte laut atmend durch die Nase und den blutverschmierten Mund zugleich. Das rote Glimmen in ihren Augen war wirklich da, pulsierte schwach, wie Glut in einem Kohlebecken, nur überdeckt von einer Schicht aus Dunkelheit.

Zayda war wie gebannt, starrte einen Moment zu lang in diese Augen und bemerkte das Zucken erst, als es schon zu spät war. Kielle sprang vor und drückte sie mit einem heftigen Schlag gegen die feuchte, kalte Wand der Kammer.

Eine Hand schloss sich um ihren Hals, die zweite bohrte sich mit ihren Krallen in ihre Schulter, bis der Stoff nachgab und riss. Innerhalb eines Wimpernschlags fand sich Zayda an die Wand gepresst, als würde ein Ochse auf ihr stehen.

Noch mehr Druck, und ihre Schulter würde brechen.

Hör auf! Bitte ...

Falls sie auf Einsicht oder wenigstens ein kurzes, zweifelndes Flackern in Kielles Blick gehofft hatte, wartete nur Enttäuschung auf sie. R'jato lag noch immer reglos irgendwo neben ihnen, und niemand würde ihr zu Hilfe kommen.

Höchstens würde irgendwann der Abtrünnige auftauchen, angelockt durch den Lärm seines letzten Opfers.

Zayda versuchte, sich wegzudrehen, doch Kielles Griff saß so fest wie ein Schraubstock. Feuer schloss sie instinktiv auf dieser kurzen Distanz aus. Somit blieben noch Blitze.

Mit knirschenden Zähnen befahl sie ihrer Magie, sich in ihrer linken Hand anzustauen und dort zu reiben. Sie erzeugte Hitze und Kälte zugleich, bis die Spannung anstieg und feine Ladungen zwischen ihren Fingerspitzen hin und her zuckten.

Noch nie war ihr dieser Prozess so quälend langsam erschienen.

Als sie die Hand hob und damit Kielles Schulter packte, war die Welt vollkommen entschleunigt. Der Blitz sprang über, jagte aus ihren angespannten Fingern in Kielles Hals und schockte sie beide zugleich, als er sich überall verteilte.

Kielle zuckte, gab ein schrilles Kreischen von sich, das absolut nicht menschlich klang, packte aber noch stärker zu, nachdem sie sich kurz geschüttelt hatte.

Dampf stieg von ihnen beiden auf. Zaydas Kopf fiel nach vorn, als ihre Feindin den Griff änderte.

Da steckte ein Messer in Kielles Gürtel!

Es blitzte nur kurz auf, dann war es wieder unter ihrem schmutzigen Mantel verborgen.

Mit Tränen in den Augen tastete sie danach, bekam es zu fassen und stach es in Kielles Hand. Als ihre Gegnerin nicht einmal zuckte, drehte sie den Griff und schlug ihr mit dem Knauf gegen den Kopf – auch hier keine Wirkung.

Warmes Blut floss an ihrem Hals hinab und in ihren Ausschnitt, doch sie konnte nicht sagen, von wem es stammte.

„Ki...elle", würgte sie hervor, doch die Krallen drückten sich nur tiefer in ihre Schulter und schlossen sich fester um ihren Hals. Die verdammten Tränen verschleierten ihr die Sicht, aber ihre kalten Finger umklammerten noch immer das Messer.

Sie drehte es, brachte es irgendwie zwischen sich und Kielles Körper, legte all ihre Kraft und Magie in die Klinge – und stieß zu.

Ihr Magen wollte sich umdrehen, als sie fühlte, wie das rot verfärbte Metall zwischen die Rippen fuhr und Kielles Herz durchstieß. Sie hörte den röchelnden Atem, das klopfende Pumpen des wichtigen Muskels ... und Kielle ließ von ihr ab.

Sie schüttelte sich kurz, gab dann ein Gurgeln von sich, ging jedoch noch immer nicht in die Knie.

Dieses Wesen war keine Ratke mehr.

Sie wollte sich wieder auf Zayda stürzen, doch die hielt ihre Arme schützend vor sich und stieß sie von sich.

Auf einmal begann Kielle zu zucken. Die Magie, die Zayda in den Stich gelegt hatte, entfaltete ihre Wirkung. Der Kopf des Mädchens begann zu dröhnen, als sich ihre Funken vom Messer aus in Kielles Körper ausbreiteten und dort gegen die schwarzen Schatten ankämpften.

Noch nie hatte sie ihre Magie so aktiv innerhalb eines anderen Lebewesens eingesetzt. Die kleinen Illusionen und das Gedankenlesen, das war alles nur Spielerei gewesen, nichts im Vergleich zu dem, was sich hier vollzog.

In ihrem Kopf breitete sich ein Netz von Gefühlen aus, während ihre Magie durch dunkle Venen, schmerzende Knochen und verkrampfte Muskeln schoss. Je weiter sie vordrang, desto schrecklicher wurde das, was sich ihr eröffnete. Überall Schwärze und Bosheit, die sich in Kielle gefressen hatten wie üble Säure.

Sie wollte all das Böse aus ihrer Freundin herausreißen!

Mit einem Schrei drängte sie gegen die Dunkelheit, doch die bäumte sich auf und packte dann selbst zu. Innerhalb eines kurzen Atemzugs wandelten sich ihre Funken in Schwärze und verloren all die lebendige Leichtigkeit, die ihnen sonst zu eigen war.

Zayda schreckte zurück, musste loslassen, um nicht selbst den Verstand zu verlieren. In diesem Moment schrie Kielle auf.

Schwärze drang aus ihren Augenwinkeln wie Pech, lief als dunkle Tränen über ihre Wangen, während das rote Glühen in ihren Augen aufflackerte – und verblasste.

Kielle brach röchelnd zusammen, wand sich noch ein letztes Mal und blieb reglos liegen.

Stille breitete sich in den Katakomben aus. Die letzten Echos des Kampfes verhallten in den Gängen und Kanälen und ließen nur den Tod zurück.

„Nein! Nein, steh auf!"

Zayda wollte die Hand nach Kielle ausstrecken, aber ihr Verstand hielt sie rechtzeitig davon ab.

Sie spürte noch immer die ziehenden Schmerzen, die diese dunklen Schatten auf sie übertragen hatten. Sie war nicht sicher, was da in diesem Körper noch lauerte.

Das war nicht gerecht. Ihre einzige Freundin war einfach fort.

Was da lag, war nur noch eine leere Hülle, die von der Schwärze kontrolliert worden war.

Zayda wollte schreien, aber die Luft blieb ihr in der Kehle stecken. Dieser Unbekannte hatte ihr das angetan. Er hatte sie entführt, verseucht und in eine schwarzmagische Kreatur gewandelt.

Wie sollte sie diesen sogenannten Abtrünnigen aufspüren, wenn er keine Spuren hinterließ? Das, was Kielle und die anderen befallen und getötet hatte, hatte so ein starkes magisches Echo hinterlassen, dass sie Jelak und Jorek noch nach Wochen mühelos hatte folgen können – aber hier endete die Spur.

Oder etwa nicht?

Sie ging schweren Schrittes durch die Kammer zu der Stelle, an der Kielle gelauert hatte.

Dort lag eine Leiche, die ihre Vermutung zur Gewissheit werden ließ.

Jelak war mager geworden, fast nur noch Haut und Knochen – aber über seine Wange zog sich dieselbe Rußspur, die ihr bei ihrem letzten Treffen schon aufgefallen war. Er musste ziemlich bald nach ihrer schrecklichen Entdeckung hier gelandet sein – und hatte die Begegnung mit dem Abtrünnigen nicht überlebt.

Offensichtlich hatte er gefunden, wonach er gesucht hatte. Oder es hatte ihn gefunden.

Sie konnte unmöglich sagen, wie lange er schon tot war, doch der süßliche Gestank, den sie schon zuvor immer wieder wahrgenommen hatte, schien hier seinen Ursprung zu haben.

Mit einiger Überwindung kniete sie sich neben ihn und legte ihre Fingerspitzen an seinen kalten Arm; die Bisswunden an seiner nackten Schulter ignorierte sie.

Da war nichts mehr. Wo einst Leben pulsiert war, hatte sich Schwärze durch Adern und Nerven gefressen.

Ihre Magie erforschte seinen Körper, versuchte, eine leise Spur zu finden, die sie endlich zu dem Ungeheuer führen würde, das all dieses Leid verursacht hatte.

Sie wollte diesen Abtrünnigen leidend und schreiend zugrunde gehen lassen.

An seinem eigenen Blut und schwarzem Schleim sollte er ersticken!

Ein Hass stieg in ihrem Inneren auf, der sich von diesem ungreifbaren Fremden auf den Toten vor ihr übertrug. Ihre Magie packte zu, verband sich mit der Dunkelheit und brach mit einem lauten Knirschen alle Knochen in Jelaks Arm.

Zayda schreckte hoch und ließ los. Ihre Funken, die bisher um den toten Körper geflüstert waren, verblassten … ließen den Arm jedoch noch ein letztes Mal zucken.

Entsetzt wandte sie das Gesicht ab und torkelte wieder durch die Kammer.

Hier war nichts weiter als Dunkelheit und Tod.

Ihr Blick huschte unruhig zwischen den Gestalten hin und her und blieb schließlich an Kielle haften. Ihr Körper war schon halb zerfallen; unter der zerfetzten Kleidung ragten weiße Knochen hervor, wo einst eine Hand gewesen sein musste.

Sie brauchte frische Luft!

Noch ein einziger Atemzug von diesem verpesteten Brodem, und sie würde ersticken.

Einem plötzlichen Instinkt folgend, richtete sie ihren Blick zur Decke, fokussierte ihre letzten Kraftreserven und stieß dabei einen schrecklichen Schrei aus.

Eine Druckwelle schoss aus ihrer Hand, gespeist von Strom und magischer Hitze, einfach allem, was sie in diesem verzweifelten Moment noch aufbringen konnte.

Die Gewölbedecke erzitterte, als Teile aus ihr herausgerissen wurden und rings um Zayda auf den Boden krachten. Das Gitter, das sie über sich als Schemen hatte erahnen können, verschwand in der Nacht und schlug irgendwo oberhalb krachend auf. An seine Stelle trat erst grelles, blau und rot leuchtendes Feuer, dann Rauch ... und das weit entfernte Glitzern von Sternen.

Durch die Öffnung drang eisig frische Luft zu ihr, dann erfolgte der Zusammenbruch.

Sie konnte es nicht mehr kontrollieren, konnte das Bild von Kielles zerfallenem Leib nicht mehr verbannen. Ihre Knie zitterten, wurden weich und gaben nach. Gerade als sie zu Boden sank und eine schreckliche Schwärze ihre Gedanken übermannen wollte, erklang hinter ihr ein Stöhnen.

Sie war zu erschöpft, um Angst zu haben. Während sich ein schreckliches Bild in ihrem Kopf breitmachte, wie Kielles toter Körper sich wieder erhob, um sie zu zerreißen, wurde aus dem Stöhnen ein Scharren und dann ein leiser Fluch.

An der Wand stützte sich eine Hand ab, eine Gestalt fasste sich ins zerzauste Haar, um nach einer Beule oder blutenden Wunde zu tasten.

Schritte näherten sich; ein konfuser Teil von Zayda wollte fliehen und sich für immer in dem Labyrinth aus Gängen verstecken. Sie schloss für einen Moment die Augen. Der Abtrünnige!

Eine Hand legte sich auf ihre Schulter, so behutsam, dass sie hätte glauben können, Sebila hätte sie in den Tiefen der Stadt gefunden.

R'jato zog sie auf die Beine und an seine Brust. Er räusperte sich, um seine rauen Stimmbänder zu lockern.

„Komm, Zayda, lass uns von hier verschwinden.“

Die junge van Dymar war froh um das schützende Fell, das R'jato dicht um sie gewickelt hatte. Sie zitterte. Ganz egal, wie sehr sie sich zu beruhigen versuchte, es wollte nicht aufhören.

R'jato band Cengiz an sein Pferd und führte sie durch die dunklen Straßen hin zum östlichen Stadttor. Große Feuerbecken knisterten und sandten Säulen aus Funken in den Himmel, doch Zayda starrte nur trüb geradeaus. Ihr ganzer Körper fühlte sich kalt an, und sie bezweifelte, dass ein Feuerbecken diese innere Kälte beheben könnte.

Sie versuchte, sich an den zurückgelegten Weg zu erinnern, wusste jedoch nicht mehr, wie sie aus den Katakomben zum Pferdestall gelangt war. Hatte R'jato sie getragen? Da war einfach nur ein dröhnendes schwarzes Loch, wo ihre Erinnerungen sein sollten; fast so, als wollte ihr Verstand nichts mehr aufnehmen, seitdem sich das Bild von Kielles verzerrtem Gesicht darin festgebrannt hatte.

Irgendwo rechts von ihr wurden leise Worte gewechselt, eine Pergamentrolle mit hohen Siegeln vorgezeigt … dann öffnete sich das schwere Haupttor und gab den Blick auf die Nacht dahinter frei.

Zayda fühlte sich nicht imstande, ihre Augen magisch an die Dunkelheit anzupassen; sie vertraute darauf, dass R'jato wusste, was er tat.

Behutsam führte er die Pferde durch das Tor hinaus und saß gerade auf, als es knarzend hinter ihnen geschlossen wurde. Vereinzelte Fackeln säumten den Weg, eine eiskalte Brise wehte über ihr Gesicht und drückte die Flammen sanft zur Seite.

Die Hufe klapperten auf der Pflasterstraße, die zum äußeren Stadtwall führte. Sie ließen die Felder und einfachen Unterkünfte der Bauern, die eingeschneiten Äcker und Holzlager zurück ... und somit auch die letzten Bastionen der Stadt.

Zayda blickte nicht zurück.

Die Weite der Welt

Das große Kaltblut unter ihr schnaubte und strahlte eine Wärme durch sein Fell aus, die die Luft beinahe dampfen ließ, aber Zayda nahm sie nicht wahr.

Sie ließ Cengiz hinter R'jatos Wallach hertrotten und die Landschaft an sich vorbeiziehen, ohne sie groß zu beachten.

Die Kälte machte die Reise komfortabler als die letzte, an die sich Zayda erinnerte. Als sie in die Stadt geritten waren, um das Anwesen zu beziehen, hatte es fast ununterbrochen geregnet, und die Straßen waren eine einzige Schlammpiste gewesen. Jetzt hatte der Frost alles in Stein gewandelt. Vermutlich hätten sie sogar direkt über die sonst nassen Wiesen reiten können, aber die Straße führte ohnehin in fast gerader Linie von der Hauptstadt in die Weite der Ebene.

Als sie an einem ersten einsamen Hof vorbeiritten, erwachte sie aus ihrer Lethargie. Es dämmerte bereits. Irgendwann kroch ein gelber Schimmer über die endlosen Wiesen und vereinzelten Felder, die die Höfe säumten.

Der Tag zog auf und wieder von dannen, ohne dass sie mehr als drei Worte wechselten. Offensichtlich wollte R'jato ein Stück Strecke zwischen sie und die verfluchte Stadt bringen. Die großen Rösser waren ausgeruht und trotteten entspannt schnaubend vor sich hin. Sie schienen als Einzige den langen Ausritt zu genießen.

Noch wissen sie nicht, dass sie ihren Stall eine sehr lange Zeit nicht wiedersehen werden, dachte Zayda missmutig und drehte sich zum ersten Mal um. Die Hügel der Stadt waren schon lange im Dunst verschwunden. Nachts hätte sie vielleicht noch einen Blick auf den Fackelschein über Irfen werfen können, jetzt lag alles schon weit zurück.

Im Laufe des Tages wurden die Höfe seltener, dann durchritten sie zwei kleine Ansiedlungen und erreichten erste kahle Waldstreifen. Zayda wusste, dass sie eine der einsamsten Routen gewählt hatten, denn in alle anderen Richtungen war Irfen von Dörfern und florierenden Bauernhöfen umgeben, die vom Handel mit der Stadt profitierten.

Die Sonne verschwand hinter einem milchigen Band am Horizont und tauchte den Himmel in ein mattes Grau, das Zayda an das Metall einer alten Axt erinnerte.

„Wir sollten Rast machen."

R'jato lenkte sein Pferd von der Straße in die Wildnis.

„Was ist mit dem Hof da vorn? Sieht bewohnt aus."

„Wir reisen inkognito, bis wir das Einflussgebiet der Stadt verlassen haben."

Sie murmelte etwas Unverständliches und konnte sich nicht so recht vorstellen, dass die Stadt wirklich noch wichtig für das Leben in dieser trostlosen Einöde war.

Sie ritten noch ein Stück, bis sie einige flache Hügel erreichten, zwischen denen ein zugefrorener Bach verlief. Es gab kein Feuerholz, keinen flachen Lagerplatz oder Sichtschutz, doch R'jato gab keine Beschwerde von sich. Er schlug einen Metallhaken in den gefrorenen Boden, machte die Pferde fest und löste mehrere Rollen von ihrer Ausrüstung. Als er ein einfaches Lager für sie bereitete, sah sie sich zweifelnd um.

„Du willst ernsthaft hier draußen übernachten? Wir werden erfrieren."

Wortlos zog er ein weiteres Bündel von seinem Pferd und packte ein Abendessen für sie aus. Da Zayda sich zum ersten Mal wieder bewegte, bemerkte sie jetzt erst ihre eiskalten Füße und den steifen Rücken vom langen Ritt. Sie wollte noch etwas sagen, aber ihr Leibwächter war noch nie so wortkarg gewesen – dann erkannte sie endlich, dass er schon die ganze Zeit einen kleinen Lederbeutel in der Hand hielt.

Als er sich schließlich hinkniete, leise hauchte und einen kleinen Gegenstand vorsichtig vor ihrem Lager ablegte, strömte plötzlich angenehme Wärme daraus. Neugierig trat sie neben ihn und bestaunte den leuchtenden Stein, der die Kälte vertrieb wie ein hoch konzentriertes Feuer. Der magische Speicher verströmte fahles Licht und wohlige Wärme.

„Das ist ein Bilur!"

R'jato schnaubte grob. „Dachtest du wirklich, man ließe uns unvorbereitet im Winter auf diese Reise gehen?"

Wenn sie ehrlich war, hatte sie überhaupt keinen Gedanken daran verschwendet. Alles war viel zu schnell gegangen, und nach dem spontanen Einbruch in Izerdans Gemächer hatten sich all ihre Sorgen nur um Möglichkeiten gedreht, wie sie R'jato ausschalten könnte, um Kielle allein zu suchen.

Nur, um dann von ihm überrascht zu werden. Warum konnte sie jetzt nicht mehr richtig mit ihm reden?

Er setzte sich indes auf die andere Seite des Bilurs und schien zu erwarten, dass sie sich ebenfalls niederließ. Die Nacht hatte sich mittlerweile auf die einsamen Reisenden herabgesenkt, aber so etwas wie Müdigkeit wollte sich bei Zayda nicht einstellen, auch wenn sie noch nie so lange am Stück wach gewesen war.

Sie kraulte Cengiz die samtweiche Schnauze und ließ den Blick dabei über die kahle Landschaft schweifen. Sie konnte kaum etwas erkennen, nur die schwarz-weißen Kontraste des gefrorenen Bachbetts und einiger Schneeverwehungen, die das Weiß der Hügel unterbrachen. Der Schnee knirschte unter ihren Schuhen, als sie das Gewicht verlagerte.

„Komm her. Du solltest essen und schlafen."

Mit einem Seufzen wandte sie sich um und betrachtete sein Gesicht in dem matten gelben Licht. Er wirkte verändert. Härter.

Zugegeben, es war im Umfeld des Bilurs wirklich viel angenehmer. Auch die Pferde rückten etwas näher und senkten schnaubend die Köpfe.

Zayda warf sich den Mantel von den Schultern und betrachtete das Glimmen im Inneren des Steins, während sie auf dem angereichten Stück Brot kaute, ohne es wirklich zu schmecken. So einen hatte sie noch nie gesehen. Ob Izerdan ihn erschaffen hatte? Außer ihm fiel ihr niemand ein, der mächtig genug dafür wäre …

Kielle hätte es vielleicht werden können.

Sie zuckte zusammen und zog dadurch R'jatos Blick auf sich.

„Du solltest schlafen."

„Ich habe dich schon beim ersten Mal gehört. Ich bin aber nicht müde."

„Du musst dich trotzdem ausruhen und deine Kräfte schonen; die Reise wird lang."

Bevor sie widersprechen konnte, stand er wieder auf und machte sich offensichtlich daran, zur typischen wachenden Statue zu werden. Anscheinend kam er vollkommen ohne Schlaf aus.

„Weshalb bist du eigentlich so verflucht abweisend?", rief sie wütend. „Schrei mich an, wenn du willst, oder mach mir Vorwürfe für meine Dummheit!"

„Nicht du warst es, die töricht war", erwiderte er kalt.

„Dann behandle mich nicht so, als wäre ich an allem schuld! Du hast mir gesagt, wir müssen uns vertrauen, aber wie soll ich das, wenn du nicht mehr mit mir redest? Als wärst du ein dummer Diener, der keine Meinung mehr hat!"

„Du verstehst das nicht, Zayda. Dein Vater hat es mir unmissverständlich zu verstehen gegeben: Wenn dir auch nur ein weiteres Haar gekrümmt wird, kann ich nie wieder zurück in die Stadt."

„Du hast Angst, ich könnte dich verraten? Das ist Schwachsinn! *Du* hast mir vorgeschlagen und erlaubt, nach Kielle zu suchen, aber es war meine Entscheidung, das auch durchzuziehen und sie zu töten. Sie liegt vermutlich noch immer da unten im Dreck und verrottet …"

Zayda ballte die Fäuste, während das verfluchte Zittern zurückkehrte. Es schien sich tief in ihre Knochen gefressen zu haben. So wie die schwarze Magie bei Kielle.

„Es tut mir leid, dass du so etwas Schreckliches erleben muss- test. Ich wollte, dass du dich deiner Angst stellst – das ist für gewöhnlich die Natur und der Weg der Krieger. Aber ich habe meinen Stand vergessen und auch, dass du trotz allem immer noch ein Kind bist. Es war ein unverzeihlicher Fehler, dich in solche Gefahr zu bringen. Ich dachte, wir würden im schlimmsten Fall nur ihren Leichnam finden, und nicht, dass wir in einen tödlichen Kampf geraten."

„Und das wäre dann für dich in Ordnung gewesen? Mich zu Kielles Leiche hinabsteigen zu lassen?"

Sie bebte jetzt am ganzen Körper und ignorierte die Tatsache, dass der Bilur auf dem Lederstück deutlich vibrierte und auf ihre Wut reagierte. R'jato wandte den Blick ab.

„Ich habe als Leibwächter versagt."

„Ach, buhuu!", murmelte Zayda und war überrascht, dass er tat- sächlich reumütig wirkte.

Sie setzte sich seufzend zurück auf ihr Lager und wickelte sich in ihren Mantel ein, bevor sie sich auf der Zeltunterlage ausstreckte, überrascht, dass die Kälte des Schnees nicht zu ihr durchdrang.

„Ich werde schon dafür sorgen, dass du bald zurück nach Irfen kommst, keine Sorge", flüsterte sie beschwörend und schloss die Augen.

Sie ritten sieben oder acht Tage, ehe die karge Landschaft aus Wiesen und Pferdekoppeln langsam von Wäldern und Obstplan- tagen abgelöst wurde. Zayda war gar nicht bewusst gewesen, dass die Stadt ihres Vaters in Richtung Süden so abgeschieden lag.

Ihnen kamen ganze Karawanen mit Ochsenkarren entgegen, die Güter aller Art zur Stadt transportierten – das reichte von Fellbün- deln über Lebensmittel, Karren voller Kohle bis hin zu Holz in Form von langen Balken und unbearbeiteten Stämmen.

Zayda versuchte, die Waren nicht zu neugierig anzustarren, nachdem R'jato sie gemaßregelt hatte. Ansonsten sprach er, wenn überhaupt, nur in kurzen Sätzen und strengem Ton.

Sie ließ ihn in Ruhe und hing schweigend ihren Gedanken nach. Die eisige Kälte der Ebene blieb langsam hinter ihnen zurück, wurde von mehr Schnee und schließlich von klarem Himmel und winterlichem Sonnenschein abgelöst.

Als sie einmal mittags an einem Bach rasteten und ihre Wasserschläuche auffüllten, zog R'jato anschließend Karte und Kompass hervor und betrachtete sie nachdenklich. Zayda stellte sich auf die Zehenspitzen, um einen besseren Blick zu erhaschen, und wünschte sich nicht zum ersten Mal, sie möge doch bald ein Stück wachsen.

Vielleicht würde die viele frische Luft ja endlich etwas bewirken? Karge Nahrung, Kälte und viel frische Luft … das schienen ihr ideale Bedingungen zu sein, um zu einer großen Kriegerin heranzuwachsen.

Nachdem R'jato schmunzelnd die Karte gesenkt hatte und sie die markierte Strecke musterte, kam die Frage ganz natürlich.

„Wie lange wird das dauern?"

„Bei einer so weiten Strecke ist das schwer abzuschätzen. Ohne jegliche Verzögerung werden es neun bis zehn Wochen."

Zayda klappte der Mund auf. „Das … so lange? Es wird Frühling sein, bis wir ankommen!"

„Das ist im Augenblick unser geringstes Problem", wandte R'jato ein und ließ sie damit aufmerken.

„Was meinst du?"

„Nun, bisher weiß vermutlich noch niemand von unserem Zusammentreffen mit Kielle …"

„Aber?"

„Dass dein Vater dich allein in meiner Obhut durch Tyarul reisen lässt, hatte gewisse Einschränkungen zur Grundlage. Unter anderem, dass wir regelmäßig mit ihm Kontakt aufnehmen."

„Und wie sollen wir das anstellen? Auf diese Entfernung?"

R'jato gab ein leises Seufzen von sich, da sie mit ihrer Einfältigkeit eindeutig seine Nerven strapazierte.

Sie kam sich dumm vor, als sie das Offensichtliche aussprach.

„Ja, natürlich, du hast einen Bilur dafür."

„Durchaus. Und er hat seine Magier."

Zayda verschränkte die Arme vor der Brust, um ihre kalten Finger unter ihrem Mantel zu verbergen.

„Und was genau ist nun unser Problem?"

„Meinst du wirklich, sie werden es nicht herausfinden? Im Gegensatz zu dir kann ich keine Magie manipulieren und somit auch nicht lügen, wenn man in meinen Kopf blickt."

„Wenn sie dich also fragen, wie unsere Reise bisher verlief, und mein Vater auf unseren Aufbruch zu sprechen kommt ..."

„Wird er nicht sehr erfreut sein."

Zaydas Gedanken rasten.

Ihr Vater würde ausrasten und sie vermutlich sofort zurückholen lassen ... wobei seine Wut vielleicht nicht so weit reichen würde, sie erneut der Gefahr eines Angriffs auszusetzen. Aber er könnte eine neue Garde für sie auswählen und R'jato so sehr bestrafen, wie sie es sich kaum vorstellen konnte.

Mit einem Schlag wurde ihr klar, dass sie ihn um jeden Preis als Leibwächter behalten wollte. Gut, er hatte in einem entscheidenden Moment nicht schnell genug reagiert ... aber welcher Nichtmagier hätte das schon? Sie konnte sich ansonsten blind auf ihn verlassen.

Nachdenklich nahm sie einen Schluck eiskaltes Wasser aus ihrem Schlauch und zog sich auf Cengiz' Rücken. Es fiel ihr kaum noch auf, wie viel leichter ihr das zusehends gelang, fast als hätten sie und Zeruks Kaltblut schon immer zusammengehört. Als gehörte sie selbst einfach auf Reisen durch Tyaruls Wildnis.

Sie ließ R'jato wieder den Weg weisen, während sie selbst in tiefes Grübeln versank und alle Eindrücke der Außenwelt ausschloss.

~~~

Am Abend stellten sie noch während der frühen Dämmerung ein Zelt im Windschutz einiger krummer Weiden auf, um den Anschein einer zivilisierteren Reise ein wenig auszubauen.

R'jato sammelte Brennholz, und Zayda zog nach kurzem Zögern ein Beil aus seiner Satteltasche, um sich über einen großen toten Ast an einer der Weiden herzumachen.

Nachdem sie relativ ziellos auf das dicke Holz eingeschlagen und erst einige Splitter herausgelöst hatte, spielte sie mit dem Gedanken, es mit Magie abzureißen, hielt sich aber zurück.

R'jato trat kommentarlos neben sie und zeigte ihr, wie man mit einigen präzisen Schlägen das Holz so schwächte, dass ein wenig Kraft genügte, um es durch sein eigenes Gewicht brechen zu lassen.

Anschließend zerlegte er den dicken Ast fachmännisch, und Zayda nutzte die Zeit, um die ersten dünneren Äste und trockenes Gras mit magischen Flammen zu entzünden.

Schon bald prasselte ein wärmendes Feuer vor ihrem Zelt und hüllte alles in wohliges, flackerndes Licht, mit dem es der Bilur einfach nicht aufnehmen konnte.

Wie sehr hatte Zayda das vermisst? Für einen Moment war sie sich absolut sicher, dass ihre Brüder gleich alle drei lächelnd und schwer atmend aus der Dunkelheit ans Feuer treten würden, nachdem sie sich irgendwo um einen Sieg gebalgt hatten, den Zayda damals noch nicht verstand.

R'jato trat ans Feuer und legte die gehackten Stücke der Weide nah heran, damit sie etwas trocknen konnten.

„Wird es funktionieren?"

Zayda nickte, da sie sich keine wirklich überzeugende Antwort zurechtlegen konnte.

Während R'jato ein Kaninchen, das er am Tag zuvor auf einem Hof gekauft hatte, über dem Feuer briet, zog sie sich zu den schief hängenden Weiden zurück, öffnete eine ihrer Gürteltaschen und holte vorsichtig den Inhalt heraus.

Der große Rattenschädel lag schwer in ihrer Hand, nachdem sie ihn aus dem schützenden Leder gewickelt hatte – und sein Inhalt war weiterhin unversehrt.

Vorsichtig drehte sie ihn und kippte die vier Bilure auf ihre offene Handfläche. Den dunkelgelben mit gelegentlichem orangerotem Flackern im Inneren hatte sie bereits als gespeicherten Feuerball identifiziert. Einer war grün, doch sie konnte seine Magie nicht wirklich ertasten, ohne dass er sofort leise zu knacken begann und sie Gefahr lief, ihn ungewollt zu aktivieren. Der Dunkelrote strahlte unglaubliche Ruhe und Wohlbefinden aus, und sie war sich sicher, dass er einen positiven Einfluss haben würde. Der Letzte war blau, eisig kalt und vermittelte Zayda das seltsame Gefühl von Nässe, wenn sie ihn berührte.

Nach kurzem Abwägen entschied sie sich für den grünen Speicherstein und packte die anderen wieder weg, bevor sie zum Feuer zurückkehrte und dem Fleisch beim Braten zusah.

R'jato reichte ihr schließlich eine der beiden verzierten Holzschalen mit Kaninchen. Schweigend aßen sie, bis er einen Blick zum Himmel warf, an dem sich gerade die Mondsichel aus dünnen Wolkenschleiern kämpfte.

„Es wird Zeit."

Zaydas Hand umschloss den grünen Bilur, sodass all sein Licht abgeschirmt wurde, bevor sie sich hinter R'jato in den Schatten setzte und ihm eine Hand auf die breite Schulter legte. Vorsichtig passte sie ihre Magie an den schwachen Hauch an, der in seinem Inneren schlummerte, bis sie glaubte, dass ihre Funken so selbstverständlich durch seine Adern flossen, dass es hoffentlich nicht auffallen würde.

Gleichzeitig ließ sie ihre Funken den grünen Bilur umschließen und machte sich darauf gefasst, ihm möglichst viel Energie zu entziehen, wenn es nötig werden sollte.

Der Gedanke war ihr irgendwann auf ihrer schweigsamen Reise gekommen. Wenn man die Magie in die Bilure stecken konnte, um sie zu speichern, wieso sollte man darauf nicht zugreifen und sie sozusagen absaugen können?

R'jato zog indes seine eigenen magischen Speicher hervor, von denen ein schwarz-grüner wohl eine Art Ortung sein musste und eine Verbindung durch Gedanken ermöglichte. Zayda hätte ihn gerne genauer untersucht, um zu erfahren, wie er eine Gedanken-verbindung aufbaute, aber sie wollte ihren Leibwächter damit jetzt nicht behelligen.

Als er den Bilur auf seine offene Handfläche vor sein Gesicht hielt, schien es fast, als führe sie die Bewegungen ebenfalls durch.

Was für ein seltsames Gefühl … und zugleich so aufregend! Sie war ein Spion in geheimer Sache!

Hinter den Gedanken ihres Vaters spürte sie die Anwesenheit seiner magischen Berater. Ob Izerdan zugegen war und vielleicht bei der Verbindung über die große Distanz half, konnte sie nicht sagen. Allerdings hoffte sie, dass er sich mit anderen Dingen befasste.

R'jato.

Ja, Herr. Ich melde mich wie vereinbart, um Euch vom Verlauf der Reise zu berichten.

Sie spürte das Einverständnis ihres Vaters, dumpf und verzerrt durch die doppelte Verschleierung. Von Zufriedenheit konnte jedoch keine Rede sein. Sie wusste noch nicht, ob es daran lag, dass er seine Tochter nur ungern weggeschickt hatte und sie vermisste, oder ob es vielleicht andere Gründe dafür gab. Irgendwie bezwei-felte sie jedoch, dass er das während eines Gesprächs mit einem Leibwächter preisgeben würde.

Es läuft alles wie geplant, und wir kommen gut voran. In wenigen Tagen werden wir die Ausläufer der Miakodawälder erreichen, und ich glaube nicht, dass es zu Problemen kommen wird.

Sehr gut. Ich wünsche, dass meine Tochter möglichst keinen Kontakt zur Bevölkerung hat. Ihr solltet keine Spuren hinterlassen.

Hat sich ... nichts an den Plänen geändert?, fragte R'jato zögerlich.

Inkognito zu bleiben, ist wichtiger denn je. Bisher gab es keine weiteren Zwischenfälle in der Stadt ... Izerdan und die Magier des Tempels haben den Untergrund durchsucht, den Abtrünnigen aber noch nicht aufgreifen können. Ich halte es daher für ratsam, Euch deswegen zu besonderer Achtsamkeit aufzufordern.

R'jato schwieg kurz, bevor er das erwiderte, was Zayda bereits befürchtete. *Wollt Ihr damit andeuten, dass uns dieser Mörder folgen könnte?*

Es ist zumindest nicht auszuschließen, bis es zu neuen Zwischenfällen kommt.

Zayda spürte, wie ihr ein kalter Schauer den Rücken hinablief. Gleichzeitig ging eine unaufhaltsame kleine Welle durch ihre magische Verbindung, als wäre ein Stein in eine spiegelglatte Wasseroberfläche geworfen worden. Sofort richtete sich die Aufmerksamkeit der Magier im Hintergrund messerscharf auf diese schwache Vibration. Präzise kleine Fäden spannen sich zwischen ihnen, und Zayda zog sich instinktiv tiefer in die Schatten von R'jatos Verstand zurück.

Ist alles in Ordnung bei euch? Die Magier registrieren etwas.

Es ist nur der Bilur, dachte Zayda so versteckt wie möglich, und war erleichtert, als der Leibwächter den Gedanken sofort aufgriff.

Es ist nur der Bilur. Er hat kurz in meiner Hand vibriert.

Zayda wollte schon aufatmen, doch es war noch nicht vorbei.

Was ist mit meiner Tochter, wie bekommt ihr die Reise?

Sie ist sehr still. Ich glaube, sie wäre lieber in der Stadt geblieben, doch ich verstehe die Gründe – und sie auch.

Ich möchte mit ihr sprechen.

Zayda hatte damit gerechnet und sich bereits zurechtgelegt, wie sie darauf reagieren wollte. Mit einem magischen Griff erschuf sie eine einfache Illusion, die sie über R'jatos Verstand stülpte wie einen schweren Mantel. Sie förderte ein Bild hervor, ein Trugbild ihrer selbst aus den Erinnerungen der letzten Tage: Es zeigte Zayda, wie sie zusammengerollt am Lagerfeuer lag und schlief. Dass der orangegelbe Schein auf ihrem entspannten Gesicht dabei von dem wärmenden Bilur stammte und nicht wirklich zu den flackernden Flammen des Feuers passte, musste sie leider in Kauf nehmen, während ihr Kopf dröhnte.

Sie ist eingeschlafen, stellte R'jato mit einem leicht überraschten Tonfall fest. *Ich glaube, es ist alles recht anstrengend für sie; außerdem vermisst sie ihre Freunde aus der Schule.*

Die nächste Frage ahnte sie, noch bevor sie R'jatos Verstand erreicht hatte. Ihr Vater war misstrauisch geworden, doch dass sie es bisher geschafft hatte, sich in den Schatten der Unterhaltung zu verbergen, verschaffte ihr einen ungeahnten Vorteil.

Wie verlief euer Aufbruch?

Im Bruchteil eines Augenblicks baute Zayda die zweite Illusion auf. Mit ihrer Magie packte sie R'jatos Erinnerungen, schweißte die Bilder und Eindrücke zusammen, wie sie aus dem Stall und durch verschiedene Gassen ritten, schließlich das Tor erreichten und die Stadt verließen. Alles andere dazwischen verschwand unter dem Einfluss ihres Willens.

Als ihre Arme und Beine kalt wurden, griff sie auf den grünen Bilur zu und entnahm Energie aus seinem Inneren. Sie fühlte sich prickelnd an, und ein Sog lag ihr zugrunde, der Zayda packen und fortreißen wollte; doch sie wehrte sich dagegen und spürte zufrieden, wie angenehme Wärme in ihre Glieder zurückströmte.

Bevor sie sich richtig dazu entschieden hatte, überwand sie jäh eine Barriere in R'jatos Kopf und übernahm die Kontrolle.

Ohne Zwischenfälle, dachte Zayda in kühlem Tonfall.

Ohne Zwischenfälle, dachte R'jato.

Zayda hat sich nicht gewehrt?

Nein, Herr. Sie wollte nur nicht mit mir reden, aber das hat sich mittlerweile wieder gelegt. Ich habe ihr Vertrauen wiedergewonnen.

Das ist gut. Ich habe Izerdan darum gebeten, die Meister in Tna'Ni zu instruieren. Sie erwarten euch bereits mit Freude.

Zaydas Arme zitterten jetzt wieder. Verdammt, dieses Spionieren war anstrengend! Und dabei hatte sie das Gefühl, dass dieses Gespräch an Belanglosigkeit kaum zu übertreffen war! Der Verdacht drängte sich ihr auf, dass Balzayds Magier längst ihre Anwesenheit und Manipulation durchschaut hatten, aber warum wurde sie dann nicht zurechtgewiesen?

Nein ... es lag vielmehr daran, dass es einfach nichts Besonderes zu erwähnen gab, seit sie aufgebrochen waren.

Ihr Vater hatte sich nach ihrem Wohlbefinden erkundigt, wie es seine Pflicht war – auch wenn es kaum von Herzen zu kommen schien. Zayda biss die Zähne zusammen und hielt sich weiter versteckt in R'jatos Hinterkopf, bis ihr Vater nach einem Zögern endlich wieder sprach.

Nächste Woche wünsche ich einen neuen Bericht.

Sehr wohl, Herr, hauchte Zayda.

Sehr wohl, Herr.

Kaum war die Verbindung unterbrochen, sackte Zayda keuchend nach hinten. Hätte sie gestanden, wäre sie mit Sicherheit umgefallen, so plumpste sie nur leicht ins nasse Laub der Weiden und schnappte nach Luft.

Eine warme Flüssigkeit lief über ihre Lippen, und sie schmeckte Metall.

Nasenbluten ... na toll.

Ihr ganzer Körper zitterte unkontrolliert, ihr Magen rebellierte, und mit einem Schlag machten sich Kopfschmerzen zwischen ihren Schläfen breit. Mit Mühe öffnete sie ihre verkrampfte Hand und sah den grünen Bilur noch ein letztes Mal flackern, bevor das Leuchten in seinem Inneren erlosch und er zu grauem Staub zerfiel.

Auch R'jato wirkte angeschlagen; er fasste sich an den Kopf, ehe er sich zu ihr umwandte.

„Meinst … meinst du, sie haben etwas bemerkt?", fragte er.

Zayda hatte erwartet, dass R'jato wütend sein würde. Dass er sie angreifen und ihr untersagen würde, jemals wieder so die Kontrolle über seine Gedanken zu übernehmen – stattdessen packte er den Kontaktbilur weg und nahm ein Stück Stoff, um ihr das Blut aus dem Gesicht zu wischen.

„Das hast du sehr gut gemacht", murmelte er leise. „Geht es dir gut? Du siehst sehr blass aus."

Sie schob seine Hand weg und richtete sich mühsam auf.

„Mehr hast du nicht zu sagen? Ich habe dich kontrolliert! Habe dir quasi die Worte vorgesagt!"

„Du hast getan, was nötig war, um uns zu schützen … und dafür bin ich dir dankbar."

Zayda war sprachlos.

Sie wischte sich das Blut weg, das erneut aus ihrer Nase lief und einfach nicht aufhören wollte.

„Es tut mir trotzdem leid. Es muss grausig sein."

„Ich hätte nicht lügen können, wärst du nicht gewesen."

Sie sah zur Seite, fühlte sich auf einmal unangenehm getroffen.

„Du hättest es gar nicht müssen, wenn ich früher gehandelt hätte", erwiderte sie bitter. „Ich hätte Jelak aufhalten müssen! Oder vielleicht hätte ich einfach die Leiche seines Bruders bewachen und Izerdan sofort dazurufen sollen … Alles hat schließlich dahin geführt, dass meine einzige Freundin verschwindet. Und es bleibt diese schreckliche Gewissheit, dass auch ich einige Schuld daran trage."

Sie hasste es, dass sich just in diesem Moment auch noch Tränen zu dem Blut und Schweiß auf ihrem Gesicht hinzugesellten. Sie hatte sich geschworen, nicht zu weinen! Es war das Abscheulichste, was eine Kriegerin tun konnte.

„Zayda, ich schulde dir faktisch nun mein Leben."

Er trat zu ihr heran und reichte ihr das Tuch, damit sie sich selbst die Tränen wegwischen konnte und nicht mehr von ihm behandelt wurde, als wäre er ihre Amme.

Sie nahm es lächelnd entgegen. „Das war auch schon vorher so. Kielle hätte nicht nur mich getötet, weißt du."

Er wandte den Blick ab, doch sie lächelte weiter. „Aber was das Lügen angeht, sind wir wohl ziemlich gute Partner, R'jato."

Er drehte sich um und machte sich daran, neues Holz ins Feuer zu legen, um die nächtliche Kälte von seinem geschwächten Schützling fernzuhalten. Doch sie war sich ziemlich sicher, dass auch er lächelte.

Am nächsten Morgen erwachte Zayda in R'jatos Mantel gehüllt an den Resten des knackenden Lagerfeuers und ächzte. Alles tat ihr weh, besonders Kopf und Nacken, dennoch stellte sich eine gute Laune ein wie schon lange nicht mehr.

R'jato hauchte den letzten Glutstücken mit seinen Lungen wieder neue Energie ein und entfachte ein kleineres Feuer, um Schnee zu schmelzen und Tee zu kochen – währenddessen lächelte er und summte sogar leise eine kleine Melodie, die Zayda an alte Kriegerreime erinnerte.

Es hätte ihr vielleicht falsch vorkommen sollen, aber sie war einfach nur erleichtert. Eine schwere Last schien von ihr abzufallen. Das verfluchte Schweigen und die Selbstgeißelung ihres Leibwächters wegen eines dummen Fehlers … alles lag nun hinter ihnen, da war sich Zayda sicher.

Einmal abgesehen davon, dass sie Kielle töten musste, weil ein verrückter Magier sie in eine Bestie verwandelt hatte.

Mit einem bitteren Geschmack auf den Lippen schob sie diesen grässlichen Gedanken von sich und konzentrierte sich lieber auf das Hier und Jetzt.

Möglicherweise verfolgte dieser Abtrünnige sie, falls ihr Vater richtig vermutete. Dann würde sie doch noch ihre Chance auf Rache bekommen. Allerdings müsste sie dafür auf jeden Fall noch stärker werden.

„R'jato?"

„Hm?" Der Leibwächter sah von dem Bündel auf, das er gerade aus der Zeltplane geschnürt hatte.

„Mein Vater hat dir nicht zufällig auch einen Absorber mitgegeben?"

„Bedaure. Wir werden uns etwaige Verfolger auf die altmodische Weise vom Hals halten müssen."

Sie schmunzelte kurz, da er wohl genau wusste, worauf sie anspielte. „Und was verstehst du unter der altmodischen Weise?"

„Schwerter und Feuerbälle."

„Ob die auch gegen diesen Abtrünnigen helfen?"

R'jato hievte das Bündel auf Cengiz' Rücken und zurrte es an einer Satteltasche fest. „Ich bezweifle, dass er uns hier draußen in der Wildnis aufspüren kann. Wir haben kaum Spuren hinterlassen und niemandem von unserem Ziel erzählt. Er müsste schon deinen Vater oder Izerdan aushorchen, um das herauszufinden – und dass er das schafft, bezweifle ich nun wirklich stark."

Zayda nickte langsam, während sie ihre Teetasse leerte und anschließend mit ihrem Stiefel Schnee auf die Feuerstelle schob. Es zischte laut, und etwas Dampf stieg in die Höhe. Sie sah dem Gemisch aus Rauch und Wasser nach, wie es vom Wind davongetragen und aufgelöst wurde, ehe sie beim Zusammenpacken der Reste half. Dann brachen sie wieder auf.

Die Pferde stampften mit ihren Hufen auf und trabten erst wieder los, als sie den Pfad erreicht hatten.

Zayda gähnte und streckte sich, um sich auf den langen Ritt einzustellen.

„Es geht dir besser."

Zayda sah ihren Leibwächter verdutzt an. „Wie kommst du darauf? Ausgerechnet heute, nachdem ich gestern beinahe dank magischer Verausgabung umgekippt wäre?"

„Du redest nicht mehr im Schlaf."

Sie wollte etwas erwidern, doch seine kühle Feststellung brachte sie zum Schweigen.

Er hatte recht. Sie träumte immer noch von Izerdan und von Kielle, von dem schrecklichen Angriff und ihrem Tod – aber die nächtlichen Streifzüge durch die unterirdischen Tunnel waren nicht mehr Teil davon. Genauso wenig wie das dunkle Flüstern, das wohl von dem Abtrünnigen stammen musste.

Oder seine Magie.

Jetzt, da es ihr so jäh auffiel, fühlte es sich schlagartig seltsam an. Als wäre ein Sog verschwunden, der sie verführen wollte und von dem sie gar nicht gewusst hatte, dass sie ihm ständig widerstand.

Jetzt war es fort und hinterließ eine eigenartige Leere, die sich falsch anfühlte. Als hätte sie es nicht verdient.

Die Weiden blieben eine ganze Weile die höchsten Bäume der Umgebung, die ansonsten nur von dichtem Buschwerk und verlassenen Feldern bestimmt wurde.

Zayda hatte das Gefühl, aus einem sehr langen Traum erwacht zu sein. Der Winter schien alles zu ersticken, auch ihre Neugier und Wissbegierde, die eigentlich die letzten Jahre ihres Lebens diktiert hatten.

Das erste Mal seit Langem betrachtete sie ihre Umgebung mit offenen Augen und entdeckte, wie verwahrlost alles wirkte.

„Leben hier keine Leute?"

R'jato warf ihr einen überraschten Blick zu. „Diese Gegend wurde durch die letzte Welle der Krankheit fast vollständig entvölkert. Die meisten Überlebenden zogen weg. Es gibt sogar eine verlassene Stadt nördlich von hier."

Ein Schmunzeln breitete sich in seinen gelben Augen aus, als er ihre Gedanken zu erraten schien.

„Bedaure, aber sie liegt nicht auf unserem Weg. Wir halten uns ab jetzt deutlich südlicher."

Auch das fiel Zayda in den kommenden Tagen immer mehr auf. Die Sonne gewann an Kraft, und es hatte bestimmt schon seit einer Woche nicht mehr geschneit.

Der Atem der Pferde erzeugte weiße Wölkchen in der Luft, ansonsten schnaubten sie nur selten und trotteten gehorsam den Pfad entlang, der schließlich in eine Straße mündete. Sie war eine endlose Strecke lang von Baumstümpfen gesäumt – und führte schließlich in einen ersten dichteren Wald.

Zayda starrte staunend die Bäume an; beinahe wäre sie vom Pferd gefallen, als sie sich bei einem besonders hohen den Hals verrenkte, während sie darunter hindurchritten.

R'jato lachte schallend, was ein paar Vögel aus einem nahen Gestrüpp auffliegen ließ.

„Was ist, hast du noch nie solche Bäume gesehen?"

Sie spürte, wie ihr Gesicht heiß wurde, doch angesichts der Umgebung war es ihr ausnahmsweise egal.

„Tatsächlich ist das der Fall."

R'jato schwieg verdutzt und ließ sie eine Weile in Ruhe. Bei einer Gruppe hoher Tannen zügelte sie Cengiz und beobachtete einen Augenblick lang die rauschenden dunklen Zweige, die so wundervoll dem Winter trotzten.

Wie alt dieser Wald wohl war? Überhaupt fragte sie sich, weshalb es rund um ihre Stadt keine solchen mächtigen alten Wälder gab. War alles gefällt worden, so wie auf der Ebene, über die sie zuvor geritten waren? Zayda konnte sich beim besten Willen an keine Stümpfe erinnern – rund um die Hügel der Stadt gab es nur den See und Felder.

„Wo sind die Wälder in den Hochebenen hin?", fragte sie unvermittelt, und zu ihrer Überraschung zuckte R'jato dadurch zusammen.

„Ich … das Klima ist rauer, wie du ja weißt. In den Hoch-
mooren wachsen weniger Bäume, und die meisten wurden schon
vor langer Zeit gefällt. Deshalb brauchen wir ja auch die Arbeiter
für den Torf."

„Man sollte einen Wald rund um Vaters Stadt pflanzen. Das
wäre schön."

R'jato lachte herzlich, ehe er seinen Wallach zu einer höheren
Geschwindigkeit anspornte. „Komm jetzt, wir erreichen bald den
Fluss."

Der Schnee wurde in den kommenden Tagen durch die Sonne
von den offenen Flächen der Landschaft geschleckt und hielt sich
nur noch an wenigen schattigen Plätzen, als sie den kahlen Wald
hinter sich ließen.

Zayda konnte sich an den mächtigen Bäumen noch immer
nicht sattsehen, hatte manche Nächte stundenlang wach gelegen,
um dem Knarren der Äste zu lauschen, und träumte sich dabei
zurück in den Innenhof der Schule und zur Quelle.

Im Nachhinein bereute sie es, sich so strikt an die Regeln
gehalten zu haben. Vielleicht hätte sie mithilfe der Quelle unter der
Eiche schneller stärker werden können.

Vielleicht hätte sie dann voraussehen können, was alles passieren würde.

Vielleicht …

Seufzend schob sie die Gedanken an Kielle beiseite und
konzentrierte sich stattdessen auf das, was vor ihr lag.

Und das war ein reißender Fluss.

R'jato zügelte sein Pferd auf der Straße, die nun am Ufer ent-
langführte, und Cengiz hielt neben ihm.

Die Sonne war bereits in einem Wolkenband am Horizont versunken, bald würde die Dämmerung hereinbrechen. Außer ihnen
war niemand weit und breit zu sehen.

Gerade als Zayda fragen wollte, wie sie hinüberkommen sollten, zog R'jato die Karte hervor und fluchte. Anscheinend waren sie absolut nicht dort, wo sie seiner Planung nach sein sollten.

Zayda saß ab und schritt zu einem Streifen gelben Schilf, das sich sanft im Wind wiegte. Auch auf dem Treidelpfad am Ufer war nichts zu sehen, außer einer Reihe tiefer Hufabdrücke im gefrorenen Schlamm.

„Du erwartest doch nicht etwa, dass wir schwimmen? Der Fluss ist reißend und sicherlich eiskalt."

„Nun, eigentlich hatte ich gehofft, der Fluss wäre noch gefroren, wenn wir ihn erreichen. Selbst der Yor erstarrt in so einem kalten Winter ... doch es wurde schneller warm, als ich erwartet hatte."

„Und was nun?"

„Hattest du nicht auch einen Transportbilur gestohlen?"

Zayda wich die Farbe aus dem Gesicht. „Du weißt von den Biluren?"

„Ich bin nicht blind, auch wenn du das manchmal anzunehmen scheinst, so schlecht, wie du sie verborgen hast. Und ich nehme nicht an, dass Izerdan sie dir freiwillig überlassen hat."

Zayda gab ein schweres Seufzen von sich. „Ich weiß nicht mal, welche Funktionen sie haben."

„Der Grüne ist zum Teleportieren. Den könnten wir jetzt gut gebrauchen. Er dürfte uns und die Pferde sicher hinüberbringen."

Hitze kroch Zaydas Rücken hinauf – dicht gefolgt von Wut. R'jato schien ihr ganz genau anzusehen, dass etwas nicht stimmte, denn er saß ebenfalls ab und kam auf sie zu.

„Verfluchter Mist! Ich verfluche meine eigene Dummheit und diese ganze Reise!"

„Du hast den Bilur verloren?"

„Ich habe ihn verdammt noch mal aufgebraucht! Ich habe mehr Energie benötigt, um uns mit der Illusion vor den Fragen meines

Vaters zu schützen … dabei habe ich ausgerechnet den Grünen verwendet. Er ist zerfallen."

„Nun, das ist äußerst … betrüblich."

Zayda schnaubte, da sie seine unterdrückte Gereiztheit deutlich fühlen konnte. Wie ein unangenehmes dunkles Kribbeln schloss sie sich ihrer eigenen Frustration an.

„Betrüblich ist gut. Ich bin einfach dumm. Hätte ich dich in meinen … neuen Besitz eingeweiht, hätte ich diesen sicherlich behalten."

R'jato schien es zu gefallen, dass sie so einsichtig war. Er lächelte sogar, bevor er die Hand ausstreckte. „Dann zeig mir mal, was du noch zur Auswahl hast."

Murrend öffnete Zayda ihren Beutel und kippte die restlichen Bilure aus dem Schädel in seine Handfläche.

„Es wäre doch wirklich zu praktisch, wenn ich aus all den Möglichkeiten exakt einen zweiten Bilur gewählt hätte, der …"

Sie hatte keine Zeit, ihre sarkastischen Gedanken weiter auszuführen, denn R'jato hatte bereits den dunkelblauen Speicherstein ausgewählt, holte aus und schleuderte ihn hinaus auf die Weite des Flusses. Zayda wollte protestieren, doch da berührte der Stein das Wasser, und ein lautes Zischen erfüllte die stille Landschaft.

Explosionsartig blitzte blaues Licht auf, und mit lautem Knacken und Knirschen gefror ein ganzer Abschnitt des Flusses.

„Das … hatte ich jetzt nicht erwartet", fügte Zayda hinzu und kam sich dabei unfassbar dumm vor.

„Das Schicksal meint es gut mit uns."

Er schnappte sich die Zügel der Pferde, während Zayda ans Ufer trat und vorsichtig einen Fuß auf das Eis setzte. Es war mit langen Linien durchzogen und von einem trüben Grau-Blau, doch ob es dick und stabil genug war, um sie zu tragen?

R'jato zumindest machte sich diesbezüglich keine Sorgen, denn er führte die Pferde bereits aufs Eis.

„Beeil dich besser, ich weiß nicht, wie lange es hält", rief er ihr über die Schulter zu, und Zayda gab sich einen Ruck. Voller Faszination beobachtete sie, wie am Rand flussaufwärts bereits Wellen über das Eis schwappten. Der Fluss staute sich an der unerwarteten Barriere auf, und es knackte bereits bedrohlich. Am Rand flussabwärts brachen durch den Druck bereits Stücke ab. Die Pferde schnaubten nervös, doch sie schafften es auf die andere Seite, ohne einzubrechen oder abzurutschen.

„Das nächste Schiff dürfte eine Überraschung erleben", murmelte Zayda atemlos, als sie den knirschenden Rand erreicht hatte und festen Boden unter die Füße bekam.

„Die Strömung wird das schon erledigen."

R'jato saß auf und ritt los, ohne dem Eis noch Beachtung zu schenken. Zayda hingegen konnte den Blick kaum davon lösen. Es war jetzt von Wasser überspült und beinahe unsichtbar, wenn man von einem spiegelnden Kern knapp unter der Wasseroberfläche absah.

Leise ächzend zog sie sich in den Sattel hoch und spornte Cengiz mit einem Zungenschnalzen zu einem leichten Trab an.

Hinter ihnen ließ ein lautes Knacken Zaydas magisch verstärktes Gehör klingeln, als der Druck der Strömung ihre Eisbrücke sprengte.

Cengiz holte zu R'jatos Wallach auf und passte sich seiner Geschwindigkeit an.

„Ich ... erhalte ich jetzt bitte die anderen Bilure zurück?"

„Es ist meiner Meinung nach besser, wenn ich sie für den Verlauf der Reise für dich verwahre. Einer hat einen ganz schön mächtigen Feuerball gespeichert – den sollte eine van Dymar nicht am Gürtel tragen."

Zayda presste die Lippen zusammen und entschied sich dafür, in ein gespielt beleidigtes Schweigen zu verfallen.

R'jato gönnte ihr überhaupt keinen Spaß.

Von Flüssen und Wüsten

Eiskalte Luft umfing Zayda, als sie die Augen in tiefster Dunkelheit aufschlug. Eine seltsam mondlose Nacht umfing sie. Die Sterne am Firmament leuchteten so hell, wie sie nie zuvor gesehen hatte.

Zaydas Atem schlug sich als helle Wölkchen in der Luft nieder, während sie den Himmel vergebens nach dem Mond absuchte.

Müsste nicht beinahe schon Vollmond sein? Während all der Tage und Nächte, in denen sie jetzt schon unterwegs waren, hatte sie wohl die Zeit vergessen ... Noch nie war ihr die Umgebung trotz der glitzernden Sterne so absolut schwarz erschienen.

Es hätte sie misstrauisch machen sollen, doch dafür war alles viel zu ruhig. Unweigerlich stellte sie sich das große schwarze Pferd vor, wie es in den Weiten der Ebenen gegen das Rudel Wölfe kämpfte und sich behauptete – doch aus der Nacht trat kein Streitross, auch keine Ratte mit rot leuchtenden Augen und auch nicht Kielle.

Es war Izerdan.

Seine gelben Augen, mit den bronzefarbenen Linien und Punkten und den unendlich dunklen Pupillen leuchteten in der Nacht und strahlten ein mildes Lächeln aus.

Wo bist du denn gewesen, Zayda?

Wie? Ich ... ich verstehe nicht.

All die Zeit warte ich schon darauf, dass du die Dunkelheit durchschreitest. Du magst doch ihren umhüllenden Mantel, nicht wahr?

Ich ...

Du magst ihn.

Zayda konnte nicht anders, sie nickte leicht. Das Leuchten in den Augen des alten Meisters verblasste allmählich und ließ nur ein blasses, strenges und auch altes Gesicht zurück, wie es so viele Ratken irgendwann ihr Eigen nannten.

Das ist gut.

Zayda schreckte aus dem Schlaf hoch und öffnete die Augen.

Die Dunkelheit des Traums wich dem zarten Hauch der Abenddämmerung und gab die Sicht auf ihr Lager frei, an dessen Rand sie eingenickt sein musste.

Mit einem Schlag war sie wach und schüttelte die trägen Erinnerungen an den Traum ab.

Gebannt beobachtete sie, wie R'jato sein großes Messer aus dem Gürtel zog, so wie jeden Abend, um ihnen ein Stück Speck oder etwas duftende Wurst von ihren schwindenden Vorräten abzuschneiden. Es schien überhaupt keine Regeln auf dieser Reise zu geben, nachdem sie sich damit abgefunden hatte, dass R'jato sie um jeden Preis schützen wollte, ob es ihr gefiel oder nicht. Er traf alle Entscheidungen – doch sie durfte sich dennoch freier bewegen als jemals zuvor in ihrem Leben.

Seit etlichen Tagen ritten sie nun am Fluss entlang, in ständiger Begleitung von kaltem gurgelndem Winterwasser und Reisenden, die die junge Ratke ansahen wie eine äußerst seltene Erscheinung.

Die Tatsache, dass sie in dieser dicht bevölkerten Gegend keine Magie einsetzen durfte, um niemandes Aufmerksamkeit auf sich zu ziehen, frustrierte sie allmählich. Sie wollte nicht mehr untätig sein – es dürstete sie nach Beschäftigung, nach einem Ziel.

Die nächsten Worte verließen ihre Lippen, kaum hatte sich der Gedanke geformt.

„Zeigst du mir, wie man mit dem Messer kämpft? Damit tötet?"

R'jato sah überrascht auf, als hätte er vergessen, dass ihre unteren Schneidezähne schon eine Weile genauso spitz gefeilt waren wie seine. „Du bist eine Magierin. Du hast deine dunkle Freundin besiegt. Und hast du nicht einem Sklaven das Genick gebrochen?"

„Ich habe ihm den Kopf verbrannt. Von innen."

Die Tatsache, dass er bei dieser Enthüllung vollkommen ruhig blieb, imponierte ihr – und frustrierte sie zugleich.

„Wozu will eine kleine Herrin wie du dann noch lernen, einen banalen Dolch zu schwingen?"

Sie presste die Lippen zu einer schmalen Linie zusammen. „Meine Magie ist ... launisch. Manchmal ist es, als ob diese Flamme in meinem Inneren nahezu erlischt, sobald ich Angst verspüre. Und dazu kommen noch Absorber oder Erschöpfung, die meine Magie verringern können. Du vergisst, dass ich die Prüfung zur Kriegerin nicht gemacht habe, um mich als Magierin zu enttarnen. Es war nur ein Missgeschick. Ich wollte eigentlich zuerst Kriegerin werden und später im üblichen Alter zu den Magiern stoßen ... ich konnte ja nicht ahnen, dass Izerdan mich sofort aufnehmen wollte. Nun hat er mich verstoßen, also bin ich durchaus auf neue Fähigkeiten angewiesen, meinst du nicht auch?"

R'jato schnaubte laut durch die Nase. „Dafür hast du dann ja mich."

„Findest du nicht, ich sollte mich verteidigen können? Falls du einmal nicht da bist?"

„Ich mache keinen Fehler mehr, das weißt du. Ich bin immer da."

„Auch wenn du zwischen die Büsche gehst?"

R'jato öffnete schon den Mund, entschloss sich dann aber doch, zu schweigen. Nach einem Moment der Stille legte er sein Messer und den Speck beiseite und bedeutete ihr, sich zu erheben.

Während sie noch sein Messer neidisch beäugte, schnitt er zwei Stöcke von einem Haselstrauch ab und hielt ihr einen davon auffordernd entgegen.

„Na dann los, meine kleine Schülerin."

Jauchzend sprang sie auf und riss ihm den etwa schwertlangen Ast aus den Fingern, um ihn von seinen letzten kahlen Ästchen zu befreien. Sie hatte eine Absage erwartet, jetzt musste sie diesen Triumph um jeden Preis auskosten.

Drohend hielt sie ihn in die Höhe, die Spitze auf seine Brust gerichtet. „Ich bin überhaupt nicht klein!"

„Stimmt, du bist eher winzig."

Zayda sprang vor, bevor sie sich eine Taktik zurechtgelegt hatte. Er wagte es, ihre Ehre zu kränken! Mit einem Wisch ihres Arms zuckte die Rute durch die Luft, doch sie erreichte nicht einmal sein Wams.

Er machte eine leichte Drehung und schlug ihr sein Holz gegen den Oberarm. Sie schnaubte wütend und holte erneut aus, doch er entwich ihr wieder mit Leichtigkeit.

„Du warst auch schon einmal schneller, oder nicht?"

Zayda schnaubte wütend, drehte sich ebenfalls schneller und genoss das leise Wischen, mit dem der Ast durch die Luft sauste – ehe er gegen den von R'jato knallte, der ihre Hiebe immer wieder leicht parierte.

Auch nach mehreren Versuchen konnte Zayda keine Fortschritte erzielen und spürte, wie Frustration in ihrem Inneren aufstieg.

Sie hatte bestialische Ratten besiegt und ihre verrückt gewordene beste Freundin, eine mächtige Magierin, getötet! Weshalb konnte sie dann keinen Hieb gegen ihren Leibwächter landen?

Verflucht, sie war nach nicht einmal zwanzig Angriffsversuchen bereits völlig außer Atem, und ihre Knie zitterten.

Und du willst eine Kriegerin sein? Lachhaft.

Ungeduld packte sie, und sie holte wieder aus, diesmal stärker. Sie konnte spüren, wie sich ihre Funken ganz von selbst aktivierten und in ihre Muskeln schlichen.

Mit einem Mal schien die Umgebung langsamer zu werden, während sie auf ihren neuen Lehrer zusprang – und auch dieses Mal war er schnell. Insgeheim fragte sie sich, wie Kielle ihn überhaupt hatte überrumpeln können, dann krachten ihre Äste zusammen. Ein Ende brach knackend ab und prallte in ihr Gesicht, wo es eine brennende Strieme hinterließ.

„Autsch! Verdammt!"

Ehe sie sich beruhigen konnte, sprangen die Funken aus ihren Muskeln, genährt von der Hitze ihrer Wut. Um ihre Faust begann der Ast zu schwelen, und die heiße Magie manifestierte sich in Flammen, die plötzlich zwischen ihnen in die Höhe schossen.

R'jato wich rasch zurück, doch die Flammen leckten dennoch über seine Arme und hinterließen qualmende Spuren auf dem Stoff.

„Holla. Ich bin keine schwarze Ratte, weißt du."

Dass Zayda so etwas wie Sorge in seinen Augen erkannte, ließ ihre Wut unmittelbar verpuffen. Warum hatte sie sich nur so wenig im Griff?

R'jato senkte seinen abgebrochenen Stab und rieb sich den Ärmel, um ihn von Funken zu befreien.

„Entschuldige … ich bin wohl etwas unbeherrscht."

„Magier halten ihre Gefühle stets unter Kontrolle."

Sie seufzte. „Das hat Kielle auch gesagt … und ich glaube, das war der einzige Grund, warum sie auch mit der Schwärze noch so eigenständig war. Warum sie der schwarzen Magie so lange trotzen konnte. Sie starb nicht sofort wie Jorek … sondern sie wurde langsam davon übernommen und verwandelt."

R'jato trat zu ihr und strich ihr mit einer irritierend sanften Berührung den Ruß aus dem Gesicht, als wollte er überprüfen, dass sie nicht blutete.

„Ihr Verlust schmerzt dich noch immer, nicht wahr?"

Zayda nickte und verspürte das starke Verlangen, sich an seine Brust zu schmiegen, um den Fragen zu entgehen. Weshalb hatte sie diesen Wunsch schon so lange nicht mehr bei ihrem Vater gehabt?

„Jelak und Jorek … sie sind schnell daran gestorben, aber nicht Kielle. Kielle war anders. Sie war stark und widerstandsfähig."

Nur nicht genug.

R'jato schien noch etwas erwidern zu wollen, entschied sich aber dagegen. Er hatte ja recht damit, es lag hinter ihnen, und es gehörte sich weder für eine van Dymar noch für eine Kriegerin oder Magierin, zu lange bei Vergangenem zu verweilen.

„Machen wir weiter?"

Ihre Frage befreite sie aus der unangenehmen Situation und gab dem Leibwächter einen Grund, einen neuen Ast für die Übungen zu suchen.

„Natürlich, kleine Herrin."

Der Winter hatte endgültig seine Macht über das Land verloren.

Es war ein besonders milder Tag, der sich mit Vogelgezwitscher und ersten Krokussen ankündigte und Zayda bewusst machte, dass sie ihr Zeitgefühl verloren hatte.

Wenn sie ihre Vorräte in den kleinen Dörfern aufstockten, gewann sie den Eindruck, dass R'jato eine unerschöpfliche Geldquelle bei sich tragen musste. Auf ihre Nachfrage gab er zu verstehen, dass der Anblick eines bewaffneten Ratken in diesen Gegenden durchaus öfter zu erheblichen Preisnachlässen führte.

„Und weshalb willst du mich nicht mit den Leuten reden lassen?", maulte sie, der langen Einsamkeit allmählich überdrüssig.

„Ich fürchte, eine kleine Ratkendame, wie du es bist, würde sie lediglich über die Maßen neugierig machen."

„Oh, da drückt sich jemand heute aber besonders gewählt aus", murmelte Zayda und schnaubte laut, bevor sie deutlicher sprach: „Ich bin schon größer geworden! Bestimmt eine Fingerlänge, mindestens!"

„Das kommt dir nur so vor, weil deine Arme stärker geworden sind, von den Übungen und dem ständigen Aufsitzen ohne Schemel."

Zayda grummelte etwas Unverständliches und schwang sich dann auf Cengiz' Rücken, um die Rösser zum nahen Wasserlauf zu führen. Sie sollten etwas trinken, bevor der Ritt weiterging, und nach der Frechheit ihres ständigen Begleiters hatte sie heute absolut keine Lust, ihm beim Zusammenräumen der wenigen Habseligkeiten zu helfen.

Das Einzige, was sie immer noch gerne in die Finger bekommen hätte, war der wärmende Lagerfeuer-Bilur, jeden Abend faszinierte er sie aufs Neue, völlig gleich, wie viele Abende bereits vergangen waren. Wann er wohl seine Energie verlieren würde? Er schien kühler zu werden, aber angesichts der milderen Nächte war das wohl weniger schlimm.

Während die Pferde in einer kleinen Mulde tranken, beobachtete Zayda das fließende Wasser. Es war klarer geworden, seit das Schmelzwasser weniger Schlamm mitbrachte, doch sie kochten es noch immer sicherheitshalber ab.

Seufzend zog Zayda an Cengiz' Zügeln, um die beiden Pferde vom Fluss zurückzulenken, bevor sich ein Schiff näherte, das sie an der nächsten Biegung des Yor entdeckt hatte.

Zu Anfang hatte sie die Schiffe und Handelskähne noch bestaunen wollen, insbesondere, wenn sie von mächtigen Ochsen schnaufend stromaufwärts gezogen wurden, doch R'jato hatte ihr immer wieder eingebläut, keine Aufmerksamkeit auf sich zu ziehen, indem sie sie offen anstarrte.

Der Leibwächter hatte schon alles gepackt, als sie zum Lager zurückkehrte.

„Ich dachte schon, du lässt mich hier zurück."

Das schmunzelnde Glitzern in seinen Augen war echt, doch es konnte Zaydas Stimmung nicht heben. Sie schnürte zwei Bündel fest, die er ihr reichte, dann ritten sie schweigend los, um die nächste Tagesstrecke hinter sich zu bringen.

Alles erschien der jungen Magierin so schrecklich öde. Jeden Tag derselbe Ablauf, höchstens einmal unterbrochen von einem kurzen Dorfbesuch oder der Suche nach einer Furt oder Brücke über die Seitenflüsse des Yor.

Und heute schien nicht einmal das auf dem Plan zu stehen.

„Zayda!"

„Hm?"

Das Mädchen schreckte hoch und bemerkte erst jetzt, dass die Pferde angehalten hatten. Ihr Kopf schwirrte, und die Beine fühlten sich kribbelig an durch die andauernde steife Haltung.

Wie lange hatte sie die Außenwelt ausgeblendet und nur auf ihre flüsternden Funken gehört?

Als sie ihren Nacken dehnte und sich umsah, war der Himmel dunkelgrau. Alle Schatten hatten sich verlaufen. Es war schon Abend?

„Wir machen hier Rast."

Zayda nickte, ohne wirklich zuzuhören. Der Wald war trocken und wild; es schien keine Siedlungen in der Nähe zu geben, deren Bewohner ihn von Unterholz und Reisig befreiten oder Feuerholz sammelten, also konnten sie sich getrost bedienen und mussten keine ungeladenen Gäste fürchten.

Zumindest war das Zaydas Einschätzung, wenn sie R'jatos Verhalten über den Verlauf der Reise betrachtete. Sie saß seufzend ab und nahm das Beil, froh um die körperliche Anstrengung, die ihre Glieder wieder aufwärmen würde. Eine Weile hallte nichts außer dem regelmäßigen Hacken des Beils durch den Wald, bis sie außer Atem war und einen Haufen morscher, trockener Holzstücke auf die Lichtung warf, die ihr Nachtlager bilden würde.

„Es sieht nach Regen aus", meinte R'jato nach einem nachdenklichen Blick zum Himmel und löste auch die Zeltbündel von den Schnüren am Sattel.

„Wenn du das sagst."

Der Leibwächter schnaubte hörbar. „Bist du immer noch mürrisch?"

„Ich bin überhaupt nichts."

„Aha."

Zayda seufzte und kickte dabei ein Stück Holz am Boden hin und her. „Wohl eher gelangweilt", murmelte sie leise, bevor sie das

Holz fachmännisch aufstapelte, trockenes Gras dazwischenschob und es mit einigen magischen Funken ansteckte.

Ein leises Sausen erweckte ihre Aufmerksamkeit, und sie streckte gerade noch rechtzeitig die Hand aus, um den langen Stock aufzufangen, der ihr zugeworfen wurde.

Ihre Finger schlossen sich um das neue Holz, das schon deutlich schwerer und dicker war als zu Anfang ihrer Übungen.

Freudige Erwartung rauschte durch ihre Adern, als sie den versöhnlichen, aber auch stolzen Unterton in R'jatos Stimme hörte.

„Dann werden wir den Abend gut nutzen, meine Novizin."

Zayda hatte noch nie solch ein trockenes Land gesehen.

Natürlich hatte sie in Büchern einiges über die Steppen gelesen, in denen sich viele Stämme der Feliden wohlfühlten ... auch Berichte über die Wüsten noch weiter im Süden hatte sie überflogen, doch die Beschreibungen kamen nicht im Entferntesten an das echte Erlebnis heran.

In der Stadt ihres Vaters war es eigentlich immer irgendwie feucht. Nebel, Regen, Schnee ... und auch die umgebenden Felder und Weiden hatten häufig mit Überflutungen zu kämpfen, wenn der See über seine Ufer stieg.

Es war ein schleichender Übergang gewesen. Nach einer schier endlosen Reise am Ufer des Yor hatten sie einen See erreicht, eine knarzende Brücke überquert und waren anschließend in die kargen Berge vorgedrungen, wobei sie einer tiefen Schlucht folgten, durch die sich Schiffe wälzten und deren Straße nahezu ständig mit Ochsenkarren verstopft war.

Hinter der Schlucht war plötzlich alles trocken, und ein erdiger Geschmack von Staub legte sich auf ihre Zunge.

Zayda konnte nicht anders: Sie war fasziniert.

In der Landschaft südlich der Berge schien alles anders. Die Bäume wuchsen dürrer, waren häufig mit Dornen besetzt, und auch die Blätter, die sich jetzt aus den Zweigen schoben, wirkten ledriger.

Sie fragte sich, ob in dieser Gegend überhaupt Schnee fiel, denn einige der wenigen Häuser, die sie bisher erspäht hatte, waren augenscheinlich nicht einmal mit Glasscheiben oder einem Kamin ausgestattet.

Sie wanderten an einer Kleinstadt vorbei, deren hohe Stadtmauern aus gelblichem Stein bestanden und die von großen Pflanzungen umgeben war, doch R'jato erlaubte ihr nicht, sich den Bauern auf den Feldern zu nähern.

Eine Unruhe hatte den Leibwächter gepackt, vielleicht, weil er schon eine Weile keinen Bericht mehr erstattet hatte, vielleicht aber auch, weil ihn die langen Fußmärsche in schwerer Montur langsam quälten.

Zayda wurde ungewollt von dieser Unruhe ergriffen, und das brachte ihre Funken zum Vibrieren. Sie hätte nicht erwartet, dass sie nach den Ereignissen mit Kielle überhaupt noch einmal unter Leuten sein wollte … doch jetzt vermisste sie den Trubel der Stadt.

Ohne Erfolg versuchte sie, R'jato in ein längeres Gespräch zu verwickeln, doch er zeigte sich ungewöhnlich wortkarg – eigentlich seitdem sie die Schlucht verlassen hatten. Er warf öfter verstohlene Blicke in ihren Rücken und lenkte sie von den Straßen weg, sodass die Pferde einen großen Bogen um die Stadt Siad vollführten, in deren Nähe sie sich bald befinden müssten.

Sogar zu weiteren Kampfübungen ließ er sich nun nicht mehr überreden.

Zayda seufzte und gab auf. Sie hüllte sich wieder in ihr gewohntes Schweigen und sehnte sich nach der Elite von Izerdans Schule. Was sich wohl seit ihrem Aufbruch dort getan hatte? In die weiteren magischen Berichterstattungen ihres Leibwächters an ihren Vater hatte sie sich sicherheitshalber nicht mehr eingemischt, denn wenn sie ehrlich war, wollte sie ohnehin nicht mit ihren Eltern sprechen.

Ihre Gedanken wurden unterbrochen, als sie eine Weggabelung erreichten. R'jato runzelte die Stirn, murrte etwas, das wohl alles andere als schicklich war, und massierte sich die Schläfen.

„Fragst du dich, wo wir langmüssen?"

„Hm", erwiderte er nur knapp, anscheinend nicht gewillt, sich erneut Vorwürfe wegen der verlorenen Karte machen zu lassen. Sie war eines Nachmittags einfach nicht mehr da gewesen, und Zaydas Hoffnung auf eine Verfolgungsjagd der vermeintlichen Diebe war leider enttäuscht worden. Vielleicht war sie auch einfach nur aus R'jatos Tasche gefallen und erfreute nun einen neuen Besitzer mit ihrer Detailgenauigkeit.

Nach einem kurzen gemeinen Moment des Wartens erbarmte sie sich ihres Begleiters.

„Wir müssen uns an den rechten Weg halten."

„Ja, das ist mir klar. Dein Vater wird weitere Verzögerungen kaum tolerieren."

„Nein." Sie lenkte Cengiz neben ihn und zeigte den Weg entlang, der in Kurven einen Berg hinaufführte. „Du missverstehst mich. Wir müssen nach rechts."

R'jato zog eine Augenbraue hoch. „Du willst mir doch nicht etwa sagen, dass du die Karte auswendig gelernt oder plötzlich einen magischen Orientierungssinn entwickelt hast?"

„Tatsächlich sogar beides."

Sie schloss die Augen und stellte mit großer Freude fest, dass die Magie ihr tatsächlich dabei half, sich ein Bild der Landkarte vor Augen zu führen. Doch es gab noch etwas anderes, das ihr den Weg zeigte und das jetzt, mit geschlossenen Augen, umso deutlicher wurde.

Sie spürte das leichte magische Ziehen einer Quelle. Ihre Funken reagierten darauf, zitterten kaum merklich in ihrem pulsierenden Herz.

„Möchtest du das erklären?"

„Magier-Details. Ich ... spüre den Weg, genügt dir das?"

„Um meine kleine Magierin noch ein wenig mysteriöser zu finden, insbesondere nach deinem Sieg über Kielle? Völlig."

Zayda konnte nicht verhindern, dass sich ein stolzes Grinsen auf ihre Lippen stahl. Doch wer hätte es ihr verbieten sollen? Ihre Mutter? Die war mittlerweile viele Meilen entfernt.

Sie ritt los und hätte sich befreit fühlen sollen, während R'jato ihr rasch folgte. Doch erst als sie den Pass des Weges erklommen hatten, wurden alle Gedanken an die Heimat weggewischt.

Vor ihnen tat sich ein weites Tal zwischen zwei kargen, felsigen Bergen auf. In der Mitte dieses Tals ragte ein Plateau in die Höhe, dessen Oberkante unnatürlich glatt wirkte. Auf dieser Fläche vor ihnen ragte Tna'Ni empor.

Zayda versuchte, möglichst viele Eindrücke dieses ersten Moments festzuhalten, und aktivierte unwillkürlich ihre Magie, um sich das Bild einzuprägen. R'jato hielt sein Pferd an, um ihr einen Moment Zeit zu lassen.

„Es ist so …"

„Anders?", beendete ihr Leibwächter ihren Satz, nachdem sie das richtige Wort einfach nicht finden konnte.

„Bist du gar nicht beeindruckt?"

„Ich erhielt eine detaillierte Beschreibung vor unserem Aufbruch."

Zayda löste mühsam ihren Blick von den Türmen, die mit Sicherheit höher waren als die Wachtürme daheim.

„Du hast dir aber nicht die Mühe gemacht, mir davon zu berichten", erwiderte sie, auch wenn sie es nicht vollbrachte, ihrer Stimme einen vorwurfsvollen Ton zu verleihen. Sie wartete auch nicht auf eine Antwort, sondern sprang von Cengiz' Rücken. Das Fell der Pferde glänzte nach dem langen Aufstieg, und sie konnte spüren, dass sie eine Pause benötigten. Auch R'jato saß ab und nahm ihr die Zügel aus der Hand.

Erfüllt von neuem Elan, stapfte sie los.

In diesem Augenblick blitzte die Sonne zwischen einigen Wolken hervor und verstärkte die Konturen und Schatten auf der Tempelanlage. Ein Weg wurde sichtbar, einzelne Treppen, die in die Seiten der Felswand gemeißelt worden waren.

Zayda hatte noch nie solche Gebäude gesehen, aus gelbem und rötlichem Stein erbaut, mit unzähligen Balkonen und eleganten Spitzdächern. Dachschindeln und Fenster glänzten wie Dutzende gespiegelte Lichter in der Sonne.

„Du musst zugeben, der Anblick ist auf diese Weise noch viel imposanter."

„Umso schlimmer ist mein Anblick", erwiderte sie nach einem Moment, als sie ihre staubigen Arme betrachtete. Ihr sonst glänzend schwarzes Haar war schon seit Wochen stumpf und filzig, die Kleidung sah äußerst mitgenommen aus. „Kein besonders gebührlicher Auftritt für eine van Dymar, oder?", fragte sie mit einem schiefen Lächeln, das ihr Leibwächter milde erwiderte.

„Das nicht. Aber würdest du nicht ohnehin lieber als Kriegerin wahrgenommen werden? Denn genau so siehst du gerade aus."

Sie quittierte R'jatos Worte mit einem Nicken und schritt weiter aus, ohne den Blick von den Mauern abzuwenden – bis sie über ihre eigenen Füße stolperte und den steinigen Weg hinabrutschte.

Fluchend ruderte sie mit den Armen und musste R'jatos Lachen über sich ergehen lassen, nachdem sie sich wieder gefangen hatte.

Danach warf sie nur noch gelegentliche Blicke zu ihrer neuen Heimat, die mit jedem Schritt näher rückte und in die Höhe wuchs. Sie begann sich zu fragen, ob sie auch im Inneren so imposant war, oder ob dieser überschwängliche Eindruck nur daher stammte, dass sie schon seit Langem keine schönen Gebäude mehr gesehen hatte.

Als sie den niedrigsten Abschnitt des Tals erreicht hatten und die Berge rechts und links von ihnen aufragten, schien das Plateau nicht mehr ganz so hoch und steil. Zayda vermutete, dass die Kante eventuell von Magiern geschaffen worden war, nachdem man die Quelle innerhalb des ungewöhnlichen Felsens entdeckt hatte.

Unmittelbar begann die junge Ratke, sich die Geschichte dieses Ortes vorzustellen. R'jato übernahm die Führung, während sie den Weg erklommen, der sich den steilen Hang hinaufwand.

Ihr beider Atem ging schon bald schwer, doch es kamen ihnen keine Wachen und erst recht kein Begrüßungskomitee entgegen, das ihnen und den schnaubenden Pferden das Gepäck abgenommen hätte.

Während sie einen Schritt hinter den anderen setzten, schweiften Zaydas Gedanken ab, um ihre ansteigende Nervosität angesichts dieses unbekannten Ortes zu unterdrücken. Natürlich wusste sie so gut wie alles Wichtige über die Geschichte ihrer Heimat, über die Erbauer der Stadt und die Magier, die den Fluss umgeleitet hatten, um den See zu erschaffen, der Irfen florieren ließ ... großartige Zeiten für eine großartige Stadt mit all ihren Hügeln.

Gerade als sie es sich ausmalte, erreichten sie die Mauern am oberen Rand des Plateaus. Ein hohes Holztor, das fast so hell wie der Stein war, öffnete sich.

Ein Schauer rann Zaydas Rücken hinab, eine Mischung aus freudiger Erwartung und nervöser Unruhe, die sie fast vermisst hatte. Aber es war nicht ihr erstes Mal. Sie fühlte sich älter und reifer, war schon einmal einer Reihe von neugierigen Schülern entgegengetreten und hatte seitdem viel gelernt und erlebt, um sich so etwas wie Sicherheit und Standfestigkeit verdient zu haben.

Doch es half nicht gegen die Welle aus Abneigung, die ihr innerhalb eines Atemzugs entgegenschwappte.

Zaydas Herz zog sich zusammen, als sich all die Augen auf sie richteten. Braune und sehr viele grüne ... keine einzigen gelben – und fast alle verengten sich deutlich. Ehe sie sich bewusst dazu entschieden hatte, schlichen ihre Funken blitzartig los und erweiterten ihre Sinne. Sie hörte jedes Flüstern, bis ein alter Mann vortrat und mit einer erhobenen Hand allesamt zum Schweigen brachte.

Doch das Flüstern hallte in ihren Gedanken nach und ließ sie nicht mehr los.

„Eine Ratke?"

„Was macht eine Ratke hier?"

„Seht nur, die gelben Augen!"

„Der Kerl ist ja riesig."

„Ist *sie* etwa die Neue?"

„Eine Ratke!"

All diese unerwartete Abneigung warf sie in einen Zustand zurück, den sie nie so bewusst wahrgenommen hatte wie in diesem Moment.

Sie war allein. Ihre einzige Freundin war ihr genommen worden und würde nie wiederkehren. Die Bilder der dunklen, knochen-übersäten Kanalisation drängten sich ihr auf.

Zayda hatte Mühe, ihren Blick von der offenen Ablehnung abzuwenden.

Zu ihrer Erleichterung sah sie vorerst nichts als einfaches Interesse in den Augen des Meisters, der nun nach vorne trat. Allerdings wurde ihr Blick nur einen Moment von seinem gehalten – ehe sie von etwas abgelenkt wurde, das sie noch nie gesehen hatte.

Auf der Stirn des alten Mannes prangte ein leuchtendes Mal!

„Zayda van Dymar. Herzlich willkommen in Tna'Ni."

Der Meister deutete auf die andere Seite des Innenhofs, gegenüber dem Eingangstor. Es fiel ihr schwer, den Blick von ihm loszureißen, um nicht vollkommen ahnungslos und überrumpelt zu wirken. Erst jetzt fielen ihr auch die Gestalten hinter dem Meister auf, die in lange Mäntel gehüllt waren, obwohl eine ziemliche Hitze herrschte. Sie spürte eine gruselige Ruhe von ihnen ausgehen, die ihr eine Gänsehaut bereitete – wobei sie noch immer die Blicke der Schüler auf sich fühlte.

Der Meister räusperte sich. „Wenn du so freundlich wärst, mir zu folgen? Dein ... Begleiter kann sich zu euren neuen Gemächern begeben und etwas ausruhen, bevor er seinen Bericht abgibt. Die Pferde werden ebenfalls versorgt."

R'jato zögerte deutlich, doch angesichts der Anzahl an Magiern schätzte er die Lage wohl als sicher für seinen Schützling ein, nickte und folgte einigen Gestalten in eine dunkle Hausöffnung.

Zayda nahm sich indes die Zeit, sich für einen Moment die Gesichter all derer einzuprägen, die gerade noch beleidigende Kommentare gemurmelt hatten.

Erst das Räuspern ihres neuen Meisters riss sie davon los.

Sie wurde in eines der Gebäude geführt und stellte nach einem Blick durch ein Fenster fest, dass das Grundprinzip der Schule offenbar der Izerdans ähnelte. Es gab mehrere Innenhöfe, die durch einen Flügel in der Mitte getrennt waren, und natürlich die hohen Türme rundherum, die aus der engen Sicht des Hofes noch imposanter wirkten als aus dem Tal.

Sie versuchte, sich zu entspannen und anzukommen … doch es war alles so neu und unbekannt. Mit wachsendem Staunen wanderte ihr Blick über die Wände. Da sich ihre Augen endlich an die Schatten im Innenhof gewöhnt hatten, entdeckte sie noch etwas, das ihr vollkommen unbekannt war.

Alle Wände des Gebäudekomplexes waren bemalt!

Schon nach einem Augenblick erkannte sie Muster und interessante Wiederholungen, die sicher eine Bedeutung hatten. Zayda beäugte alles – und stellte mit milder Überraschung fest, dass der Drang, danach zu fragen, nicht so stark war wie erwartet. Früher, in Izerdans Schule … da wäre sie mit ihren Fragen sofort herausgeplatzt.

Jetzt fiel es ihr vielmehr leicht, die neuen Eindrücke erst einmal zu verdrängen und stattdessen den Mann zu betrachten, der von nun an ihr neuer Meister sein würde.

Ihr erster Eindruck: Er war alt! Sehr alt.

Ein alter Mann mit einem leuchtenden Symbol auf der Stirn, das sehr gut zu diesen Malereien passte.

Und seine Augen – sie waren anders als alle, die sie zuvor gesehen hatte. Nicht so schön gelb wie die aller Ratken – auch nicht braun und grau wie die von Dienern.

Nein, diese alten Augen waren leuchtend grün und geschlitzt wie die einer Katze.

Sie wusste nicht, ob sie sie schön oder einfach nur interessant finden sollte. War er ein Felide? Oder gab es noch andere Völker mit solchen Pupillen?

Und dann dieses leuchtende Mal auf der Stirn! Sie konnte nicht verhindern, dass ihr Blick immer wieder darüber huschte. Was hatte es damit auf sich? Warum hatte sie so etwas vorher noch nie gesehen? Ohne es zu verstehen, spürte sie ganz genau, dass etwas Bedeutsames dahintersteckte.

Sie wollte nicht anmaßend sein. Stattdessen rief sie sich ungewollt die unangenehm anmutenden Gesichter ihrer neuen Mitschüler in Erinnerung. Ihre Abneigung, ohne die Ratke überhaupt zu kennen. Es überschattete die weiteren Eindrücke. Eine Tür, ein dunkler Gang, der Geruch von Fackeln und das flackernde Licht, eine weitere Tür und dann eine bequeme Bank mit Kissen, auf die sie sich setzen durfte, während der alte Meister sich ihr gegenüber niederließ.

„Ich freue mich, dass du eine sichere Reise hattest, Zayda. Mein Name ist Garion, und ich werde deine weitere magische Ausbildung überwachen."

Er reichte ihr seine offene Hand, hielt die runzlige Handfläche hin, in der ein Labyrinth aus Linien ein ganzes Leben zeichnete. Es widerstrebte ihr, diese Hand zu berühren, doch welche Geheimnisse mochten sich hinter diesem alten weisen Geist verbergen? Er hatte vermutlich eine völlig andere Sicht auf die Welt.

Ein interessanter Gedanke. Wenn sie die Menschen hier verstehen wollte, musste sie schnell viel lernen.

Ihre Finger berührten die des alten Meisters, und sofort spürte sie die feurige Magie, die sein Innerstes durchdrang.

„Eure …" Zayda zögerte und legte den Kopf ein wenig schräg, während sie es noch einmal kurz überprüfte, bevor sie seine Hand wieder losließ. Doch, kein Zweifel. „Eure Magie erinnert mich stark an die meines ersten Meisters."

Der alte Felide nickte bedächtig, wodurch das Mal ein wenig stärker changierte. „Izerdan. Er hat mir einiges über dich erzählt, bevor er dich in meine Obhut übergab. Du musst wissen, dass du hier die erste Ratke seit langer Zeit bist. Manche unserer Novizen kennen euch bisher nur von Zeichnungen oder aus lehrreichen Erinnerungen, die von uns übertragen wurden. Aber Izerdan sagte mir bereits, dass du sehr neugierig und anpassungsfähig bist. Du wirst dich sicher schnell in unserer Schule einfügen."

„Hat Euch Izerdan auch mitgeteilt, dass es einige Schwierigkeiten in der Stadt gab?"

„Das ist mir bekannt. Doch sei unbesorgt, es gab hier schon sehr lange keine derartigen Fälle mehr."

„Woher kennt Ihr Meister Izerdan?"

„Viele Meister kennen einander. Es gibt ein Netzwerk der Magier, das sich über ganz Tyarul erstreckt. Hat Izerdan dir davon nichts erzählt?"

Zayda fühlte, wie sich ihre Wangen rot färben wollten, und unterdrückte es. „Mir scheint, wir hatten nicht genug Zeit für alles. Es kam zu einigen … Zwischenfällen in der Schule."

„Wie gesagt. Sei unbesorgt, hier wird dir nichts dergleichen begegnen. Tna'Ni ist ein Ort des Friedens."

„Und wie sichert Ihr diesen Frieden?"

Garion lächelte, doch seine Augen blieben distanziert. „Soso, du kommst also immer direkt auf den Punkt."

„Ich bin direkte Fragen und Antworten gewohnt. Selbst Meister Izerdan hat es irgendwann unterlassen, sich in vieldeutige

Ausschweifungen zu ergehen. Er wusste wohl, dass ich immer weiter nachfrage, bis ich höre, was ich wissen will."

„Die Phiruin."

„Wie bitte?"

Das Lächeln des Meisters wurde milder. „Das ist die Allianz der magischen Meister Tyaruls, die den Frieden wahren. Die Phiruin."

„Oh. Ich schätze, ich werde wohl noch nicht zu diesen Kreisen gezählt", erwiderte sie mit einem Schmunzeln und versuchte damit, die Tatsache zu überdecken, dass es ihr peinlich war, noch nie von dieser Gruppe gehört zu haben.

„Da liegst du richtig. Ich muss sagen, du scheinst für eine Ratke wirklich ein erstaunliches Talent an den Tag zu legen, wenn ich den Berichten Izerdans trauen darf. Ich würde mich davon gern selbst überzeugen."

Instinktiv schwenkte sie zur Gedankensprache über.

Ihr wollt eine Demonstration.

Er nickte nicht, doch sie spürte seine Zustimmung bereits, als er wieder die Hand ausstreckte. Einen Moment überlegte sie, wieder einen Sturm zu entfachen, wie damals bei Izerdans erstem Besuch in ihrem Anwesen. Wie unendlich lange das zurückzuliegen schien!

Sie festigte den Griff um die alten Finger des Meisters und übertrug ihm blitzartig eine Reihe von Bildern und Erinnerungen. Sie zeigte ihm mehrere ihrer Kämpfe, ihre Fortschritte und magischen Fähigkeiten.

Durch den Schleier aus rasch wechselnden Bildern sah sie ein Lächeln über die Lippen des Feliden zucken.

„Ich danke dir, das genügt."

Sie löste ihre Hand von seiner, konnte aber doch noch spüren, dass weitere Neugier in ihm steckte. Sie musste nichts weiter sagen, Garion erhob sich einfach und führte sie hinaus in einen kleineren Innenhof.

Erst da fiel Zayda auf, was sie zuvor schon gestört hatte: Der Hof war leer. Keine knorrige, alte Eiche.

Sie stellte sich dem Meister gegenüber auf, und ein feines Lächeln zuckte über ihre Lippen.

Mit Leichtigkeit griff sie auf die Magie in ihrem Inneren zurück, aktivierte das Zentrum aus pulsierenden Funken und leitete sie zu ihren Händen.

Während der alte Felide sie noch mit mildem Interesse beobachtete, streckte Zayda die Finger aus und sandte die Funken innerhalb eines Wimpernschlags in alle Richtungen, bis sie den gesamten Innenhof erfüllten.

Anders als im Anwesen ihrer Eltern packte sie diesmal nicht die Luft, um einen Sturm zu erzeugen. Das war ihr zu simpel.

Wie sollte sie diesen alten Feliden ernsthaft beeindrucken?

Just in diesem Moment berührten ihre Funken den Boden und damit auch das Pflastermosaik. Die einzelnen kleinen Quader leuchteten in ihrem Bewusstsein auf und brachten sie auf eine Idee.

Mit einem Zucken ihrer Finger schloss sich die Magie in unzähligen Fäden um all die Pflastersteine im Hof.

Ein Knirschen erfüllte den Boden, ehe das Zittern der Steine deutlich wurde – dann zog Zayda sie mit einem Ruck ihrer Arme in die Höhe. Natürlich war ihr bewusst, dass es um einiges eleganter gewirkt hätte, wenn ihr das alles reglos gelungen wäre, aber da es sich um einen spontanen ersten Versuch handelte, wollte sie keine Fehler riskieren.

Stattdessen konzentrierte sie sich auf das weite Netz aus magischen Verbindungen.

Von einem Moment auf den anderen fanden sie und ihr neuer Meister sich in einem Strudel aus schwebenden Steinen wieder.

Das Gewicht des Pflasters zog auch durch die Magie schmerzhaft an ihren Armen, doch sie hob sie weiter an, drehte die Steine schneller, sodass allmählich auch Staub und Sand vom aufgewühlten Boden hochgewirbelt wurden.

Das ist fabelhaft!

Begeistert drehte Zayda sie immer schneller, im Takt ihres wild pochenden Herzens, bis der Meister und sie selbst von einem trudelnden Muster aus Gesteinsstücken und im Staub glitzernden Funken eingeschlossen waren.

Plötzlich traf sie sein kritischer Blick.

Mehrere Steine flogen aus den Bahnen und knallten gegen eine der Wände, wo sie knackend zerbrachen.

Das genügt.

Bevor sie auch nur einen weiteren Atemzug tun konnte, mischte sich die Magie des Feliden mit ihrer eigenen. Sie schreckte beinahe zurück, als sie die alte Weisheit des Mannes fühlte, doch da hatte er bereits die Kontrolle übernommen, und sie ließ die Steine los.

Mit vollkommener Leichtigkeit lenkte er den Sturm aus Steinen um, entschleunigte die Wirbel und ließ sie zugleich tiefer sinken. In gleichmäßigen Spiralen trafen sie mit dumpfen Geräuschen auf den sandigen, aufgewühlten Boden auf und rutschten dort in einem scheinbaren Chaos durcheinander.

Sie erwartete einen Konter, einen Angriff oder etwas Derartiges, doch dann spürte sie nur seinen tiefen Wunsch nach Frieden, der sein ganzes Wesen zu durchdringen schien. Zayda konnte nicht mit Sicherheit sagen, ob er ihr diese Einsicht freiwillig gewährte – oder ob ihre Fähigkeiten aus Irfen ihr tatsächlich auch bei diesem bewährten Meister von Nutzen waren.

Es dauerte nur kurz an, dann kehrte Ruhe in den Innenhof ein, und alles kam zum Erliegen. Das Pflaster befand sich wieder an Ort und Stelle.

„Das genügt."

Zayda musste ein Schnauben unterdrücken, als der Felide seine Worte wiederholte, in der Hoffnung, ihnen mehr Gewicht zu verleihen.

Zugegeben, es war beeindruckend, wie er so spielend leicht die Kontrolle übernommen hatte – doch ihr einfach in die Demonstration hineinzupfuschen, das empfand sie als zutiefst demütigend.

Sie zuckte zusammen, eine Standpauke ihres neuen Meisters erwartend, doch es erfolgte nichts dergleichen.

Da kam ihr ein Gedanke.

Der Schutz, den sie mühsam über Monate um ihren Geist aufgebaut hatte, er war noch immer aktiv, und sie konnte keinerlei Bestreben seitens des Feliden spüren, ihre Gedanken zu lesen.

Izerdan hatte sie damit stets kontrolliert und all seine Schüler unter Druck gesetzt ... doch es hatte ihren Geist und ihre Magie auch gestählt.

In ihr keimte ein leiser Funken der Zuversicht, dass sie in dieser Fremde tatsächlich Geheimnisse haben konnte.

Der Meister schien auch nicht von ihr zu verlangen, dass sie ihm ihren Geist offenlegte.

Doch das leicht durchtriebene Lächeln auf ihren Lippen verschwand so schnell, wie es gekommen war, als der Mann wieder sprach.

„Für eine Ratke hast du eine recht passable Leistung an den Tag gelegt, doch ich sage es dir gleich, bevor es zu Konflikten mit den anderen Schülern kommt: Du musst nicht mehr kämpferisch denken. Wir streben nach friedvollen Erfahrungen mit Magie und wollen möglichst viele Schüler zu einer erfolgreichen Entwicklung ihrer Kräfte führen, damit sie in den Tempeln der Hüter neue Stufen der Macht erfahren. Das soll von nun an auch dein Ziel sein. Hier gibt es keine Verfolger, keine schwarze Magie und keinen Abtrünnigen."

Sie wollte sich erleichtert fühlen, doch stattdessen trafen sie die ersten Worte des Mannes hart und verletzten ihren Stolz.

Recht passabel.

Was für eine Demütigung!

Unmittelbar tauchten wieder die Gesichter der versammelten Schüler Tna'Nis vor ihrem inneren Auge auf.

Hatten sie bereits geahnt, dass sie hier als minderwertig eingestuft werden würde?

Zayda knirschte mit den Zähnen und ballte ihre Fäuste. Sie wollte sich streiten, ihrer heißblütigen Ratkenherkunft alle Ehre machen und kämpfen ... doch sie spürte tatsächlich, dass dieser Meister stark war. Vielleicht sogar noch stärker als Izerdan.

Nein, das könnte täuschen.

Sie hatte nie die vollen Ausmaße von Izerdans Magie erlebt.

Garions Blick wurde für einen winzigen Moment leicht trüb, dann nickte er.

„Ich lasse dich nun allein. Dein Leibwächter ruht sich aus, und du kannst dich etwas umsehen, bevor wir uns alle zum Essen versammeln. Dann kannst du dich mit deinen neuen Mitschülern vertraut machen. Ich bin sicher, dass sie äußerst gespannt auf dich sind. Hier im weiten Süden haben manche von ihnen noch nie eine Ratke zu Gesicht bekommen. Sei also milde mit ihnen – und erwarte keine Sonderbehandlung. Hier sind alle gleich."

„Aber ich habe noch so viele Fragen!"

Ein wissendes Lächeln umspielte seine alten Lippen.

„Die Mantelträger hinter mir sind die stillen Wächter meiner Schule. Es sind weise Lehrlinge, die sich für unser aller Sicherheit oder als selbst auferlegte Bürde dazu entschieden haben, ein Gelübde abzulegen. Sie schweigen und horchen auf die Magie, um uns vor ungewollten Gästen zu warnen und auch, um die Energie der Quelle zu beobachten, die manchmal unruhig wird."

„Ich ..."

Er tippte sich an die Stirn – und schob sich dabei wie zufällig den Ärmel herunter, wo die junge Ratke einen weiteren leuchtenden Fleck entdeckte. Wie viele ...

„Vier Male. Du warst wohl zu eingenommen von den schrecklichen Ereignissen in deiner Heimat, um die rechten Bücher über fortgeschrittene Magie zu lesen. Magie, die du von den Hütern erhalten kannst, wenn du dich ihren Lehren und Prüfungen verschreibst."

Zayda realisierte voller Scham, dass ihr Mund offen stand.

„Alles Weitere wirst du noch lernen, habe Geduld."

„In … in Ordnung."

Der Meister schenkte ihr ein kurzes Lächeln, dann trat er in die Schatten der Türöffnung hinter sich zurück und verschwand im Inneren der Schule.

Die eintretende Stille drückte auf Zaydas Gemüt wie schon lange nichts mehr.

Ich muss stärker werden, aber wie? Das war wirklich nicht das, was ich erwartet hatte. Izerdan und R'jato und selbst Kielle – sie alle haben mich glauben lassen, ich wäre ein besonderes Talent. Habe ich mich so in ihren Aussagen getäuscht?

Doch vorerst musste sie sich um eine andere Angelegenheit kümmern, die für ihre Ziele noch interessant werden könnte.

Sie drehte sich seitlich und wandte sich an die Schatten eines offenen Fensters.

„He, du! Komm endlich raus."

Die Gestalt im Schatten zuckte deutlich zusammen, dann trat ein kleines Mädchen ins Licht und sprang durch das offene Fenster zu ihr in den Hof. Ihre rotbraunen Haare hingen ihr in offenen Locken um die hohe Stirn und die Stupsnase – nur die spitzen Ohren einer Katze fehlten Zaydas Meinung nach, um das niedliche Bild zu vervollständigen.

„Na, hat dir die Vorstellung gefallen?"

Ihre Lider weiteten sich und zeigten die Katzenaugen noch deutlicher, ehe sie mit piepsiger Stimme antwortete.

„Was? Du hast mich bemerkt?"

„Wie hätte man dich nicht bemerken sollen? Deine Augen waren die ganze Zeit auf mich gerichtet."

Der Kopf des Mädchens lief hochrot an.

„Wie heißt du eigentlich?"

„Vanura Fiora."

Zayda stockte kurz, ehe sie schmunzelte. „Vanu also."

„Ich ... äh ... in Ordnung."

Die Ratke konnte nicht anders – sie fühlte sich auf einmal großartig. Der Meister war zufrieden, und das Mädchen vor ihr zeigte sich unerwartet beeindruckt. Diese Position gefiel ihr. Das Mädchen sah zu ihr auf, als wäre sie erwachsener und erhaben ... wie sie zu Kielle damals.

Die Erinnerung an ihre tote Freundin versetzte ihr einen kurzen Stich, doch sie verbarg das Gefühl rasch wieder, um vor der kleineren Felide keine Schwäche zu zeigen.

„Wie alt bist du denn?"

„Neun – und du?"

„Ich werde diesen Sommer zwölf."

Vanus Augen weiteten sich wieder einmal. Es schien ein Verhalten zu sein, das sie gerne an den Tag legte, ob bewusst oder unbewusst.

„Dann stimmt es also, was man über die Ratken sagt!"

Zayda verschränkte die Arme vor der Brust. „Und was sagt man über die Ratken?"

„Na, dass ihr allesamt Riesen seid. Dein Begleiter ... er überragt selbst den größten Burschen hier, einen jungen Magier im letzten Lehrjahr. Niemand ist so groß wie er."

Zayda musste sich einen Kommentar darüber verkneifen, dass sie sich eigentlich immer als klein betrachtet hatte für eine Ratke – doch in den Augen einer Fremden musste sie wahrhaftig groß wirken.

Ich hätte behaupten sollen, dass ich fünfzehn bin, wie damals beim Ritualtag. Vielleicht hätte es diesmal geklappt.

Mit einem Lächeln forderte sie Vanu auf, mit ihr zusammen den Hof zu verlassen. „Weißt du, meine Brüder waren in meinem Alter schon einen Kopf größer", gab sie plaudernd zu und wunderte sich insgeheim, warum sie so offen mit diesem Mädchen sprach.

„Ach, papperlapapp. Jungs zählen nicht. Mein großer Bruder hat mich damit auch immer aufgezogen – jetzt könnte ich ihm ein zweites Paar Ohren wachsen lassen, wenn er mich noch einmal wegen etwas aufzieht."

Ehe sie den abgeschirmten Innenhof verließen, blieb Zayda abrupt stehen. „Hast du so starke Fähigkeiten? Wie lange bist du denn schon hier in Ausbildung?"

Vanu zuckte gelassen mit den Schultern. „Ich war schon mit fünf für einen Frühling hier, zur Probe, dann haben mich die Meister mit sechs aufgenommen."

Dann ist diese kleine Felide schon wesentlich länger dabei als ich!

„Aber verzeih, ich glaube, es wäre besser, wenn wir jetzt keine weiteren großen Demonstrationen machen. Wir sollen keine Aktionen versuchen, wenn die Meister nicht dabei sind."

Zayda nickte langsam, auch wenn sich in ihr sofort der Wunsch breitmachte, gegen die Regeln dieser neuen Meister zu rebellieren. Vanu schien das kurze Runzeln ihrer Stirn als Enttäuschung zu interpretieren und zögerte, ehe sich ihre Miene erhellte.

„Aber du darfst meine Magie fühlen, wenn du magst. Ich wollte schon immer mal die Magie einer Ratke erkunden, also hätten wir beide etwas davon!"

Die Denkweise dieses Mädchens gefiel ihr. Sie selbst hätte nichts Besseres vorschlagen können.

Allerdings blieb sie auch weiterhin vorsichtig, als Vanu einen Blick über die Fenster des Innenhofs hatte schweifen lassen und ihr anschließend die Hand hinstreckte.

„Bereit?", fragte das Mädchen freudig, und Zayda legte ihre langen schmalen Finger in die kleineren.

Bereit.

Ganz von selbst bauten ihre Funken eine Verbindung zu der Felide auf – und zugleich eine Schutzmauer um ihre Geheimnisse und Gedanken. Sie erlaubte dem fremden Mädchen nur Zugang zu einer Ebene, die sie auch zeigen wollte. Alles über die Elite, über die Angelegenheiten ihrer Familie und die Erlebnisse mit Kielle – all das verschwand und würde niemals für Außenstehende ersichtlich sein, wenn sie es nicht gestattete.

Oder zumindest redete sich Zayda das ein, denn ansonsten hätte sie niemals jemandem überhaupt erlaubt, in ihren Geist zu blicken.

Voller Faszination spürte sie, wie Vanu ihre Magie durch ihre Adern schickte und kurz vor ihrer Haut an den Fingern zögerte – dann verbanden sie sich, und jeder spürte den Körper und die Magie des anderen wie eine Erweiterung seiner selbst.

Die Energie des Mädchens fühlte sich anders an als die der bisherigen Magier, denen sie begegnet war – doch einmal abgesehen von Garion, waren das auch immer nur Ratken gewesen.

Die Magie von Feliden wirkte irgendwie … weicher und glatter.

Vanus Magie erschien ihr wie eine Katze, die sich unter ihrer Hand wegduckte, wenn man sie zu streicheln versuchte. Sie näherte sich umso vorsichtiger, während ihre Gedanken die von Vanu spürten.

Sie war weder überheblich noch herablassend, sondern einfach nur … unschuldig.

Als Zayda dies begriff, erhielt sie jäh einen viel tieferen Zugang – und spürte nicht mehr nur die Funken, die zu ihr strömten, sondern auch Vanus gesamtes magisches Potenzial.

Vanus Fähigkeiten kamen den ihren ohne Mühe gleich!

Zayda konnte das Entsetzen in ihrem Inneren kaum bändigen. Es kam einem Schlag in den Magen gleich, der ihr den Atem raubte.

Dieses Mädchen war noch jünger als sie damals – und es war dennoch unglaublich stark.

Hatte Garion das damit gemeint?

Für eine Ratke hast du viel Potenzial.

Es kostete sie eine Menge Kraft, diese Demütigung herunterzuschlucken, und sorgte dafür, dass ihre Zähne schmerzten.

Konnte sie sich so in ihren Eindrücken getäuscht haben?

Unmittelbar schoss das Verlangen in ihr hoch, mit ihrem Meister zu sprechen. Mit ihrem wahren Meister.

„Vanu?", fragte sie langsam und konnte ihrer Meinung nach den bedrohlichen Unterton erstaunlich gut verbergen.

„Ja?"

„Was hältst du von einem kleinen Abenteuer?"

Das Leuchten in Vanus Augen wurde deutlicher.

„Wann?"

„Sehr bald."

Ena'Ali

Zayda wusste nicht, wie sie sich verhalten sollte, als sie den Speisesaal betrat, angeführt von einem kleinen Mädchen. Fast alle Plätze waren bereits für das Abendessen besetzt – und zu ihrem Entsetzen konnte sie sich nicht unauffällig zurückziehen oder im Hintergrund halten wie am Anfang in Irfen.

Es gab nur einen einzigen langen Tisch, der in einem großen Viereck aufgestellt war und es somit ermöglichte, dass jeder jeden beobachten konnte. Jederzeit.

Sie knirschte mit den Zähnen, als Vanu sie ganz selbstverständlich an der Hand mit sich zog. Gut, immerhin musste sie sich keine Gedanken machen, wo sie sitzen sollte, aber sie stellte wieder einmal fest, dass sie es nicht mochte, unangekündigt angefasst zu werden.

Sie setzten sich, bekamen Schalen mit einer würzigen Suppe von einem hochgewachsenen Jungen in langem Mantel gereicht und aßen schweigend, während das undeutliche Murmeln vieler leiser Gespräche den Saal erfüllte.

Zayda fragte sich, ob der Stille wirklich nicht antworten würde, wenn sie ihn ansprach. Allerdings schien er gerade absolut nichts zu bewachen, sondern seine Zunge beim Servieren der Suppe verschluckt zu haben.

Sie schmunzelte still.

Vanu musterte sie immer noch eingehend, sagte jedoch nichts, genau wie die anderen, die sie immer wieder neugierig taxierten. Zayda hingegen versuchte, die ganzen Blicke zu ignorieren, und beobachtete stattdessen die älteren Novizen, die Garion umgaben. Schon vom ersten Moment an konnte sie erkennen, dass sich die Männer und Frauen anders betrachteten als in Irfen. Dort hatte Izerdan das Sagen gehabt – hier herrschte eine Harmonie zwischen den stillen Leuten, die Zayda kaum ertragen konnte.

Wo blieb da der Anreiz?

Garion lächelte in ihre Richtung und nickte freundlich, allerdings glaubte sie nicht, dass er ihre Gedanken gelesen hatte. Allgemein wirkten hier alle so ungemein friedlich, dass es dafür überhaupt keinen Bedarf zu geben schien.

Nach dem Essen kam er zu ihr und ließ sie wissen, dass ihre Ausbildung erst am nächsten Morgen beginnen würde und sie sich heute noch von der Reise erholen sollte.

Vanu lächelte wieder, und erst jetzt bemerkte Zayda, dass ihre Pupillen hier im schummrigen Saal um einiges weiter geworden waren.

Faszinierend ... Ob sie das wohl bewusst steuern kann?

„Hast du Lust, uns ein wenig zuzusehen? Oder möchtest du erst in dein Zimmer?", fragte die kleine Felide auf einmal.

Tatsächlich hatte sie eher das Bedürfnis nach Ruhe, doch schließlich siegte die Neugier, und sie nickte zustimmend.

Vanu lachte. „Dann nehme ich dich wohl mit."

Garion und die Stillen waren bereits aus dem Saal verschwunden, und Zayda musste ein wenig schmunzeln, da sie auch dieses Mal nicht offiziell vorgestellt worden war. Anscheinend war es wohl in mehr als einer Schule Tradition, die Neuen erst einmal in Ruhe zu lassen. Seufzend folgte sie Vanu hinaus in den großen Innenhof, durch den sie am Vormittag hereingekommen waren. Die Tore waren nun verschlossen, und es stand auch keine versammelte Gruppe bereit, um sie zu taxieren. Während hinter ihr und Vanu eine Reihe tuschelnder Novizen aus dem Gebäude traten, sah sich Zayda weiter um. Aus den Ställen neben dem Tor drangen die typischen Geräusche einer Vielzahl von Pferden, und auch eine Katze stromerte zwischen den Stützbalken des Stallbaus umher.

Als Vanu sie anstupste, richtete sie ihre Aufmerksamkeit wieder auf die jungen Menschen, die sich im Hof versammelt hatten. Einige waren sogar noch kleiner und jünger als Vanu ... in Zaydas Augen sahen sie aus wie Fünfjährige, doch dann rief sie sich wieder in Erinnerung, dass gerade die Feliden deutlich kleiner waren als Ratken. Wie alt mochten dann die größeren sein? Vielleicht vierzehn?

Während sie sich noch den Kopf darüber zerbrach, gesellte sich Vanu zu einem anderen Mädchen mit geschlitzten grünen Augen und glatten rotbraunen Haaren. Die beiden gingen in eine Art Kampfstellung, die Zayda gänzlich fremd war.

Schon schlossen sich ihnen die anderen an, als hätten sie sich abgesprochen – oder folgten sie nur der üblichen Routine, die Zayda noch nicht kannte? Sie zog sich an den Rand des Hofs zurück, und die Katze näherte sich, schnupperte an ihren staubigen Stiefeln und rieb sich dann an ihrem Bein.

„Sch… sch, geh weg", zischte Zayda leise, doch das Tier blieb hartnäckig und begann sogar, mit einer Lederkordel an ihrem Beinling zu spielen.

Äußerst befremdlich.

Auf die andere Seite von Vanu trat nun ein schlaksiger Junge mit markanten Wangenknochen und hoher Stirn.

Zayda beobachtete ihn sehr intensiv, da er einen erfahrenen Eindruck machte und sofort mit demonstrativen Übungen begann, die einige nachmachten. Erstaunlich, wie leicht die Feliden auf ihre inneren Quellen zurückgriffen und ihre Umgebung formten, wie sie die Funken hin und her schoben wie Becher auf einer langen Tafel.

Sie kämpften nicht, sondern erzeugten gemeinsame Luftwirbel, tanzende Flammen und kreisende Ströme aus Wasser, das der Junge und Vanu aus einem offenen Fass gezogen hatten.

Etwas zog an ihrem Stiefel, schnurrte befremdlich laut.

Diese kleine getigerte Katze lenkte sie viel zu sehr ab!

Mit einigen Funken erzeugte sie Reibung an ihrem Bein, und ein kleiner Blitz zuckte zwischen den Schnurrhaaren der Katze hin und her.

Das Tier fauchte und floh mit gesträubten Haaren in den Stall zurück.

Sofort spürte sie, dass sie einen Fehler begangen hatte.

Die ansonsten so harmonische Energie der Novizen bekam einen missgestimmten Ton. Vanu warf ihr einen warnenden Blick zu – der plötzlich in Angst umschwenkte, als sich die Magie der Novizen schlagartig entlud.

Spannung erfüllte knisternd die Luft, und Zayda machte einen Satz nach vorn, während der Hof plötzlich von grellem Licht erfüllt wurde.

Zu spät.

Der Blitz verbrannte sie nicht, aber er brachte all ihre Haare zum Schweben und schleuderte ihren Körper unkontrolliert nach hinten.

Alles drehte sich, war erfüllt von zuckenden Blitzen und dem Geruch von elektrisierter Luft. Oben war unten, der Himmel auf einmal ein gähnend tiefes Meer aus blauer Unendlichkeit, dann drehte sich die Welt weiter, und wie durch ein Wunder kam Zayda auf den Füßen auf, knickte weg und rutschte auf den Knien noch ein Stück, ehe sie mit Schulter und Rücken gegen das Eingangstor prallte.

Erst da wurde Zayda bewusst, dass dies kein normaler Blitz war. Die Novizen wollten sie nicht töten, das hätte sie in ihren Gesichtern gesehen, und es wäre auch schon längst geschehen.

Sie wollten sie testen.

Das war die Entladung einer Teleportation.

Aber so leicht würde sie sich nicht hinauszwingen lassen. Mit zusammengebissenen Zähnen packte sie den Blitz, der sie bisher umspielt hatte wie ein Jäger seine Beute, die ihm absolut sicher erschien. Kaum ging sie bewusst auf die Magie ein, verbanden sich ihre Funken mit denen der Gruppe.

Mit einem Schlag war ihr die geladene Energie gleich, und sie erforschte nur noch die Magie der anderen.

All diesen Schülern lag eine so innige Verbundenheit mit ihrer Magie zu Füßen, dass Zayda es kaum glauben konnte.

Es schmerzte, dabei zuzusehen. Oder war das nur der Strom, der durch ihre Adern glitt wie zu schnelles Blut?

Sie wollte das auch. Sie wollte ebenso absolut mit ihren Funken verbunden sein. So, wie sie es zu Anfang empfunden hatte, vor Jahren, als sie ihr Flüstern entdeckte.

Mit einem Ruck ihrer Finger leitete sie die Energie um, streckte die Hand in den Himmel und ließ ihr freien Lauf. Der Blitz verließ sie, schoss knisternd in die Höhe und verschwand mit einem Knall.

Zurück blieb ein keuchendes, aber unversehrtes Mädchen, dessen Herz sich nicht entscheiden konnte, was es fühlte.

Demütigung ... oder Neid.

Doch dann schallte ein begeisterter, geradezu anerkennender Ruf durch den Hof.

„Nicht schlecht!"

Sie stand auf und klopfte sich etwas Staub von den qualmenden Beinlingen.

„Selbst nicht schlecht. Wobei ihr euch mehr Mühe geben müsst, wenn ihr mich loswerden wollt. Ich bin hier, um zu bleiben. Zumindest eine Weile."

Die Feliden lächelten – herausfordernd und irgendwie auch arrogant.

„Keine Sorge, wir wollten dich nur erschrecken. Der Blitz hätte dich nicht verletzt, höchstens in den Wassertrog da drüben teleportiert."

„Aha", erwiderte Zayda knapp und dachte sich dabei nur, dass die Energie ausgereicht hätte, um sie zurück an den Fluss zu teleportieren, dem sie und R'jato wochenlang gefolgt waren.

„Nun, wir werden sicherlich blendend miteinander auskommen, solange du unsere Katzen nicht ärgerst", erwiderte der Junge, der zuvor noch neben Vanu gestanden hatte. Erst da fiel ihr auf, dass sich das Mädchen etwas zurückgezogen und nicht an dem Blitz teilgehabt hatte. Eine interessante Entwicklung, die Zayda definitiv zur Kenntnis nahm.

Machtspielchen wurden also auch hier ohne das Wissen der Meister ausgetragen.

„Nicht schlecht", wiederholte Zayda nachdenklich und trat auf die Gruppe zu. „Aber kämpft ihr denn gar nicht zur Übung gegeneinander?"

„Weshalb sollten wir kämpfen? Es herrscht Frieden."

„Nur durchs Kämpfen kann man wachsen!"

Der Junge mit den kurz rasierten Haaren trat jetzt näher und schnaubte. „So etwas kann ja nur aus dem Mund einer Ratke kommen."

Sein leuchtend grüner Blick wanderte einmal bemessend über ihren Körper und blieb an der Mitte ihrer Brust hängen, als blicke er direkt in ihr Herz. Wütend verschloss sie ihre Magie vor seinen durchdringenden Augen, machte sich hart und formte eine schützende Schale um ihr Innerstes.

„Ein düsterer Schatten liegt über dir, Ratke. Was ist passiert? Warum ist deine Magie so verdreht und verkümmert?"

Zayda knirschte mit den Zähnen und zeigte dabei die Spitzen ihrer Schneidezähne. Er hatte kein Recht, sie so zu beurteilen.

„Meine Vergangenheit geht dich absolut nichts an, Kater."

Einen Moment dachte sie, sie hätte ihn getroffen – doch der beleidigte Ausdruck wich rasch einem tadelnden Kopfschütteln.

„Meine Güte, an dir beißt man sich ja die Zähne aus. Lass uns nicht mehr streiten, wir wollten dich wirklich nicht verärgern."

„Vielleicht", wandte Vanu auf einmal mit piepsiger Stimme ein, „habt ihr es auch ganz schön übertrieben, Leron!"

Überrascht stellte Zayda fest, dass sich die Pupillen des Jungen weiteten und er sich verlegen am Hinterkopf kratzte, als er einen Blick auf den Innenhof warf, in dem noch vereinzelte Strohhalme qualmten.

„Das bleibt doch unter uns, oder?"

Zayda rang sich ein Lächeln ab, das mit Sicherheit furchtbar aussah, obwohl sie viel lieber mit den Zähnen geknirscht hätte.

„Natürlich."

Die beiden musterten sich noch einen Moment. Niemand wollte als Erstes nachgeben, doch schließlich nickte der Junge seufzend, und die Gruppe löste sich auf, um wieder ihren Übungen nachzugehen.

Zayda klopfte sich die letzten qualmenden Strohreste von der Kleidung und trat zurück zu einem der Balken am Stall, um sich daran zu lehnen und sich genau einzuprägen, was dieser Leron tat.

Im Inneren des Stalls wieherten die Pferde, unruhig geworden vom Geruch und Lärm der Blitze.

Zayda konnte noch immer nicht erfassen, was soeben geschehen war. Was für ein seltsamer Ort mit noch seltsameren Sitten!

Sie versuchte, sich zu beruhigen und auf diese neue Situation einzustellen, doch die flackernde Wut in ihrer Brust hatte sich mittlerweile zu einem lodernden Feuer entwickelt, das sie einfach nicht mehr löschen konnte.

Oder wollte.

Ein Geräusch aus dem Stall zog ihre Aufmerksamkeit auf sich, lenkte sie endgültig von den Feliden ab.

Die Katze.

Zayda hatte große Lust, dem Vieh, das das alles verursacht hatte, einen gehörigen Schrecken einzujagen; doch dann kam ihr ein anderer Gedanke.

Langsam, ganz sachte, schickte sie eine feine Spur aus flüsternden Funken los. Sie sandte sie am Boden entlang, durch die Schatten und ins Innere des Stalls.

Zuerst zitterte die Katze, dann sträubte sich ihr Fell. Doch als die Funken langsam über ihren dichten Pelz strichen und ihren Verstand umspielten, beruhigte sie sich ein wenig und lief sogar auf Zayda zu.

Widerwillig, wie mit gespaltener Seele, begann sie zu schnurren und erneut um Zaydas Stiefel zu stromern, obwohl sie dabei kaum hörbar fauchte.

Vanu warf ihr ein Lächeln über den Hof hinweg zu, während sie den Geist des Tieres wieder losließ, woraufhin sich die Katze mit zittrigen Beinen ins Innere des Stalls zurückzog.

Zayda sah auf ihren Schuh hinab; ein kleiner, staubiger Pfotenabdruck prangte auf dem Leder.

Warum habe ich das gerade getan?

Mit kalten Händen wandte sie sich ab und war nicht erstaunt, wenig später im Inneren eines dämmrigen Gangs auf R'jato zu stoßen, der sich immer irgendwo in ihrer Nähe aufzuhalten schien, ganz gleich, was sie tat.

Ob er tatenlos mit angesehen hatte, wie sie von der Gruppe gedemütigt wurde?

Unmittelbar kochte Wut in ihr hoch.

Sie stapfte an ihm vorbei, sodass er sich umdrehen und ihr folgen musste, während sie ins Innere der Schule ging. In eine Richtung, die hoffentlich an ein sinnvolles Ziel führte. Zu ihrer Kammer zum Beispiel.

Seufzend versuchte sie, die unangenehme Stille zu überbrücken.

„Ist es nicht angenehm, an einem Ort zu sein, an dem so viele freundliche Magier versammelt sind?"

Er zog bestimmt gerade eine Augenbraue hoch, antwortete aber nichts in Anbetracht ihres seltsam künstlichen Tons. Sie wollte sich auf die Lippe beißen, weil sie das Ganze so tollpatschig anging.

„Endlich wieder in Ruhe schlafen … in einem Bett."

Jetzt traf sein Blick den ihren.

Stopp. Wir wissen doch beide, was du heute Nacht vorhast.

Er musste den Satz nicht aussprechen, er stand ihm ohnehin deutlich ins Gesicht geschrieben.

Falls sie erwartet hatte, so etwas wie Missbilligung zu sehen, wurde sie tatsächlich enttäuscht. Er musterte sie einfach nur, durchleuchtete sie mit seinem bemessenden Blick.

„Du kennst mich wohl sehr gut, wenn du schon weißt, dass ich dir freigeben wollte."

„Du sprachst im Schlaf über deine Heimat … deine Pläne."

Zayda presste die Lippen zu einer schmalen Linie zusammen. Sie musste sich diese lebhaften Träume dringend abgewöhnen.

Sie fragte sich, wie viel er bereits wusste und lediglich nicht aussprach, um sie nicht weiter bloßzustellen. Doch das war ihr egal. Sie fühlte sich bereits durchschaut und gedemütigt.

Hatte er durch ihre Träume bereits gewusst, was sie vorhatte, bevor sie sich selbst überhaupt dazu entschlossen hatte?

Allein die Vorstellung machte sie wütend und gab ihr das Gefühl, nicht die Kontrolle zu haben.

Beide standen sie da, starrten sich an. Leibwächter und Magierin.

Kriegerin.

Tochter der van Dymar, die wegen Dummheit, Kühnheit und einem Verrückten aus ihrer Heimat verbannt war und nicht zugeben wollte, dass sie sie schrecklich vermisste.

„Wann wirst du abreisen?"

„Abreisen? Wer spricht denn auf einmal davon?", erwiderte er ehrlich überrascht.

„Sieh dich um, R'jato! Ich bin umgeben von Magiern, und niemand hat einen Grund, mir zu misstrauen oder einen Groll gegen mich zu hegen."

Sie zögerte, spürte selbst, wie lächerlich die Worte aus ihrem Mund klangen, nach dem, was geschehen war. Doch R'jato wusste davon ja hoffentlich nichts!

Einen Moment gefiel ihr die Vorstellung, dass er diese unverschämten Novizen sicherlich aufs Gröbste zurechtgewiesen hätte, ganz gleich, wie stark ihre Magie sein mochte.

Doch dann überkam sie wieder der Trotz. Sie konnte sich selbst helfen. Als sie in Izerdans Schule kam, war auch niemand da gewesen, um sie zu unterstützen. Nur Kielle – und die hatte R'jato nicht für sie beschützen können.

Was nützt ein Leibwächter, wenn er einem nicht das Wichtigste am Leben erhält?

Das Bild von Kielles totem, zerfallenem Körper tauchte vor ihr auf. Sie konnte es nicht mehr vertreiben und hasste es, dass ihre Augen dabei brannten. R'jato würde sie immer an diesen Moment ihres gemeinsamen Versagens erinnern. Sie wollte das nicht mehr! Nie mehr.

„Ich möchte, dass du gehst."

Er schüttelte den Kopf und lächelte milde. Etwas, das sie absolut wütend machte.

„Es liegt nicht in deiner Macht, darüber zu entscheiden."

„Und ob es das tut!"

„Zayda, deine Eltern haben mich dir zugewiesen. Mein ganzes Leben wurde auf deines abgestimmt, ich ..."

Doch sie wollte das nicht mehr hören! Niemals durfte sie etwas selbst entscheiden – doch das würde sie sich nicht weiter aufzwingen lassen.

Sie wischte mit der Hand durch die Luft und spürte, wie sich ihre Funken prickelnd in ihrem Körper ausbreiteten.

„Du sollst *gehen*!"

Der Schrei entwich ihren Lippen und wurde zugleich von Magie verschluckt. Die angestaute Wut suchte sich einen Ausweg. Sie wollte einfach nur fort! Fort aus all diesen ungewollten Entwicklungen und all dem, was sie nicht kontrollieren konnte.

Die Magie war wie ein Ventil – und riss sie mit sich.

Ehe sie sichs versah, drehte sich die Welt in grauen und braunen Spiralen und spuckte sie wieder aus. Sie stolperte, stürzte auf staubige Felsen und spürte noch das grollende Donnern eines Blitzes nachhallen, der gerade irgendwo in der Umgebung eingeschlagen sein musste.

Erst als sich der Staub ihrer Teleportation gelegt hatte, erkannte sie, dass sie sich außerhalb der Schule befand. Hustend stand sie auf und wischte sich die wirren Haarsträhnen aus dem Gesicht. Sie stand an einem der Berghänge, die das Tal mit dem Stadtplateau säumten. Erst von hier oben konnte sie erkennen, wie groß der Gebäudekomplex tatsächlich war. Vom Eingang des Tals, den sie hinabgeritten waren, hatte man nur eine schmale Seite der Felsanhöhe gesehen. Dahinter warteten weitere Häuser, Fenster, Mauern … und sogar ein umzäunter Garten mit verschiedensten Gemüsereihen und Obstbäumen, die hier im Süden bereits frühlingshaft blühten.

Eine Weile ließ sie einfach ihren Blick über die Gebäude schweifen und fragte sich, ob die Meister ihr Verschwinden bemerkt hatten. Sie war versucht, ihr Gehör bis zur Schule auszuweiten, hielt jedoch inne.

Wenn die Feliden-Magier ebenso fähig waren wie Izerdan, wussten sie über alles Bescheid und ließen es einfach seinen Gang gehen.

Sie seufzte, betrachtete die Weite des Tals und spürte das Feuer in ihrer Brust, das selbst von der angenehmen Brise hier oben nicht abgemildert wurde.

Sie atmete tief durch. Und wartete.

Zayda spürte seine Nähe schon lange, bevor seine Schritte knirschend über die Steine schallten. Für einen so großen Mann konnte er sich erstaunlich leise bewegen – fast katzengleich.

Einen Moment überlegte sie, sich zu verstecken oder weiter weg zu teleportieren, doch er hätte sie nur wieder verfolgt.

Außerdem war sie es leid. All die Anspannung musste ein Ende finden.

Sie blieb also auf der Felskante sitzen und starrte in die Ferne, bis er schnaufend den Hang erklommen hatte. Es befriedigte sie ein wenig, ihren sonst so kontrollierten Leibwächter außer Atem zu sehen.

Doch kaum hatte sie seinen durchdringend tadelnden Blick gesehen, verging ihr schon die Lust auf jegliche Konversation.

„Lass mich in Ruhe."

„Zayda, bitte sei vernünftig."

„Hier ist keine Seele außer mir, ich bin sicher. Es bedarf also keines Leibwächters."

Er bewegte sich kein Stück.

„Verschwinde, habe ich gesagt!"

„Du weißt, dass ich das nicht tun kann."

Sie schnaubte, während sie ihren Stolz hinunterzuwürgen versuchte.

„Ich kann diese ständige Überwachung nicht länger ertragen! Sag meinen Eltern, ich pfeife darauf. Hier gibt es keinen Abtrünnigen. Stattdessen gibt es seltsame schweigende Mantelträger, die anscheinend die Schule überwachen, damit dumme kleine Ratken nicht abhauen."

„Zayda …", setzte er an und machte einen Schritt auf sie zu, doch sie wich zurück, fühlte sich wie ein Tier im Käfig.

„Du bist nichts als ein Werkzeug!"

Zayda erstarrte schlagartig, als sie den Schmerz in seinem Herzen erblickte.

Was in Kalaratis Namen tat sie da?

Als wäre sie erneut von einem zuckenden Blitz getroffen worden, verschoben sich ihre Ansichten, und sie sah wieder klar.

Wenn es eine Sache gab, die sie sicher nicht wollte, dann war es, dass R'jato sie auch noch verließ. Alle hatten sie verlassen …

Aber ist das nicht besser?, flüsterte eine leise Unsicherheit in ihrem Inneren. *Ist es nicht besser, all das hinter sich zu lassen? Es gibt dann keinen Grund mehr, zurückzublicken.*

Nein!

Es wäre vielleicht einfacher, doch sie hatte sich noch nie für das besonders Einfache interessiert.

Sie wollte ihn um sich haben! Sei es, um sich selbst an genau diese Erkenntnis zu erinnern, sei es, weil er wohl am ehesten die Bezeichnung *Vertrauter* verdient hatte. Er war all die Zeit während der Reise ihr Verbündeter gewesen, hatte sie beschützt und sogar in

Kampfkunst unterwiesen. Ihn wegzubeißen wie eine Ratte würde ihr rein gar nichts nützen und nur beweisen, dass sie nicht in der Lage war, Kielles Tod zu überwinden.

Sie schlug ihren Blick zu Boden und schluckte schwer. „Bitte verzeih. Ich …"

„Du bist immer noch überzeugt, dass ich dich als reinen … Auftrag betrachte." Jetzt war er es, der seinen Blick abwandte. „Doch die Wahrheit ist, dass ich dich schon vom ersten Moment an für ein außergewöhnliches Talent gehalten habe. Für ein Wunderkind. Eine kriegerische Magierin … geboren zu ganz Großem."

Zayda öffnete ihren Mund, doch es kam kein Ton heraus.

„Du musst nichts sagen. Tatsächlich musst du mich nicht einmal in deiner Nähe dulden, wenn du das nicht wünschst. Ich könnte deine Eltern kontaktieren und ihnen reinen Gewissens versichern, dass du hier absolut sicher vor dem Abtrünnigen bist."

„Bin ich das?", flüsterte sie zögerlich.

R'jato nahm sich die Freiheit, diese im Raum stehende Frage nur mit Schweigen zu beantworten.

„Nun …", setzte Zayda lang gezogen an und verspürte nichts als Dankbarkeit. „… ich würde sagen, die Wahrheit ist, dass ich vielleicht niemals und nirgendwo vor solchen Verrückten ganz sicher sein werde. Du hast ja selbst bestätigt, was auch Izerdan und Kielle mir schon gesagt haben. Ich bin zu Großem geboren. Das wird Feinde schaffen. Ich würde also schlussfolgern, dass ich … deine Dienste noch eine ganze Weile beanspruchen möchte. Wenn das auch in deinem Interesse ist."

„Ist es, Herrin."

Zayda nickte langsam und spürte, wie sich ein Lächeln auf ihre Lippen schlich.

„Es tut mir ehrlich leid, weißt du? Ich wollte dich nicht als Besitz bezeichnen. Mir ist durchaus bewusst, dass du bezahlt wirst und dass dir sicherlich auch andere Vorzüge in Aussicht gestellt wurden. Ich schätze, manchmal bin ich wirklich eine blöde Göre."

R'jato schnaubte, um ein Lachen zu unterdrücken. „Verzeih, aber das ist wohl das erste Mal in der Geschichte, dass sich eine van Dymar als Göre bezeichnet hat."

„Belassen wir es dabei."

R'jato trat nah an sie heran, um ihr eine Hand auf die Schulter zu legen.

„Du bist hier nicht allein, weißt du."

„Es ist nicht Izerdans Schule. Es ist alles so anders."

„Du wirst Freunde finden, gib ihnen ein wenig Zeit. Viele von diesen Novizen haben noch nie Ratken gesehen, so isoliert, wie sie hier leben."

Zayda wandte sich von ihrem Leibwächter ab und musterte die Schule mit ihren verschachtelten Gebäuden. Die Quelle war in ihrem Geist noch immer so präsent, als stünde sie direkt daneben.

„Ich brauche keine Freunde."

Ich brauche Magie.

Sie blinzelte, um das undeutliche Leuchten der Quelle zu klären.

Und um an sie heranzukommen, brauche ich Helfer.

Zayda lag auf einem fremden Bett in einem fremden Zimmer, das von nun an ihr Zuhause sein sollte, und starrte an die Decke.

Selbst hier hatten die Bediensteten der Schule feine Malereien an den Decken und Wänden hinterlassen. In Bändern zogen sich Blütenmuster und verschnörkelte Ornamente an den Kanten entlang und waren auch in der Dunkelheit als leichte Schemen erkennbar.

Seltsam süßlich. Zayda konnte wirklich nicht sagen, was daran genau ansprechend sein sollte.

Und dennoch musste sie dabei an ihre Tür im Anwesen denken. Vor ihrem inneren Auge rief sie sich die wilden Reiter und Krieger hervor, die ein wahrer Künstler in das Holz hineingetrieben hatte.

Sie drehte sich auf dem Laken, langte nach dem Sack, der neben dem Bett lag, fischte ein kleines Bündel heraus und schlug es auf.

Zum Vorschein kam der große Rattenschädel.

Je länger sie ihn betrachtete, desto tiefer schienen die leeren Augenhöhlen zu werden. Ihre Trophäe erfüllte sie mit Stolz – und sei es auch nur, weil sie gegen Izerdan und indirekt auch gegen ihre Mutter aufbegehrt hatte, indem sie ihnen verwehrte, dass man ihr alle Habseligkeiten nahm.

Sie schob den Schädel unter ihr Kissen und legte sich wieder flach hin, spürte die Härte des geheimnisvollen Gegenstands unter den Federn.

Zayda schloss die Augen und sperrte damit auch all die Eindrücke aus.

Das Bett kam ihr nach Wochen auf dem Pferderücken und ihrem Mantel als Decke unangenehm weich vor. Sie musste dem Drang widerstehen, sich auf den Boden zu legen und R'jato nach dem wärmenden Feuerbilur zu fragen.

Eine Weile lauschte sie nur ihrem eigenen Atem, kontrollierte ihren Herzschlag und die Atmung. Je mehr sie sich entspannte, desto weniger wollte sich Müdigkeit einstellen.

Ihre Magie flüsterte leise in ihrem Inneren und wollte Aufmerksamkeit. Die Funken strömten in sanften Wirbeln durch ihre Brust, und es genügte, ihren Fokus minimal zu verändern, um ihnen eine neue Richtung zu geben.

Kaum in ihrem Ohr angelangt, verstärkte sich das Rauschen ihres eigenen Blutes, und sie schob den Fokus nach außen.

Die Geräusche der Schule entfalteten sich in ihrem Geist wie eine große rauschende Karte. Sie hörte Atmen und einige leise Gespräche, doch es erschien ihr belanglos, ihnen zu lauschen. Vermutlich war ihre Ankunft ohnehin das einzige Thema in aller

Munde, da es sich dabei um eine seltsame Kuriosität zu handeln schien.

Als sie sich die ablehnenden Gesichter wieder in Erinnerung rief, stieg eine unerwartete Wut in ihrer Brust auf. Sie war eine Ratke! Eine Herrschertochter noch dazu ... doch das schien hier absolut keinen Wert zu haben. Vermutlich konnten diese Kinder nicht einmal verstehen, was ihre spitzen Zähne für eine wichtige Bedeutung in ihrem Leben innehatten.

Mit einem Seufzen, das laut in ihren Ohren klingelte, unterdrückte sie die Wut und ließ ihr keinen weiteren Raum. Izerdan hatte gesagt, als Ratke – und vor allem als eine von seiner Elite – müsse man sich als Ratkenmagierin auch in der Fremde immer unter Kontrolle haben.

Nicht, dass er nicht die Kontrolle verloren hätte, als sie in seine Kammern einbrach ...

Ehe sie den Fehler beging und sein wutverzerrtes Gesicht zu denen von Tna'Nis Schülern hinzufügte, lenkte sie ihre Aufmerksamkeit lieber zurück auf ihr Gehör.

Da waren wieder die Gespräche. Dazu kam das Rascheln von Stoff ... zwischen den Wänden das sanfte Trippeln von kleinen Pfoten und Kratzen von Zähnen an einer gehorteten Nuss. Sie folgte dem kleinen Nager durch mehrere Hohlräume und eine Kammer, in der sich drei ältere Novizen beim Kartenspiel amüsierten.

Wie konnte man sich in einem solch großen Gebäudekomplex mit all den Menschen nur so einsam fühlen?

Sie sehnte den Sternenhimmel herbei, das Gefühl von frischem, kühlem Wind auf ihrer einen Wange, während die andere vom Schein des Bilurs erwärmt wurde.

Doch am meisten vermisste sie ihre alte Kammer und die Anwesenheit ihrer Freundin.

Erst an diesem furchtbar vergleichbaren Ort wurde ihr das dunkle Loch in ihrer Brust schmerzlich bewusst.

Ihr fehlte dieses tiefe Gefühl der Schwesternschaft, das sie mit ihren drei Brüdern tragischerweise nicht entwickeln konnte, ob aufgrund ihrer Erziehung oder weil sie einfach zu verschieden waren.

Und obwohl sie Kielle schmerzlich vermisste, war sie doch froh, hier mit niemandem das Zimmer teilen zu müssen. Sie wusste nicht, wie sie darauf reagiert hätte, wenn man ihr faktisch eine neue Bettnachbarin aufgezwungen hätte.

Niemand würde jemals Kielles Platz einnehmen können.

Niemand würde sie jemals wieder so verletzen wie ihre beste Freundin, die sie trotz ihrer Schwesternschaft töten wollte.

Unweigerlich wurden ihre Gedanken zurück nach Irfen gezogen. Zurück zu der einen Nacht, seit der so viele Tage verstrichen waren, die sich jedoch wie nichts anfühlten.

Nur wegen Kielles Leichtsinn war Zayda gezwungen gewesen, ihre Freundin eigenhändig zu töten! So etwas sollte selbst eine Kriegerin nicht tun müssen!

Kielles schreckliches Ende hatte eine Wunde in Zaydas Herz gerissen, die einfach nicht mehr verheilen wollte.

Sie wollte wütend auf ihre Freundin sein, doch stattdessen quollen heiße Tränen aus ihren Augen und mussten rasch fortgewischt werden.

Doch in Wahrheit war sie wütend auf sich selbst. Sie hätte etwas ahnen müssen, hätte Kielle bitten müssen, ihre nächtlichen Streifzüge durch die Stadt zu unterlassen, nachdem Jelak und Jorek verschwunden waren und sie immer häufiger seltsame Träume hatte.

Das erste Mal seit dieser letzten Nacht in Irfen fragte sich Zayda, wie es wohl abgelaufen war. Hatte es einen Kampf gegeben, in dem Kielle überwältigt wurde?

Nein, Zayda war sich sicher, dass sie davon etwas mitbekommen, es irgendwie wahrgenommen hätte.

Der Abtrünnige musste sie also in einer der unzähligen Gassen der Stadt überrascht haben. Den schleichenden Träumen nach zu urteilen, musste er sich gut darauf verstehen, seinen Geist auszuweiten und andere mit Magie zu manipulieren, so wie die Mädchen es bei Izerdan in den speziellen Lektionen gelernt hatten.

Irgendwie hatte er Kielle seinen kranken, durch schwarze Magie verseuchten Willen aufgezwungen und sie damit in den Wahnsinn getrieben.

In wie vielen Träumen war ihr dieser wahnsinnige, mordlüsterne Blick nun schon begegnet?

Doch eigentlich sollte sie es nicht verdrängen, sondern sich dem Ganzen stellen und seinen Motiven auf den Grund gehen. Wohin führte der schwarze Abgrund, der in Kielles Augen gelauert hatte und seinen Ursprung in den Trieben und Zielen des Abtrünnigen hatte?

Es quälte sie, nicht einmal sein Gesicht zu kennen, damit sie es anstelle der Erinnerungen an die Nacht hassen konnte.

Sie musste ihren Fokus ändern. Eine Kriegerin trauerte nicht um eine tote Freundin, schon gar nicht, wenn seitdem so viel Zeit vergangen war.

Eine Kriegerin machte Jagd auf den Mann, der das alles verursacht hatte.

Doch was waren seine Pläne, seine Absichten? War *er* überhaupt ein Mann? Niemand hatte ihn bisher gesehen, soweit sie es mitbekommen hatte. Zumindest hatte niemand mehr von einer Begegnung berichten können.

Dabei konnte sich Zayda durchaus vorstellen, dass Izerdan und die Tempelmeister mehr in Erfahrung gebracht hatten, als sie ihr oder anderen Schülern mitteilen würden.

Etwas war einfach nicht stimmig ... und es nicht greifen zu können, brachte ihr Blut in Wallung.

Verdammter Abtrünniger.

Sie wusste schlichtweg *nichts* über ihn und hatte keine Aussicht darauf, das in naher Zukunft zu ändern. Sie war so weit von zu

Hause fortgeschickt worden, wie es ihren Eltern möglich gewesen war.

Diese Hilflosigkeit löste etwas aus, das sie nicht erwartet hatte.

Auf einmal wallten die Gefühle in ihrem Inneren hoch wie ein wütendes Biest. Sie sah die Gänge, die unzähligen abgenagten und verfaulenden Knochen, die ihren Weg zu dem finalen Treffen mit Kielle gesäumt hatten ...

Vermutlich liegt Kielle noch immer dort unten in den Katakomben und verwest gemeinsam mit Jelak.

Da wurde ihr bewusst, dass diese Vorstellung sie tief in ihrem Inneren schon während der gesamten Reise gequält hatte und es vermutlich auch weiterhin würde. Für immer.

Sie musste nicht nur stärker werden. Sie musste Gewissheit erlangen.

Nachdem es in ihrer neuen Schule mittlerweile um einiges ruhiger geworden war und die restlichen Geräusche hauptsächlich von regelmäßigen Atemzügen dominiert wurden, wie sie für Schlafende typisch waren, richtete sich Zayda auf.

Wenn sie sich nicht irrte, hatte sie Vanus Magie einige Zimmer weiter rechts von sich wahrgenommen. Tatsächlich schien das Mädchen noch wach zu sein, zumindest wälzte sie sich unruhig in ihrem Bett hin und her und zuckte nur leicht zusammen, als Zayda mit einigen Funken an ihrem Geist entlangstreifte.

Bist du bereit?

Sie spürte, wie die kleine Felide zögerte.

Komm schon, das wird lustig.

Sie hatte sich bereits so viele Argumente durch den Kopf gehen lassen, so viele Gedanken gemacht – und dann kam das dabei als Erstes raus?

Zayda rümpfte die Nase, bevor Vanu weitersprach.

Was hast du überhaupt vor? Vielleicht solltest du erst einmal die Regeln der Schule kennenlernen, ehe du die ersten von ihnen brichst?

Die Ratke untersuchte ganz selbstverständlich die Umgebung nach weiterer Magie, konnte jedoch niemanden entdecken, der wach war.

Ich glaube, ich werde zur Feier meiner Ankunft gleich die oberste Regel brechen – wollte sie eigentlich als Gedanken an die Felide schicken, entschied sich dann aber anders.

Nun, ich … ich vermisse meine Heimat.

Und wie wird dir dieses nächtliche Vorhaben dabei helfen?

Ich muss zur Quelle, Vanu.

Das Entsetzen in Vanus Magie war so greifbar, als stünden sie sich direkt gegenüber.

Das darf man niemals ohne die Meister!

Wieso? In Irfen durfte ich auch jederzeit zur Quelle, log sie dreist weiter und war insgeheim überrascht, wie leicht sie die Wahrheit trotz ihrer magischen Verbindung verhüllen konnte.

Das ist doch verrückt! Was ihr Ratken für Gebräuche habt … nun, hier wirst du vielleicht erst in ein paar Jahren zur Quelle dürfen.

Jahre? Ich habe keine Jahre Zeit!, schoss es Zayda durch den Kopf, ohne es mit der Felide zu teilen. So leicht würde sie nicht aufgeben.

Bitte, Vanu! Ich muss doch meinen Brüdern sagen, dass ich sicher angekommen bin. Sie machen sich sicherlich Sorgen.

Wird dein großer Bruder es ihnen nicht sagen?

Zayda stockte kurz, bevor ihr ein leises Lachen entwich. Sie trat hinaus auf den Flur, wo Vanu gerade angeschlichen kam.

R'jato ist mein Leibwächter, nicht mein Bruder.

Das Mädchen war nicht auf den Kopf gefallen. Auch wenn sie definitiv wegen ihres Fehlers rot anlief, sah sie sich doch im dunklen Gang um. *Er macht aber keine so gute Arbeit, oder?*

Wieder musste Zayda ein Lachen unterdrücken. *Ich habe ihm freigegeben. Er hat auf der ganzen Reise kaum ein Auge zugemacht, und jetzt soll er sich erholen.*

Was sollte dir hier auch passieren? Außer einem Rauswurf durch die Meister, weil du Regeln brichst?

Vanus Grinsen war für Zaydas Geschmack ein wenig zu frech, doch es gab ihr die Gelegenheit, an ihre Gefühle zu appellieren.

Nun, in meiner Heimat gab es einen Verrückten, der Jagd auf mich gemacht hat — deshalb musste ich fort und habe einen Leibwächter. Und deshalb muss ich auch unbedingt mit meinen Brüdern sprechen ... gibt es denn gar keinen Weg, wie wir das schaffen können?

Vanu biss sich auf die Lippe und zögerte, dann seufzte sie leise und zog Zayda am Ärmel ihrer Tunika mit sich.

Das Herz pochte ihr unmittelbar bis zum Hals. Bewusst blendete sie die Parallelen zu Kielle aus. Es durfte sie nicht ständig ablenken, nur weil dies nun einmal eine Schule war wie ihre frühere.

Sie durchquerten den Gang, stiegen die Wendeltreppe eines Turms hinab und hielten sich dann im Schatten, den der Mond in den Innenhof warf.

Wieder flackerten Bilder vor ihrem inneren Auge auf. Von einem Friedhof im Winter, bei Nacht im Mondschein.

Von knochenübersäten Gängen und einem toten Augenpaar, das sie gierig musterte. Gierig danach, sie zu töten und ihre Magie zu stehlen.

Zayda schüttelte sich und wäre beinahe gegen den steinernen Rahmen einer Tür gelaufen.

Damit würde es bald vorbei sein. Das musste es, oder nicht?

Sie verfluchte ihre Unaufmerksamkeit, denn so hatte sie bereits die Orientierung verloren. Die kleine Felide zog sie weiter, spähte um Ecken und lief anschließend mit ihr einen langen Gang entlang.

Wenn Zayda die Augen schloss, konnte sie die Quelle deutlich spüren. Unfassbar, dass es ihr zuvor nicht so stark aufgefallen war, denn die Magie hatte sie bereits angezogen, noch bevor sie das Tal mit dem Plateau in seiner Mitte überhaupt erreicht hatten.

Vor der Tür am Ende zögerte Vanu, doch Zayda benötigte unbedingt eine Gehilfin, die für sie Wache stand, wenn sie ihren Plan durchziehen wollte.

„Für uns Ratken ist es wirklich ganz normal, zu den Quellen zu gehen. Ich bin sicher, die Meister wissen das und würden es mir ohnehin erlauben."

Als die gewünschte Reaktion nicht erfolgte, legte Zayda ihrer neuen Bekannten vergewissernd die Hand auf die Schulter – und sandte einige Funken los.

Es war viel weniger eine Manipulation als eine Art Stups im Umdenken. Sie verstärkte Vanus Faszination für die Ratken, sah sich selbst einen Moment lang als Fremde durch die Augen dieser Felide. Sah sie wirklich so aus?

Gelb glühende Augen, hohe Wangenknochen und eine schmale Nase. Sie war dünner geworden auf ihrer Reise, wirkte erwachsener und irgendwie … traurig.

Eine Entschlossenheit machte sich in ihr breit und übertrug sich auf Vanu. Sie würde nicht mehr traurig sein.

Die Felide lächelte ihr zu, als sie die Hand wieder sinken ließ.

„Ich passe auf, ja?", flüsterte sie verschworen.

Zayda konnte kaum fassen, dass es so leicht geklappt hatte. Vanu verbarg sich im Schatten einer Nische und ließ ihr den Vortritt an der Tür, die sie nun vorsichtig aufzog.

Ihr Herz pochte noch immer wild – doch jetzt setzte es einen Schlag aus, als ihr eine Welle aus Magie entgegenschwappte. Vor ihr tat sich ein dritter Innenhof auf, gesäumt von Säulen und fensterlosen Hausmauern und beherrscht von einem Steinkreis in der Mitte. Alles in allem maß er kaum zehn Schritte im Durchmesser, doch angesichts der strahlenden Funken, die in den Himmel stiegen und dann verschwanden, war das bedeutungslos.

Ein Blick auf die Säulen, die den Steinkreis umgaben, verriet ihr den Grund für die plötzliche Veränderung in der Magie: Bilure schirmten den natürlichen Austritt der Quelle vor der restlichen Schule ab.

Am liebsten wollte sie die weiß leuchtenden Bilure sofort untersuchen, doch sie hielt sich zurück.

Das konnte sie auch noch später erledigen.

Hinter ihr versiegte der sanfte Luftstrom, als Vanu die Tür lautlos schloss. Unfassbar, wie diszipliniert und regelkonform dieses Mädchen blieb, obwohl sie Zayda doch half, ebendiese Regeln zu brechen.

Zayda hätte sich niemals so beherrschen können und sich diese Gelegenheit entgehen lassen.

Kaum war sie zwischen die Säulen getreten, fiel der mildernde Effekt der Absorber weg, und die Magie der Quelle zog sie unabdingbar an.

Erst als sie die Säulen hinter sich gelassen hatte, in die Mitte des Steinkreises trat und plötzlich genau über dem Zentrum der magischen Sonne im Inneren des Plateaus stand, überkam sie so etwas wie Zweifel.

Zayda tauchte vollkommen in die Magie ein und spürte, wie ihr die Kontrolle über absolut alles entrissen wurde. Ihre Atmung, ihr Herzschlag, selbst ihre Gedanken – alles setzte einen Moment aus und schien sich erst nach einer Unendlichkeit daran zu erinnern, was eigentlich an seiner Funktion wichtig war.

Der endlose Strom aus Magie zog sie immer weiter in die Tiefe … Er würde sie verschlingen und alles zunichtemachen, was sie bisher erreicht hatte – und noch erreichen wollte.

Sie war nicht länger in ihrem Körper, nur noch reines Bewusstsein, das in die Tiefe glitt und sich darin verlieren würde. Für immer.

Nein! Ich will nicht sterben.

Dieser kurze Gedanke zuckte durch ihren Geist und brachte die Maschinerie wieder in Gang.

Ihr Herz machte einen Schlag. Ihr Bauch dehnte sich, um Luft in ihre hungrige Lunge zu ziehen.

Es war so grell, so überaus lebendig, dass es schmerzte. Die Magie würde sie verbrennen! Das war zu viel, selbst für eine van Dymar.

Zayda wollte zurückweichen, wollte ihren seltsam weit entfernten Körper dazu bewegen, endlich aus dem Kreis herauszukriechen, doch die Muskeln gehorchten ihr noch nicht wieder.

Erst allmählich durchdrangen ihre Augen das Leuchten der Magie und konnten wieder etwas wahrnehmen.

Doch was sie da sah, war nicht der kleine Tempelinnenhof mit seinen leuchtenden Säulen.

Sie öffnete die Augen und sah hinter die einzelne Quelle. Hinter dieser Sonne warteten unzählige mehr. Ein ganzer Sternenhimmel, der sich unter ihren Füßen auftat, durchzogen von leuchtenden Fäden; sie bestanden aus so vielen flüsternden Funken, dass sie ein lautes Rauschen in ihren Ohren erzeugten.

Es war ein unendliches Netzwerk aus leuchtenden Flüssen und Sonnen. Ein Meer aus wallender Magie, das die ganze Welt umspannte wie ein gigantischer Baum mit verzweigten Ästen. Es drang aus dem Inneren der Welt und war so tief, dass Zayda unmittelbar das Gefühl hatte, sie müsste fallen. Sie wurde hinabgezogen und verlor die Orientierung, hatte schon bald keine Ahnung mehr, von wo sie gekommen war und wo sie eigentlich hinwollte.

Während sie immer schneller fiel, wuchs eine dunkle Angst in ihrem Herzen, dass sie nicht mehr aus dieser Quelle hinausfinden würde. Doch hinter der Angst lauerte etwas anderes. Hunger.

Nie in ihrem jungen Leben hatte sie so viel Magie auf einmal erlebt. Welche Möglichkeiten sich eröffnen mussten, wenn man auf dieses Meer zurückgreifen konnte!

Erst in diesem Augenblick verstand sie wirklich, warum die Meister nur einer ausgewählten Anzahl ihrer Schüler gestatteten, sich in den Prüfungen der Tempel zu beweisen. Nur ein starker Geist konnte sich diesen Wogen aus Magie stellen und es überstehen.

Sie musste einer davon werden!

Izerdan hätte es ihr sicherlich gestattet, an den Prüfungen teilzunehmen. Sie hatte insgeheim schon davon geträumt, eines Tages
wieder einmal den Tempel in Irfen zu betreten, nicht um sich dem
Tempelmeister gegenüberzusehen, sondern Kalarati.

Izerdan!

Genau, ihn hatte sie finden wollen.

Mit einem Schlag wurde ihr Blick wieder fokussiert, und das
Universum aus Magie verlor ein wenig an seiner bedrohlichen
Leuchtkraft.

Irfen ... sie musste die Quelle in Irfen finden, wenn sie mit
Izerdan sprechen wollte. Den Kontaktbilur ihres Vaters, den R'jato
während der Reise regelmäßig verwendet hatte, konnte sie dafür
nicht nutzen. Nicht, wenn sie in aller Ruhe mit ihrem alten Meister
sprechen wollte. Und vor allem ungestört.

Aber wie sollte sie Irfen erkennen? In diesem Durcheinander an
unter- und oberirdischen Magieströmungen konnte sie sich unmöglich zurechtfinden. Es gab keine Karte, keine Orientierungspunkte,
denn sie hatte ihre Augen in Wirklichkeit ja gar nicht offen. All
diese Wahrnehmungen geschahen zeitgleich in ihrem Kopf.

Sie beruhigte sich weiter, verschloss sich mental noch etwas
mehr vor den strahlenden Quellen, die ihr aus nah und fern ihre
Signale schickten. Allmählich konnte sie sanfte Unterschiede feststellen. Manche waren gar nicht weiter weg, sondern einfach nur
schwächer. Einige flackerten, viele tauchten sogar nur kurz auf und
verschwanden dann wieder, wie sehr langsame Blitze bei einem
Gewitter, die sich in einem weltweiten Sturm entluden.

So viele dauerhaft aktive Quellen gab es also gar nicht, auch
wenn ihr Verstand gerade nicht in der Lage war, sie zu zählen.

Irfen ... suche Irfen ...

Sie versuchte, sich die Stadt vor Augen zu rufen, doch das
lenkte ihre Aufmerksamkeit nicht wirklich in eine bestimmte Richtung.

Danach dachte sie an Zeruk, an ihre Eltern, an Izerdan – nichts geschah.

Sie brauchte etwas noch Intensiveres. Bei der Vorstellung, den Abtrünnigen aufzuspüren und ihn zu jagen, durch dunkle Gassen und Katakomben, bei dem detailliert ausgemalten Bild, wie sie ihm einen Feuerball in sein unbekanntes Gesicht rammen würde – da zuckte etwas in ihrem Nacken. In ihrem Geist drehte sie sich um, sah neue Sonnen und Ströme und reiste durch das Netzwerk hindurch in diese Richtung.

Dann entdeckte sie es. Eine große strahlende Quelle und daneben eine kleinere, die leicht pulsierte. Sie waren so dicht beisammen, so eng miteinander verknüpft – und erinnerten Zayda an etwas.

Dass sie nicht gleich daran gedacht hatte!

Kalaratis Tempel und die Schule mit ihrer magisch durchdrungenen Eiche – zwei verknüpfte Quellen, direkt in einer Stadt. So etwas musste doch einmalig sein, oder nicht?

Sie glitt darauf zu und ignorierte das brennende Gefühl in ihren Augen, als sie sich dem Doppelstern näherte. Vorsichtig tastete sie sich voran, konnte zugleich kaum glauben, dass sie im Geiste mit dieser Magie Kontakt aufnehmen und irgendwie auch mit ihr reisen konnte.

Ihre Gedanken näherten sich tatsächlich ihrer Heimat, die so weit entfernt lag!

Mit einem Mal ging ihr Puls schneller und drohte ihre Konzentration zu zerschlagen.

Was, wenn Izerdan sie überhaupt nicht sprechen wollte?

Just in diesem Augenblick spürte sie, wie ihr Geist zu einem Punkt oberhalb der kleineren der beiden Quellen gezogen wurde. Wie eine eigenartige Strahlung wanderten die Funken der Quelle überall aus der Eiche und durchdrangen die Gebäude ihrer ehemaligen Schule bis in die tiefsten Winkel.

Sie konnte *alles* sehen und doch zugleich nichts differenzieren.

So, wie die Magie gegen Steine, Pflanzen und Menschen stieß, erzeugte sie seltsame Reflexionen, die in Zaydas Verstand aufleuchteten und etwas hinterließen, das wie ein Echo aus Licht wirkte.

Sie konnte es schlichtweg nicht beschreiben – und musste es auch nicht mehr. Ein Mann leuchtete in diesen Lichtspielen besonders auf und richtete seine Aufmerksamkeit unmittelbar auf sie. Weshalb war ihr nie zuvor aufgefallen, dass in seinem Körper drei leuchtende Flecken schlummerten? Wie kleine Quellen? Nur eine vierte fehlte, auf seiner Stirn, dort wo Meister Garion sein Mal hatte.

Er packte mit seiner Magie zu und erzeugte ein Band zwischen ihnen, das sie vermutlich auf diese Distanz sofort bis zur Bewusstlosigkeit geschwächt hätte, würde sie nicht auf die Quelle in Tna'Ni zugreifen. So entstand ein magischer Fluss zwischen den beiden weit entfernten Städten, der den entstehenden Sog füllte und einen Kontakt herstellte, der eigentlich nur zwei Meistern möglich wäre.

Zayda.

Das Mädchen grinste mit ihren spitzen Zähnen, als ihr Meister beeindruckt, aber nicht wirklich überrascht klang.

Izerdan.

Was tust du da? Du wirst dich umbringen!

Wäre das Mädchen körperlich anwesend gewesen – sie wäre unmittelbar zurückgewichen.

Sie hatte sich getäuscht. Er war nicht beeindruckt. Er war eiskalt und zugleich wütend.

Meister, ich …

Er zögerte, schien seine Magie zu verschieben. Sie spürte winzige Vibrationen, als seine Funken die ihren fester packten und dabei untersuchten.

Du nutzt die Quelle. Unfassbar.

Es war die einzige Möglichkeit, Meister. Ich weiß, es ist verboten, aber …

Nenn mich nicht Meister, du bist nicht mehr meine Schülerin.

Aber …

Nein! Du solltest solche Risiken nicht auf dich nehmen, schon gar nicht, um einen wütenden alten Ratken zu stören.

Ihr seid der einzige alte Ratke, den ich stören möchte!

Ein kurzer Moment der Belustigung zuckte durch seine Wut, doch durch bloße Dreistigkeit konnte sie ihn nicht zu einem längeren Gespräch bewegen.

Ein lang gezogenes Seufzen hallte durch ihren Verstand, der noch immer in dem Meer aus Magie schwebte. Auf einmal schwappte Angst in ihr hoch, dass sie die Verbindung verlieren würde, ehe sie die wirklich wichtige Frage gestellt hatte.

Also platzte sie damit heraus.

Bitte, Izerdan! Ich muss ... ich muss wissen, ob Ihr Kielle gefunden habt.

Er zögerte, bevor er das magische Band zu ihr weiter ausbaute, als wolle er damit Vertrauen schaffen.

Sie ist wohlbehalten zurück.

Zayda machte sich keine Mühe, die Enttäuschung über sein fehlendes Vertrauen in sie zu verbergen.

Ihr seid ein schlechter Lügner.

Er beleidigte sie lediglich mit seinem Schweigen. Sie musste ihn anders aus der Reserve locken – sonst würde er ihr entgleiten wie eine Feder im Sturm. Sie schluckte, verschloss ihr Herz und bereitete sich auf den magischen Hieb vor, der sicherlich kommen würde.

Es war für mich beileibe nicht einfach, meine magische Schwester zu töten.

Damit hatte sie seine harte Schale mit einem Schlag geknackt.

Sie spürte eine seltene Wärme in seiner Magie ... ein Glimmen, das sie vor langer Zeit einige Male in seinen bronzegelben Augen gesehen hatte.

So ist das also. Du warst es.

Eine plötzliche Flut an Gefühlen übermannte sie.

Ich konnte nicht gehen, ohne zu wissen, was ihr zugestoßen war. Es war nicht meine Absicht, sie zu töten, das müsst Ihr mir glauben! Sie war nicht aufzuhalten! Sie … Jelak war tot, und sie wollte auch mich töten … ich hatte keine Wahl.

Eine Weile schwieg er nur, verarbeitete die neuen Informationen, die sein leuchtendes Antlitz etwas verdunkelten.

Das hast du gut gemacht.

Das Lob traf sie wie ein Axthieb. Auf einmal kostete es sie alle Kraft, nicht zurückzuweichen und die Verbindung abrupt zu beenden.

Wie könnt Ihr das sagen? Ich habe meine beste Freundin getötet! Ich habe … ich bin …

Du hast richtig gehandelt. Ich habe ihren Zustand gesehen. Sie war ohnehin nicht mehr zu retten. Kein Magier hätte das vermocht.

Es dauerte einen Moment, bis die Bedeutung dieser Worte zu ihr durchdrang.

Dann habt Ihr …

Izerdan seufzte, was seine Magie zum Vibrieren brachte und ihr deutlich machte, dass sie nicht wirklich vor ihm stand.

Ja, wir haben sie gefunden.

Die Erleichterung, die Zaydas Inneres auf einmal durchströmte, jagte Tränen in ihre Augen. Erst jetzt fiel ihr auf, dass ihr Körper noch da war. Weit entfernt in Tna'Ni, weinten ihre Augen leise Tränen.

Sie wurde in allen Ehren bei ihren Eltern beigesetzt. Ich wusste, dass sie es so wollte, auch wenn die Tradition allmählich ausstirbt. Wir haben ihre Gebeine im Feuer gereinigt, und sie hat ihren Frieden gefunden.

Zayda konnte nichts sagen.

Du musst dir keine Vorwürfe machen. Immerhin … bist du eine Kriegerin aus meiner Elite. Du hast sie von ihrem Elend befreit und ihr einen ehrenvollen Tod im Kampf gewährt, das ist mehr, als sie erwarten konnte.

Zayda bekam ihren fernen Körper endlich wieder unter Kontrolle und konnte die Verbindung stärken.

Ist es … ist es nun besser in der Stadt?

Ruhiger. Deine Eltern und der Tempelmeister haben viele der unterirdischen Kanäle versiegeln lassen und neu vergittert, was weggerostet war.

Aber der Abtrünnige ist noch nicht aufgetaucht? Getötet worden?

Izerdan zögerte, und sein magisches Bild flackerte kurz, ehe die Bindung wieder stärker wurde.

Nein. Aber ich musste dich ohnehin wegschicken. Ich … hätte es mir niemals verziehen, wenn mein jüngster Schützling meiner Unfähigkeit zum Opfer gefallen wäre.

Jetzt war er es, der nicht so recht zu wissen schien, wie er ansetzen sollte.

Du bist zu wichtig. Für die Zukunft der Ratken und ganz Tyarul.

Sie musste ihre Chance nun ergreifen.

Bitte, Izerdan. Ihr seid der Einzige, der mir auch Kampfmagie beibringen wollte. Bildet mich aus. Ich … die Feliden hier sind so stark … und ich kann nicht zulassen, dass man hier weiterhin ein schlechtes Bild von uns Ratkenmagiern hat.

Ihre Aufforderung schien ihn zutiefst zu befriedigen, denn das erste Mal lächelte er deutlich. Seine Magie wurde heller und intensiver, während seine Stimme einen feierlichen Ton annahm, der sofort auf sie übersprang.

Wirst du mir folgen? Über all die Meilen hinweg, die uns trennen? Wirst du Wege finden, um mit mir in Kontakt zu treten und weiter meiner Elite anzugehören?

Mit Freuden, Meister.

Spitzfindigkeiten

Zayda öffnete die Augen und sah Feuer.

Es war keine weitere Vision, kein weiterer Traum. Sie war schlichtweg im Sitzen am Lagerfeuer eingeschlafen. Die Dämmerung war vollends verschwunden, und die Funken des Feuers tanzten hinauf zu den Sternen.

Ihr Hintern schmerzte, und die Füße kribbelten vom langen, bewegungslosen Sitzen.

Mazuk …

Ein leises Flüstern in ihrem Unterbewusstsein verstärkte ihre Vermutung, dass sie diesen Mann nicht zum ersten Mal in einem seltsamen, von Magie durchdrungenen Traum gesehen hatte.

Sie kannte ihn.

Oder würde ihn irgendwann kennen.

Wie kam es dann, dass er ihr im Traum so jung erschienen war, obwohl er doch eindeutig älter war als sie jetzt? Er mochte zwanzig gewesen sein – und sie wurde jetzt erst erwachsen.

Stimmt nicht, ermahnte sie sich grinsend und streckte die muskulösen Glieder.

Du bist seit dem Ritualtag erwachsen. Auch wenn das hier noch immer niemanden interessiert.

Seufzend dehnte sie den Arm, bis ihre Schulter ein angenehmes Knacken abgab, das sich zum Knistern des Feuers dazugesellte.

Sie löste ihren Blick vom Feuer, legte ein paar knorrige, dornige Äste nach und ließ dann die Konane in ihren Augen aufflackern, um die Schule auf dem Plateau zu betrachten. Vom Berghang aus konnte sie vielleicht nicht direkt in die Innenhöfe blicken, aber sie sah alle Dachflächen, die Türme und den Garten, der einen Teil der flachen Felskuppe grün färbte.

Dieser Traum hatte eine Erinnerung an genau diesen Tag wachgerufen. Als sie am Morgen erwacht war und den Mut fand, sich gegen die eisernen Fesseln der mütterlichen Regeln aufzubäumen und am Ritual teilzunehmen.

Der Tag, an dem alles begann … wie viele Jahre waren seitdem vergangen?

Die Sommernacht war angenehm kühl im Vergleich zu den sonst fast unerträglich heißen Tagen, wenn die Sonne das gesamte Tal erhitzte und warme, trockene Luft an den Rändern des Plateaus aufsteigen ließ.

Diese angenehmen Abende allein auf ihrem angestammten Platz hier oben waren ihr dann umso willkommener.

Ein Ast knackte laut in den Flammen, versprühte Glut und einen Schwarm Funken. Ein glühendes Stück landete im trockenen Gras neben ihrem kleinen Lager und drohte ein ordentliches Feuer in der ausgedörrten Buschlandschaft zu entzünden.

Noch ehe sich Flammen und Rauch richtig ausbreiten konnten, packte sie die Hitze und erstickte die Glut mit ihrer Magie. Sie ballte die Faust, drückte sie nach unten und genoss das Zischen im Gras, als sich die Kohle in den Sand drückte und erlosch.

Eigentlich hätte sie nichts gegen einen schönen kleinen Buschbrand gehabt, um ihre Fähigkeiten in größerem Stil zu erproben, aber das hätte nur unnötig die Aufmerksamkeit auf ihr heimliches Lager gelenkt, das mittlerweile zu ihren liebsten Rückzugsorten zählte.

Die Freiheit, nicht wie in Irfen hinter den Mauern der Schule festzusitzen, wollte sie sich nicht mehr nehmen lassen. An den Hängen hatte man einen wunderbaren Blick auf das Treiben der Schule, auf die Händler, Bauern, Reiter und Boten, die kamen und gingen und Nachrichten und Waren zur Schule brachten – oder Menschen, die sich in Tna'Ni Linderung von Krankheit und Verletzung erhofften.

Dass Zayda in den letzten Jahren ein besonderes Interesse an Krankheiten und auch ein Talent zum Heilen entwickelt hatte, war nicht nur für die Anreisenden praktisch. Es erkaufte ihr auch die kostbaren Momente der Ruhe, die sie ungestört verbringen durfte, ohne dass jemand nachfragte, wohin sie verschwand.

Aus dem Versteck hinter sich fischte sie ein Stück Käse und etwas Brot und ließ beides neben sich schweben. Mit einem Spreizen ihrer Finger trennte sie das Brot in zwei Hälften und lenkte alles über das Feuer.

Sofort begann das Brot zu rösten, und der Käse warf Blasen. Als er dunkel zu werden drohte, zog sie ihn höher und presste ihn mit tanzenden Fingern schließlich magisch zwischen die gebräunten Scheiben.

Gerade ließ sie das Brot auf ihre ausgestreckte Hand zugleiten, da zog ein Knacken ihre Aufmerksamkeit auf sich. Das war kein typisches Geräusch aus dem Lagerfeuer.

Ein Messer flog durch die Luft, traf ihr Käsebrot direkt vor ihren Fingern und riss es fort. Die Klinge nagelte es in dem Moment an einen toten dürren Baumstamm, als sie sich nach hinten rollte.

Etwas zischte direkt oberhalb ihres Rückens vorbei, dann noch etwas an ihrem Arm – wo sich brennender Schmerz ausbreitete.

Noch während sie wieder auf die Füße sprang und beinahe gegen die brüchige, überhängende Felsenkante hinter sich gestoßen wäre, wurden ihre Funken aktiv. Sie packten die Luft und bauten einen kleinen, aber präzisen Sturm auf, der alle weiteren Wurfmesser in ihrer Umgebung davonblies.

„He!", brüllte sie wütend und laut, wollte damit ihren geheimen Angreifer abschrecken und eine ungewollte Bewegung verursachen.

Stattdessen schoss ein Schatten durch den Sturm direkt auf sie zu und warf sie um.

Der Schatten war groß und schwer, in dunklen Stoff gehüllt und mit einem Dolch ausgestattet – den sie ihm aus der Hand trat, kaum war ihr Bein von seinem Mantel befreit.

Eine Weile rangen sie lautlos auf dem Boden.

Zayda spürte spitze Steine im Rücken und unter ihrem rechten Arm, den ihr Angreifer zielsicher auf die Felsen presste.

Mit der Linken versuchte sie, ihm den Stoff vom Gesicht zu ziehen und gleichzeitig die Haare zu packen, doch er wich weit genug zurück und verdrehte ihr schmerzhaft die Hand.

Zischend biss sie die Zähne zusammen, ächzte unter dem Gewicht des Mannes und registrierte dennoch, dass sein Atem durch den Stoff drang, schwer und tief.

Ihm musste heiß sein.

Das würde sie nutzen.

Mit einem Brüllen lenkte sie Magie in ihre Arme und Beine, aktivierte alle Kraft in ihren Muskeln und schleuderte ihn von sich. Er krallte sich fest, zog sie mit sich und drohte erneut die Kontrolle zu gewinnen.

Zayda biss die Zähne zusammen und warf sich zur Seite. Ein Zischen kündete davon, dass ihr Angreifer durchs Feuer rollte. Sie riss sich los, sprang auf und konnte im Dunkeln sehen, wie er ebenfalls zurückwich und sich mit den Handschuhen Glut von seinem angesengten Mantel wischte.

Gegen die zischende Glut und den aufsteigenden Qualm wirkte seine Gestalt massig und unbezwingbar – doch Zayda war nicht mehr das kleine Mädchen von früher.

Sie war eine Ratkenkriegerin.

Ihre Funken zitterten bereits voller Erwartung, sie wollten gleich einem Pfeil auf der Sehne losgelassen werden. Zayda hielt sie nicht auf, im Gegenteil. Sie ließ der Magie freien Lauf, packte die heiße Luft oberhalb des zertretenen Feuers, das noch immer loderte, und warf sie wie eine Wand gegen ihren Angreifer.

Doch die Energie verpuffte vor seiner Brust, als hätte er die Magie weggepustet wie eine Feder.

Zayda knirschte mit den Zähnen, als der Schatten sich lässig ein qualmendes Glutstückchen von der Schulter wischte. Er hatte einen Schutz gegen ihre Magie aufgebaut.

Dann eben anders.

Während sie ihren Gegner weiterhin fest fixiert hatte, zog sie selbst ein Messer aus ihrem Gürtel hervor.

Sie konnte spüren, wie er mit seinen Augen sofort die Bewegungen der Klinge beobachtete, doch in seinen Verstand konnte sie noch immer nicht vordringen.

Etwas schützte ihn – und verleitete ihn zugleich zu einem plötzlichen Gegenangriff. Er wartete nicht ab, bis sie das Messer werfen konnte, sondern sprang vor und versuchte, ihr Handgelenk zu packen. Sie drehte sich weg, verzichtete jedoch auf Magie, die er vermutlich ohnehin nur abwehren würde.

Eine Weile rangen sie miteinander, setzten und kassierten Schläge, doch Zayda beobachtete dabei alles, als würden die Schläge nicht ihren Körper zum Glühen bringen. Als wäre der Schmerz nicht Teil von ihr.

In einem Moment der Unachtsamkeit packte er ihren Arm, um sie mit einer schwungvollen Drehung zu Boden zu werfen. Dabei platzierte er seinen Fuß direkt zwischen ihre Beine.

Im nächsten Augenblick wendete sie das Blatt und gewann endlich die Kontrolle. Sie traf ihn mit der Faust in die Brust und brachte ihn damit aus dem Gleichgewicht. Ihr linker Fuß stand felsenfest am Boden, pinnte sich mit Magie regelrecht an den Fels, und er stolperte darüber wie ein tollpatschiges Kind, das absolut nicht mit diesem Widerstand gerechnet hatte.

Er fiel, und sie ließ sich absichtlich mitreißen, landete auf seiner Brust und presste das Messer zielsicher an seine Kehle.

Ihr Gegner erstarrte. Seine Hand löste sich von ihrem Oberarm und signalisierte, dass er sich ergab.

Zayda richtete sich auf und steckte ihr Messer weg.

Der Mann drehte den Kopf, und zu Zaydas Lächeln gesellte sich das ihres Leibwächters.

Seine Stimme klang etwas rau von ihrem letzten Schlag, als er sich aufsetzte.

„Deine Ausführung war virtuos."

Zayda verspürte kurz den Drang, ihrem jahrelangen Kampflehrer auf die Beine zu helfen, doch ihre Erziehung hielt sie zurück. Es war impertinent, es nur tun zu wollen, weil ihre Stärke es jetzt zuließ. Auch nach Jahren als magische Kriegerin war die Herrschertochter in ihr immer noch vorhanden.

Sie trat also einen Schritt zurück und machte ihm Platz, um selbst aufzustehen.

Das kleine, für niemanden sonst hörbare Ächzen bereitete ihr ein äußerstes Maß an Genugtuung. Was für eine Wohltat, sich auch rein körperlich einem so mächtigen Krieger gewachsen zu fühlen!

R'jato klopfte sich den Staub vom Mantel, und sie traten ans Feuer, das durch den Kampf ein wenig in Mitleidenschaft gezogen worden war.

„Alles Gute zum siebzehnten Jahrestag, Zayda."

Sie grinste ihn an und fühlte sich dabei wieder wie ein Kind. „Ich habe dich besiegt. Das erste Mal. So richtig."

„Das hast du – und glaube nicht, ich hätte dich geschont."

„Ist mir nie in den Sinn gekommen."

Sie trat an ihr kleines Lager, um die Glut und die qualmenden Holzstücke, die überall verteilt lagen, mit ihrem Stiefel zusammenzuschieben.

„Das war ein netter Einfall mit dem Feuer."

Zayda zuckte mit den Schultern. „Ich musste improvisieren."

Sie warf ihm einen musternden Blick zu. „Ich muss zugeben, ich hatte nicht erwartet, dass du einen Absorber mitbringst."

Jetzt war er es, der mit den Schultern zuckte und ihr Gehabe damit deutlich nachahmte. „Ich musste mir etwas einfallen lassen, sonst wäre die Chancengleichheit kaum gegeben gewesen."

Zayda nickte nachdenklich. Er hatte recht. Bisher hatte sie kaum Magie in ihren Kämpfen eingesetzt, wenn es sich um geplante Übungen handelte. Doch diesmal hatte er sich entschieden, sich anzuschleichen wie ein echter Feind und sie in einem unaufmerksamen Moment zu überraschen.

Natürlich hatte sie von Anfang an gewusst, dass er es war. Doch er selbst war es ja gewesen, der ihr immer wieder eingebläut hatte, sich im Ernstfall nicht zurückzuhalten – was sie jedoch meist ignoriert hatte. Sie hätte ihn mit ihrem ersten Luftstoß vom steilen Hang des Berges gepustet – dessen war er sich bewusst.

Er half ihr, das kleine Lager wieder notdürftig aufzuräumen; dann warf er das schmutzige durchbohrte Käsebrot in die verbliebene Glut.

„Schade drum", murmelte Zayda, während sie ein letztes Wurfmesser vom Boden aufklaubte und sich zum Gehen wandte.

„Besser das als deine Hand. Auf die hatte ich eigentlich gezielt."

Zayda warf R'jato einen schiefen Blick zu und schmunzelte. „Hat dir in letzter Zeit schon einmal jemand gesagt, was für ein seltsamer Leibwächter du bist?"

„Das bekomme ich immerzu zu hören, von all meinen vielen Schützlingen."

Zayda streckte ihm neckisch die Zunge heraus und spürte dabei wieder einmal ihre spitzen Zähne. Es brachte sie auf einen Gedanken, der ihr schon länger im Kopf herumgeisterte.

„Meinst du, ich bin nun eine richtige Kriegerin?", fragte sie ihn, während sie sich auf den Rückweg zur Schule machten.

„Das warst du schon immer."

„Du weißt, was ich meine. Ich konnte nie die Art von Ausbildung absolvieren, wie du oder meine Brüder sie genossen haben."

„Du bist nicht schlechter als sie, falls das deine Sorge ist."

„Woher willst du das wissen?"

Er ließ sich Zeit für die Antwort, stieg über ein treppenartiges System aus Felsstufen den Hang hinab und beobachtete dabei jede ihrer Bewegungen.

„Weil du eine Magierin bist und Fähigkeiten hast, die ihnen fehlen. Es ist die perfekte Kombination, als wärst du zu einer höheren Form des Kämpfens geboren."

Zayda lachte. „Jetzt klingst du wie mein alter Meister Izerdan."

Sie blieb an einer niedrigen Felskante stehen und schlang ihren Arm um R'jatos, wobei sie den leicht angekokelten Mantelsaum ignorierte.

Zayda teleportierte sie in den ruhig daliegenden Obstgarten und kündigte ihre Ankunft schon an, während der Blitz noch durch die Luft zuckte.

Seitdem sie diese Methode des Öfteren nutzte, hatte sie sich angewöhnt, den stillen Wächtern den Stress zu ersparen, jedes Mal herausfinden zu müssen, wer sich da in ihre sichere Zone teleportierte.

R'jato schüttelte sich und ließ damit einen kleinen Regen aus Ascheflocken zu Boden rieseln.

„Ich fürchte, den Mantel kannst du wegwerfen."

Ihr Leibwächter zuckte gelassen mit den Schultern und zauberte ihr ein Grinsen auf das Gesicht.

Sie betraten die abendlich stille Schule, durchschritten schweigsam das Labyrinth an Gängen und verabschiedeten sich vor Zaydas Kammer.

Sie hatte nicht vor, die Nacht dort zu verbringen.

Es war eine der wenigen Nächte, in denen sie nicht auf Vanus Hilfe zurückgriff, sondern ganz für sich sein wollte.

Die beiden hatten schon einige Jahrestage miteinander verbracht, und Vanu hatte mit einigem Bedauern erzählt, dass ihre Familie selbst zu solch wichtigen Anlässen nur kurz zu Besuch kam. Zayda hatte ihre Angehörigen nun seit sechs Jahren nicht mehr gesehen. Natürlich war ihre Ausbildung hier zugegebenermaßen unglaublich verlaufen – doch das konnte ihre

Unzufriedenheit nicht mindern. Selbst nach all der Zeit fühlte sie sich wie eine Fremde, und das nicht zuletzt, weil sie niemandem davon erzählen konnte, dass ein Gutteil ihrer magischen Fortschritte auch auf Izerdans Anweisungen zurückzuführen war.

Einen Augenblick lang fühlte sie so etwas wie ein schlechtes Gewissen, das sich in ihre Gedanken einzunisten drohte. Vanu hatte ihr sogar einen Obstkuchen geschenkt. Die Feliden wurden mit siebzehn erwachsen, unabhängig von ihrem Stand oder ihren Leistungen – für ihre Freundin war also der heutige Tag fast bedeutsamer als für Zayda selbst.

Mit einem Schmunzeln entschied sie, sich morgen noch einmal zu bedanken, dann ging sie lautlos zum Fenster, öffnete die Verriegelung und zog das kleine Schutzgitter weg, das sie schon vor Jahren mit einigem Aufwand und einer Menge magischer Hitze aus seinen Verankerungen befreit hatte.

Der Wind federte ihren Fall ab, ließ sie elegant auf dem niedrigeren Dach eines Zwischengangs aufkommen, wo sie sich abrollte. Sie kannte all die geheimen Schleichwege und Gänge der Schule auswendig und schirmte sich wie üblich magisch ab, um niemanden zu stören – und um selbst nicht gestört zu werden.

Über die Dächer gelangte man wesentlich einfacher zur Quelle. Sie schlich also los, nahm den gewohnten Weg über das Pagodendach und quer durch einen Innenhof mit Brunnen, in dem sie die meisten Übungen mit Wasser durchführten.

Auf der anderen Seite lieferte eine steinerne Regenrinne im Eck des Hofes eine fabelhafte Leiter, sie führte hinauf auf einen Seitenflügel, der zum Hauptgebäude im Inneren der Schule gehörte.

Von dort musste sie nur noch mit einem kräftigen Sprung ein steiles Dach und eine Mauer überwinden, dann konnte sie schon die Funken aus dem Innenhof der Quelle aufsteigen sehen.

Ihr Herz begann voller Vorfreude zu rasen, auch wenn sie erst vor wenigen Wochen heimlich hier gewesen war, um mit Izerdan ihre weiteren Übungen zu besprechen. Doch heute hatte sie nicht vor, den alten Ratken zu behelligen. Heute benötigte sie einfach nur eine ganze Menge Magie.

Am oberen Rand des Hofs angekommen, zögerte sie kurz und ließ den Blick einmal prüfend über die Säulengänge und den Steinkreis schweifen.

Niemand da.

Sie leitete Funken in ihre Beine, bereitete ihre Muskeln und Knochen auf den Aufprall vor und kontrollierte zugleich wieder die Luft unter sich, um sie zu verdichten.

Dennoch war der Sprung aus dieser Höhe jedes Mal eine Herausforderung und kostete sie Kraft, die sie an der Quelle wieder auffrischen musste.

Beim allerersten Mal hatte sie sich das Bein gebrochen und es so behelfsmäßig mit Magie geflickt, dass ihr gar nichts anderes übrig blieb, als sich intensiver mit Heilungen auseinanderzusetzen – dabei entdeckte sie jedoch ein Talent an sich, das sie seitdem sehr genoss.

Krankheiten und der Körper waren für sie einfach etwas Faszinierendes.

Heute verursachte der tiefe Fall in den abgeschirmten Quellenhof nur ein leichtes Ziehen in ihren Waden. Sie richtete sich auf, zog ihre Tunika glatt und betrat dann die Sphäre der Quelle.

Sofort spürte sie das ferne Ziehen, als ihre Magie gewohnte Wege einschlagen wollte. Heimlich und weit, weit fort.

Doch heute legte sie ihren Fokus stattdessen ganz auf ihr Inneres. Sie aktivierte ihre Kräfte und lenkte sie mit großer Intensität auf ihre Zähne.

Schmerz zuckte durch ihren Mund und ließ sie überrascht keuchen, doch als sie einen Moment später mit den Fingern über die Schneidezähne fuhr, hatten sie sich nicht verändert.

Mit gerunzelter Stirn versuchte sie es erneut – und wieder kein Erfolg.

Wie hatte er das geschafft? Wie konnte die Magie des Tempelmeisters so präzise zerstörerisch sein?

Sie wollte nicht warten, bis sie in vielen Jahren irgendwann eine traditionelle Ausbildung zur Kriegerin genießen konnte! Dann wäre sie ohnehin zu alt. Ihre Brüder hatten mit Sicherheit schon mehrere Rangabzeichen erhalten und würden sie stets als das kleine Mädchen betrachten, ganz gleich, wie viel Magie sie beherrschte.

Nur weil Zaydas Zähne nicht wie die ihren waren.

Sie ballte die Fäuste und spürte, wie sich ihre Magie veränderte. Die Wut krallte sich daran, machte ihre sonst flüsternden Funken still … und zugleich präzise wie ein Messer.

Als sie sie wieder an ihre Zähne heranführte, war der Schmerz beißender, doch es ging alles viel schneller. Die Magie machte es ihr bewusst. Da war der harte Zahn mit seinem empfindlichen Inneren und den Adern, die früher in Irfen bei Kälte manchmal richtig schmerzhaft pulsiert hatten.

Ihre Magie musste nur das Harte zerstören. Sie nutzte die Wut.

Die Form ihrer Zähne veränderte sich, während mehr und mehr Material zu etwas zerfiel, das sie wohl als Staub bezeichnet hätte.

Sie schmeckte Blut. Doch dieses Mal setzte sie ihre Magie gezielter ein und ließ die Heilung zügig vonstattengehen.

Beim nächsten vorsichtigen Berühren ertastete ihre Zunge mehrere kleine Spitzen an ihren oberen Zähnen.

Verblüfft hielt sie inne und stellte fest, dass es gar nicht viel Energie gekostet hatte. Man musste sie nur richtig fokussieren und einsetzen!

Aber weshalb schmerzte dann ihr ganzer Körper, als wäre er einem heftigen Magieentzug ausgesetzt worden?

Seufzend ließ sie sich auf ihre Knie nieder und lehnte den Kopf an eine der Säulen, die den Steinkreis abgrenzten. Noch nie war sie an genau dieser Grenze so lang verweilt … und bemerkte fasziniert, wie auf ihrer rechten Seite das typische Kribbeln blieb, während es auf der linken vom steten Strom der Quelle fortgespült wurde wie ein Stück Holz von einem reißenden Fluss.

Noch konnte sie die Nächte, die sie hier heimlich verbracht hatte, an mehreren Händen abzählen, aber in Momenten wie diesen wunderte es sie doch, dass sie noch keiner der Meister darauf angesprochen hatte – und dass sie sich überhaupt so lange von dieser berauschenden Magie fernhalten konnte.

Izerdan gab ihr jedes Mal neue faszinierende Einblicke in seine Kenntnisse und stellte ihr gleich mehrere Aufgaben, die sie bewerkstelligen sollte, ehe sie ihn wieder kontaktierte. Heute aber verspürte sie keinerlei Drang, rasch von hier zu verschwinden. Während sie die Energie aus der Erde durch ihren Körper strömen ließ, kehrte auch das Flüstern zurück.

Beschwingt richtete sie sich auf und machte sich auf den heimlichen Rückweg in ihr Zimmer.

Am Morgen weckte sie ein stürmisches Klopfen an der Tür und Vanu platzte herein, noch bevor Zayda sich zurechtmachen konnte. Wie so oft fühlte sie sich an ihre alte Amme erinnert. Sie war die Einzige gewesen, die so frühmorgens ihre Kammer betrat, um sie zu wecken.

„Aufstehen, Schlafmütze! Du verpasst die ersten Lektionen bei Meister Garion, wenn du so weiterma…"

Vanu verstummte und starrte Zayda an, als diese herzhaft gähnte und sich streckte.

„Was … ist das?!"

Sie zeigte mit anklagendem Finger auf Zaydas Gesicht, die in ihrem schlaftrunkenen Zustand einen Moment brauchte, um zu verstehen. Sie grinste, was Vanu offensichtlich schaudern ließ.

„Dachtest du, meine spitzen Zähne unten seien so gewachsen?"

„Ich … ähm …"

„Nun, es hat sich einiges geändert. Du hast selbst gesagt, dass ich erwachsen werde."

Sie konnte spüren, dass es Vanu mit leichtem Unbehagen erfüllte, als sie ihre eigenen Worte gegen sie verwendete. Aber damit musste ihre kleine Gehilfin zurechtkommen.

„Was wird Meister Garion dazu sagen?"

Zayda zuckte bewusst lässig mit den Schultern, auch wenn sie innerlich nicht ganz so gelassen war. „Er hat das nicht zu entscheiden. Ich bin eine Ratke, und so ist das bei uns Tradition."

Vanu nickte langsam, ehe sie näher kam und interessiert Zaydas Mund musterte. „Wie hast du es gemacht?"

„Magie."

„Ach nein", erwiderte Vanu ironisch.

„Ich habe eine Art Heilung eingesetzt – oder eher das Gegenteil." Sie runzelte die Stirn, als sie sich das Gefühl in Erinnerung rufen wollte. Alles war von einem dumpfen Schmerz umhüllt; sie konnte sich den Ablauf nicht mehr richtig vergegenwärtigen. Seltsam.

Vanu stand schon wieder an der Tür und winkte sie hinaus. Zayda schüttelte sich den Kopf frei, zog ihre Tunika über ihr Unterkleid und klatschte sich nur etwas kühles Wasser ins Gesicht, um den Schlaf endgültig zu vertreiben.

Anschließend eilte sie hinter Vanu her, die sie mit ihrem geschmeidigen Gang ablenkte. Allmählich wurde aus der kindlichen Felide eine Frau – aber Zaydas Größe und körperliche Kraft würde sie selbst mit sehr viel magischer Mühe niemals erreichen.

Als sie den Übungshof betraten, hatte sie das unmissverständliche Gefühl, dass alle auf sie warteten.

Vanu blieb hinter ihr zurück und strahlte tiefe Zufriedenheit aus, und auch Meister Garion lächelte.

Du hattest Geburtstag. Daher habe ich ein Geschenk für dich. Wir erfüllen dir einen Wunsch, den du schon seit Jahren hegst.

Zayda fühlte sich auf einmal sehr unwohl. Wovon sprach er da nur?

Ungewöhnliche Schüler erfordern manchmal ungewöhnliche Maßnahmen. Wir werden daher heute etwas tun, das du schon lange möchtest: Meine besten Novizen werden gegen dich kämpfen.

Ein Lächeln stahl sich auf Zaydas Gesicht, doch sie versuchte, es zu verbergen, und hielt die Lippen lieber noch fest geschlossen.

Die anderen Feliden hatten sich indes in einem Halbkreis um sie aufgestellt, der von Lerons Ausstrahlung dominiert wurde. In den letzten Jahren war der Junge mit den hohen Wangenknochen zu einem stattlichen, drahtigen Mann herangewachsen, den sie von all den älteren Novizen noch am ehesten als Krieger angesehen hätte.

Nur dass die verdammten Feliden es sich anscheinend zum Ziel gesetzt hatten, genauso friedlich und langweilig zu werden wie die weit entfernten Miakoda.

Allerdings nicht heute.

Meister Garion gab ein kaum merkliches Zeichen und zog sich an den Rand des Hofs zurück, an seinen altbekannten Platz, der absolut tabu für Angreifer war.

Die erste Attacke hatte Zayda sogar erwartet, da es sich um Lerons Lieblingsmagie handelte. Spannung erfüllte den Raum – und es war viel mehr Energie mit im Spiel als beim letzten Mal.

Der Blitz schoss auf sie zu und ließ sofort all ihre Haare am Körper zu Berge stehen. Falls der Innenhof mit seinem Sonnenschein zuvor als taghell bezeichnet worden wäre ... jetzt erstrahlte er in blendend weißem Licht.

Zayda nahm den Blitz auf und überlegte einen Moment, ob sie all seine Energie in ruhige Magie umwandeln sollte, entschied sich aber dagegen. Sie war ausgeruht, und nur weil Leron bereits zwei Prüfungen der Hüter abgelegt – und sich unverständlicherweise für eine Zeit als stiller Wächter entschieden hatte, hieß das nicht, dass sie ihm unterlegen sein musste.

Also lenkte sie den enormen Blitz zurück gegen ihre Angreifer – allerdings nicht direkt gegen Leron. Sie gab dem Blitz eine Richtung, doch kontrollieren konnte sie den Verlauf nicht mehr, sobald er ihren Körper verlassen hatte.

Er zuckte hin und her, schoss einen Moment direkt auf Vanu zu und jagte dann endgültig gegen einen Jungen direkt neben Leron. Die Feliden hatten wohl damit gerechnet, denn sie packten die Energie, und ihr Anführer setzte sie sofort in einen neuen Angriff um. Er nahm all die Magie, die sie zurückgeschleudert hatte, und Zayda bewunderte, mit welcher Eleganz er den Blitz umwandelte. Er nutzte einen letzten Rest der Spannung, um die geballte Magie mit einem einzigen Schnipsen zu entzünden.

Das blendende Licht im Hof wurde durch brodelnde Hitze ersetzt.

Zayda wich einen Schritt zurück und baute instinktiv einen mächtigen Schutzschild auf.

Die Flammen wurden abgelenkt, doch die Hitze drang durch ihre schützend verdichtete Luftschicht und ließ sie ächzen. Sofort setzte sich ihre Magie in Bewegung, und die Funken tanzten auf ihrer Haut, um die Verbrennungen zu heilen.

Gelbe Flammen züngelten gegen die Wand um sie herum, dann errang sie die Kontrolle über die Magie und konnte das Inferno ersticken.

In einem weiten Kreis um sie herum stieg Rauch auf, doch außer einer leicht geröteten Haut war sie unverletzt.

Zusammen mit ihrem rasenden Puls stieg ein ungemeines Hochgefühl in ihr auf. Sie fühlte sich einfach unverwundbar!

Ein Lachen stahl sich über ihre Lippen und löste etwas aus, das sie nicht erwartet hatte. Leron und die anderen gefroren mitten in ihrem neuen Angriff und starrten allesamt auf ihr Gesicht.

Sie hatten Angst!

Und zum ersten Mal gefiel das Zayda richtig gut.

In den letzten Jahren hatte sie verbissen versucht, sich einzuleben, irgendwie in dieses harmonische Miteinander zu passen, aber das musste sie gar nicht!

Sie konnte sich den Respekt der anderen auch auf ihre ganz eigene Art beschaffen. Auf Ratkenart.

Sie würde die Scharade nur um ihrer Ausbildung willen aufrechterhalten. Izerdan hatte ihr schon im ersten Jahr eingebläut, dass sie um jeden Preis ihre Kräfte steigern und ihre Fähigkeiten ausbauen sollte. Aus diesem Grund war es ihre Pflicht, sich so ruhig und unauffällig zu verhalten, dass man sie nicht der Schule verwies, wie es bei Izerdan vorgefallen war.

Wobei er meinen Einbruch in sein Zimmer nur als Vorwand genutzt hat, um mich in Sicherheit zu bringen.

Ihr Gedankengang wurde jäh unterbrochen, als sie ein Schlag an der Schläfe traf.

Leron hatte sich von seinem Schock befreit und einen neuen Angriff gegen sie kanalisiert – er bestand diesmal aus Eiskugeln, die sie aus den Wasserfässern gezogen hatten. Er wollte all ihre Sinne reizen und zugleich verhindern, dass sie sich auf einen zweiten ähnlichen Schlag einstellen konnte.

Sie hatte nicht aufgepasst und spürte, wie Wärme in ihre Wangen stieg.

Ein peinlicher Fehler, der ihr nicht noch einmal unterlaufen würde!

Leron gab ein winziges Zeichen, ein fast unmerkliches Zucken seines rechten Zeigefingers. Vermutlich hatte er seinen Geist mit dem der anderen verbunden, um ihre Angriffe besser zu koordinieren.

Ihr genügte das Signal, und sofort zog sie ihren Schutz wieder hoch – genau rechtzeitig. Allerdings nicht so stark wie das letzte Mal. Sie erzeugte eine dichte, weiche Schicht wie aus durchsichtigem Stoff und fing damit die heransausenden

Eisbrocken ab. Sie blieben vor ihr in der Luft hängen, sodass sie Magie in sie hineinstecken konnte.

Wie bereits erwartet, war der magische Kontakt von Leron zu den Geschossen nicht sonderlich stark. Seine Auszeit als stiller Wächter hatte seine Reaktionszeit nicht gerade verbessert. Zayda überwand die Barriere und zerstörte schon im nächsten Moment die Verbindung, die es ihren Gegnern bisher ermöglicht hatte, das Eis zu kontrollieren. Anstatt es jedoch wie das Feuer verpuffen zu lassen, verwandelte sie die Brocken in Wasser und anschließend in Dampf.

Mit einem Zischen breitete sich dichter Nebel im Hof aus und verbarg alle Kämpfer in wabernden weißen Wolken, in die das schräge Sonnenlicht schiefe Schatten schnitt.

Zayda zögerte einen Moment und versuchte, sich in die Gedanken der Angreifer hineinzufühlen. Was würden sie nun tun?

Instinktiv ging sie in die Knie und schlich einige Schritte zur Seite, um aus dem direkten Schussfeld zu kommen. Schon zuckte ein Blitz durch den Nebel, verfehlte sie aber und schlug krachend gegen die Hauswand, wobei er in einer unkontrollierten Teleportation einige Steine mit sich riss.

Während die Mauer ein ungemütliches Knirschen von sich gab, packte Zayda die Steine, die nun im unteren Bereich locker geworden waren, und schleuderte sie gegen die Füße ihrer Gegner.

Laute Schreie drangen durch den Nebel, eine Mischung aus Schmerz und Überraschung, dann versuchte Leron, ihr die Kontrolle über den Nebel zu entreißen.

Eine Weile rangen sie geistig miteinander, doch Zayda wusste, dass sie ihm unterliegen würde, wenn es um reine Ausdauer ging. Zusätzlich erhielt er von den anderen Unterstützung, indem sie sich verbunden hatten.

Schon einen Atemzug später wankte ihre Abwehr. Der Nebel um sie zitterte, wallte umher wie ein aufgewühltes Meer, in dem sich unzählige Spannungen als kleine Lichtblitze entluden.

Gerade als ihr die Kontrolle entglitt, war die Spannung groß genug, und ein echter Blitz entstand. Nicht einer, der nur teleportieren würde. Einer, der echten Schaden anrichten konnte.

Sie wusste, dass Tna'Nis Schüler alles daransetzen würden, dies zu verhindern – und damit würden sie ausreichend abgelenkt sein.

Ohne zu zögern, sprang sie vor und entdeckte den ersten Schemen im Nebel. Sie schoss auf das Mädchen zu, packte es an der Schulter und stellte ihm zugleich ein Bein, sodass es bei einer kleinen Drehung das Gleichgewicht verlor und hinfiel. Weiter zum nächsten Schatten.

Wieder ein Schlag, wieder ein leises Ächzen und weiter. Sie schob den Nebel vor sich weg wie ein Boot den Schaum auf dem Wasser, ignorierte die Spannung und das Kribbeln auf ihrer Haut. Sie scherte sich nicht mehr um Lerons Magie oder die Tatsache, dass ein krachender Donner den Hof erzittern ließ, als sie den mächtigen Blitz in die Bergflanke außerhalb der Schule ablenkten.

Das Hochgefühl des Kampfes hatte sie ergriffen.

Wenn R'jato das sehen könnte!

Sie beschleunigte weiter, arbeitete sich systematisch durch den Nebel, der sich in weiten Teilen schon aufzulösen begann. Die Novizen würden ihn gleich zu Regentropfen zusammenziehen und dann wieder die Oberhand haben.

Sie ließ von ihrem letzten Gegner ab, einem Jungen, der nach einem Schlag in den Magen stöhnend zusammensackte, und huschte auf Leron zu.

Wenn sie ihn ausschaltete, war der Kampf vorbei. Er war einer der wenigen Novizen, die sich überhaupt mit der Kunst des Kämpfens befasst hatten – ohne ihn waren die anderen orientierungslos.

Er würde sie überwältigen, wenn er sie zu früh bemerkte, aber wenn Zayda eines seit vielen Jahren perfektioniert hatte, dann, ihre Gedanken zu verbergen.

Leron spürte den Hauch von Gefahr viel zu spät, erst als bereits ein Schlag auf ihn zusauste. Sie traf ihn mit beiden Händen flach auf den Ohren, was ihn sofort taumeln ließ. Nur ein Stupsen genügte danach, und er ging zu Boden, wo sie ihn mit einem Knie auf der Brust festnagelte. Erst da wurde ihr bewusst, wie leicht es war, ihn zu Fall zu bringen. Er war nicht so groß und schwer, wie sie erwartet hatte.

Doch auch wenn er vorerst körperlich wehrlos war, blieb ihm immer noch seine Magie. Sie würde ihn innerhalb eines Wimpernschlags wieder einsatzfähig machen.

Außer sie verhinderte das.

Das Eis formte sich fast von allein in ihrer Hand, zog sich aus den Tropfen zusammen und mündete in einer Art scharfen Zapfen, den sie hoch über seinen Kopf hielt.

Nur eine einzige Anspannung ihres Arms, eine ruckartige Abwärtsbewegung – und es wäre vorbei.

Seine Augen weiteten sich, und er hob abwehrend eine Hand, bekam aber kein Schutzschild zustande.

„Halt!"

Lerons tiefe Stimme hallte durch den Innenhof, und die Mischung aus Sorge und Wut, die darin mitschwang, war für sie wie Honig.

Sie hatte einen Stillen zum Sprechen gebracht.

Kaum entspannte sie sich, zerfiel das Eis in ihrer Hand wieder zu kaltem Wasser, das aufs Pflaster platschte, und sie erhob sich. Mit einer sachten Bewegung ihrer Hände schob sie den restlichen Nebel in den Wind oberhalb des Innenhofs und gab damit den Blick auf eine Reihe zusammengesunkener Gestalten preis, die allesamt stöhnten.

Ihr Grinsen ließ die anderen wieder einen Schritt zurückweichen.

Zayda! Komm bitte mit mir.

Die Ratke zuckte kurz zusammen, als der Gedanke ihres Meisters ohne Vorwarnung durch ihren Geist hallte.

Unter den Blicken aller Anwesenden fühlte sie sich sofort gedemütigt, als sie zum Meister gerufen wurde. Er stand bereits im Schatten des Torbogens, der direkt zu seinen privaten Kammern führte.

Das war gar nicht gut. Sie hatte noch nie einen so kalten Ausdruck auf seinem runzligen Gesicht gesehen.

Er wartete nicht auf sie, sondern ging los, sodass sie ihm nacheilen musste und die versammelten Feliden mit dem Chaos im Innenhof allein ließ.

„Meister, ich …"

Er hob die Hand, um ihre Ausflüchte zu unterbinden.

Sie presste die Lippen aufeinander und folgte ihm.

Ich dachte, ich dürfe heute kämpfen …

Kaum hatten sie die Kammern erreicht, schloss sich die Tür hinter ihnen wie von selbst. Garion wandte sich um.

„Nicht nur hast du Leron dazu gebracht, sein Gelübde zu brechen! Du hast all den anderen Angst eingejagt, sie mit etwas Befremdlichem so irritiert, dass sie kaum klar denken konnten."

Zayda schnaubte trotzig. „Genau darum geht es doch bei einem echten Ka…"

Er unterbrach sie mitten im Wort, indem er ganz nah an sie herantrat und die Hand hob. Die Nähe war ihr unangenehm. Niemand außer R'jato und Vanu durfte sich ihr so nähern, doch für einen Meister galt das natürlich nicht. Er roch nach altem Mann, wie ein altes Stück Leder, das zu lange in der Sonne gelegen hatte.

Seine Augen weiteten sich, als er die Finger an ihre Lippen gehoben hatte und das leise Echo ihrer Funken spürte.

Zerstört.

Sie vernahm das einzelne Wort in den Gedanken ihres Meisters, ehe er laut sprach. Es hätte sie nerven sollen, dass er so wie alle anderen reagierte, doch stattdessen zog sich eine äußerst hartnäckige Gänsehaut ihren Rücken hinab.

„Du hast deine Zähne mit Magie zerstört."

Garions Feststellung war mit einer Falte zwischen seinen Brauen verknüpft, die so tief war wie noch nie zuvor.

„Ihr wart es doch selbst, der mir heute diesen Kampf geschenkt hat. Ihr wisst, dass mir das als Ratke im Blut liegt."

„Liegt es auch in deinem Blut, die innere Ruhe eines Suchenden zu stören? Leron hat es sich selbst auferlegt, ein Jahr zu schweigen, um seine innere Unruhe zum *Schweigen* zu bringen – und du vernichtest seine Fortschritte an nur einem Tag. Hier in Tna'Ni pflegen wir eine harmonische Lebensweise, und das weißt du auch, Zayda."

Sie starrte ihn trotzig an. „Soll ich etwa meine Herkunft verleugnen? Auch R'jato hat oben und unten spitze Zähne."

Der Meister strich sich langsam über den langen Bart. Eine Angewohnheit, die sie früher einmal spaßeshalber gezählt hatte, als sie noch sehr viele Diskussionen mit ihm führte.

„Darum … darum geht es jetzt nicht. Wobei ich zugeben muss, dass die Anwesenheit deines Leibwächters mich zusehends irritiert. Ihr verbringt sehr viel Zeit miteinander, die du eigentlich auf deine Studien der Heilkunst ausrichten solltest."

Zayda rollte mit den Augen.

„Ich könnte wesentlich größere Fortschritte in der Heilkunst und in allem anderen machen, wenn ich endlich zur Prüfung nach Siad dürfte!"

„Du bist schon sehr stark, Zayda. Das hast du heute bewiesen – überflüssigerweise."

„Aber ich könnte viel stärker sein", murmelte sie, ehe sie einsah, dass es besser war zu schweigen.

Er sah ihr direkt in die Augen. Sie war einen Hauch zu langsam und unaufmerksam, um ihre Schutzwände hochzuziehen. Er blickte direkt in ihr Herz und sah die tiefe Sehnsucht nach Erfolg, sah ihre Häme über Lerons Versagen.

„Du bist noch nicht so weit."

Sie zog ihren Schutz wieder hoch und gab sich keine Mühe, ihren Unmut zu verbergen.

„Das sagt Ihr jedes Mal! Wann werde ich denn bereit sein?"

„Vielleicht bald, wenn du die Verantwortung des Erwachsenseins verstanden hast. Es hat ja den Anschein, dass du ein großes Bedürfnis danach hast, erwachsen zu werden."

Sie presste die Lippen aufeinander, um sich einen bissigen Kommentar zu verwehren, als sie den leicht höhnischen Unterton in seinen Worten spürte.

Er nahm sie noch immer nicht ernst.

„Ich nehme dich sehr wohl ernst, Zayda. Mehr, als manch einer der Anwesenden es für klug hält. Ich nehme die Verantwortung nicht auf die leichte Schulter, eine hochrangige und äußerst ambitionierte junge Ratke als Gast in meinem Land und an meiner Schule zu haben. Besonders in diesen spannungsreichen Zeiten."

Ein kurzer Ausdruck des Unwohlseins zuckte über sein runzliges Gesicht, verschwand aber sofort wieder.

„Spannungsreiche Zeiten? Was meint Ihr?"

Doch das Gesicht des Meisters war auf einmal genauso verschlossen wie sein Geist.

„Geh jetzt und widme dich deinen Studien des Heilens. Und ich dulde keine weitere Zerstörung durch Magie! Dafür ist sie nicht gedacht, und es entsteht nur Unheil daraus, merk dir das."

Sie nickte kantig, auch wenn sich ein leichtes Beben in ihre Hände geschlichen hatte.

Was hatte sie denn erwartet? Dass man sie verstehen würde?

Wohl kaum. Dazu waren die Feliden nicht imstande. Sie waren hasenherzig und engstirnig!

Erfüllt von geladenen Emotionen, stapfte sie aus der Kammer des Meisters und wollte schon in den Obstgarten oder zu ihrem angestammten Platz am Berghang fliehen, als sie innehielt und doch noch einen Abstecher in die Küche unternahm.

Ihr stand der Sinn nach etwas ganz anderem.

Neuling

Es war kaum Zeit vergangen, und die anderen Novizen waren vermutlich noch immer dabei, die Mauer zu reparieren, doch Zayda drückte sich leise atmend an eine kühle Kellerwand und lauschte.

Nichts zu hören, sehr gut.

Mit einem grimmigen Lächeln schulterte sie ihre Tasche und ging hinaus in die Sonne.

Sie wollte sich nicht ihrer schlechten Laune hingeben, also suchte sie zielstrebig nach Vanus Geist und fand ihn schließlich an einem ihrer gemeinsamen Lieblingsorte zum Lernen und Philosophieren.

Das oberste Stockwerk des höchsten Turms am Haupttor, zu dem nur noch eine morsche Treppe hinaufführte, die niemand mehr nutzte. Außer ihnen, wenn sie hoch über allem schweben wollten, um sich zu entspannen und den Wind um die Nase wehen zu lassen, der durch ein großes Loch in der Wand wehte.

Vanu hatte wohl Glück gehabt und war nicht zum Aufräumen eingeteilt worden. Oder Leron hatte die Mauer bereits wieder zusammengesetzt. So wie sie ihn einschätzte, war er auch in der Lage, die fortgerissenen Steine wieder aufzuspüren. Wenn die Feliden eines ausgezeichnet beherrschten, dann Spuren von Magie wahrzunehmen und zu verfolgen.

Wenigstens etwas, das sie zum Glück halbwegs mit ihnen gemeinsam hatte, sonst hätte sie sich in den letzten Jahren noch einsamer gefühlt.

Sie rückte ihre Tasche zurecht, schlich sich durch mehrere verlassene Gänge und kletterte durch ein Fenster hinaus. Bald hatte sie eine Ecke der Schule erreicht, die von kaum mehr als Unkraut und alten Efeuranken genutzt wurde. Geschickt nutzte sie die Handgriffe an den altbekannten Stellen, erklomm mit Leichtigkeit die bröcklige Mauer und erreichte ihren Aussichtspunkt. Vanu wartete schon auf sie, hatte eine Decke um die Beine geschlagen und eines ihrer Bücher dabei, wie immer.

Sie erschrak auch nicht mehr wie früher, wenn Zayda nicht den Weg über den Rand der Treppe nahm, sondern einfach außen hinaufkletterte.

„Hast du gewusst, dass es früher einen ganzen Tempel nur für Wassermagier gab? Der lag in Maila, in der großen Deltastadt, und dort wurden Magier mit besonderem Talent für Wasser ausgebildet, damit sie in der Schifffahrt arbeiten konnten", fing sie sofort an und tippte mit dem Finger auf eine Stelle im aufgeschlagenen Buch.

Zayda war dankbar, dass sie die Ereignisse im Hof nicht weiter ansprach, doch konnte sie sich einen Kommentar nicht verkneifen.

„Nein, Vanu, das wusste ich noch nicht. Aber vielleicht solltest du stattdessen lieber ein Buch darüber lesen, wie wir endlich zur ersten Magier-Prüfung zugelassen werden."

Vanu verdrehte die Augen. „Oh nein, Zayda, nicht schon wieder dieses Thema."

„Doch! Jedes Mal!"

„Die Meister werden es dir schon sagen, wenn du so weit bist."

Zayda knurrte leise. *Oder sie zögern es absichtlich hinaus, weil ich eine Ratke bin.*

„Seit drei Jahren wartest du jedes halbe Jahr auf deine Bestätigung, aber ich bin auch noch nicht aufgerufen worden, und das, obwohl ich …"

„Obwohl du was?"

„Ach, nichts." Vanu zuckte mit den Schultern, doch sie strahlte zugleich Angst und Schuldgefühle aus. Zayda wollte allerdings nicht so schnell lockerlassen, während sie den Blick über die Berge schweifen ließ.

„Alle Älteren waren bereits dort!"

„Dann sollte die logische Schlussfolgerung sein, dass wir als Nächste an der Reihe sind."

Zayda schnaubte nur und dachte mit einem heißen Stich des Neids an die Fähigkeiten, mit denen die älteren Novizen wie Leron von ihrer Prüfung zurückgekehrt waren, wenn sie es denn geschafft hatten. Nur zweimal im Jahr gingen die Ausgewählten gemeinsam zur nahen Tempelstadt, und bisher waren sie mit erstaunlichen Steigerungen ihrer Fähigkeiten zurückgekehrt – und dazu mit einer Verschwiegenheit, die wohl Weisheit widerspiegeln sollte.

Doch Zayda hatte nicht verhindern können, dass sie neugierige Blicke auf die Male warf, die sich die Novizen gegenseitig zeigten wie herrliche Trophäen. Auf jedem Unterarm hatte ein leuchtendes Mal geprangt – bei manchen größer, bei manchen kleiner, doch allesamt bestanden sie aus leuchtenden Schnörkeln.

Leron hatte seines jedoch immer unter einem gewickelten Armschutz verborgen, sodass sie niemals einen Blick darauf erhaschen konnte.

Vanu räusperte sich neben ihr.

„Du willst also wirklich nicht darüber sprechen, was vorhin passiert ist?"

„Was? Dass ich gesiegt habe?", erwiderte Zayda provokant.

„Ich wusste ja, dass du und Leron euch nicht wirklich mögt, aber um ehrlich zu sein, dachte ich immer, es wäre eine Art ... Spiel. Eine Spannung zwischen euch, weil ... nun ja, weil du ihn interessant findest und wütend warst, dass er ein Stiller wurde oder so etwas. Allerdings lag ich da wohl falsch. Das hast du heute deutlich gezeigt."

Zayda verdrehte die Augen. „Er hat nur ein Wort gesprochen. Das bringt ihn doch nicht um."

„Es war wichtig für ihn! So wie es für dich wichtig ist, überhaupt nach Siad zu dürfen."

„Vielleicht hast du recht", gestand sie seufzend ein. „Ich werde mich entschuldigen, wenn sich eine Gelegenheit bietet."

Vanu lachte. „Ja, in hundert Jahren vermutlich."

Sie gab der Ratke einen kleinen Knuff gegen die Schulter und wandte sich wieder ihrem Buch zu.

Doch etwas sagte Zayda, dass sie bei dieser wichtigen Sache nicht versagen würde. Sie fühlte sich berufen.

Und der nächste Tag der Prüfung näherte sich mit rasanten Schritten.

Zayda biss sich auf die Lippe und spürte dabei die neuen Spitzen ihrer Zähne. War es vielleicht ihre Angst vor der Zurückweisung Rupicapras, die sie davon abhielt, endlich die erforderlichen Fähigkeiten aufzubauen? Aber das war Unsinn! Nur weil seit einem Jahrzehnt keine Ratken mehr die Prüfungen absolviert hatten, hieß das nicht, dass der Hüter der Hornträger einen Groll gegen sie hegte. Weder gegen sie persönlich noch gegen ihre Leute. So schlimm waren die Auseinandersetzungen zwischen den Völkern nun auch wieder nicht, als dass sie keine ratkischen Magier nach Siad lassen würden. Die Ratken waren innerlich viel zerstrittener und ließen die anderen schon seit Jahren größtenteils in Ruhe.

Der einzige Grund für die jetzige Abwesenheit der Ratken in der Reihe der Anwärter lag darin, dass Kielle gestorben war. Sie hätte mit absoluter Sicherheit eine Meisterin werden können und hatte dasselbe auch von Zayda gesagt.

Sehnsüchtig dachte sie an eines der letzten Gespräche mit Izerdan zurück, als er ihr von seinen Fortschritten durch die Prüfungen berichtet hatte. Auch wenn er als einer der wenigen Ratkenmagier sogar drei der vier magischen Prüfungen bestanden hatte, was eine großartige Leistung war, hatte sich bei Zayda doch der Verdacht eingeschlichen, dass auch die magisch eher unbegabten Ratken als Volk zu mehr fähig sein müssten.

Der verdammte Hüter der Miakoda ließ kaum jemanden zu … geschweige denn, dass man seinen Tempel ohne große Teleportfähigkeiten erreicht hätte.

Doch Zayda dürstete nach der totalen Kontrolle über Magie. Sie wollte mehr als alle Feliden hier, mehr als Izerdan und der verdammte Abtrünnige.

Die Prüfungen, von denen seit Jahren unter den Novizen regelmäßig gesprochen wurde, waren ihre besten Aussichten darauf – doch trotz ihrer Bemühungen und ihrer magischen Manipulationsfähigkeiten war sie noch nicht imstande gewesen, herauszufinden, woraus die Prüfungen der Hüter genau bestanden. Es schien fast, als wären diese Informationen auf natürliche Weise geschützt – oder auf magische.

Sie blickte ihrer kleinen Felidenfreundin in die Augen.

„Was erhoffst du dir von alldem?", fragte sie Vanu geradeheraus, da auch sie innerlich den tiefen Wunsch verspürte, voranzukommen. Das hatte Zayda schon vor einer Weile sichergestellt.

Vanus Pupillen zogen sich zu Schlitzen zusammen, als sie den Blick vom Buch hob. „Die erste Prüfung würde mich endlich ein Stück näher an die Heimat bringen."

„Inwiefern? Siad liegt doch weiter weg von den Steppen?"

„Ja, aber wenn ich es schaffen würde … dann kämen wir anschließend nach Natuh. Dann könnte ich mit meiner eigenen Hüterin sprechen und sie endlich sehen."

Zayda wunderte sich über den Eifer, der auf einmal in Vanus Augen leuchtete. Das hatte sie nicht erwartet, ging aber mit Begeisterung darauf ein. Immerhin teilten sie das.

„Ich habe die Hüterin der Ratken sogar schon einige Male gesehen."

Vanu stieß einen langen Seufzer aus und ließ den Blick über den Innenhof und die Berge hinter der Mauer schweifen. „Du bist ja eine richtige Heldin, Zayda. Ich wünschte, ich hätte auch schon etwas erlebt. Ich komme mir hier vor wie eine Gefangene."

Zayda schmunzelte über diese groben Formulierungen, die eigentlich so gar nicht zu der kleinen Felide passen wollten.

Die Ratke grinste und zog den Weinschlauch aus ihrer Tasche. „Sind wir auch – deshalb habe ich uns den hier besorgt, um uns den Aufenthalt zu verschönern."

Da schnalzte Vanu mit der Zunge. „Eine Heldin sollte aber bestimmt keine Diebin sein."

„Ratken sind keine Helden. Sie sind Krieger … und ich als Magierin soll bestimmt eine Beraterin werden und keine Kriegerin, auch wenn mir das viel besser in den Kram passen würde."

Zayda nahm einen kleinen Schluck und ließ den süßsauren Geschmack nach Beeren und Sommer auf der Zunge zergehen.

„Nicht schlecht. Besser als der weiße auf jeden Fall."

Vanu sah sie verdutzt an, bevor sie losprustete. „Du hast hier schon einmal einen geklaut?"

Zayda schüttelte grinsend den Kopf. „Nein, bei meiner Familie habe ich mich vor Jahren mal in den Weinkeller geschlichen, um für die älteren Novizen ein paar Flaschen zu stehlen. Ich wollte sie wohl beeindrucken … dabei war ich schon damals fähiger als die Älteren und hätte das gar nicht nötig gehabt. Tja, jetzt weiß ich es besser und klaue ihn lieber für mich selbst." Sie schüttelte den Schlauch mit seinem gluckernden Inhalt und reichte ihn an Vanu weiter. „Und für meine Freunde, natürlich."

Vanu schnupperte vorsichtig am Inhalt und verzog das Gesicht. „Puh, der riecht sauer. Bist du sicher, dass er noch gut ist?"

Zayda schmunzelte.

„Eine Freundin von mir trank noch viel stärkeres Zeug."

Vanu nippte am Wein, schüttelte sich dann aber.

„Vermisst du deine alten Freunde? Die Novizen aus Irfen? Dein Zuhause?"

Sie zuckte mit den Schultern.

„Eine Ratke ist da zu Hause, wo ihr Schwert ist. Also überall."

„Aber du hast gar kein Schwert, Zayda."

Wind kam auf und wehte ein paar schwarze Strähnen aus Zaydas Frisur los, die sie sich grazil wieder hinters Ohr strich. Sie wollte jetzt nicht an Irfen denken, oder an ihre Brüder, die irgendwo Karriere machten, um Vater zu beeindrucken.

Irgendwann würde sie ein Schwert haben.

Oder sich von R'jato zeigen lassen, wie man selbst eins schmiedete. Irgendetwas sagte ihr, dass er ganz genau wusste, wie man das anstellte.

Seufzend genoss sie den Ausblick von ihrem Versteck aus und ließ die Landschaft auf sich wirken. Hinter der Mauer war alles Wildnis, von dieser Seite des Turms konnte man das Dorf nicht sehen.

In der untergehenden Sonne bekamen die schroffen, trockenen Berge etwas Weiches, was sie romantisch … aber auch schwach erscheinen ließ.

„He, da kommen Reiter durch das Tal herauf." Vanu deutete nach vorn, und Zayda schirmte ihre Augen mit der Hand vor dem Gegenlicht ab.

„Pah, die sind noch weit weg. Gib mir noch mal den Wein."

Sie nahm einen kräftigeren Schluck, stopfte den Pfropf in die Öffnung und verstaute den Schlauch in ihrer Tasche.

Vanu beobachtete weiter das Geschehen in der Ferne, sodass Zayda ihr ohne Mühe das Buch vom Schoß stehlen konnte, um selbst einen Blick auf die sagenumwobenen Wassermagier zu werfen. Währenddessen erreichten die Reiter das Tor, das ihnen sofort geöffnet wurde, und brachten ihre Pferde zum Halten.

Zayda erkannte jetzt zwei der Magier wieder, es waren Helfer der Meister, die wohl offensichtlich die Fremden irgendwo abgeholt hatten. Auf einen Wink des einen saßen sie allesamt von ihren Tieren ab und stellten sich in eine Reihe.

„Neue Novizen", mutmaßte Vanu.

Zayda zog eine Augenbraue hoch, während sie die Ankömmlinge begutachtete. Schließlich deutete sie auf den größten.

„Der ist zu alt, um ein Novize zu sein. Mindestens fünfzehn."

„Gefällt er dir?"

Zayda schnaubte. „Red keinen Unsinn." Sie verengte die Augen und ließ etwas Magie in ihr Inneres fließen, um besser sehen zu können. „Der wirkt mindestens so unsicher wie die kleinen Wichte um ihn herum. Scheint nicht besonders viel Selbstbewusstsein zu haben, zumindest strahlt seine Magie keines aus."

Vanu lachte leise. „Ja, klar, als ob du seine Magie von hier fühlen könntest. Das sieht doch selbst ein Blinder, dass der Schiss hat. Er ist bestimmt ganz allein und sehnt sich zurück zu seiner Mami."

Zayda verkniff sich eine Erwiderung, dass sie durchaus die Energie des Jungen spüren konnte. Vanu hätte es ihr vermutlich ohnehin nicht geglaubt.

„Habe ich dir diese flapsigen Ausdrucksweisen beigebracht, oder ist das eine neue, aufbegehrende Phase von dir?", fragte sie mit hochgezogener Augenbraue und erntete prompt eine herausgestreckte Zunge. Vanu schnappte sich das Buch zurück und steckte es in ihre Tasche, bevor sie ohne ein weiteres Wort die Wendeltreppe nahm und im Irrgarten der Gebäude verschwand.

Zayda stieß ein lang gezogenes Seufzen aus und stellte dann fest, dass Meister Garion den Hof mit einigen älteren Novizen betreten und die neuen Schüler bereits begrüßt hatte. Ob er dabei ihre Anwesenheit gewünscht hatte? Jedenfalls war er nicht mit ihr gedanklich in Kontakt getreten. Was dem Feuer ihrer Unzufriedenheit nur wieder einmal ein Stück Glut hinzufügte.

Sie beobachtete das weitere Geschehen mit bewusst kühler Distanz und verfolgte still, wie der Meister und seine Helfer die Kinder hineingeleiteten.

Zu ihrer Überraschung blieb der ältere Junge allein zurück. Wie er so dastand, wirkte er ein wenig verloren.

Seine Magie strahlte Eifer aus, aber auch Furcht und Unsicherheit. Dann würde sie sich seiner einmal annehmen.

Zayda erhob sich, ließ ihre Tasche mit dem Wein im Versteck zurück und wartete ab, bis der Junge seinen Kopf in eine andere Richtung drehte, ehe sie sprang.

Diesmal legte sie bewusst mehr Energie in den Wind und in ihre Beine, schwächte ihren rasanten Fall aber nur so weit ab, dass sie keine Brüche riskierte. Das Resultat war ein kurzer Sturm, der den Staub vom Boden aufwirbelte und dem Jungen das Haar um den Kopf blies, bevor sie direkt vor ihm aufkam und die Wucht etwas abfederte.

Ihm entwich ein leiser Aufschrei, und er stolperte einen Schritt zurück, fasste sich jedoch rasch wieder.

Schade, ich hätte nichts dagegen gehabt, wenn er gefallen wäre.

Sie richtete sich gerade auf und freute sich, dass sie größer war als er, während sie ihm ein knappes Nicken schenkte.

„Na? Was hat dich denn hierher verschlagen?"

Der Junge sah sie jetzt vollkommen fasziniert an und schien bereits vergessen zu haben, dass sie für ihn aus dem Nichts aufgetaucht war.

„Du bist eine Ratkin, nicht wahr?"

Zayda verschränkte die Arme vor der Brust, bemüht, ihre Überraschung zu verbergen. „Es heißt Ratke, mit e. Wir unterscheiden nicht groß zwischen Mann und Frau – und du bist wohl offensichtlich ein Dummkopf."

Er kam einen Schritt auf sie zu und legte seine schwere Tasche ab, während seine Augen verschmitzt glitzerten. Er musterte sie mit unverhohlener Neugierde – aber ohne den Argwohn, mit dem die übrigen Feliden sie auch nach Jahren noch immer teilweise bedachten.

„Ich habe noch nie eine Ratke mit e getroffen."

Jetzt war sie wirklich verblüfft. „Dann bist du nicht nur dumm, sondern auch noch ein Bauerntölpel? Wo kommst du denn her, dass du noch nie einen von meinem Volk gesehen hast?"

Der Junge schnaubte. „Du bist hier ja auch nicht gerade unter deinesgleichen. Die Ratken leben doch hauptsächlich auf den großen Hochebenen im Osten und in ihrer alten Hauptstadt Irfen."

„Oha, wohl doch nicht so dumm."

Er zuckte mit den Schultern und grinste wieder. „Ich tue mein Bestes."

„Und warum bist du nun hier? Du bist doch kein Novize, oder?"

Röte tauchte um seine Nase auf. „Nun, sagen wir mal, ich hatte einen schlechten Start ..."

Neugierig ging Zayda auf ihn zu und hob ihre Hand. Ohne zu zögern, drückte sie ihm ihre Finger gegen die Stirn und tauchte in seine Magie ein. Sein Geist verschloss sich intuitiv, doch er war ein wenig zu langsam, und das genügte ihr, um es zu spüren.

Er ächzte leise, seine Augen weiteten sich, doch er blieb erstarrt vor ihr stehen, bis sie die Hand wieder sinken ließ und einen Schritt zurückwich.

„Oh. Du bist kein Geborener."

Der Junge presste kurz die Lippen zusammen. „Richtig, bin ich nicht."

„Aber dafür bist du ... also ist deine Quelle recht stark. Stärker als bei jedem anderen Gewordenen, den ich bisher getroffen habe."

„Danke für die Blumen."

Zayda grinste schief. „Wie kommt das? Sag schon."

„Jahrelange Meditation an einem mächtigen Knotenpunkt der Miakoda. Bei Yoruba."

„Noch nie davon gehört. Aber dann überrascht es mich nicht, dass du keine Erfahrung hast. Du hast zwar viel Magie in dir, kannst sie aber nicht richtig einsetzen."

Jetzt zog der Junge eine Augenbraue hoch. „Spricht da eine Expertin? Ich bin wirklich nicht so bäuerlich, wie meine Kleidung es vermuten lässt. Ich weiß schon, dass ich noch viel lernen muss."

„Einsicht ist der erste Schritt zur Besserung", meinte sie zwinkernd und schulterte seine Tasche. „Komm, Neuling, ich zeige dir, wo du schlafen wirst."

Er musterte sie beeindruckt, als sie sein Gepäck mit solcher Leichtigkeit anhob.

„Du bist stark."

„Auch das ist eine weitverbreitete Angewohnheit der Ratken."

Er nickte nachdenklich – oder dankbar? – ob dieser Information.

Seine Unwissenheit war von ganz anderer Natur als die der Feliden, wirklich interessant.

Erst jetzt, da sie aus dem Schatten der Mauern in einen helleren Bereich des Hofes traten, bemerkte sie, dass seine Augen gar nicht geschlitzt waren, sondern blau.

Interessant. Wo hatte sie vorher ihre Aufmerksamkeit gehabt, dass ihr das entgangen war?

Sie geleitete ihn hinein, einige Schüler kamen ihnen entgegen, schlugen aber sofort einen Bogen um sie, wie eine Welle, die sich teilte.

Als sie in einen weiten Flur einbogen, stupste er sie sachte an der Schulter an.

„Ist das normal, dass einen alle so anstarren, oder liegt das an mir?"

„Vermutlich an der Kombination."

„Was meinst du?"

„Ich …" Sie zögerte und wunderte sich, warum sie bei diesem Jungen so offen sein wollte. Wie bei Vanu damals. Was sich daraus entwickelt hatte, war seitdem durchaus zu ihrem Vorteil gewesen.

„Ich wurde schon immer angestarrt. Sei es, weil ich für ratkische Traditionen äußerst früh zur Magierin wurde, sei es, weil ich zum Adel gehöre. Und du bist neu, aber kein Kind, das ist ungewöhnlich."

Er zog vielsagend eine Augenbraue hoch. „Von Adel also? Ich wusste nicht, dass die Ratken so etwas haben."

Zayda schnaubte, wieder einmal. „Ich würde sogar sagen, wir sind die Einzigen, die solche alten und wichtigen Traditionen noch fortführen. Auch die Feliden haben Stammesoberhäupter und große Familien mit weitreichenden Wurzeln, aber das ist nicht das Gleiche."

Der Junge hatte nun die Stirn gerunzelt, sagte aber nichts dazu. Vielleicht versuchte er auch, sich einfach ins Gedächtnis zu rufen, welche alten Namen es noch bei den Miakoda gab. Zayda fielen keine ein.

„Apropos Traditionen – ist es bei euch üblich, sich nicht vorzustellen?"

Der Junge sah sie überrascht an, bevor ihm Röte ins Gesicht stieg, die seine blasse Haut und die blauen Augen noch kontrastreicher erscheinen ließ.

„Äh, nein. Ta… Ich bin Tanem."

„Angenehm. Zayda."

„Saida?"

Sie seufzte angesichts seiner weichen Aussprache und führte ihn eine Wendeltreppe hinauf.

War er einfach schüchtern? Oder warum spürte sie so ein seltsames Unbehagen bei ihm, wenn es um Förmlichkeiten wie Namen ging?

Er hat auch Vorurteile … oder sogar Angst vor einer Ratke.

Sie schüttelte sachte den Kopf.

Nein, er war vorhin unvoreingenommen neugierig.

Dann würde sie das auch sein.

„Haben eigentlich alle Miakoda so stechend blaue Augen?"

Tanem warf ihr einen überraschten Blick zu.

„Meine waren früher eher braun-grün, aber durch die Magie haben sie sich verändert. Man könnte sogar sagen, dass die meisten Magier blaue Augen haben … also auch die meisten Miakoda."

Sie schürzte kurz die Lippen, ging aber nicht auf seine Stichelei bezüglich der hohen Anzahl an Magiern ein. Sie musste sich nicht für ihr Volk schämen.

„Nun, sie sehen aus wie Wolfsaugen. Es passt zu dir, Miakoda." Jetzt war er es, der schmunzelte. „Weißt du, tatsächlich haben viele Wölfe eher gelb-braune Augen. So wie Bernstein. Irgendwie ironisch, oder?"

Zayda wollte nicht zugeben, dass sie noch nie von solch einem Stein gehört hatte, also nickte sie nur.

Sie führte ihn weiter und war sich ziemlich sicher, dass er schon eine Weile die Orientierung verloren hatte. Früher war es öfter vorgekommen, dass sie sich auch in den vielen zusammengewürfelten Gebäudeteilen verlaufen hatte, aber das lag schon Jahre zurück.

Als sie an einer der kleinen Schlafkammern vorbeigingen, zuckte Tanem unwillkürlich zusammen, und Zayda spürte deutlich, dass er gerade eine Anweisung im Geiste erhielt. Anscheinend hatte Garion doch ein Auge auf sie geworfen.

Schon einen Atemzug später entspannte sich der Miakoda-Junge wieder und warf ihr einen zögerlichen Blick zu.

„Nun, ich glaube, ich sollte mich nun erst einmal hier einrichten … Werde ich dich später sehen?"

Zayda nickte bestätigend und ließ ihn anschließend allein – allerdings nicht, ohne sich ein selbstzufriedenes Lächeln zu erlauben, kaum hatte sie ihm den Rücken zugewandt.

Die gute Laune, die sich dank der neuesten Entwicklungen bei ihr eingeschlichen hatte, sollte allerdings nicht von Dauer sein.

Als R'jato seinem Schützling am nächsten Tag eine Schriftrolle überreichte, die ein Bote abgegeben hatte, schickte sie ihn hinaus, kaum hatte sie das Siegel erblickt.

Das Wappen ihrer Familie mit den gekreuzten Schwertern – mit wie viel Hoffnung sie es verband, aber auch mit wie vielen verhassten Momenten.

Kaum hatte R'jato schweigend die Tür hinter sich geschlossen, brach sie das Wachs und entrollte die Nachricht.

Es waren nur wenige Zeilen in der eleganten, aber ebenso kalten Handschrift ihrer Mutter verfasst. Immerhin hatte sie sich die Zeit genommen, die Botschaft selbst zu schreiben, anstatt sie einem Diener zu diktieren.

Zayda schnaubte.

Soll ich mich nun geehrt fühlen?

Sie rollte das Papier ganz auf und musste nur die ersten Zeilen lesen, um zu wissen, dass sie wieder einmal enttäuscht wurde.

„Verehrte Tochter", begann sie mit leichtem Abscheu in der Stimme, laut zu lesen. „Ich bedaure es, deine erneute Anfrage auf ein baldiges Treffen ablehnen zu müssen. Wir können weder die Zeit noch die Ressourcen für eine Reise aufwenden, und für deine Sicherheit kann hier nach wie vor nicht garantiert werden. Bla, bla, bla."

Sie warf den Brief zu Boden, da sie aufgrund ihrer zitternden Finger ohnehin nichts mehr entziffern konnte.

Wollen sie denn niemals sehen, was ich alles leisten kann? Welche Vorzüge meine Fähigkeiten für die Familie hätten?

Wie konnte man sich nur so verstoßen fühlen?

Mit bebenden Lippen unterdrückte sie einen Wutausbruch und begann, sich die Schläfen zu massieren. Bis ihr ein eigenartiger Geruch in die Nase stieg.

Was war das? Sie hielt inne und schnupperte an ihren Fingern.

Sind das ... Zwiebeln?

Irritiert fragte sie sich, wo der Geruch herrühren könnte. Sie hatte seit Wochen nicht mehr in der Küche ausgeholfen.

Als ihr keine andere Lösung einfallen wollte, hob sie den Brief wieder an – und tatsächlich, auch er roch danach.

Aber ihre Mutter würde doch kein stinkendes Papier benutzen, geschweige denn in der Küche einen Brief verfassen. Was sollte das dann? Hatte der Bote auf seiner Reise etwa in Zwiebelsaft gebadet?

Daraufhin drehte und wendete sie das Papier, doch auf der Außenseite roch es kaum, und sie konnte auch keine Flecken erkennen, wie von Suppe oder dergleichen. Das Siegel sah bei genauerem Hinsehen etwas seltsam aus. Da waren fettige Flecken rund um das Wachs, als wäre es zu lange Zeit warm gewesen.

Wärme ...

Auf einmal musste sie an etwas denken, das sie vor langer Zeit gelesen hatte. Ein Bericht im Zimmer ihres Vaters. Er hatte ebenfalls nach Zwiebel gerochen, und anhand der Flecken auf der Rückseite hatte sie geschlossen, dass er vor nicht allzu langer Zeit über einer Flamme erwärmt worden war. Die Schrift darauf war kurz danach verblasst, und Zayda hatte nur wenige Namen auf einer Liste sehen können.

Sie hatte nur einer einzigen Person von dieser seltsamen Entdeckung erzählt.

Sofort strich sie den Brief glatt und legte ihn auf ihre flache Hand, deren Oberfläche sie mit Magie erwärmte.

Ihr Herz schlug schneller, als neue Zeichen über denen ihrer Mutter auftauchten. Buchstaben, Worte, Sätze ... Das war die Handschrift von Zeruk!

Zaydas Herz trommelte, als sie die Schrift ihres Bruders erkannte. Was für ein ausgefallener Trick – und was für ein großes Risiko.

Wie viele Briefe hatte sie in den letzten Jahren erhalten, die nur aus wenigen Sätzen bestanden? Bei wie vielen hatte sie den Geruch vielleicht überhaupt nicht bemerkt?

Doch was nützten solche Fragen nun, da sie diesen Schatz in den Händen hielt? Rasch überflog sie die Zeilen, weiter und weiter, schneller und schneller, bis ihre Brust zu schmerzen begann und sie realisierte, dass sie zu atmen vergessen hatte.

„Das kann nicht stimmen."

Nach weiteren Sätzen: „Diese Narren."

Als sie zu Ende gelesen hatte, musste sie noch einmal von vorn anfangen, um alles zu begreifen, und erwärmte das Papier erneut.

Ihr Bruder ließ sie wissen, was die wahren Gründe für die erneute Ablehnung eines Besuchs waren: Es gab Unruhen. Zwischen den Clans, aber auch in Irfen selbst, denn es waren nun auch in anderen Städten Magier und Kinder verschwunden. Anstatt eine gemeinsame Lösung zu finden, witterten die Oberhäupter sofort Intrigen und machten Irfen dafür verantwortlich, weil dort alles angefangen hatte.

Die Herrschaft der van Dymars befand sich in einer tiefen Krise – und das seit über einem Jahr! Zaydas Hände bebten nun noch stärker als zuvor.

Wie konnte man so etwas Wichtiges so lange vor ihr geheim halten? Warum hatte Izerdan nie etwas gesagt? Und warum hatte sich Zeruk gerade jetzt dazu entschieden, ihr alles zu enthüllen?

Diese Abgeschiedenheit von ihrem eigentlichen Leben würde sie noch irgendwann in den Wahnsinn treiben!

Dass die Rivalitäten zwischen den Clans der Ratken nun wieder aufblühten, würde das schlechte Bild, das die Leute hier ohnehin schon von ihnen hatten, nur weiter bestärken. Und Meister Garion wusste ebenfalls davon, das hatte er bei ihrem Streitgespräch am Tag zuvor versehentlich verraten.

Doch im Grunde bestärkte all das nur ihre eigene Meinung. Es wurde Zeit, das Schicksal der Ratken selbst in die Hand zu nehmen.

Und Tanem könnte genau der Richtige sein, um sich ihr anzuschließen, wenn sie sich geschickt anstellte. Oder Garion dazu bringen konnte, dass sie bei der Ausbildung des Neuen helfen durfte.

Zayda saß im Schatten eines Apfelbaums, gemütlich an den Stamm gelehnt, und sah zu, wie Tanem ins Schwitzen geriet. Die Spätsommersonne hatte noch immer eine Menge Kraft, besonders auf dem Plateau, das ihren Strahlen bis zum Abend schutzlos ausgeliefert war.

Noch war seine Haut blass, doch schon bald würde sie so braun werden wie Zaydas, dafür würde sie sorgen.

Tanem schnaufte schwer und ließ mutlos die Hände sinken.

„Es klappt nicht! Ich kann einfach nicht mehr."

„Kannst du noch stehen?"

„Ja, schon …"

„Dann kannst du auch noch üben."

„Aber Meister Garion hat gesa…"

Zayda wischte mit ihrer Hand durch die Luft. „Meister Garion ist nicht da. Er hat mit den Jüngeren zu tun und mir gesagt, ich soll deinen Kenntnisstand überprüfen und den Beginn deiner Ausbildung als dein Lehrmeister überwachen. Also hol mir einen Apfel. Mit Magie."

Tanem ließ die Schultern hängen, straffte sich aber schon nach einem Atemzug wieder und richtete seine volle Konzentration auf den Apfelbaum über Zayda.

Sie verschwieg währenddessen die Tatsache, dass Meister Garion ihr den Auftrag vermutlich nur gegeben hatte, um sie abzulenken und ihre Gedanken vom kommenden Prüfungstag abzubringen. Und wahrscheinlich auch, weil seine fortgeschritteneren Novizen mit wichtigeren Dingen beschäftigt waren.

Es sollte ihr recht sein. Vielleicht konnte sie auf diesem Weg endlich ihre Reife für die Hüterprüfung beweisen – und gleichzeitig noch Interessantes über die mysteriösen Miakoda in Erfahrung bringen.

„Wie ist es so in deiner Heimat?"

„Grün. Alles ist voller Wälder."

Zayda dachte an ihre Heimat. An die weiten Ebenen und sanften Hügel, über denen sich im Frühling und Sommer ein Meer aus grünen Halmen und Ähren tanzend im Wind wog.

„Ist es so warm wie hier?"

Tanem überlegte. „Vielleicht im Hochsommer an manchen Tagen. Aber die vielen Seen kühlen auch angenehm."

„Aber du meintest, dass du aus den östlichen Gebieten bei Yoruba kommst."

„Richtig."

„Leben die meisten Miakoda nicht in den Bergen im Norden?"

Tanem zuckte mit den Schultern. „Sie ... wir sind weit verstreut. Die mächtigeren Stämme leben dort, ja. Und viele Gebiete dazwischen, entlang des Yor, teilen wir uns mit den Feliden."

Zayda beobachtete sein erneutes Versagen mit den Äpfeln.

„Eigentlich verwunderlich. Katzen und Hunde vertragen sich doch sonst nicht."

Er warf ihr einen Blick von der Seite zu und zog dann wieder an einem Apfel. Der Ast zitterte jetzt schon merklich.

„Aber Ratten sind bissiger, habe ich gehört."

Sie grinste und bleckte dabei ihre spitzen Zähne.

Er ahmte die Geste nach und gab sich wenig beeindruckt.

„Dafür haben die Wölfe mehr Magier."

„Wie viele Quellen bewachen deine Leute denn noch?", fragte sie mit gerunzelter Stirn, erntete aber nur ein Schmunzeln.

„Wie viele Fragen willst du mir noch stellen und mich damit von meiner Übung abhalten?"

„Oh, so einige. Du musst außerdem lernen, dich auf zwei Sachen gleichzeitig zu konzentrieren, sonst kannst du niemals mehrfache Magie anwenden."

Tanem grummelte eine unverständliche Antwort, verstummte jedoch jäh, als Zayda demonstrativ mehrere Äpfel vom Baum riss und vor ihm schweben ließ.

„Wie schaffst du es, dass sich nicht alle Äste mitbiegen? Bei mir ist das das Problem. Alles bewegt sich."

Sie zog einen Apfel mit Magie zu sich und einen direkt vor ihn, den Rest ließ sie fallen. Während der junge Miakoda noch die Stirn in Falten legte, sandte sie mehrere kurze Befehle an ihre Magie, und schon durchschnitten konzentrierte Funken die Äpfel in Scheiben.

Noch als Windhauch waren sie auf Tanems Gesicht spürbar, doch sie krümmte ihm kein Haar.

Wie hast du das gemacht?

Sie lächelte, als seine Gedanken an ihren entlangstreiften.

Konzentrierte Magie. Eine Mischung aus Luft und … reiner Energie.

Du nutzt die Magie an sich?

Das macht die Luft härter, schärfer und präziser.

Das Leuchten in Tanems Augen wurde heller, ehe sein Blick sich ganz neu auf die Umgebung richtete.

Das muss ich probieren. Die Äpfel sind perfekt dafür.

Es ist nicht so einfach, wie es aussieht.

Sie demonstrierte es erneut, indem sie die Apfelscheiben vor sich noch einmal teilte, sich dann ein Stück ohne Kerne aus der Luft pickte und in den Mund schob. Als sie die schwebenden Stückchen bereits alle gegessen hatte und das innere Kerngehäuse aus Langeweile immer schneller um sich selbst rotieren ließ, verzeichnete er die ersten Erfolge. Endlich. Er war also doch nicht vollkommen nutzlos oder unfähig.

Nur unerfahren.

Sie seufzte und ließ den Apfelrest los, der sofort selbstständig in die Höhe schoss und nach einem weiten Bogen hinter einer Mauer verschwand.

Das warst du früher auch.

Sie pflückte noch einen Apfel, indem sie mit einem präzisen Streich den Stiel durchtrennte, und ließ ihn Tanem entgegenschweben.

„Versuch es mit dem … aber ziel nicht in meine Richtung, das hat selbst eine freche Ratke wie ich nicht verdient."

Mit einem Grinsen fokussierte er seine Magie. „Sehr wohl, Meisterin Zayda."

Als Zayda sich in der folgenden Nacht wieder zur Quelle schlich und in dem tiefen Netz der weltweiten Magie nach Irfen suchte, hatte sie noch immer den süßen Geschmack von klebrigem Apfelsaft auf den Lippen. Sie verband ihre Magie mit der von Izerdan und spürte mit einer angenehmen Vertrautheit, wie er das Band ergriff und stärkte. Eine mittlerweile geübte Routine, die Zayda mit wohliger Geborgenheit erfüllte.

Dazu gehörte auch, dass sie ihn seit Jahren nicht mehr Meister nannte, obwohl es ihr jedes Mal in Gedanken auf der Zunge lag.

Wie immer pünktlich.

Zayda spürte, wie die Mundwinkel ihres weit entfernten Körpers einen Moment nach oben zuckten.

Natürlich. Die Wachen hier verhalten sich noch immer stümperhaft.

Und die Magie der Quelle hinterlässt keine Spuren, fügte Izerdan überflüssigerweise hinzu. Zayda bemerkte, dass sie heute absolut nicht in der Stimmung für ein Schwätzchen war.

Spuren hat mein Bruder auch kaum hinterlassen, als er mir eine Nachricht zukommen ließ. Ich muss zugeben, dass ich danach sehr versucht war, das heutige Treffen ausfallen zu lassen. Nur meine Wissbegierde über die Ereignisse in der Heimat hat mich doch dazu bewogen.

Die kurze Pause, die nun folgte, sagte alles.

Wut kochte in ihrem Inneren hoch, und sie machte sich keinerlei Mühe, diese zu verbergen.

Ihr werdet mir alles darüber erzählen! Alles!

Als sie spürte, wie sich sein Geist zugleich verdüsterte und verschloss, sank Zaydas Hoffnung auf eine streitlose Konversation.

Es kommt darauf an, was dein Bruder dir schon unerlaubt verraten hat. Oder soll ich seine Worte zuerst aus deinem Kopf filtern, um einen besseren Stand zu haben?

Untersteht Euch!, zischte Zayda und zog instinktiv ihre Barrieren in die Höhe. *Ihr wisst genau, was hier los ist. Oder sollte ich eher sagen: was in Irfen und im ganzen Hochland los ist, ohne dass ich irgendetwas davon erfahren habe. Das ist unerhört! Wie könnt Ihr mich so von meinem Leben abschneiden? Bei meiner Mutter verstehe ich es ja noch, aber ...*

Du willst alles wissen?

Sie schwieg erwartungsvoll.

Die Wahrheit ist ... wir stehen vor einem Rätsel. Die Vorfälle häufen sich, so wie damals, doch diesmal ist es nicht nur Irfen. Auch die großen Städte im Hochland sind betroffen, selbst die Königsstadt der Ostclans. Magier und Schüler verschwinden, egal welchen Alters sie sind oder aus welchem Clan sie stammen.

Zayda wagte es nicht, ihn nun zu unterbrechen, doch er schien ihre Frage ohnehin zu erraten.

Auch an meiner Schule, ja. Ich habe Sikehs kleine Schwester verloren und einen neuen Schüler, den du nicht kennst. Es ist, als würde ihre Magie einfach ... verschlungen werden. Ich kann keinen mehr aufspüren, und selbst ein alter Freund von Garion, der wegen seiner Feinfühligkeit für magische Spuren und Relikte hoch geschätzt ist, kann nichts finden. Ein Felide, wohlgemerkt!

Habt Ihr schon in Betracht gezogen, die Miakoda zu fragen? Der junge Wolfsmagier, der hier seit Neuestem in die Lehre geht, hat selbst als ungeübter und Gewordener schon ernst zu nehmende Fähigkeiten.

Diese kranken Abtrünnigen machen keinen Unterschied zwischen Gewordenen und Geborenen. Sie nehmen, was sie kriegen können. Aber es verschwinden auch völlig unmagische Personen, sogar manche Diener. Es ist schwer, festzustellen, wer wirklich betroffen ist, da man nun überall im Land besonders auf solche Fälle achtet. Auch früher verschwanden schon Einzelne, sei es wegen Streitereien und Kämpfen oder Pilgerreisen. Doch nun wird alles einer Intrige zugeschrieben, deren Gerüchte sich wie ein Lauffeuer verbreitet haben.

Weshalb sollte jemand ernsthaft glauben, dass meine Familie etwas damit zu tun hat? Im Brief stand, dass man die Herrscher in Irfen verantwortlich macht.

Es wurden Teleportationsspuren zwischen den Städten gefunden, von denen viele nach Irfen führen. Doch meiner Meinung nach ist das vollkommen normal, immerhin teleportieren sich Botenmagier oder auch die Templer und selbst ich. Nur hört zurzeit niemand auf mich, weil sie einen Schuldigen suchen. Da das Ganze vor vielen Jahren mit der ersten Mordserie an meiner Schule begann, ist es für alle naheliegend, dass die Ereignisse zusammenhängen und derselbe Schuldige wieder aktiv geworden ist.

Das ist doch Irrsinn!

Das ist es. Ein heilloses Durcheinander, über das ich dir im Moment nicht mehr sagen kann.

Als seine ehemalige Schülerin schwieg, bemerkte er, dass ihr etwas ganz und gar nicht passte.

Du bist misstrauisch.

Zayda schnaubte laut. *Wärt Ihr das nicht, wenn Euch jemand auf einmal so bereitwillig Auskunft gäbe, der zuvor alles monatelang verschwiegen hat?*

Guter Einwand. Ich wäre wütend.

Dann wisst Ihr ja jetzt, wie ich mich fühle, seitdem ich den Brief erhalten habe. Ich weiß nicht … ich …

Zayda hielt inne und stellte überrascht fest, dass *wütend* einfach nicht das bezeichnete, was sie wirklich empfand. Sie war enttäuscht und verletzt, weil ihr Mentor ihr dieses maßlos wichtige Wissen verschwiegen hatte.

Noch tiefer griff jedoch die Erkenntnis, dass sie sich in ihrer Einschätzung geirrt hatte.

Sie hatte geglaubt, Izerdan und sie wären Freunde.

Obwohl sie diese Gefühle tief in sich eingeschlossen hatte, schien er sie doch sehr deutlich in ihrer Magie wahrzunehmen. Er war mittlerweile einfach zu erfahren in dieser Art von Kommunikation.

Zayda, wir sind etwas viel Wichtigeres als Freunde. Wir sind Verbündete!

Die Worte drangen in ihren Geist, doch ihre Wirkung entfaltete sich erst nach einem Moment so richtig.

Verbündete!

Das Hochgefühl folgte auf dem Fuß, auch wenn sie nicht erwartet hätte, dass sie ihm so schnell verzeihen könnte. Ein Flüstern in ihrem Hinterkopf ermahnte sie, weiter skeptisch zu bleiben.

Echte Verbündete arbeiten zusammen und haben keine Geheimnisse. Ihr müsst mich nicht schonen. Ich vertrage es durchaus, unangenehme Neuigkeiten über die Politik meiner Familie zu erhalten. Vielleicht vergesst Ihr es manchmal, da Ihr im Gegensatz zu mir noch dort seid: Die Bande zwischen mir und meiner Familie waren schon immer ein wenig … getrübt. Wenn man eines nicht *muss, dann mich schonen. Ich werde das nicht länger tolerieren.*

Einer kühnen Intuition folgend, übertrat sie in diesem Augenblick eine Schwelle, nach der es kein Zurück mehr geben würde.

Hast du das verstanden?

Izerdan schwieg, offensichtlich überrascht über die jähe Dreistigkeit, ihn so direkt anzusprechen und alle Ehrerbietung gegenüber einem Meister zu verwerfen.

Sie waren allerdings Verbündete.

Ich werde dich von nun an nicht mehr schonen – doch im Gegenzug erwarte ich, dass du dich voll und ganz unseren Zielen widmest. Die Politik der van Dymar wankt, und der Tempelmeister und ich verlieren an Ansehen. Die jungen Generationen hören nicht mehr auf uns und Kalarati. Sie brauchen eine führende Hand.

Zayda versuchte, diese neue Wendung so schnell wie möglich zu verarbeiten.

Das war gut. Es gefiel ihr ungemein, so involviert und ernst genommen zu werden.

Und wie wird nun weiter vorgegangen? Meine Mutter weigert sich ja offenkundig, mich über meine eigene Familie zu informieren, die ich ihrer Meinung nach ja mehren soll.

Das Unbehagen und die Abneigung in Izerdans Energie zu spüren, war eine Wohltat, doch er ging nicht weiter darauf ein, sondern informierte sie wie versprochen.

Was wirst du nun tun?, fragte sie und ignorierte das kurze Zögern in ihren Gedanken, als sie ihn weiterhin so ungewohnt persönlich ansprach.

Ich hatte mehrere Audienzen bei deinem Vater, doch deine Mutter und er bestehen auf ihrem Kurs. Sie wollen durch bloße Willensstärke alles wieder geradebiegen und sich nicht auf deine Magie verlassen. Zumindest nicht, bis du tatsächliche Resultate liefern kannst, die sie davon überzeugen, dass es sich gelohnt hat, dich fortzuschicken.

Zayda spürte, wie ihr Körper unmissverständlich zu rebellieren begann.

Ist gut, ich habe es verstanden. Ich werde mich darum kümmern, dass es bald vorangeht.

Izerdans geistiges Abbild nickte leicht.

Auch die Meister der Tempel und Schulen haben sich beraten, doch uns ist noch keine Lösung eingefallen.

Es überrascht mich nicht, dass die Phiruin sich nicht einigen können. Ihre Interessen liegen viel zu weit auseinander. Und warum sollten sich die Feliden oder Miakoda für die internen Streitigkeiten der Ratken erwärmen?

Es ist nicht die Aufgabe der anderen Völker, für die Stärke der Ratken zu sorgen. Das war es noch nie und wird es auch nie sein. Wir sind eigenständig und integer und stolze Krieger. Es würde nicht zu uns passen, zu betteln und um Hilfe zu bitten.

Garion legt mir Steine in den Weg, obwohl er niemals offen etwas Schlechtes gegen mich oder die Ratken gesagt hat. Du kennst ihn doch mittlerweile sehr gut. Kannst du mir nicht verraten, was in seinem Kopf vorgeht?, fragte sie.

Er ist ruhig und gelassen und verrät selbst mir fast nie etwas über seine Ziele. Es ist leider bei fast allen Meistern eine deutliche Eigenart, sich in einen Mantel aus Geheimnissen zu hüllen. Da macht auch Garion keine Ausnahme.

Zayda seufzte. Der alte Felide war für sie nach all den Jahren immer noch ein Rätsel und würde es wohl auch bleiben.

Auf Izerdans Geheiß hatte sie oft versucht, in die Gedanken ihres neuen Meisters zu blicken, doch es war ihr nur selten gelungen, und sie schnappte nur einzelne Gedanken oder Gefühle auf. Zumeist herrschte dort einfach tiefe Stille.

Und selbst jetzt konnte Zayda noch nicht genau sagen, was sie an seiner inneren Harmonie so anwiderte.

Es ist der Stillstand, der dir nicht gefällt. Izerdans Worte rissen sie aus ihren Gedanken; auf einmal wurde ihr peinlich bewusst, dass er vermutlich alles mitverfolgt hatte.

Wie meinst du?

Stillstand. Dein Meister kann sich etwas leisten, das wir als Ratken nicht wollen — und du als Novizin absolut nicht anstreben solltest: Selbstzufriedenheit. Er hat bereits seine Ziele erreicht und strebt daher nicht nach mehr. Etwas, das für die seltenen, wirklich auserwählten Magier der Ratken niemals gelten darf. Wir haben ein schweres Los durch unsere Restriktionen.

Zayda wusste genau, was er meinte. In den letzten Jahren hatte sie mehr als einmal am eigenen Leib erfahren, dass den meisten Magiern der Feliden eine natürliche Stärke in die Wiege gelegt war, die nur wenige Ratken ihr Eigen nennen konnten.

Und mit dem Miakoda-Neuling sah es ganz genauso aus.

Umso wichtiger ist es, dass du bald die Prüfungen der Hüter bestreitest! Du bist meine aussichtsreichste Schülerin. Mein Vermächtnis! Dein Erfolg könnte einer neuen Generation von magisch begabten Ratken als Vorbild dienen.

Meister ..., rutschte es ihr heraus, doch diesmal tat es ihr nicht leid. Sie wusste, wie wichtig ihm ihre Zukunft war. *Dann sag mir, wie ich es vollbringen kann. Ich bin nicht schlecht! Ich bin eine bessere Kämpferin als alle hier, dank R'jato und dir, und du sagst selbst, ich bilde mir meine Fähigkeiten nicht nur ein! Aber dennoch werde ich nicht für würdig befunden, die Prüfungen anzutreten.*

Izerdans vernehmliches Seufzen ließ das magische Bild, das sich bei ihrer Verbindung immer vor ihrem inneren Auge formte, deutlich zittern.

Bis vor Kurzem hatte ich dir noch gepredigt, du solltest Geduld haben. Allerdings sehe ich nun klarer. Du musst es schaffen, für die Prüfung akzeptiert zu werden, um jeden Preis!

Ich werde dich nicht enttäuschen.

Sie beendete die Verbindung zu ihm und kehrte in ihren kribbelnden, von strömender Magie umgebenen Körper zurück.

Und ich werde mein Volk nicht enttäuschen.

Apfelernte

Von da an vergingen die Wochen quälend langsam und rasend schnell zugleich. Zayda übte in jeder freien Minute mit ihrem neuen Schützling, doch zeitgleich erfasste sie eine innere Unruhe, die sie auch bei den ausgiebigsten Stärkeübungen nicht abschütteln konnte.

Jedes Mal, wenn sie vor Schwäche fast zusammenbrach oder mit schmerzenden Knochen in ihr Bett fiel, kehrten der Druck und die Sorgen zurück.

Wie erging es ihrem Volk in der fernen Heimat? Wie konnte sie Zeruk wissen lassen, dass sie seine Nachricht erhalten hatte und sich darauf vorbereitete, ihm und den van Dymar zu helfen?

Nun gut, ihrer Mutter zu helfen, war das Letzte, was sie im Moment eigentlich wollte, aber ein Clan hielt zusammen, unter allen Umständen. So war es schon immer gewesen – und zugleich fragte sich Zayda, ob nicht genau darin das Problem lag. Man suchte die Schuld immer bei den anderen Ratkenfamilien, anstatt sich über die wirklichen Ursachen Gedanken zu machen.

Dass das Volk durch Uneinigkeit geschwächt wurde.

Die Fortschritte des blauäugigen Miakoda waren hingegen atemberaubend. Unter ihrer Anleitung blühte er auf und saugte jede neue Übung in sich auf wie ein Buch, das nur darauf wartete, mit Tinte gefüllt zu werden.

Es erfüllte sie mit einem Hauch Neid, ihn so aufblühen zu sehen, doch als Garion ihren Unmut wahrnahm, erinnerte er sie lächelnd daran, was für Sprünge sie in der stimulierenden Umgebung der neuen Schule gemacht hatte. Nun war sie nicht mehr die Lernende, sondern durfte sich in den Anfängen der Wissensweitergabe erproben.

Doch ihre eigene Entwicklung war auch nicht so einfach abzutun. Während sie Strenge und Unnachgiebigkeit gegenüber einem Schüler als neue Disziplin auslotete, wuchsen auch ihre eigenen Kräfte, und zum Höhepunkt des Herbstes hörten die Schwächeanfälle endgültig auf.

Zayda fühlte sich bereit wie noch nie, und konnte ihre innere Unruhe doch nicht abschütteln. Um sich davon nicht übermannen zu lassen, suchte sie sich immer neue Übungen und Aufgaben und trieb Vanu und Tanem an den Rand der absoluten Erschöpfung.

Meister Garion ließ sie gewähren – oder vielmehr war er wohl froh, dass Zayda sich der kleinen Gruppe annahm, die irgendwie zwischen den Stühlen gelandet war. Alle Älteren hatten mittlerweile noch höhere Stufen der Ausbildung erreicht, und viele von ihnen hatten die Schule bereits verlassen, um sich neue Aufgaben in der Weite der Welt zu suchen. Die jüngeren Novizen benötigten die volle Aufmerksamkeit der Meister, und die Zeit, die Garion eigentlich für seine älteren Zöglinge hätte aufwenden sollen, musste er dafür hernehmen, um sich den schäumenden Wogen der Politik zu stellen.

Vanu schloss sich ihrer kleinen Gruppe mit Freude und Begeisterung an, denn auch in ihr schlummerte schon seit Längerem der geheime Wunsch, sich im Kämpfen zu versuchen – von Zayda vor Jahren gesät und ständig genährt. Jetzt durfte sie sich mit ihr und Tanem austoben, dem das Kämpfen ebenfalls entgegenkam.

In seinem Inneren lag eine tief verborgene Wut, deren Ursache sie noch nicht hatte ergründen können, denn eines hatte er von Anfang an recht gut beherrscht: Er ließ sich nicht offen in die geistigen Karten blicken, selbst wenn er die Gedankensprache der Miakoda benutzte.

Ein einziges Mal hatte sie das Bild eines hechelnden Wolfes in seinem Geist aufblitzen sehen, das sie unglaublich faszinierend fand. Er erzählte unvoreingenommen von seiner Heimat und den Miakoda, doch sobald sie ihm Fragen zu seiner Schule und seinen Meistern stellte, wurde er ungewohnt wortkarg.

Um ihn abzulenken und ihm ein Gefühl der Zugehörigkeit zu vermitteln, steigerte sie ihre Übungen immer weiter und teleportierte sich, Vanu und Tanem auf einen der wenigen abgelegenen Übungsplätze außerhalb der Schule.

Tanem nahm die neue Umgebung mit Staunen in sich auf.

Eine große, flache Mulde im felsigen Berghang war mit Sand gefüllt worden, indem Schüler vor vielen Generationen Steine pulverisiert hatten. An einer Seite schützte eine flache Mauer aus zusammengewürfelten Steinen den weiten Ring vor dem absackenden Hang, auf der anderen Seite ragte eine schroffe Felswand in die Höhe, ehe sie im weiteren Verlauf des Berges verschwand. Einige Sitzplätze waren aus der Wand geschnitten worden, doch heute würden sie keine Zuschauer haben.

Zayda schüttelte ihre Schuhe von den Füßen und grub die Zehen in den Sand. Sie mochte die leicht kratzige, schabende Empfindung, die die unzähligen Körnchen auf ihrer Haut verursachten. Es gab ihr ein Gefühl für ihr eigenes Körpergewicht und verbesserte ihre Balance … und wenn sie die Augen schloss, gefiel ihr die Vorstellung, noch einen Hauch der uralten Magie wahrnehmen zu können, die hier in der Sandschicht schlummerte.

Tanem drehte sich einmal im Kreis, um die kleine Kampfarena, wie Zayda sie insgeheim nannte, zu begutachten; dann ließ er eine Handvoll Sand durch seine Finger rieseln. Fast hätte man meinen können, er hätte noch nie welchen gesehen.

„Es ist toll hier! So trocken!"

Vanu grinste breit und beschattete einen Moment ihre Augen, bis sich ihre Pupillen zu engen Schlitzen zusammengezogen hatten, um sich der Sonne anzupassen.

„Vor allem so ungestört", fügte die Felide hinzu und gab ein freudiges Johlen von sich, das sich leicht an der Felswand brach.

„Und was werden wir hier anstellen, das Ruhe und Ungestörtheit erfordert? Und vor allem so eine große Arena?"

Zayda trat lächelnd zu ihren Mitschülern und freute sich, dass Tanem diesen passenden Begriff gewählt hatte.

„Wir werden kämpfen."

Als die beiden zögerten, lenkte sie rasch ein, um die aufkommende Euphorie nicht abebben zu lassen.

„Nun, ich möchte mich im Erzeugen von Schilden üben, und das solltet ihr auch tun. Es hat mir bei einem der seltenen Kämpfe in letzter Zeit vortrefflich das Leben gerettet."

Sie warf Vanu einen Blick zu und grinste frech.

„Das musst du mir ohnehin noch zeigen – wie hast du Leron und die anderen so schnell ausgeschaltet?"

Zayda schüttelte tadelnd den Kopf. „Erst die Schilde, dann die Schläge, meine junge Schülerin."

Tanem klatschte in die Hände und verteilte damit eine leichte Staubwolke. „Jetzt klingst du wieder wie Meister Garion."

„Jahrelange Übung. Wollen wir?"

Sie trat in die Mitte des Sandfeldes und zählte dabei für sich die Schritte. Achtzehn oder neunzehn ... das ganze Feld umspann etwa vierzig und war leicht oval geformt, doch für ihre heutigen Übungen würde es ausreichen. Sie hatte schon letztes Jahr vergeblich versucht, Garion und seine älteren Lehrlinge dazu zu überreden, einen noch größeren Platz weiter oben in den Bergen anzulegen.

Doch für stille Meditationen und die wenigen Übungen mit Feuer oder Schilden genügte dieses Feld angeblich vollkommen.

Tanem folgte ihr bis auf einige Schritte und wartete geduldig.

„Weißt du, wie man einen Schutz erzeugt?"

Ihm schoss die Röte ins Gesicht. „Nun ... theoretisch ja, aber ich habe es schon eine Weile nicht mehr probiert."

„Dann übe jetzt. Du musst keinen mächtigen erschaffen können; es reicht fürs Erste aus, wenn du die Mechanismen dahinter verstehst, damit wir fortfahren können."

Er machte sich sofort daran und bekam von Vanu einige hilfreiche Tipps, während Zayda die Zeit nutzte, um selbst immer wieder blitzartig einen Schild zu erzeugen. Dieses Gefühl, dicht eingehüllt zu sein in einen Mantel aus Magie – es war berauschend, aber auch beengend zugleich. Wenn sie ehrlich zu sich war, mochte sie diese Beengtheit nicht. Was ihr daran gefiel, war das Hochgefühl, wenn die Magie anderer völlig wirkungslos an ihrem Schild zerplatzte.

Sobald sie allerdings an die Macht der Meister dachte, wurde ihr mulmig.

Es war noch nicht genug. Sie musste etwas an ihrem Schild ändern, damit er nicht mehr so leicht zu durchschauen war. Um ihre Theorien über die Standfestigkeit von gewöhnlichen Magieschilden zu prüfen, benötigte sie jedoch einige Gehilfen.

Die Sonne wanderte über den Himmel, erreichte ihren höchsten Punkt und sank wieder ein Stück herab, während Vanu und Tanem gemeinsam übten.

Die Luft über der Sandarena flirrte in der Nachmittagssonne.

Früher hätte Zayda sich sofort in den Schatten zurückgezogen und die Hitze des Südens verflucht, doch nicht heute.

Sie versuchte schon seit einiger Zeit, Energie aus der natürlich entstehenden Hitze zu gewinnen, doch so recht wollte es ihr nicht gelingen. Magie aus der Umgebung oder lebenden Geschöpfen zu ziehen, war nun einmal so viel einfacher.

Seufzend ließ sie es bleiben und warf einen Blick hinüber zu ihren Begleitern. Vanu lachte immer wieder auf, wenn sie mit kleinen Windstößen Sand gegen Tanems Schilde wehte.

Zu Zaydas Freude drangen keine Körner mehr zu ihm durch, sondern sprangen prasselnd von seiner Magie zurück.

Dann hatte das Warten ein Ende.

Sie trat zu ihnen. „Bist du so weit?"

Tanem richtete sich auf und wischte sich den Schweiß von der Stirn. Da seine blasse Haut an den Armen schon ziemlich rot geworden war, legte sie ihm eine Hand auf und heilte den Sonnenbrand – was er voller Erstaunen beobachtete.

„Was kannst du eigentlich nicht?"

Oh, so einiges. Noch *nicht.*

Sie zuckte stattdessen mit den Schultern und grinste gespielt.

„Im Gegensatz zu dir hatte ich schon einige Jahre Zeit, um praktische Erfahrungen zu sammeln. Du hingegen bist ein Bücherwurm ohne Bücher, der vieles nur theoretisch kennt, und Vanu liegt genau zwischendrin. Aber jetzt volle Konzentration."

Es erfüllte sie mit Freude, wie schnell die beiden wieder einlenkten und sich Ernsthaftigkeit auf ihren Gesichtern breitmachte. Zayda zog einen großen Schwall Sand in die Höhe und verdichtete ihn mit ihren Funken zu mehreren faustgroßen Kugeln.

Sofort zogen Vanu und Tanem ihre Schilde hoch und wehrten den geballten Druck ab, als der Sand gegen ihre magischen Schichten krachte und sich in alle Richtungen verteilte.

Vanu bewegte sich unter der heranprasselnden Last kein bisschen, Tanem hingegen zitterten die Arme, die er gehoben hatte, um seinen Schild zu stabilisieren.

Und jetzt …

Sie hielt inne, da es ihr schwerfiel, ihre Gedanken mit den beiden zu verbinden.

Fasziniert bemerkte sie, dass die Schilde nicht nur Schutz vor offensichtlichen Angriffen boten – sie schirmten auf ihre ganz eigene Art auch die Gedanken ihrer Mitstreiter ab.

Interessant! Vielleicht konnte ich deswegen so gut gegen die Gruppe bestehen, als sie mich am Jahrestag angriffen. Leron und die anderen konnten meine Absichten nicht voraussehen, als ich mich gegen ihre Angriffe schützte … das sollte ich mir merken, denn als ich selbst angriff, habe ich den Schutz weggelassen. Ob ich ihn auch im Rennen und bei Schlägen aufrechterhalten kann? Ich müsste ihn dann nur an den Stellen auflösen, an denen ich selbst zuschlagen will …

Ihre Gedanken drohten sich zu überschlagen, also verschob sie diese Ideen auf später. Jetzt war etwas anderes an der Reihe.

Sie sah Vanu und Tanem nacheinander in die Augen, zog allein mit ihren Gedanken einen Schild in die Höhe und hob auffordernd die Hand.

„Und jetzt zerstört meinen."

Die beiden sahen sie so verblüfft an, dass sie ihre Magie vollkommen vergaßen und ihr Schutz schlagartig zusammenfiel.

„Wie bitte?"

„Greift mich an!"

Tanem zögerte und fühlte sich sichtlich unwohl. „Warum sollte ich das tun? Außerdem ist dein Schild viel zu stark, das hat Vanu mir schon berichtet."

„Dann versuch es bei ihrem. Sie hat nichts dagegen, oder?"

Die Felide öffnete kurz den Mund, um zu protestieren, überlegte es sich jedoch anders und zuckte nur mit den Schultern.

Tanem stellte sich breitbeinig hin und strich sich einige braune Haarsträhnen aus der Stirn, die bereits vom Schweiß glänzte. Vanu zog ihren Schild in die Höhe, der für ein geübtes Auge leicht im Licht der Nachmittagssonne glänzte.

Nur einen Augenblick später strichen Tanems Gedanken wie eine feine Brise um Zaydas.

Ich weiß nicht, wie ich das machen soll. Ich kann ja kaum einen eigenen Schild erzeugen.

Ich verbinde meine Magie mit deiner ... dann kann ich dich lenken. Dir Schwachstellen zeigen.

Sie trat neben ihn und legte sachte eine Hand auf seine Schulter. Sein helles Hemd war warm von der Sonne und auch von seiner erhitzten Haut. Als sie einige magische Funken zu ihm lenkte, erstrahlte seine Magie bereitwillig vor ihrem inneren Auge auf.

Er vertraute ihr!

Dieses Gefühl war unglaublich befriedigend und beflügelnd zugleich. Sie half ihm, den Schild ihres gemeinsamen Ziels besser wahrzunehmen, und erklärte ihm, wie er seine Magie dagegen schleudern sollte.

Er sandte einen Pfeil aus Magie ab, ließ ihn roh und ohne Funktion wie Feuer oder Wind, um die Eindrücke an ihrem Schild nicht zu verfälschen. Als seine Energie jedoch abprallte, zögerte er.

Los, du kannst es!

Wieder ein Pfeil und wieder kein Ergebnis. Vanu begann zu grinsen.

Mehr. Verbreitere deine Angriffsfläche.

Zaghaft schickte er seine Magie weiter vor, tastete mit hohem Druck nach Ungleichmäßigkeiten in der Schicht aus Funken. Er schleuderte keine Pfeile mehr, die sinnlos zerbarsten, sondern erzeugte fast eine Art Gegenschild, mit dem er sich gegen ihren drückte. Zayda hatte schon mehrere kleine Fehler in Vanus Schild entdeckt, auf die sie sich nun liebend gerne gestürzt hätte. Mit Mühe hielt sie sich zurück und überließ Tanem die Führung. Er sollte es lernen, denn sie wollte wissen, was sie in Zukunft bei sich selbst besser machen müsste.

Ihr Schild musste undurchdringbar werden.

Weiter!

Er drückte fester, und Zayda sah deutlich, wie Vanu mit den Zähnen knirschte. Doch es genügte noch nicht.

Weiter!

Ein Zucken ging durch Tanems Rücken.

Etwas veränderte sich, als wäre eine Barriere in seinem Inneren überwunden – und Zayda nutzte es. Sie verband ihre Quelle mit seiner, überließ ihm die Kontrolle über große Mengen ihrer Magie und spürte sofort das starke Kribbeln, als sie ihr entrissen wurde.

Tanem war wie im Rausch.

Die geballte Magie brach sich ihre Bahn, wallte Vanu entgegen und zerbrach den Schutzschild seiner Gegnerin.

Sand schoss wie eine Fontäne in die Höhe, als die Energie in verschiedene Richtungen entwich. Vanu gab ein Ächzen von sich, das jedoch vom Lärm der berstenden Magie übertönt wurde. Sie verlor den Halt, als Tanems Magie sie wie eine Wand traf, und wurde nach hinten geworfen.

Der Schwung schleuderte sie in den Sand, wo ihr Körper eine lange Schneise hinterließ und Tanem deutlich machte, weshalb sie hier übten.

Vanu rappelte sich auf und rieb sich die Schulter.

„Das … ist nicht … gerecht …", rief sie und schnappte dabei schwer nach Luft. Ihre Augen funkelten jedoch voll freudiger Aufregung angesichts der magischen Auseinandersetzung.

Körnchen und Staub rieselten wie feiner Regen auf den gesamten Platz herab und erzeugten ein Rauschen, das Zaydas belehrende Antwort etwas verzögerte.

„Nichts im Leben ist gerecht! In meiner Heimat verschwinden Magier, sie werden offensichtlich entführt oder getötet. Die Meister tun nichts dagegen, und es ist nur eine Frage der Zeit, bis sich das Problem ausbreitet – wir müssen uns auch hier verteidigen können."

Die beiden nahmen diese Information überraschend gelassen hin, als würde es sie kaum überraschen, dass es zwischen den Ratken Streitigkeiten gab. Was ja leider auch der Wahrheit entsprach.

„Das betrifft nicht mehr nur die Ratken! Früher war es nur in einer Stadt, aber es sind keine gewöhnlichen Menschen dafür verantwortlich. Nicht nach dem, was ich gesehen habe …"

Vanu schüttelte sich Sand von den Schultern. Es schien eine unwillkürliche Bewegung zu sein … oder wollte sie ihr Unwohlsein zum Ausdruck bringen?

Tanem hatte hingegen die Stirn in tiefe Falten gelegt.

„Willst du damit sagen, wir sind in Gefahr?"

Auf einmal wunderte sich Zayda, warum sie das ganze Thema überhaupt so offen ansprach. Hatte sie sich nicht in den vielen wachen Nachtstunden eine ganz andere Erklärung ausgedacht, um diese Übung zu begründen, die Izerdan ihr schon vor vielen Monden ans Herz gelegt hatte?

„Die Wahrheit ist: Ich weiß es nicht. Seit ich von zu Hause fortgeschickt wurde, hält man mich an der kurzen Leine, was Informationen aus Irfen angeht. Allerdings sind dort schon einmal schreckliche Dinge geschehen – und jetzt wiederholen sie sich. Magier verschwinden, und ich möchte nicht, dass bald ich selbst oder jemand aus meiner näheren Umgebung dazu zählt."

Während sie erzählte, kämpfte Tanem zusehends mit seiner Schwäche, doch er hielt sich wacker auf den Beinen – eine Zähigkeit, die sie ihm hoch anrechnete.

Natürlich hätte er Vanus mächtigeren Schild nicht ohne Zaydas magische Leihgabe brechen können, doch dass er es überhaupt beim ersten Mal geschafft hatte, war beeindruckend.

Tanem war gut.

Vor wenigen Wochen hätte Zayda dies noch als Bedrohung ihrer magischen Stellung gesehen, doch mittlerweile sah sie es von der praktischen Seite. Tanems Magie konnte sie ebenfalls einsetzen wie eine Waffe, wenn er sich ihren Übungen hingab, so wie sie es vorgesehen hatte. Er würde zu ihrem treuen Begleiter werden, wenn die Meister sie nicht davon abhielten.

Nachdem Garion so beschäftigt war, hatte der Miakoda fast mehr Kontakt zu ihr und Vanu als zu allen anderen in der Schule – und Vanu las ihr bereits fast jeden Wunsch von den Lippen ab.

Allein die Tatsache, dass sie sich ohne ein Wort des Einspruchs diesem waghalsigen Übungskampf anschloss, sprach Bände.

Jetzt wirkte allerdings auch Vanu bedrückt ... und Zayda sah auf einmal jemand anderen vor ihrem inneren Auge. Sie sah sich selbst, als kleines Mädchen, frischgebackene Kriegerin ... unsicher und unerfahren. Und wer betrachtete sie da?

Kielle.

Zayda schauderte und legte rasch ein falsches Lächeln auf, von dem sie hoffte, dass es Vanu und Tanem beruhigen würde.

Sie lässt mich immer noch nicht los ... oder liegt es daran, dass ich wie sie werde? Ich habe jetzt eigene Zöglinge.

Sie bedeutete den beiden mit einem Wink, ihr zu folgen.

Wäre das denn so schlecht? So zu sein wie Kielle? Sie war stark und von den Meistern geachtet. Sie war frei ... zumindest freier als all die anderen Novizen.

Am Rand der Sandarena zog sie ihre Stiefel wieder an und ignorierte das Knirschen des Sandes darin, während sie die Blicke im Rücken deutlich spürte.

Aber sie ist gestorben.

„Zayda? Alles in Ordnung?"

Sie zuckte zusammen und bemerkte beschämt, dass sie doch einen Moment entrückt war.

„Ja, ich habe nur nachgedacht. Lasst uns zur Schule zurückkehren. Wir können sicherlich alle eine Erfrischung gebrauchen."

Knisternde Blitze erfüllten den Innenhof nahe den Obstwiesen, als sie sich gemeinsam zurückteleportierten und dem wachenden Magier am Nordturm Bescheid gaben.

Tanem stolperte und fiel gegen Zaydas Schulter. Wie zufällig streifte seine Hand dabei ihre, ehe er sich, eine Entschuldigung murmelnd, wieder aufrappelte und davonmachte. Vanu sah ihm irritiert hinterher, machte sich dann aber mit Zayda auf den Weg zur Küche, um sich einen großen Becher kaltes Minzwasser zu gönnen.

„Dieser Herbst will und will einfach nicht abkühlen. Wenn das so weitergeht, werden die Äpfel bereits an den Bäumen zu Most."

Zayda stürzte ihr Wasser hinunter und dachte dabei an den süßen Geschmack des Apfelweins. Irgendwie hatte sie eine ungute Vorahnung.

Seufzend stellte sie ihren kühlen Becher wieder ab. Mit einem Wink ihres Arms zog sie eine neue Portion aus dem offenen Fass, in dem Minzzweige lose im klaren Brunnenwasser trieben, und füllte es in ihren Becher.

Wie konnte etwas zugleich so frisch und doch so fad schmecken?

Sie schreckte hoch, als jemand sie am Arm stupste.

Vanu sah sie tadelnd an. „He, was ist denn los? Du bist doch sonst nicht so abwesend."

„Kannst du es dir nicht denken?"

Die kleine Felide schaute schuldbewusst drein. „Morgen …"

„Exakt."

„Ich bin sicher, dieses Mal ist es so weit. Schon im Frühjahr waren ja nur noch wenige übrig, und da hat Meister Garion bereits eine Andeutung gemacht."

Dir gegenüber vielleicht. Mich hat er nur belächelt, genau wie bei jedem Auswahltag zur Prüfung.

Doch sie schluckte ihren Unmut herunter und nickte. „Vielleicht lenken mich heute ja ausnahmsweise einmal die Bücher ab. Wir treffen uns in der Bibliothek, ja? Ich muss nur noch etwas erledigen."

Vanu strahlte begeistert und eilte voraus.

Wie vorhersehbar ihre Liebe für die Schriften doch war!

Zayda stellte den leeren Becher in den Sammeltrog, wo irgendeiner der jungen Novizen ihn putzen würde. Seit sie sich – mehr als bereitwillig – einverstanden erklärt hatte, sich um die Einführung des Neuen zu kümmern, der so wenig in Garions Ausbildungspläne passte, musste sie keinerlei Küchendienst mehr leisten.

Doch anstatt den Weg zur Bibliothek einzuschlagen, wandte sie sich in eine andere Richtung, die sie direkt zu einer verzierten Tür führte.

Dahinter spürte sie Garions Gedanken. Zumindest die, die er seinen Schülern wahrzunehmen gestattete, wenn er sie in seinen Gemächern empfing.

Er war damit beschäftigt, einige Papiere durchzugehen und die Vorbereitungen für die baldige Reise nach Siad vorzubereiten.

Höchste Zeit.

Sie klopfte an und trat ein, als sie sein Einverständnis spürte.

Er schien keineswegs überrascht.

Sie verneigte sich vor ihm.

„Meister, ich habe den Tag wie gewünscht wieder mit Vanu und Tanem verbracht. Es wird Euch freuen zu hören, dass er großartige Fortschritte macht. Er ist schnell und bedacht zugleich und hat alle Aufgaben erfüllt, die ich ihm bisher gestellt habe."

„Sehr gut."

Sie blickte überrascht zu ihm auf. Auch wenn er ein Freund von Ruhe und Ordnung war, so war diese Wortkargheit doch sehr ungewöhnlich für ihn.

„Störe ich?"

„Nein. Aber die Zeit drängt."

„Ich weiß ... deshalb wollte ich Euch ja auch berichten. Ich denke, Ihr solltet Vanu mit nach Siad nehmen. Sie schlägt sich hervorragend, und wir unterstützen uns gegenseitig sehr gut darin, uns weiterzuentwickeln. Tanem holt auch schnell auf, es ist erstaunlich. Vielleicht sollte auch er –"

Garion unterbrach sie, ehe sie es aussprechen konnte.

„Willst du dich als meine neue Beraterin etablieren, Zayda? Davon habe ich schon einige – und auch von anderer Seite erhalte ich in letzter Zeit ungewöhnlich viele Ratschläge, wie ich meine Schüler zu behandeln habe."

Zayda wartete ab, ob er noch mehr sagen würde, doch natürlich hüllte er sich in vage Andeutungen.

Spielte er vielleicht auf Izerdan an?

Hatte der Ratkenmeister etwa offen darum gebeten, sie zur Prüfung zuzulassen? Das konnte sie sich nicht wirklich vorstellen.

„Ich würde Euch niemals vorschreiben wollen, was Ihr zu tun habt …"

Da wurde die Falte zwischen seinen Brauen tiefer.

„Gibt es einen besonderen Grund, weshalb du heute umso mehr und umso ungeschickter drängst und manipulierst? Denke nicht, mir würde das nicht auffallen."

Zayda zögerte kurz, überrumpelt von ihrer unbeabsichtigten Durchschaubarkeit.

Blitzschnell entschied sie sich für eine Version, die der Wahrheit noch am nächsten kam – denn Izerdan hatte ihr mehrfach eingebläut, dass Garion niemals etwas über ihre geheimen Unterhaltungen in ihren Gedanken finden durfte. Immerhin gehörten sie als hohe Magier beide zum Rat der Meister … und Phiruin durften einander eigentlich nicht belügen.

Eigentlich.

Zayda verschränkte die Arme vor der Brust.

„In den Augen der Feliden bin ich nun erwachsen … und meine Eltern haben mir in mehreren Briefen deutlich gemacht, dass sie Ergebnisse erwarten! Ich darf sie nicht länger enttäuschen."

„Sie haben dich hierhergeschickt, um dich dem Einfluss des Bösen zu entziehen, das sich in Irfens Untergrund breitgemacht hatte. Glaube nicht, ich wüsste nicht, dass deine Mutter eigentlich keine Magierin als einzige Tochter wollte."

Zayda öffnete und schloss den Mund.

„Ich … ich bilde sogar bereits in Eurem Namen aus! Nehme Euch Arbeit ab!"

Sein Blick wurde widerlich herablassend.

„Wir wissen doch beide, dass du das nur tust, damit ich mehr Zeit für die Unterredungen der Phiruin habe."

Als sie zögerte, lachte er leise auf.

„Oder doch nicht? Meine Güte, Zayda! Du zeigst doch nicht etwa nach all den Jahren das erste Mal Interesse an jemandem außer Vanu?"

„Ihr seid ungerecht! Nur weil ich nicht mit allen Schülern enge Freundschaften schließe, heißt das nicht, dass ich herzlos bin! Viele Eurer älteren Novizen sind mittlerweile fortgegangen."

„Und du sahst dich auf einer Ebene mit ihnen?"

Dass Zayda schwieg, war wohl Antwort genug.

„Dein Hindernis sind nicht deine magischen Fähigkeiten, sondern deine menschlichen."

Sie spürte, dass seine Worte endgültig waren.

Eisige Kälte mischte sich zu der schwelenden Wut in ihrer Brust. Sie hatte einen Fehler gemacht, war das Ganze völlig falsch angegangen – und jetzt würde sie Izerdan und ihr Volk wieder bitterlich enttäuschen.

Ein Schrei bahnte sich seinen Weg aus ihrem Hals, doch bevor er über ihre Lippen kommen konnte, würgte sie ihn mit aller Kraft wieder hinab.

„Was ... und was soll ich jetzt tun?", fragte sie mit zusammengebissenen Zähnen und hasste es, dass man ihrer Stimme dabei doch unterschwellige Verzweiflung anhören konnte.

„Übe dich in dem, an dem es dir am meisten mangelt: Geduld und Demut!"

„Und wie soll das aussehen? Ich habe die Kalligrafie schon vor Jahren gemeistert, auch wenn es die qualvollste Aufgabe war, die ich je durchleben musste!"

Sie gab sich keine Mühe mehr, ihren Unmut zurückzuhalten. Sie verachtete die Praktiken der Feliden, wenn es um Geduldsübungen ging. Wozu musste sie schön schreiben können wie eine Edeldame, wenn sie doch dafür geboren war, eine Kriegerin zu werden?

Garion schüttelte den Kopf und seufzte dabei übertrieben laut. Wie sehr sie diesen Alten gerade verabscheute!

„Du enttäuschst mich, Zayda."

„Keine Sorge, daran bin ich nicht nur dank Euch gewöhnt."

„Manchmal könnte man meinen, ich spräche mit Izerdan und nicht mit dir, Mädchen."

Sie schnaubte und hasste es, dass er sie anscheinend immer weiter durchschaute.

„Vielleicht ist er der bessere Meister für mich."

Da wurde sein Blick kalt und hart. Dafür, dass er keinen Kampfstil hegte, konnten seine Augen einem Schwert erstaunlich ähneln.

„Geh mir aus den Augen – und morgen findest du dich mit den jungen Novizen im Garten ein und hilfst bei der Apfelernte, bis die letzte Frucht vom Baum gepflückt ist."

Zayda wandte sich von ihm ab, noch bevor er den Arm tadelnd Richtung Ausgang gestreckt hatte. Sie hätte nicht garantieren können, dass ihr Temperament nicht mit ihr durchging.

Und einen Kampf gegen ihn hätte sie niemals bestanden.

Vanu spürte sofort, dass etwas mit ihr nicht stimmte, als sie ihr kurz darauf im Garten begegnete anstatt in der Bibliothek.

Zayda wollte nichts lieber als sich irgendwo verkriechen – oder sich mit R'jato eine heftige Prügelei im verhassten Obstgarten liefern, bei der einige Bäume Feuer fangen könnten. Allerdings war ihr Leibwächter der Meinung, dass es derzeit Wichtigeres in ihrem Leben gab als die ratkischen Kampfübungen.

Eine zu bestehende Prüfung der Hüter. Zum Beispiel.

Die Vorstellung, ihm unter die Augen treten und dabei die Enttäuschung in seinem Blick sehen zu müssen, die für die absolute Unzufriedenheit ihrer Eltern und Izerdans stehen würde – das konnte sie gerade nicht ertragen.

Vanu schien es ihr genauso leicht ansehen zu können, als ob die Schande auf ihrer Stirn gebrandmarkt wäre. Die kleine Felide hatte

Tränen in den Augen und zog sie zu einer Umarmung an sich, die Zayda aber nicht wahrnahm.

Alles war einfach dumpf.

Doch schon im nächsten Moment bäumte sich der Stolz in ihr auf und wischte die Trägheit mit voller Wucht davon.

Sie löste sich aus dem Griff ihrer Gefährtin, etwas zu grob, als es notwendig gewesen wäre. Angesichts ihres inneren Aufruhrs konnte Vanu allerdings froh sein, dass Zayda sie nicht quer durch den Hof schleuderte.

„Weiß Tanem es schon?"

Zayda schnaubte und kämpfte ihren Stolz mit Mühe nieder. Doch er blieb in ihrem Bauch haften, lauernd und bereit, jederzeit wieder hervorzuspringen. Verletzt und blutend, wollte der Stolz sich aufbäumen und nie wieder still sein.

Ruhe!

Zayda atmete einmal tief durch, was mehr wie ein Seufzen klang.

„Was soll ihn das interessieren? Es ist für ihn nicht von Belang."

Vanu machte eine Bewegung mit der Lippe, als hätte sie darauf beißen wollen, hielt sich aber zurück.

„Oder bist du da anderer Meinung?"

„Nun … er ist gut. Er hat Fortschritte gemacht, die ich nicht für möglich hielt. Da sieht man wieder einmal, was Wissen für eine Macht haben kann."

Zayda seufzte und verdrehte die Augen dabei. Immer wieder diese alte Leier. Auch sie hatte viel gelesen, um ihr Verständnis für Krankheiten zu vervollständigen. Nur war dies auch mit einer tiefen Frustration einhergegangen, da sie einfach keinerlei Aufzeichnungen über die Schwärze finden konnte, die Kielle befallen hatte. Hätte sie es nicht mit eigenen Augen gesehen – sie hatte in keinem Buch aus Tna'Nis Bibliothek auch nur eine Andeutung darüber gefunden, dass so etwas möglich war.

Das war etwas, was sie seit Jahren ärgerte und empörte. Dieses feige Totschweigen von Fakten.

Hätte sie den Brief nicht erhalten – man würde hier in diesen kargen Bergen kein Wort über die Schwärze hören.

Zayda fragte sich, ob sie mehr in dem südlich liegenden Dorf erfahren hätte, für das sie sich in den letzten Jahren so wenig interessiert hatte. Immer hatte sie die dortigen Wein- und Getreidebauern als weltfremd abgetan, aber vielleicht war sie da einem Irrtum aufgesessen.

Weltfremd war man hier in der Schule auf dem Plateau, weitab vom Rest der Welt und all den Handelsrouten, über die Neuigkeiten flossen, wenn sie nicht durch magische Boten verbreitet wurden.

Doch ihr Stolz erlaubte es nicht, dass sie in ein Dorf hinabstieg und Bauern nach Neuigkeiten aus dem fernen Land der Ratken anbettelte.

Als sie wieder Vanus Blick gewahr wurde, waren sie nicht mehr allein.

Tanem hatte sich aus den Schatten des Gartenschuppens geschält, und sein unterwürfiger Blick zeigte deutlich, dass Vanu ihn schon informiert hatte.

Über Zaydas Versagen.

Wie sehr sie dieses Mitleid verachtete!

Auf einmal war ihr Stolz entfacht und peitschte mit voller Kraft in das Feuer, das ihre Wut antrieb.

„Sieh mich nicht so an! Du weißt nichts! Nichts über meine Ziele, meinen Antrieb! Du hast kein Recht …"

„Zayda …", setzte Vanu an – und die Ratke hasste ihren widerlich milden Ton.

„Nein! Ich lasse mich nicht einlullen, nicht einwickeln in diesen Mist! Ich habe Pläne! Und unser Meister hat nichts Besseres zu tun, als mich zu bestrafen, weil ich meine Rechte als Kriegerin der

Ratken einfordere und lebe! Ich lebe! Im Gegensatz zu all diesen ruhigen, wandelnden Leichen hi..."

Vanus mahnender Blick brachte sie zum Stocken, aber nicht zum Schweigen.

Das tat erst Tanem, mit seinen Gedanken.

Oder war es dieses überaus deutliche Zögern darin? Die Fragen, die Unsicherheit?

Er wollte etwas sagen, und sie hielt die geballten Worte zurück, damit er seine finden und wählen konnte.

„Du denkst, Meister Garion hält dich zurück? Du bist ein Protegé! Ein Wunderkind der Ratken – die Meister in den Schulen der Miakoda können ihre Schützlinge frei aus einem großen Angebot wählen und nur die besten nehmen. Du hältst das für Jammern auf hohem Niveau, weil die Miakoda ein von Magie durchdrungenes Volk sind? Ich hatte das Pech, in einer Zeit geboren zu werden, in der viele magische Familien ebenfalls Kinder bekamen. Da ich aber kein geborener Magier bin, sondern durch harte Arbeit erst zu einem wurde, haben sie mich im Tempel abgelehnt."

Es war das erste Mal, dass Tanem die Fäuste ballte und außer Atem geriet, weil er voller Rage sprach. Nicht weil er eine Übung nicht sofort meisterte oder eine Niederlage einsteckte, sondern weil er endlich aussprach, was ihm seit seiner Ankunft auf dem Herzen lag.

Zayda wusste auf einmal nicht mehr, was sie fühlen sollte. Ihre ratkische Erziehung flüsterte ihr zu, dass sie diese Enthüllung als belanglos abtun sollte, falls sie sie nicht irgendwie nützen konnte.

Doch ihre Magie geriet in Resonanz und löste etwas aus, das sie wohl als Mitgefühl einordnen musste.

„Weshalb hast du das nie erzählt?"

Tanem schnaubte. Zum ersten Mal wirkten seine Augen nicht mehr leuchtend hellblau, sondern so dunkel wie eine Sternennacht. „Hättest du es denn hören wollen? Du warst so damit beschäftigt, mich zu drillen und dich damit von deiner Angst abzulenken."

So durchschaut hat er mich?

Zaydas Körper fühlte sich kalt an, und da wurde ihr klar, dass sie schwitzte.

„Glaube nicht, du würdest meinen Zorn verstehen", zischte sie leise, doch er blieb standhaft.

Er hatte Schneid, das musste sie ihm lassen.

„Ich musste meine Wut und mein Schamgefühl hinter mir lassen und weiterziehen", machte er unbeirrt weiter. „Genau das tat ich an dem Tag, als ich fortging und vor einer Gabelung stand, an der ich den richtigen Weg nicht mehr kannte. Ich ließ das Schicksal entscheiden – und es führte mich zu einem kleinen Felidenmädchen, das in Schwierigkeiten war, weil ein Wildschwein sie jagte. Als ich sie vor der wütenden Bache gerettet hatte und sie mich zu ihrer Gruppe mitnahm und mir von diesem Ort hier erzählte … da wurde mir klar, dass alles seinen Weg findet. Auch ich und auch du."

Zayda verzog das Gesicht, als er so altklug sprach. Sie wollte ihn gerade aufziehen, als sein Blick trüb wurde. Jemand sprach im Geiste mit ihm, aber sie konnte nicht ausmachen, wer es war.

Als sie einen fragenden Blick zu Vanu warf, war auch diese erstarrt.

In ihren Augen spiegelte sich eine ganze Unterhaltung im Bruchteil eines Atemzugs – anschließend breitete sich etwas auf ihrem Gesicht aus, das man einfach nur als pures schlechtes Gewissen bezeichnen konnte.

Zayda hätte schwören können, dass in diesem Moment der Wind vollständig erstarb, jedes Blatt im Obstgarten einfror und die Vögel verstummten.

Sie musste nicht einmal warten, bis Tanems Blick euphorisch wurde, da wusste sie es bereits.

Die beiden waren zugelassen. Meister Garion hatte soeben allen Auserwählten mitgeteilt, dass sie an der Prüfung teilnehmen würden.

„Zayda …", fing Vanu an, doch die Ratke hob ruckartig die Hand.

„Nicht. Sag jetzt nichts."

Sie verspürte große Lust, jemanden dafür zu bestrafen, doch Vanu sollte nicht diejenige sein. Es hatte Jahre gedauert, eine feste Bindung zu ihr aufzubauen – und Tanem hatte ihr eine Menge zu verdanken. Eine unglaubliche Menge, dennoch würde er sich von unkontrollierter Wut verschrecken lassen.

Es hatte sie noch nie so viel Selbstkontrolle gekostet, die beiden nicht zu verängstigen. Sie brauchte sie noch.

„Geht. Ihr müsst die anderen treffen und euch vorbereiten."

Vanu legte Tanem die Hand auf die Schulter – eine Bewegung, die deutlich sagte, dass er sich besser mit ihr zurückzog.

Zayda ballte die Fäuste und blieb ruhig stehen, bis Vanu und der verdammte Miakoda gegangen waren; anschließend ließ sie sich gegen den ältesten Baum sinken, den der Garten zu bieten hatte.

Sie vermisste die weiten Wiesen und den kalten, harten Wind, der auf den Ebenen Energie gewann, um anschließend durch Irfens Gassen zu heulen.

Zayda schloss die Augen und träumte sich davon.

Vielleicht konnte sie einfach lange genug hier sitzen bleiben, bis sich das Ganze als Missverständnis oder Albtraum herausstellte? Stattdessen wanderte die Sonne durch die flatternden Blätter, bis Zayda mit einem erleichterten Aufatmen fühlte, dass die Gruppe der verdammten, ausgewählten, supertollen Novizen endlich die Schule verließ.

Sie wusste wirklich nicht, ob sie es länger ausgehalten hätte.

Stattdessen wurde eine Prüfung ihrer Geduld von der nächsten abgelöst.

Sie sollte definitiv aufhören, das Wort Prüfung auch nur zu denken. Es würde sie wahnsinnig machen. Über kurz oder lang.

Eher kurz.

Stimmen wurden laut.

Sie setzte sich seufzend auf und warf den rot leuchtenden Äpfeln über sich einen giftigen Blick zu.

Das Lachen der Kinder war definitiv das Nervigste, was sie jetzt ertragen musste. Bei Kalarati, als ihre Brüder so alt waren wie sie jetzt, hatten sie bereits gegen militarisierte Diebesbanden im Norden gekämpft und ihre ersten Wettkämpfe gegen andere Herrschersöhne im Hochland bestritten, um ihren Stand zu sichern!

Sie dagegen – einzige aufstrebende Magierin der Familie van Dymar – sollte Apfelsaft machen.

Die jungen Novizen wurden von Lerons jüngerer Schwester und mehreren der stillen Turmwächter angeführt. Lerana hatte sich zu Zaydas Missfallen einfach ihrem Bruder in ihrer gemeinsamen Abneigung gegen sie angeschlossen.

Immer zwei der Kleinen schleppten eine Kiste an und stellten sie unter Anweisung von Lerana unter den Bäumen auf. Sie wirkten alle so friedlich, so wunderbar entspannt, als wäre diese Arbeit das Schönste, was man sich nach einem halben Jahr voll harter Übungen wünschen könnte.

Nach all der Zeit fühlte sie sich immer noch als Fremde hier – und hasste sich dafür, dass etwas in ihr aufkeimte, das sie einfach nur als Selbstmitleid bezeichnen konnte.

Widerlich!

Als sie hinter dem dicken Stamm des alten Apfelbaums hervortrat, erstarb das Lachen schlagartig, und ein Mädchen ließ eine große Kiste fallen, die ihrem Begleiter auf den Fuß fiel.

Bei fast allen verengten sich die Pupillen zu schmalen Schlitzen.

Lerana trat vor und verschränkte die Arme vor der Brust.

„Sieh an, wer sich entschieden hat, uns mit ihrer Anwesenheit zu beehren."

„Ich war …"

Sie schluckte schwer und beherrschte sich, sonst hätte sie Lerana eine der Kisten mit einem magischen Zucken in ihr niedliches Gesicht geschleudert.

„Meister Garion hat mich informiert, was geschehen ist. Leron ist mit nach Siad gegangen, um die Hüter um Verzeihung zu bitten und …"

Zayda verdrehte die Augen. Fing sie etwa wieder damit an, was nach ihrem Jahrestag geschehen war? „Falls du es vergessen hast: Er war freiwillig ein Stiller und hat nie seine Beweggründe erklärt, als er von Natuh zurückkam! Oder weißt du es?"

Jetzt schnaubte Lerana laut und nickte den Kindern zu, dass sie weitermachen und nicht lauschen sollten. Sie beugte sich näher an die Ratke, die die kleine Felide um über einen Kopf überragte, obwohl sie fast gleichaltrig waren.

„Das geht dich absolut nichts an! Was du Leron angetan hast! Wenn du mich fragst, hätte Meister Garion dich nach deinen Taten bei diesem irrsinnigen Kampf selbst zu einer Schweigezeit verbannen sollen! Das wäre doch genau das Richtige, oder nicht? In einem Turm sitzen und niemandes Leben ruinieren!"

Die Wut in den Augen der Felide war keinesfalls einschüchternd – sie bot nur mehr Nahrung für ihr eigenes Feuer.

„Glaub mir, ich habe gerade erst angefangen, einige Leben zu ruinieren", flüsterte sie zurück, ehe sie sich abrupt abwandte und die letzten Apfelkisten vom Schuppen über den Kräutergarten zu den Bäumen schweben ließ.

Kaum hatte sie die Kisten etwas zu hart in die trockene Wiese rund um die Bäume fallen lassen, stapfte sie an die Ecke des Gartens, die am weitesten von Lerana entfernt lag.

Nur weg von diesen … Sie konnte nicht verhindern, dass sich ein Knurren aus ihrer Kehle kämpfte. Es dauerte jedoch nicht lange, bis das Lachen wieder den Garten erfüllte. Die Feliden machten schon bald ein Spiel daraus, wer am geschicktesten auf die Bäume klettern oder auf den Leitern balancieren konnte.

Wie sollte sie das tagelang ertragen?

Auf einmal waren ihr all das Getuschel und die verstohlenen Blicke zutiefst unangenehm. Sie spürte sie auf ihrer Haut, wie kratzende Finger auf rauem Leder.

Sie dachte an Vanu und Tanem und die wenigen anderen, die noch von den älteren Novizen übrig gewesen waren. Alle vor ihr auserwählt.

Das ist reine Schikane! Wie soll man Demut und Geduld lernen, wenn man doch in Wahrheit einfach nur bestraft wird? Weil man einen Stillen zum Sprechen gebracht hat und sich die Zähne feilt?

Sie griff seufzend nach dem nächsten Apfel. Blätter raschelten; einer der Äpfel löste sich vom Ast und traf sie an der Schulter.

Das Knurren kehrte zurück und blieb eine ganze Weile in ihrer Kehle stecken, während sie lustlos die Früchte erntete und in eine Kiste warf ... und mit jedem Apfel stieg ihre Wut.

Apfel ...

Schande.

Apfel ...

Demütigung.

Apfel ...

Kein Fortschritt.

Apfel ...

Nur blutige Zähne.

Apfel ...

Nur Hindernisse, seit sie es sich mit Izerdan und ganz Irfen verdorben hatte.

Apfel ...

Sie könnte jeden dieser Äpfel mit einem Pfeil durchbohren, und es würde doch nichts ändern.

Apfel ...

Ein kurzes, grimmiges Lächeln huschte über ihre Lippen.

Ein Pfeil würde sich sehr gut in Leranas Stirn machen.

Sie warf einen weiteren Apfel in die Kiste. Dieses verdammte

Ding wollte einfach nicht voll werden!

Eine kleine Felide trat neben sie und lächelte schüchtern.

„Zayda, reichst du mir den Apfelpflücker da drüben? Lerana möchte ihn ha…"

Das genügte.

Die dünne Wand, hinter der sich das Meer aus Wut angestaut hatte, brach endgültig. Das Mädchen stieß einen Schrei aus, als sich ein Sturm um Zayda ausbreitete und auf den Garten überging.

Die Bäume zitterten, als sie ihre Magie weiter ausbreitete und die Äste ergriff, wie vor Langem einmal alle Steine in einem Innenhof. Auch die anderen Novizen hatten sich jetzt schützend geduckt, nur Lerana und die Stillen zogen kleine Schutzschilde hoch, gegen die Blätter und Zweige prasselten.

Mit einem wilden Ruck ihrer Arme riss Zayda alle Äpfel von den Bäumen und ließ sie zu Boden regnen, wo Dutzende von ihnen zerplatzten.

Innerhalb eines langen Augenblicks erstarb der Sturm, und Stille breitete sich aus. Nur noch Äpfel rollten, und eine Menge Blätter rieselten wie grüner und brauner Schnee auf die Wiese.

„Da habt ihr eure Demut."

Mit bebenden Fäusten stapfte sie davon, und niemand wagte es, sie aufzuhalten.

Erprobungen

In den folgenden Tagen herrschte eine seltsame Stimmung auf dem Hochplateau. Als würden alle nur darauf warten, dass Zayda wieder die Kontrolle verlor.

Ängstlich ... angespannt und absolut widerlich, wie sie befand. Als wäre die junge Ratke eine gefährliche Krankheit, die demnächst ausbrechen könnte.

Sie schlich durch die Korridore, bis sie einigen kleinen Mädchen begegnete, die mit einem leisen Quietschen vor ihr flohen. Danach verbarg sie sich nicht mehr in den Schatten wie ein geschlagener Hund, sondern teleportierte sich zu ihrem kleinen Lager am Berghang.

R'jato war hier gewesen, hatte ihr frisches Wasser und – zu ihrem Ärger – einige Äpfel dagelassen. Sie packte die Früchte und schleuderte jede einzelne mit einem Schrei in die Tiefe des Tals hinab, wo sie lautlos zerplatzten.

Als ihre Finger nur noch unnütz in die Leere des Korbs griffen, war ihre Wut noch lange nicht befriedigt.

Sie lief auf und ab, trat Steine von der kleinen Felsplatte, die ihr Lager umschloss, und ließ sich schließlich seufzend neben der Feuerstelle in den Schneidersitz fallen. Sogar neues Feuerholz hatte ihr Leibwächter dagelassen – als hätte er geahnt, dass sie bald wieder hier sein würde.

Sie wollte ihn hassen, weil er recht gehabt hatte.

Allerdings war er wohl am wenigsten schuld an ihrer Lage. Sie hatte sich die Zähne selbst gefeilt, und er hatte nur anerkennend genickt, als würde er es gutheißen, dass sie ihre Kultur und ihr Erbe auch nach all den Jahren nicht vergaß.

Wie dankbar sie ihm gewesen war.

Zayda hielt mitten in der Bewegung inne, als sie gerade das Feuer entzünden wollte. Es war noch immer heiß, und eigentlich hatte sie nur das zerstörerische Werk der Flammen beobachten wollen.

Da ließ sie die Hand sinken und suchte nach dem Geist ihres Leibwächters.

Er war in der Schule und wartete vor ihrer Kammer, mit geschlossenen Augen und ruhigen Gedanken. Anscheinend wusste er noch nichts von ihrem Fehlschlag.

Als sie sich direkt vor ihn teleportierte, zuckte er nicht einmal. Auch nach all den Jahren waren seine Reflexe die des Spions, für den sie ihn als Kind immer gehalten hatte.

Auf einmal wünschte sie sich nichts sehnlicher als nach Irfen zurück, um ihre Scham vergessen zu können. Am besten bei einem ordentlichen Schwertkampf gegen ihre Brüder.

R'jato richtete sich auf und öffnete die Augen.

„Es wird besser werden."

Zayda erstarrte. Sie hatte sich geirrt – er wusste es sehr wohl.

„Du hast dich nicht besonders zurückgehalten. Ich weiß, du bist wütend, aber das ist nicht, was ich dir beibringe. Du musst deine Kraft kontrollieren und im richtigen Moment einsetzen, du darfst sie nicht verschwenden."

„Die Magie kommt immer wieder", murmelte sie, ohne die Lippen zu bewegen. „Sie kommt jedes Mal."

R'jato räusperte sich dezent.

„Meister Garion bat mich, in den nächsten Tagen ein Auge auf dich zu haben. Aber wir wissen doch beide, dass ich das schon eine Weile nicht mehr kann. Du bist deine eigene Meisterin."

Sie schnaubte und spürte eine ungewohnte Wehmut in sich aufsteigen.

Ich werde niemals eine Meisterin, wenn ich nicht an den Prüfungen teilhaben kann ...

„Für gewöhnlich sind Ratken nicht für ihre magische Feinfühligkeit oder ihre ehrenhaften Heiler und Helden bekannt ... sie sind Kämpfer, die sich das holen, was sie wollen."

R'jato sah sie nicht an, während er sprach, und wandte sich dann zum Ende des Flurs. „Ich glaube, ich muss eine Weile ausreiten. Die Pferde sollten bewegt werden und nicht nur unnütz im Stall stehen."

Damit ließ er Zayda stehen, die ihrem Leibwächter verblüfft hinterherblickte.

Wann hatte er zuletzt so viel und zugleich so wenig gesagt?

Sie war so in Gedanken, dass sie an ihre geschlossene Tür lief; zum Glück hatte niemand ihr rotes Gesicht gesehen, als sie sich die schmerzende Stirn rieb.

Seufzend ließ sie sich auf ihr Bett fallen und warf den Kopf auf das Kissen. Ein Knirschen jagte ihr eine Gänsehaut den Rücken hinab.

Als sie rasch die Finger unter das Kissen steckte, spürte sie sofort, dass etwas zerbrochen war. Sie zog den Schädel hervor, wobei ihr das linke Jochbein entgegenbröselte. Fluchend hielt sie ihre alte Trophäe in Händen. Die Knochen waren dunkler geworden, anstatt auszubleichen – doch sie sahen ja auch nie das Licht.

Und jetzt hatte sie ihn zerstört!

Kaum kochte die Wut in ihr hoch, schien der Schädel danach zu greifen.

Fasziniert ließ sie es zu und lenkte die Magie nur ein wenig. Das Jochbein wurde durch dunkle Funken an seinen Platz zurückgezogen und fügte sich mit einem leisen Knistern wieder an den Schädel an. Etwas Rauch stieg von der Stelle auf, dann war der Spuk vorbei, und ihr Zorn verpuffte wie der Qualm.

Sie drehte und wendete ihn. Er wirkte wie neu.

Nun ja, so neu, wie der alte Totenschädel einer entarteten Riesenratte nun einmal wirken konnte.

Fast wünschte sie sich, wieder in die flammend roten Augen der Ratte blicken zu können, die sie einst getötet hatte.

Vorsichtig stellte sie den Schädel auf ihren Nachttisch und entschied sich, ihn nicht länger zu verstecken. Allein die Tatsache, dass niemand sie je darauf angesprochen hatte, war Beweis genug: Sie konnte ihre wahren Gedanken und ihre schlimmsten Erinnerungen begraben, ohne dass ein Meister oder stiller Wächter sie entdeckte.

Mit routinierten Bewegungen zog sie Wasser aus einer großen Schale und formte es zu einer Fläche, die sie an ihrem dunklen Fensterladen gefrieren ließ, um sie als Spiegel zu nutzen.

Sie kämmte ihre Haare, bis sie wie schwarze Seide glänzten, dann flocht sie sie wild nach oben und dachte darüber nach, sie alle zu filzen oder abzuschneiden, um mehr wie eine Kriegerin auszusehen.

Wen will ich hier täuschen? Ich werde niemals meine Eleganz aufgeben, um so zu wirken wie meine Brüder. Das war früher mal, aber heute? Ich könnte sie mit einem Wink meiner Hand ausschalten, wenn ich wollte.

Vielleicht war Garion einfach blind für die besonderen Wesenszüge der Ratken.

Er war sanftmütig und sah einzig Geduld und Friedfertigkeit als erstrebenswerte Stärken an.

Aber was, wenn es Zaydas Bestimmung war, zu kämpfen und Herrschaft zu erringen? Sie hatte schon immer gekämpft, sei es mit heftigen Erkältungen, mit widerlichen Sklaven als Kind oder den magischen Novizen in Irfen und hier.

Sie würde immer ehrgeizig sein.

Im Grunde lag es ja auch einzig und allein in ihrer Hand, oder etwa nicht?

Der Tempel war keine zwei Tagesreisen auf dem Fluss entfernt, doch die jugendlichen Novizen nahmen den Fußmarsch über die Berge auf sich, wo sie fünf oder sechs Tage zügig voranschritten, ohne ihre Magie zu nutzen. Die Älteren hatten es als reinigend bezeichnet, als Zeichen der Demut und des Respekts vor der Magie. Zayda fand es einfach nur seltsam, so wie das langweilige

Zeichnen und Kalligrafieren, mit dem Garion sie all die Jahre gequält hatte.

Im Grunde genommen ist es mit der richtigen Menge Magie nur ein Katzensprung.

Zayda erstarrte. Warum war ihr dieser Gedanke nicht früher gekommen?

Als sich die Idee in ihrem Kopf manifestierte, war es auf einmal vollkommen klar.

Wie viele Tage hatte sie nun schon mit Selbstmitleid vergeudet und sich genau dem hingegeben, was einer Ratke *nicht* zustoßen durfte?

Sie widerstand dem Drang, Vanu im Geiste zu kontaktieren. Die Felide würde ohnehin nicht reagieren, sondern hatte sich bestimmt tief in ihre Gedanken zurückgezogen, um sich auf die Prüfung vorzubereiten.

Die Gruppe der Auserwählten war aber noch nicht dort, sie konnten es noch nicht sein.

Theoretisch blieb ihr noch genug Zeit.

Ihr Herz begann zu rasen, doch einige Funken Magie beruhigten das rasche Trommeln wieder. Sie musste jetzt einen kühlen Kopf bewahren.

Doch wer sollte sie aufhalten, wenn Garion nicht da war? Im Gegensatz zu Izerdan hatte er nicht noch mehrere starke Magier als untergeordnete Assistenten, sondern leitete die Schule allein mithilfe einiger älterer Novizen, die stetig wechselten, wenn die ältesten in die Welt hinauszogen.

Vermutlich war sie aktuell sogar die stärkste Magierin in der ganzen Schule. Zumindest hatte sie keine Lust, sich vor irgendjemandem zu rechtfertigen, auch nicht vor den drei alten Wächtern, die die Teleportationen in der Schule und Umgebung überwachten.

Sie musste nur schnell genug sein.

Der Entschluss stand also fest.

Keine Meditation, kein Kräftesammeln würde nötig sein. Sie stand auf und war schon aus der Kammer, ehe sie es wirklich realisiert hatte.

Da die Dämmerung gerade erst hereinbrach, wählte sie einen der aufwendigsten Schleichwege zum Säulenhof der Quelle. Nach ihrem Wutausbruch im Obstgarten spürte sie die Aufmerksamkeit der stillen Turmwächter auf sich wie eine zweite Haut. Bisher hatte sie es wegen ihrer Wut ignoriert, nun kam sie sich dumm vor. Natürlich beobachtete man sie genau – auch nach Jahren war sie immer noch die eine Ratte unter Katzen.

Hätte sie mehr Freundschaften schließen sollen? Sich weniger stoisch oder kämpferisch geben sollen, um der Harmonie willen?

Allein der Gedanke ließ sie schaudern.

Als sie sich absichtlich ein Stück von der Quelle entfernt und schon fast die Bibliothek erreicht hatte, dachte sie eine Weile nur noch an Bücher und schottete ihre Energie dann sorgfältig ab. Vorsichtig sandte sie einige magische Funken aus und löste ein paar Felsbrocken vom entfernten Rand des Plateaus.

Erst als die Aufmerksamkeit der Wächter vollkommen von ihr gewichen war, sprintete sie los. Wie sie diesen Rausch liebte, etwas Verbotenes zu tun!

Ihr Herz trommelte in der Brust, das Blut rauschte in ihren Ohren. Sie erklomm Mauern und war erleichtert, als sie die jungen Novizen im Haupthof erspähte, wo sie sich versammelt hatten und lachend Schneebälle hin und her warfen, die ein begabterer Schüler aus den Wasserfässern erschaffen hatte.

Als sie wenig später die Quelle erreichte, trommelte ihr Herz nicht mehr unkontrolliert. Sie nutzte jeden schleichenden Schritt, um sich immer weiter zu fokussieren und den Ort vorzustellen, an den sie sich nun teleportieren würde.

Sie musste Siad finden, wie sie damals Irfen und Izerdan aufgespürt hatte.

Das Prickeln der Magie erfüllte ihr Innerstes; ungeduldig schloss sie die Augen, kaum dass sie die Säulenreihe durchschritten hatte und die volle, ach so vertraute Wucht der Quelle sie traf.

Mit geübtem Fokus suchte sie nach dem Netzwerk der Quellen und wandte sich diesmal nach Nordwesten anstatt weit fort in den Nordosten. Siad war diejenige, die am nächsten lag; sie pulsierte in einem ruhigen Rhythmus, der sie irgendwie an … Atem erinnerte. Als würde dort eine mächtige Seele schlummern.

Sie nahm diese Ruhe in sich auf, machte sie ganz zu ihrer eigenen Stimmung, um möglichst nicht aufzufallen – dann griff sie auf den mächtigen Strom aus Magie zu und wurde hindurchgerissen.

Es war anders als die vorhergehenden Male, als sie sich zu Übungsplätzen oder ihrem Versteck am Berghang transportiert hatte. Der Fluss der magischen Quelle durchdrang sie bis auf die Knochen, pulsierte durch ihre Adern und Muskeln und riss die Übelkeit mit sich, die sie im ersten Moment noch empfunden hatte.

Wieso hatte sie das noch nie zuvor probiert? Sie wollte lachen, doch da war keine Luft. Da war nur Magie, die sie in Farben umkreiste, so mächtig und laut, dass es in ihren Ohren wie Kreischen klang.

Die Magie erfüllte absolut alles … und es fiel ihr schwer, loszulassen. Mit einem Ruck trat sie aus dem Strom, hinaus aus der Quelle, und erkannte, dass das Kreischen in Wahrheit Donner war.

Überraschte Schreie erfüllten die Halle, die vom Blitz der Teleportation erhellt wurde. Der wilde Schock aus Energie hatte Staub aufgewirbelt, der sich nun setzte, während Zayda sich umsah. Einige Mönche waren zurückgewichen, eine Mutter presste ein Kind schützend an ihre Brust – und alle starrten sie an.

Sie warf ihren Mantel zurück und bereute sofort, diesen Auftritt nicht geübt zu haben.

„Ich hoffe, ich störe nicht?"

Ein Templer trat vor und hatte deutlich einen magischen Schild hochgezogen.

War es das, was man immer von Ratken erwartete? Einen Angriff?

Sie verspürte Lust, diese Erwartung zu erfüllen, aber das höhere Ziel hielt sie zurück.

Als er sprach, klang seine Stimme zwar abweisend, aber angenehm tief. „Wer bist du, und weshalb platzt du einfach so in unsere Hallen?"

„Zayda van Dymar. Ich bin eine Schülerin Garions. Ihn kennt Ihr doch sicherlich?"

„Die ausgewählten Novizen aus Tna'Ni sollen erst in zwei Tagen erscheinen! Was denkt Garion sich dabei?"

Sie machte einen Schritt nach vorn und hob in einer lockeren Geste beschwichtigend die Arme.

Kaum hatte der Templer seinen Schild fallen lassen, setzte sie ihr bezauberndstes Lächeln auf – wohl darauf bedacht, ihre Lippen nicht zu öffnen, um ihn nicht mit ihren Zähnen zu irritieren. Noch wusste sie nicht, wie sehr er mit den Traditionen der Ratken vertraut war, und sie wollte sein aufkeimendes Zutrauen nicht gleich wieder verlieren.

Seine Reaktion war so lächerlich berechenbar, denn seine Mundwinkel zuckten in einer Erwiderung ihres Lächelns nach oben.

„Ich bin lediglich auf anderem Weg gekommen als üblich, weil ich noch bei der Ernte in Tna'Ni helfen sollte."

Das Lächeln des Templers wurde wissend.

„Aha? Du bist also eine Ratke der rebellischeren Sorte."

„Ihr kennt also Garions Methoden?"

Der Templer neigte den Kopf zur Seite. Eine Geste, die alles bedeuten konnte, doch Zayda deutete sie als Zeichen der Zustimmung.

„Nicht alle seine Novizen verstehen seine bedachte Vorgehensweise. Man muss sich schon seit der Kindheit in Geduld geübt haben und wird dafür aber reich belohnt. Etwas, das Ratken vielleicht nicht verstehen."

Wollte er ihr ein schlechtes Gewissen machen?

Nein, noch hatte er keinen einzigen Blick in ihren Kopf werfen können.

Dann wollte er sie wohl eher beleidigen.

So leicht lasse ich mich nicht provozieren. Ich habe ein Ziel!

„Nun, ich war nicht wirklich die einfachste Schülerin ..."

Sie machte einen weiteren Schritt auf den Templer zu, und sein Lächeln drohte zu verfliegen.

„Am besten fragen wir Garion, was er dazu sagt."

Verfluchter Mist, nein!

„Ja, am besten."

Noch ein Schritt.

Sie legte ihm freundschaftlich die Hand auf die Schulter und spürte sofort, wie ihre Funken eine flüsternde Verbindung zu ihm aufbauten.

All die Jahre der Heimlichkeiten, der Verschwiegenheit und der Eliteübungen unter Izerdans Aufsicht machten sich nun endlich bezahlt.

Ihre Gedanken drangen unsichtbar in seinen Verstand und erzeugten ein Bild, das der Realität zum Verwechseln ähnlich sah.

Einen Moment lang überlegte sie, ob sie sich als Garion ausgeben sollte, doch darin lag einfach ein zu hohes Risiko. Wenn die beiden geheime Losungen verabredet hatten, würde sie sich innerhalb eines Wimpernschlags verraten, und ihre Ausbildung wäre vorbei.

Sie ließ also zu, dass er auch in Wirklichkeit seine Magie aussandte und nach Garions Geist suchte – doch zu einem Kontakt würde sie es nicht kommen lassen.

Ehe er Garion finden konnte, gab sie ihm das Gefühl, dass einige Zeit verstrichen war und er den Geist seines bekannten Phiruin-Kumpans einfach nicht aufspüren konnte.

Verfluchte Enthaltsamkeit ... es wird ihn noch einmal seinen Kopf kosten, dass er auf den Reisen mit seinen Novizen jegliche Magie abschirmt.

Zayda ließ den Templer erleichtert los, als sie spürte, dass er nicht länger nach Garion suchen würde.

Er schüttelte sich frei und trat einen Schritt zurück. Für den Bruchteil eines Wimpernschlags sah sie Verwirrung in seinem Blick aufflackern, ehe er sie hinter der üblichen stoischen Art der Phiruin verbarg.

„Dann lassen wir den Hüter selbst entscheiden, ob du bereit bist, die Prüfung zu bestreiten."

Eisige Kälte lief Zaydas Rücken hinab.

Das war ganz und gar nicht, was sie sich erhofft hatte.

Andererseits hatte man sie nicht sofort abgewiesen oder ihren Trick durchschaut, sondern führte sie nun durch die Eingangshalle und eine Treppe hinab, die von unzähligen Fackeln erhellt wurde.

Doch etwas sagte ihr, dass sie den Hüter nicht wie einen Templer täuschen konnte. Er bestand aus purer Magie und hatte keinen direkt greifbaren Geist, wenn sie es richtig verstanden hatte.

Die Mischung aus Abneigung und Unwohlsein angesichts der unerwarteten Konfrontation färbte allmählich von den Templern auf sie ab; rasch blickte sie in die vorbeistreichenden Räume, um sich abzulenken. Neben zahlreichen Statuen und Fresken dominierten hier vor allem schwere Bücherregale mit unzähligen Pergamentrollen.

Sie konnte sich jedoch nichts vormachen, ihr Blick wurde wie von selbst wieder nach vorn gezogen.

Ans Ende des abfallenden Korridors, wo ein vollkommen glattes, schmuckloses Tor aufragte. Dahinter pulsierte unbestreitbar die Macht einer magischen Quelle. Als sie sich näherten, erhob sich eine zusammengesunkene Gestalt von einem Stuhl neben dem Tor, und Zayda atmete überrascht ein.

Aus dem schütteren weißen Haar ragten zwei Hörner!

Sie waren rau und knorrig, gebogen wie die eines großen Ziegenbocks oder Widders.

Zuerst tat sie sie als Dekoration ab, vielleicht eine Art Tempelkult oder Rangzeichen, doch als sie ihren Blick mit ein paar Funken konzentrierte, sah sie die Ströme aus Magie und auch Blut, die durch das Innere flossen.

Sie waren also gewachsen.

Die Hornträger waren hartnäckige, zähe Leute – das respektabelste Volk in Zaydas Augen. Einige Clans waren bullig und fast so groß gewachsen wie Ratken ... andere waren grazile und schnelle Läufer, die hervorragende Boten abgaben.

Doch keiner der Diener in der Stadt hatte Hörner gehabt.

Das war für sie eine ebenso überraschende Entdeckung wie damals, als sie Garions viertes Prüfungsmal auf der Stirn erblickte.

Als der alte Mann sie gemustert hatte, schoss ihr der Gedanke durch den Kopf, dass es vermutlich nicht klug war, sich jetzt der Diener in Irfen zu besinnen. Es war schon immer ein heikles Thema in der Politik zwischen den Völkern gewesen, dass sich die Ratken in ihren Städten Arbeiter hielten, denen sie so gut wie keine Rechte zugestanden.

Er wird mich ohnehin nicht einlassen ... Garion hatte recht, ich bin nicht würdig ...

Ruhe jetzt!, ermahnte sie sich scharf und richtete den Blick auf das schwere Tor mit seinen beiden Flügeltüren.

Plötzlich öffnete es sich, und die Hornträger um sie herum hielten überrascht den Atem an.

Sie durfte eintreten.

Sie durfte die Prüfung bestreiten.

Und sie durfte es den Templern keinesfalls unter die Nase reiben, dass diese junge Ratke genauso überrascht war wie sie.

Zayda stand mit pochendem Herzen vor der dunklen Öffnung und nahm allen Mut zusammen; jetzt war nicht die Zeit, um zu zögern und zu zaudern. Ehe es sich die Templer anders überlegen konnten, schüttelte sie ihren Mantel ab, betrat das Innere der Halle und spürte sofort, wie ihre Pupillen sich erweiterten und Magie in sich zogen, um sich der Dunkelheit anzupassen.

Doch da war etwas, das nicht gesehen werden wollte.

Mit einem Knirschen schloss sich das Tor hinter ihr, und alles Fackellicht blieb draußen.

Sie aktivierte ihre Magie, ließ ihre beruhigende Wirkung auf sich einströmen, um ihren Puls zu verlangsamen und ihre Nervosität zu unterdrücken. Einige Funken lenkte sie anschließend von ihrem ruhiger gewordenen Herzen zu ihren Augen.

Sie atmete hörbar auf, als sich endlich Schemen aus der Dunkelheit schälten und sie die Größe der Halle erahnen konnte.

Wie tief waren sie denn hinabgestiegen? Was sich hier vor ihr erstreckte, war keine kleine Kammer – es war größer als jeder Raum, den sie sich hätte vorstellen können.

Säulen ragten in regelmäßigen Abständen aus dem flächendeckenden, grauen Nebel und stützten das Gewölbe über ihr.

Zayda musterte voller Neugier ihre Umgebung. Vergessen waren ihre Nervosität und ihre Sorgen – dieser Nebel war nicht natürlich. Er pulsierte geradezu vor Magie.

Und er verformte sich.

Innerhalb eines Wimpernschlags gebaren die wabernden Wolken einen Widder mit mächtigen gedrehten Hörnern.

Angesichts der nebligen Gestalt war Zaydas erster Instinkt, einen Schild hochzuziehen, doch sie hielt ihre Magie ganz still. Sie wurde gemustert.

ZAYDA VAN DYMAR. DU BIST EINE MUTIGE, KONFLIKT SUCHENDE RATKE, GANZ WIE ES SICH FÜR DEIN WILDES VOLK GEHÖRT.

Zayda konnte nicht verhindern, dass ein stolzes Lächeln über ihre Lippen huschte.

DU WILLST UM JEDEN PREIS GEPRÜFT WERDEN.

„Es ist mein Schicksal."

SCHICKSAL … IST EINE INTERESSANTE SACHE. ICH WUSSTE NICHT, DASS MAN ALS RATKE IN SO JUNGEN JAHREN SCHON SEIN SCHICKSAL KENNEN KANN.

„Ich bin nicht mehr jung. Ich bin seit Jahren eine Kriegerin und habe vieles erlebt. Auch Dunkles."

DAS SEHE ICH.

„Und wirst du mich lehren? Mir erhabene Magie beibringen?"

NEIN. DAFÜR BIN ICH NICHT HIER.

Zayda wollte ihren Ohren nicht trauen. Sie stutzte. Ihre Sicht flackerte, und die Halle drohte in dunklem Nebel zu versinken.

Was sollte das alles? Sie hatte so hart für das hier gearbeitet, hatte sich gegen alle Hindernisse gewehrt und war nun hier, aber wozu?

Der Hüter schnaubte laut, was so gar nicht zu seinen erhabenen Augen passen wollte.

DU DENKST, DU KANNST DIR ALLES NEHMEN … FREUNDE, DIENER … MAGIE … MACHT.

„Ist das nicht der Sinn des Lebens eines Magiers? Nach Magie zu suchen? Auch wenn sie im Dunkel verborgen liegt?"

DU SOLLTEST DIE DUNKELHEIT NICHT MEHR SUCHEN, DENN SIE HAT DICH BEREITS GEFUNDEN.

Der große Widder sah sie durchdringend an und machte eine Pause, die Zayda unendlich lang erschien und in der seine Gestalt noch höher zu wachsen schien.

DU SOLLTEST SIE FÜRCHTEN.

Noch während die letzte Silbe in der Weite des Gewölbes verhallte, blinzelte Zayda unbewusst – und sah nichts mehr.

Alles Licht war erloschen, der Hüter verschwunden.

Zayda konnte nicht anders: Sie keuchte auf und ging instinktiv in eine Verteidigungshaltung.

War das eine Falle? Eine Strafe, weil sie sich so dreist an diesen Ort geschwindelt hatte?

Sie wartete.

Horchte.

Hielt den Atem an, als dieser viel zu laut wurde und alles übertönte.

Das ist wohl ein Scherz.

„Hallo?"

Sie schluckte schwer und nahm das erste Mal überhaupt ein Knacken in ihren Ohren wahr. Ihr Mund war trocken.

„Rupicapra!"

Wieder das Knacksen, als sie den Kiefer bewegte. In der erdrückenden Stille würde das schnell nervtötend werden, da war sie sich sicher.

„Hallooooo!"

Es blieb dunkel und still.

Was hatte sie auch erwartet?

Nun. Einen Kampf.

Einen Angriff, eine Schlacht ... irgendeine Art Konflikt, in dem sie ihre Fähigkeiten unter Beweis stellen könnte.

Wie soll ich das hier anstellen? Wie soll ich gegen die Nacht kämpfen?

Sie gab sich Mühe, sich zu entspannen, doch das machte ihr nur bewusst, wie verkrampft sie bereits war. Es fiel ihr zusehends schwerer, ihr Gleichgewicht zu halten. Hielt sie die Arme überhaupt richtig hoch? Standen ihre Beine zu weit auseinander oder zu nah?

Ihr ganzes Körpergefühl war wie ausgelöscht.

Ohne es kontrollieren zu können, wankte sie und stolperte. Ihre Beine wollten sie einfach nicht mehr tragen. Wie auch, wenn sie nicht einmal sagen konnte, wo oben und unten war?

Sie musste wieder sehen!

Kaum waren ihre Knie aufgeschlagen, hob sie die Hand. Oder hoffte es zumindest.

Ihr verdammter Puls sollte sich endlich beruhigen; sie konnte nicht denken, wenn ihr Herz so pumpte!

Ihr Arm fühlte sich seltsam an. Taub und ...

„Autsch!"

Sie hatte sich selbst gegen die Nase geschlagen, weil sie nicht wusste, wo sie war. Vorsichtig bewegte sie die Finger vorwärts, fand ihre Wange und spürte Wimpern. Es hätte sie nicht wirklich überrascht, wenn dort keine Wimpern gewesen wären. Und auch keine Lider. Einfach nichts. Aber ihre Augen waren da! Sie hatten wohl nur vergessen, wie man sah.

Noch nie hatte sie so viel Magie in ihr Gesicht geleitet, weiter und immer weiter – bis alle Muskeln hinter ihren Augen schmerzten und brannten.

Es half nichts, die Schwärze blieb.

Als sie sich nach vorn tastete, spürte sie nichts außer endlos glattem Boden unter ihren Fingern. Es war kühl. Stein? Oder Holz? Konnte sich etwas zugleich wie Marmor und doch lebendig anfühlen?

Sie stand mit Mühe wieder auf.

Was tat sie hier? Herumirren und alles verlieren ... sie hätte den Tempelwächter nicht benutzen dürfen, hätte nicht den Hüter ...

Hätte, hätte.

Sie ballte die Fäuste und schritt vorwärts, ignorierte den Schmerz in ihren Füßen, als sie viel zu fest auf dem absolut lautlosen Boden auftrat und ihre Finger sich verkrampften.

Eine brodelnde Mischung aus Emotionen kochte in ihr hoch, nahm Gestalt und Farbe an ... und formte einen Schatten in der Dunkelheit.

Sie blinzelte mehrmals, um sicherzugehen, dass es kein Streich ihrer Augen war, doch der Nebel verschwand nicht wieder. Vorsichtig schritt sie darauf zu, hatte zum ersten Mal einen Ansatzpunkt, seitdem die völlige Nacht über sie hereingebrochen war.

„Hüter?"

Noch zwei Schritte, und sie erkannte das Gesicht, das da auf einem durchsichtigen Körper in der Dunkelheit schwebte.

„Mutter?"

„Du bist eine Schande! Ein schwarzer Fleck auf dem Tuch der Ehre meiner Familie!"

Das Bild ihrer Mutter flackerte, die Züge veränderten sich für den Bruchteil eines Wimpernschlags. Es schien, als würde ihr Gesicht älter und jünger zugleich. Die Wangenknochen waren höher, die Nase etwas spitzer, die Augenbrauen geschwungener ... sie blickte in einen verschwommenen Spiegel, der nun böse grinste.

„Ich hasse dich."

Das ist nicht real! Sie ist nur ein Teil meiner Prüfung.

Ihr Verstand wusste das. Aber ihr Körper reagierte dennoch mit Wellen der Enttäuschung.

„Mutter!"

Sie stolperte vorwärts, verlor sich, verlor den Schatten.

„Mutter, lass mich nicht allein!"

Tränen kämpften sich in ihre Augen, ihre Kehle schmerzte, als hätte sie unzählige Glassplitter geschluckt, und die Enttäuschung schnürte sie immer enger zu.

Nein!

Sie hielt inne, machte sich nicht einmal die Mühe, die Tränen wegzuwischen.

Eine Kriegerin weinte nicht, niemals – das kühle Nass von ihrer Wange zu streichen, hätte nur bestätigt, dass es überhaupt da war.

Weshalb fühlte sie sich dennoch wie ein kleines, blindes Mädchen?

„Das ist doch alles furchtbar plump, Rupicapra! Fällt dir nichts Besseres ein?", brüllte sie in die Dunkelheit, die wieder alles verschluckt hatte.

Zaydas Finger zitterten. Ein widerliches Gefühl. Oder kam ihr das nur so vor? Nach dem Verschwinden der Illusion erschien ihr die Schwärze noch absoluter.

Sie stand unbewegt da, bis ihr die Beine wehtaten, und wartete. Keine neuen Schatten, keine Gesichter. Sie hätte wetten können, dass als Nächstes ihr Vater oder Izerdan oder Ki...

Nein. Denk nicht einmal an sie. Das ist eine Falle.

Sie ließ sich vorsichtig auf den Boden sinken, setzte sich in etwas hin, was wohl hoffentlich einem Schneidersitz ähnelte ... und wartete.

Wartete.

Wartete.

Was für eine Art Prüfung sollte das sein?

Sie hatte sich bereits Jahre in Geduld geübt! Sollte sie jetzt hier für immer sitzen und ... nichts tun?

Je länger sie in die Schwärze starrte, desto seltsamer erschien sie ihr.

Für gewöhnlich, wenn sie die Augen schloss, waren da zumindest tanzende Schlieren oder winzige Lichtpunkte. Hier war absolut nichts.

Ein Knirschen ... ein leises Flüstern?

Ihre Augen huschten nervös hin und her.

Was war das?

Sie wollte aufstehen, doch ihre Beine gehorchten ihr nicht mehr.

Wie sollten sie auch, wenn ihr Herz so schnell raste, dass es in der Brust schmerzte?

Nach einer Weile fiel es ihr schwer, überhaupt klar zu denken. Warum war sie eigentlich hier? Was war das für ein Meer aus Blindheit?

Als sie die Hand hob und sich dabei schmerzhaft am Knie kratzte, entwich ein Fluch ihren Lippen.

Ihre eigenen Worte waren so laut, dass es in ihren Ohren klingelte.

„Verdammt! Verdammt, verdammt!"

Tanem hatte gesagt, man müsse seine Wut verfliegen lassen; nur so könnte man zur Ruhe finden. Aber sie wollte keine Ruhe! Sie wollte keinen Stillstand … ihr blieb nichts anderes, als die Wut tief und immer tiefer in ihrem Inneren zu vergraben, bis sie sie selbst kaum noch wahrnehmen konnte.

Sie saß da, horchte und wartete.

Und dachte nach.

Dass ihre Mutter sie für ihren Ungehorsam hasste, war vermutlich nicht einmal abwegig.

Aber würde sie ihre Tochter in der Dunkelheit zurücklassen? Dunkelheit.

Sie neigte den Kopf zur Seite und hörte, wie die Halswirbel knackten.

Das erste angenehme Gefühl seit einer Ewigkeit.

Woran erinnerte sie die Dunkelheit? Diese Abgeschiedenheit von allem und jedem?

Sie spürte etwas in ihrem Hinterkopf nagen. Eine Erinnerung, ein Gefühl, das nach draußen drängen wollte. Wie eine Luftblase, die in einem See zur Oberfläche strebte.

Der See.

So war ihr damals die Meditation am Eichenbaum in Irfen erschienen. Ein dunkler, ruhiger See, der nur darauf wartete, mit Magie aus der Quelle erfüllt zu werden.

Sie durfte einfach keine Furcht mehr haben.

Du bist immer noch in Siad, bei Rupicapras Quelle. Es muss also Magie hier geben. Jede Menge davon!

Ein Lächeln zog ihre Mundwinkel nach oben.

Dann würde sie die Dunkelheit in ihre Einzelteile sprengen!

Nach und nach streckte sie ihre Magie aus, ließ sie das erste Mal richtig in die Dunkelheit eindringen und sie erkunden.

Atmen.

Dieser See erschien endlos und still. Kein Hinweis auf die Quelle, kein fernes Fünkchen.

Wie macht Rupicapra das? Wie kann er das alles so kontrollieren?

Atmen.

Sie musste einfach durch die verdammte Dunkelheit hindurchsehen. Musste sie als gegeben betrachten und das erkennen, was dahinter lag.

Atmen.

Sie zog die Nacht in ihre Lungen.

Und löste sie beim Ausatmen auf.

Es war, als zerfiele die Welt in Stücke. Säulen tauchten auf, dunkle Nebelschwaden erhoben sich vom Boden. Das erste Mal seit Langem wusste sie, wo oben und unten war, und sie fühlte den rauen Stein des Untergrunds.

Irgendwo tropfte Wasser. Das Pulsieren der magischen Quelle drängte sich in ihren Verstand wie eine Sonne, die unnachgiebig brannte, bis alle Schatten verschwanden.

Zayda kam auf ihre weichen Beine und beobachtete gebannt, wie sich der Nebel wieder zu einer Gestalt formte.

Es war aber keines ihrer Familienmitglieder, sondern es war der Hüter.

Seine Hörner ragten diesmal in einem weiten Bogen nach oben, wie bei einem Steinbock. Zayda fragte sich, wie viele verschiedene Formen er wohl annehmen konnte – die jedes Clans?

Zayda hatte sich nie sonderlich für die innervölkische Politik der Hornträger interessiert, da es ihr alles wie ein großer Brei erschienen war. Doch wenn sie sich recht erinnerte, gab es mindestens zwölf Stämme.

Als sich der Hüter ganz geformt hatte, stampfte er mit den immateriellen Hufen auf und schnaubte laut.

DU BIST NOCH IMMER EIN KLEINES KIND, JUNGE RATKE.

Noch vor der Prüfung hätte Zayda jetzt mit den Zähnen geknirscht. Doch diesmal blieb die Wut da, wo sie hingehörte: tief verborgen.

„Eine Ratke, die deine Prüfung bestanden hat", erwiderte sie, konnte aber nicht verhindern, dass sich ein leicht fragender Unterton am Ende des Satzes einschlich.

DU WILLST MAGIE. MEHR UND IMMER MEHR.

„Ich brauche diese Kraft, um mein Volk zu schützen. Etwas Düsteres geht vor sich, und ich kann es nicht allein bezwingen." Nie war ihr ein Wort schwerer über die Lippen gekommen. „Bitte."

Der große Steinbock zuckte leicht mit dem Kopf und bewegte dadurch seine Hörner kurz hin und her. Auf Zayda wirkte es nun nicht mehr aggressiv, sondern nervös.

DEINE AUGEN HABEN DAS LICHT WIEDER-GEFUNDEN. ACHTE GUT AUF DIESES GEFÜHL. BEWAHRE ES DIR – NUR DANN WIRST AUCH DU BEWAHRT.

Zayda spürte ihre verkrampften Muskeln überdeutlich, als sie nickte.

Sie wollte nichts sehnlicher, als endlich nicht mehr in Rätsel gehüllt zu sein. Der Widder trat auf sie zu und streckte ihr die Schnauze entgegen. Ein anderer wäre vielleicht zurückgewichen, doch nicht eine ungeduldige Ratke.

Sie streckte die Hand vor, und er berührte ihren Unterarm direkt am Handgelenk.

Sofort erfasste sie ein Strom aus Magie, der in ihren Arm schoss und sich bis zu ihrer Brust brannte. Ihr Herz begann zu rasen, trommelte gegen ihre Rippen und wollte platzen!

Sie riss die Augen auf und erblickte ein unglaubliches Leuchten in den Augen des Hüters.

Als dieses Band zwischen ihnen entstand, hörte die Welt auf zu existieren.

Zayda schloss die Augen. Der Hüter und die Quelle strahlten durch ihre geschlossenen Lider – in Blau und Gold und in Farben, die sie noch nie gesehen hatte.

Was sollte sie nun tun?

Die Magie war einfach zu verlockend ... und sie flüsterte Zayda ins Herz. Von all den Dingen, die sie gemeinsam anstellen könnten. Ihr Inneres griff ganz von selbst zu.

Sie sah, spürte und dachte nichts mehr. Außer Magie.

Sie wollte lachen, konnte aber ihre Lunge nicht mehr kontrollieren. Wer musste schon atmen oder sprechen, wenn er so ... *lebendig* war?

Bevor sie allerdings weiter darüber nachsinnen konnte, erstarb das herrliche Gefühl so abrupt, wie es begonnen hatte. Der Hüter ragte wieder vor ihr auf und starrte sie an. Erstaunt und vorwurfsvoll zugleich.

Ehe sie etwas sagen konnte, kam die brandende Magie in ihrem Inneren zur Ruhe und entfachte einen Schmerz in ihrem Arm, der sie beinahe um den Verstand brachte.

Sie zischte, doch der Schrei blieb ihr in der Kehle stecken, als sie den Arm hob und mit ihrer Hand schützend umkrallte. Leuchtende Funken und Rauch quollen zwischen ihren verkrampften Fingern hervor.

Nach einem knappen Atemzug brannten ihre Finger von der hoch konzentrierten Magie so sehr, dass sie sie wegziehen musste. Einen Moment lang erschien es ihr, als löse sich ihre Haut vom Arm bei der plötzlichen Bewegung mit ab.

Tränen schossen in ihre Augen, als die Haut an ihrem Arm von der Magie zerfressen wurde. Blut lief daran entlang bis hinab zum Ellbogen, tränkte den plötzlich zerfetzten Ärmel und tropfte zu Boden.

Die Magie drängte immer weiter, doch jetzt nicht mehr nach außen. Die Richtung der Funken drehte sich um, sie strömten jetzt in ihren schmerzenden Arm und bildeten dort eine silbrige Schicht in ihrem Blut, die in Linien und zerfransten Spiralen erstarrte.

Das Mal!

Zayda ächzte überrascht und blinzelte die Tränen weg, um das eingebrannte Muster besser erkennen zu können. Getrocknetes, beinahe schwarzes Blut klebte auf ihrer geröteten Haut – und Teile davon waren nun von der glänzenden Schicht überzogen. Sie sah auf.

Der Nebel verschwamm, wuchs in die Höhe und formte eine neue Gestalt. Einen Mann mit Hörnern und wehendem Mantel, obwohl kein Luftzug herrschte.

Die Augen der Nebelgestalt waren kalt und berechnend, und das erste Mal sprach er nicht mit einer allgegenwärtigen, alles durchdringenden Stimme, sondern aus seinem Mund.

„Du bist gierig, Zayda. Und enttäuschend."

Ein kalter Schauer lief ihren Rücken hinab – dann verschwand die Gestalt in der Dunkelheit.

Das Fehlen seiner Anwesenheit erzeugte eine Leere, die den Nebel verblassen und alle Farbe aus der Halle weichen ließ. Für einen Augenblick befürchtete Zayda, dass er sie wieder in die endlose Nacht schicken würde, doch in diesem Falle hätte sie sich einfach hinausgesprengt!

Sie wartete noch einen kurzen Augenblick, dann entfachte sie die Magie in ihren Augen und kniff sie rasch zusammen, als alles brannte.

Da war ein Licht, viel zu grell nach der langen Zeit der Schwärze.

Sie zischte und hob ihre linke Hand, um die Augen gegen das blendende Leuchten abzuschirmen. Jeder Schritt kam ihr vor, als müsste sie zehn bleierne Schwerter mit anheben.

Es fühlte sich an wie wenige Momente und Wochen zugleich.

Dann endlich berührten ihre Füße einen Lichtstreifen auf dem Boden, und sie erkannte Stein, letzte Nebelschwaden und Moos.

Die Farben wirkten zu kräftig, nicht real, aber … das mussten sie sein. Aus dem Licht schälte sich das geöffnete Hallentor. Sie schleppte sich hindurch und spürte schlagartig das Fehlen der

Quelle. Von ihrer Magie getrennt zu werden, war beinahe schmerzhaft.

„Was … was ist passiert?"

Sie wankte und stürzte jemandem entgegen. Schon umfassten kräftige Hände ihre Oberarme, und sie wollte sich dankbar an R'jatos Brust lehnen, als ihr klar wurde, was hier nicht stimmte.

Der Geruch war anders. Die Energie auch.

Außerdem hatte sie ihren Leibwächter in Tna'Ni zurückgelassen, als sie sich hierherteleportierte.

Während sie sich wieder aufrappelte, wurde ihr der Schmerz in ihrem Arm umso bewusster. Auch der Templer, der sie nun wieder losließ, warf einen Blick auf ihren zerrissenen Hemdsärmel – unter dessen Fetzen das Mal leuchtete.

„Du hast bestanden?", keuchte der Templer und schüttelte leicht den Kopf, wodurch seine Hörner hin und her schwankten, wie die des Hüters zuvor.

„Ich … ja. Natürlich."

Jetzt spürte sie auch die Blicke der anderen Templer um sich – wie viele von ihnen waren denn hier unten?!

„Natürlich? Du warst die ganze Nacht und den nächsten Tag bei unserem Hüter, und jetzt ist wieder Morgen … Wir dachten, du seist tot!"

Zayda hatte sich nach den Ereignissen im Inneren für unerschütterlich gehalten – und wurde prompt eines Besseren belehrt.

Fast zwei Tage? So lange? Wie ist das möglich? Wie konnte ich so mein Zeitgefühl verlieren? Oder vielmehr … war ich wirklich so lange in dieser Dunkelheit gefangen?

Ein böses Lächeln stahl sich auf ihre Lippen.

Falls Rupicapra sie mit diesem Trick schocken oder aus der Fassung bringen wollte, würde er nun eine Überraschung erleben.

„Habe ich denn etwas verpasst? Wichtige Ereignisse in den letzten Stunden?"

Der Templer und seine Gehilfen starrten sie mit großen Augen an.

„Ich wusste ja, dass Ratken hart im Nehmen sind, aber das …", murmelte einer im Hintergrund einem anderen zu. Zayda hörte alles so klar, als stünde sie direkt neben ihm.

„Nun, ich denke … ich habe hier alles erledigt. Ich danke Euch für die Hilfe und werde jetzt ge…"

Der Gehörnte unterbrach sie überraschend barsch.

„Du wirst nirgendwo hingehen! Nicht nur, dass du dich nicht in einem Zustand befindest, der für eine lange Reise geeignet wäre, du hast uns auch belogen und wirst dich erklären."

Zayda hasste es, dass ihre Knie in genau diesem Moment wieder weich wurden.

„Ich habe lediglich mein Recht eingefordert. Ich war seit vielen Jahren bereit dafür – und Euer Hüter hat mir recht gegeben."

„Er hat über einen Tag lang nicht mehr auf unsere magischen Rufe reagiert und seine Tore für uns verschlossen. Etwas, das noch nie zuvor geschehen ist. Du bleibst, bis …"

Der Templer brach ab und neigte den Kopf leicht zur Seite. Dann nickte er den langen Flur entlang.

„Bringt sie hinauf."

Zayda wollte protestieren, war jedoch insgeheim froh darüber, dass sie nun rechts und links Hände stützten.

Als sie das Ende der Treppe erreicht hatten, blieben ihre Helfer überrascht stehen. Zayda folgte ihrem Blick und drohte ebenfalls zu erstarren. Der Gehörnte hatte das vorausgesehen!

Im Gegenlicht des Tempeleingangs zeichnete sich nicht nur eine Gestalt ab, sondern viele. Eine davon schlug die Hand vor den Mund und ächzte vernehmlich. Vanu.

Zayda schüttelte die helfenden Hände ab und zog Magie aus der Umgebung in ihr Inneres, um das Zittern in ihren Muskeln zu beenden.

Schwäche war jetzt das Letzte, was sie brauchte.

Und dass es ihr so unglaublich leichtfiel, ihre magischen Speicher aufzuladen, lag nicht nur an der unmittelbaren Nähe zur Quelle, sondern auch an ihrer extremen Motivation.

Garion und die ausgewählten Novizen waren nämlich soeben am Tempel eingetroffen.

Die Wucht von Meister Garions Unmut traf sie nicht halb so hart, wie sie erwartet hatte. Etwas in ihrem Inneren war nun anders. Eisern.

„Zayda! Was …"

Was ich hier mache? Ich zeige es dir.

Ohne ein Wort zu sagen, schob sie den Ärmel ihrer Tunika hoch. Der Stoff war etwas steif vom getrockneten Blut und schabte über ihre wunde Haut.

Murmeln und überraschtes Zischen erfüllte die Eingangshalle, als die Novizen und Meister Garion ihr frisch eingebranntes Mal erblickten.

Es war tatsächlich äußerst wohltuend, ihren Meister für einen Augenblick sprachlos zu sehen. Sie zog weitere Magie in ihr Inneres und genoss das Gefühl der pulsierenden Wärme, die sie so schnell erfüllte wie nie zuvor.

Viel Zeit in Ruhe blieb ihr allerdings nicht, denn Garion eilte auf sie zu und wollte ihr Handgelenk packen, das sie ihm rasch entzog.

Seine Finger bebten vor Wut, als er sie sinken ließ; in seiner Stimme schwankte eine Mischung aus Unglaube und Enttäuschung mit.

„Wie konntest du nur etwas so Dreistes tun?"

Zayda verschränkte die Arme vor der Brust und musste das Bedürfnis unterdrücken, sich an dem juckenden Mal zu kratzen.

„Nun, ich habe beschlossen, Euch die wichtigste Entscheidung meines Lebens abzunehmen, Meister. Man hat mir einmal in jungen Jahren geraten, auf mein Schicksal zu vertrauen und meine Ziele zu verfolgen. Um jeden Preis."

„Auch wenn der Preis dafür sein könnte, dass Garion dich verstößt so wie Izerdan damals?", zischte Vanu überraschend dazwischen.

Garions Blick wurde kalt.

„Ich werde sie nicht verstoßen. Noch nicht zumindest. Ich kann den Willen der Hüter nicht ignorieren."

Zayda lächelte siegessicher, doch Garions Entsetzen blieb überdeutlich. „Auch wenn ich nicht verstehe, warum es Rupicapras Wille war, dir direkt das Mal und den Kraftschub zu verleihen. Es hätte Stunden dauern müssen ... aber das? Unfassbar."

„Ich bin eben etwas Besonderes, Meister."

Das wird Konsequenzen haben, Zayda. Das verspreche ich dir.

Wein und Gier

Zayda konnte sich kaum dazu durchringen, geduldig in der Eingangshalle des Tempels zu warten, während die anderen von den Templern in die Tiefen zu Rupicapra geführt wurden.

Der einzige Grund war wohl, dass sie nun erst einmal in Ruhe ihr erstes Prüfungsmal betrachten konnte.

Zayda fühlte sich anders.

Erwachsener?

Nein, wenn sie ehrlich mit sich war, hatte schon der Sieg über den Sklaven im Keller vor vielen Jahren ihre Kindheit beendet. Spätestens der Tod in Kielles Augen hatte die letzte Verbindung zu ihrer Unschuld wie mit einem Schwertstreich gekappt.

Was war also jetzt anders?

Sie dachte an die Dunkelheit, an diese seltsame, völlig unerwartete Prüfung, der Rupicapra sie unterzogen hatte. Wenn es eines gab, das sie daraus gelernt hatte, dann, dass sie nie wieder Angst vor Schwärze haben musste.

Ihre Magie hatte sich verändert. Sie war nun stark und laut und vibrierte erwartungsvoll in ihrem Körper.

Garion verschwand mit den übrigen Novizen, und Zayda wusste ganz genau, dass er abfällig über sie sprach und die anderen dazu ermahnte, bloß nicht ihren Weg der Rebellion einzuschlagen.

Sie atmete tief durch und schloss die Augen, die selbst im Dämmerlicht schmerzten. Alles erschien ihr viel zu grell und farbenreich.

Allerdings hatte sie das Gefühl, nun auch in der Dunkelheit ihrer geschlossenen Augenlider sehen zu können. Alles erzeugte Resonanzen und Echos, ganz gleich, ob es die Schritte von vorbeihuschenden Tempeldienern oder magische Funken waren.

Als jemandes Finger direkt über ihrer Schulter verharrten und sie nicht zu berühren wagten, schreckte sie auf.

War sie eingeschlafen? Oder nur zu beschäftigt mit ihrer Magie, ohne zu bemerken, wie viel Zeit vergangen war?

Was spielt Zeit noch für eine Rolle?

Sie öffnete die Augen und sah Vanu vor sich, die sie angstvoll musterte.

„Zayda?"

„Hm?"

Falls sie Vanu mit dieser knappen Reaktion vergraulte, war es ihr egal. Was wollte sie denn jetzt?

„Ich ... ich bin als Letzte dran. Garion will mir wohl Zeit zum Nachdenken geben ... aber ich will, dass du weißt: Ich wende mich nicht von dir ab! Du ... du hast vielleicht eine falsche Entscheidung getroffen, aber für die richtigen Ziele. Das hat der Hüter uns heute allen deutlich gezeigt."

Zayda konnte nicht anders. Sie war ehrlich überrascht.

„Äh, danke?"

Vanus Lächeln hielt nur für einen Wimpernschlag, ehe es wieder von ihren Lippen abfiel und sie einen nervösen Blick zur Treppe warf.

„Ich sollte eigentlich nicht hier sein, aber die anderen sind beschäftigt. Tanem ist gerade beim Hüter, und ich ... ich habe Angst."

„Dass du es nicht schaffst? Das wirst du."

„Ich habe mich nur gefragt, wie es dort drinnen ist? Was mich dort erwartet? Du warst fast zwei Tage in der Halle gefangen, richtig?"

Zayda wollte den Mund öffnen, doch die Luft blieb ihr im Hals stecken. Ihre Kehle wurde von einer fremden Kraft zugeschnürt und ließ sie unterdrückt keuchen.

Was? Was ist das?

Erst als sie ihre Gedanken von der Dunkelheit abgewandt hatte, kehrte ihre Stimme zurück, und sie holte tief Luft.

„Ich ... ich kann nicht darüber sprechen."

Vanu seufzte schwer. „Ernsthaft? Von allen anderen hätte ich das erwartet, von den Stillen und den Älteren, aber von dir? Du könntest wenigstens ein wenig freundli…"

„Nein! Das ist es nicht", erwiderte sie gepresst. „Der Hüter … er hält mich davon ab, dir etwas zu verraten."

Vanus Augen weiteten sich, dann wich sie zurück.

„Dann stimmt es also, was die Älteren immer gesagt haben. Ich sollte gar nicht hier sein! Ich dürfte das nicht fragen – der Hüter wird wütend sein, ich …"

Sie brach ab und eilte ohne ein weiteres Wort zur Treppe zurück, um zitternd im Inneren des Tempels zu verschwinden.

Zayda sah ihr kopfschüttelnd hinterher.

Gehört es wohl zur Natur der Feliden, so zaghaft zu sein?

Ob es die Fähigkeiten der anderen Auserwählten waren – oder ob Zaydas Rebellion sie auf die eine oder andere Weise angefeuert hatte: Im Laufe des Tages bestanden alle sechs Novizen, die Garion der Prüfung für würdig erachtet hatte.

Der Meister sprach kein Wort mit ihr, als er die Gruppe am Abend mit Unterstützung der Templer Siads nach Tna'Ni zurückteleportierte.

Sie spürte die Irritation der anderen, da sie diesen Schritt offensichtlich nicht erwartet hatten. Sie konnte es verstehen. Wenn Garion auf eine Sache keine Lust hatte, dann auf einen tagelangen Marsch mit ihr.

Es beruhte auf Gegenseitigkeit.

Lautes Knistern erfüllte die Luft, als sie aus einem Meer aus Blitzen in den Haupthof traten. Die Templer von Siad verschwanden ohne ein Wort des Abschieds, ließen dabei jedoch eine Person mehr zurück, als sie beim Aufbruch gewesen waren.

Den Mantel kannte Zayda – und da fiel ihr wieder ein, dass Leron ja ebenfalls mit nach Siad gegangen war.

„Überrascht, mich hier zu treffen, Verräterin?"

Sie schnaubte. „Wohl eher überrascht, dich hier zu hören. Was ist los, nimmst du dir ein Beispiel an mir und unterwirfst dich nicht länger Garion und den Hütern?"

„Der Hüter hat meine Entschuldigung angenommen und mir verziehen. Aber meine Dienste als Stiller werden nicht länger benötigt", erwiderte Leron mit rauer Stimme. Es wirkte, als müsse er erst zu seinen Worten zurückfinden und wäre aus der Übung.

„Oha."

„Keine Sorge, ich werde deine intriganten Pläne nicht lange stören. Ich verabschiede mich nur von meiner Schwester und bete, dass sie bald die Prüfung machen wird, um mich auf meinen Reisen in den Norden einzuholen."

„Du verlässt uns? Wie schade."

Zayda lächelte und machte sich weder die Mühe, es echt aussehen zu lassen, noch, ihrem Ton den Sarkasmus zu nehmen.

Sie waren nie Freunde gewesen, aber was Feindschaft anging, hatte er alten Bekanntschaften wie Jelak und Perkir niemals ihren Rang streitig machen können. Dafür war er viel zu sehr mit seinem eigenen Schicksal beschäftigt gewesen.

Sie wandte sich ab, ohne sich zu verabschieden, und zog sich für den Rest des Abends in ihre Kammer zurück.

Eine Weile dachte sie darüber nach, R'jato zu suchen und ihm ihre neuen Fähigkeiten zu demonstrieren. Es juckte sie in den Fingern, Berge zu versetzen und Täler aufzureißen, um ihre neu gewonnene Kraft bis zum Limit auszureizen, aber sie musste einen kühlen Kopf bewahren.

Entscheidende Dinge standen an, da war sie sich sicher.

Sie musste nur auf den rechten Moment warten.

Es klopfte.

Auf einen Wink ihrer Hand schob sich der Riegel ihrer Tür zurück und erlaubte der Felide vor der Kammer, einzutreten.

„Ist etwas?"

Vanu lächelte breit. Ihre Augen leuchteten in einem so intensiven Grün, dass es beinahe schmerzte. Die Magie pulsierte in ihrer kleinen Freundin wie eine junge Katze, die sich zur Löwin erheben wollte.

„Wo bleibst du denn?"

Als sie keine Antwort erhielt, winkte Vanu nach draußen. „Es ist schon fast Mitternacht, komm schon!"

Zayda verstand noch immer nichts, doch sie ließ sich von Vanu auf die Beine und aus ihrem kleinen Gemach ziehen.

Sie sprachen wenig auf dem Weg an ihr unbekanntes Ziel. Zayda war vollkommen davon abgelenkt, dass sie alles viel heller sah als erwartet. Wie hatte sie nicht bemerken können, dass es schon mitten in der Nacht war?

Vanu führte sie; gemeinsam schlichen sie durch Gänge und stahlen sich unter einem Schutzschild durch die Aufmerksamkeit der Stillen.

Zayda beobachtete fasziniert ihre Magie und fragte sich dabei, ob die stillen Wächter sie in Wahrheit all die Jahre nur in dem Glauben gelassen hatten, dass sie sie nicht bemerkten.

Wie könnte man jemanden mit so wacher Magie ernsthaft täuschen? Würde sie selbst es nun jederzeit entdecken, wenn jemand sich hinter einem Schild abschirmte? Und wie oft hatte sie es früher wohl versäumt, Beobachter zu bemerken?

Bisher hatte sie sich für eine äußerst aufmerksame Magierin gehalten, doch das war nichts im Vergleich zu ihren jetzigen Fähigkeiten.

Und je mehr sie darüber nachdachte, desto mehr eröffnete sich ihr das Offensichtliche: Sie wollte noch mehr davon!

Vanu geleitete sie eine Treppe hinunter in den großen Vorratskeller unterhalb der Küche. Hinter einigen Regalen ging es in einen zweiten Raum, aus dem verborgenes Licht und ein unterdrücktes Lachen drangen.

Vanu zog sie durch den Türbogen und auf eine Gruppe zu, die sich in einem improvisierten Lager versammelt hatte. Die anderen Novizen, die heute bestanden hatten!

Verglichen mit Vanu und Tanem, kannte sie die anderen vier nur flüchtig.

Mit manchen hatte sie im letzten halben Jahr kein einziges Wort gesprochen, da sie sich auf ganz andere Weise auf die bevorstehende Prüfung vorbereitet hatten als Zayda.

Und alle starrten sie nun an.

„Vanu ... warum bringst du mich in diese Situation?", murmelte Zayda ihrer Freundin ins Ohr. Es fühlte sich unangenehm an, den kritischen Blicken der anderen ausgesetzt zu sein, und sie wollte am liebsten direkt wieder verschwinden.

Doch in den Gesichtern erblickte sie momentan nur Heiterkeit.

„Zayda! Da bist du ja endlich."

Die Ratke erstarrte. „Ähm ... ihr habt mich erwartet?"

„Machst du Witze? Nach dem, was du da abgezogen hast, musst du uns alles erzählen."

Einer der Novizen klopfte einladend auf die umgedrehte Kiste neben sich. Sein Name war Fjalir; Zayda hatte sich seinen Namen gemerkt, weil er einmal bei einer Übung beinahe vom Plateau gefallen wäre.

„Los, komm, wir haben das Weinlager geplündert und wollen unseren Erfolg angemessen feiern. Und da gehört jede neu erwachte Wakenda-Auserwählte dazu."

Wakenda.

Zayda lächelte unwillkürlich, als sie mit diesem Titel angesprochen wurde. Es stimmte ja, sie hatte die erste der vier Prüfungen bestanden, die einem am Ende diesen traditionellen Titel einbringen würden.

„Seltsam, dass Garion sich nie mit Wakenda ansprechen lässt, nicht wahr? Oder heißt es Wakendo?", fragte Vanu an ihrer Stelle und nahm einen Becher vom improvisierten Tisch in der Mitte der Runde.

Fjalir sah einen Moment erschrocken aus, als habe er etwas Wichtiges vergessen, dann schnappte er einen vollen Becher und hielt ihn Zayda entgegen.

„Wo bleiben unsere Manieren? Wir wollen anstoßen, komm!"

Misstrauisch beäugte Zayda den ihr dargebotenen Becher und schnupperte daran. Vollmundige Aromen von Gewürzwein stiegen ihr in die Nase.

Nichts Verdächtiges.

Als alle lachend ihre Getränke in die Mitte streckten, tat Zayda es ihnen nach.

Das erste Mal seit Jahren fühlte sie sich im Kreise der Novizen wohl und einfach … zugehörig.

Ihre Befürchtungen hatten sich tatsächlich nicht erfüllt.

Die anderen waren weder abweisend noch herablassend. Und schon gar nicht schlichtweg entsetzt über ihre Vorgehensweise.

Sie nahmen sie in ihren Kreis auf und schenkten ihr einen Becher Rotwein nach, sobald sie das süße Gewürzzeug hinuntergekippt hatte.

Sie wollten wirklich feiern!

Tanem, der ihr gegenüber auf einem Fass saß, lässig die Beine baumeln ließ und bisher noch kein Wort gesagt hatte, war schon etwas rot um die Nase und grinste sie nun an. Seine Augen leuchteten wie sonnenlichtdurchflutetes Eis auf Irfens See im Winter.

Fjalir räusperte sich genau in dem Moment, als Tanem sich unter ihrem durchdringenden Blick an seinem Wein verschluckte.

„So … nun erzähl uns, was passiert ist! Wie konntest du so lange bei Rupicapra bleiben?"

Eines der beiden anderen Mädchen nickte bestätigend. „Ich habe gehört, dass es einen umbringen kann, wenn man sich zu lange bei der Quelle aufhält! Die Magie brennt einen einfach von innen heraus weg!"

Die Art, wie auf einmal alle an ihren Lippen hingen, hätte Zayda einschüchtern sollen, doch wenn sie ehrlich war, gefiel ihr das neu erwachte Interesse.

„Ich ... wie soll ich ..."

Als sie tief Luft holte, wurde ihr klar, dass das seltsam erstickende Gefühl dieses Mal ausblieb.

„Ich kann darüber sprechen?"

Vanu grinste breit. „Wir haben es auch erst vorhin entdeckt. Nachdem wir alle die Prüfung bestanden haben, wird uns nicht mehr die Luft abgeschnürt!"

Zayda legte ihrer Freundin unauffällig die Hand auf die Schulter, um eine direkte Verbindung mit ihr aufzubauen, die die anderen nicht hören konnten.

Wusstest du das, als du im Tempel zu mir kamst? Zitternd und unsicher?

Vanus Arm spannte sich deutlich an.

Ha. Ha.

Zayda presste die Lippen zusammen, um nicht zu offen zu grinsen. *Entschuldige, ich musste einfach fragen.*

Entspann dich – du hast einen bleibenden Eindruck mit deinem Auftritt im Tempel hinterlassen. Genieß den Abend mit uns.

Zayda konnte nicht glauben, dass das hier wirklich geschah, dennoch wurde ein Gedanke ganz klar.

Danke.

Sie ließ den Arm sinken und setzte lächelnd den Becher ab.

„Puh, ich dachte schon, ich würde zu einem stillen Wächter werden, was das Thema angeht."

Zu ihrer Überraschung lachten die anderen, wenn auch ein wenig nervös.

„Ganz ehrlich, Zayda? Du bist echt eine Ratte durch und durch", warf Vanu atemlos ein.

„Danke für das Kompliment", murmelte sie und nahm noch einen weiteren Schluck, um ihre eigene Beklommenheit wegzuspülen. Wie lange war es her, seit sie zuletzt so einen Moment erlebt hatte?

„Jetzt spann uns nicht so auf die Folter!"

Zayda holte Luft, öffnete den Mund. Mit einem Mal war das bedrückende Gefühl zurück, wie ein dunkler Klumpen saß es tief in ihrer Brust. Es war die Angst, die sie sich für immer verboten hatte.

„Ich kann mich nicht an viel erinnern. Es war ... verdammt düster."

Die Tatsache, dass die anderen wissend dreinsahen und ihre Blicke kurz trübe und irgendwie traurig wurden, gab Zayda ein unverhofftes Gefühl der Zugehörigkeit.

Sie teilten ihr Leid.

Oder dachten das zumindest.

„Ich meine damit, dass es ... ich konnte überhaupt nichts sehen. Es war die ganze Zeit dunkel, schwärzer noch, als ich mir völlige Blindheit vorstellen würde. Ich verlor jegliches Gefühl für Zeit und Raum und irrte umher, und die Stimmen ..."

Unweigerlich lief ihr ein Schauer den Rücken hinab.

„Ich musste vor einer Horde Bestien fliehen", warf Fjalir ein.

„Ich hatte das Gefühl, zu ertrinken."

„Ich musste zusehen, wie ein schrecklicher dunkler Sturm alle Feliden in ganz Tyarul verschlang."

Die anderen verstummten schlagartig, als Vanu gesprochen hatte.

Fjalir schüttelte sich vernehmlich.

„In Ordnung, bisher hatte Zayda Rang eins wegen der Dauer ihrer Prüfung, aber das? Das ist purer Grusel. Nein danke."

Die anderen nickten heftig, und Zayda machte sich daran, alle Becher aufzufüllen, um den Moment zu überwinden, in dem sie sich äußerst seltsam gefühlt hatte.

Lag es daran, dass sie so viele geballte Emotionen einfach nicht mehr gewohnt war? All die Jahre hatte sie sich zusehends isoliert – und jetzt nahm ihre Magie jede Vibration von Gefühlen wahr, als wären sie Windböen, die ihr ins Gesicht wehten.

Sie war sich nicht sicher, ob sie diese Entwicklung mochte, und hob daher den Becher.

„Auf die Feliden – allesamt zähe Bastarde, die einer armen kleinen Ratke keine Prüfung gönnen wollten."

Als die anderen ihr breites Grinsen bemerkten, lachten sie und stießen gemeinsam an.

Nur Tanems Lächeln wirkte falsch, und sein Blick blieb unendlich traurig. Etwas Seltsames war mit ihm geschehen, so nachdenklich hatte sie ihn in den letzten Wochen selten erlebt. Er hielt ihrem Blick nicht stand und leerte stattdessen seinen Becher.

Allmählich stieg ihnen der Wein zu Kopf. Vielleicht waren es noch die Nachwirkungen der zehrenden Prüfung, die sie allesamt etwas angeschlagen und schwindlig machten.

Doch kaum waren die Becher geleert, entglitten Vanu und Fjalir die Gesichtszüge, und sie starrten auf etwas hinter Zayda.

Oder vielmehr auf jemanden, den sie in ihrem Zustand nicht bemerkt hatten.

Oh nein.

Sie musste sich nicht umdrehen, um zu wissen, dass Meister Garion an der Treppe stand. Vermutlich hatten sich auch zwei der Stillen hinter ihm aufgebaut und ihre gemeinsame Energie abgeschirmt, kaum hatten sie das Gelächter gehört, das aus dem Keller drang.

Jetzt spürte sie auch Lerons schneidenden Blick in ihrem Rücken. Er war also doch nicht so bald aufgebrochen wie behauptet, sondern hatte nur auf eine Gelegenheit gewartet, sie in Schwierigkeiten zu sehen.

Der Meister räusperte sich vernehmlich.

„Das genügt."

Zayda verdrehte gekonnt die Augen. „Sein Lieblingssatz", murmelte sie gut hörbar, und Tanem prustete los, verschluckte sich erneut an seinem Wein und fing laut an zu husten.

„*Zayda!*"

Die donnernde Stimme des Meisters ließ Staub von der Kellerdecke rieseln. Zayda blieb ungerührt. Sie würde nie wieder vor ihm kuschen.

Sie stand auf und verneigte sich elegant, aber auch deutlich mokierend. „Ich stehe zu Euren Diensten."

„Mitkommen. Sofort."

Die anderen mieden ihren Blick, als sie ging. Insbesondere Vanu, deren schlechtes Gewissen über ihr schwebte wie ein dunkles Gewitter.

Zayda würde ihr keine Vorhaltungen machen – es war ihr ohnehin klar gewesen, dass Garion noch nicht mit ihr fertig war.

Sollte er ruhig schreien oder schweigen. Sie kannte beides bereits und würde sich nicht mehr verunsichern lassen.

Sie folgte ihm die Treppe hinauf und hinaus in die angenehm kühle Herbstnacht. Der Sternenhimmel glänzte über ihnen und warf kaum wahrnehmbares Licht auf die Fresken und Malereien der Gebäude, die Zayda so oft betrachtet hatte.

Garion entließ Leron und die beiden anderen Stillen – die ihrer Berufung im Gegensatz zu ihm noch nachgingen –, dann folgte er Zaydas Blick hinauf zu den Sternen.

„Ich kann noch immer nicht begreifen, wie du unsere Traditionen und Gepflogenheiten so mit Füßen treten konntest. In all meinen Jahren als Leiter dieser Schule ist mir so etwas nicht untergekommen. Weder mir noch einem anderen Phiruin. Wir sind ... besorgt, Zayda."

„Sorgt Ihr Euch so um alle Novizen, die die Prüfung bestehen?"

Er senkte seinen Blick und ließ ihn über ihren Arm wandern, wo das Mal demonstrativ leuchtete, da sie ihren Ärmel hochgekrempelt hatte. „Es ist die Art und Weise, wie Rupicapra dich geprüft hat, die mir Sorgen bereitet. Du warst viel zu lang in seiner Gegenwart – das können und sollten nur weise und geschulte Magier auf sich nehmen."

„Er hat eine Herausforderung in meinem Herzen gesehen! Und er hat mich damit belohnt, mir das Mal zu verleihen. Dauerte es bei den anderen nicht teilweise Stunden, bis es bei ihnen nach der Rückkehr aus der Halle in Erscheinung trat?"

Garion schnaubte.

„Maße dir nicht an, die Wege und Ziele der Hüter verstehen zu können. Nur wenige Älteste der Phiruin vermögen es, wahrhaftig mit den Hütern im Einklang zu sein – und dazu gehörst du gewiss nicht."

Und Ihr?

Sie hüllte sich in Schweigen, ließ seine Wut an sich abprallen wie Eis an einem unzerstörbaren Schild.

Auch wenn sie magisch noch lange nicht so stark war wie er, so fühlte sie sich geistig doch das erste Mal absolut ebenbürtig. Was konnte er schon tun? Sie war zwar seiner Obhut unterstellt, doch als Tochter einer der einflussreichsten Ratkenfamilien in ganz Tyarul war sie faktisch unantastbar.

Er konnte zwar nach Gutdünken ihre Ausbildung gestalten – aber sie war sich ziemlich sicher, dass er irgendwann für seine Entscheidungen würde geradestehen müssen. Ihr Vater ließ es sich nur selten anmerken, doch in Wirklichkeit kontrollierte er alles. Subtiler als ihre Mutter, aber nicht minder mächtig.

Falls ihm die Fortschritte seiner einzigen magisch begabten Tochter nicht zusagten, würde er bestimmt Garion dafür verantwortlich machen. Insbesondere, wenn allen anderen ebendiese Fortschritte erlaubt wurden und gelangen.

„Im Grunde habe ich Euch nur davor bewahren wollen, dass Ihr Euch politischen Ärger mit den Ratken einhandelt. Meine Familie ist nicht dafür bekannt, sehr nachsichtig zu sein."

Garions Hände zitterten vernehmlich.

Zayda wusste nicht, was sie erwartete. Eine Standpauke? Enttäuschte Vorwürfe?

Stattdessen atmete der Meister tief durch und sah sie mitleidig an. In diesem Moment erinnerte er sie zum ersten Mal an Izerdan, wie er sie damals angesehen hatte, als sie ihn enttäuscht hatte – bevor sich ihre wahre Beziehung und Verbundenheit entwickelte.

„Du hältst dich für unantastbar? Für unfehlbar? Zayda van Dymar, ich prophezeie dir hier und jetzt, dass dein Weg dir nichts als Leid bringen wird. Es sind schon andere vor dir wegen ihrer Arroganz gefallen. Nicht jeder Magier ist zu Großem auserkoren oder hat die Charakterstärke und persönliche Reife."

Unglaublich, wie sehr sich angebliche Meister doch irren können.

Sie schwieg, und er seufzte schwer.

„Nun gut, genug der Lektionen, die an dir abprallen wie an dickem Eis. Du möchtest sicherlich deine Familie und deinen alten Meister über deinen ... Erfolg informieren."

Sie lächelte schief.

„Natürlich."

„Ich werde dir Papier und Tinte in deine Kammer bringen lassen."

„Danke, Meister."

Garion bedachte sie mit einem seltsamen Blick, und sie fühlte sich durchschaut. Ein widerliches Gefühl. Er konnte nicht wissen, was sie verbarg, sie hatte alle Gedanken und Erinnerungen an die letzten Jahre mit Izerdan viel zu tief in sich eingeschlossen.

Er konnte nicht wissen, dass sie auf Drängen ihres alten Freundes so aufbegehrt hatte, oder etwa doch?

„Danke nicht mir. Ich würde dich zu jahrelangem Schweigen als stiller Wächter verpflichten, wenn die Entscheidung allein bei mir läge. Also überleg dir gut, was du deinen Eltern berichtest, denn möglicherweise schließen sie sich meiner Meinung an."

Wenig später saß Zayda mit gezückter Feder vor dem entrollten Papier und sah zu, wie die Tinte zum vierten oder fünften Mal am Kiel austrocknete.

In der Schule herrschte Totenstille. Das lag allerdings nicht nur daran, dass Vanu und die anderen Feiernden sich still und heimlich in ihre Kammern geschlichen hatten, sobald sie erkannten, dass nur Zayda Ärger bekam.

Ein weiterer Grund war schlicht die Tatsache, dass es der Schule an Nachwuchs mangelte.

Ebenfalls ein schleichender Vorgang, der Zayda erst bewusst aufgefallen war, als sie die versammelten Jungnovizen auf der Apfelwiese gesehen hatte.

Es beruhigte sie auf eine unschöne Weise, dass nicht nur die Ratken mit einer schwindenden Anzahl von Magiern zu kämpfen hatten.

Zayda fragte sich, ob Izerdan mehr über die Hintergründe wüsste. Ob es Zusammenhänge mit zu trockenen Sommern und eiskalten, zehrenden Wintern gab. Oder Auswirkungen der Krankheit, die sie indirekt aus ihrer Heimat vertrieben hatte und die alle insgeheim fürchteten.

Zum ersten Mal fragte sich Zayda, ob man etwas Dunkles denn wirklich nur fürchten musste. Gab es keinen anderen Weg? Sie hatte zwei Tage in absoluter Dunkelheit verbracht – was waren da ein paar dunkle Flecken im Schnee?

Man müsste es untersuchen. Ernsthaft studieren und auseinandernehmen, so wie die Dunkelheit, mit der Rupicapra mich umgab. Alles kann von Magie erfasst und zerlegt und verstanden werden. Warum nicht auch das?

Einem Impuls folgend, ließ sie die Feder auf den Tisch fallen und stopfte den Korken wieder grob ins Tintenfass.

Sie hatte keine Zeit für Briefe.

Aber wenn eines heute Nacht nicht funktionieren würde, dann eine Schleichaktion zum Innenhof der Quelle. Garion war vielleicht vertrauensselig, aber dumm war er nicht. Und er würde Zayda nicht mehr trauen.

Wenn sie die Augen schloss, war da das deutliche Leuchten und Pulsieren von Tna'Nis Quelle.

Vielleicht ging es ja auch anders?

Als erste Vorsichtsmaßnahme suchte sie nach Lerons Geist. Wenn jemand nur darauf wartete, dass sie einen weiteren Fehler machte, dann waren es der ehemalige Wächter und seine kleine ambitionierte Schwester.

Doch als sie die beiden fand, waren ihre Gedanken ruhig und diffus ... sie schliefen.

Vorsichtig tasteten sich ihre Funken unter dem Einfluss ihres Willens weiter, suchten und forschten, bis sie sich der Quelle näherten. Wie immer war der Bereich mit der höchsten Magiekonzentration durch die Absorber in den Säulen abgeschirmt.

Wie viele davon Garion in den letzten Jahren wohl hergestellt hatte, um seine Schule vor der wilden Magie der Quelle zu schützen? Sie wusste, dass die Bilure nach einer Weile ihre Wirkung verloren und ersetzt werden mussten – doch wie er sie erschuf, hatte sie bisher nicht herausgefunden.

Sie schüttelte sachte den Kopf, um nicht den Fokus zu verlieren.

Du musst vorbei an den Absorbern! Nur ein Funke müsste ausreichen. Ein kleiner Flüsterfunke von mir, der sich mit der Magie der Quelle verbi...

Doch ihre Funken flüsterten nicht mehr. Seit sie die Prüfung bestanden hatte, war ihre Magie selbstbewusster und vermittelte ihr jegliche Kontakte zur Außenwelt klar und deutlich.

Da war kein verschwommenes Raten mehr, was ihre Funken gerade ertasteten – alles lag klar vor ihrem geistigen Auge.

Ganz von selbst verbanden sich ihre Funken zielgerichtet mit dem Strom aus natürlicher Magie, der aus dem Erdreich hervorquoll. Ein ungewolltes Ächzen entwich ihren Lippen, als die Verbindung aufgebaut wurde, ihren ganzen Körper unter Spannung setzte und erstarren ließ.

Sie konnte aus der Ferne auf die Quelle zugreifen! Was wog da schon der ziehende Schmerz in ihrem neuen Mal? Sie musste nicht mehr zum Innenhof schleichen, um das Netz aus Magie zu nutzen und damit gedanklich nach Irfen zu reisen.

Wofür würde sie diesen Fernzugriff sonst noch nutzen können?

Ist das vielleicht ein Grund, warum viele Novizen so gerne noch eine Weile als Wächter hierbleiben? Die Quelle ist einfach zu verlockend …

Mit einem Kopfschütteln riss sie sich von diesen Gedanken los. *Geduld. Auch in Irfen wartet Magie auf dich.*

Beim zweiten Versuch blieb die Verbindung zur Quelle klar und wurde nicht durch den Hunger in ihrer Brust verwirrt.

Gekonnt stellte sie sich vor, wie sich ihr Geist suchend von ihrem Körper löste und dem Strom aus Magie folgte. Die Quelle von Tna'Ni war dabei lediglich ein Portal und Nahrung für ihre Reise nach Irfen.

Dieses Gefühl, unendlich schnell durch einen wirbelnden Strom aus Funken zu fliegen … es war nichts Neues mehr für Zayda – und dennoch versetzte es sie jedes Mal von Neuem in einen Rausch.

Sie begann, Izerdan zu suchen, konnte ihn jedoch nirgends in der Schule finden. Bevor sie zu viel Zeit verlor, wandte sie sich von der Schule ab, ließ ihren Geist über das schattenhaft zu erahnende Dächermeer schweifen und tastete sich zum Anwesen der Herrscherfamilie vor.

Aber auch dort: keine Spur von ihm.

Oder täuschte sie sich da?

Als sie ihre Magie etwas stärker fokussierte, wurde sie der abschirmenden Energie gewahr, die den Gebäudekomplex umgab. Die magischen Berater!

Zayda wich unmittelbar zurück, doch die Tatsache, dass sie noch keinen Alarm wegen eines Eindringlings geschlagen hatten, überraschte sie – und weckte zugleich ihr Verlangen nach Herausforderung.

Sie konzentrierte ihre Magie noch stärker, zog mehr von Tna'Nis Quelle in ihr Inneres, um es nach Irfen zu leiten. Alles wurde ganz still um sie.

Wie ein Blitz jagte sie vorwärts und fand eine kleine Schwachstelle im weiten Schild, der beinahe unsichtbar um das Anwesen schwebte. Die Magier hatten zwar den Himmel und sogar die Abwasserkanäle unter den Gebäuden geschützt, aber es gab Lücken im Erdreich.

Das Innere ihres alten Zuhauses leuchtete in blassen Grautönen auf, die ein Echo der Zimmer darstellten ... aber wieder fehlte jegliche Spur von Izerdan und seinen Malstellen.

Zayda wollte sich schon enttäuscht zurückziehen, als ihre Magie eine leichte Resonanz wahrnahm. Da waren die Gedanken ihres Vaters: Er machte sich Sorgen, was er niemals offen gezeigt hätte.

Ihre Mutter war in ihren Gemächern und ruhte, und neben Sebila und den anderen Dienern entdeckte sie noch jemanden.

Zeruk.

Sofort verspürte sie den Drang, ihrem großen Bruder von ihrem Erfolg zu berichten. Warum auch nicht? Er konnte es genauso gut an ihre Eltern weitergeben wie Izerdan.

Ob es überhaupt möglich war?

Zeruk hatte keine magischen Fähigkeiten, da war nur der schwache magische Hauch in seinem Innern, so wie in jedem Menschen.

Doch eine der ersten Lektionen, die man ihr als noch vermeintlich unbekannte Magierin eingebläut hatte, war, dass sie diesen Rest niemals anzapfen sollte, da es bleibende Schäden verursachen konnte.

Sie musste also die Magie für eine Verbindung allein kontrollieren und zur Verfügung stellen – und seinen Geist darauf einstellen. Mit einem Grinsen machte sie sich ans Werk.

Und schon drei Atemzüge später spürte sie, wie seine unbewussten Barrieren nachließen und sie in seinen Kopf blickte.

Ha!

Dass ihr Bruder so zusammenzucken würde, hatte sie allerdings nicht erwartet.

Was? Was ist das?

Zayda musste leise lachen. Sie konnte sich nicht daran erinnern, ihren Bruder jemals angsterfüllt erlebt zu haben.

Was denn? Hast du etwa noch nie mit einem Magier Kontakt gehabt, Bruder?

Zayda ... bist du das?

Niemand anderes als dein kleines Schwesterlein.

Er lachte nun ebenfalls, sie spürte es als feine Vibration in seinem Geist.

Wenn ich R'jatos Berichten trauen darf, gehörst du nicht mehr zu den Kleinen.

Ja, das stimmt.

Es tut auf jeden Fall gut, deine Stimme zu hören!

Genau genommen, hörst du sie nicht wirklich. Ich übertrage meine Gedanken direkt in deinen Kopf.

Noch immer die alte Besserwisserin, wie ich sehe.

Zayda schmunzelte.

Zumindest eine Besserwisserin, die mächtig genug ist, dich über viele Hundert Meilen eigenständig zu kontaktieren.

Fühlt es sich deshalb so seltsam an?

Zayda zuckte mit den Achseln, auch wenn er das nicht wahrnehmen konnte. *Vermutlich verschwommen? Du bist nicht in Magie geübt, geschweige denn im geistigen Kontakt. Und mit ...*

Sie brach ab, bevor sie etwas Dummes denken konnte. Beinahe hätte sie Izerdan erwähnt – und dass sie dank ihm solch gute

Erfahrungen mit Gedankenübertragung hatte, sollte Zeruk nun wirklich nicht wissen.

Auch zu seinem eigenen Schutz.

Sie zögerte und fragte sich, ob er bereits misstrauisch wurde. Allerdings war er nicht geschult darin, die Gedanken *hinter* den Gedanken zu bemerken, und dachte vermutlich einfach, dass die Verbindung auf die weite Distanz nicht so stabil war.

Erst als sie sich wieder deutlicher an ihn wandte, stellte er eine Frage dazu.

Alles in Ordnung?

Ja, absolut. Ich habe sehr gute Neuigkeiten.

Sie konnte spüren, wie er lächelte. Es steckte noch mehr dahinter.

Du meldest dich übrigens zum bestmöglichen Augenblick. Ich werde heiraten – und ich habe Mutter und Vater ausgerichtet, dass die Zeremonie nicht ohne dich stattfinden darf.

Sie war nicht wirklich überrascht über diese Eröffnung, allerdings doch gerührt, dass er nach all der Zeit noch immer so für sie eintrat. Er hatte sich gut gemacht, war mit Darzir gemeinsam in Mazmorras Königswache versetzt worden und hatte einen festen Rang und viele Erfolge zu verzeichnen.

Allerdings hatte auch Darzir bereits eine Frau aus gutem Hause für sich gewinnen können, und zu ihrer Hochzeit war Zayda nicht eingeladen worden.

Dann kannst du den beiden für mich etwas ausrichten, was ihre Entscheidung vielleicht erleichtert: Ich habe die erste der vier Magierprüfungen abgelegt und mein erstes magisches Mal bekommen.

Keine Glückwünsche zur Hochzeit?

Sie spürte, wie er grinste und dass seine Missbilligung nur freundschaftlich gespielt war.

Ach, du bist gut gebaut, Bruder, und siehst Vater mittlerweile sicherlich noch ähnlicher – da war es doch zu erwarten, dass die Frauen nicht lange auf sich warten lassen.

Wie leicht er doch zufriedenzustellen war – und wie überraschend gut sie den angewiderten Ton verborgen hatte, der sich ihr jedes Mal aufdrängen wollte, wenn es um das Thema Partner ging.

Es wollte in ihrem Kopf einfach keinen rechten Sinn ergeben, weshalb man so versessen darauf sein sollte. Die Art, wie sich die jungen Damen früher an ihre Brüder herangeschmissen hatten, war ihr einfach nur zutiefst zuwider gewesen.

Zum Glück hatte sich auch Vanu mittlerweile damit abgefunden, dass man mit Zayda einfach nicht über Jungs sprechen konnte. Außerdem waren viele der älteren Novizen losgezogen, um eigene magische Erfahrungen zu sammeln oder sich auf die zweite Prüfung in Natuh vorzubereiten … da blieb nicht viel übrig, was eine junge Felide wie Vanu hätte ablenken können.

Hast du das Honig-Schmieren auch von den Feliden gelernt? Ich sage dir, meine Zukünftige wird dir gefallen – sie ist eine Kriegerin aus dem Norden. Ganz nach deinem Geschmack.

Das überraschte Zayda tatsächlich.

Auch wenn sie sich in ihrem Stand als einzige Tochter eines Clanoberhaupts ihren Kriegerrang hatte erschleichen müssen, so war es im östlichen Königreich absolut nichts Ungewöhnliches, wenn Töchter diesen Weg einschlugen. Insbesondere dann, wenn es keine Söhne in der Familie gab.

In dem Fall waren ihr drei ältere Brüder tatsächlich einfach hinderlich gewesen.

Zayda fragte sich, wie die Frau wohl sein mochte, die ihr Bruder erwählt hatte, und verspürte plötzlich den Wunsch, sie unbedingt kennenzulernen.

Wir werden sehen, erwiderte sie aber nur schnippisch und übertrug ihm deutlich, wie sie grinste.

Werden wir. Ich spreche mit Vater und lasse bald eine Nachricht schicken.

Zayda hielt nichts von langen Abschieden, also beendete sie die Verbindung so abrupt, wie sie sie aufgebaut hatte, und amüsierte sich eine ganze Weile mit der Vorstellung, wie erstaunt ihr großer Lieblingsbruder wohl gerade sein musste.

Sie konnte kaum erwarten, es Djark unter die Nase zu reiben.

Nach Hause

In der folgenden Nacht träumte sie von ihrer Familie.

Alle saßen versammelt im Speisesaal mit seinem großen Tisch und starrten reglos wie Puppen auf ihre Teller, bis Zayda herantrat. Sie wusste nicht, warum sie so klar sehen konnte, dass es ein Traum war. Häufig hatte sie im Laufe einer solchen Situation begriffen, dass es nicht real war, aber das hier war anders. Sie fühlte sich wie in ein Theaterstück versetzt, das nur zu ihrem Amüsement aufgeführt wurde. Wie Diener, die zu manchen Sommerfestlichkeiten kleine Geschichten darstellten, um ihre Herren zum Lachen zu bringen.

Als sie nun an der langen Seite des Tisches stand und den altbekannten Raum musterte, war alles ganz genau wie vor Jahren. Die Familienwappen und Siegel hingen an den Wänden, das Feuer knisterte wohlgefüttert im offenen Kamin, und sogar der teure Teppich lag an Ort und Stelle.

Alles war altbekannt. Nur ihre Familie war einfach … alt.

Sie sah es in ihren Gesichtern, die sich nun wie auf einen stillen Befehl anhoben und ihr zuwandten. Ihr Vater, ihre Mutter, Zeruk und Darzir … sie sahen Jahre gealtert aus.

Oder zumindest so, wie Zayda es sich wohl unbewusst vorstellte.

Sie betrachtete die Gesichter mit Interesse, während sie lautlos die Lippen bewegten, als wären ihre Gespräche nicht von Interesse oder Bedeutung für ihren Traum.

Bis ein kindliches Lachen an ihr Ohr drang.

Als sie den Kopf zur Seite wandte, saß Djark auf dem Teppich vorm Kamin und hielt einen Holzdolch in den Händen. Sie trat neben ihn. Der Junge war klein, winzig fast; sie schätzte sein Alter auf drei oder vier Jahre.

Sie kniete sich neben ihn, beobachtete sein unkoordiniertes Spiel mit dem spitzen Holz, das er geräuschlos durch die Luft sausen ließ.

So jung und so ... unschuldig. So hatte sie ihn niemals erlebt oder betrachtet. Er hatte ihr immer nur Steine in den Weg gelegt, ihr nichts gegönnt und sie immer wieder spüren lassen, wie passend er Mutters Pläne für sie hielt.

Doch offensichtlich war auch er einmal ein kleiner Junge gewesen.

Es fielen ihr nur zwei mögliche Erklärungen ein. Entweder war dies ihre reine Vorstellung von ihm als kleines Kind – oder sie hatte tatsächlich Erinnerungen an ihn in diesem Alter. Ob ihre Magie damals schon geholfen hatte, sich Dinge einzuprägen?

Just während dieses Gedankens erstarb Djarks Lachen, und er wandte den Kopf in ihre Richtung. Sein Gesicht verzerrte sich zu einer hässlichen Fratze, und er begann zu schreien.

Er schrie und schrie und weinte, bis seine Augen rot und verquollen waren und Tränen auf den Teppich tropften. Sie wollte ihn anfassen, ihn beruhigen, doch er wich zurück und starrte sie so hasserfüllt an, dass es sie tatsächlich abstieß wie ein starker Schutzschild aus Magie.

Sie sah sich hilflos nach Sebila um, konnte sie jedoch nirgends entdecken. Wie alt war ihre Amme nun? Fünfzig? Sechzig? Wie alt wurden Diener überhaupt?

Doch jetzt war ebendiese Dienerin nirgends zu finden – und ihre Mutter saß absolut reglos am Tisch, bis sie Zaydas Blick zu spüren schien.

Dann begann sie zu essen.

Zayda erhob sich, wollte nach Sebila oder dem Koch rufen. Der könnte dem endlos schreienden Kind sicherlich etwas geben, das es zum Schweigen brachte, oder nicht?

Djark weinte immer weiter und schrie sie dabei wütend an, lief schon dunkelrot an – und dann verschwand er.

Die hereinbrechende Stille war so laut wie nichts zuvor. Das Einzige, was die Szene noch weiter erschütterte, war die Ruhe, die sich am Tisch ausgebreitet hatte.

Zayda hatte schon lange nicht mehr so für ihre Eltern empfunden – doch heute wollte sie sie schlagen.

~~~

Sie musste nicht lange warten. Schon am nächsten Morgen spürte sie die Gedanken des Meisters und wurde davon geweckt.

Dein … Brief … hat interessante Folgen nach sich gezogen. Du wirst nach Irfen beordert. Noch heute.

Zayda rieb sich den Schlaf aus den Augen.

Mach dich bereit, ich werde die Stillen in Kürze zum großen Hof schicken. Sie sollen auch deinen Leibwächter und die Pferde mit nach Irfen bringen, es wird also etwas Zeit benötigt, um alles vorzubereiten.

Zayda gähnte und setzte sich auf. *Ihr werdet mich nicht verabschieden?*

Es gibt Wichtigeres für mich als deine Rebellion.

Gerade als die Ratke etwas erwidern wollte, brach er die Verbindung so abrupt ab, wie er sie damit wach gerüttelt hatte.

Seufzend stand Zayda auf. Ein breites Lächeln stahl sich auf ihre Lippen, während sie einen Eisspiegel erschuf und ihre Haare richtete – in eine Frisur, die ihre Mutter sicherlich verärgern würde.

Erst da wurde ihr wirklich bewusst, was Garion gesagt hatte.

Sie würde nach Irfen zurückkehren!

Mit einem Mal begann ihr Herz, vor Freude und Aufregung zu rasen. Wie sich die Stadt wohl verändert haben mochte?

R'jato!

Als nicht sofort eine Antwort kam, wurde sie lauter.

R'jato!

Ja, kleine Herrin?

Du solltest eine angehende Wakenda-Magierin nicht so ansprechen.

Seine Überraschung und sein Stolz überschwemmten sie wie eine Herbstflut.

Du hast es geschafft!

Ein Lächeln huschte über ihre Lippen, als sie ihren Pseudo-Leibwächter und Waffenlehrmeister so erfreut vorfand.

Habe ich.

Das ist fantastisch! Wie ...

Ehe er weiter fragen konnte, griff sie tiefer auf ihre Magie zu und teleportierte sich direkt zum Ort seiner Gedanken. Er befand sich an ihrem geheimen Treffplatz in den Bergen, hatte wohl ihre Vorräte auffüllen wollen.

Blitze schossen in den Himmel und verloren sich, bevor sie die Wolken erreichten.

R'jato machte einen Schritt nach hinten, um den knisternden Ladungen zu entgehen, die über die Felsplatte tanzten. Jedes Mal freute es sie, wenn er nur noch so marginal reagierte. Es vermittelte ihr das wundervolle Gefühl von Verständnis.

Doch was sie nicht erwartet hatte, war seine folgende Reaktion. Kaum hatte sie sich an ihrem kleinen Rückzugsort am Berghang materialisiert, packte er sie an den Schultern und zog sie an sich.

Ehe sie sichs versah, steckte sie in einer festen Umarmung und hörte R'jatos unterdrücktes Lachen in ihrem Haar.

„Du hast es geschafft. All die Zeit wusste ich es! Ich bin so ...“

Stolz.

Sie konnte das Gefühl kaum begreifen, verstand das Konzept, natürlich. Sie hatte viele Fortschritte gemacht, hatte Ziele erreicht, neue Techniken erlernt und sich sicherlich auch gut deswegen gefühlt. Warum konnte sie also nicht nachvollziehen, was er gerade empfand?

Sie stand da, steif in seinen Armen, und realisierte, woran es lag. Es war ein väterliches Gefühl. Eines, das sie nie bei ihren Eltern erfahren hatte.

„Wir müssen gehen.“

R'jato löste sich von ihr und schob sie ein Stück von sich, um sie intensiv betrachten zu können. „Was ist los?"

„Nach Irfen", fuhr sie ungerührt fort. Die Gefühle, die gerade durch ihren Körper strömten, gefielen ihr nicht. „Ich soll noch heute abreisen – und den Umständen nach zu urteilen, vielleicht sogar für länger. Außerdem wurde ich darum gebeten, dass mein Leibwächter und die Pferde mich begleiten."

R'jato schnaubte mit einem unterdrückten Lachen. „Gebeten. Eine interessante Wortwahl. Dann lass uns packen, nehme ich an?"

Sie nickte und machte sich gemeinsam mit ihm daran, das kleine Lager aufzuräumen. Viel gab es hier nicht, da Zayda immer davon ausgegangen war, dass man es beobachtete oder sogar regelmäßig besuchte. Auch wenn sie ihre heimlichen Ruhemomente hier zumeist mit einem Schild abgeschirmt hatte und die meisten Kampftage mit R'jato noch weiter von der Schule entfernt stattgefunden hatten, war sie nie so dumm gewesen zu glauben, dass man alles vor Garion und seinen Stillen verbergen konnte.

Warum sollte sie auch? Es gab kein Verbot an der Schule, das es untersagte, sich in seiner freien Zeit in die Berge zurückzuziehen.

Die Vorstellung, dass Garion hier gestanden und vergebens nach etwas Verbotenem gesucht hatte, ließ sie böse grinsen. Jetzt steckte sie ein Jagdmesser an ihren Gürtel und packte die stumpfe, rostige Axt ihrer alten Übungen in einen Korb, in dem bereits einige Pergamente und die aus Irfen gekommenen Briefe verstaut waren. Es war ein Akt des Abschieds, als sie alles mit einem Schnipsen in Flammen aufgehen ließ.

Die Weidenzweige des Korbes loderten heftig auf, fraßen sich durch die Schriftstücke und verglühten zu weißer Asche, bis nur noch ein Rest dünner Glut und eine schwarz versengte Axtschneide übrig waren.

Zayda starrte unverwandt in die glimmende Asche; auf einmal spürte sie, dass sich eine Menge Gedanken in der Schule um ihren Aufenthaltsort drehten. „Lass uns gehen."

Sie fokussierte ihre Magie und stellte mit Freude fest, dass sie R'jato nicht einmal berühren musste, um seinen Körper in ihre Teleportation mit einzubeziehen. Die Magie erfasste sie beide, ließ sie aber an verschiedenen Orten los. R'jato sandte sie direkt in den großen Innenhof, damit er die Pferde vorbereiten konnte. Sie selbst tauchte in ihrem Zimmer auf und beobachtete, wie einige Ladungen ein sanftes, rauchendes Muster auf den Putz zeichneten, ehe sie sich auflösten.

Ein wenig ratlos blickte sie sich in ihrer kleinen Kammer um. Was würde sie vermissen, wenn sie nicht zurückkehrte?

Die Antwort war einfach.

Sie holte ihre Ledertasche aus der Truhe, faltete noch einen Schal zusammen, der ihr recht gut gefiel – und steckte anschließend den Rattenschädel vorsichtig zwischen die Stoffschichten. Anschließend suchte sie im Geist nach Vanu und Tanem, fand die beiden allerdings nicht in der Schule.

Garion war also vorausschauend genug gewesen, die beiden mit irgendeiner Aufgabe zu betrauen und aus dem Weg zu schaffen, vermutlich in das Bauerndorf im Süden.

Seufzend kritzelte sie eine kurze, verschlüsselte Nachricht auf ein Stück des Papiers, das ursprünglich an ihre Eltern adressiert werden sollte, und teleportierte es unter Vanus Bett.

Das war das, schätze ich.

Es musste genügen, falls sie nicht zurückkehrte.

Sie schulterte die Tasche und hatte schon die Finger an der Klinke, als sie sich entschloss, nicht weiter Magie zu sparen. Es war noch so viel übrig, selbst nach zwei Teleportationen. Was würde sie erst vollbringen können, wenn sich der Erfolg weiterer Prüfungen der ersten anschloss?

Der nächste Blitz brachte sie hinunter in den Hof, wo R'jato bereits mit den Pferden wartete, die unruhig schnaubten.

Garion persönlich beorderte seine schweigsamen Helfer mit einem deutlichen Gedanken in den Hauphof, wo sie sich um Zayda, ihren Leibwächter und die beiden Pferde versammelten.

Die Ratke fragte sich gerade, wie die Tiere wohl auf diese Form des Transports reagieren würden, als weiße und fast grünlich wirkende Blitze in einem Ring entstanden und die Schule verschluckten.

Tna'Ni, seine stillen Wächter und Novizen verschwammen zu einem Wirbel aus Farben, der sich bald in pure Magie auflöste, die sie in den Norden riss.

Ein seltsam dunkles Gefühl erfasste sie für den Hauch eines Moments, als sich ihre wirbelnde Reise dem Ende näherte. Wie der letzte Atemzug einer sterbenden entarteten Ratte mit rot glühenden Augen, deren Schädel sich in ihrem Gepäck befand.

Ehe sich das Gefühl weiter ausbreiten und möglichen Schaden anrichten konnte, formte sie noch während der Teleportation einen abschirmenden Schild um den Inhalt ihrer Tasche.

Doch es genügte nicht.

Als sie in Irfen eintrafen, war die Ankunft alles andere als elegant. Sie manifestierten sich nicht in einem geordneten Kreis mit den stillen Wächtern, sondern prallten heftig auf das Pflaster.

Zayda behielt nur mit Mühe das Gleichgewicht, sackte dann auf ein Knie, als unerwarteter Schmerz sie übermannte. Mit Mühe konnte sie ihre Augen dazu zwingen, sich wieder zu öffnen. Um sie herum herrschte rauchendes Chaos.

Die Pferde wieherten panisch, traten aus, und ein Huf verfehlte ihren Kopf nur um Haaresbreite – dann rissen die beiden Rösser ihre Leinen aus R'jatos Griff und galoppierten davon.

Soweit Zayda sehen konnte, lagen alle Magier außer ihr auf dem Boden, in verkrampften Positionen, ächzend und völlig überrumpelt von etwas, das sie nicht hatten kontrollieren können.

Sie waren nicht auf dem Tempelhof oder im Anwesen des Stadtherrschers aufgetaucht, sondern in einem ganz anderen Teil der Stadt. R'jato rappelte sich gerade auf und zog seine Axt, die er immer am Gürtel trug, bereit für einen Angriff, der jedoch nicht erfolgte.

Es war die Magie.

Alle Magier und ihr Leibwächter bluteten aus verschiedensten Wunden. Ihre Kleidung war zerrissen und verfärbt, als wäre sie durch nasse Asche gezogen worden.

„Was ... ist passiert?"

Sie hob ihre Arme auf Augenhöhe, um die brennenden Verletzungen zu inspizieren. Es waren weder Kratzer noch Stiche, sondern es schien einfach, als wäre ihre Haut an manchen Stellen teilweise verschwunden.

Während sie die Wunden betrachtete, aktivierte sie schon ihre Kräfte und leitete heilende Funken an jede Stelle, die schmerzte. Es fiel ihr schwerer als sonst. Etwas, das nach ihrem Kraftschub durch die bestandene Prüfung nicht der Fall sein sollte.

Die Wunden waren also nicht normal.

War ich das? Hat ... hat meine Trophäe das bewirkt?

Leron war der Erste, der aus dem äußeren Ring wieder auf die Beine kam; schmerzerfüllt presste er seinen linken Arm an die Seite. Stadtwachen eilten nun auf sie zu, stießen starrende Händler, Diener und Kinder beiseite, um sich einen Weg zu ihnen zu bahnen.

„Diese verdammte Stadt!", zischte Leron und starrte Zayda hasserfüllt an. „Etwas ... *Krankes* hat unsere Magie gestreift! Hat die Teleportation gestört und uns beinahe in Stücke gerissen!"

Eiseskälte rann Zaydas Rückgrat hinab.

Bevor sie richtig darüber nachdenken konnte, was Lerons Worte bedeuteten, rückten die Stadtwachen näher und zogen ihre Waffen.

Ein kurzer Blick über die Szenerie zeigte ihr deutlich, dass kein Einziger ihrer Begleiter in der Lage war, sich zu wehren oder auch nur zu erklären. Von manchen Stellen auf dem Platz stieg noch immer seltsamer Rauch auf.

Ein Mann von der Stadtwache, den sie anhand seiner Kleidung und Zähne sofort als den Ranghöchsten ausmachte, näherte sich dem gebeugt dastehenden Leron.

„Wer seid ihr? Was wollt ihr mitten in unserer Stadt?"

Zayda baute sich zu voller Größe auf und richtete sich direkt an den Sprecher der Wache, während sie neben Leron trat.

„Du erkennst mich nicht? Eure Herrin?"

Er runzelte die Stirn, doch schon wegen ihres Tonfalls kamen ihm deutliche Zweifel.

„Ich nehme doch an, mein Vater hat angekündigt, dass seine einzige Tochter nach Hause kommt? Einer van Dymar streckt man nicht ungestraft den Speer unter die Nase."

Mit einem lässigen Wink ihrer Finger riss sie ihm die Waffe durch einige Funken Magie aus den Händen und ließ ihn ihre Kraft als unangenehmes Prickeln auf der Haut spüren.

Gänsehaut zeichnete sich deutlich auf seinen Unterarmen ab, während sein Speer klappernd zu Boden fiel und alle Augen auf dem Platz auf das ungleiche Paar gerichtet waren.

Man hätte jemanden am anderen Ende der Straße atmen hören können, wenn nicht alle den Atem angehalten hätten. Nach einem Augenblick löste sich die Spannung, und Zayda ließ die Hand zu einer wohlmeinenderen, aber auch gebieterischen Geste sinken.

„Hättest du nun die Freundlichkeit, mein baldiges Eintreffen bei meinem Vater anzukündigen?"

„Na…Natürlich, Herrin."

Dieses Wort war wie süßer Honig für sie.

Der Ratke verneigte sich, und auch die anderen taten es ihm rasch gleich.

„Benötigt Ihr sonst noch etwas?"

„Fangt meine Pferde wieder ein und stellt sicher, dass sie von einem Heiler versorgt werden. Und lasst meinen Freunden hier frisches Wasser und Tee bringen, wenn es sie danach verlangt. Die Templer von Kalarati sollen ebenfalls über unsere Ankunft informiert werden."

Sie warf Leron einen Blick zu, um sicherzugehen, dass sie nichts vergessen hatte. Er war blass. Sehr blass.

Während die Wachen sich an die Arbeit machten und einige schaulustige Diener davonscheuchten, wies Zayda den stillen Wächtern den Weg an den sonnenbeschienenen Rand des kleinen Platzes, den sie mit ihrer Ankunft fast gesprengt hätten.

Sie wollte Leron stützen, doch er starrte sie nur wortlos an und ließ sich auch nicht helfen, obwohl er offensichtlich unter starken Schmerzen litt. Auch die anderen lädierten Magier sammelten sich nun mit einer Hauswand im Rücken, um den vielen neugierigen Blicken ein wenig zu entkommen.

Die Stadtwachen hatten sich mittlerweile von ihrem anfänglichen Schrecken erholt. Sie bildeten einen Halbkreis und schirmten die Gruppe ab, sodass sich Zayda um die Verletzten kümmern konnte.

Zuerst war es ihr seltsam erschienen, dass sie die Einzige war, die nicht vollkommen erschöpft schien. Doch sie hatte ja auch keine Energie aufwenden müssen, um die Gruppe durch das temporär erschaffene Portal zu bringen.

Sie hatte lediglich das Artefakt eines magiekranken Wesens mit sich geführt.

Leron gab ein unterdrücktes Ächzen von sich, als er seinen Arm bewegte, und sah eindeutig ziemlich unglücklich über diesen kurzen Kontrollverlust aus. Ein Blick auf seinen Arm genügte, um zu wissen, dass es ihn schlimm erwischt hatte. Der Stoff seines Mantels war zwar größtenteils noch intakt, aber getränkt von Blut.

„Soll ich jetzt endlich deine Wunden versorgen, oder ziehst du es vor, aus Stolz zu verbluten?"

Er gab keinen Ton von sich, streckte aber nach einem Augenblick resigniert den Arm in ihre Richtung. Sie fuhr mit ihren Fingern in einen dunklen Schlitz im Stoff, um besseren Kontakt zu erhalten, und ignorierte sein Zusammenzucken.

Seine Haut war vollkommen zerstört; wäre sie nicht gewesen, hätte er bald ein ganzes Narbennetz sein Eigen nennen können. Doch auch diese Heilung gestaltete sich schwerer als erwartet. Ihre Funken spürten sofort die Verletzungen, wollten sich auf die blutenden Äderchen stürzen und sie reparieren, ehe es zu einer natürlichen Verklumpung käme, die alles nur verkomplizieren würde.

Doch anstelle eines lindernden Gefühls entfachte ihre Heilung nur dunklen Schmerz. Sie verzog das Gesicht, blieb jedoch ruhig. Mit Mühe erforschte sie das Gefühl und erkannte es als etwas, das sie vor langer Zeit erfahren hatte. Die Wunde war durch dunkle Magie verursacht worden, genau wie Leron gemutmaßt hatte.

Hinter der Wunde spürte sie deutlich sein erstes Prüfungsmal, das unter Blut und Schmerz hervorstrahlte – doch es war vollkommen leer. Dagegen fühlte sie, wie von ihrem eigenen Mal eine deutliche Kraft ausging, die sie in ihren Handlungen unterstützte. Es wunderte sie, warum die missglückte Teleportation ihn und die anderen so schrecklich mitgenommen und zugleich sie bis auf ein paar Kratzer unangetastet gelassen hatte.

Nun, es war zum Vorteil der anderen.

Sie veränderte ihre Herangehensweise, wandelte die heilsame Wirkung ihrer Funken in eine aggressivere Art um. Es würde wehtun – aber es verrichtete seine Arbeit. Lerons Arm verkrampfte sich, doch er hielt stand. Schon nach ein paar Atemzügen veränderte sich sein Gesichtsausdruck, wurde entspannter, wenn auch ungehaltener.

Gerade als sie fertig war und die Funken ersterben ließ, zuckte eine ungewollte Erinnerung vor ihr auf. Eine Erinnerung an die verdammten Wunden, die der tote Jorek damals in den Kanälen aufgewiesen hatte und die auch Kielles und Jelaks Körper überzogen hatten.

Das hier war viel zu ähnlich.

„Gibt es eine Erklärung hierfür?"

Sie deutete auf seinen Arm und wischte anschließend das Blut an ihrem Mantel ab, um zum Nächsten zu treten, der im Gegensatz zu ihm noch zu absolutem Schweigen verpflichtet war. Leron blieb ihr weiter eine Erklärung schuldig.

„Schau, ich verstehe, dass ich die Letzte bin, von der du geheilt werden willst. Aber dies ist ein etwas ungeeigneter Moment, um wieder zum Stillen zu werden, meinst du nicht?"

„Du hast mir ja keine Gelegenheit gelassen, die Situation deinen Leuten zu erklären. Obwohl ich für diese Teleportation verantwortlich war!"

Zayda schnaubte. „Und riskieren, dass du einen eklatanten Fehler begehst und ihr alle verhaftet werdet, anstatt von mir geheilt zu werden?"

Leron blieb dicht neben ihr und beobachtete, wie sie weitere Wunden heilte, bis ihre Begleiter wieder halbwegs schmerzfrei stehen und gehen konnten.

„Hast du wirklich kein Wort dazu zu sagen?", fragte sie schließlich ein wenig schnippisch. So langsam wünschte sie, wenigstens R'jato würde mit ihr reden, doch er unterhielt sich gerade mit einem der Wachposten und zeigte keinerlei Anzeichen, dass ihn seine Wunden am Rücken störten.

Da endlich seufzte Leron schwer.

„Nur weil ich wieder sprechen darf, heißt das nicht, dass ich es will."

Besonders nicht mit mir, führte sie still seine Gedanken weiter.

„Gut, lass es. Aber lass Meister Garion wissen, dass ich Nachforschungen anstellen werde, um herauszufinden, was hier soeben passiert ist."

Er zuckte mit den Schultern und verzog dabei das Gesicht. Offensichtlich hatte sie noch nicht alle Wunden behandelt, doch das musste erst einmal warten. Im Augenwinkel sah sie eine Formation von Ratken in roten Mänteln heraneilen – die Templer. Sie wurde also nicht mehr benötigt und deutete R'jato mit einem Nicken an, ihr vom Platz zu folgen.

Sie achtete nicht mehr darauf, dass Leron und die restlichen Stillen weggeführt wurden, um sich zu erholen und bald gemeinsam nach Tna'Ni zurückzukehren. Sie ließ sich von ihrem Leibwächter geleiten und nutzte das erste Mal seit Langem seine Anwesenheit aus, um sich ganz in ihre Gedanken versenken zu können, ohne befürchten zu müssen, mit jemandem in der überfüllten Stadt zusammenzustoßen.

Ich habe den Schädel rechtzeitig abgeschirmt. Und er hatte niemals genug Magie in sich, um so etwas zu verursachen. Nein … er hat lediglich frühzeitig auf etwas reagiert, das wir zu diesem Zeitpunkt noch nicht einmal erahnen konnten. Schwarze Magie, direkt hier in der Stadt.

Zayda biss sich leicht auf die Lippe. Hätte sie die Anzeichen richtig gedeutet, wäre sie vielleicht imstande gewesen, dieses Fiasko für die anderen zu verhindern.

Andererseits … sollten sie doch ruhig Respekt davor haben, sich in eine großartige Stadt der Ratken zu teleportieren! Dieser Auftritt würde schnell die Runde machen, würde die spektakuläre Rückkehr der verlorenen Herrschertochter untermalen.

Aber wie kann es sein, dass etwas oder jemand uns abfangen wollte? Oder gar töten? Niemand außer ihrer Familie und Izerdan hatte davon gewusst.

Ihr fiel nur ein einziger Grund ein.

Der Abtrünnige.

Ob er immer noch hier war? Nach Zeruks verstecktem Brief hatte sie eigentlich erwartet, dass sich der unbekannte Magier ins Hochland begeben hatte, um dort sein Unheil fortzusetzen.

Aber was, wenn die Vorfälle falsch interpretiert worden waren? Wenn es sich in Wahrheit um eine Rückkehr der Krankheit handelte, die man vor über dreißig Jahren erfolgreich ausgerottet hatte?

Oder wenn man die Fälle absichtlich verschwieg, um die Stellung ihrer Eltern anzufechten.

Zayda beschloss noch in diesem Augenblick, dass sie Perkir einen Besuch abstatten musste. Zumindest war ihr dieser Plan lieber, als der hartnäckigen Gänsehaut, die sich auf ihren Armen breitgemacht hatte, Aufmerksamkeit zu schenken.

Sie spürte, dass R'jato etwas sagen wollte, sich angesichts ihrer Laune aber zurückhielt. Wollte er sich heilen lassen? Nein, es gehörte nicht zu seinem Wesen, in solch einer Situation Schwäche zu zeigen.

Sie sah auf und musste lächeln, als sie erkannte, was er ihr hatte zeigen wollen. Sie waren einen der Stadthügel hinaufgestiegen und befanden sich an einer Stelle, die einen herrlichen Ausblick bot. Von hier konnten sie die Stadt in Richtung Süden bestaunen.

Sie erlaubte sich nur einen kurzen Moment der Freude, des Genießens. Kühler Wind strich den Hügel herauf, trug ihr die unzähligen Gerüche ihrer Heimat entgegen.

Rauchige, nussige Aromen von unzähligen Kochstellen, die mit geliefertem Holz und vor allem Torf befeuert wurden. Gebratenes Fleisch, Leder und Eisen, die in den Werkstätten bearbeitet wurden, gemischt mit dem typischen Geruch von Unrat und unzähligen Menschen.

Und dezent dahinter: die weite nasse Grasebene.

Wie sehr sie diesen Geruch vermisst hatte.

Sofort juckte es sie in den Fingern, sich ihre alte Stute Anmra zu holen und auszureiten.

Plötzlich wurde ihr die Ironie bewusst, dass sie fast dieselben Gedanken gehegt hatte, als sie vor Jahren die Stadt verließ.

Doch jetzt auch nur den Hauch einer Aussicht auf Rache zu haben, hielt sie aufrecht und fest auf ihr Ziel gerichtet. Wenn der

Abtrünnige noch da war, würde sie ihn finden und endlich ausschalten.

Sie war kein kleines Mädchen mehr. Sie war auf dem Weg zur Wakenda.

Und wenn sie ehrlich war, hatte sie eigentlich immer gedacht, dass Izerdan und die Phiruin ihn schon lange beseitigt und es ihr nur niemals gesagt hatten, dass sie es ihr nicht gegönnt hatten.

Zayda wandte sich gerade von der Aussicht über ihre Heimat ab, als R'jato die Hand nach ihr ausstrecken wollte, um sie aus ihren Gedanken zu holen.

Sein Handrücken war blutverkrustet.

Sobald sie beim Anwesen angekommen waren, würde sie sichergehen, dass jede seiner Wunden versorgt – und sein Sold erhöht wurde.

Als sie wenig später das Anwesen des Stadtherrschers erreichten, erwartete sie bereits ein ganzer Hofstaat. Die persönlichen Wachen und Diener waren vor dem großen Eingang an den Treppen versammelt, um sie zu empfangen, in der Tür standen ihre Eltern und ihre Brüder. Alle drei – wann war das zuletzt vorgekommen?

Ein Blick reichte aus, um ihr zu versichern, dass ihr Traum keine seltsame Vorsehung gewesen war. Ihre Mutter war seit dem letzten Treffen keinen Tag gealtert, auch Darzir und Zeruk wirkten höchstens noch etwas erwachsener und hatten breitere Schultern. Die größten Veränderungen wiesen Djark und ihr Vater auf. Ersterer war um mindestens einen Kopf gewachsen und trug jetzt einen Bart, während sich tiefe Falten ins Gesicht ihres Vaters gegraben hatten. Das tiefe Schwarz seiner Haare war schon fast unter grauen Strähnen verschwunden.

Als sie den leicht ansteigenden Weg zum Portal des Anwesens hinaufschritt, wurde der Blick ihrer Mutter eiskalt.

„Zayda! Wie siehst du aus?", rief sie ihrer Tochter missbilligend entgegen, ehe diese auch nur die ersten Wachen erreicht hatte.

„Ich freue mich ebenfalls, dich wiederzusehen, Mutter."

Sie erklomm die Stufen und schenkte Sebila ein kurzes Lächeln, als sie die Amme hinter den Wachen warten sah.

Es war das größte Glücksgefühl, als sie Leryda gegenüberstand und feststellte, dass sie ihre Mutter überragte.

Sie mochte erst siebzehn sein, aber die jahrelange Nähe zu magischen Quellen und Strömen hatte ihr gesundes Wachstum gefördert. Nie zuvor war sie sich ihrer Größe und Gesundheit so bewusst gewesen – und hatte diese so absichtlich ausgestrahlt.

„Zayda, du …"

Sie seufzte gespielt und verdrehte die Augen, als ihre Mutter unsicher darauf hinweisen wollte. „Jaja, ich weiß, ein Bad täte mir gut. Ich werde es sofort in Anspruch nehmen, nachdem ich meine Brüder angemessen begrüßt und unserem Vater mitgeteilt habe, dass es zu Komplikationen mit der Teleportation kam."

Sie wandte sich von ihrer Mutter ab, ohne sie zu berühren, und trat zu Zeruk.

Sein Lächeln war wahrhaft freundlich und auch ein wenig besorgt, als er bemerkte, dass R'jato hinter ihr nicht weniger abgerissen aussah – im Gegenteil: Er war sogar blutverschmiert und offenkundig verletzt.

„Was ist euch denn zugestoßen? Habt ihr einen Abstecher in eine Spelunke der unteren Viertel gemacht? Dort ist es für junge Mädchen nicht sicher, selbst wenn sie mächtige Magierinnen sind."

Zayda grinste schief, wohl wissend, dass sie jedem anderen diesen dummen Spruch übel genommen hätte. „Etwas in der Art."

Bevor sie weiterschritt, warf sie noch einen Blick auf die persönlichen Wachen ihrer Familie, neben denen einer der magischen Berater ihres Vaters stand.

„Bitte geht sicher, dass man die Pferde bald findet. Es wäre eine Schande, wenn ich Cengiz nach all der Zeit doch nicht an meinen Bruder zurückgeben könnte."

Zeruk zog eine Augenbraue hoch, bevor er mit gespielt wachsamem Tonfall nachhakte. „Was hast du angestellt?"

„Ich? Gar nichts. Aber bei unserer Ankunft kam es zu einem Zwischenfall. Die Teleportation wurde beinahe unterbrochen, es gab Verletzte und etwas Durcheinander am Ledermarkt im Westviertel. Die Pferde sind durchgegangen, und ich musste erst alle heilen, ehe wir aufbrechen konnten."

„So etwas kannst du?"

„Im Schlaf."

Zeruk schmunzelte und ließ sie bei Djark mit der langwierigen Begrüßung weitermachen.

Erst jetzt fiel es ihr auf: Sie waren gleich groß! Ein weiterer Blitz der Genugtuung jagte ihr Rückgrat hinauf.

„Hallo, Schwester."

Sie nickte ihm zu, blieb jedoch auch hier auf Distanz. Seine Stimme war wohlklingender geworden, fast dunkler noch als die von Zeruk, doch die tief verankerte Abneigung darin könnte er nicht verbergen. Sie hätte keine talentierte Magierin sein müssen, um an seiner ganzen Ausstrahlung zu erkennen, dass er niemals versöhnlich sein würde.

Er musste jetzt zwanzig Sommer zählen, und seinen Zähnen nach zu urteilen, hatte er sich im Kriegerrang genauso hochgearbeitet wie seine Brüder.

Sie konnte nicht anders.

Sie lächelte und beobachtete genau, wie ihm die Kontrolle über seine Mimik entglitt. Eine Reaktion, die ihr deutlich verriet, dass ihre Mutter nur Augen für ihre zerrissene Kleidung gehabt hatte.

„Wer hat dir den zweiten Kriegerrang verliehen?!"

„R'jato hat mich weiter ausgebildet."

„Und welcher Meister hat dich geprüft? Gibt es überhaupt Kriegerprüfungen in den Wüsten der Feliden?"

Zayda zog die Schultern hoch. „Ich musste improvisieren."

„Das ist eine Schande! Du entweihst die Rituale unseres Volkes!"

Als sie ihn böse anblitzte, lag das deutliche Leuchten von Magie in ihren Augen.

„Wollen wir herausfinden, ob ich der Kriegerriten würdig bin? Kein Problem, ich stelle mich gerne jeder Herausforderung. Wann willst du die Klingen kreuzen?"

Djark knirschte laut mit den Zähnen und schnaubte. Ein dunkles Geräusch, das gut zu seiner neuen Stimmfärbung passte, sie jedoch keineswegs von ihrer Provokation abbrachte.

Als er sah, dass sie nicht kneifen würde, wandte er sich ab.

„Das ist … ich habe zu tun. Wartet nicht auf mich."

Dass Mutter ihn nicht aufhielt, zeigte deutlich, dass sie ähnlich über Zaydas Entscheidung dachte. Den eisigen Blick hätte sie auch ohne Magie im Rücken spüren können, als sie Djark ziehen ließ.

Darzir warf sie einen ungewollt schüchternen Blick zu, während sie auf ihn zuging und er ihr anerkennend zunickte. Die verdammten alten Gewohnheiten wollten sich wieder einschleichen! Ihr ältester Bruder war ihr immer wie ein weit entfernter Stern erschienen. Distanziert und dennoch leuchtend in seinen Erfolgen und Bestrebungen bei König Ray'Kal.

Es war seltsam, ihm und den anderen beiden heute auf Augenhöhe zu begegnen. Eigentlich hätte sie sich ebenbürtig oder irgendwie mit ihnen durch das Erwachsensein verbunden fühlen sollen, doch sie blieb einfach angespannt und wachsam.

Was der Fünfundzwanzigjährige jedoch als Nächstes sagte, ließ Zayda strahlen.

„Ein Kampf mit dir könnte tatsächlich interessant werden."

Zeruk lachte leise. „Nun lassen wir sie erst einmal ankommen. Und ich bin sicher, Mutter muss noch den Schock verdauen."

Als ihre Mutter wortlos an ihnen vorbeirauschte und in der schattigen Eingangshalle verschwand, schloss sich Zayda erst nach einem Atemzug dem Lachen ihrer Brüder an.

Ob Djark es auf der Straße noch hörte, war ihr herzlich egal.

Mit einem Mal löste sich die formale Begrüßung auf. Die Wachen und Diener machten sich wieder an die Arbeit – und Sebila wurde von Lerydas strengem Befehl hineinbeordert, bevor sie ihrem alten Schützling auch nur ein nettes Wort schenken konnte.

Zeruk entschuldigte sich mit einem Vorwand, der seine wartende Verlobte betraf. Ehe Zayda sichs versah, stand sie allein mit ihrem Vater in der großen Pforte zu ihrem Heim.

„Du bist erwachsen geworden. Eine Frau."

„Du hast graue Strähnen bekommen."

Der Moment der Stille schien sich zu Jahren zu strecken, während sie seine nächste Reaktion abwartete und studierte. Es zerriss ihr beinahe das Herz, als er sie an seine Brust zog und umarmte.

„Es war still im Haus, ohne dich."

Weshalb tat es so weh, nach all der Zeit dieses seltene Zeichen von Zuneigung zu erhalten?

Ihr Vater roch anders als früher. Sein Wams duftete nach altem Leder, aber auch würzig, nach Kräutern. Eine seltsame Mischung, die irgendwie nicht zu ihm passte.

Bevor sie etwas sagen konnte, löste er sich wieder von ihr, und die alte Distanz war zurück.

„Geh jetzt und erhol dich etwas; ich werde mir von R'jato einen ausführlichen Bericht geben lassen und stoße dann zum Essen zu euch. Oder zu eurem Kampf, das wird sich wohl noch zeigen."

Er zwinkerte ihr zu, eine Geste, die sie noch nie bei ihm gesehen hatte, und ließ sie dann stehen.

Zayda trat ein und spürte, wie sich ihre Pupillen erweiterten, um sich den Schatten anzupassen. Alles schien unverändert.

Rechts und links auf beiden Seiten der Halle führten die Treppen hinauf zur Galerie mit den vielen Zimmern und abzweigenden Fluren. In der Mitte standen die gemütlich hergerichteten Sessel mit dunklen Schaffellen und kleinen Tischen, auf denen sich Bücher stapelten.

An der Wand hingen noch immer die Trophäen der langen Blutlinie van Dymar: die Felle eines Wolfs, eines Panthers und eines mächtigen Bisons. Symbole für die Überlegenheit der Ratken.

Politische Gäste bekamen diesen prunkvollen, aber auch privaten Bereich nur selten zu sehen, sondern wurden von Anfang an von Dienern zum Eingang des Flügels geführt, in dem ihr Vater seine Besprechungen abhielt.

Sie konnte spüren, dass sich R'jato bereits mit den magischen Beratern dort eingefunden hatte und man nur noch auf ihren Vater wartete. Einen Moment lang spielte sie mit dem Gedanken, ihre Fähigkeiten auszunutzen, um der Unterhaltung trotz der Anwesenheit der Magier zu lauschen, doch ein Knarzen lenkte sie ab.

Im oberen Stockwerk schloss sich eine Tür, die sich Zayda oft in einsamen Stunden ins Gedächtnis gerufen hatte.

Bevor Darzir, ihre Mutter oder sonst wer der Anwesenden im Saal sie in ein neues Gespräch verwickeln konnte, machte sie einige Schritte zur linken Treppe hin.

„Wenn ihr nun entschuldigt? Ich werde mich frisch machen, Mutter wird wohl kaum wollen, dass ich Zeruks Zukünftiger in meinem jetzigen Zustand begegne? Was wäre das für ein schreckliches Bild."

Sie warf den zerschlitzten Mantel über den nächsten Sessel und nahm die Treppe, um sich in ihr Zimmer zurückzuziehen.

Kaum hatte sie die Finger über die Schnitzereien gleiten lassen und die Tür hinter sich wieder zugeschoben, näherten sich schnelle Schritte. Sie drehte sich um – und da stand ihre Amme. Atemlos und ein gefaltetes Handtuch schützend an die Brust gepresst.

Sebila war dünner geworden, doch in ihrem Gesicht hatten sich nur wenige weitere Falten zu den alten hinzugesellt. Weniger, als Zayda befürchtet hatte.

„Meine Kleine …"

Die Amme hatte plötzlich Tränen in den Augen. Zayda ließ die Tür los und zog die alte Frau an sich. Wie klein sie war. Auf einmal kam sie selbst sich wie die sorgsame Beschützerin vor. Sebilas Kopf endete gerade an ihrer Schulter, und einige Haare kitzelten an ihrem Kinn.

Als sie sich wieder voneinander lösten, brannten auch Zaydas Augen, doch sie lenkte rasch einen Funken Magie zu ihnen, um die Rötung zu verbergen. Es ziemte sich nicht.

Sebila rang das große Tuch unsicher in ihren Händen. „Ich dachte … du würdest sicherlich gerne baden und dir den Schmutz abwaschen wollen."

„Es ist hauptsächlich Blut."

Als Sebila kreidebleich wurde, lachte Zayda leise. „Keine Angst, es ist nicht alles mein Blut, und es besteht kein Grund zur Sorge. So etwas macht mir nichts. Schon lange nicht mehr."

„Du bist so … groß! Riesig gar. Größer als deine Mutter."

Zayda konnte nicht anders, als stolz das Kinn zu recken.

„Na ja, in irgendetwas musste ich meine Mutter doch einmal übertreffen."

„Das tust du doch schon lange", murmelte Sebila und sah dann erschrocken aus. „Verzeih. Ich vergesse mich."

Zayda wollte ihr widersprechen, ihr gut zureden, aber sie wusste einfach nicht, wie. Ab da tat die Amme beschäftigt, lüftete das bis dahin ungenutzte Zimmer, schüttelte die Bettlaken aus und ließ derweil erhitztes Wasser in die Wanne pumpen.

Eine Weile genossen sie einfach still die lang vermisste Anwesenheit des anderen, dann schälte die Ratke sich aus ihrer teils zerfetzten, teils dunkel verkrusteten Kleidung und warf sie achtlos auf einen Haufen.

Sebilas Augen weiteten sich, als sie das leuchtende Mal an Zaydas Arm erblickte.

„Ich wusste, dass du es in dir hast."

Zayda lächelte zurück und freute sich dabei, dass ihre alte Amme die Erste war, die ihren neuen Körperschmuck zu sehen bekam.

Das Wasser hatte die perfekte Temperatur und duftete nach dem Zedernöl, das man nur aus den südöstlichen Wäldern am Ende des Ratkenreichs importieren konnte.

Zayda ließ sich seufzend bis zum Kinn ins Wasser sinken und beschloss, dass sie von nun an eine Flasche von dem Öl bei sich haben würde, ganz egal, wo sie hinging.

Rivalitäten

Am frühen Nachmittag stand Zayda im Stall und strich beruhigend über Cengiz' breite Flanke. Das zurückgekehrte Kaltblut schnaubte immer noch laut, und gelegentlich ging ein Zittern durch sein Fell, doch der Rest des Schreckens würde sich bald legen, nachdem die Ratke all seine Wunden geheilt hatte.

Man hatte die Pferde in den Tiefen der Stadt wiedergefunden – und ihr Brandzeichen hatte dafür gesorgt, dass sie sogar bereits mit Salbe auf den Wunden angekommen waren. Niemand wollte eine van Dymar verärgern.

Zayda sog die schwere Mischung aus Ruhe, Schweiß und Kraft in sich auf, die das große Pferd ausstrahlte. Es war eine Art Abschied, sich des mächtigen Rosses noch einmal absolut bewusst zu sein. Sein schnaubender, tiefer Atem, das Blut, das von einem kräftigen Herzen durch den vor Energie strotzenden Körper gepumpt wurde. Erst da wurde ihr bewusst, dass es vor Jahren in der Vision mit den Wölfen ein gewöhnliches schwarzes Pferd gewesen war – und kein schweres, ausdauerndes Kaltblut, wie es sich die machthabenden Ratkenfamilien als Geleittiere zu halten pflegten.

Schritte näherten sich, schwer im Stroh, und Zeruk trat neben sie; überraschend sanft legte er eine Hand auf Cengiz' breiten Rücken.

Weshalb überraschte es sie? Weil sie davon ausging, dass ihre drei Brüder allesamt rein rationale Krieger waren? Darzir vielleicht … Djark könnte auch so geworden sein, weil er nur so seine aufbrausende Ader im Zaum halten könnte. Aber Zeruk war schon immer der Freundlichste der vier Geschwister gewesen.

Jetzt warf er Zayda einen schiefen Blick zu.

„Er sieht aus wie ein gerupftes Huhn."

„Nun, Fell nachwachsen zu lassen gehörte tatsächlich bisher nicht zu meinen Spezialgebieten. Es wird wieder nachwachsen – und ich dachte mir, das wäre dir vielleicht lieber als seltsame schwarze Wucherungen oder Filzplatten."

Er schüttelte sich wie bei einem unangenehmen Schaudern, auch wenn es halb gespielt wirkte. Anschließend wollte er ihr durch die Haare wuscheln, stockte aber dabei.

„Es ist nicht mehr so leicht, was?"

Er nickte und wandte den Blick wieder seinem zurückgekehrten Pferd zu. „Es hat sich vieles verändert. Du vor allem."

„Ich bin gewachsen. In vielerlei Hinsicht."

„Als du weggegangen bist, warst du ein kleines Kind, das zu viel von sich selbst und der Welt verlangt hat. Und jetzt? Ich erkenne dich kaum wieder."

Er sah sie seltsam traurig an – und sie wusste, dass er damit viel mehr sagen wollte, als er aussprach, dass es vielleicht auch ein Kompliment sein sollte. Dennoch verletzten seine Worte sie.

„Werden wir uns fremd? Ich hatte nicht den Eindruck, vor allem nicht nach deiner Nachricht."

„Nachrichten", erwiderte er, vollkommen ungerührt.

„Wie viele ... wie viele hast du denn geschrieben?"

Er lächelte nur und legte dann einen Arm um ihre Schulter. „Lass uns reingehen, die Feier fängt an. Der Koch hat sich selbst übertroffen, und wir werden spätestens bei Sonnenuntergang alle platzen, wenn es nach ihm und Sebila ginge."

Zayda mochte diese mysteriöse Ader an ihm. Etwas, das sie auch schon im Kindesalter geteilt hatten. Sich Geheimnisse zuzuspielen ... und sich dennoch ab und an im Dunkeln zu lassen.

Heute war sie das erste Mal seit Jahren wieder im Kreis der Familie und hatte so viele Fragen. Über ihre Brüder, über die Geschehnisse in der Stadt und im Reich, oder auch, wo ihr Pferd abgeblieben war.

Wie sie ihre Mutter einschätzte, war es schon lange verkauft.

Zu ihrer Überraschung regte sich bei der Vorstellung nichts in ihr. War es ihr egal? Auch Zeruks Kaltblut war nur ein Transportmittel gewesen, um das sich R'jato wesentlich intensiver gekümmert hatte als sie. Sie hatte es lediglich als ihre schwesterliche Pflicht angesehen, ihm Cengiz unversehrt zurückzubringen, oder nicht? Über fünf Jahre war das Tier mit ihr in Tna'Ni gewesen, doch sie hatte keine ernsthafte Bindung zu ihm aufgebaut.

Weshalb auch, wenn man sich im Grunde jederzeit überallhin teleportieren konnte?

Sie beschloss, ihre Mutter nicht danach zu fragen, um einen weiteren Streitpunkt auszuschließen. Sie würde ohnehin herausfinden, wo Anmra abgeblieben war.

Zeruk musterte sie von der Seite.

„Du wirkst nachdenklich."

„War ich jemals anders?"

Er schürzte die Lippen. „Nein. Aber jetzt … scheinen deine Gedanken tiefgreifender. Dein Blick verschleiert sich, kehrt sich vollkommen nach innen und schließt die Welt aus."

„Bist du unter die Philosophen gegangen, Bruder?"

Er zuckte mit den Achseln. „Manchmal kann ein Gespräch auch einfach ein Spiegel sein. Zumindest sagt meine Verlobte das."

„Wie ist sie so? Deine baldige Angetraute?"

„Nicht so groß wie du, falls dich das beruhigt."

Sie knuffte ihn in die Schulter und freute sich heimlich, dass es ihr so leichtfiel. „Tut es."

„Ansonsten … solltest du dir selbst ein Bild machen."

„Und Darzirs Frau? Wie ist die so?"

Zeruk schwieg. Erst als sie den Innenhof schon halb durchquert hatten, lösten sich seine Lippen.

„Eine schwierige Frage. Ich sehe sie nicht oft, im Gegensatz zu Darzir. Er ist auf Ray'Kals Wunsch immer noch im Norden stationiert, und ich habe mittlerweile denselben Rang inne, aber in Mazmorra. Wir haben daher viel zu besprechen. Aber seine Gattin erwähnt er fast nie."

Zayda nickte nur, hatte aber das Gefühl, dass ihr Bruder viel mehr unausgesprochen ließ. Hörte sie da einen leichten Unterton aus Zorn heraus?

Er warf ihr wieder einen Blick von der Seite zu, lächelte dann aber. „Es hat sich viel verändert, aber ich kann dich beruhigen: Djark ist noch immer ganz der Alte."

Ein Schnauben entwich ihrer Nase. „Toll. Er ist also immer noch launisch und eingeschnappt und …"

Hasst mich.

Zeruk beendete ihren Satz nicht für sie, auch wenn er vermutlich dasselbe dachte.

„Nun, es wäre ja auch gar nicht gut für dein Ego, wenn sich alle für dich freuen würden, oder?", stichelte er mitten im Hof weiter und zog dann ihre Hand nach oben, um das silbrig leuchtende Mal genauer in Augenschein nehmen zu können. „Wirklich faszinierend, Zayda."

„Warte ab, bis ich das auf meiner Stirn bekomme, dann hast du nichts mehr zu lachen."

Er musterte sie durchdringend. „Ich glaube, dann wird niemand von uns mehr etwas zu lachen haben."

Sie erreichten das Gebäude und betraten es durch den schmalen Botengang, der durch die Küche zum Speisesaal führte. Die unzähligen Düfte aus den Töpfen und Pfannen ließen ihren Magen knurren und machten Zayda erst bewusst, dass sie seit gestern nichts gegessen hatte.

Sebila war auch da, ging dem Koch und seinen Gehilfen zur Hand und scheuchte die beiden jungen Ratken rasch hinaus, damit sie die Planung nicht durcheinanderbrachten.

An der Tafel warteten bereits alle auf sie, und fast alles ähnelte ihrem Traum. Bis auf die Tatsache, dass Djark nicht weinend vorm Kamin saß, sondern schlichtweg durch seine Abwesenheit glänzte.

Leryda sah still über Djarks leeren Platz hinweg, doch Zayda wusste genau, dass diese Frau niemals etwas vergaß oder einen Fehltritt ungestraft ließ. Sie wirkte ungehalten, sagte jedoch nichts, da Zayda ausnahmsweise nicht die Letzte am Tisch war. Außerdem konnte die einzige Tochter des Hauses deutlich spüren, dass ihr Vater interveniert hatte, um einen offenen Streit zu verhindern. Nun, um ihn zumindest hinauszuzögern.

Zayda kannte ihre Mutter. Natürlich war sie theoretisch Vaters Gehorsam unterstellt, aber sie würde dennoch ihre Meinung sagen und Zayda spüren lassen, dass sie ihre Wahl, trotz ihrer magischen Fortschritte auch den Weg einer Kriegerin zu beschreiten, für absolut falsch hielt.

Eigentlich hielt ihre Mutter einfach jede ihrer Entscheidungen für falsch, seit sie sich in Zaydas Kindheit in den Kopf gesetzt hatte, dass ihre einzige Tochter den traditionellen Weg einer Herrschertochter gehen sollte. Früh heiraten, ein wenig politische Bildung und anschließend ihrem Gemahl für immer unterstützend zur Seite stehen.

Zeruk nahm sie an der Hand und riss sie damit aus ihren Überlegungen. Er warf ihr einen kurzen, irgendwie flehentlichen Blick zu, als er sie zu der einzigen ihr unbekannten Person am Tisch führte.

Die junge Frau erhob sich und lächelte ihr zu. Sie war hübsch, ohne Frage. Sie hatte mehr Rundungen, als Zayda erwartet hätte, und volle Lippen. Mit ihrem nussbraunen, hochgesteckten Haar und honigfarbenen Augen hatte sie fast einen südländischen Hauch, den manche Clans aus den küstennahen Gebieten innehatten. Als Zeruk sie vorstellen wollte, ergriff sie selbst das Wort.

„Zayda van Dymar. Möge Kalarati hütend über dich und deine magischen Kräfte wachen."

Zayda neigte dankbar den Kopf über die ehrenvolle Begrüßung und erwiderte das Lächeln.

„Du musst Piora sein, es freut mich sehr, deine Bekanntschaft zu machen."

Zeruk zog überrascht eine Augenbraue hoch, da er ihr nie den Namen seiner Verlobten genannt hatte, lächelte dann aber. Eine Anspannung lag über dem Tisch wie ein schweres Tuch, während die beiden jungen Frauen einander musterten.

Zayda wandte sich schließlich an ihren Bruder und nickte leicht. „Ich gratuliere zu eurer Verbindung."

Das musste genügen. Sie setzte sich an ihren Platz und stellte dann erst fest, dass nicht nur Djark fehlte.

„Wo ist R'jato?"

„Dein Leibwächter vervollständigt derzeit noch seinen Bericht. Unter anderem wird er sich rechtfertigen müssen, warum er so viel Zeit damit verbracht hat, dir das Kämpfen beizubringen, anstatt deine Sicherheit zu gewährleisten", warf ihre Mutter mit kaltem Ton ein.

„Mein Leben war nie ernstlich in Gefahr." Sie sah erst ihren Vater, dann ihre Brüder herausfordernd an, ehe ihr Blick auf ihrer Mutter ruhen blieb. „Das wäre es auch in einem Kampf gegen meine Brüder nicht."

Balzayd ließ sein dunkles, seltenes Lachen vernehmen. „Also, wenn R'jato etwas richtig gemacht hat, dann, dir den Mumm eines Kriegers einzutrichtern. Du schreckst vor nichts zurück, nicht einmal vor einer Niederlage."

„Das habe ich von meiner Mutter."

Zeruk verschluckte sich an seinem Becher und hustete, doch sie spürte ganz genau, dass darunter ein unterdrücktes Lachen schlummerte.

Ehe jemand etwas sagen oder ihre Mutter reagieren konnte, betrat Sebila mit einer weiteren Dienerin den Raum und rettete Zayda somit.

„Es könnte nun serviert werden, wenn Ihr es wünscht, Herrin."

Die Hände ihrer Mutter zitterten deutlich, als sie sie flach auf den Tisch legte und nickte. Sofort eilten mehrere Diener herbei und servierten Teller mit hübsch angerichteten Wachteln und glasiertem Gemüse. Der Koch gab die Liste der ausgefallenen Zutaten zum Besten, die er für die Füllung der kleinen Vögel verwendet hatte, und verschwand dann wieder in der Küche.

Eine Weile dominierten nur das Kratzen von Besteck und genussvolles Kauen den Raum, während ihre Mutter ihr giftige Blicke zuwarf – die jedoch immer wieder mit einer heimlichen Neugier zu ihrem Arm abdrifteten.

Sie hatte demonstrativ eine kurzärmlige Tunika aus den Sachen ausgewählt, die Sebila ihr nach dem Baden und einer ausgiebigen Massage auf dem Bett ausgebreitet hatte. Das dunkelgraue Leinen mit schwarzen Ziernähten betonte ihre Größe und Schlankheit noch zusätzlich, wie ihre Amme bestätigt hatte.

Alle wollten fragen. Alle wollten sich das Mal ansehen.

Zayda nutzte die Ruhe vor dem Sturm, um ihre Kräfte einzusetzen und sich flüsternd an Piora heranzutasten. Etwas stank an dieser Kriegerin aus dem Norden, die so sehr in diese perfekte Familienvorstellung ihrer Mutter passte, dass sie würgen wollte.

Als der erste Funken unbemerkt über den Nacken der Verlobten hinauf zu ihrem Kopf wanderte, wurde alles klar.

Sie war nur im Brief ihres Bruders eine Frau, wie Zayda sie gerne irgendwann gewesen wäre.

Zeruk hatte sie nicht aus einem Akt der Rebellion gewählt, wie Zayda es sich gewünscht hatte. Er mochte sich das vielleicht einreden, auch in der Hoffnung, sich gegen ihre Mutter zu stellen und die Bindung mit Zayda zu verstärken. Doch in Wahrheit hätte seine Verlobte nicht angepasster und enttäuschender sein können.

Vielleicht hatte Zeruk sie sogar gebeten, sich gegenüber seiner Schwester kriegerischer zu gebaren, weil er bei ihrem gedanklichen Kontakt so damit geprahlt hatte? Aber das war nur ein Schauspiel.

Die Frau trug keinen Tropfen Magie in sich und war so durchschaubar wie das einfachste Glasfenster.

Es war so … ernüchternd, zu erkennen, dass ihr Bruder zwar die rebellische Ader an seiner kleinen Schwester als solche schätzte – aber als Gattin eine brave Zuchtstute wählte, wie sich Mutter einst eine als Tochter gewünscht hatte.

Der Eindruck oder vielmehr die Erkenntnis, dass das Weltbild ihrer Brüder kein Stück durch sie gewandelt war, erzeugte einen schalen Geschmack auf ihrer Zunge, den sie rasch mit einem weiteren Schluck Wein hinunterspülte.

Bin ich nur ein Witz für sie? Eine kleine Anomalie in der großen Welt der herrschenden Männer?

Eine Wut brodelte in ihrem Inneren hoch, die sie nur zu gut kannte.

Nicht mal richtig definierte Muskeln hatte diese Piora!

Eine Enttäuschung.

Um das Thema symbolisch abzuschließen, legte sie die Gabel ab und schob den Teller von sich.

„Sag, Darzir, wie geht es deiner Frau? Weshalb ist sie heute nicht hier?"

Wie erleichtert ein bäriger Krieger wie er wirken konnte, dass sich endlich jemand dazu durchgerungen hatte, die Stille zu durchbrechen.

„Ich hatte mich natürlich darauf gefreut, sie dir an diesem feierlichen Tag vorzustellen, aber sie musste in Skir bleiben." Ein deutlicher Stolz zeigte sich nun auf seinem breiten Gesicht. „Sie liegt im Kindbett und hat mir vorige Woche einen prächtigen, gesunden Sohn geschenkt."

Das hatte Zayda tatsächlich nicht vorhergesehen.

Zeruk ließ seine Gabel fallen, und Zayda streckte ihre Magie blitzartig aus, um sie mitten in der Luft neben seinem Stuhl zu fangen und ihm damit das peinliche Scheppern zu ersparen.

Er warf ihr einen dankbaren und zugleich imponierten Blick zu, als er das schwebende Teil unauffällig aus der Luft fischte. Doch aktuell hatten alle ohnehin nur Augen für Darzir.

Schlagartig war die schlechte Stimmung wie weggewischt, und nur noch Leryda kämpfte mit ihrer säuerlichen Miene.

„Weshalb erfahren wir das erst jetzt?"

„Ich dachte mir, der heutige Tag wäre ein wunderbarer Anlass, um es euch allen zu verkünden."

Zayda seufzte innerlich über diese endlosen Höflichkeitsfloskeln. Glückwünsche wurden kreuz und quer ausgesprochen, während zwei Diener Getränke nachfüllten und ihr Vater und Darzir lachten und sich am kurzen Ende des Tischs gegenseitig auf die Schultern klopften.

Es entging ihr jedoch nicht, dass Zeruk und Piora einen kurzen nervösen Blick austauschten, auf den ein zorniger Gedanke ihres mittleren Bruders folgte.

Etwas war im Gange.

Zaydas lautlose, horchende Funken lauerten noch immer im Raum und brauchten nur eine Richtung. Sie schlichen sich in die Verlobte und enthüllten das, was sie zuvor nicht bemerkt hatte.

Ein zweiter, winziger Herzschlag in Pioras Bauch.

Schwanger.

Aha, so ist das also. Meine Brüder wollen ihre Blutlinien sichern, um sich bei Vater besserzustellen. Erst Darzir, jetzt Zeruk. Ich frage mich, wann Djark sich eine Frau aussucht. In meinen Augen ist er immer noch der kleine Junge von damals … und doch eifern sie sich alle nach, wie Perlen an einer Schnur.

Sie warf einen verstohlenen Blick auf ihre Mutter. Es überraschte sie, dass bisher noch kein Kommentar dazu gefallen war, dass Zayda ebendieses Ziel bisher versäumt hatte.

Sie seufzte innerlich angesichts der neuen Ereignisse.

Das neugeborene Kind ihres Bruders würde vermutlich der einzige Grund sein, warum ihre Mutter sie vielleicht noch ihre magische Ausbildung fortführen lassen würde. Die Familie van Dymar hatte ihren ersten potenziellen Erben, und dadurch wurde es hoffentlich weniger bedeutsam, dass Zayda noch nicht verheiratet war.

Nicht, dass sie es sich zu diesem Zeitpunkt oder irgendwann in der Zukunft noch würde vorschreiben lassen, ob und wen sie heiraten würde.

Und wenn Zeruks künftige Frau auch einen Sohn bekam, dann war die Position der Brüder wieder die gleiche. Ihre Macht war zu ausgeglichen, es gab keinen dominanten Part. Dazu kam noch Djark. Zwar launisch und hitzköpfig, aber ein äußerst schlagkräftiger Krieger, wenn sie Zeruks Andeutungen Glauben schenken konnte.

Als sie damals in Izerdans Schule geholt wurde, waren ihre Brüder selbst noch eher Kinder gewesen – jetzt waren sie alle erwachsen, und was das bedeutete, traf Zayda schlagartig.

Sie waren drei Brüder.

Aber ab jetzt waren sie auch drei Rivalen.

Mit einer Schwester, die trotz ihrer magischen Prüfung keine Relevanz in dieser Rivalität hatte.

Niemand wagte es, die anschließende Stille am Tisch zu brechen, bis Zayda es nicht mehr aushielt. Wenn sie nicht über ihre Leistung sprechen wollten: Na schön! Dann würde sie eine ungemütliche Tischgenossin werden.

„Werden wir wirklich weiter so tun, als gäbe es keinerlei Probleme? Als gäbe es keine Intrige, keine Verschwundenen, keine Morde und keine dunkle Energie hier?"

Leryda legte betont langsam ihr Besteck weg. „Das ist wirklich nicht der rechte Zeitpunkt dafür."

„Und was wäre eurer Meinung nach ein geeigneterer? Ich bin vielleicht nicht lange hier."

Ihre Mutter funkelte sie böse an. „Hast du Pläne, von denen wir wissen müssten? Erwartet dich jemand in Tna'Ni? Ein hochrangiger Krieger vielleicht, den wir für geeignet halten?"

Oh, bei Kalarati, nicht dieses *Thema!*

Zayda drehte ihren Arm, um die etwas hellere Unterseite demonstrativ auszustrecken. Das Mal darauf leuchtete in changierendem Silber.

„Du glaubst doch nicht, dass ich jetzt aufhöre? Ich habe die Chance, eine *wirklich* bedeutende Magierin der Ratken zu werden!" Ihre Mutter blieb ruhig, was Zayda fast schon als Beleidigung empfand. „Wir werden zum gegebenen Zeitpunkt entscheiden, was für eine Rolle du im Geschick dieser Familie einnimmst."

Zayda zwang sich zur Ruhe. Allmählich genügte es nicht mehr, sich nur vorzustellen, wie sie ihrer Mutter das Besteck ins Gesicht schleudern könnte. Es fehlte nicht mehr viel, und Leryda würde das erste Mal seit Jahren tatsächlich einen schützenden Magier in Anspruch nehmen müssen.

Und Zayda war sich ziemlich sicher, dass die magischen Berater der Familie sie auch mit vereinter Kraft nicht aufhalten könnten.

Alle anderen am Tisch schwiegen geflissentlich, wechselten aber verstohlene Blicke. So wortkarg hatte sie ihre Brüder bisher selten erlebt, doch sie schienen genauso wie die unwissende Piora zu spüren, dass die Luft bereits mit unsichtbaren Blitzen erfüllt war.

„Du wirst mich also die Ausbildung weiterführen lassen?", fragte Zayda herausfordernd und mit verkrampftem Kiefer. Innerlich schickte sie ein Stoßgebet an Kalarati, dass ihre Mutter sie nun abweisen sollte. Dann würde der Saal neues Mobiliar benötigen – doch ihre Mutter blieb weiterhin ruhig und würdigte sie nur eines listigen Blickes. Ihre folgenden Worte nahmen Zayda den Wind aus den Segeln, auf dessen Sturm sie sich schon so gefreut hatte.

„Durchaus." Leryda lächelte kalt.

„Was könnte deinen Träumen besser entsprechen, als deinem Vater und später deinem herrschenden Bruder als persönliche Magierin zur Seite zu stehen?"

Früher hätte ihr die Aussicht auf einen solch hohen Posten vielleicht gefallen. Jetzt war es nur noch eine Beleidigung ihres Potenzials.

Alles, Mutter. Einfach alles.

~~~

Während die Diener wenig später den ersten Gang abräumten, servierte Sebila ein Glas leichten Weißwein aus dem Süden am Kamin in der Haupthalle.

Sie wechselte einen kurzen, schüchternen Blick mit der Herrschertochter, sagte jedoch nichts darüber, dass sie wohl seit Neuestem die rechte Hand des Kochs war.

Zayda ließ ihren Wein langsam die Kehle hinabrinnen, um sich einen Moment der Ruhe zu erschleichen und in die knisternden Flammen zu starren.

Es würde ein sehr langer Abend werden, wenn ihre Eltern wirklich ein so ausgiebiges Menü von den Köchen verlangt hatten, wie es der Trubel in der Küche vermuten ließ.

Ihr Vater verschwand für eine Weile mit seinen Beratern, vermutlich um R'jato weiteren Fragen zu unterziehen. Ihre Mutter und Piora setzten sich auf eine der bequemen Bänke und schienen sich vortrefflich zu verstehen.

Ein leichter Kopfschmerz breitete sich in Zaydas Schläfen aus; sie atmete gepresst.

„Was ist los, Schwesterchen?"

„Ach, ich dachte gerade nur, dass eine Massage jetzt genau das Richtige wäre."

Zeruk zog eine Augenbraue. hoch. „Du erschienst mir nie wie eine … genießerische Person."

Im Gegensatz zu dir und Piora.

„R'jato kann ganz vorzüglich massieren."

Als Zeruk sich zum dritten Mal leicht an seinem Getränk verschluckte, fragte sich Zayda, ob sie ihn wohl heute Abend noch so weit erschrecken könnte, dass ein Heiler benötigt wurde – oder eine magisch begabte Schwester.

Ein interessanter Gedanke, der jedoch vom dunklen Bass ihres ältesten Bruders unterbrochen wurde.

„Du willst wohl deinen alten Leibwächter besonders schnell loswerden, was? Geviertelt womöglich?"

„Das war ein Witz, Darzir."

„Nun, zumindest keiner, den Mutter hören sollte."

Zayda nickte knapp und wandte sich dann an Zeruk. „Es gibt wohl noch mehr, was Mutter nicht hören soll."

„Was meinst du?", fragte ihr Bruder mit einer Unschuld, die man ihm einfach nicht abkaufen konnte.

Sie sah ihn einfach nur an, bis er den Blick abwendete und seufzte.

„Du weißt es also."

„Ihr wart wohl alle sehr fleißig – und verliert dabei das Wesentliche aus den Augen?"

„Dass Djark sich auch bald eine Frau nehmen wird? Keine Sorge, wir finden schon eine, die mit seinen Wutausbrüchen zurechtkommt. Eine wie Mutter bräuchte er."

Die beiden Krieger lachten schallend, auch wenn dahinter eine Anspannung lag, die die Luft zum Flirren brachte.

„Ich meinte eigentlich die Schattenseiten dieser Stadt. Oder die Tatsache, dass es vielleicht keine machtvolle Familie mehr zum Regieren geben wird, wenn sich niemand um die Intrigen kümmert, die Stück für Stück die Macht unserer Familie schmälern."

Die Worte sprudelten nur so aus ihrem Mund, ehe sie das Ganze überhaupt durchdacht hatte – und genau in diesem Moment näherten sich von hinten Schritte.

Leryda hatte die Lippen geschürzt, als sie den letzten Schluck ihres Weins mit einer knappen Bewegung in die Flammen schüttete, wo die Tropfen zischend verdampften.

„Du scheinst bereits erstaunlich gut informiert zu sein, Tochter. Du überraschst mich immer wieder."

„Ein nicht gerade neuer Aspekt meiner Persönlichkeit, würde ich sagen. Der jedoch durch meine Fähigkeit, Gedanken und Absichten wahrzunehmen, durchaus verstärkt wird. In diesem Punkt gebe ich dir recht."

Lerydas Blick wurde kalt. „Du weißt, ich werde es nicht gestatten, dass du in unseren Köpfen herumspionierst. Dafür habe ich nicht in deine Ausbildung investiert! Untersteh dich, unser Blut magisch anzutasten!"

„Dann solltest du bessere Berater suchen, die auch in der Lage sind, dies zu verhindern."

„Zayda!"

Der Ton ihrer Mutter wurde scharf wie ein Messer, doch die junge Magierin gab sich unbeeindruckt.

„Keine Sorge, Mutter. Ich äußere lediglich meine Bedenken, was die Sicherheit unserer Politik angeht."

Zeruk warf ihr einen Blick zu, der deutlich sagte: *Ich habe verstanden, dass du meine Nachricht in Mutters Brief für wichtig hältst. Jetzt halt den Mund, bevor sie es auch versteht.*

Zayda konnte nicht anders. Sie zwinkerte ihm zu.

Ihre Mutter bemerkte es nicht, denn sie sah ungehalten zu einem der Fenster hinauf, wo ein orangefarbener Schimmer hinter dem Glas vom Sonnenuntergang kündete.

„Wo in Kalaratis Namen bleibt euer Bruder?"

Zayda warf Zeruk einen vielsagenden Blick zu, ehe sie sich an ihre Mutter wandte.

„Soll ich ihn suchen? Ich könnte ihn herrufen oder gar teleportieren."

Leryda hob abwehrend die Hand. „Nein, er soll sich selbst erklären und für seine Unhöflichkeit geradestehen, wenn er glaubt, Zeruk und dir gegenüber so unhöflich sein zu müssen. Es ist eine Feier für euch und …"

Es klopfte an der Pforte. Zayda wechselte einen überraschten Blick mit Zeruk, während ihre Mutter ihr mit einem Wink bedeutete, die große Tür zu öffnen. Es war also auf keinen Fall Djark.

Einem jähen Impuls folgend, streckte Zayda ihre Hand mitten durch den Raum aus und drückte die Klinke mit ihrer Magie herab, um anschließend die beschlagene Tür mit einem Wink ihrer Finger aufzuziehen. Die beiden Wachen, die dort stets wie bewegungslose Statuen bereitstanden, zuckten überrascht zusammen und machten rasch Platz.

Der Mann, der anschließend eintrat, lächelte sein altbekanntes vielsagendes Lächeln, als er den Mantel zurückschlug.

Izerdan, mit grauen Haaren und hohleren Wangen, was ihm allerdings erstaunlich gut stand.

„… und daher hielt ich es für angebracht, dich mit dem Besuch deines alten Meisters zu überraschen", beendete Leryda ihren angefangenen Satz.

Zayda lächelte verhalten, ehrlich erstaunt über diese nette Geste.

Leryda reckte die Nase ein wenig, was ihr schmales, spitzes Gesicht noch mehr betonte. „Nun schau mich nicht so an, Tochter. Auch du hast dir einmal etwas Freundlichkeit verdient."

Zayda hörte ihr eigentlich nicht mehr zu. Izerdan hatte den schattigen Eingangsbereich durchquert und betrat den weitläufigen Saal. Seine Wangen waren tatsächlich eingefallen, und auch die Augenringe waren noch dunkler, als sie sie in Erinnerung hatte. Anscheinend forderte die lange und äußerst erfolglose Suche nach dem Abtrünnigen allmählich ihren Tribut.

Während sie ihn noch eingehend studierte, trat er näher und musterte sie nicht minder hemmungslos.

„Ich gratuliere zur ersten bestandenen Prüfung. Möge Kalarati über deine Magie wachen", waren die ersten Worte, die sie nun seit Jahren aus seinem Mund hörte. Seine Stimme klang rauer, als sie sie in Erinnerung hatte.

„Ich danke dir, Izerdan."

Ihre Mutter zischte sie wütend an.

„Zayda! Du vergisst dich!"

Izerdan hob abwehrend die Hand. „Eine förmliche Begrüßung wird nicht nötig sein. Zayda und ich sind und waren uns nie fremd."

Ihre Mutter hielt deutlich die Luft an, sagte aber nichts mehr dazu, sondern befahl Sebila mit einem schnellen Schnipsen, dem Magiemeister seinen edlen Mantel abzunehmen.

Zayda hatte sich also nicht getäuscht. Nachdem die alte Amme nicht mehr für ihre eigentlichen Tätigkeiten gebraucht wurde, ließ Leryda sie als ihre Zofe springen.

Als sie den Mantel ordnungsgemäß versorgt hatte, erklang eine kleine Klingel aus der Küche, und Sebila erschien.

„Der nächste Gang wäre so weit."

Die Familie und ihr Besuch folgten, und nach wenigen Minuten hatten sich wieder lockere Gespräche entwickelt, die nur dadurch unterbrochen wurden, dass zwei Gehilfen des Kochs eine große Platte hereintrugen, auf der ein gegrillter junger Steinbock angerichtet war.

Ernsthaft?

Zayda wusste nicht, was sie sagen sollte. Es musste ein reiner Zufall sein, dennoch wollte sich ein ungläubiges Lachen aus ihrer Kehle schleichen. Die Symbolik ... sie konnte doch nicht genau zu diesem Anlass das Tier verspeisen, als das sich der Hüter ihr gezeigt hatte.

Andererseits, warum nicht? Sie hatte immerhin seine Prüfung durchbrochen und sich einen Teil seiner Magie geholt.

Während der Koch feierlich das Fleisch schnitt und zusammen mit einer goldbraunen Kruste verteilte, sehnte sich Zayda bei dem Duft an die rauchigen Lagerfeuer ihrer Kindheit zurück, anstatt an die Dunkelheit der Prüfung zu denken.

Ob die Kinder ihrer Brüder so etwas wie eine wilde Jugend erleben würden? Irgendwie bezweifelte sie es.

Sie warf einen Blick auf Izerdan, der nun am anderen kurzen Ende des Tisches saß, sich mit ihrem Vater unterhielt und dabei doch so fremd wirkte.

Wie sehr sich ihre Familie verändert hatte, seitdem man das Anwesen in Irfen bezogen hatte. Oder waren die Sommer ihrer Kindheit nur eine Ausnahme gewesen? Ein kurzes Zwischenspiel?

Im Grunde wusste sie nichts über die Jahre vor ihrer Geburt.

Ihr Großvater hatte über Irfen geherrscht, es nach einer Epidemie der schwarzen Krankheit zu seiner jetzigen Größe aufgebaut und die Handelsstadt daraus gemacht, die in manchen Gegenden des Hochlands als zu frei denkend galt.

Es hatte ihre Mutter nicht davon abgehalten, sie als Kind hier vollkommen abzuschirmen, sodass sie ihre ersten echten Feliden und Miakoda erst in Tna'Ni zu Gesicht bekam.

Tna'Ni.

Was Vanu und Tanem wohl gerade machten? Wurde sie vermisst?

Sie spielte mit dem Gedanken, magisch nach ihnen zu rufen. Zwischen mehreren Magiern, die alle die erste Prüfung bestanden hatten, müsste es eigentlich relativ leicht …

Stattdessen streifte ein anderer Geist an ihrem entlang.

Du hast viele Fragen, nehme ich an?

Durchaus … Meister. Was habe ich in der Heimat verpasst?

Was möchtest du wissen?

Nun, du scheinst mir zwar immer magische Anweisungen und Aufträge gegeben zu haben, aber dabei hast du wohl vergessen, mich davon in Kenntnis zu setzen, dass die Macht meiner Eltern untergraben wird. Was hast du noch vergessen?

Er schnaubte innerlich, aß jedoch ungestört weiter.

Vergiss nicht, dass uns immer noch Welten trennen, junge Zayda. Zu unhöflich zu werden könnte sich als Fehler herausstellen.

Meine Familie als Feind zu haben ebenfalls.

Er neigte knapp den Kopf, doch ob die Geste anerkennend oder eher rebellisch wirken sollte, konnte sie nicht deuten. Sein altes Gesicht war schwer zu lesen. War es das schon immer gewesen?

Nun, es wurden neue Wachtürme gebaut, man hat die Stadtmauer ausgebessert und verstärkt ... und die Kanäle gereinigt.

So wie er das letzte Wort betonte, war ihr klar, dass er damit viel mehr sagen wollte.

Die Magier haben also gesucht? Und nichts gefunden?

Einige Spuren, die jedoch im Nichts verliefen. Die Stimmung in der Stadt ist angespannt. Eine Zeitlang schienen die Vorfälle der Vergangenheit anzugehören, und man zog die Patrouillen wieder aus den Kanälen ab. Auch der Tempelmeister und meine älteren Novizen überwachten die unterirdischen Teile der Stadt. Ohne Erfolg.

Es sterben aber wieder Ratken.

Izerdan seufzte innerlich.

Es starben schon immer Leute. Das ist der Lauf der Dinge, aber es erscheint heute allen furchtbar, weil sie weich werden! Dein Großvater hat in seinen jungen Jahren noch die Krankheit aus der Stadt verbannt und viele Magier sterben sehen. Was den Ratken fehlt, ist mal wieder ein gutes Ziel.

Diesen Verrückten zu finden wäre doch ein vernünftiges Ziel. Stört es dich denn nicht, dass deine Schüler verschwinden? Du musst doch ohnehin um jeden buhlen. In Tna'Ni wird das Fehlen von magisch begabtem Nachwuchs unter den Feliden immer deutlicher. Eine Sache, die hier schon lange der Fall ist.

Eine unumkehrbare Entwicklung der Welt. Die Krankheit dünnt unsere Reihen aus, und die Hüter lassen es geschehen.

Zayda schnaubte hörbar.

Und du und der Tempelmeister lasst es zu, dass der Abtrünnige unsere Reihen weiter ausdünnt.

Wir bemühen uns!

Eure Bemühungen erscheinen mir nicht sehr erfolgversprechend.

Du warst über fünf Jahre fort. Du hast keine Ahnung.

Ein Stich heißer Wut traf ihr Inneres und ließ sie die Verbindung abrupt abbrechen.

Izerdan musterte sie entrüstet, doch sie hatte absolut keine Lust mehr, sich so behandeln zu lassen.

Wenn jemand die Schuld daran trug, dass sie ahnungslos über die Lage der Stadt war, dann doch er!

Zayda zuckte zusammen, als Piora sie am Arm berührte.

„Verzeih, deine Mutter redet mit dir, und du wirkst nicht so, als würdest du …", flüsterte sie verschwörerisch, und Zayda nickte dankbar. Sie hatte tatsächlich kein bisschen zugehört, während das stille Gespräch unbemerkt von den anderen eskaliert war.

Seufzend wandte sie sich der Konversation zu und gab sich in der nächsten Stunde Mühe, die Erwartungen einer förmlichen Familienfeier im Herrscherhaus zu erfüllen – während der Zorn immer heißer in ihrem Inneren brodelte.

Tief im Dunklen verborgen.

Irgendwann hielt sie die Anspannung und gleichzeitige Ödnis des Gesprächs nicht mehr aus und entschied, seinen Kurs zu ändern.

„Wie steht es mit der Loyalität von Volutan?"

Sofort wurden ihre Eltern hellhörig, und alle am Tisch erstarrten, bis ihre Mutter das Wort ergriff. „Weshalb fragst du?"

Zayda schob einen Knochen auf dem Teller hin und her, während sich ihre Gedanken mit den Reaktionen der anderen beschäftigten. Sie hatte damals entschieden, die Intriganten nicht zu verraten, da sie wütend auf ihren Vater gewesen war; doch nun hatte es den Anschein, dass ihre Eltern informierter waren, als sie gedacht hatte.

„Reine Neugier. Ein Sohn der Familie, Perkir, war mit mir auf Izerdans Schule. Er müsste mittlerweile fertig ausgebildet sein, doch in Siad beim Tempel war er bisher nicht."

Zu ihrer Überraschung war es unter allen Anwesenden ihre Mutter, die nun betrübt wirkte.

„Volutan ist und bleibt ein guter Berater. Seine Mutter ist jedoch im Frühjahr an einem rätselhaften Fieber verstorben. Die Heiler konnten nichts mehr für sie tun."

Zayda nickte langsam, während sie Leryda intensiv studierte.

„Bedauerlich."

Hatte ihre Mutter vielleicht so etwas wie Freundinnen? Allein der Gedanke schien absurd – aber sicherlich pflegte sie viele Kontakte zu den Einflussreichen der Stadt und des Landes. Wieso sollte sie nicht auch freundschaftliche Beziehungen pflegen?

Dennoch erschien es ihr seltsam.

„Du solltest zu deinem alten Freund gehen und ihm dein Beileid bekunden."

Zayda schnaubte. So viel zu der Vermutung, dass ihre Mutter etwas von ihrer Tochter verstand oder wusste, was Freundschaft bedeutete. Sie hatte nichts begriffen und offensichtlich nicht zugehört, als Zayda damals von den Ereignissen in der Schule berichtete.

Zayda zögerte. Hatte sie sich als Kind überhaupt beschwert? Hatte sie Schutz bei ihren Eltern gesucht? Nein. Sie hatte ihre Sorgen lediglich einer alten Seele anvertraut. Sebila.

„Ist es eine neue Tradition, dass wir weinerlich sind?", fragte sie daher zwischen zwei Bissen, als hätte sie nicht gerade über so viel anderes nachgesonnen.

„Es ist sicherlich keine, sich respektlos zu verhalten. Unsere Verbindung zu Volutan ist … heikel, und ich erwarte, dass du dich deinem Rang entsprechend verhältst und unserer Familie nicht in den Rücken fällst."

Der streitenden Familie, deren Söhne sich bald um der Machtstellung willen nach dem Leben trachten werden?

Sie nickte jedoch zustimmend und pickte die letzten Reste von ihrem Teller. Schließlich musste sie ihrer Mutter nicht unnötig auf die Füße treten. Insbesondere, wenn sie sich Garions Drohung in Erinnerung rief.

„Verzeih. Ich möchte nicht streiten. Es gibt heute zu viele schöne Anlässe, um zu feiern."

Zeruk verschluckte sich wieder einmal beinahe an seinem Getränk, als er in den Kelch hineinlachte.

„Verzeih? Bist wirklich du das, Zayda? Wann habe ich das letzte Mal erlebt, dass du nicht kratzbürstig bist und dich gegen den Wind stellst?"

Zayda schmunzelte leicht. „Vor fünf Jahren, nehme ich an."

„Wohl eher noch nie."

„Unter Kriegern wäre es ein anerkannter Charakterzug, sich den Gegebenheiten anzupassen, liebster Bruder."

„Weißt du, ich glaube, Djark und du kommt so schlecht miteinander aus, weil ihr euch zu ähnlich seid."

„Sag das nicht!", zischte sie und zeigte mit der Messerspitze drohend auf ihn.

„Zayda! Du hast dich deinen Brüdern gegenüber respektvoll zu verhalten!", rief ihre Mutter, erntete aber nur einen kalten Blick von der einzigen Tochter des Hauses.

„Ich kann nicht erwidern, was ich selbst nicht erhalte."

Dieses Korsett aus Regeln ließ sie kaum noch atmen! Es schien ihr die Brust so zuzuschnüren, dass es schmerzte!

Sie musste an Djark denken.

Er macht es richtig. Ordnet sich nicht unter, sondern tut, was er will. Warum bin ich nicht an seiner statt in irgendeiner Spelunke und genieße meinen Sieg mit einer richtigen Feier?

Gerade als sie noch mehr sagen wollte, neigte Izerdan den Kopf zur Seite. Sein Blick trübte sich, kurz zuckte ein Hauch von Wut über seine Miene, dann verbarg er seine Regungen hinter einem Spiegel aus Ernsthaftigkeit.

Mit einem Räuspern erhob er sich.

„Die Pflicht ruft. Bitte verzeiht mein unhöfliches Entschwinden, doch ich habe keine Wahl."

Er deutete eine Verbeugung gegenüber dem Herrscher an. Als Zayda jedoch fragend nach seinem Geist tastete, wehrte er die Verbindung ab und teilte seine Gedanken nicht mit ihr. Wenn er nur wütend auf sie gewesen wäre, hätte er es gesagt. Auch eine Bemerkung zu ihrem ungebührlichen Verhalten hätte er sich nicht verkniffen, wobei das ohnehin nicht seine Ansicht sein dürfte. Immerhin hatte er sie in all den Jahren ihrer geheimen Allianz immer dazu angespornt, nach Höherem zu streben.

Da stimmt etwas nicht.

Zayda ließ ihn von dannen ziehen, doch ihr Misstrauen war geweckt. Als sie ihr Besteck ablegte, stand ihr Entschluss fest.

„Auch ich würde mich nun gerne eine Weile zurückziehen."

Ihre Mutter schüttelte jedoch nur den Kopf.

„Du bleibst."

In der großen Halle draußen hörte man, wie die Tür geöffnet und wieder geschlossen wurde. Izerdan war fort.

Zayda stand auf. „Denkst du nicht auch, dass Djark allmählich wieder an unserer sogenannten Feier teilnehmen sollte? Ich kann ihn in wenigen Atemzügen herholen."

Ehe ihre Mutter weiter protestieren konnte, nickte Balzayd.

Sie wandte sich ab und eilte hinaus, zog schon im Gehen das große Tor wieder auf, das die Wachen gerade erst hinter Izerdan geschlossen hatten, und verließ das Anwesen.

Jagd

Mit sicheren Schritten sprang sie die Treppe hinunter und sah sich in der abendlichen Stadt um. Fackeln, eine jagende Katze und eine Wache, die patrouillierte. Kein Izerdan weit und breit.

Sie wollte ihm folgen, doch in dem Meer aus Gedanken, das die Stadt überflutete, fand sie seine nicht. Eigentlich müsste er aus der Unzahl an unmagischen und höchstens magisch angehauchten Menschen hervorstechen wie ein Leuchtfeuer, doch anscheinend hatte er seine Magie nach innen gekehrt.

Als das Tor zum Anwesen hinter ihr geschlossen wurde, fühlte sie sich schlagartig um einiges leichter.

Diese verfluchte Familie würde sie noch in den Wahnsinn treiben!

Sie atmete mehrmals tief durch und suchte dann erneut nach ihrem alten Meister – vergebens.

Trug er etwa einen Absorber?

Mit gerunzelter Stirn lief Zayda in Richtung Schule los und ließ die Umgebung auf sich wirken. In manchen Hauswänden war ein Riss mehr, ein Dach ein Stück weiter die Straße runter war neu gedeckt worden, und ein Brunnen an einem kleinen Platz wirkte neu.

Das Leben in der Stadt ging weiter, ob eine Herrschertochter anwesend war oder nicht.

Garion hätte ihr gesagt, sie solle sich in Demut üben und sich nicht für so wichtig halten. Aber es störte sie dennoch.

Sie wollte Antworten, ahnte jedoch, dass Izerdan derzeit keine Fragestunden dulden würde – das letzte Mal, als er so abweisend zu ihr gewesen war, hatte sie den Rattenschädel aus seinen Gemächern gestohlen und war aus Irfen verbannt worden.

Kein guter Zeitpunkt also, um ihm weiter auf die Nerven zu gehen.

So hatte sie sich das Wiedersehen nach Jahren der Verschworenheit ganz und gar nicht vorgestellt.

Seufzend hielt sie an der nächsten Kreuzung inne und betrachtete das Treiben auf der Straße, die, einem der Hügel folgend, sachte abfiel. Sie könnte sich ein Beispiel an Djark nehmen und diesen Abend in der anonymen Menge einer Schenke ausklingen lassen. Eine Sache, die sie nur aus Erzählungen ihrer Brüder kannte, als diese noch halbstarke Angeber gewesen waren.

Ob Djark sich irgendwo in der Nähe vergnügte? Wenn sie sich recht erinnerte, war er immer am liebsten ins Ostviertel gegangen, wo besonders viele Werkstätten von Waffenschmieden lagen.

Die Vorstellung, ihm so richtig schön den Abend zu verderben, so wie er ihren verdorben hatte, gefiel ihr ausgesprochen gut. Er hatte einen Kampf herausgefordert – sollte er ihn haben.

Sie streckte ihre Magie nach ihm aus und freute sich schon darauf, genau vor seiner Nase mit einem zuckenden Blitz aufzutauchen und ihn zu einem Duell herauszufordern, ganz gleich, wie viel Alkohol er schon intus haben mochte.

Diesen wunderbaren Plan, der sie mit Genugtuung erfüllte, musste sie allerdings jäh wieder verschieben, als sie seinen Geist ebenfalls nirgends aufspüren konnte.

Was ist denn los mit meinen Kräften?

Einen Augenblick dachte sie, es könnte am Kraftschub liegen. Vielleicht waren ihre Funken noch durcheinander, aber ihre Vernunft sagte etwas anderes. Sie hatte sich nie besser mit ihrer Magie verstanden, sie nie leichter kontrollieren können.

Wahrscheinlich liegt er betrunken und bewusstlos in irgendeiner Gasse …

Sie sandte weitere Funken aus, bis ihre Umgebung vor ihrem inneren Auge vor angestauter Kraft vibrierte. Alles tauchte in ihrem Bewusstsein auf, die Häuser und deren Bewohner, die Gedanken von Dienern, Kindern und Kriegern … selbst das Schnauben von Wachhunden und das Schnarchen einiger betrunkener Wachen, die sich im Keller einer kleinen Spelunke versammelt hatten.

Aber kein Djark.

So komme ich nicht weiter. Ich kann nicht die ganze Stadt mit Magie tränken, da platzt mir der Kopf!

Das erste Mal seit dem Abendessen spürte sie den Alkohol überdeutlich. Auch mit Magie konnte sie nicht ohne Weiteres die Wirkung des Weins aufheben.

Sie änderte ihre Taktik, tastete in ihrem Innern nach der Verbindung, die sie zu ihren Brüdern fühlen konnte. Durch ihr Blut waren sie sich ähnlich, auch wenn den anderen dreien die Magie deutlich fehlte. Zeruk und Darzir spürte sie nach einem Augenblick im Inneren des Anwesens auf.

Als sie nach dem Band zu Djark griff, hallte ein Schrei die Straße herauf.

Sie zuckte zusammen, hielt sich eine Hand an die Schläfe, weil der Schmerz darin so laut pochte wie der Schrei. Sie sah sich suchend um, doch es klang weit entfernt – und sie erstarrte mitten in der Bewegung, als zwei Diener mit einem Fass an ihr vorbeiliefen.

Die beiden reagierten absolut gar nicht auf diesen Schrei, und selbst ihre Gedanken drehten sich nicht darum. Denn sie konnten ihn nicht hören.

Er war in ihrem Kopf.

Zayda drehte langsam ihren Hals, doch die Richtung änderte sich nicht. Gänsehaut überzog ihren ganzen Körper, während sie vorsichtig Magie in ihren eigenen Kopf leitete, um das Gefühl zu ergründen.

Der Abtrünnige!

Sein Schrei zog sie in die Tiefe, als würde sie frei fallen. Sie hastete vorwärts, rannte dann und schwang sich elegant über den Rand des nächsten Brunnens, stieß den Eimer an seiner Kette aus dem Weg und fiel in die Tiefe des Schachts. Dunkler, nasser Stein rauschte an ihr vorbei, während ihre Ohren noch immer von dem Brüllen klingelten; dann berührten ihre Funken die Wasseroberfläche unten im Brunnenschacht. Bevor sie selbst hineinstürzte, drückte sie das Wasser mit ihrer Magie weg und federte sich auf dem steinigen Untergrund ab. Um sie herum glänzte die Umgebung vom gurgelnden, kalten Nass, das sie aufstaute. Ein kurzes Drehen auf dem Absatz zeigte ihr einen Kanal, und sie drängte das Wasser daraus weg, um hindurchlaufen zu können.

Die Magie in ihren Augen flimmerte vor Anspannung, doch Zayda blieb konzentriert genug, um das wenige Licht hier unten so zu verstärken, dass sie sich fortbewegen konnte.

Auch völlige Dunkelheit wäre ihr nun gleich gewesen. Ihre Funken nahmen wie unzählige unsichtbare Hände alles um sie herum wahr und ließen es in ihrem Bewusstsein aufleuchten.

Der Kanal machte eine kleine Biegung, blieb jedoch mit Wasser gefüllt. Hinter ihr schwappte es zurück an seinen Platz im Brunnen, als ihre Magie es losließ und sie somit in eine große Blase einschloss.

Energisch schritt sie weiter, von dem anschwellenden Kreischen getrieben. Nach einigen Atemzügen in der wassergefüllten Röhre spürten ihre Funken einen größeren Kanal auf, der nur ein Stück neben ihrem lag und außer von Abwasser auch von Luft durchströmt wurde.

Sie packte das Gemäuer und Erdreich dahinter, presste alles mit einem Schlag durch die Luft von sich weg, und Stein und gebrannter Ton gehorchten ihrer Magie. Mit lautem Knirschen und Ächzen brach ein Loch auf, durch das sie hindurchschlüpfen konnte.

Hinter ihr ergoss sich ein Schwall klares Wasser aus dem Loch, strömte gluckernd über den schmalen Steg, spülte Steinbrocken, Erdreich und zerschlagene Ziegelsteine aus dem Rohr in den Strom aus Abwasser hinein.

Der Brunnen würde leerlaufen, doch das war belanglos.

Staub hing noch in der stinkenden Luft des Abwasserkanals, ansonsten war alles reglos und still.

Es war zu still. Erst jetzt wurde Zayda bewusst, dass der Lärm in ihrem Kopf verstummt war. Sein Fehlen ließ sie schaudern, und ihre Vermutung wurde zur Gewissheit: Sie war auf dem richtigen Weg, näherte sich ihrem Ziel.

Vorsichtig blickte sie nach rechts und links, folgte dann dem Abwasserstrom den leicht abfallenden Gang entlang. Sie benötigte jetzt kein überdeutliches Zeichen mehr, um die richtige Richtung zu finden.

Ob man sie dorthin locken wollte?

Nicht einmal die Fähigkeiten und Kräfte, die ihr die bestandene Hüterprüfung verliehen hatte, noch ihre Erfahrung brauchte sie, um die Spuren zu erkennen. Es lag hier zwar keine Sammlung verwitterter Schädel herum, doch der bereits vertraute dunkle Schleim war mehr als ausreichend.

Vergessen waren der Abend mit ihrer Familie, das schummrige Gefühl des Weins und die verschollenen Djark und Izerdan.

Sie konnte endlich herausfinden, was hier unten lauerte und sich jahrelang der Ergreifung durch die Meister und Wachen entzogen hatte.

Ein feuriges Gefühl hatte ihr Innerstes ergriffen und ließ ihre Beine bald im Laufschritt durch den Kanal eilen. Sie überquerte mehrere Kreuzungen und Einmündungen, in denen sich das Abwasser gurgelnd vermischte, sprang über Gräben hinweg und brach sich mithilfe ihrer Magie durch zwei Gitter, die man wohl als Sicherheit eingebaut hatte.

Dass an beiden Schlössern jeweils schwarzer Schleim klebte, erhärtete ihren Verdacht, dass der Abtrünnige hier weiter ungehindert ein und aus ging. Sie hatte jedoch nicht die Geduld, die Schlösser jetzt mit Magie zu knacken und zu öffnen. Mit einem Wisch ihrer Hände bog sie die Gitterstäbe kurzerhand aus dem Weg.

Ein Stück weiter entdeckte sie eine Schleifspur und an der nächsten Ecke einen relativ neuen Stiefel. Der Größe nach der eines Mannes. Wer auch immer hier seine Beute entlanggezogen hatte, war kräftig genug, um einen ausgewachsenen Ratken zu bewegen.

Die Spur war leicht zu verfolgen, da sich Abdrücke und verschmierter Ruß durch das Labyrinth aus Gängen zogen. Bis zu einer Stelle, an der sie plötzlich verschwand.

Zayda lief ein Stück zurück, lenkte mehr Magie in ihre Augen, doch Staub und Unrat waren ab einem bestimmten Punkt nicht mehr verwischt.

Sie sah sich einen Augenblick ratlos um, kniete sich dann hinunter zu dem letzten dunklen Fleck, zögerte aber, ihn zu berühren. Das letzte Mal hatte sie die rauchigen Schwaden der Magie als Rückstände in der Umgebung wahrnehmen können, doch angenehm war es nicht gewesen.

Bevor sie ihre Finger darauflegte, huschte ihr Blick einmal zur Seite des Gangs und blieb an mehreren dunklen Eichenstämmen hängen, die wohl einst als Stützen eines Kanals gedient haben mussten.

An den Balken klebte schwarzer Schleim, kaum sichtbar auf dem dunkel gefärbten Holz.

Sie packte gleich alle drei und zog sie mit ihrer Magie von der Wand weg, bis sie senkrecht nach oben zeigten, nur durch einen Schwall von unsichtbaren Funken gehalten.

Dahinter gähnte ein dunkles Loch in der Wand, und Zayda fluchte.

Hatte denn niemand hier nachgesehen?

Mit einer aufmerksamen Blase aus Magie um sich herum, zog sie den Kopf ein und trat durch die eingebrochene Mauer. Dahinter erwartete sie eine uralte Wendeltreppe, die in die Tiefe führte. An den Wänden waren Kratzspuren und auch etwas, das eindeutig nach frischem Blut aussah. Der warme Wind, der die steile Treppe hinaufwehte, roch widerlich süßlich und nach Schimmel.

Zayda rümpfte die Nase, stieg aber weiter hinab, schnell und konzentriert; mithilfe ihrer Magie sorgte sie bei jedem Schritt für ausreichend Stabilität auf den schmalen rutschigen Stufen.

Sie fühlte sich, als würde sie von einem der höchsten Wachtürme heruntersteigen, nur dass dabei allmählich der Druck auf ihre Ohren anstieg. Irgendwo unter dem Haupthügel, unter Kalaratis Tempel, mussten ebenfalls solche Treppen in die Tiefe führen, zu einer Halle, zu der sie noch keinen Zutritt hatte.

Zayda konnte die Quelle weit neben sich spüren, wenn sie ihre Gedanken darauf richtete. Eine Sache, die sie im Hinterkopf behalten würde, falls sie dringend weitere Magie benötigen sollte.

Kalarati würde hoffentlich nichts gegen einen Zugriff auf ihre Quelle einzuwenden haben, wenn es um das Überleben einer aufstrebenden Magierin ging, oder?

Ihre Gedanken wurden jedoch unterbrochen, als sie das Ende der Treppe erreichte. Die Tatsache, dass eine Kerze in einem Halter an der Wand brannte, beunruhigte Zayda mehr als die seltsamen Gerüche und Geräusche.

Sie befand sich in einem kurzen Gang, der in drei Türen mündete. Die direkt vor ihr stand offen und gab den Blick auf ein Verlies frei.

Als sie durch die Tür trat, erkannte sie mehrere Käfige und dazwischen Tische, die mit Phiolen und Tiegeln vollstanden. An einer großen Holzplatte waren Ketten und Lederriemen angebracht.

Folterkeller traf es Zaydas Meinung nach sehr gut.

Sie ließ ihren Blick fasziniert durch den Raum huschen und fragte sich dabei, aus welchem Jahrhundert er wohl stammen mochte. Sicherlich aus einem, in dem es Krieg zwischen den Stämmen der Ratken oder verschiedenen Völkern gegeben hatte.

Oder aus einer der Epochen, in denen die Krankheit die Ängste aller Menschen in Tyarul beherrschte.

Das ist es! Ein geheimes Laboratorium, um die Schwärze zu erforschen! Um ...

Sie erstarrte mitten in der Bewegung auf einen der Tische zu, denn in ihrem Augenwinkel regte sich etwas. Ihre Muskeln reagierten sofort, brachten ihren Körper in eine Abwehrstellung, die sich schlagartig in einen Angriff umwandeln konnte.

Doch der Verursacher und sie waren durch Gitterstäbe voneinander getrennt.

Was sie zuerst nur für einen Haufen Lumpen gehalten hatte, drehte sich plötzlich um und entpuppte sich als groteske Gestalt.

Ein alter Mann!

Sie hatte die schwarze Magie, die seinen Körper befallen hatte, nur nicht wahrgenommen, weil er nicht nur durch den eisernen Käfig dort festgehalten wurde. In mehrere Gitterstäbe waren Halterungen eingelassen, in denen weiß glimmende Bilure ruhten.

Absorber!

Vorsichtig trat sie an den Käfig heran und spürte jetzt auch die Auswirkung der Speichersteine. Sie waren so damit beschäftigt, das Innere des Käfigs zu neutralisieren, dass sie leicht vibrierten und einen sirrenden Ton abgaben, der Zaydas Zähne schmerzen ließ.

Sie hätte nicht gedacht, dass es überhaupt möglich wäre, dunkle Magie auf diese Weise abzusaugen. Jemand musste diese Absorber regelmäßig erneuern, so wie man es auch mit den Säulen von Tna'Ni tat, um die austretende Energie der Quelle in Schach zu halten.

Zayda war jetzt ganz nah an den Gitterstäben und besah sich den Mann genauer, der dahinter auf dem Boden kauerte und sie aus blutunterlaufenen Augen verständnislos anstarrte. Doch sein wirrer Blick hielt nur einen Wimpernschlag auf ihrem Gesicht inne, ehe er suchend weiterhuschte. Diese Augen hatten schon lange nichts mehr als Dunkelheit gesehen, denn wenn Zayda richtiglag, waren sie von Magie zerfressen.

Reglos und mit angehaltenem Atem stand sie neben dem Käfig und beobachtete.

Die Lumpen stellten sich als ledrig wirkende, abblätternde Haut heraus, schwarz und bräunlich verfärbt. Die Haare waren von dunklem Schleim verklebt und hingen in losen Strähnen auf der nackten Brust, die von verhärteten Platten aus Haut bedeckt zu sein schien.

Und auch seine Gesichtsform wirkte irgendwie ... falsch. Zu lang gezogen und kantig, deformiert.

„Was. Bist. Du?", flüsterte sie atemlos und beobachtete, wie sein Kopf ruckartig hin und her schwankte. Er gab ein hohes Krächzen von sich, das mehr an das Quietschen einer Ratte erinnerte als an Sprache.

Alles in ihr drängte danach, die Hand in das Innere des Käfigs zu strecken und die Gedanken dieses Opfers zu ergründen, das schon eine Ewigkeit ein Teil der Experimente des Abtrünnigen sein musste.

Ihre Finger verharrten nur noch eine Haaresbreite vor einer der Lücken, als ein lautes Geräusch sie zusammenfahren ließ.

Der Schrei hallte diesmal real durch diese Katakomben – aber er lief auch als wellenartiges Echo durch ihren Kopf und brachte ihn zum Dröhnen.

Er kam von rechts, aus dem nebenan liegenden Raum. Zayda schüttelte das Dröhnen ab und zog einen Schutzschild vor sich, bevor sie die Tür langsam aufschob und eintrat.

Der Raum war bis auf einige Fässer und Kisten und zwei Fackeln an den Wänden leer.

Beim Anblick der beiden Personen am anderen Ende jagte ein kalter Schauer der Erkenntnis ihren Rücken hinab.

Alles war ganz anders, als sie gedacht hatte!

Nicht die aufrecht lauernde Gestalt, die mit dem Rücken zur Tür stand, hatte sie gerufen, sondern das Opfer am Boden – durch ihre geistige Verbindung.

Sie hatte seinen Schrei gehört, weil sie nach ebendiesem Ratken gesucht hatte.

Djark lag zu Füßen des Mannes, blutüberströmt und flach atmend.

Der Abtrünnige drehte sich noch immer nicht um, begutachtete Djark und wischte sich dann fast nebensächlich seine blutverschmierte Hand an der schwarzen Hose ab. Es war eine große, rattenartige Klaue, wie damals bei Kielle.

„Ich sehe, du hast meine Einladung verstanden", sprach er in den Raum hinein.

„Gehört wohl eher", wandte Zayda flapsig ein, um sich nicht anmerken zu lassen, was für eine Wirkung diese tiefe rauchige Stimme auf sie hatte. Sie klang nicht menschlich.

„Ich habe lange auf diesen Moment gewartet."

Zayda stockte, da ihr exakt die gleichen Worte auf den Lippen lagen. Rasch zog sie ihren magischen Schutzschild enger um sich, um ihre Gedanken abzuschirmen, doch er reagierte gar nicht darauf, schwankte nur leicht hin und her, wie ein lauerndes Tier, das seine neue Beute anpeilte, auch wenn er noch immer Djark anzustarren schien.

„Das klingt so, als hättest du genau mich erwartet. Es wird wohl kein Zufall sein, dass du dir meinen Bruder geholt hast."

Er neigte leicht den Kopf, als wolle er ihre Schlussfolgerung anerkennen.

„Wir haben noch eine Rechnung offen."

Zaydas Gänsehaut wurde stärker. *Wie kann er noch immer meine Gedanken lesen?*

Die Magierin war nun zum Zerreißen gespannt. Eine dunkle Vorahnung breitete sich in ihr aus, das Gefühl, etwas Entscheidendes übersehen zu haben.

Sie spürte seine dunkle Magie überdeutlich, doch sie war noch nicht mit ihrer verbunden. Er las ihre Gedanken nicht.

Er hegte schlichtweg dieselben.

Was habe ich diesem Kerl getan, dass er so versessen auf Rache ist wie ich?
Er kennt mich doch gar nicht! Warum will er ausgerechnet mich anlocken?

Sie blieb wachsam, trat jedoch einige Schritte näher, umrundete ihn vorsichtig, um endlich einen Blick auf sein Gesicht werfen zu können, doch er war der Wand und Djark zugewandt und verbarg sein Gesicht im Schatten. Er klang auch viel jünger, als sie erwartet hätte. Allerdings konnte sie nicht wissen, ob der Umgang mit dunkler Magie nicht auch seltsame Effekte auf so jemanden haben konnte.

Sie konnte es nicht fassen. Da stand er, der Mann, der ihr Kielle genommen hatte. Der ihren Bruder so zugerichtet hatte, dass er nicht mal mehr aufstehen konnte, sondern nur noch mit den Armen zuckte.

Sie musste sich entscheiden. Nie hatte sie erwartet, mit dem kranken Abtrünnigen so klar sprechen zu können. Sie hatte ein Biest erwartet, das sie sofort anfallen würde, ohne Plan.

Aber natürlich hatte er einen Plan. Er hatte all dies in die Wege geleitet, und sie konnte nun endlich die Wahrheit und die Gründe erfahren.

Oder sie konnte ihren Bruder retten.

Wie um sie zu verhöhnen, drehte sich der Abtrünnige endlich um und breitete die langen dunklen Arme beinahe freundschaftlich aus.

„Ich muss dir danken, Zayda. Deine Teleportation hat mich wach gerüttelt und aus meinen Träumen gerissen. So lange ist es her ... und dann spürte ich die Wut deines Bruders. Einfach köstlich."

Er stieß einmal prüfend mit dem Stiefel an Djarks Bein, doch der gab nur ein gurgelndes Geräusch von sich, das Blut aus seinem Mundwinkel laufen ließ. Zayda zitterte, ballte die Hände zu Fäusten und musste sich zurückhalten, dem Abtrünnigen nicht jetzt schon das Genick zu brechen. Noch hatte sie keine Antworten und konnte absolut nicht einschätzen, wie stark er war. Wenn er es tatsächlich geschafft hatte, trotz seiner düsteren Ausstrahlung all die Jahre unbemerkt zu bleiben, musste er ein talentierter Magier sein, den sie nicht unterschätzen durfte.

Unglaublich, was für eine selbstgefällige Zufriedenheit ein Mann allein durch seine Haltung ausdrücken konnte. Doch als er sich endlich die Kapuze seines zerrissenen Mantels vom Kopf zog, war dieses Gefühl auch in sein verunstaltetes Gesicht geschrieben.

Sein Kinn, Nase und Augenpartie sahen aus wie schwarz verkohltes Leder. Als er den Mund öffnete, hatte er deutliche Schmerzen, lächelte aber nichtsdestotrotz. Dann zogen sich die Wangenmuskeln zusammen, und ein Teil des Kieferknochens wurde sichtbar.

Das Haar war ihm entweder ausgefallen, oder er hatte seinen Schädel rasiert, denn er hatte eine Glatze. Auch hier war die Haut teils dunkel vernarbt – und über den Rest zog sich ein Netz aus schwarzen Adern.

Der Anblick brach eine Lawine in ihrem Inneren los. Fassungslosigkeit, Wut und Enttäuschung, dass sie nicht den vor sich hatte, den sie suchte.

Das Gesicht war anders, als sie es in Erinnerung hatte. Eigentlich kaum wiederzuerkennen.

Doch diesen hasserfüllten Blick hatte sie in mehr als einer Übungsstunde auf sich gefühlt. Ihr Körper wollte wanken und zurückweichen, doch sie hielt ihn mit Magie an Ort und Stelle.

Joreks Augen waren noch immer so rot unterlaufen wie damals, als sie ihn auf der Bahre in einem anderen Teil der Kanalisation gefunden hatte.

„Ihr … ihr wart nicht zufällig Drillinge?", fragte sie leise.

Sein dunkles, rauchiges Lachen erfüllte den Raum und übertönte das ächzende Stöhnen seines blutenden Opfers.

Konnte eine Situation noch absurder werden? Konnte noch jemand überraschend aus den Schatten treten? Zayda war sich sicher, dass Rupicapra gerade in Siad über sie lachte.

Die Dunkelheit hatte sie nicht nur gefunden – sie hatte sich jahrelang in ihrem Schatten gehalten und nur darauf gewartet, dass Zayda ihr den Rücken zudrehte.

Das Lachen erstarb so plötzlich, dass die anschließende Stille selbst wie ein Sturm lärmte. Das falsche Grinsen fiel von Joreks Gesicht ab, und etwas dunkler Schleim tropfte von seinen spröden grauen Lippen, während sein Blick durchdringend und düster wurde.

Dieser Kerl war eindeutig verrückt.

„Du hast mich dort zurückgelassen. Du hast mich sterben lassen!"

Ihre Magie zitterte, und diesmal trat sie doch einen Schritt zurück, als diese unerwarteten Worte sie trafen.

„Ich dachte, du seist tot! Du ... du *warst* tot!"

Er ballte seine Klauen zu Fäusten und machte einen Schritt auf sie zu. Gut, vielleicht konnte sie ihn so von Djark weglocken. Es hätte sie nicht überrascht, wenn er ihren malträtierten Bruder weiterhin als Druckmittel benutzt hätte.

Zayda warf einen kurzen prüfenden Blick auf Djark. Sie konnte unmöglich abschätzen, wie schlimm sein Zustand war. Er lebte noch und atmete, baute aber keinen Blickkontakt auf. Sein Gesicht lag so im Schatten der Fackeln, dass sie nicht einmal erkennen konnte, ob er wach war – doch dann brüllte Jorek wieder und forderte ihre volle Aufmerksamkeit.

„Ich war *nicht* tot! Ich habe alles gesehen! *Alles!* Wie du mich betrachtet hast! Dich *gefreut* hast!"

„Ich habe mich nicht gefreut."

Wieder machte er einen Schritt auf sie zu, schlug mit einer wilden Geste durch die Luft, nutzte aber noch keine Magie.

„*Lüg nicht!* Lüg mich nicht an!"

Würde ich mich ergeben, wenn Jorek drohen würde, Djark vor meinen Augen umzubringen? Er ist noch nah genug dran, könnte es jederzeit tun.

Ein leises, aber bestimmtes Flüstern in ihrem Gewissen gab eine eindeutige Antwort. *Nein.*

Sie musste Jorek also weiter reizen, wenn sie all ihre Ziele erreichen wollte. Sich und Djark wegzuteleportieren, wäre eine Lösung, sobald er weit genug entfernt war. Doch das würde sie nicht tun, bevor sie nicht einige Antworten hatte. Sie musste also weitermachen.

„Du bist aber nicht *alles*, richtig? Du bist nicht der Abtrünnige, solche Fähigkeiten hast du nicht. Du bist nur ein Handlanger, ein Experiment!"

Jorek schnaubte laut. Rauch schien aus seiner halb zerfallenen Nase auszutreten. „Ich bin alles, was du heute an deinem letzten Tag noch zu Gesicht bekommen wirst, Zayda van Dymar."

„Wo ist der Abtrünnige jetzt? Warum hat er dich leben lassen? Hat er dich all die Jahre benutzt?"

Sein Blick flackerte kurz.

„Ich war ein lausiger Magier … nicht vergleichbar mit meinem Bruder."

Er machte eine theatralische Pause, in der Djarks Hand am Boden deutlich zuckte.

„Aber ich bin ein ausgezeichneter Sterbender. Ich bin so gut darin, dass ich schon seit Jahren sterbe und meinen Hass nutze, um die Schwärze im Zaum zu halten. Wenn ich sie nähre, lässt sie mich leben. Gerade so."

Er deutete auf seinen linken Arm, auf dem kein Stück normale Haut mehr übrig war.

„Du hast mir das angetan!"

Als er bemerkte, wie ihr Blick wieder einmal nervös zu ihrem Bruder huschte, wollte er sich wieder dem wehrlosen Krieger am Boden zuwenden.

„Jetzt werde ich dich spüren lassen, wie es ist, einen Bruder zu verlieren."

Zayda konnte das alles kaum verarbeiten. Zu viele Fragen schwirrten in ihrem Kopf – bis sich eine deutlich herauskristallisierte.

Sie brauchte mehr Zeit.

„Du hast recht!"

Er erstarrte in der Bewegung, bevor seine Klaue Djarks Kehle erreicht hatte.

Als er seinen Kopf in ihre Richtung drehte und sie ins Visier nahm, jagte ein kalter Schauer ihren Rücken hinab. Er konnte den Hals viel zu weit drehen.

„Hörst du mich? Du hast recht. Ich habe dich sterben lassen! Ich habe dir in die Augen gesehen und dich verreck...", spie sie ihm verachtungsvoll die glatten Lügen ins Gesicht. Es funktionierte besser, als sie erwartet hatte.

Ein Brüllen entwich seiner Kehle, ließ die Wände wummern und den Staub von den Wänden rieseln.

Etwas an seinem Blick veränderte sich. Djark schien vergessen.

Jorek richtete sich auf, mit rot glühenden Augen, und diesmal drang wirklich Rauch aus seiner Nase.

Sie zog ihren Schutzschild wieder hoch, verdichtete ihn, bis er eine fast sichtbare Schicht zwischen ihnen bildete. Jorek überwand die Distanz zwischen ihnen mit zwei Sprüngen und schlug dagegen.

Als er auf die Magie traf, erkannte sie ihn wirklich nicht wieder.

Eine rasante Wandlung ging mit ihm vor, die sie unmöglich in Worte fassen konnte. Dunkle Schwaden umwogten seinen Körper, der Blasen warf und zischte wie brodelndes Pech.

Als er mit der Faust gegen ihren Schutz schlug, war diese nicht mehr nur krallenbewehrt. Es war eine wahrhaftige Klaue, fast so lang wie ihr Unterarm!

Entsetzlich. Und faszinierend zugleich.

Sie vergaß ihre Angst, sondern beobachtete einfach nur, wie er brüllend gegen ihren Schutz trommelte und abprallte. Doch schon nach einem Moment änderte er seine Taktik; der dunkle Rauch trennte sich von seinem Körper und jagte ihr entgegen.

Sie hatte keine Zeit mehr, seinen deformierten, seltsam gewachsenen Körper zu betrachten. Tatsächlich blieb ihr auch keine Zeit mehr zum Atmen, Ächzen oder Schreien.

Der schwarze Rauch drang durch ihren Schild hindurch wie ein Säbel durch Schilf. Schmerzende Dornen bohrten sich in ihre Schultern, ihre Arme und Hüften, warfen sie durch die Luft und an die Tür.

Sie konnte nicht mehr atmen, sich nicht mehr bewegen. Ein Schrei brannte in ihrer Brust, doch er stieg nicht bis zu ihrer Kehle, da diese von absoluter Schwärze zugedrückt wurde.

Jorek lachte.

Er hielt seine Klauen vor sich ausgestreckt und drückte damit weiter zu, kontrollierte den Rauch, der nun ihren Körper gegen die Holztür pinnte wie einen Steckbrief.

Sie war wie gelähmt, fühlte nur den Schmerz und die kochende, stechende Schwärze, die sich durch ihre Muskeln bohrte.

Als ihre Sicht enger und verschwommen wurde, überkam sie Angst. Die Anzeichen waren zu deutlich. Sie würde die Kontrolle verlieren, das Bewusstsein … würde an diese widerliche, halb verrottete Tür gepresst die Augen schließen und nie wieder öffnen.

Ihre Lider flackerten, als eine neue Welle des Schmerzes auf sie eindrang und ihr die Sicht nahm.

Nein.

Ich habe keine Angst vor der Dunkelheit.

Die Nacht gehört auch mir!

Sie ist ein Teil von mir, seit der Prüfung!

Der Schmerz wurde milder, verschwand dann hinter den ruhigen Wogen der Nacht. Sie konzentrierte sich darauf, einfach nichts mehr von ihrem Körper zu fühlen, außer dem Mal an ihrem Arm.

Es war ihr Anker, ihr Leuchtfeuer.

Sie war nur noch Magie.

Und es war ihr egal, dass diese nicht flüsterte und nicht leuchtete. Sie musste sie nutzen, in dieser absoluten Finsternis.

Als sie die Augen wieder aufschlug, sprangen graue Funken von ihrem Gesicht fort. Sie musste nicht einmal einen Finger bewegen. Ein reiner Gedanke genügte, um einen Streich aus purer Magie als Waffe einzusetzen.

Sie schnitt wie eine mächtige Sense durch die wabernden Verbindungen, die zwischen den Dornen in ihrem Körper und Joreks ausgestreckten Händen bestanden.

Sofort kehrte das Gefühl in ihren Körper zurück, und die Dornen zerfielen. Der Druck, der sie bis eben noch an die Tür gepresst hatte, verschwand, und sie kam wieder auf die Beine. Ihre Knie wollten nachgeben, doch sie erlaubte ihnen nicht, wegzuknicken.

Während Jorek wütend brüllte, lehnte sie kurz an dem Holz und registrierte verbissen, dass es wohl deshalb so rutschig wirkte, weil es blutverschmiert war.

Zayda hielt sich den linken Arm, von dem Blut und schwarze Flüssigkeit tropften; sofort spürte sie, wie das Mal seine Arbeit verrichtete. Heilende Funken jagten durch ihren Körper und nahmen den Kampf gegen die unzähligen kleinen Stichwunden auf.

Jorek gab ein wütendes Zischen von sich und ging wieder in Angriffsposition.

Nur mit Mühe konnte sie seinem nächsten Hieb ausweichen, als erneut schwarzer Rauch auf sie eindringen wollte. Alles schmerzte, doch sie blendete es einfach aus und baute diesmal einen stärkeren Schutzschild auf, in den seine Magie aber wieder eindrang, als wäre er Butter.

Fluchend packte sie die Wand neben sich mit ihrer Magie, erzeugte ein temporäres Portal und ließ einen Schwall aus Mauerwerk und großen Gesteinsbrocken auf ihn einprasseln, die sie durch den Raum teleportierte.

Jorek brüllte, als der Schutt ihn unter sich begrub. Dann war es still.

Zayda stand schwer atmend vor einem Berg aus Steinen und Staub und setzte sofort einen Teil ihrer Magie dafür ein, die restlichen Wunden zu schließen. Wenn sie eines in dieser völlig verrückten Lage nicht noch einmal gebrauchen konnte, dann Ohnmachtsanfälle.

„Was war das denn?", fragte sie in die Stille des Raumes hinein. Bis ein Knirschen ihre Aufmerksamkeit auf sich zog.

Zu früh gefreut.

Der Schutt regte sich, langsam wurden die größten Brocken in die Höhe gestemmt und rollten zur Seite. Jorek erhob sich daraus, als lägen nur ein paar Lumpen auf seinem Rücken. Nicht mal einen Kratzer wies er auf!

Auf einmal traf Zayda die Wucht der Erkenntnis.

Was sie da vor sich hatte, war nicht länger der Junge aus ihrer Schule, der gemeinsam mit seinem Bruder ein Versteckspiel aufrechterhalten hatte, das sie nicht verstand. Er war auch kein Opfer eines verrückten Magiers. Was sie da sah, war die Vorstufe einer Verwandlung, die sie so nur in sehr alten Büchern gefunden hatte.

Jorek wurde zu einem Gafarg. Zu einer Mischung aus Mensch und mutiertem Biest, das in seiner endgültigen Form einer riesigen Ratte ähneln würde – gesteuert und angetrieben von schwarzer Magie.

Das, was von dem jungen Mann übrig war, erhob sich schnaubend und sah sich dann suchend im stauberfüllten Raum um. Mit einem wütenden Knurren packte er einen großen Brocken und schleuderte ihn in ihre Richtung.

Zayda wich ihm aus, und der Stein zerplatzte an der Wand hinter ihr, wobei er einen Schauer von Splittern über ihren Rücken niedergehen ließ.

Joreks rohe Stärke war beeindruckend. Er war sehr stark, obwohl er seine magische Ausbildung faktisch mit fünfzehn ungewollt abgebrochen hatte. Nicht nur das, er hatte weder eine Prüfung der Hüter bestanden noch ein magisches Mal in seiner Haut eingebrannt.

Dafür nutzte er schwarze Magie.

Sie hatte keine Chance gegen ihn, wenn es auf die Ausdauer ankam. Selbst wenn sie jetzt floh, war sie sich absolut sicher, dass er ihr überallhin folgen würde.

Er war besessen.

Doch er war auch krank, das durfte sie nicht vergessen. Diese Krankheit würde ihn über kurz oder lang auslöschen. Wenn er es nicht vollbrachte, eine Art Gleichgewicht mit der dunklen Magie zu finden und seine Form als Mutant, als Gafarg aufrechtzuerhalten, würde sich das schwarze Zeug gegen ihn selbst wenden. Und sie sollte besser dafür sorgen, dass das bald geschah.

Wieder warf er einen Stein, dann sprang er hinterher und schlug mit der ausgestreckten Klaue nach ihr. Sie drehte sich, nutzte seine Bewegung gegen ihn und trat seine Krallen weg, bevor er ihre Schulter erreichen konnte.

Er lachte. Auch wenn er nicht mehr sprach, wusste sie doch, dass er sich absolut überlegen fühlte. Er würde es auch bleiben, wenn sie nichts unternahm, wenn sie ihn nicht zum Stolpern brachte.

Einer Eingebung folgend, hob sie herausfordernd die Hand. Es würde nur Wut gegen ihn helfen!

„Ist das alles?", schrie sie ihm entgegen und registrierte sofort das Flattern an seinen schwarzen Nasenflügeln.

„Erbärmlich."

Wieder sprang er auf sie zu, doch diesmal war sie schnell genug, wich seinem Schlag und auch den dunklen, klebrig wirkenden Rauchschwaden aus.

Er war noch immer ein Mensch und hatte einen Rest an Emotionen.

„Du bist schwach! Eine Schande!", reizte sie ihn weiter und stockte kurz, bevor ihre Stimme eiskalt und ganz klar wurde. „Dein Bruder ist nur deinetwegen gestorben, du Versager."

Sein hasserfülltes Brüllen klang nicht mehr menschlich. Die Klauen gruben sich mühelos in den Steinuntergrund, als er wieder zum Sprung ansetzte – und erzitterte.

Nun geschah das, worauf sie spekuliert hatte.

Jorek verlor die Kontrolle.

Sein Körper zuckte, als pure Dunkelheit über ihn hinwegrollte wie Wellen auf einem stürmischen See. Die deformierten Arme und Beine voll dunkler Striemen knickten weg und hielten seinen Rumpf nicht mehr.

Die schwarze Magie fraß sich durch seine Knochen und ließ ihn zucken wie ein waidwundes Tier.

Er brach zusammen, schrie gellend auf, schlug verzweifelt und wütend um sich – doch je mächtiger der Hass in ihm wurde, desto deutlicher schritt der Verfall voran. Schwarze Schwaden drangen aus seinem Inneren hervor, wandten sich aber nicht mehr gegen Zayda, sondern gegen ihren Verursacher und Wirt.

Ein Gnadenstoß ihres Dolchs hätte es beendet, doch wie sie so über dem schwer atmenden, langsam sterbenden Zwilling stand, verspürte sie weder Wut noch Mitleid.

Sondern Eifer.

Wenn er jetzt starb, würde sie nie erfahren, wer Kielle das angetan hatte. Wer sie und die Brüder und unzählige andere gefangen und mit dieser magischen Krankheit verpestet hatte. Sie würde nie erfahren, wie Jorek diese Krankheit so lange hatte überleben können. Es widersprach allem, was sie in ihren Studien über Heilung und Krankheiten und schwarze Magie erfahren hatte. Und das war einfach nie genug gewesen.

Sie musste alles wissen!

Einfach alles!

Mit rasendem Herzen und pfeifendem Atem lehnte sie sich über Jorek, wühlte sich durch den dicken schwarzen Rauch und packte seinen Kopf.

Ohne weiter darüber nachzudenken, jagte die Magie durch ihre Muskeln auf ihn zu, überwand die schwarze Barriere seines Verstands und tauchte darin ein.

Ein dunkles Meer aus tosenden Bildern erwartete sie.

Wer ist der Abtrünnige?

Ihre Stimme hallte in seinem Kopf wider, doch es kam keine Antwort. Ein dunkles Brummen erfüllte Joreks aufgewühlten Schädel, und sie konnte sehen, wie mehr und mehr Erinnerungen von schwarzem Nebel zerfressen wurden und für immer verschwanden.

Sie hatte nicht mehr viel Zeit.

Wer ist er?

Wieder nur flackernde Bilder. Dunkle Gassen, Kanäle ... Jelak als Kind. Wie sie lachen und sich prügeln, wie sie die Plätze wechseln, Wissen tauschen.

Nicht Jelak! Der Abtrünnige!

Sie dachte mit aller Intensität an den Unbekannten, an den Schatten, der sie vor Jahren in ihren Träumen verfolgt und gerufen hatte.

Ihn will ich!

Ein Schatten tauchte in den Bildern auf. Ab diesem Moment waren Joreks Erinnerungen von Schmerz und Dunkelheit erfüllt. Er wurde durch Kanäle gezogen, lag festgeschnallt auf einem Bett ... Zayda konnte nicht mehr wegsehen, sich dem immer schnelleren Strom nicht entziehen.

Jorek schrie! Er bettelte, flehte ... und irgendwann schwieg er.

Die Gestalt im Mantel trat zu ihm, doch Zayda konnte das verdammte Gesicht nicht erkennen!

Bevor Jorek es ihr endlich zeigen konnte, fraßen sich schwarze Nebelschwaden durch das Bild – und es war fort.

Sie musste schneller sein! Raste vorwärts, presste weitere Magie in seinen Kopf und ignorierte die Schmerzen in ihrem Körper, zu denen sich nun das typische Taubheitsgefühl gesellte, das von absolutem Magiemangel hervorgerufen wurde. Etwas, das sie schon lange nicht mehr wahrgenommen hatte – doch jetzt musste sie da durch.

Hör auf, ihn zu verstecken!

Jorek wand sich unter ihr, wimmerte leise, doch sie sah es nicht. Wollte es nicht sehen.

Alles war so verworren! Immer wieder tauchte diese verdammte Gestalt mit Kapuze auf. Doch etwas hatte sich geändert. Er fügte Jorek keine Schmerzen mehr zu. Auf einmal sah sie das Ganze aus seinen Augen, steckte in einem Käfig. Es sah aus wie einer aus dem Nachbarraum. Der Abtrünnige schleifte einen Körper über den Boden. Später einen weiteren und noch einen dritten. Zayda hatte das Gefühl, dass viel Zeit dazwischen verging – oder auch keine. Der Geruch von Verwesung schwappte ihr entgegen, dann packte jemand ihren Arm.

Nein, Joreks Arm.

Sie konnte nichts sehen, weil die Schmerzen Tränen in seine Augen trieben. Ein Hunger hatte sich in seinem Inneren festgefressen, der ihn in den Wahnsinn trieb. Er wollte Magie! Wollte immer mehr – und der Mann in der Kapuze gab sie ihm.

Zayda stutzte, als sie spürte, wie Joreks Leiden gelindert wurden. Sein Peiniger gab ihm Magie als Nahrung!

Gerade als Jorek sich besser fühlte und den Kopf wieder anheben konnte, verschwamm das Bild erneut, und Zayda fluchte.

Verdammt, zeig mir sein Gesicht!

Das Bild flackerte und wurde dunkel.

Die Schwärze würde siegen. Sie würde ihr die Informationen stehlen, die sie am allermeisten herbeisehnte.

Sie nahm alles, was sie kriegen konnte, sog die Erinnerungen und Gefühle auf, auch alles, was schwarz verpestet war.

Joreks Geist zuckte, bäumte sich auf.

Als die Schwärze sie in die Tiefe zu ziehen drohte, ließ sie los und kämpfte sich zurück an die Oberfläche. Eine Weile war da nichts. Nur die Stille der ewigen Nacht.

Ein Trommeln erfüllte die Dunkelheit, ein unregelmäßiges Geräusch, schwächer und leiser werdend – bis es erstarb.

Zayda schlug keuchend die Augen auf und starrte auf das Gesicht zwischen ihren Händen.

Erstaunlicherweise sah er fast wieder aus wie damals in der Schule, als sie ihm zum ersten Mal begegnet war. Oder Jelak. So oder so: Die Schwärze hatte ihn verlassen. Er atmete nicht mehr, sein Herz war stehen geblieben, und die schwarz verfärbte Haut wurde grau, ähnelte mehr und mehr der grauen Asche eines kalten Lagerfeuers.

Zayda stand auf und atmete einmal tief durch.

Der Raum stank nach Rauch, Zerstörung und Blut, doch sie hatte nie etwas Besseres in ihre Lungen gezogen.

Sie blickte auf den Toten hinab und hätte wütend sein müssen, fühlte aber nur eine dunkle Ruhe. Er hatte ihr alles gegeben, was er noch an Wissen und Verstand in sich getragen hatte.

Du belügst dich selbst ..., flüsterte ihre Magie in ihrem Hinterkopf. *Du darfst wütend sein! Er hat dir die Antworten verwehrt! Hat dir* gar nichts *gesagt!*

Zayda ballte die Fäuste, atmete noch einmal tief durch. All die Informationen von Jorek ergaben vielleicht noch kein klares Bild, doch sie erzeugten ein Wissen, wie sie es nicht für möglich gehalten hatte. Seine Erfahrungen waren jetzt Teil von ihr und würden ihr nützen.

Sie wandte sich von dem Leichnam ab, kletterte über den Schutthaufen in der Mitte des Raumes und bemerkte erst jetzt, dass die Fackeln durch den Kampf lange erloschen waren und sie nur mithilfe ihrer Magie etwas sehen konnte.

Mit einem Schnipsen entzündete sie beide wieder und betrachtete dann das Ausmaß von Joreks Zerstörungswut.

Djark lag noch immer zusammengesunken an der Wand gegenüber. Als sie näher trat, zuckten seine Finger leicht. Er hörte sie also noch – aber sehen konnte er sie nicht. Wo einmal seine Augen gewesen waren, befand sich eine dunkle Masse aus Blut und schwarzem Schleim.

Jorek hatte ihm mit seinen Krallen die Brust aufgeschlitzt, und an der Art, wie seine Beine vom Körper abgewinkelt lagen, vermutete sie, dass er ihm schon bei ihrer Begegnung irgendwo in der Stadt das Rückgrat gebrochen hatte.

Ansonsten hätte Djark sich sicherlich nicht wehrlos in den Untergrund schleifen lassen, um als Lockmittel zu dienen.

Der gereizte Abmarsch aus dem Anwesen bei ihrer Ankunft war sein Todesurteil gewesen.

Vermutlich hatte er sich betrunken und in Rage geredet über seine kleine verhasste Schwester – und hatte Jorek damit angezogen wie ein Leuchtfeuer.

Vorsichtig kniete sie vor ihrem Bruder nieder und ließ die Erkenntnis, dass er mehr tot als lebendig war, auf sich wirken. Ihr Kopf schwirrte noch viel zu sehr von dem Kampf, um so etwas wie Trauer empfinden zu können.

Während sich ihr Herzschlag rasch wieder einer gesunden Ruhe annäherte, setzte der rationale Teil ihres Verstands ein.

Selbst wenn sie Djarks offene Wunden heilte, würde er nie wieder richtig gehen und nie mehr sehen können.

Sie legte eine Hand auf seine Wange und schüttelte leicht den Kopf.

Nein. Wie sollte man derart zerstörte Augen wiederherstellen? Nein, es war unmöglich.

Seine Chancen auf Vaters Thron sind vernichtet. Wenn er überlebt, wird er dahinsiechen und mich für immer hassen.

Ihn leiden zu lassen, kam auch nicht infrage.

Im Grunde bleibt dir keine Wahl. Du tust allen einen Gefallen, auch Zeruk und Darzir. Sie haben ab jetzt einen Kontrahenten weniger.

Djark zuckte unter ihrer Hand, gab ein Ächzen von sich, das Blutblasen auf seinen Lippen zerplatzen ließ. Zayda wollte gerade ihre Finger wegziehen, als seine Gedanken zu ihr durchdrangen.

Lass mich ...

Zayda ließ pure Magie in seinen Kopf strömen und gab ihm eine tiefe Ruhe, die bald seinen Geist erfüllte. Dann tauchte sie hinein in seinen Verstand, in dem sie ein Meer aus Wissen erwartete.

Er versuchte es erneut.

Lass mich nicht ...

Ihr Kopf dröhnte, wollte platzen. Rauschende Eindrücke und Gerüche, Geräusche ... Erinnerungen an ihre Kindheit, aber aus der Perspektive ihres Bruders. Nächtliche Ausflüge mit Zeruk und Darzir, wilde Ritte und dann der Ritualtag ... sein erster Mord an einer alten Sklavin, seine Euphorie und seine Enttäuschung über Zaydas Intrige.

Sie schüttelte sich, und die Bilder wechselten, wurden zu unzähligen Übungsstunden im Kämpfen mit Axt, Schwert, Schild und Speer ... wurden zu politischen Diskussionen, zu Geschichtsstunden, die sich nur um Kriegsstrategien und Taktik drehten.

All die Dinge, die sie so sehr herbeigesehnt hatte. Auf die sie hatte verzichten müssen, um ihre Magie zu fördern.

Sie nahm alles in sich auf.

Dann wurde sein letzter Gedanke klar.

Lass mich nicht sterben.

Zayda zog ihre Magie zurück und spürte, wie sie nichts als Leere zurückließ.

Ich kann dir dein Leben nicht zurückgeben. Aber keine Sorge. Du wirst in mir weiterleben.

Seine Muskeln verkrampften sich in einem letzten Akt der Rebellion, dann entspannten sie sich, und er atmete befreit aus.

Djark war tot.

Sie stand auf, machte einen stolpernden Schritt rückwärts und starrte auf ihre blutverschmierten Hände, über die sich noch Striemen aus schwarzem Schleim zogen.

Ob das Zeug von Jorek oder Djark stammte, konnte sie nicht sagen – aber es steckte tief in ihrer Haut.

So wie sein Hass.

„Was habe ich getan?"

Zayda wollte sich abwenden, wollte fort.

Aber sie konnte ihren Bruder auch nicht einfach hier liegen lassen. Man würde nach ihm suchen, man würde ihn finden und Fragen stellen.

Besser sie entschied, welche Antworten es geben würde.

Sie atmete tief durch und entspannte dabei ihre verkrampften Hände. Ihre Knöchel waren weiß hervorgetreten und schmerzten, von magischen und echten Schlägen.

Ein weiterer langer Atemzug, den sie in ihrem Bauch festhielt. Allmählich hörten ihre Knie und Arme auf zu zittern, und das Brüllen in ihrem Kopf ließ nach, ging in ein erträgliches Rauschen über. Noch einmal atmen, dann verklang auch das Rauschen, und sie schloss all die Erfahrungen, die sie von diesen beiden so vollkommen unterschiedlichen Seelen aufgenommen hatte, in ihrem Inneren weg.

Für später, wenn sie nützlich sein würden.

Mit bebenden Lippen sog sie die Ruhe und den Rauch in sich ein, klärte ihre Gedanken und genoss die absolute Stille, die das unterirdische Verlies nun umgab.

Beim vierten oder fünften Atemzug war ihre Magie wieder weit genug regeneriert, damit die Taubheit aus ihren Gliedern verschwand und sie ihren Fokus ausstrecken konnte.

Vorsichtig sandte sie ihre Funken aus, die sich so still ausbreiteten, wie sie sich fühlte. Während sie ihre Magie auf ein kleines

Portal fokussierte, schritt sie zur Leiche ihres Bruders und zog ihn am Kragen in die Höhe.

Der nächste Atemzug löste das widerliche Verlies mit seinen Käfigen und verrottenden Leichen von einstigen Opfern, die in einem weiteren Käfig gelegen hatten, endgültig auf.

Nur einen Wimpernschlag später prallte ihre verschwommene Welt aus Grau und Rot gegen den lächerlichen Schutz der Berater. Die Magier ihres Vaters waren nicht auf der Hut, ruhten nur und wurden von ihrem plötzlichen Auftauchen überrumpelt.

Sie brach durch die abwehrende Schicht hindurch und manifestierte sich in der großen Halle, auf Höhe der Treppe.

Langsam … ganz langsam entspannte sie ihre Muskeln am Oberarm und neigte sich seitlich, um Djark möglichst sanft zu Boden sinken zu lassen.

Die Art, wie er leblos zusammensackte und sein Kopf zur Seite fiel, ließ für alle Anwesenden im Saal keine Zweifel offen.

„Nein! *Nein!*"

Den Kopf zu heben, fiel auf einmal so schwer, obwohl sich hastige, wankende Schritte näherten.

Die Ohrfeige kam so unerwartet und hart, dass sie sie nicht abwehrte. Ihre Magie warnte sie zwar irgendwo in ihrem Hinterkopf über eine drohende Gefahr … doch sie verhinderte sie nicht.

Der Schmerz auf ihrer Haut drang ohnehin nicht wirklich zu ihrem Inneren durch.

Vor ihren Augen sah sie noch immer Jorek und spürte die Wut darüber, dass er sein Geheimnis mit ins Grab genommen hatte.

Langsam senkte sie ihren Blick wieder auf den Boden, auf ihren toten Bruder.

Sie kannte nun all seine Geheimnisse – und sie waren bei ihr gut aufgehoben.

„Zayda!"

Der schrille Schrei war das Erste, was wieder richtig zu ihr durchdrang.

„Was ist geschehen? Zayda!"

„Der Abtrünnige …"

„Was? *Was?*"

Zayda zuckte zusammen und spürte das erste Mal so etwas wie Trauer, als sie die unterdrückten Tränen in den Augen ihrer Mutter sah.

Sie trat einen Schritt zurück, machte Leryda Platz, damit sie zu ihrem toten Sohn treten konnte, doch wider Erwarten tat die Frau des Herrschers nichts dergleichen. Vielleicht hatte sie sich auch schon vergewissert, dass Djark tot war. Vielleicht konnte sie es auch schlichtweg spüren.

Sagte man das nicht? Dass Mütter es spüren würden, wenn ihren Kindern etwas zustieß? Eine Sache, die Zayda kein bisschen nachvollziehen konnte und die so absolut nicht zu ihrer unnahbaren Mutter passen wollte.

Während sie noch wartete, erstarrt in dieser überwältigenden Flut aus schockierenden Erkenntnissen, erfüllte ein Wehklagen die Luft. Sebila.

Die Dienerin, nein, die *Amme* … wankte die Treppe hinab und stürzte neben Djarks Körper zu Boden. Tränen rannen über ihre Wangen, ihre Hände zitterten, und ihr Schluchzen klang so jammervoll, dass ihr sicherlich auch der Rotz aus der Nase lief.

Zayda wusste, sie hätte sie verachten und auf sie herabblicken müssen, da sie derartig offen Schwäche zeigte, doch stattdessen erfüllte nur so etwas Ähnliches wie Mitleid ihre Brust.

Die Amme fühlte den Schmerz, den sie als Schwester nicht mehr zulassen konnte.

Doch da packte ihre Mutter bereits Sebilas Arm und zerrte sie so heftig auf die Beine, dass der Stoff ihrer Tunika laut reißend nachgab.

„Verschwinde! Verschwinde, habe ich gesagt! Wir beklagen unsere Toten nicht so! Nicht einen Krieger … einen …"

Die Stimme ihrer Mutter zitterte gefährlich, dann richtete sie ihren hasserfüllten Blick auf Zayda, während Sebila zurückwich.

„*Du* hast ihn nicht gerettet! Ich habe dir erlaubt, diesen Weg zu beschreiten, der absolut nicht für dich vorgesehen war! Ich habe dich beschützt und fortgeschickt, damit du mit deiner Sturheit Stärke für unsere Familie erlangst, und nun hast du versagt!"

Da packte Zayda eine Wut, die sie zuvor nicht erwartet hatte.

„*Du* bist diejenige, die stets Härte von uns allen erwartet und fordert! Ich habe ihn nicht nur gefunden, ich habe seinen Tod gerächt."

Das schien ihre Mutter tatsächlich zu überraschen.

Zaydas Hand machte eine etwas dramatische, streichende Bewegung durch die Luft, ohne dass sie sich bewusst dazu entschlossen hatte. Weshalb fühlte sie sich so fremd in ihrem eigenen Körper? So frei schwebend, ohne Kontrolle?

„Wie meinst du das?"

„Das Biest, das Djark entführt und so zugerichtet hat, ist tot. Ich habe es vernichtet."

Sie war nicht so einfältig, etwas wie Dankbarkeit zu erwarten. Ihre Mutter war geschockt, auch wenn sie es relativ gut zu verbergen wusste – und sie hatte lange nicht das Wissen über die Situation wie ihre Tochter.

„Ihn? Den Abtrünnigen? Du hast ihn?"

Zayda zögerte, sah auf ihre blutigen Hände hinab, an denen immer noch dunkle Flecken von den Stellen kündeten, an denen Jorek sie mit seiner dunklen Magie durchbohrt hatte.

„Ich weiß es nicht."

„Wie kannst du es nicht wissen? War er es nun oder nicht?", schrie ihre Mutter, und es hätte Zayda nicht überrascht, wenn ihre geballten Hände plötzlich Funken gesprüht hätten.

Sie ließ den Blick möglichst ruhig über die Versammelten gleiten, um sich diesen letzten Moment inmitten ihrer Familie einzuprägen. Ihre zwei verbliebenen Brüder, gleich groß, gleich stark, der eine mit Frau und Kind im Norden, der andere mit seiner schwangeren Verlobten an seiner Seite, die sich völlig unkriegerisch an seinen breiten Arm klammerte.

Ihr Vater. Unerschütterlich in seiner Machtposition – und dennoch bis aufs Mark erschüttert.

Ihre Mutter, bebend und lautlos weinend, die noch nie so alt ausgesehen hatte.

„Du weißt noch immer nicht, wer dahintersteckt, richtig?"

Es klang unendlich anklagend, enttäuscht und hämisch zugleich.

„Ich bin nicht allwissend."

Noch nicht.

In den Gassen

Vor einer Woche hatte Zayda Schlaf als reine Zeitverschwendung betrachtet – jetzt gab er ihr ein angenehmes Gefühl von Ruhe und Ordnung. Jedes Mal, wenn sie die Augen nachts für eine Weile schloss, konnte sie einen Blick auf alte Erinnerungen werfen, die nun ihr gehörten.

Die Tage dazwischen waren in einem Taumel vergangen, den Zayda nur als chaotisch bezeichnen konnte. Alles war nur noch ein Rauschen. Der Tod ihres Bruders, die Befragungen durch ihre Eltern und Izerdan. Dann die Bergung des toten Jorek, der schon bald als der wahre Verursacher für all das Leid in der Stadt bezeichnet wurde – zusammen mit der Kunde, dass die magische Herrschertochter den Abtrünnigen besiegt und vom Bild der geplagten Stadt getilgt hatte.

Während ihr Bruder in altbewährter Zeremonie eingeäschert wurde, verbrachte Zayda einen Tag in der Obhut eines Heilers, und auch Meisterin Cara aus Izerdans Schule kam vorbei, um gemeinsam mit ihr die Wunden zu untersuchen, die sie vom Kampf mit Jorek davongetragen hatte.

Falls sie es im Eifer des Kampfes noch als nichtig abgetan hatte, so war sie rasch eines Besseren belehrt worden.

Nachdem Sebila sich gezwungenermaßen beruhigt und die Familie den ersten Schock überwunden hatte, wäre sie beinahe vor Schmerzen zusammengebrochen und musste sich auf einen der Sessel am Kamin sinken lassen, um sich keine Blöße zu geben.

Erst Zeruk hatte ihre Blässe bemerkt und die Heiler rufen lassen, die vollkommen entsetzt über den Zustand der jungen Frau waren.

Man brachte sie in Izerdans Schule, da ihre Mutter sie nicht im Haus haben wollte – und es gab dort ohnehin die besseren Heiler.

Izerdan war unglaublich wütend, dass sie sich allein auf die Suche nach dem Verlies gemacht hatte, doch Zayda war zu müde, um sich mit ihm zu streiten oder auch nur zu fragen, wo er denn gewesen war.

Was spielte es noch für eine Rolle? Sie hatte Jorek vernichtet, und die Stadt feierte. Jedes Mal, wenn sie in den anschließenden Tagen ihre alte Schule verließ, die ihr unangenehm fremd geworden war, löste sie Jubel und Begeisterung aus. Krieger klopften ihr anerkennend auf die Schultern. Nicht selten bemerkte sie dabei auch begehrliche und äußerst neugierige Blicke, ließ sie jedoch an sich abprallen wie den kühlen Herbstregen, der das Wetter der Stadt dominierte.

Zayda hasste und liebte nichts mehr als diese ungewollte Aufmerksamkeit.

Vielleicht auch deshalb, weil sie ausschließlich mit Izerdan darüber gesprochen hatte, was sich wirklich in diesem Verlies zugetragen hatte.

Dass allerdings weder sie noch er die Verpflichtung verspürten, die Stadt über ihren Irrtum aufzuklären, sprach für sich.

Sie hatte den Abtrünnigen nicht getötet, hatte auch seine Identität nicht enthüllt. Doch nachdem man Joreks Überreste und die übrigen Leichen aus den Käfigen geborgen hatte, brach eine Euphorie aus, die sich wie ein Lauffeuer in der ganzen Stadt verbreitete – und keiner der beiden hatte die Kraft, Tausende von Ratken zu korrigieren.

Sie konnte sich vorstellen, wie Izerdan sich fühlte.

Sein Versagen als oberster Magier von Irfen war nur allzu offensichtlich.

Wenn er gegenüber dem Herrscher oder den Templern zugegeben hätte, dass sein eigener, vor Jahren verschwundener und mutmaßlich gestorbener Schüler in Wahrheit ein äußerst sprunghafter Zwilling gewesen war, von dem einer ohne sein Wissen überlebt und die Stadt tyrannisiert hatte, hätte er auch gleich ins Exil gehen können.

So kamen Zayda und Izerdan darin überein, alles erst einmal so zu lassen und erst dann zu intervenieren, sobald es wieder zu Zwischenfällen kam.

Zayda konnte es insgeheim kaum erwarten. Damit war sie wohl die Einzige im ganzen Land, die hoffte, dass der Abtrünnige erneut zuschlug – damit sie endlich wieder seine Spur aufnehmen konnte. Ihn nicht gefunden zu haben, erfüllte sie mit einer Frustration, die kaum zu ertragen war.

Jetzt erhob sie sich seufzend aus ihrem alten Bett und ignorierte die stechenden Schmerzen, die manchmal noch unerwartet durch ihren Körper jagten. Auch wenn alle Wunden schon lange wieder verheilt waren, blieben doch die Schmerzen ... und kleine schwarze Narben überall dort, wo Joreks Magie sie durchbohrt hatte.

Jorek.

Noch immer fiel es ihr schwer, das Vorgefallene vollständig zu begreifen. All die Jahre war sie felsenfest überzeugt gewesen, dass beide Zwillinge tot waren. Dabei waren sie Opfer eines Verrückten geworden, der sie für grauenhafte Versuche benutzt hatte. Selbst nach nächtelangen Nachforschungen in ihren Träumen konnte Zayda auch nicht ansatzweise begreifen, welche Pläne der Abtrünnige verfolgte.

Auch Izerdan steckte der Schock tief in den Knochen. Er zog sich zurück, verschwand manchmal stundenlang, ohne dass sie fühlen konnte, wo er sich befand. So wie sie ihn einschätzte, hing ein besonders wirksamer Absorber zum vollständigen Abschirmen seiner Magie an einer Kette um seinen Hals, während er die unterirdischen Gänge und Katakomben durchstreifte, um weitere Hinweise zu finden.

Niemand hätte mehr unter einer Enthüllung der Wahrheit zu leiden als er. Sie würden vielleicht sogar seine Schule schließen, wenn das herauskam. In den Augen aller war die schwarze Leiche im Verlies der Unbekannte, während Jorek weiterhin neben seinem Bruder in einem Grab bestattet war.

Weder Zayda noch ihr alter Meister sprachen es aus, aber sie wusste, dass sie beide heimlich dasselbe dachten: Sie hatte ihn mit diesem Wissen endgültig in der Hand.

Zayda zog sich in die Bibliothek zurück, zu der Izerdan ihr nach ihrer Rückkehr uneingeschränkten Zugang gewährt hatte, und blätterte wahllos durch alte Pergamente.

Sie fühlte sich rastlos, ziellos ... zeitlos.

Bis sie einen sanften Gedanken wahrnahm. Zeruk!

Sofort griff sie mit ihrer Magie zu, um das Band zu stärken. Ihr Herz begann zu trommeln, und das Papier in ihrer Hand zitterte deutlich, als sie sich an die Schreie in ihrem Kopf erinnerte. Wieder blitzte das schreckliche Angstbild in ihr auf, dass ihr liebster Bruder als Nächster an der Reihe sein könnte.

Doch als sie die magische Gedankenverbindung aufgebaut hatte, wirkte er gefasst.

Zayda. Gut, dass du mich bemerkt hast.

Sie wollte etwas erwidern, spürte dann aber plötzlich eine Schwäche in ihren Knien, die ihr absolut gar nicht gefiel. Erst da wurde ihr bewusst, wie anstrengend die Verbindung zu ihm auf einmal war!

Du ... du bist nicht im Anwesen.

Zeruk stockte.

Nein. Nein, ich bin ... Ich musste zurück nach Mazmorra. Es gab Unruhen in den Minen, für die meine Truppen zuständig sind. Piora und ich sind vor zwei Tagen mit einem Transportbilur aufgebrochen. Auch Darzir musste wieder zurück nach Skir und Bericht erstatten ...

Jetzt war es Zayda, die überrascht den Atem anhielt.

Dass er sich nicht verabschiedet hatte, sprach für sich. Vermutlich hatte er Angst vor ihr.

Sein weiteres Zögern entging ihr nicht.

Schwester ... ich muss dir noch etwas sagen. Bevor du das nächste Mal nach Hause gehst.

Sofort spürte Zayda, wie ihr Körper auf die Anspannung in seinen Gedanken reagierte.

Was ist los?

Es geht um ... Sebila. Darzir hat auf Mutters Anraten seine Frau und seinen Sohn nach Irfen teleportieren lassen. Sie wurden von einem Heiler gebracht und sollen sich hier in Ruhe erholen ... Mutter will wohl die neue Familie nah bei sich haben, nach dem, was mit Djark geschehen ist. Wart nur ab, bis ich Darzir das nächste Mal sehe und mich über ihn lustig machen kann ...

Er zögerte wieder.

Allmählich wurde Zayda ungehalten. *Und?*

Mutter hat eine neue Amme für Darzirs Sohn ausgesucht. Sebila wird nicht mehr da sein.

Eisige Kälte breitete sich in Zaydas Brust aus.

Ist sie tot?, dachte sie und war fast froh, es nicht aussprechen zu müssen. Die Frage wäre ihr nicht über die Lippen gegangen ... doch sie zu denken, war leichter.

Ich weiß es nicht, Schwesterchen. Tut mir leid. Mutter hat mir nur gesagt, dass sie Sebila aus ihren Diensten entlassen hat. Was das bedeutet ... tja. Ich dachte nur, du würdest es wissen wollen, immerhin war sie unsere Amme.

Sie war für mich viel mehr als das, erwiderte Zayda bitter und verabschiedete sich rasch von ihrem Bruder.

Als sie mit ihren Gedanken wieder allein war, schwenkte ihre Fassungslosigkeit in Wut um. Das war pure Bosheit, die ihre Mutter dazu trieb.

Zayda atmete tief durch, aktivierte ihre Funken und richtete einen konzentrierten Strahl auf das Anwesen ihrer Familie.

Die goldenen Blitze hinterließen fein tänzelnde Linien auf den gewachsten Dielen und polierten Schränken, als sie mit einem mächtigen Donnern im Arbeitszimmer ihrer Mutter auftauchte.

Leryda schrie nicht auf, wie ihre Tochter insgeheim gehofft hatte, sondern blieb gefasst und behielt die Kontrolle. Lediglich das Pergament, das sie soeben noch beschrieben hatte, zeigte einen ungewollten Tintenstrich.

„Zayda, was tust du hier?"

Sie erhob sich elegant aus dem Sessel und kam um den großen Tisch auf sie zu.

Das Gesicht ihrer Mutter brachte augenblicklich die Wut zurück, und ihre Magie ließ die Pergamentstapel auf dem großen Eichentisch zittern.

„Wo ist sie?"

„Wen meinst du?"

„Sebila! Wo ist sie?"

Der Blick ihrer Mutter wurde hart.

„Sie wurde alt, Zayda."

„Das ist doch Schwachsinn! Sie kann gerade mal … fünfzig gewesen sein! Du willst mich wegen Djark bestrafen!", schrie ihre Tochter und ballte die Fäuste. Die Papierbögen auf dem Schreibtisch flatterten jetzt bedrohlich, manche rutschten schon vom Holz und segelten zu Boden.

Ihre Mutter seufzte, als habe sie es mit einer Begriffsstutzigen zu tun.

„Was für ein Tag ist heute?"

„Was soll diese Fra…", setzte Zayda an, stockte aber, als sie den hasserfüllten Unterton bemerkte, der in der Stimme ihrer Mutter mitschwang.

Der versteckte Hauch eines Lächelns auf ihren Lippen sprach Bände, und ein klarer Gedanke sprang ihr entgegen.

„Nein!", rief sie fassungslos. „Mutter, du hast doch nicht …"

„Ich habe getan, was nötig war, um in meinem Haus wieder für Ruhe zu sorgen."

„Du hast sie zum Ritual geschickt! *Du* …"

„Hüte deine Zunge! Ich bin deine Mutter."

Zayda starrte ihre Mutter eiskalt an.

„Nicht mehr."

Ihre Mutter holte aus, doch sie kam nicht dazu, ihrer Tochter eine Ohrfeige zu verpassen.

Die Luft zwischen ihnen wirbelte dröhnend auf und warf Leryda rückwärts gegen den Eichentisch. Die Ratke schrie vor Überraschung, als hinter ihr ein Meer aus Blättern durch den Raum fegte und sie sich an die dicke Tischplatte klammerte, um nicht zu Boden zu rutschen.

Zayda konnte sehen, dass ihr der Rücken schmerzte. Das Gefühl leuchtete in ihrem Bewusstsein hell auf – und es war äußerst befriedigend.

„Du wagst es …"

„Sei froh, dass ich dir nicht den Kopf verbrenne", zischte Zayda mit zusammengepressten Zähnen. „Diese Tradition hat nämlich heute auch Jahrestag!"

Ihre Mutter erbleichte, doch Zayda wartete keine Erwiderungen mehr ab. Sie sammelte ihre Kräfte und erzeugte einen kleineren Riss, der sie aus dem verfluchten Anwesen brachte.

Direkt in den rauschenden Herbstregen.

Zayda wusste, dass es verboten war, die Gassen während des Rituals zu betreten, doch es hätte ihr nicht gleichgültiger sein können. Die Anwärter sollten auf sich allein gestellt sein, sollten erfahren, was es hieß, eigene Verantwortung zu tragen und den Mut zu finden, um ein Ziel zu erreichen. Wer dazu nicht fähig war, lernte ebenfalls eine wertvolle Lektion über sich selbst – und Erwachsene hätten diesen Prozess des Reifens nur gestört.

All das war ihren Brüdern schon eingebläut worden, während sie es heimlich wie ein Schwamm aufsog und verinnerlichte.

Jetzt atmete sie die regenschwangere Luft ein und streckte ihre Sinne aus.

Sieben Jahre war sie nicht mehr hier gewesen, doch es hatte sich kaum etwas verändert.

Die Gassen waren noch immer dunkel und eng, standen voller Waren und Fässer.

Es roch anders, aber damals bei ihrer Erprobung hatte auch die Sonne geschienen.

Heute machte der Herbst seinem Namen alle Ehre und ließ das Wasser auf die Gassen los, wie die Jungen auf die Sklaven losgelassen wurden.

Das Prasseln übertönte vorerst alle Geräusche. Innerhalb weniger Atemzüge hatte der Regen sie bis auf die Haut durchweicht.

Fluchend lege Zayda eine Hand an die Taschen an ihrem Gürtel und umgab das Leder mit einer schützenden Schicht aus Magie, um die darin befindlichen Pergamente zu schützen.

Wie sollte sie Sebila in diesem Unwetter finden?

Zayda sah sich langsam um und versuchte, die Wut auf ihre Mutter vorerst zu verdrängen.

Als ein Junge kurz am Ende der Gasse auftauchte und wieder in der nächsten Straße verschwand, ohne sie zu bemerken, fokussierte sie ihre Magie auf ihn. Sie spürte seine Zielstrebigkeit, seinen sehnlichen Wunsch, in den Gassen erfolgreich zu sein.

Und sie spürte auch seine Angst, leer auszugehen – und dass es dieses Jahr außerordentlich wenig Sklavendaumen zu erbeuten gab. Die Stadt konnte immer weniger entbehren.

Mit wie viel Elan sie sich damals auf diese Aufgabe gestürzt hatte! Nichts hatte ihr Herz mehr begehrt, und jetzt sah sich Sebila neuen Anwärtern gegenüber, die genau diesen Drang in sich verspürten.

Die ihre Amme um jeden Preis finden und töten würden.

Zayda zögerte. War es verrückt, was sie gerade tat? Für eine Dienerin, die faktisch eine Sklavin war, all die Gesetze zu brechen, an die sie selbst seit ihrer Kindheit geglaubt hatte?

Aber sie war jetzt kein Kind mehr. Und sie war nicht nur eine Kriegerin, nicht nur eine Ratke aus Irfen. Nein, sie war eine Magierin, die sich auf dem Weg zu großer Macht befand!

Sie stand über dem Gesetz.

Diese Erkenntnis gab ihr den ausschlaggebenden Ruck.

Zayda eilte vorwärts, sandte ihre Magie in alle Richtungen und blendete das Rauschen des Regens aus, um sich besser auf Geräusche außerhalb der Norm konzentrieren zu können.

Es war schon früher Nachmittag. Wenn überhaupt noch Sklaven in dem Gassenlabyrinth lebten, dann würde sie sie finden. Bevor sie lange suchen konnte, wurde sie schon durch das erste Geräusch abgelenkt. Ein Todesschrei schallte über die Häuser, erstickt und vom Regen gedämpft, doch in ihren Ohren klang er klar und deutlich.

Es war eine männliche Stimme gewesen.

Sie sandte einzelne Funken tastend in alle Richtungen, und schon nach wenigen Häusern tauchten die ersten Schemen in ihrem Bewusstsein auf. Hinter einer Wand zu ihrer Linken kauerte ein alter Mann, ein Stück weiter zu ihrer Rechten beugte sich soeben ein Junge über einen anderen, dessen Leben pulsierend erlosch.

Verbissen suchte Zayda weiter, ignorierte die Anwärter, die jetzt in immer größerer Zahl in ihrer Magie auftauchten. Allerdings erschien es ihr, als wären es dieses Jahr weniger ... bis ihr wieder die Zeit einfiel. Die meisten waren sicherlich schon wieder beim Tempel oder mit schmerzenden Zähnen zurück im Schoß ihrer stolzen Familien.

Die Leichen in den Gassen gaben ihrer Vermutung recht.

Zayda lief weiter, wich einigen herumstreunenden Anwärtern aus, indem sie in einen Hausdurchgang schlüpfte, der in eine andere Straße führte. Der Regen prasselte stetig weiter, und der dunkel verhangene Himmel ließ vermuten, dass er nicht so bald aufhören würde.

Zaydas Gesicht war nun genauso nass wie der Rest von ihr, selbst die Schuhe schmatzten bei jedem Schritt leise, doch ein prüfender Blick an ihren Gürtel zeigte ihr, dass die schützende Magie noch immer aktiv war.

Sie strich sich Tropfen aus den Augen und starrte in die Tiefen eines Kellerabgangs. Es war nicht derselbe wie damals, sie war nicht einmal in der Nähe des kleinen Marktplatzes, dennoch lief ihr ein leichter Schauer den Rücken hinab.

Das ist Irrsinn – sie ist sicherlich schon längst tot.

Doch etwas in Zayda, eine letzte Verbundenheit zu ihrer lange vergangenen Kindheit vielleicht, hielt sie davon ab, diesen Gedanken zu akzeptieren.

Warum habe ich sie nicht gehört? Warum habe ich das nicht vorausgeahnt oder ihre Angst gespürt? Sie müsste doch um Hilfe gerufen haben? Müsste mich um Hilfe angefleht haben!

Der Regen prasselte, gurgelte über die rutschigen Pflastersteine und weichte den gestampften Boden der weniger ausgebauten Gassen auf. Fluchend musste sich Zayda eingestehen, dass sie ihr Zeitgefühl verlor.

Irgendwo in der Ferne hallte wieder ein Schrei, der allerdings nach einer sehr alten Frau klang. Sebila war noch nicht so alt. Und sie hätte sicherlich nicht so jämmerlich geschrien. In Zaydas Vorstellung war sie zu erhaben und würde niemals so erbärmlich plärren.

Vielleicht hatte sie ihren letzten Atemzug aber auch schon längst getan, ihr Leben schon vor Stunden ausgehaucht?

Wie viele Gassen hatte Zayda jetzt bereits abgesucht? Vier oder fünf vielleicht? Und es warteten sicher noch dreißig, bis sie die hohe Mauer mit ihren Toren erreicht hätte, die das Viertel in drei Richtungen abgrenzte.

Ihre Funken tasteten sich weiter, schwirrten unsichtbar die Gemäuer entlang, strichen unbemerkt über den ein oder anderen leblosen Körper oder suchenden Anwärter. Ein paar Jungen in Zaydas Nähe waren jetzt auf dem Rückweg nach oben, zum

Tempelhügel. Mit ihren Trophäen in den blutverschmierten Händen.

Es ist zu spät.

Zayda spürte einen Schmerz in sich aufsteigen, den sie nicht einordnen konnte. Was war das? Die Angst vor einem Verlust, von dessen Möglichkeit sie bis heute nicht einmal gewusst hatte? Irgendwie war Sebila in ihrer Kindheit einfach immer da gewesen. Sie war mit ihnen in das große Anwesen gezogen, als Vater zum Stadtherrn wurde, und hatte sie getröstet, wenn andere überhaupt kein Bedürfnis nach so etwas verspürten.

Die Zeit schien sich ins Endlose zu dehnen, während die einzige Konstante der verdammte prasselnde Regen blieb. Wollte er denn nie wieder aufhören?

Dann entdeckten ihre Funken etwas. Einen Gedanken, ein schlagendes Herz, dessen Rhythmus sie an längst vergangene Kindertage erinnerte.

Ihre Magie raste voraus, wie ein zorniger Schwarm Bienen, der eine Vorhut bildete und jeden ihrer Schritte lenkte.

Sie führten sie in eine Gasse am Rand des Viertels; ihre hintere Seite bildete die hoch aufragende alte Stadtmauer, die den Bezirk abgrenzte.

Dort stand sie. Sebila, in die Enge der Sackgasse getrieben, die Hände schützend vor sich gehalten. Schlammverschmiert und außer Atem von einer langen Flucht, die hier geendet hatte.

Direkt vor ihr lauerte ein Junge, in dessen Hand eine nasse Klinge glänzte.

„Halt!"

Als ihre donnernde Stimme den Regen übertönte, zuckte der Junge heftig zusammen. Wenn man in dieser Situation mit etwas sicher nicht rechnete, war es die magiegetränkte Stimme einer erwachsenen Frau.

Er wandte sich zu ihr um, packte aber zugleich Sebila am Kragen, um sie am Weglaufen zu hindern.

„Was willst du?"

„Dass du sie gehen lässt."

Der Junge schnaubte laut. Sie konnte es im Regen nicht wirklich hören, doch ihre Augen registrierten deutlich das kurze Zucken seiner Nüstern; ebenso wie die Anspannung seines Handgelenks.

„Diese Frau gehört nicht zum Ritual", fügte sie mit Nachdruck hinzu, erreichte damit jedoch genau das Gegenteil. Der Junge würde sich nicht einschüchtern lassen.

„*Du* gehörst nicht zum Ritual!", blaffte er eiskalt zurück. „Ich lasse mir meine Beute nicht nehmen."

„Willst du dich tatsächlich mit einer Magierin anle…", setzte sie an – und hatte seine Entschlossenheit fatal unterschätzt.

Der Anwärter hörte ihr gar nicht zu, ließ sich kein bisschen von ihrem Stand beeindrucken. Er wandte sich zu der zitternden Sebila um und rammte ihr sein Messer in den Bauch.

„Neeein!"

Zaydas Brüllen vermischte sich mit Sebilas ersticktem Schmerzensschrei.

Mit einem magisch verstärkten Sprung war sie bei ihnen, packte den Jungen an der Schulter und riss ihn so heftig zurück, dass es laut knackte.

Er schrie überrascht auf, flog ein Stück durch die Luft und prallte an die gegenüberliegende Hauswand, an der er herunterrutschte. Das Messer hatte er losgelassen – es steckte noch immer in Sebilas Bauch, während sie mit einem Ächzen in die Knie ging und den Griff umklammerte.

Nachdem der Junge liegen blieb, ging Zayda neben ihrer alten Dienerin in die Hocke. Sebila atmete schnell und unregelmäßig, fiel plötzlich rückwärts gegen die Mauer. Ihre Beine zuckten und rutschten über den nassen Boden, bis sie zusammengekrümmt dasaß.

„Zay…"

„Nein, sprich jetzt nicht. Lass mich erst die Wunde sehen."

Sie löste die verkrampften Finger der Dienerin von dem Messer und beobachtete, wie schnell das Blut ihr nasses Hemd durchtränkte. Es quoll rasch hervor, obwohl das Messer noch steckte ... sie musste sofort handeln.

Bevor Sebila sich wehren konnte, packte Zayda den Griff. Es genügten bereits wenige Funken, um das Metall der Klinge in ihrem Bewusstsein auftauchen zu lassen. Sie spürte es wie eine Erweiterung ihres Arms und wusste intuitiv, wie es hineingestoßen worden war – und zog es mit einem kräftigen Ruck im selben Winkel wieder heraus.

Sebila schrie qualvoll auf, doch sie spuckte kein Blut. Ein gutes Zeichen, dass sie noch ein wenig mehr Zeit hatte. Hinter sich spürte Zayda, dass sich der Junge regte.

Sie warf das Messer gezielt schräg hinter sich, mit einer magisch verstärkten Präzision, die den Tod bedeuten konnte. Der Junge schrie überrascht auf, als es seine Wange und sein Ohr streifte und aufschlitzte, bevor es mit einem lauten Klirren gegen die Steine hinter ihm schlug und abprallte.

„Ich habe noch ein Messer! Beweg dich, und du bist tot", rief sie deutlich genug und ohne sich zu ihm umzudrehen.

Ihre ganze Aufmerksamkeit galt jetzt Sebilas Wunde, aus der dunkle Flüssigkeit quoll. Die ganze Tunika war schon voll damit, auch wenn sich das Blut sicherlich im nassen Stoff schneller ausbreitete. Mit einem Schnauben wischte sich Zayda nasse Strähnen aus dem Gesicht, schob dann den aufgeschlitzten Stoff hoch und presste ihre Hände auf Sebilas blutverschmierte Haut.

Heile!, dachte sie und richtete all ihre Magie auf diesen einzigen Zweck aus, bevor sie die kribbelnden Funken durch ihre Arme in den verletzten Bauch jagte.

Und auf eine Barriere stieß, die sie nicht erwartet hatte.

Anstatt zu heilen, wurden ihre Funken zu etwas gezogen, das sich an Sebilas Hals befand. Sie löste eine blutige Hand von der

Wunde und wischte Sebilas ungebändigte Haare aus dem Weg, um besser sehen zu können.

Als sie die hochgeschobene Tunika herunterzog, bestätigte sich ihre furchtbare Vermutung.

Ihre Mutter hatte Sebila einen Absorber um den Hals gelegt! Sie hatte ihn mit Metall an dem Halsband fixiert, das jeder Diener angelegt bekam, ehe er zum Ritual geschickt wurde.

Hass loderte in Zaydas Brust auf.

Sebila hat um Hilfe gerufen! Und ich konnte es nicht hören, weil sie durch diesen Absorber abgeschirmt wurde.

Zayda spürte, wie Galle in ihrem Hals aufstieg. Solche Niederträchtigkeit hatte sie vielleicht von Jorek und dem Abtrünnigen erwartet, aber dass ihre Mutter sie so quälen wollte, hatte sie nicht gedacht.

Mit einem verbissenen Ausdruck auf dem Gesicht packte sie den Absorber und spürte das Metall, das ihn umschloss.

Sie erhitzte es.

Die alte Amme wimmerte.

Jetzt.

Mit einem Ruck löste sie das Halsband und warf es mitsamt dem eingelassenen, wütend pulsierenden Bilur neben sich in den Dreck.

Keinen Wimpernschlag später leuchtete die Stichwunde in ihrem Bewusstsein auf wie eine invertierte Version des Messers, das sie zuvor herausgezogen hatte. Es hatte die Haut glatt durchstochen, Gedärme angeritzt und sich tief in die Gebärmutter gebohrt, was wohl das viele Blut erklärte.

Sie musste ein Ächzen unterdrücken und war gleichzeitig überrascht, wie ruhig Sebila bei diesen Schmerzen blieb. Vielleicht war sie aber auch schon zu geschwächt, denn ihre verkrampften Hände rutschten bereits zitternd zu Boden.

Nur noch ein wenig mehr …

Die matte Trübheit wurde aus Sebilas braunen Augen vertrieben, als Zayda weitere Energie in die Wunde schickte, damit Gewebe verknüpfte und Adern zusammensetzte.

Während der Regen sich mit dem Blut auf der Straße vermischte und die sich ausbreitende Pfütze zusehends verwässerte, wurde der Herzschlag der Dienerin wieder ruhiger.

Sie atmete befreit ein, obwohl ihr Körper noch immer unter der Nachwirkung des Schocks zitterte. Dann fiel ihr Blick auf den jungen Anwärter, dessen Körper zusammengekrümmt an der Wand gegenüber lehnte.

Sebilas Augen weiteten sich vor Entsetzen. All der Schmerz schien vergessen, und ihre jahrelang anerzogene Korrektheit und Regeltreue kamen wieder hervor.

„Du hast … einen Jungen in der Erprobung verletzt!"

Zayda schnaubte. „Nicht ernstlich."

„Seine Schulter ist bestimmt ausgekugelt oder gebrochen!"

Im Stillen war Zayda verwundert, dass ihre Dienerin in ihrem Zustand überhaupt so deutlich mitbekommen hatte, was sie mit dem Messerstecher angestellt hatte.

Sie drehte sich leicht zu ihm um, doch er zischte nur und hielt weiter den unnützen Arm an seine Brust gepresst.

„Nichts, was ich nicht wieder richten könnte. Vorausgesetzt, er ist Manns genug, sich mir zu stellen."

Sie bleckte die spitzen Zähne und funkelte ihn böse an … und war höchst zufrieden mit sich, dass er deutlich erblasste.

Als Sebila ihr einen strengen Blick zuwarf, seufzte sie gespielt lange und erhob sich. „Na schön. Komm her, Knirps."

Nicht zu fassen, dass sie sich von der Frau, die vor wenigen Augenblicken noch dem Tod geweiht gewesen war, jetzt moralische Vorhaltungen anhörte und alles wieder ungeschehen machen würde.

Der Junge knurrte sie böse an, während sie sich ihm näherte, doch als er das Leuchten in ihren Augen bemerkte, verstummte er.

Ihre glühenden Pupillen spiegelten sich in der regnerisch dunklen Gasse in seinen Augen wider, wie der Schimmer zweier ferner Fenster, die in der Dunkelheit glommen.

Sie legte ihm die langen Finger auf die Schulter und drückte etwas fester zu, als es nötig gewesen wäre, bevor sich ihre Funken ans Werk machten. Die Magie flüsterte ihr zu, übertrug den Schmerz, der im Vergleich zu Sebilas Todesqualen nur ein schwacher Abklatsch war, und verriet ihr zugleich so einiges über diesen Jungen.

Sie sagte kein Wort, beobachtete nur, wie sich sein Gesicht kurz verzog, als seine Schulter knackte und die Sehnen sich wieder verbanden, kaum war der Arm wieder eingekugelt.

Ihn zuvor von Hand einzurenken, wäre sinnvoller und auch weniger anstrengend gewesen, doch sie wollte dem Jungen eine Demonstration ihrer Macht liefern, und das war ihr die etwas stärkere Erschöpfung absolut wert.

Sobald er seine Schulter wieder normal bewegen konnte, machte Zayda einen Schritt zurück und deutete zur Öffnung der Gasse. „Und jetzt verschwinde."

Das ließ sich der Junge nicht zweimal sagen. Er kreiste nur einmal probeweise mit der geheilten Schulter und schnappte sich dann sein Messer, von dem der Regen schon fast alles Blut abgewaschen hatte.

Kaum waren seine Schritte in den Pfützen verhallt, wandte sich Zayda wieder ihrer Dienerin zu, die noch immer an die Mauer gelehnt saß.

„Du kannst jetzt aufstehen."

Sebila schüttelte den Kopf. „Ne-nein, ich glaube, das ist kein guter Einfa…"

Sie kam nicht dazu, den Satz zu beenden, denn Zayda zog sie bereits auf die Beine. Sebila schnappte überrascht nach Luft, als sich ihr Bauch streckte, dann lachte sie leise auf.

„Das ist wirklich unglaublich!"

Zayda lächelte und war tatsächlich etwas verlegen, als Sebila sie umarmte. Wieder einmal fiel ihr auf, wie klein diese Frau war. Sie reichte ihr gerade mal bis zur Schulter, wo ihr Gesicht jetzt kurz den nassen Mantel berührte.

„Danke, kleine Herrin."

„Wer ist hier klein?", murmelte Zayda zurück und drückte die Dienerin ungeschickt an sich, ehe sie sie sanft wegschob.

Sebila hatte Tränen in den Augen, oder vielleicht waren es auch nur einige störrischere Regentropfen? Doch als ihr Blick hinter Zayda fiel, wurde er plötzlich sorgenvoll.

Da war jemand, der sie beobachtete. Zayda brummte grimmig.

„Ich habe dir doch gesagt, du sollst verschwinden!"

Entschlossen drehte sie sich um, aber was sie sah, gefiel ihr ganz und gar nicht.

Am Eingang zu der Sackgasse stand nicht nur ein Junge, sondern es waren jetzt drei. Sie lenkte Magie in ihre Augen, um sie im Regen besser ausmachen zu können, und erkannte keinen Einzigen. Das Ritual war noch nicht vorbei … und die Schreie hatten weitere Anwärter angelockt, die bisher keine Trophäe erbeutet hatten.

Ein Schluchzen entwich der Kehle ihrer alten Dienerin.

„Es wird alles wieder gut, keine Sorge."

Sebila nickte langsam und mechanisch, was ihrem ehemaligen Schützling nur deutlich machte, dass sie ihr kein Wort davon glaubte. Woher kam es, dass sie anscheinend keinerlei Talent dazu hatte, Leute zu beruhigen? Sebila hatte sie immer wieder aufgeheitert, wenn es ihr einmal nicht gut ging … jetzt könnte sie sich doch einmal selbst helfen lassen.

Die drei Jungen rannten mit gezückten Messern los.

Während Sebila angstvoll zurückwich, packte Zayda die wasserdurchzogene Luft und erzeugte einen Sturm, der den Jungen entgegenpeitschte. Eiskaltes, fast gefrorenes Wasser und schneidender

Wind rissen sie von den Beinen. Sie schrien überrascht auf, aber keiner der drei machte Anstalten, von seiner Beute abzulassen.

„Bleibt weg!"

Doch sie konnte es an ihren Blicken sehen, dass ihre Drohung wirkungslos verpuffte. Sie waren genauso zielstrebig wie sie damals, und dazu noch ziemlich verzweifelt. Offensichtlich gab es so gut wie keine Sklaven mehr.

Zayda packte ihre Dienerin am Oberarm und biss die Zähne zusammen, als ihre Knie zitterten. Sie verfluchte ihre mangelnden Ressourcen, die ihr bald ihre Pläne durchkreuzen könnten.

Andererseits beflügelte die Wut über diese hartnäckigen Jungen jedoch ihre Kräfte, sodass sie den Riss etwas zu vehement öffnete. Die Luft toste. Fein verästelte Blitze zuckten im Regen und brachten Zayda und ihre Dienerin aus den Gassen.

Sie stolperten nach vorne. Sebila wäre fast gegen das große Himmelbett gestürzt, wenn sie sich nicht an eine der Holzsäulen geklammert hätte, während noch ein letzter Regenschauer mit ihnen durch den Riss gezogen wurde.

Die Vorhänge an den Fenstern und über dem Bett bauschten sich auf, dann wogten sie nur noch sanft hin und her.

Ein paar Atemzüge lang standen sie einfach nur da und sahen zu, wie das Regenwasser von ihnen herabtropfte. Um Sebilas Füße bildeten sich kleine Pfützen, die jedoch eindeutig einen Rosastich zeigten.

Sie lächelte zaghaft.

Zayda!

Der Gedanke, der wie ein Speer auf sie gerichtet war, traf sie unvorbereitet und ließ sie deutlich zusammenzucken. Dann erkannte sie seinen Urheber: Izerdan, ihr alter Meister.

Ja?, fragte sie, unterdrückte ein plötzliches Schmunzeln und legte dabei so viel Unschuld in den Gedanken, wie es ihr möglich war.

Du bist in der Stadt, wie mir zu Ohren gekommen ist. Von einem gewissen Anwärter, dem seine Beute gestohlen wurde. Seiner Beschreibung nach kann es sich nicht um einen meiner Schüler handeln ... damit ist die Auswahl nicht mehr sonderlich groß.

Zayda seufzte schwer und wandte sich an Sebila, die noch immer nass und schwankend in ihrem Zimmer stand.

„Ich muss noch einmal weg. Bitte bleib hier und öffne niemandem die Tür. Mutter weiß nicht, dass du wieder hier bist."

Die Dienerin nickte zitternd. Anscheinend war ihr jetzt nicht mehr nach moralischen Vorhaltungen.

Die junge Magierin horchte in ihr Inneres und stellte mehr oder weniger erleichtert fest, dass sie noch genügend Magie in sich trug. Sie schloss die Augen, mobilisierte ihre Kraft und erzeugte den nächsten Riss. Mit einem Knall und heftigen Luftwirbeln erschien sie im Inneren des Tempels, den sie schon einige Jahre nicht mehr gesehen hatte. Sofort spürte sie das Pulsieren der Quelle in der Tiefe des Tempels und nutzte deren Nähe, um ihre Kräfte wieder aufzuladen.

Sie genoss das rauschende Wehen ihres Mantels, bevor ihr Blick auf eine Reihe äußerst unzufriedener Gesichter fiel.

„Zayda! Du hast einen Anwärter während des Rituals verletzt! Erkläre das."

Sie lächelte schief. Diese Aussage hatte sie doch vor Kurzem erst in einer etwas weniger förmlichen Version gehört.

„Es ist auch schön, Euch wiederzusehen, Meister."

Izerdan verschränkte die Arme vor der Brust. Oh, das war kein gutes Zeichen. Auch der Ritualmeister hatte die Stirn in tiefe Falten gelegt, und seine bronzefarbenen Augen verschossen Blitze in ihre Richtung.

„Ich habe lediglich einen Fehler korrigieren wollen, Meister."

„In unserem Ritual geschehen keine Fehler."

„Meine Dienerin wurde fälschlicherweise in die Gassen geschickt, und es war nicht mein Wunsch, dass sie geopfert wird."

Izerdan schnaubte.

„Und das rechtfertigt, dass du einen Anwärter attackierst?"

Nicht nur einen, dachte Zayda leise, wählte jedoch bedächtigere Worte. „Ich habe nur mein Eigentum verteidigt."

„Wo ist die Sklavin jetzt?"

„Nicht mehr ... hier", erwiderte Zayda vage und hoffte, er würde es dabei belassen. Doch er schüttelte nur den Kopf.

„Du glaubst doch nicht etwa immer noch, mich belügen zu können?"

Zayda reckte das Kinn. „Sie ist meine Dienerin, also habe ich sie zurück nach Hause gebracht."

Der Ritualmeister wirkte absolut nicht zufrieden.

„Und was ist jetzt mit dem Jungen?" Er warf dem Anwärter einen kurzen ungeduldigen Blick zu. „Wie heißt du?"

„Hantjo, Meister."

Izerdan wies auf den eingeschüchterten Jungen, der sich ganz offensichtlich völlig unmännlich beim Meister ausgeheult hatte, und wandte sich wieder an Zayda. „Was ist jetzt mit Hantjo?"

„Er hat keine Schramme ... mehr. Ich würde sogar behaupten, dass er jetzt gesünder ist, als er es jemals war. Ich habe eine leichte Herzschwäche bemerkt, die ihm als Krieger durchaus zum Verhängnis hätte werden können ... und sie behoben."

Die beiden Meister so sprachlos zu sehen, erfüllte sie mit einer tiefen Befriedigung.

Es dauerte eine Weile, bis Izerdan sanft den Kopf schüttelte.

„Du kannst dennoch nicht ... du kannst nicht einfach in das Ritual eingreifen! Die Gesetze der Hüterin sind heilig, und du hast diesem Jungen die Gelegenheit genommen, seinen Mut zu beweisen und Krieger zu werden."

Zayda verdrehte die Augen. „Anstatt Krieger zu werden, könnte er auch einen anderen Beruf erwählen."

„Das sagt genau die Richtige. Wer hat sich denn damals sein erstes Zeichen erschlichen?"

Das war etwas völlig anderes, dachte Zayda und verspürte sofort einen leichten Stich, als der Ritualmeister auf sie einging. Sie war milde überrascht, dass er sie in Gedanken ansprach und nicht etwa der Meister der Magier.

War es ganz und gar nicht, junge Zayda.

Sie zögerte, warf einen abwägenden Blick auf den Jungen, der sie wutentbrannt anstarrte. Er hatte es wohl wirklich nicht verdient, so gedemütigt zu werden.

Nun ... theoretisch ist er bereits ein Krieger.

Wie das?, fragte Izerdan sofort nach.

Er verpasste meiner Dienerin einen tödlichen Stich, ohne zu zögern. Ich war dabei, und er ließ sich nicht abhalten, ließ sich selbst vom Anblick einer älteren Magierin nicht beirren.

Aber das Ritual wurde unterbrochen, indem du sie verteidigt hast! Wie soll er sich bei Kalarati als Krieger ausweisen und ihr hier im Tempel huldigen?

Zayda musste sich zurückhalten, die Stirn in tiefe Falten zu legen. Hatte der Meister damals auch schon so gesprochen? Sie erinnerte sich ganz anders an diesen Tag, aber vielleicht hatten sie seit dem Fiasko, das ein kleines Mädchen ihrer Meinung nach angerichtet hatte, die Gesetze auch verschärft.

Der Ritualmeister blitzte sie aus seinen dunkelgelben Augen an, bevor sein Lächeln einen grimmigen Zug annahm. *Es braucht einen Daumen. Nur der Daumen ist Zeugnis vom Sieg des Jungen. Nur so wird er zum Krieger. Und das ist mein ausdrücklicher Wunsch, junge Magierin.*

Zayda knirschte mit den Zähnen, doch sie wollte sich nicht anmerken lassen, dass ihr widerstrebte, was er da andeutete.

„Wie Ihr wünscht, Meister."

Sie erzeugte den Riss und verschwand aus dem Tempel, ohne den schmierig lächelnden Anwärter noch eines Blickes zu würdigen.

Sebila zuckte heftig zusammen, als die Blitze der Teleportation den Raum erfüllten. Während Zayda das Kribbeln in ihren Knien ignorierte, wandte sich die Dienerin um und nahm die Hände von ihrem Bauch, den sie bis eben noch schützend umschlungen hatte.

„Ich brauche deinen Daumen."

Sebila starrte sie schockiert an. „Wie … wie bitte?"

„Deinen Daumen. Du solltest geopfert werden, und der Junge, den ich von dir fortgerissen habe, hat ein Recht auf sein Ritual und sein Zeichen."

„Das kann er doch haben! Er hat mich doch geschnappt und beinahe getötet. Da kann er doch Krieger werden."

Zayda schüttelte leicht den Kopf. „Nicht ohne ein Blutopfer für Kalarati."

„Das ist Wahnsinn!"

„Willst du leben oder geopfert werden? Ich finde, dieser Vorschlag ist ein durchaus vernünftiger Ausweg aus unserer Situation."

Sebilas Blick wurde panisch, doch dann fasste sie sich wieder an den Bauch, wo noch immer ein blutiges Loch in ihrem Hemd von dem Angriff des Jungen zeugte. Sicherlich schmerzte die Wunde auch jetzt nach der Heilung noch ein wenig. Sie schluckte schwer, blickte angstvoll auf Zayda und nickte dann zitternd.

Es kostete sie all ihre Überwindungskraft, die Hand auszustrecken.

Zayda zückte ihr Messer und kniete sich vor ihre Dienerin, die sich auf die Bettkante setzte. Wie häufig war es genau andersherum gewesen, als sie noch ein Kind war?

Ihre Amme hatte sie immer geflissentlich auf ihren Stand und die Regeln des Hauses hingewiesen und sie getröstet, wenn sie sich einmal verletzt hatte. Doch das hier war etwas ganz anderes.

Sebila zitterte jetzt am ganzen Körper, und ihr Gesicht hatte eine weißlich grüne Färbung angenommen, als Zayda das Messer an ihrem mittleren Knöchel ansetzte.

„Schließ die Augen. Es wird ganz schnell gehen, versprochen."

Ein knappes Nicken war die einzige Antwort, zu der ihre Dienerin imstande schien. Sie presste die Lippen so fest zusammen, dass sie ganz blass wurden, während Zayda die Hand der Frau zu einer Faust formte und mit ihren eigenen schlanken Fingern umfasste.

Sebilas Haut fühlte sich kalt und feucht vom Regen und von ihrer Angst an. Zayda musste sich konzentrieren, um den Schnitt gut zu setzen. Sie spannte sich an, bereitete sich darauf vor, dass Sebila wegzucken würde – und sandte ihre Funken aus, damit sie sich in den Geist ihrer Amme schleichen konnten. Sofort entspannte sich Sebila ein wenig.

Jetzt.

Nach einem tiefen Atemzug ließ Zayda das scharfe Messer exakt durch das Gelenk fahren.

Sebilas Kehle entwich ein unterdrückter Schmerzensschrei, der von ihren Lippen erstickt wurde. Zayda hielt weiter ihre Hand fest, übte mehr Druck aus und zwang sich, weiterzuschneiden, selbst als ihr warme rote Tropfen ins Gesicht spritzten.

Zwei Herzschläge später war es getan. Bevor die Dienerin in Ohnmacht fiel oder zu viel Blut verlor, jagte Zayda ihre Magie in die Wunde, aus der immer noch dunkelrotes Blut hervorquoll.

Sebila wankte auf dem Bett, wimmerte still und hielt dennoch die Augen geschlossen, wie Zayda es ihr durch ihre Magie still befahl.

Die Funken krochen tief in die Wunde und stürzten sich mit Eifer auf die offenen Adern und den verletzten Knorpel.

Rote, ungleichmäßige Haut wucherte über das schmale Gelenk und verschloss die Wunde innerhalb von wenigen Atemzügen, die Zayda zunehmend schwerer fielen. Der quälende Schmerz versiegte und machte einem dumpfen Pochen Platz, das aber zu ertragen war.

Eine Weile beherrschte Stille Zaydas ehemaliges Kinderzimmer, lag der Schrecken dieses Ereignisses auf ihrem Gemüt, bevor die Dienerin zaghaft die Augen öffnete.

Sie schaute bewusst nicht zu Boden, während Zayda ihre blut-verschmierte Hand von der zitternden, daumenlosen Faust löste und das abgetrennte Ding von den Dielen aufhob.

„Danke …", hauchte Sebila erstickt und versuchte tapfer, die Tränen wegzublinzeln. Sie würgte leise. Sicherlich meinte sie die Heilung, aber vielleicht auch, dass Zayda ihr soeben das Leben gerettet hatte.

Zayda nickte knapp und stand auf. Sie wollte es nicht, doch auch ihr war nun ein wenig flau im Magen. Rasch konzentrierte sie ihre Magie und erzeugte den Riss, der sie zurück in den Tempel brachte.

Izerdan und der Junge warfen als Erstes einen Blick auf das blutige Messer, das sie noch immer fest umklammert hielt. Wortlos wischte sie die Klinge an ihrem Mantelsaum ab, steckte sie weg und warf dem Jungen den Daumen zu.

Mit einem überraschten Japsen fing er das blutige Ding auf, hätte es beinahe wieder fallen gelassen.

„Da hast du deine Trophäe."

Sie konnte den Gedanken des Jungen deutlich lesen: Der Finger war noch warm.

„Ist damit hier alles erledigt?", wandte sie sich an den Ritual-meister und verbarg ihren ungehaltenen, aber bewusst lässigen Unterton nicht.

Sollten sie ihr ruhig anmerken, dass ihr das Ganze keinesfalls leidtat.

„Ich werde einen Bericht darüber verfassen, Zayda."

„Tut, was Ihr nicht lassen könnt."

Die beiden alten Männer wechselten einen Blick.

„Offensichtlich bringen sie euch in Tna'Ni nicht den gebüh-renden Respekt bei! So etwas wäre bei uns niemals vorgefallen."

Zayda legte den Kopf leicht schräg und lächelte herablassend. „Richtig. Doch bei uns verschwanden auch keine Novizen, nicht wahr?"

Izerdans Gesicht wurde blass vor Wut, doch sie hatte gerade weder Zeit noch Lust auf seine Tiraden. Blitze zuckten um ihre Finger, und sie teleportierte sich zurück ins Anwesen.

Abschied

Der Blitz trug sie direkt in die Küche, in der gerade ihr Leibwächter saß und sich eine Mahlzeit schmecken ließ.

„Zayda!"

R'jato sprang auf und ließ den Löffel so abrupt fallen, dass die Suppe über den Tisch spritzte.

„Iss ruhig weiter", begann sie kühl. „Ich kehre nach Tna'Ni zurück und nehme Sebila mit mir. Aber dich nicht."

„Was?", rief er entrüstet und sichtlich betrübt. „Warum?"

„Meine Mutter wollte sie im Kriegerritual töten lassen."

Sofort hielt er inne und wurde nachdenklich, ganz der alte Leibwächter, den sie so schätzte.

„Ich wusste nichts davon."

Sie nickte. „Ich glaube dir. Aber die Lage hat sich geändert, und du wirst nicht mit uns nach Tna'Ni reisen. Ich entlasse dich hiermit als Leibwächter. Deine Dienste werden nicht länger benötigt."

Er wollte offensichtlich protestieren, doch sie ließ ihn gar nicht erst zu Wort kommen.

„Was ich allerdings mehr denn je benötige, ist ein treuer Verbündeter. Ich brauche deine Dienste hier. Als mein persönlicher Berater. Ich kann meiner Mutter nach dieser Sache nicht mehr trauen."

Er hätte nicht verwirrter aussehen können, doch als sie weitersprach, wandelte sich sein Gesichtsausdruck allmählich in das durchtriebene, verstehende Lächeln, das sie so mochte.

„Du brauchst einen Spion."

„Sei meine Augen und meine Ohren in Irfen. In meiner Familie. Ich bin sicher, Vater wird dich zum Schutz von Darzirs Frau und Kind einsetzen, nachdem du mich so hervorragend umsorgt hast. Schlag es ihm vor, spiel den Geknickten, weil ich dich verstoßen habe."

Er schüttelte sanft den Kopf, lächelte aber weiter. „Habe ich dir beigebracht, so hinterlistig zu sein?"

Sie wollte weiter auf ihn einreden, doch er hob abwehrend die Hand.

Ein strahlendes Lächeln breitete sich auf ihren Lippen aus, als sie seine Worte bereits spürte, ehe sie seine Kehle verließen.

„Sehr wohl. Herrin."

Zayda nickte zufrieden und legte ihm eine Hand auf die Schulter. „Ich weiß nicht, wann wir uns das nächste Mal sehen werden. Ertrag die Wut meiner Mutter mit Würde und halte dich an meinen Vater, er bleibt in solchen Sachen meist ruhiger."

R'jato unterdrückte ein Lachen. „Sollte nicht ich dich beraten, was so etwas angeht? Angesichts meines Vorsprungs an Jahren und Erfahrung?"

„Ach. Mit dem Beraten fangen wir an, wenn ich mich bei dir melde." Sie überlegte einen Moment und öffnete dann kurzerhand ihre Gürteltasche, um den großen Rattenschädel herauszuziehen. In seinem Inneren leuchtete es rötlich.

„Bewahrst du ihn für mich auf? Wenn dir bei einem geistigen Kontakt schwarz vor Augen werden sollte, leg die Hand auf ihn. Ich habe mir einen Heilbilur von Izerdan … geborgt. Er wird dich stärken."

R'jato nahm den Schädel ehrerbietig an, zog jedoch eine Augenbraue hoch. Sie zuckte als Antwort bloß mit den Schultern.

„Alte Gewohnheit."

Er steckte den Schädel weg und reichte ihr beinahe brüderlich die Hand. „Pass auf dich auf, Zayda."

Sie nickte und eilte dann in ihr Kinderzimmer hinauf.

Sebila saß noch immer in derselben Pose auf dem Bett und starrte auf den Daumenstumpf an ihrer Hand.

„Alles erledigt."

Die Dienerin blickte auf und verbarg dann beschämt ihre Hand.

„Es … was … was heißt das?"

„Du bist frei zu gehen."

Sebila starrte sie verständnislos an. Erst langsam schien es zu ihr durchzudringen, dass sie dank dieser überraschenden Wendungen nun nicht mehr länger an Leryda oder das Anwesen gebunden war. Dass ihr Leben gerettet war – und sich nun vollkommen ändern würde. Doch zu Zaydas Überraschung wirkte sie plötzlich entsetzt.

„Frei? Verstoßen eher! Ich habe deiner Familie gedient, seit ich denken kann ... ich war so gut wie niemals in den anderen Stadtbezirken! Wo soll ich denn jetzt hin?"

„Tja ... ich schätze, das kannst du von heute an selbst entscheiden. Du kannst überallhin. Mutter möchte dich ja nicht mehr, das hat sie deutlich gezeigt."

Sebila zitterte und musste sichtlich schlucken, um nicht zu stottern.

„Ich war noch nie außerhalb der Stadt, Zayda! Ich habe kein Geld und keine Familie und auch keine Freunde ... Wie soll ich das machen?"

„Wäre es dir lieber gewesen, wenn ich dich hätte sterben lassen?", fragte Zayda ungehalten, während ihre Amme zusehends verzweifelter wirkte und ihr plötzlich demonstrativ ihre verstümmelte Hand hinhielt.

„Ich werde auf der Straße verhungern!"

Zayda musterte nachdenklich das zitternde Elend vor sich. Sie wusste, dass Sebila im Grunde genommen froh und dankbar war, doch das konnte sie jetzt nicht ausdrücken. Sie musste ihr also die Gelegenheit dazu bieten.

„Dann kommst du mit mir nach Tna'Ni. Nach Natuh, denn dort werde ich bald meine Ausbildung fortsetzen. Ich kann zwar keine Amme mehr gebrauchen, aber eine Stütze auf jeden Fall."

Auf dem Gesicht der Dienerin spiegelten sich Erleichterung und Ernüchterung zugleich. Sie stand unsicher auf und warf einen

Blick an sich herunter: nasse, vor Dreck und Blut starrende Lumpen.

„Das lässt sich jetzt nicht ändern. Du bekommst neue, ich verspreche es."

Damit war es entschieden, und Zayda teleportierte sich und die Dienerin aus der Stadt, ohne sich zu verabschieden.

Sebila schrie!

Sie schrie sich die Lunge aus dem Leib, obwohl es niemand in dem Strudel aus Farben hören konnte, der die beiden umgab.

Als sie in Tna'Nis Obstgarten ankamen, rang die Amme keuchend nach Atem und brach dann im trockenen Gras zusammen. Ihre Finger gruben sich in die gelben Halme. Gierig sog sie die kühle, frische Luft in ihre Lungen ein, als hätte sie seit einer Ewigkeit nicht atmen können.

Zayda zupfte sich den nassen Mantel zurecht. Mittlerweile war es für sie fast schon das Normalste im Leben, sich quer durch das ganze Land zu teleportieren, auch wenn vor ihren Augen schwarze Punkte tanzten und ihre Beine nur noch aus Wachs zu bestehen schienen.

Sie würde sich keine Blöße vor ihrer Amme geben. Und sie wollte sich erst recht nicht eingestehen, dass es leichtsinnig gewesen war, sich ohne Zuhilfenahme einer Quelle auf diese Distanz zu teleportieren.

Sebila tastete noch immer über das Gras und kämpfte gegen die typischen Folgen eines besonders langen magischen Transports. „Wo ..."

„In Tna'Ni. Im Felidenland südlich des Gebirges und der großen Ebene."

Sebilas Augen weiteten sich.

„Du dachtest, ich scherze? Ich konnte keine Minute länger in Irfen bleiben!"

„Was ist mit … R'jato?"

Zayda zögerte. „Es wurde Zeit, getrennte Wege zu gehen." Dass Sebila in ihrer aktuellen Verfassung überhaupt in der Lage war, zweifelnd auszusehen, beeindruckte und amüsierte Zayda zutiefst.

„Was denn?"

„Du weißt doch, wie deine Eltern sind. Sie werden toben!"

„Aber R'jato hält das aus." Einem plötzlichen Impuls folgend, beschloss Zayda, ihrer geretteten Amme gegenüber offen zu sein. „Er wird uns helfen und uns darüber informiert halten, was zu Hause vor sich geht."

Auf einmal wurde Sebila ängstlich.

„Deine Mutter …"

„Wird dich nicht mehr zu fassen kriegen. Nun komm, atme erst einmal durch, und dann gehen wir rein. Garion wird viele Fragen haben." Zayda konnte spüren, wie ihre Augen vor Freude zu leuchten begannen. „Warte, bis du Vanu und Tanem triffst."

Das schien Sebila zu freuen.

„Du hast Freunde hier?"

„Mehr als das."

Ihre alte Amme nickte und stand mit zittrigen Knien auf. Als sie den Garten um sich herum wahrnahm, stockte ihr erneut der Atem.

Die Sonne war bereits hinter den Bergen verschwunden, beleuchtete allerdings noch den Himmel und tauchte ihn in eine wundervolle Mischung aus Türkis und Gelb. Die Bäume hatten zwar schon einen Großteil von ihrem Laub an den Herbst und an eine wütende Magierin verloren, aber ihre herbe Schönheit blieb ihnen dennoch erhalten.

Zwischen den Reihen der Bäume waren die Kräuterbeete mit unzähligen Heilpflanzen sichtbar – und dahinter tauchte die Mauer auf, die den Garten vom Abgrund des Plateaus abgrenzte.

Sebila schien ihre Schwäche und Übelkeit zu vergessen und drehte sich einmal im Kreis, um sich nicht den Hals zu verrenken. Sie hatte nie jünger ausgesehen.

Zayda war in diesem Moment tatsächlich froh, dass mittlerweile alle Äpfel fortgeschafft worden waren. So gepflegt bot der Garten doch einen wesentlich eindrucksvolleren Anblick.

„Es ist ... wunderschön."

Die junge Ratke nickte und deutete dann den Weg entlang.

„Die stillen Wächter haben unsere Ankunft bemerkt."

Sebila konnte zwar nicht wissen, was das bedeutete, nickte aber trotzdem und fasste sich wieder. Sie eilte neben Zayda her, die mit großen Schritten in Richtung der Gebäude ging.

Kaum hatten sie die Baumreihen hinter sich gelassen, verzagte Sebila beim Anblick der Schule. Für sie musste die fremde Bauart mit den bemalten Gebäuden noch exotischer wirken. Sie sog die Eindrücke in sich auf, atmete einmal tief durch und warf Zayda einen beinahe entschuldigenden Blick zu.

„Ich war noch nie außerhalb von Irfen."

„Und ich habe noch nie meine Mutter angegriffen. Es gibt immer ein erstes Mal."

„Nicht für Sklaven", murmelte Sebila und zuckte dann sichtlich zusammen.

Falls sie eine Rüge erwartete, würde Zayda sie enttäuschen. Sie gönnte Sebila diese Art der Rebellion sogar, nach dem, was ihre Mutter getan hatte.

Sie wäre ohnehin nicht dazu gekommen, ihre Amme zurechtzuweisen, denn während sie noch durch die Kräuterbeete schritten, flog die nächstgelegene Tür auf, und ein Schwall von Personen ergoss sich in den Garten.

Vorneweg schritt Garion, doch Vanu und Tanem waren schneller als ihr Meister.

Ungezügelt stürmten sie vor und umringten Zayda und deren Begleiterin neugierig.

„Wo warst du denn? Was ist passiert?"

„Was war in Irfen los? Wir haben Gerüchte gehö…"

„Wer ist das?"

Die letzte Frage kam nicht von ihren Freunden und Mitschülern, sondern vom Meister der Schule persönlich. Sofort wurden die anderen still und starrten sie erwartungsvoll an.

„Das … ist Sebila. Meine Amme."

Gemurmel wurde laut. Als wäre es etwas Seltsames, eine Amme zu haben. Zumindest schnappte sie diesen Gedanken mehrmals auf, ehe die Versammelten sich wieder gefasst hatten und abwarteten, was Meister Garion als Nächstes wissen wollte.

Er wandte sich jedoch zuerst an die anderen und sandte sie mit einer gedanklichen Aufforderung fort. Für Sebila musste es äußerst befremdlich wirken, dass die sieben jungen Menschen ohne ein gesprochenes Wort gleichzeitig nickten und sie allein ließen.

Meister Garion warf Zayda einen äußerst vielschichtigen Blick zu, in dem Empörung dominierte, dann lächelte er Sebila an und bedeutete ihr, ihm durch einen anderen Eingang ins Innere der Schule zu folgen.

Anstatt sie jedoch wie Vanu oder die anderen Novizen sofort mit weiteren Fragen zu bedrängen, ließ Garion den überraschten Gast alles in sich aufnehmen. Sebila taumelte hinter ihm her und warf immer wieder fragende und nervöse Blicke zu Zayda, während sie durch Gänge schritten. Schließlich landeten sie in einem sehr kleinen Innenhof mit Springbrunnen, der nur selten genutzt wurde.

Zayda schätzte Garions Wahl. Er schien genau zu spüren, wie aufgewühlt ihre Amme noch war, und hatte diesen stillen, abgelegenen Ort gewählt, weil er dank seiner Nähe zur Quelle und mit seinem rieselnden Wasser unglaublich beruhigend wirkte.

Es besänftigte allerdings nicht den Zorn, den er ganz offensichtlich mit sich herumtrug wie ein dickes Buch.

Anders, als sie erwartet hatte, begann er jedoch nicht mit einer wütenden Rede über ihr langes Fernbleiben und fragte sie auch nicht über die Ereignisse in Irfen aus, von denen er zweifelsohne durch die Phiruin und Izerdan erfahren haben musste.

Kurz durchfuhr sie ein Stich, als sie an die mysteriöse Gemeinschaft der Phiruin dachte, die sie noch immer nicht so richtig einschätzen konnte.

Manchmal hatte sie das Gefühl, dass die Meister alles voneinander wussten und alles absprachen – dann wiederum schienen sie nichts zu wissen. Vielleicht hinderten sie die Ereignisse der Welt auch daran, sich ständig auf dem Laufenden zu halten. Portale und Quellen mussten geschützt und stabilisiert werden, Machtgefüge wollten aufrechterhalten werden ... und dahinter lauerte stets die Bedrohung durch die Krankheit, die schon so viele Generationen schwer getroffen hatte.

Garion ignorierte Zayda und ihre Gedanken vollkommen und wandte sich an Sebila, die sich bisher verloren in dem Innenhof mit seinen hohen Wänden und unzähligen Fenstern umgesehen hatte und dabei unbewusst ihren Stumpf rieb.

„Habt Ihr noch Schmerzen?"

Sie zuckte zusammen und verbarg rasch die Hände hinter ihrem Rücken. Als er sie jedoch freundlich anblickte und einfach nur wartete, entspannte sie sich mühsam und schüttelte den Kopf. Anscheinend konnte sie sich schnell mit der Tatsache anfreunden, dass er über den Vorfall bereits informiert war. Sie hatte immerhin eine Magierin als Ziehtochter, da mochte es nicht allzu sehr überraschen, dass ein Meister ihre tiefsten Gedanken deutlich fühlen konnte.

„Nein. Danke, nein ... es fühlt sich nur seltsam an. Als müsste der Daumen noch da sein. Zayda hat es großartig gemacht, wirklich."

Garion nickte und sah hinauf in den Himmel, wo sich die ersten Sterne am Firmament abzeichneten.

„Eine grausame Tradition, wenn Ihr mich fragt."

Als er schwieg und anscheinend auf eine Antwort wartete, brach Sebila der Schweiß aus. „Ich ... ich kenne es nicht anders, Herr."

Sofort zuckte sein Blick wieder hinab auf die irdische Welt.

„Hier gibt es keine Herren und keine Niederen. Nur Freigeister, die zu lernen wünschen. Etwas, das man sich immer wieder in Erinnerung rufen sollte: dass wir alle stets lernen."

Er warf Zayda einen vielsagenden Blick zu, ehe er wieder ihre Amme musterte.

„Wisst Ihr etwas über Eure Abstammung, Sebila?"

Die Frau errötete. „Ich ... nein. Meine Familie dient seit Generationen in der großartigen Stadt Irfen."

„Derartige Lobhudelei wird bei uns nicht nötig sein", erwiderte Garion. Erneut streifte sein strenger Blick Zayda, so als wäre sie persönlich dafür verantwortlich, dass ihre Heimat und die Ratken insgesamt einen schlechten Ruf genossen.

„Aber ...", wollte Sebila widersprechen, nickte dann jedoch nur. „Solange ich denken kann, haben meine Leute den van Dymars gedient. Ich wüsste nicht, woher wir stammen sollten, außer aus Irfen. Und ich bin noch nie so höflich angesprochen worden, Herr."

Garion nickte traurig und seufzte dann.

„Ich denke, das genügt für heute Abend." Er wandte sich freundschaftlich an die Amme. „Sebila, was hältst *du* davon, dich etwas von den Strapazen zu erholen? Einer meiner Gehilfen wird dir eine Schlafstatt zeigen."

Wie auf Befehl trat einer seiner stillen Wächter durch einen offenen Torbogen ein und lächelte Sebila über den kleinen Springbrunnen hinweg sanft zu.

Sie warf einen unsicheren Blick zu Zayda, die bekräftigend nickte. „Geh nur mit. Ach ja, und sei nicht überrascht, falls dieser da nicht auf deine Fragen antwortet. Garions Helfer sind etwas ... eigen."

Garion warf ihr einen scharfen Blick zu, korrigierte sie aber nicht, was Zayda zutiefst amüsierte. Die beiden Frauen wandten sich zum Gehen, doch Garion baute eine kleine magische Barriere zwischen der Tür und Zayda auf, kaum dass Sebila dem Stillen gefolgt war.

„Du nicht."

Sobald sie allein waren, spürte sie die wahren Gefühle ihres Meisters, die er nur der verunsicherten Dienerin zuliebe verborgen hatte.

„Du scheinst deine ganz eigene Agenda zu haben. Eine, die absolut nicht mit mir abgestimmt wurde." Er gestikulierte in die Richtung, in die Sebila kurz zuvor verschwunden war. „Was sollen wir jetzt mit ihr machen? Sie ist keine Magierin, und wir erlauben hier keine eigenen Diener, auch nicht einer Herrschertochter der Ratken, Zayda!"

„Sie kann doch in der Küche helfen. Es gibt bestimmt ausreichend zu tun im Tempel."

„Und wer kommt für ihre Versorgung auf?"

Zayda verschränkte die Arme ungehalten vor der Brust. „Wirklich? Das ist Euer wichtigster Gedanke, was das angeht? Ich rette meine Amme aus den Klauen des Todes, und Ihr regt Euch darüber auf, dass Ihr ein weiteres Maul zu stopfen habt!"

„Das …"

„R'jato ist in Irfen geblieben und wird nicht länger mein Leibwächter sein – und ich bin ziemlich sicher, dass Sebila deutlich weniger isst als er."

Jetzt wirkte Garion tatsächlich etwas beschämt.

„Wir haben in letzter Zeit einige … Versorgungsengpässe."

Zayda schnaubte. „Wir wissen doch beide, dass das nichts mit Geld zu tun hat. Euch fehlen die Nachwuchsmagier unter den Feliden im Süden. Und ich weiß auch, dass Ihr das Geld meiner Familie dafür eingesetzt habt, um Suchen zu finanzieren. Ein kluger Schachzug, wenn Ihr mich fragt, die unternehmungslustigen Novizen loszuschicken. Sie dürfen die Welt durchstreifen und nach magiebegabten Felidenkindern Ausschau halten ..."

Während sie sprach, wurde der Meister immer blasser. Ganz offensichtlich war ihm nicht bewusst gewesen, wie viel Einblick sie bereits in seine internen Machenschaften hatte.

„Das geht eine Ratke absolut nichts an. Es steht mir frei, das Geld deiner Familie so einzusetzen, wie es mir beliebt."

Zayda spürte, dass er nicht wirklich mit sich reden lassen würde. Seine Art, sie nach Irfen zu ihrer Feier zu schicken, war einem unausgesprochenen Rauswurf schon ziemlich nahegekommen – und dass er in den zwei Wochen danach nicht einmal nach ihr hatte rufen lassen, sprach für sich. Interessierte es ihn überhaupt, was ihr Schreckliches in Irfens Untergrund widerfahren war? Sicherlich musste Izerdan es den Phiruin berichtet haben.

Dass weder ihr alter noch ihr neuer Meister sich für diese grausigen Entwicklungen zu interessieren schienen, erzeugte ein mulmiges Gefühl. Waren sie überhaupt nicht besorgt? Oder einfach nur so abgestumpft, dass sie die Gefahr unterschätzten? Wenn Zayda darüber nachdachte, mussten beide Meister die letzte Epidemie miterlebt – und überlebt – haben.

Wie konnten sie dann so ruhig bleiben?

Zayda holte Luft, setzte gerade zum Sprechen an, als Garion abwehrend die Hand hob.

„Lass. Wir kümmern uns darum. Deine Sorge ist absolut unnötig, und diese Sache ist nicht von Belang für deine weitere Ausbildung."

Das genügte ihr!

„Nun, meine Diener und ich werden in Zukunft nicht mehr deine Sorge sein, Garion, denn ich breche so bald wie möglich nach Natuh auf."

Falls sie eine ähnliche Reaktion wie bei Izerdan erwartet hatte, wurde sie enttäuscht. Er würde sich nicht mit ihr verbrüdern oder sie auf Augenhöhe sehen. Er war nicht mit ihr verschworen, sondern blieb kühl und erhaben. Etwas, das Izerdan zwar gerne von sich vorgab, aber bei Weitem nicht in dem Maße erreichte wie der alte Felide mit dem glänzenden Mal auf der Stirn.

„Du wirst keine weitere Prüfung bestehen, das verspreche ich dir."

Zayda jagte ein Schauer den Rücken hinab, doch sie gab sich unbeeindruckt und zuckte mit den Schultern. „Ich werde Jahre im dortigen Tempel verbringen, wenn es sein muss, und ich werde die Hüterin überzeugen."

Der Meister schnaubte. „Du denkst, Avarra würde dich nicht durchschauen? Du denkst, sie würde dich akzeptieren, nach dem, was du in Siad und Irfen getan hast?"

Zayda funkelte ihn herausfordernd an. „Was habe ich denn getan, außer auf meinen angeborenen Rechten zu bestehen?"

Sebila schlief in der Kammer, die man damals R'jato zugewiesen hatte, als Zayda wenig später ihr zielloses Herumstreifen durch die abendlich ruhige Schule beendete.

Sie wollte selbst einfach nur noch schlafen, wollte ihre Gedanken ordnen und sich darüber klar werden, dass sie gerade eben mit Garion gebrochen hatte.

„Hast du nicht."

Zayda zuckte zusammen. Erst jetzt wurde sie sich bewusst, dass Vanu auf ihrem Bett saß und auf sie gewartet hatte.

„Wie viel weißt du?"

Vanu zuckte betont lässig mit den Schultern. „Wenn du deine Gedanken so schlampig abschirmst ... einiges."

Zayda seufzte. Sie war zu müde, um wütend zu sein, dass ihre Gefährtin sich in ihren Kopf geschlichen hatte, obwohl sie sich damit rühmte, schon lange nicht mehr durchleuchtet worden zu sein.

Müde ließ sie sich auf das untere Ende des Betts fallen und verschränkte die Arme hinter dem Kopf, während ihre Beine noch herunterhingen.

„Was meintest du damit? Gerade eben?"

Vanu zögerte kurz.

„Nun, du hast nicht mit Garion gebrochen, weil du nach Natuh willst. Eigentlich hast du ihm nur ungewollt vorgegriffen. In den letzten zwei Wochen ist viel passiert – unter anderem wurde unsere Reise nach Natuh geplant, zusammen mit dem Aufenthalt im dortigen Waldtempel."

„Tatsächlich? Das ging aber schnell." Zayda wandte den Kopf, um Vanu besser beobachten zu können, die mit angezogenen Beinen auf dem Bett saß und den Rücken an die bemalte Wand lehnte.

Ihre Augen leuchteten voller Magie und Vorfreude.

„Stell dir vor, wir werden die ältesten Relikte meiner Kultur sehen, Zayda!"

„Wie aufregend", erwiderte die Ratke, wobei es ihr schwerfiel, Begeisterung zu heucheln. Sie interessierte die Kultur der Feliden kein bisschen, sondern ihr war nur die neue Magie wichtig, die sie dort erlernen konnte.

Vanu gab ihr einen kleinen Stoß.

„An deiner Höflichkeit sollten wir wirklich noch arbeiten, Zayda."

Zayda verschloss wohlweislich ihre Gedanken, bevor sie sich den nächsten erlaubte.

Und an deinem treuen Gehorsam ebenfalls.

Sie sah Vanu nicht an, wunderte sich insgeheim selbst darüber, warum sie so etwas dachte. Warum konnte sie sich nicht einfach darüber freuen, dass Vanu und wohl auch Tanem und einige andere Novizen nach Natuh umziehen würden, um sich an der nächsten Prüfung zu versuchen?

Weil es bedeuten könnte, dass sie alle gleich stark bleiben wie ich.

„Aber ich verstehe das nicht ganz", erwiderte sie stattdessen in lockerem Ton. „Normalerweise gehen die Novizen doch nur dann nach Natuh, wenn sie für die nächste Prüfung bereit sind. So wie bei Siad. Warum sollen wir jetzt alle schon so bald dorthin?"

Jetzt war es an Vanu, ihr den Kopf zuzudrehen und sie irritiert zu betrachten.

„Ich glaub, du verstehst nicht ganz. Die anderen Novizen bleiben hier. Es geht nur um die Reise von Tanem und mir. Und von dir natürlich."

Zayda richtete sich auf. Nun war sie endgültig verwirrt und hing an Vanus Lippen.

„Siehst du ... Garion hat deine Abwesenheit genutzt, um mit den Templern in Natuh zu sprechen. Ihm war wohl klar, dass du um jeden Preis weitermachen wirst, aber er möchte dich eine Weile von den jüngeren Novizen hier trennen. Er sagt, du hättest keinen guten Einfluss auf sie."

Zayda verdrehte die Augen. Solch eine Theatralik nur wegen einer Portion geplatzter Äpfel.

„Jedenfalls haben Tanem und ich davon gehört, dass Garion mit den Magiern in Natuh verhandelt, um dich dort unterzubringen. Normalerweise wären wir ja hiergeblieben, bis wir irgendwann so weit sind, die Prüfung direkt zu bestreiten, aber wir gehen mit dir. Schon jetzt."

Als Vanu fertig war, blieb es eine ganze Weile vollkommen still in der kleinen Kammer, da Zayda einfach sprachlos war.

„Ich ..."

Vanu lachte leise. „Was? Du dachtest, nur weil du dich nach Irfen verdrückt hast, lassen wir dich komplett im Stich?"

„Ich wollte mich ja sogar verabschieden, aber Garion ..."

Ihre Freundin hob abwehrend die Hand. „Schon gut."

Nachdem sie eine Weile geschwiegen hatten, schien Vanu zu bemerken, dass Zayda vieles durch den Kopf ging. Sie lächelte verschmitzt. „Du willst doch sicherlich dein Kissen mitnehmen?", rief sie neckisch und schnappte es sich, um damit spielerisch nach Zayda zu werfen. Kaum hatte sie es vom Laken hochgehoben, erstarrte sie. Unter dem Kissen war ein Abdruck zu sehen, der Zayda so noch nie aufgefallen war – weil er zuvor immer mit einem Gegenstand gefüllt gewesen war.

„Was ist das?", fragte die Felide verwundert, während sie ihre Finger über den dunklen Abdruck gleiten ließ. Über die grauen Schlieren.

„Zayda, was ist das?"

„Es war ein Relikt. Aus meinem alten Leben. Jetzt ist es fort."

Vanu ließ weiterhin die Finger über den Stoff wandern, starrte nachdenklich darauf und sandte schließlich einige Funken in die Falten. Sofort zuckte sie zurück, als das Bild des Rattenschädels deutlich und klar in ihrem Geist auftauchte. Sie konnte ihn sehen, wie eine Art Vision, und den Nachklang seiner Magie wahrnehmen.

Zischend atmete sie ein und warf Zayda einen besorgten Blick zu. „*Warum*, bei den Hütern, behältst du so etwas in deiner Nähe?"

„Es ist eine Trophäe aus meinem ersten Kampf gegen ein magisch verändertes Ungetüm … ein Mahnmal, dass die schwarze Magie schon lange unter uns weilt und ich gesiegt habe. Aber ich habe sie in Irfen zurückgelassen."

„Das ist Irrsinn, so etwas in seiner Nähe zu bewahren! Du hast darauf geschlafen. Oh, Avarra!"

„Warum regst du dich so auf? Es war nur ein Schädel."

„Nein!"

Vanu schauderte, stand vom Bett auf und warf Zayda einen entrüsteten Blick zu.

„Glaubst du, ich weiß rein gar nichts? Die Ratken sind nicht die Einzigen, die mit schwarzer Magie in Kontakt kommen! Auch wenn …"

Zayda machte das Stocken in Vanus Stimme nur noch wütender; hastig riss sie das Kissen aus der Hand ihrer Freundin, um es zurück aufs Bett zu werfen.

„Auch wenn sie was? Schwarze Magie erschaffen haben? Ich kenne die Legenden, und ich sage dir, wir tragen nicht allein die Schuld an dem, was vor über sechshundert Jahren geschehen ist!"

„Ich will nicht streiten, verzeih", hauchte Vanu kleinlaut und nahm Zayda damit sofort den Wind aus den Segeln. „Ich mache mir eben Sorgen, verstehst du? Deshalb wollen wir ja auch mit! Um auf dich aufzupassen."

„Das ist völlig überflüssig."

„Ach ja? Du verschwindest für zwei Wochen und kommst mit einer alten Frau wieder anstatt mit deinem R'jato-Schatten? Du hast überall schwarze Narben auf den Armen, als hätte dich jemand mit glühenden Stäben punktiert! Wann redest du endlich mit mir darüber, anstatt allein durch die Schule zu streifen, der du doch ohnehin möglichst bald den Rücken kehren willst?"

Das brachte Zayda wieder zum Schweigen, und ihre Gedanken wanderten zu ihrer Amme, die nun in der Kammer nebenan den Schlaf der Erschöpfung schlief.

„Was ist mit ihrem Daumen geschehen?"

Vanu würde es nicht verstehen.

Niemand außer Ratken verstand ihre Traditionen.

„Er wurde wegen des Rituals abgeschnitten. Als Zeichen für einen jungen Krieger, dass er sein erstes Blut gefordert hat."

„Das ist barbarisch."

Zayda zog eine Augenbraue hoch.

„Setzen die Feliden ihre Kinder nicht eine Weile allein im Wald aus, schutzlos, ohne Nahrung und ohne Waffen?"

„Das ist nicht dasselbe! Wir töten niemanden dafür!"

„Und dennoch würdet ihr rebellieren, wenn euch jemand verbieten würde, die Kleinen dieser Probe zu unterziehen."

Vanu presste die Lippen zu einer schmalen Linie zusammen, gab aber keine Widerworte mehr.

Zayda seufzte.

„Ich denke, es wird am besten sein, Sebila nicht weiter auf die Geschehnisse anzusprechen. Es wird ihr ohnehin schon viel abverlangen, dass sie aus ihrer Heimat gerissen worden ist."

Vanu wollte offensichtlich etwas Schnippisches erwidern, schüttelte dann aber nur den Kopf und wandte sich zur Tür.

„Ich gehe schlafen. Wenn du bereit bist, mir von deinem Bruder und den dunklen Ereignissen zu erzählen … Ich bin hier."

Zayda nickte und ließ sie davonziehen, während sich Unmut in ihr breitmachte. Wie viel hatte Garion den Schülern hier erzählt? Und weshalb nahm Izerdan es sich einfach heraus, den anderen Magiern in seinem … Zirkel einfach zu erzählen, was im Leben seines Protegés vor sich ging?

Sie gehörte zu seiner Elite, verdammt!

Sie hatte ein Recht darauf, involviert und gefragt zu werden!

Seufzend warf sich die junge Ratke flach auf ihr Bett und fuhr mit der Hand über die Stelle, an der zuvor immer der Schädel gelegen hatte.

Fast bereute sie, ihn hergegeben zu haben. Sie würde ihn vermissen … aber vielleicht hatte Vanu auch recht. Er könnte gefährlich gewesen sein. Andererseits war sie noch nie vor einer Bedrohung zurückgewichen, und der Schädel hatte sie immer wieder daran erinnert, nicht aufzugeben.

Und nach der Wahrheit zu suchen, die irgendwo hinter der dunklen Seite der Magie lag.

Mit einer Dienerin und zwei Verbündeten an ihrer Seite, die sie nach Natuh begleiten würden.

Und einem wahrhaft treuen Krieger als Spion daheim.

Wozu benötigte sie da Izerdan noch? Wenn er sie nicht bald ins Vertrauen zog, würde sie ihn in ihre zukünftigen Pläne nicht mehr einweihen.

Sie würde in Natuh nicht innehalten, bis sie die magischen Hallen von Avarra betreten durfte.

Nacht der Schreie

Zayda hob den Kopf und bemerkte erst da, dass sie auf moosbewachsenen Steinen lag.

Ihr Schädel brummte entsetzlich. Sie stemmte sich hoch und sah sich um. Anscheinend befand sie sich in der Halle der Hüterin Avarra und war offensichtlich gerade aus einer ungewollten Ohnmacht erwacht.

Sanfte Lichtstrahlen erfüllten den Raum, die durch kleine Löcher in der Decke strömten.

War es Morgen oder Abend? Sie hatte wieder einmal von diesem seltsamen Mazuk geträumt, den sie noch nie getroffen hatte!

Verdammter Mist, wieso konnte sie nicht mehr klar denken?

Ihre Kehle brannte, als hätte sie puren Alkohol hinuntergeschüttet und ihn angezündet.

Dann erst kam die Erkenntnis. Erinnerungen an die Unterhaltung mit Avarra, die Dunkelheit ... die Prüfung, in der sie vollkommen ohne Magie als kleines Kind durch die verschneiten Gassen von Irfen irren musste, um Sebila zu retten.

Es war eine Mischung aus so vielen Erlebnissen gewesen und hatte sich schier endlos hingezogen, bis sie endlich erkannte, dass Sebila in keinem Keller und keiner Gasse verborgen war – sondern in ihrem Herzen.

Im Nachhinein erschien es Zayda lächerlich ... und dennoch kam sie sich töricht vor, weil sie in der Prüfung so lange gebraucht hatte, um zu erkennen, dass es immer noch Menschen gab, die ihr wichtig waren.

Doch diese Erkenntnis jetzt aufrechtzuerhalten, stellte sich als zunehmend schwieriger heraus, denn dröhnender Lärm fraß sich durch ihren Kopf und wollte ihr keine Ruhe mehr lassen.

Sie stand jetzt aufrecht, versuchte, die Treppe hinaufzuwanken, hinaus aus der Halle mit ihren Farnpflanzen und Efeuranken und der schwülen Luft, die von der magischen Quelle angeheizt wurde.

Die Schreie wurden so laut, dass sie kaum noch etwas anderes wahrnehmen konnte! Ihre Sicht verschwamm zu einer Mischung aus grünen Flecken und silbrigen Lichtern, die schmerzhaft aufblitzten.

Das war keine Einbildung! Das waren auch keine Kopfschmerzen aufgrund ihrer Erschöpfung.

Eisige Kälte rann ihr Rückgrat hinunter.

Das waren Schreie, wie sie sie vor zwei Jahren in Irfen gehört hatte, als ihr Bruder Djark sie unbewusst rief. Es war der Tag, an dem Jorek ihn beinahe zu Tode gefoltert hatte, um sie anzulocken.

Zayda holte tief Luft und kämpfte das Brüllen in ihrem Kopf nieder. Sie zog dafür mit jedem Atemzug weitere Magie aus der Quelle in sich hinein, um das Schwächegefühl nach der Prüfung rasch loszuwerden.

Vorsichtig betastete sie ihre schmerzende Kehle und fühlte dort die glatte, kribbelnde Fläche des Mals. Das war kein Teil der Prüfung mehr.

Wieder hallte ein Schrei durch ihren Verstand, rollte wie eine mächtige Sturmwelle durch ihre Gedanken und spülte alle Fragen über ihre eben bestandene Prüfung hinweg.

Die Stimme gehörte R'jato.

Eine völlig unerwartete Welle aus Angst folgte dem Schrei.

Nicht er.

Alles, nur nicht er.

Die Angst, es könnte sich um eine weitere Falle handeln, war auf einmal nebensächlich. Selbst wenn der Abtrünnige nach zwei Jahren der absoluten Stille beschlossen hatte, wieder aus dem Untergrund aufzutauchen, so würde sie nicht zulassen, dass er ihren treuesten Ergebenen tötete.

Kaum durchströmte sie die Energie der Quelle, klärten sich auch ihre Gedanken und richteten sich auf ein einziges Ziel.

Irfen.

Sie fragte Avarra nicht um Erlaubnis, die Magie im Inneren der Erde zu nutzen, sondern konzentrierte so viel davon, wie sie für den Sprung in ihre alte Heimat benötigte. Die Pflanzen und schrägen Sonnenstrahlen verschwammen, verschwanden gemeinsam mit dem Rest ihrer Schwäche. Die Magie warf sie in einen Strudel, aus dem sie mit einem knisternden Blitz heraustrat – ohne auf eine Barriere der Magier zu stoßen, die das Herrscherhaus abschirmten.

Anstelle einer unsichtbaren magischen Schutzschicht lag nun Totenstille über dem Anwesen.

Keine Schreie mehr, kein Hilferuf.

Zayda schlug die Augen auf und hätte sich das erste Mal nach einem magischen Transport beinahe übergeben. Ihre Haut schmerzte! Alles schmerzte, ähnlich wie damals, als Leron und die anderen Stillen sie aus Tna'Ni hierherteleportiert hatten.

Diesmal hatte sie keine Wunden davongetragen, dafür war alles mit schwarzem Rauch bedeckt. Sie benötigte zwei Herzschläge, um zu begreifen, dass dieser Rauch nichts mit ihrer Teleportation zu tun hatte, sondern dass er sich einfach überall befand. Der ganze Raum war bis zu den Knien mit dickem waberndem Rauch erfüllt!

Sie jagte ihre Funken los und baute direkt um ihre Haut einen Schutzschild auf, um ihn dann mitsamt dem Rauch von ihren Beinen wegzuschieben.

Wo sind bloß alle?

Zayda horchte, rief dann in Gedanken nach ihrer Familie, doch der schwarze Dunst schien ihre Magie zu absorbieren wie dicker energiegeladener Schnee.

Als sie einen Schritt in die dunklen Schwaden wagte, trat sie mit dem Stiefel auf etwas, das zerbrach.

Es fühlte sich an wie Glas, das Wärme durch die dicke Ledersohle strahlte.

Der Nebel zischte und bewegte sich wie ein riesiges Wesen.

Zayda wollte sofort auf einen der Sessel klettern, die ein ganzes Stück entfernt wie Inseln aus dem Rauch herausragten. Sie schluckte, schob dann ihren Schild weiter von sich, bis sie eine große Blase erschaffen hatte, gegen die Wellen von dunklem, schwebendem Schleim brandeten.

Im freien Bereich ihres Schildes tauchten zwei bestiefelte Füße auf, die einem Wächter gehören mussten. Zumindest lag das typische Schwert neben ihm, von schwarzen Schlieren überzogen, als hätte er damit nach der allumfassenden Schwärze geschlagen.

R'jato?

Es kam keine Antwort. Wie auch? Sie schirmte sich selbst ab, und dazu kam noch die seltsam absaugende Wirkung des Rauchs.

Jetzt reicht es mir!

Mit einem Schwall Energie explodierte der Schild und brandete wie Hunderte unsichtbare Pfeile in den schwarzen Nebel hinein. Der ganze Raum leuchtete in ihrem Bewusstsein auf; rasch packte sie den Rauch und zog ihn zu sich wie zuvor die Magie der Quelle.

Gleichzeitig ging sie auf die Knie und tastete am Wams des toten Torwächters entlang. Wenn sie nicht alles täuschte, müsste er etwas bei sich tragen; vorausgesetzt, die schwarzen Schwaden hatten es nicht zerstört.

Komm schon …

Gerade als der Rauch die ausgestreckten Finger ihrer rechten Hand berührte, ertastete ihre Linke das gesuchte kleine Objekt.

Sie hob den Bilur an, hielt ihn vor sich, umschloss ihn mit der Faust und verbarg damit sein silbrig weißes Glühen. Alle Wachen ihrer Eltern trugen schon eine Weile einen Absorber mit sich, um gegen magische Angriffe von außerhalb gefeit zu sein; das hatte R'jato ihr vor ein paar Monaten berichtet.

Es hatte sie nicht retten können.

Aber es würde ihr nützen, wenn sie es geschickt anstellte.

Ihre Haut brannte.

Schwärze umschlang ihre lang gestreckten Finger und wollte sich in sie fressen, doch Zayda aktivierte ihre beiden magischen Male und erzeugte einen Wall, den die Schwärze nicht überwinden konnte. Dann aktivierte sie den Bilur in ihrer Linken und ließ die Magie zwischen ihren Händen fließen.

Die Schwärze folgte ihren Flüsterfunken wie der Jäger seiner Beute – und tappte in die Falle.

Zaydas Sicht verschwamm vor Konzentration. Ihr ganzer Körper erstarrte, während sie alles darauf setzte, diese wilde, ungezähmte Energie in den Speicherstein zu leiten.

Immer schneller und schneller zog es den Rauch zu ihren Fingern, die wie Feuer brannten und vor Energie pulsierten.

Am Ende war der Absorber schwarz. Er knirschte und knackte, als würde die Magie darin wütend gegen die Hülle schlagen, aber er hielt.

Mit zittrigen Knien stand Zayda auf. Beinahe hätte sie den schwarzmagischen Bilur fallen lassen, als ihr Blick nun auf das wahre Ausmaß der Zerstörung fiel.

Ihre schmerzenden Finger verkrampften sich um den Bilur, während sie allmählich begriff, wie knapp sie gerade dem Tod entronnen war. Hätte sie die Magie nur einen Hauch näher an sich herangelassen, wäre sie demselben Schicksal erlegen wie die drei Diener, die in der Mitte des Raums auf dem Teppich zusammengebrochen waren. Vielleicht hatten sie fliehen wollen. Es sah nicht so aus, als hätte es irgendjemand lebend aus dem Saal geschafft.

Zu ihren Füßen lagen drei Gestalten, zwei davon waren die Wachen. Zumindest ließen die deformierten Schulterplatten und die Reste ihres Wamses es vermuten. Leder und Metall waren von der Schwärze zerfressen, als hätten sich monströse Motten daran gütlich getan.

Was von den Gesichtern übrig war, brachte die Übelkeit in ihrem Magen schlagartig zurück.

Gerade als sie durch den Raum stürmen wollte, um nach ihren Eltern zu suchen, erhaschten ihre Ohren ein leises Geräusch. Ein Stöhnen.

„Zay…"

Mit drei Sprüngen eilte sie durch den Raum und packte den breiten Diwan, der neben den Sesseln stand, um ihn aus dem Weg zu schleudern.

Dahinter lag R'jato, zusammengekrümmt wie ein schlafendes Kind. Seine Arme und sein Nacken waren von einer Mischung aus Schleim und Asche überzogen, die sich wie Fesseln um seine Haut gelegt hatte und ihn anscheinend würgte.

„Was, bei den Hütern?", entwich es ihr, und sie ließ sich neben ihm auf den Boden sinken. Als sie seinen Arm packte, liefen feine Wellen durch den Schleim, und er begann zu brodeln wie kochendes Pech.

„Wer war es? Wer hat das getan?"

R'jato gab nur ein Ächzen von sich. Seine Augenlider flackerten bedrohlich, während die Schwärze gleich einer bösartigen Pflanze immer weiter kroch.

Sie durfte ihn nicht auch noch verlieren!

Ohne zu zögern, packte sie den schwarzen Schleim und lockte ihn mit ihrer Magie. Das Zeug reagierte sofort und wollte auf sie übergehen, doch sie kontrollierte es und leitete es in den knackenden Bilur in ihrer Gürteltasche.

R'jato keuchte.

„Zay…da."

„Still."

Sie zog weitere schwarze Magie aus seiner Brust und ließ sie durch ihre Arme fließen. Ihre Haut färbte sich grau.

„Ni…cht."

„Du sollst still sein! Ich werde schon nicht umkommen, in Ordnung? Ich opfere mich nicht, ich rette dir deinen Arsch!"

„Ich …"

„Nein! *Ich* werde heute nicht noch ein Familienmitglied verlieren, hast du mich verstanden?"

Das ließ ihn tatsächlich verstummen.

Er entspannte sich sogar ein wenig, bis sie den schwarzen Schleim an seiner Kehle erreicht hatte. Dort saß er besonders fest und wehrte sich, doch Zayda brannte ihn mit ihren Funken weg, bis alles Fremdartige an R'jatos Körper zu Ruß zerfallen war.

Einen Moment lang atmete er einfach nur befreit durch, dann löste er sich aus seiner verkrampften Haltung und rollte sich schwerfällig auf den Rücken, um lang gestreckt liegen zu bleiben.

„Es geht wieder. Danke."

Zayda nickte kantig. Sie hätte ohnehin nicht die Kraft gehabt, ihn nach seinem Wohlbefinden zu fragen. Gefühle konnte sie sich gerade nicht leisten.

Mit einem kräftigen Ruck zog sie R'jato auf die Beine; er musste sich noch eine Weile an die Wand neben dem Kamin lehnen. Sie ließ ihn dort stehen und besah sich das ganze Ausmaß des Massakers.

Alle waren tot. Wie in Trance schritt sie zwischen den Leichen im großen Saal umher und versuchte, es zu begreifen. Ihre Füße führten sie durch den Flur in den Seitenflügel. Was sie dort fand, war angesichts der anderen Toten nicht überraschend – dennoch hatte sie sie niemals erwartet, dass es so enden würde.

Die beiden Gestalten im Beratersaal trugen die Kleidung ihrer Eltern.

Zayda hatte sich das immer anders vorgestellt.

Sie hatte gedacht, ihr blieben noch Jahre, wenn nicht sogar Jahrzehnte Zeit, ehe sie und ihre Brüder sich Gedanken darüber machen müssten, wer Balzayds Nachfolger werden würde.

In den zwei Jahren seit Djarks Tod hatten sich Zeruk und Darzir beide weiter im Dienst für das Vaterland bewährt, sich im Rang hochgearbeitet und jeweils einen Erben gezeugt. Sie waren noch immer absolut gleich stark und hatten dies laut R'jatos gelegentlichen Informationen auch in Ritualkämpfen immer wieder unter Beweis gestellt.

Jetzt würden sie vermutlich beide Irfens Thron für sich beanspruchen. König Ray'Kal würde sich bestimmt *maßlos* freuen, sie so früh an die Bräuche einer Herrschernachfolge zu verlieren.

Immerhin würde der Verlierer sicherlich lebenslang für König Ray'Kal arbeiten, um dem gefährlichen Umfeld seines siegreichen Kontrahenten zu entgehen.

Ihre Mutter umklammerte einen Schlüssel, der durch die Schwärze fest mit ihrer Hand verbacken war. Übler Gestank stieg auf, als Zayda die Finger auseinanderbog, um den Schlüssel an sich zu nehmen. Sie nutzte den kurzen Moment des Kontakts, um vorsichtig einige Funken in den Leib ihrer Mutter zu schicken.

Nichts.

Kein Herzschlag, keine letzten Gedanken, die sie ihr hätte stehlen können wie damals bei Djark. Nur dunkle Leere.

Als Zayda rasch einen Schritt zurücktrat, verrutschte der Leichnam ein wenig, fiel jedoch nicht zu Boden, sondern blieb mit dem Oberkörper auf dem Tisch liegen.

Zayda war dankbar. Sie wusste nicht, wie sie darauf reagiert hätte, wenn ihre tote Mutter auf die Marmorplatten aufgeschlagen wäre wie ein Sack Kartoffeln.

R'jato trat hinter sie und legte ihr eine Hand auf die Schulter. Nicht zu fassen, dass er schon wieder auf den Beinen war und nicht einmal mehr zitterte.

„Was wirst du jetzt tun?"

„Meine Eltern sind tot. Alle Diener und Berater ebenfalls …"

Sie brach mitten im Satz ab und musterte ihn durchdringend. „Aber bei dir war es anders. Die Magie war anders, hat dich zwar angegriffen, aber nicht befallen wie die Übrigen. Warum?"

Als er nicht sofort antwortete, schoss Misstrauen durch ihren Geist wie ein Gift.

Wie kannst du noch leben? Bist du der Verräter? Der Verursacher von diesem Massaker?

Er schien ihre Gedanken an ihren Augen ablesen zu können, ohne dass sie sie aussprach. Blässe breitete sich in seinem malträtierten Gesicht aus – dann erstarrte er und sah an sich selbst herunter.

Zayda folgte seinem Blick.

R'jato hatte in dem Moment der Todesangst anscheinend etwas Intuitives getan. An seinen Gedanken konnte sie ablesen, dass er diese Bewegung in den letzten zwei Jahren öfter durchgeführt hatte, wenn er nachdenklich war oder an seinen Schützling dachte.

Während sie ihn minutiös beobachtete, zog er den großen Rattenschädel aus der Tasche, in die er seine Hand gesteckt hatte.

Ihre Trophäe.

Als er sie ihr unaufgefordert reichte, drehte sie sie sofort auf den Kopf und holte den Bilur aus dem Inneren hervor. Sein rotes Leuchten war vollkommen ausgebrannt. Seine heilsame, energetisierende Magie war erloschen.

„Er ... hat dich geschützt."

R'jato schnaubte und rieb sich dabei über die Arme, die immer noch von roten Striemen überzogen waren. Es sah aus wie beginnende Blutergüsse.

„Das nennst du Schutz?"

Zayda deutete mit einem Nicken zu ihren Eltern, die kaum mehr als Menschen zu erkennen waren. „Wäre dir das da lieber?"

„Nichts davon."

Er blickte sich ratlos im Raum um und folgte ihr dann, als sie durch die leeren Flure zur Küche ging. Dort fand sie neben der Leiche des Kochs am Herd auch noch das vor, was sie bereits befürchtet hatte. R'jato hielt neben ihr inne und zog scharf den Atem ein, als er auf die Ratke starrte, die am einfachen Holztisch auf der Bank kauerte und eine kleine Gestalt an ihre tote Brust gedrückt hielt.

Vereint im letzten Moment ihres Lebens und im Tod.

„Ist das ...?"

„Darzirs Frau. Und sein kleiner Sohn."

„Oh, Kalarati", flüsterte R'jato leise. Sie hatte ihn noch nie zur Hüterin sprechen hören. Nicht so.

„Darzir muss es erfahren. Er wird ... das wird ihn vernichten."

„Du bist sicher, dass es nicht ... intern verursacht wurde?"

Zayda starrte ihn an. Wollte er etwa andeuten, dass Zeruk oder Darzir ...?

„Niemand aus meiner Familie wäre so hinterlistig und feige!", keifte sie ihn an.

„Es könnte auch der fremde Diener gewesen sein. Er sah ziemlich verzweifelt aus."

„Ein Diener?"

„Ja ... ein Bote. Er betrat den großen Saal durch das Haupttor und stand gerade erst zwischen den Wachen, als er sich krümmte und die Schwärze aus ihm hervorbrach. Dann ging alles ganz schnell. Innerhalb eines Atemzugs war alles erfüllt davon, überall quoll es aus dem Boden, packte die Leute und ..."

Ein Bote sollte all das ausgelöst haben?

Zayda konnte es sich nicht so recht vorstellen. Auch wenn ihre Mutter eine harte Hand gehabt hatte, außer bei Sebila war sie nie wirklich ungerecht gegenüber ihren Sklaven gewesen.

Zaydas Gedanken rasten. Wäre ein einfacher Diener in der Lage, so viel Hass und Magie freizusetzen, um diese Zerstörung anzurichten?

Sie musste Darzir und Zeruk holen, doch dann würde sie vermutlich keine Chance mehr haben, die Geschehnisse aufzuklären.

Rasch erhob sie sich und schritt zum Eingang, zu dem kleineren zusammengekrümmten Toten zwischen den Wachen.

„R'jato, reite zu meiner alten Schule und bring die Meister her. Auch der oberste Templer soll kommen. Das hier muss bezeugt werden."

Er verneigte sich und ließ sie allein. Sie war ihm unendlich dankbar, dass er nicht protestierte. Wenn sie eines absolut nicht gebrauchen konnte, dann Mitleid.

Kaum war die Tür hinter ihm zugefallen, kniete sie sich neben die Leiche des Boten.

Selbst wenn er sich irgendwo mit der schwarzen Krankheit angesteckt hätte, wären nicht alle Personen im Haus so rasch dahingerafft worden.

Sie hatte immer geglaubt, dass die Krankheit in erster Linie für Magier gefährlich wäre. So wurde es in den Berichten von alten Ausbrüchen beschrieben. Dass es immer zuerst die Magier traf und später auch auf andere Personen übergriff, aber nur, wenn sich die Krankheit schon dank vieler magischer Opfer irgendwo tief einnistet hatte.

Das hier war anders.

Es glich einem politischen Anschlag. Einer Reinigung der Stadt von der Macht der van Dymars.

Hatte jemand aus ihrer Familie Ray'Kal verärgert? Nein, davon hätte ihr entweder R'jato oder Zeruk berichtet. Sie konnte sich außerdem nicht vorstellen, dass König Ray'Kal gleich zwei Söhne dieser hoch angesehenen Familie verlieren wollte.

Vorsichtig schob sie die seltsam verkohlte Kleidung des niederen Dieners beiseite. Teilweise zerfiel sie in ihren Händen, aber als sie den verstärkten Rand seiner Tunika herunterzog, tauchte eine helle Stelle am Hals des Mannes auf. Wie der Negativabdruck eines Bilurs, der von einem Lederband gegen die Haut des Boten gedrückt worden war.

Sie holte ihren Speicherstein, der nun mit schwarzer Magie erfüllt war, aus der Tasche und fragte sich, ob man ihn wieder aktivieren könnte. So wie er knackte, schien nicht viel zu fehlen, um ihn explodieren zu lassen. Nur ein magischer Funke vielleicht, der darauf ausgerichtet war, die schützende Hülle anzugreifen.

Hatte sie unbewusst genau die gleiche Art von Bilur erschaffen, mit dem der Anschlag verübt worden war?

Zayda richtete sich wieder auf und fühlte eine unendliche Müdigkeit in ihren Knochen.

Das sind nur die Nachwirkungen der Magie, die du gebannt hast.

Leise flüsternd meldete sich ein Gedanke, den sie so noch nie offen formuliert hatte.

Oder du bist müde, weil du genau weißt, dass du noch nicht stark genug bist, um über deine Brüder zu triumphieren.

Zayda erstarrte.

War es das, was sie wollte?

Ihr blieb keine Zeit, die Frage zu durchdenken, denn im nächsten Augenblick knisterte die Luft hinter ihr, und eine Reihe von Personen erschien aus dem Nichts. Zayda spürte sofort die Anwesenheit ihrer Brüder, herausgerissen aus irgendwelchen politischen Besprechungen.

Langsam, ganz langsam drehte sie sich um und fing als Erstes den Blick von Darzir auf.

Sie sah das Entsetzen in seinen Augen, das er als Krieger eigentlich nicht zeigen durfte. Und sie sah, dass er bisher nur vom Tod ihrer Eltern wusste.

Seufzend holte sie Luft und trat auf ihn und Zeruk zu.

Das wird entsetzlich.

Die Nacht war über Irfen hereingebrochen, ohne dass Zayda es wirklich wahrnahm. Endlose Gespräche, Geschrei und Vorwürfe … endlose Gedanken und magische Versuche, das Geschehen zu erklären.

Vergebens.

Es war und blieb ein grausamer Anschlag, und sein Verursacher lag weiterhin im Verborgenen.

Jetzt wurde es langsam still in der Stadt, die sich von ihrem neuen Lieblingsplatz aus ungewöhnlich hell für diese späte Stunde zeigte. Überall zwischen den Hügeln brannten große Feuer zu Ehren des verstorbenen Herrschers.

Zu Ehren ihrer Mutter und der Berater, der Wächter und sogar der Diener, die allesamt gefallen waren.

Zayda sog langsam und tief die rauchschwangere Nachtluft in sich ein. Sie wollte die Augen vor der Welt verschließen, konnte aber auch nicht wegsehen.

Von dem einsamen Platz, den sie gewählt hatte, war der Ausblick auf die Stadt dafür einfach viel zu atemberaubend.

Oben auf dem höchsten Dach des Anwesens, das nur noch von wenigen Wachtürmen auf den anderen Hügeln der Stadt überragt wurde. Die laue Kälte der Herbstnacht strahlte allmählich durch ihren Mantel und wurde von den Ziegeln des Dachs aufgenommen. Sie kauerte seit Stunden unbewegt an derselben Stelle und spürte dennoch keine Schmerzen in ihren Muskeln. Ihr Körper schien sich schlichtweg zu weigern, irgendetwas zu fühlen.

Sie starrte auf die Hügel und Stadtviertel hinab, die Tausende von Ratken beherbergten. Sie fragten sich jetzt bestimmt, wer ihr neuer Herrscher werden würde. Vielleicht würden sich auch neue Emporkömmlinge präsentieren, um ihre Brüder herauszufordern.

Nicht sie natürlich.

Sie war die unantastbare Magierin der Familie. Die Richterin des Abtrünnigen, die magische Kriegerin, die alle und jeden herausforderte, wie es sich für eine wahre Ratke gehörte.

Die dennoch nicht in den Köpfen der Leute als mögliche Nachfolgerin des Throns auftauchte.

Wie sehr sie diese Stadt liebte und hasste!

Ein Knistern hinter ihr störte den vermeintlichen Frieden auf dem Dach.

„Hier bist du", stellte Izerdan ruhig fest.

„Hier bin ich."

„Melancholie ist keine Nuance, die ich als passend für dich empfinde."

„Ich bin nicht melancholisch."

„Lethargisch dann?"

Seufzend richtete sie sich auf und wandte sich ihrem alten Meister zu. Sie war jetzt größer als er, was vielleicht aber auch an seiner zusammengesunkenen, müden Haltung liegen mochte.

„Hast du noch nicht genug von mir, Izerdan? Von dem Chaos, das ich seit meiner Kindheit anziehe?"

Er ging nicht weiter darauf ein, sondern kam gleich zur Sache, während er auf dem Dachfirst zu ihr balancierte und dann seinen Blick auf die Stadt richtete. Ihnen beiden war dank der Magie keine Erschöpfung anzumerken, auch wenn er zunehmend älter aussah.

„Was denkst du, wer dafür verantwortlich sein könnte?"

„Zeruk und Darzir schließe ich aus. Sie waren wahrlich entsetzt, das kann keiner spielen. Außerdem haben sie nicht die Fähigkeiten, um solch eine Tat zu vollbringen."

„Hegst du noch einen anderen Verdacht?", fragte er weiter.

„Ich habe im Arbeitszimmer meiner Eltern eine verborgene Kiste gefunden, nachdem ich einen Schlüssel … an mich genommen hatte. Darin waren unzählige Briefe und Informationen. Darunter auch eine Namensliste in der Handschrift meiner Mutter. Jeder auf dieser Liste ist tot und wurde im Auftrag meiner Mutter beseitigt. Als Warnung oder Bestrafung, nehme ich an. Perkirs Mutter steht ebenfalls auf dieser Liste."

„Dann war es wohl kein gewöhnliches Fieber", stellte Izerdan überraschend kühl fest.

„Ich vermute eher ein Gift. Wahrscheinlich hat sie auch den zuständigen Heiler angewiesen, es nicht allzu sehr zu versuchen. Oder ihn bezahlt. Wer weiß das schon? Offensichtlich kannte ich meine Mutter absolut nicht." Sie warf ihrem alten Meister einen

Blick zu. „Stell dir vor, ich dachte zwischendurch sogar kurz, sie wäre mit Volutans Gattin befreundet gewesen."

Das ließ Izerdan tatsächlich einmal auflachen. „Dann kanntest du sie wohl wirklich nicht."

„Dennoch lässt es mich vermuten, dass das alles auf eine persönliche Blutrache hindeutet. Schon vor Jahren habe ich erfahren, dass Perkir und Volutan unzufrieden mit der Politik meiner Familie waren. Ich war wütend und bin nach Tna'Ni gegangen und habe es einfach nicht mehr angesprochen. Im Grunde hat es mich eher verwundert, dass es in den letzten Jahren noch zu keinem Angriff kam, aber ich hätte niemals gedacht, dass die Ausmaße *so* aussehen würden!"

„Daran trägst du keine Schuld."

Zayda wischte mit der Hand durch die Luft.

„Als Berater hatte Volutan Zugang zu allen Bereichen im Herrscherhaus. Ich vermute, dass in jedem einzelnen Zimmer eine besondere Art von Bilur versteckt wurde, die sich alle gleichzeitig durch das Eintreffen des Boten aktivierten. Er und sein Sohn sind beide relativ fähige Magier, vielleicht konnten sie gemeinsam diese seltsamen Speicher erschaffen und …"

Izerdan zog scharf die Luft ein, hatte sich aber schon nach einem Moment wieder unter Kontrolle.

„Ich möchte deine Deduktion ja nicht von vornherein verwerfen, aber es gibt da zwei Punkte, die du nicht beachtet hast: Perkir ist seit Wochen nicht in der Stadt gewesen. Er ist einer meiner aussichtsreichsten Novizen aus deiner Generation, der noch lebt. Ich habe ihn ins Hochland geschickt, an den Hof von Mazmorra, um ihn von Ray'Kals Magiern als magischen Berater ausbilden zu lassen."

Zayda schnaubte. „Und die zweite Sache?"

Izerdan zögerte kurz, ehe er weitersprach. „Volutan war unter den toten Beratern."

Hätte Zayda in diesem Moment nicht ihre Magie gehabt, die sie stabilisierte – sie wäre vom Dach gefallen.

Allein dieses Gefühl, dass ihr der Boden unter den Füßen weggezogen wurde, ließ ihr Herz vor Wut rasen. Sie hatte sich in den letzten Stunden alles abverlangt, um ruhig zu bleiben und mit ihren Brüdern das Wichtigste zu organisieren, während in ihr doch in Wahrheit nichts mehr danach verlangte, als nach Perkir zu suchen und ihn dafür leiden zu lassen!

Anstatt froh zu sein, dass sie nicht beinahe einen Unschuldigen getötet hatte, war sie einfach nur noch wütender!

„Ich kann das nicht so auf sich beruhen lassen, Izerdan", rief sie atemlos. „Jemand hat meine halbe Familie ausgelöscht – und das zu einem Zeitpunkt, der so vollkommen unsinnig wirkt. Warum jetzt? Warum nicht dann, wenn auch ich und meine Brüder im Anwesen waren?"

Izerdan sah sie mitleidig an. Sie hasste das!

Zum Glück für ihn wurde sein Blick schon nach einem Herzschlag sehr ernst und nachdenklich, er sprach jedoch nicht, also wetterte sie weiter.

„Falls die Angreifer politische Instabilität oder einen Umsturz gewollt hätten, war das absolut sinnlos! Meine Brüder werden ein letztes Mal ihre Kräfte messen, und der Stärkere wird der neue Herrscher. So wie ich es sehe, wird es Zeruk sein."

Sie konnte spüren, wie wieder einmal dieser rebellische Gedanke durch ihren Geist flüsterte – dass auch sie es sein könnte. Magisch gesehen, war sie ihren Brüdern absolut überlegen.

Izerdan zog eine Augenbraue hoch, und sie dachte schon, er hätte in ihrem Kopf gelesen.

„Es gibt noch eine Möglichkeit: dass jemand diesen Anschlag verübt hat, der sich nicht so gut mit den ratkischen Gesetzen auskennt."

„Ein Außenstehender? Ich kann es mir nicht vorstellen. Falls sich eine Verschwörung oder Rebellion angebahnt hätte, würden die Wachen es bemerken. Und auch deine Magier, oder etwa nicht?"

„Ich rede nicht von irgendwelchen Sklaven, die sich vielleicht zusammengeschlossen haben. Sie wären niemals in der Lage, solch ausgefeilte Magie zu verwenden, um die Herrscher zu töten."

Ausgefeilt.

Das Wort hätte ihr falsch aufstoßen sollen, doch irgendwie gab sie ihm recht. Die Art und Weise, wie dieses Attentat vollzogen worden war, hatte es vermutlich noch nie in der Geschichte gegeben. Es grenzte fast an Genie, wie meisterlich der Anschlag ausgeführt worden war.

„Wer war es dann?", fragte sie leise, mehr zu sich selbst und ließ den Blick wieder über die Stadt schweifen. Über das Meer aus Dächern, deren dunkle Blau- und Grautöne nur vom orangefarbenen Schein der Feuer in den Innenhöfen und auf den Plätzen unterbrochen wurde.

„Wer wäre mächtig genug für einen derart perfiden Plan?"

Izerdan schwieg lange und stand statuengleich neben ihr.

„Kannst du es dir nicht denken?"

Sie spürte seinen forschenden Blick auf sich, während sich die Zeit unendlich weit zu dehnen schien. Zayda hatte das Gefühl, die Luft um sich herum wie kalten Stein anfassen zu können, während sich ein Gedanke darin formte.

Wer würde davon profitieren, wenn ein wichtiger Außenposten der Ratken, die westlichste und mächtigste Handelsstadt des Kriegervolkes, an Einfluss verlor?

Die Phiruin.

Er deutete ein Nicken an, kaum mehr als ein kurzes Zucken seiner Halsmuskulatur.

„Was weißt du darüber? Hat Garion oder sonst jemand etwas gesagt? Sie müssen doch mit dir über solche Dinge reden!"

Izerdan gab ein schnaubendes Lachen von sich.

„Du denkst, Garion würde mich in einen Plan einweihen, der den grauenhaften Mord einer Herrscherfamilie beinhaltet? Die anderen Meister waren in den letzten Jahren äußerst verschwiegen. Sie reden über Portale und dass die stillen Wächter nicht ausreichen, um die Quellen und Portale in die andere Welt zu schützen. Es tritt das ein, was ich schon vor Langem vorausgesehen habe: Magier allein reichen nicht mehr aus. Die Ordnung droht zu zerfallen."

„Und Garion glaubt, meine Familie aus den Fugen zu reißen, würde dabei helfen? Er will doch nur verhindern, dass die Ratken sich weiter ausbreiten!"

Izerdan sah sie mitleidig an. „Wenn wir ihn fragen, ob er das Attentat eingeleitet hat, würde er uns töten."

„Er könnte das?"

„Wer sollte ihn hindern? Er ist ein wahrer Meister, junge van Dymar. Garion hat absolute Magie erreicht. Die vierte Prüfung, die oben in den nördlichen Bergen im Miakodatempel stattfindet, sie verleiht einem wahre Macht – und kein lebender Ratkenmagier hat diese Stufe bisher erreicht. Nicht in den letzten hundert Jahren. Die meisten anderen Magier der Ratken haben es sogar nur bis zur zweiten Prüfung geschafft und beten noch immer Kalarati an, um sich von ihr irgendwann erheben zu lassen. Aber niemand schlägt einen Wakenda-Meister wie Garion."

Zaydas Gedanken rasten.

„Dann … muss ich so stark werden wie er. Um das Gleichgewicht wiederherzustellen!"

Izerdan neigte das Haupt und sah sie stolz an.

„Das wirst du."

Er sah seufzend auf die Weite der dunklen Stadt hinaus und nickte ihr zu.

„Ich muss jetzt gehen. Es warten einige Besprechungen mit den Templern auf mich, und ich werde die Phiruin auf eine falsche Fährte führen. Ich werde ihnen versichern, dass der Täter aus den eigenen Reihen stammt. Wenn du möchtest, lasse ich Meisterin Cara nachher noch einmal nach dir sehen."

Zayda lehnte mit einem Kopfschütteln ab. „Es geht mir gut."

„Unglaublich … und faszinierend."

Sie runzelte die Stirn, vermutete aber, dass er auf die Art und Weise anspielte, wie sie die schwarze Magie im Herrscherhaus gebändigt hatte. Ohne etwas Weiteres zu sagen, ließ er sie allein auf dem Dach zurück und teleportierte sich vermutlich auf den Tempelplatz.

Zayda setzte sich wieder, schloss eine Weile die Augen und atmete den rauchigen Geruch der Feuer ein. Sie brannten herunter. Bald würde nichts mehr übrig sein als graue Asche, die von der Ehre ihrer Familie zeugte.

Ein Plan nahm allmählich Gestalt an. Um ihn durchführen zu können, musste sie jedoch ihre Figuren neu platzieren – und sie musste sehr schnell mächtiger werden.

Zu ihrem Glück war sie dafür genau in der richtigen Stadt, mit dem richtigen Tempel.

Bevor sie die Augen öffnete, füllte sie ein letztes Mal ihre Lungen bewusst langsam mit Luft und sandte dann einen konzentrierten Strahl Magie nach Natuh.

Tanem griff sofort nach der Verbindung, über die schlagartig ein Strom an Gefühlen an sie übertragen wurde.

Zayda! Bei den Hütern, wir dachten, Avarra hätte dich bei der Prüfung mit Haut und Haaren gefressen! Wo bist du?

Ich glaube nicht, dass die Hüter Ratken als Nahrung nutzen.

Ha. Ha.

Es tut mir leid. Ich … wurde gerufen.

Gerufen? Wohin? Bist du etwa in Tna'Ni?

Zayda seufzte – dann wurde ihr klar, dass sie diese Vermutung von Tanem vielleicht zu ihrem Vorteil nutzen konnte. Ein gewagter Plan formte sich in ihrem Kopf, doch sie hatte jetzt keine Zeit, ihn zu verfeinern. Er drängte nach Informationen.

Nein. In Irfen. Ich musste nach Hause …

Ist alles in Ordnung?

Nein. Absolut nicht. Tanem, ich brauche deine Hilfe! Ich brauche mehr Zeit, um eine Heilung für diese Krankheit zu finden, die meine Heimat plagt. Und dafür brauche ich dich in Tna'Ni, so bald wie möglich.

Irritation brandete zu ihr hinüber.

Moment mal. Du willst, dass ich Natuh verlasse? Ehe ich die Prüfung abgelegt habe?

Zayda spürte, dass sie so nicht weiterkam. Sie würde an sein Mitgefühl appellieren müssen, das hatte in den letzten zwei Jahren am besten funktioniert. Eine Schande, dass sie gerade nicht bei ihm war, dann würde es ihr viel leichter von der Hand gehen, ihn zu überzeugen.

Tanem, ich muss stärker werden! Wenn es so weitergeht, wenn es schlimmer wird … Sie zögerte kurz und holte tief Luft. *Ich muss es verhindern, verstehst du? Ich kann nicht zulassen, dass mehr und mehr meines Volkes sterben.*

Sie konnte deutlich spüren, wie Tanem seine Stirn runzelte.

Ich verstehe aber nicht, wie mein Verzicht auf die Prüfung dir dabei helfen soll.

Ich brauche Augen und Ohren in Tna'Ni! Ich bin mir sicher, dass Meister Garion mehr darüber weiß, als er den normalen Novizen verrät. Leron hat so etwas einmal angedeutet. Als stiller Wächter hättest du überall Zugang, würdest in alles eingeweiht werden.

Das ließ Tanem stocken.

Du willst, dass ich ein Stiller werde? Ist das dein Ernst?

Meinst du denn, Meister Garion würde mich darüber informieren, wenn die Krankheit in der Schule ausbricht? Oder dich und Vanu? Er würde es verschweigen, so wie mein Meister in Irfen es mir verschwiegen hat, weil er keine Panik riskieren wollte! Ihr würdet vielleicht alle genau wie meine Familie in Irfen sterben!

Ihre Stimme zitterte jetzt.

Wie meine Eltern.

Tanem schien zu wanken. *Sie sind tot? Was bedeutet das jetzt für* dich?

Wenn nicht bald ein neuer Herrscher in Irfen akzeptiert wird? Krieg.

Tanems Seufzen erzeugte ein Echo in ihrem Kopf.

Gut. Dann werde ich ein Stiller und bewahre Tna'Ni vor diesem grausamen Schicksal.

Falsche Rache

Als Zayda sich in den frühesten Morgenstunden von ihrem Ausguck erhob und einen letzten Blick auf die Nebelbänke warf, die über dem See aufstiegen und sich wabernd auf die umgebenden Wiesen schlichen, fühlte sie sich bereit.

Sie hatte ausreichend geruht, genug meditiert und die richtigen Antworten gefunden. Wenn sie eines nicht akzeptieren würde, dann, in der dritten Prüfung mit dem Tod ihrer Eltern konfrontiert zu werden.

Sicher nicht. Sie hatte einen ganz anderen Plan.

Mit einem lauten Donnern verschwand sie vom Dach und erschien direkt zwischen den Säulen des Tempels.

Kaum hatte sie den äußeren Bereich mit den Marmortreppen hinter sich gelassen und die kühle Halle betreten, tauchte die omnipräsente Strahlung von Kalaratis Quelle in ihrem Bewusstsein auf.

Heute wurde sie jedoch sofort abgelenkt. Nicht von ihrem Vorhaben oder von Erinnerungen an das Jahre zurückliegende Kriegerritual – sondern von dem Altar, der vor Kalaratis Statue aufgestellt worden war und auf dem eine ganze Reihe von verschlossenen Gefäßen standen.

Die Asche ihrer Eltern, ihrer Familie ... Zayda verdrängte die Gedanken an den gestrigen Abend. Sie wollte jetzt nicht an die Zeremonien denken, in denen die Kraft von Balzayd an seine Söhne übergeben worden war.

Es war so früh, dass die Halle bis auf einen Wächter vor dem Altar leer war. Als sich dieser erhob, entpuppte er sich allerdings als der Tempelmeister. Zayda fragte sich, ob er jemals schlief.

„Junge Herrin van Dymar? Was führt dich zu dieser unüblichen Stunde in meinen Tempel? Möchtest du deinen Eltern noch einmal die letzte Ehre erweisen?"

„Nicht wirklich. Ich habe mit ihnen abgeschlossen, wie Ihr sicherlich gestern Abend gehört habt."

Der alte Ratke zog misstrauisch eine weiße Braue hoch.

„Warum kommst du dann hierher?"

„Ich möchte Kalarati gegenübertreten."

„Dein zweites Mal ist noch ganz frisch", warf der Tempelmeister mit einem kritischen Blick auf ihren Hals ein. „Die Wakenda-Prüfungen so schnell hintereinander zu bestreiten, wird tödlich für dich enden, junge Herrscherto…"

Der Tempelmeister stockte, als ihm sein Fehler klar wurde.

Zayda reckte das Kinn. „Ganz recht. Denn es ist meine Sache, was ich tue oder lasse, alter Mann. Bis der neue Herrscher erkoren wurde, sind meine beiden Brüder und ich die ranghöchsten Krieger in ganz Irfen – und Ihr habt mir Folge zu leisten."

Er knirschte hörbar mit den Zähnen, neigte aber dann gehorsam das Haupt.

„Bitte folgt mir, Herrin."

Zaydas Herz trommelte, während er sie tiefer in den Tempel führte, doch sie würde ihm das niemals zeigen. Wie schon in Siad und Natuh ging es steile Treppen in die Tiefe.

Vor den großen Türflügeln ließ der Tempelmeister sie mit warnenden Worten zurück. „Handelt das mit der Hüterin aus. Wenn Euer Vorhaben allerdings Euren Tod bedeutet, werde ich es Euren Brüdern erst mitteilen, nachdem die Entscheidung gefallen ist, wer der neue Herrscher wird."

Zayda zuckte mit den Schultern. „Dann wäre es mir ohnehin gleich, oder nicht?"

Er grummelte etwas vor sich hin, während er über die Treppe entschwand. Zayda atmete einmal tief durch und legte eine Hand an die Tür. Der Stein war warm, und dahinter pulsierte die Energie der Quelle.

Bitte, Kalarati, ich muss mit dir sprechen.

Als sie den Gedanken durch die Tür sandte, entstand sofort ein Band zwischen ihr und der Quelle. Nach ein paar Herzschlägen öffnete sich das schwere Steinportal, und die Hüterin ließ sie eintreten.

Dieses Mal war sie viel zu fokussiert, um auf die Umgebung zu achten. Zwischen den Säulen trat eine halb transparente Ratte hervor, so groß wie ein Pferd, aus grauem Nebel geformt.

Sie bewegte sich lautlos auf Zayda zu, ein riesiges Wesen mit durchdringenden Augen, die von Magie pulsierten, obwohl auch sie nur aus Rauch bestanden.

DU BIST HIER, UM DEINE PRÜFUNG ABZULEGEN.

„Ich habe keine Zeit für eine Prüfung."

DANN BIST DU WOHL IN DEN FALSCHEN SAAL GESTOLPERT, JUNGE ZAYDA?

Unglaublich, wie mokierend diese Ratkenhüterin wirken konnte.

„Mitnichten. Ich bin hier, um dich um das Mal zu bitten. Um den Kraftschub, der damit einhergeht. Ich benötige baldigst mehr Magie."

RECHTFERTIGT DAS DEIN VERLANGEN NACH MACHT?

„Ich muss diese Stadt heilen! Sie ist befallen von Pestilenz und Schwäche, von der Krankheit!"

UND DU WILLST DIESE SCHWÄCHE DURCH ZWANG-HAFTES VERHALTEN ERSETZEN?

„Wenn es notwendig ist? Wieso nicht?"

Sie trat vor und zog ihren Kragen herunter, um das zweite Mal zu entblößen. „Avarra hat mich für würdig befunden und mich dennoch gequält, indem sie mich genauso wie Rupicapra zwei Tage lang durch einen Irrgarten wandern ließ! In dieser Zeit wurde meine Familie ermordet, und das Schicksal Irfens hängt nur noch an einem hauchdünnen Faden."

Kalarati blieb ungerührt. Die riesige Ratte drehte weiter ihre Kreise um die Magierin.

SIE GABEN DIR EINE CHANCE. EINE MÖGLICHKEIT, IN DIESER LANGEN ZEIT DEINE FEHLER ZU ERKENNEN, WÄHREND DU VON PURER MAGIE UMGEBEN BIST. DU KANNST DICH REINIGEN – ODER ZUGREIFEN.

„Heißt das, du überlässt mir die Wahl?", fragte Zayda listig. Sie griff nach jedem Strohhalm.

DU SOLLTEST DEINE WAHL ÜBERDENKEN. AUCH WAS DEINE FREUNDE BETRIFFT.

Zayda schnaubte, musste jedoch sofort an Garion und die Feliden denken. Immer diese rätselhaften Formulierungen. Weshalb musste Kalarati ihr Misstrauen jetzt noch schüren? Würde dies nun doch ihre nächste Prüfung werden?

Als die Ratte vor ihr stehen blieb, trat Zayda einen Schritt auf sie zu.

„Du bist die Reinkarnation aller Ratken! Du vereinst ihre Magie und ihre Stärke in dir, dann müsstest du doch spüren, wie es um uns steht?"

Sie trat einen weiteren Schritt nach vorn und streckte die Hand aus. Kalarati musterte sie noch immer eingehend, wich jedoch nicht zurück.

Jetzt trennte sie nur noch eine Haaresbreite voneinander, aber Zayda zögerte.

„Willst du nicht auch, dass wir wieder stark werden? Ich habe die reale Chance, die magische Stärke der Ratken wiederherzustellen!"

Kalarati beobachtete sie noch immer.

DU WILLST WIRKLICH DIESEN WEG GEHEN?

Ich muss.

Bevor sie einen Fehler beging, der die magische Entität verschrecken würde, streckte sie die Hand endgültig aus und berührte den warmen Nebel. Nie zuvor hatte sie ein solches Wesen von sich aus berührt. Es war anders als mit Rupicapra und Avarra – ein nicht zu bändigender Zorn stürmte auf sie ein und ließ sie zurückzucken.

DU WAGST ES?

Ein heftiger Schlag traf sie, und alles verschwamm vor ihren Augen. Als Nächstes lag sie auf dem Boden, und eine unglaubliche Last drückte sie auf die Marmorplatten. Die riesige Ratte kauerte über ihr, das Maul zu einem lautlosen Knurren geöffnet.

Zayda konnte nicht atmen, sich nicht bewegen! Wie konnte ein körperloses Wesen so unglaublich schnell und stark sein?

Pure Magie schien sie auf den Boden zu pressen. Allmählich brannte sich ein Feuer durch ihre Arme und Beine, dort, wo die Krallen der Ratte sie gepackt hatten.

Angst jagte durch Zaydas Verstand, während das magische Brennen immer stärker wurde.

Kalarati würde sie töten!

Sie würde sie zu einem Haufen Asche verbrennen, so wie es alle bei jeder ihrer bisherigen Prüfungen geglaubt hatten. Sie durfte nicht zulassen, dass diese Prophezeiung eintrat. Sie musste etwas tun!

Als sie ihre eigene Magie aktivierte und der Hüterin entgegenschleuderte, kam es ihr vor, als würde sie versuchen, einen Berg mit einem Windstoß zu bezwingen. Sie hatte niemals genug Kraft, um einen Hüter zu besiegen! Kalarati stand die Energie einer ganzen Quelle zur Verfügung, und sie …

Hatte einen Absorber voller schwarzer Magie in ihrer Gürteltasche!

Mit aller Konzentration, die ihr bei den Schmerzen noch blieb, packte sie ihre Magie und mobilisierte sie in ihrem rechten Arm. Ihre Muskeln schrien, doch es genügte, um sich kurz zu befreien. Während Kalarati weitere Magie durch ihre Knochen jagte, tastete sie nach der Tasche.

Als ihre Finger den Absorber berührten, durchfuhr sie ein Blitz an Energie. Sie konnte nicht sagen, ob es nur eine vage Hoffnung war oder schon die darin gespeicherte dunkle Magie – doch was spielte das für eine Rolle?

Wenn Kalarati ihr das Mal nicht geben wollte, würde sie es sich eben selbst nehmen! Sie packte den Bilur und rammte ihn mitsamt ihrer geschlossenen Faust in den Bauch der riesigen Ratte, die über ihr kauerte.

Kalarati bäumte sich auf, und der Schmerz in Zaydas Gliedern wurde sofort dunkler. Der hellgraue Nebel der Ratte geriet in Wallungen.

Sie gab ein wütendes Kreischen von sich. Der Saal bebte wie bei einem Sturm. Kalarati ließ von ihr ab und wich in die Schatten der Säulen zurück.

Zayda rappelte sich auf, doch ihre brennenden Beine wollten sie nicht tragen. Sie blieb auf den Knien, doch es tat ihrem Triumphgefühl nichts ab.

Der dunkle Bilur pulsierte noch immer warm in ihrer Faust, die sie nun schwer atmend auf Augenhöhe hielt. Die Ratte zischte wieder.

NIMM ES WEG! NIMM DIESE SCHWÄRZE FORT VON MEINER QUELLE!

Zayda hielt den Bilur weiterhin vor sich gestreckt.

„Wenn du mir das Mal gibst! Versteh doch, ich will das hier nicht, aber du zwingst mich dazu! Ich brauche den Kraftschub!"

DU WAGST ES, MICH ZU ERPRESSEN?

„Wäre es dir lieber, wenn ich den Bilur einfach hierlasse? Ich könnte ihn versehentlich fallen lassen, aber um ehrlich zu sein, weiß ich nicht, was dann passiert."

Kalarati trat aus den Schatten hervor und richtete sich vor Zayda zu ihrer vollen Größe auf.

DU WIRST DEIN VOLK ZUGRUNDE RICHTEN, ZAYDA VAN DYMAR.

„Das entscheide ich selbst zum gegebenen Zeitpunkt, vielen Dank."

Sie umklammerte den Bilur fester, um ihr Zittern zu verbergen. Ohne den verdorbenen Speicherstein, der brodelnd gegen ihre Haut drückte, wäre sie mit absoluter Sicherheit schon in Stücke gerissen worden. Ihre Magie erholte sich bereits wieder und linderte das Brennen, das sich in ihre Knochen gefressen hatte.

Zayda wagte es nicht, an sich herunterzusehen, um die Verletzungen in Augenschein zu nehmen. Stattdessen hielt sie den Bilur etwas zur Seite, um Kalarati Platz zu machen.

Sie konnte nur hoffen, dass die Hüterin sie nicht mit einem letzten Streich töten würde, da ihre Angst vor dem herunterfallenden Bilur zu groß war.

Unglaublich, dass dieses erhabene Wesen überhaupt vor etwas Angst haben konnte!

„Tu es!"

Bevor sie etwas Weiteres sagen konnte, rammte die Ratte ihre linke Klaue in Zaydas Bauch und zog sie einen Moment später auch schon wieder zurück. Hitze brandete durch ihren Körper.

Zayda konnte nicht mehr atmen, nicht mehr denken. Sie wankte, hielt sich aber auf den Knien.

Kalarati wich zurück und tauchte in die Schatten der unendlich wirkenden Halle.

PACK DEINEN BILUR, VERSCHWINDE AUS MEINEM TEMPEL UND KOMM NIE WIEDER ZURÜCK.

Zaydas Inneres fühlte sich genau so an wie ihre Knochen unter Kalaratis Griff zuvor. Unglaubliche Magie brandete durch ihren Leib und ließ sie auf die Beine springen.

Sie trugen sie tatsächlich. Alle Schwäche, die nach einer bestandenen Prüfung eigentlich eintreten sollte, war wie weggewischt; ihre Funken heilten alle Verbrennungen, unmittelbar während sich das Mal um ihren Bauchnabel formte.

Sie konnte es spüren. Silbrige Zacken und Linien, die sich in ihre Haut ätzten und dort eine noch tiefere und mächtigere Verbindung zu ihrer Magie bildeten.

Sie wandte sich um und wankte zur Tür, wagte es aber erst auf der Treppe, den schwarzmagischen Bilur wegzustecken, der ihr das Leben gerettet hatte.

Der ihr einen der vier Hüter zum Feind gemacht hatte. Für immer.

Zaydas Herz beruhigte sich allmählich. Sie atmete tief durch und blendete den stechenden Schmerz in ihrem Bauch aus. Es würde eine Weile dauern, bis sie sich an dieses Gefühl gewöhnt hatte. Auch ihre Kehle war noch wund. Ein derartiges Maß an stürmischer Magie, die durch ihren Körper jagte, war beängstigend und berauschend zugleich.

Sie hatte eine Hüterin herausgefordert und besiegt!

Es gab ihr das herrliche Gefühl von absoluter Kontrolle.

Als sie die große Halle erreichte, trat ihr der Tempelmeister mit einem ekelhaft selbstgefälligen Lächeln entgegen.

„So schnell zurück? Hat sie dir nicht aufgemacht?"

Zayda packte den Mann mit ihrer Magie und presste ihn eine Fußlänge über dem Boden gegen die nächste Säule.

„Seht Ihr das wirklich so?"

Sie streckte ihre Hand etwas aus, und er rutschte an der Säule nach oben, fasste sich an den Kragen und riss die Augen so weit auf, dass sie beinahe aus den Höhlen quollen.

Nach zwei langen Atemzügen ließ sie ihn wieder zu Boden sinken, wo er in die Knie ging.

„Hütet in Zukunft Eure Zunge, Tempelmeister. Ich bin kein kleines Mädchen mehr, das sich in Euren Tempel schleichen musste, um der Magie näher zu sein. Ich bin meine eigene Quelle."

Damit verließ sie den Tempel in einem knisternden Blitz und kehrte ihm für immer den Rücken.

Als sie das Anwesen erreichte, war es beinahe seltsam, nicht von Schreien in ihrem Kopf begrüßt zu werden.

Es hätte irgendwie zum Muster gepasst, dachte Zayda mit einem verbissenen Lächeln, während die letzten Entladungen ihrer Teleportation verschwanden.

Sie hätte sich jetzt nichts mehr als ein bisschen Ruhe gewünscht, um sich an den Sturm in ihrem Inneren zu gewöhnen und die neuen Grenzen ihrer Kräfte auszutesten, doch das war ihr nicht vergönnt.

Zeruk hatte seine zwei Berater, seine Dienerschaft sowie Frau und Kind mittlerweile aus Skir herbringen lassen, damit das riesige Haus nicht mehr ganz so leer wirkte.

Die neuen Diener putzten bereits seit den frühen Morgenstunden und hatten die meisten schwarzen Flecken auf den Böden schon beseitigt. Zayda wusste dennoch ganz genau, wo welcher Körper gelegen hatte.

In der Küche werkelte nun ein neuer Koch mit neuen Helfern – und im Speisesaal saß Piora auf Lerydas Stuhl und hielt ihren kleinen Sohn im Arm.

Zayda schnaubte und spürte, wie allein ihr schneller Atem einen Sturm heraufzubeschwören drohte.

„Ich sehe, du fühlst dich schon sehr wohl, keinen Tag nach dem Tod meiner Mutter, die eigentlich in diesem Stuhl sitzen sollte."

Pioras Kopf ruckte hoch, und sie erblasste sichtlich bei Zaydas Anblick.

„Ich … ich …"

„Jaja, du hast nicht daran gedacht. Spar dir irgendwelche Lügen."

Plötzlich wurde Pioras Blick abweisend und arrogant.

„Was denkst du denn, welcher deiner Brüder eher als neuer Stadtherrscher akzeptiert werden wird?", fragte sie hinterhältig.

„Der ohne Erben und Gattin? Oder der mit?"

Zayda wollte gerade Luft für eine Antwort holen, da spürte sie, wie R'jato an sie dachte. Er suchte nicht nach einer gedanklichen Verbindung, nein, er dachte einfach nur kurz über sie nach, und sie konnte das wahrnehmen, als spräche er direkt neben ihr.

Lag es daran, dass er seine Gedanken nicht vor ihr verbarg? Oder würde ihr das bei vielen anderen in Zukunft auch so gehen?

Sie warf Piora einen vernichtenden Blick zu und teleportierte sich dann mit einem besonders lauten Knall in die Stallungen, um ihren Balg garantiert zum Weinen zu bringen.

R'jato zuckte zusammen, als sie neben ihm erschien und die Pferde erschrocken wieherten.

„Du hast gerufen?"

„Ich ... nein, eigentlich nicht."

„R'jato, ich konnte spüren, dass du dir Sorgen um mich machst. Völlig unnötig, wie ich hinzufügen möchte."

Als er sich zu ihr umwandte, fiel ihm der Sack mit Hafer aus der Hand und landete im Stroh.

„Deine Augen! Ich habe sie noch nie so gelb leuchten sehen", entfuhr es ihm, während sich seine Augen zu engen Schlitzen zusammenzogen und sein Blick über ihre malträtierte Kleidung glitt. „Was hast du getan, Zayda?"

„Ich werde mächtiger."

Er musterte sie weiter durchdringend, und als sie unbewusst eine Hand an ihren schmerzenden Bauch legte, schnappte er nach Luft.

„Du hast doch nicht ...?"

„Doch, ich habe. Und ich werde jetzt ausreiten und meine neuen Kräfte auf einer Pferdekoppel oder einer Wiese austesten – und ich kann nicht dafür garantieren, dass diese Umgebung anschließend noch existieren wird."

Es gefiel ihr, wie deutlich ihr Leibwächter schlucken musste.

„Willst du mich begleiten?"

„Wenn du es wünschst, Orenda des dritten Grades?"

Sie neigte leicht das Haupt und schwang sich auf Cengiz' Rücken, ohne auch nur einen Gedanken an einen Sattel oder die Erlaubnis ihres Bruders zu verschwenden.

Sie ließen die Stadt Richtung Osten hinter sich und ritten eine Weile am Seeufer entlang. Zayda sog die frische Luft ein wie eine Droge, während die Kaltblüter schnaufend voranstapften und sie durch den milden Frühlingstag trugen.

Seltsam, wie belanglos Jahreszeiten wurden, wenn einen ständig Magie umgab. Ihre Funken hielten sie im Winter warm und spendeten im Sommer angenehme Kühle, wenn sie das wollte. Sie hätten sie auch mit Leichtigkeit an ihren Zielort bringen können, doch sie genoss diesen stillen Ritt mit ihrem einstigen Leibwächter.

Wer wusste schon, wie oft es solche vertrauten Momente noch geben würde?

Als sie die ersten Hügel überwunden und damit den See aus ihrem Blick verloren hatten, wurden die Wege schmaler und führten nur noch zwischen verwaisten Koppeln entlang. Der zugehörige Stall sah ebenfalls etwas heruntergekommen aus – ob die Pferde mitsamt ihrem Züchter ins Hochland gezogen waren? Es wären nicht die Ersten, die Irfen wegen seiner offenen Politik den Rücken gekehrt hätten.

Verrückt, dass ihre so strenge Mutter und ihr immerwährend ernster Vater von den Ratken als zu weichherzig angesehen worden waren, weil sie so vielen Händlern der anderen Völker Zutritt zu ihrer Stadt gewährt hatten. Zumindest zu den äußeren Bezirken.

Aber wie sonst sollte Irfen bestehen? Es lag weit abgeschnitten vom Hochland und war vermutlich nur deshalb in den letzten Jahrhunderten zu einer blühenden Metropole herangewachsen, weil Kalarati diese Quelle zu ihrem festen Standort auserkoren hatte.

Man könnte die Stadt auch anders regieren, dachte Zayda auf einmal, während Cengiz unter ihr etwas lauter schnaubte. Vielleicht roch er die Pferde, die hier einst gegrast hatten.

Als sie nach Zaydas Meinung weit genug von der Stadt entfernt waren, saß sie ab und bedeutete R'jato, zurückzubleiben. Sie wollte ihn zusehen lassen, aber nicht gefährden.

Zayda schloss die Augen und holte all ihre Magie hervor. Die Funken erwachten zum Leben, wanderten durch ihre Adern und über ihre Haut und brachten die Welt ins Innere ihres Kopfes, obwohl sie die Lider fest verschlossen hielt. Alles existierte in ihrem Kopf, und es genügten reine Gedanken, um die Welt umzuformen. Ein kleiner Wink ihrer Finger, ein Zucken ihrer Muskeln, und sie hätte sich an die Küsten des Hochlands oder in die Gebirge im Norden teleportieren können. Die Quelle in ihrem Inneren pulsierte vor purer Energie, wartete nur darauf, von ihr benutzt zu werden!

Diese Magie wollte leben. Einen kurzen Moment ihr strahlendes Selbst in der Freiheit erahnen – und dann verglühen.

Als Zayda die Augen aufschlug, war die Welt in Aufruhr.

Es waren vielleicht nur ein paar Felder und Koppeln, einige Weidezäune und die Lehmklumpen des Weges ... doch darunter und darin steckte so viel mehr.

Jeder Grashalm lebte. Unzählige Insekten durchwanderten das Erdreich und die Wiese und hatten doch keine Ahnung von der Welt. Für sie bestand sie nur aus dem aktuellen Moment, den immerwährend gleichen Zielen: Fressen, Fortpflanzen, Überleben.

Jetzt erloschen ihre Leben in einem Beben aus Magie. Die Funken stürmten auf alles ein, packten das Erdreich und beförderten es in den Himmel. Weit in der Tiefe fand sie Steine, zog sie empor und ließ sie ebenfalls schweben. Wie in einem wilden Tanz formte sie alles neu, zog ganze Hügel flach oder schob sie zusammen. Dabei ignorierte sie das Knacken der Zäune, die wie Streichhölzer im Sturm brachen, und das panische Wiehern der Pferde hinter ihr. Vermutlich musste R'jato mit aller Kraft gegen die Kaltblüter ankämpfen, um sie von einer Flucht abzuhalten, doch sie wollte keine Magie darauf verwenden, die Rösser zu beruhigen.

Dafür genoss sie den gewaltigen Sturm der Elemente viel zu sehr.

Als sie ihre Arme nach einer Weile sinken ließ und die bebende Erde zur Ruhe kam, wurde ihr erst bewusst, dass sie lachte.

Ihre Beine zitterten ein wenig, und ihre magischen Male kribbelten, doch so stark hatte sie sich noch nie gefühlt. Unvorstellbar, dass in Izerdan und Garion und den anderen Phiruin-Meistern ebenfalls solche Kräfte schlummerten. Weshalb hatten die Novizen niemals eine Demonstration erhalten, um zu sehen, worauf sie hinarbeiteten?

Als sie sich etwas beruhigt hatte und zu R'jato umwandte, war er bleich, wirkte jedoch auch erleichtert.

Dass er noch lebte? Oder dass sie es vollbracht hatte, eine ganze Landschaft umzugestalten? Die Hügel und Weiden waren jetzt verschwunden, dafür verteilte sich der Bach, der zuvor in einiger Entfernung zwischen den Hügeln Richtung See geflossen war, jetzt über der flachen Ebene und tränkte das aufgewühlte Erdreich mit Wasser. Vielleicht würde sie es irgendwann rückgängig machen, doch gerade gefiel es ihr einfach zu gut, so zerstörerisch sein zu können.

„Bist du dann fertig?", fragte R'jato möglichst unbeeindruckt, während Cengiz noch immer an seinen Zügeln zerrte.

„Sehe ich erschöpft aus?"

„Höchstens aufgewühlt. Aber das ist wohl keine große Überraschung nach den letzten Ereignissen."

Sie betrachtete eine Weile die flache graubraune Landschaft, die sie mit ihrer Magie eingeebnet hatte, und fragte sich, ob Garion einem Angriff mit so viel geballter Magie wirklich standhalten könnte.

Sie brannte darauf, es irgendwann herauszufinden.

Schon als sie am Mittag die östliche Stadtmauer durch eines der Tore passierten, warnten Zaydas Funken sie vor. Große Magie war in der Stadt gewirkt worden. Wie von einer intensiven Teleportation.

Zuerst dachte Zayda an Garion. Was, wenn Izerdan eingeknickt war und der Felide nun von ihrem gemeinsamen Verdacht wusste? Der Meister hatte sich immer als ein ruhiger alter Mann gegeben, doch wenn er so weit ging, ein Attentat auf ihre Familie verüben zu lassen, warum sollte er nicht gegen sie und Izerdan vorgehen?

Sie ritten einen kleinen Umweg an Izerdans Schule vorbei, angespannt und bereit, sich sofort gegen einen Angriff zu wehren, falls es notwendig sein sollte. R'jato schien ihre Anspannung zu bemerken, vermutlich auch, weil auf den letzten Straßen sichtbare Funken um ihre geschlossenen Hände flirrten.

Noch bevor sie die Schule erreichten, trat ihnen Meisterin Cara entgegen. Die hochgewachsene, dünne Ratke mit den roten Haaren blickte mürrisch drein, und ihr Gesichtsausdruck zeigte deutliche Ablehnung, als die Pferde schnaubend vor ihr anhielten.

„Zayda van Dymar! Du bist hier nicht länger willkommen."

Das hatte die junge Ratke nun wirklich nicht erwartet. Während es ihr noch die Sprache verschlagen hatte, richtete R'jato sich wesentlich schneller auf die Frechheit ein:

„Meisterin Cara, was bringt Euch dazu, so mit einer Magierin zu sprechen, die im Rang über Euch steht?"

Cara reckte das Haupt. „Ebendas! Sie hat sich unerlaubt Zugang zu Kalaratis heiligen Hallen verschafft und die Hüterin beleidigt! Niemand kennt bisher die genaue Vorgehensweise der dreisten van Dymar, doch die Hüterin hat deutlich gemacht, dass sie äußerst erzürnt ist. Wir werden das nicht unterstützen."

„Das ist unerhört! Ich verlange sofort, mit Meister Izerdan zu sprechen!", platzte Zayda heraus und war froh, dass sie sich auf dem Pferderücken so weit über Cara befand. Zugleich hielt es sie davon ab, der älteren Frau eine Ohrfeige zu verpassen, als diese nur abweisend schnaubte.

„Izerdan ist nicht hier. Er bespricht sich im Westen mit den Meistern der Phiruin, und während seiner Abwesenheit entscheide ich, was das Beste für die Schule ist."

„Du ...", setzte Zayda an, doch Cara unterbrach sie ungerührt, und ihr Ton wurde höhnisch.

„Begebt Euch besser in Euren Palast des Todes, Zayda. Dort erwarten Euch Gäste."

<center>~~~</center>

Nachdem sie das Anwesen über das Tor zum Innenhof betreten und die Pferde zum Stall geführt hatten, öffnete sich bereits die Tür zur Küche, und eine bekannte Gestalt eilte auf Zayda zu.

„Sebila! Was machst du denn hier?"

Die alte Amme zögerte kurz angesichts der mächtigen Kaltblüter, die sie so weit überragten.

„Ich ..."

Ehe die Dienerin sich erklären konnte, folgten ihr zwei weitere Gestalten in den Innenhof.

Die eigentlichen Gäste.

Zayda sah von einem zum anderen, gestikulierte dann aber doch wieder zu Sebila.

„Ihr habt sie hergebracht? Warum?"

„Nun, hätten wir sie allein in Natuh lassen sollen? Du hast selbst gesagt, dass du für sie verantwortlich bist, sie schützen willst."

„Aber nicht hier!"

„Warum nicht?", fragte Vanu rebellisch. „Wir wissen ... was passiert ist. Wir wissen, dass es in diesem Haus keine ... Bedrohung mehr für Sebila gibt."

„Mein herzliches Beileid", murmelte Tanem da leise, während er sich hinter Vanu hielt. Seltsam, wie der große Junge es schaffte, sich hinter der zierlichen jungen Frau zu verbergen.

„Und was macht *er* hier?" Sie beugte sich etwas zur Seite, um Tanem fixieren zu können. „Was machst du hier? Warum bist du nicht in Tna'Ni?"

Vanu verschränkte die Arme vor der Brust, auch um sich breiter zu machen. „Weil ich das für Schwachsinn halte! All das ist Schwachsinn. Du hältst unseren Meister wirklich für in der Lage, uns zu belügen, was die Krankheit angeht?"

„Ich denke, er ist noch zu viel mehr fähig."

Vanu sah sie durchdringend an, doch ihre Magie prallte an Zaydas Schutz ab. Sie musste nicht einmal mehr bewusst darüber nachdenken, ihre Gedanken abzuschirmen. Ein Teil ihrer Funken tat es ganz von selbst.

„Was willst du damit sagen?"

„Dass die Meister wichtige Dinge vor uns verheimlichen! Sie haben ihre ganz eigenen Pläne. Die Phiruin wollen vor allem eins: ihre Schulen und Quellen und Portale schützen."

„Das ..."

Vanu legte ihr eine Hand auf den Arm. Es war als freundschaftliche Geste gemeint, doch sie zuckte sofort zurück, als sie Zaydas Magie spürte. Sie wurde bleich und machte einen Schritt nach hinten, fast schützend vor Tanem.

„Du hast die dritte Prüfung bestanden? Zayda! Wie ... wie ist das möglich?"

„Indem ich zu Kalarati ging."

„Zwei Prüfungen innerhalb von zwei Tagen? Zayda, das ist gefährlich! Weißt du, was das mit deinem Körper und deinem Verstand machen kann, so plötzlich von so viel Magie durchdrungen zu sein? Du …"

„Es geht mir hervorragend, danke", erwiderte Zayda kühl.

„Nein, tut es nicht! Deine Eltern wurden ermordet, da ist es in Ordnung, zu trauern und sich schlecht zu fühlen. Wütend zu sein!"

Zayda wischte mit der Hand quer durch die Luft und ignorierte die Tatsache, dass dabei eine heftige Windböe durch den Innenhof strich, in dem sie alle standen.

„Ich *bin* wütend! Ich bin wütend, dass man mich in diese Lage zwingt! Dass ich meine Eltern zwei Jahre lang nicht gesehen habe und sie nicht retten konnte! Dass ich meiner Mutter nicht mehr sagen konnte, wie sehr ich ihre Machtspiele und ihre Pläne gehasst habe!"

Sie holte tief Luft, ließ sie aber ohne einen Laut wieder aus ihrer Lunge entweichen.

„Und du bist wütend, dass Tanem und ich nicht auf dich gehört haben", entgegnete Vanu missbilligend. „Weißt du auch, warum? Ich war bei Avarra und habe die Prüfung bestanden, obwohl ich wegen deines Verschwindens aufgewühlt war! Sie hat mir gesagt, ich muss mich befreien, muss meinem eigenen Bauchgefühl folgen – und Tanem hat sie abgewiesen!"

Zayda sah überrascht von einem zum anderen und vergaß dabei fast ihre Wut.

„Das … wusste ich nicht."

„Du hast auch nicht gefragt", erwiderte Tanem kleinlaut.

Seit wann war er so ruhig und Vanu so unerschrocken?

„Was ist passiert?"

„Avarra hat ihm gesagt, er sei für einen anderen Weg bestimmt. Er solle erst ein Heiler werden, ehe er wieder zu ihr kommt", setzte Vanu nach, doch da griff Tanem ein.

„Ich kann für mich selbst sprechen!"

Vanu schnaubte. „Ach ja? Du warst kurz davor, einfach nach Tna'Ni zurückzureisen, ohne auch nur einen Schritt in Avarras

Halle gewagt zu haben, und ich musste deine Beweggründe faktisch aus dir herauspressen. Ihre Beweggründe", setzte sie nach und wies dabei auf Zayda.

Doch die junge Ratke hatte allmählich genug davon. Sie fühlte sich überfallen, und es war ihr egal, was die beiden wollten – sie hatten ihre Befehle missachtet und sich gegen sie gestellt. Sie entglitten ihr als Gehilfen … wann war das so schiefgegangen?

„Ihr seid also nur hergekommen, um mit mir zu streiten? Um mir zu sagen, dass ihr meine Ziele für Irrsinn haltet?"

Da wurde Vanus Blick etwas weicher.

„Nein, das nicht. Ich hielt es für eine gute Idee, wenn wir in dieser schweren Zeit in deiner Nähe sind. Außerdem: Wo könnte Tanem besser Avarras Aufgabe nachgehen als hier? Du hast selbst gesagt, dass hier die Krankheit wütet."

„Das ist nicht so einfach!", gab Zayda zischend zurück. „Es ist keine Krankheit aus einem von Garions Lehrbüchern. Ihr könnt es nicht heilen!"

„Warum sollte Tanem dann seine Ausbildung dafür abbrechen und zu einem Stillen werden?"

„Weil … weil ich …"

Sie konnte diese Frage nicht ehrlich beantworten, weil es keine einfache Antwort gab. All diese Wendungen, alle Ereignisse der letzten Tage machten Zayda nur eines klar: Sie hatte sich fatal verkalkuliert, was ihre beiden magischen Mitstreiter anging.

„Ich verstehe dich nicht", gab Vanu anklagend zurück, doch die junge van Dymar hatte genug. Sie verschloss sich und wandte sich ab.

„Dann haben wir uns nichts mehr zu sagen."

„Zayda, bitte! Wir machen uns Sorgen, lass uns helfen!"

„Geht zum Übernachten in Izerdans Schule. Dort solltet ihr willkommen sein."

Vanu sah sie verletzt an. „Und hier sind wir es nicht? Was ist los mit dir?"

„Ihr versteht die Politik meines Volkes nicht! Die Herrscher der Stadt wurden umgebracht, und meine Brüder werden nun um die Nachfolge kämpfen. Es wird öffentliche Ritualkämpfe geben, aber da sie beide noch jung sind, könnten sie von so gut wie jedem ranghohen Krieger herausgefordert werden. Versteht ihr? Meine Familie könnte alles verlieren!"

Vanu sah sie entsetzt, aber auch mitleidig an.

„Das hat sie doch schon, Zayda."

Mitten in der folgenden Nacht schlug Zayda die Augen auf und konnte nicht mehr schlafen.

Sie war nicht müde, ihre Magie weckte sie sofort und klärte ihren Verstand. Die Erinnerungen an den vergangenen Abend, nachdem Vanu und Tanem sich endlich zurückgezogen hatten, wollte sie dennoch lieber verdrängen. Zeruk und Darzir waren so schweigsam wie noch nie gewesen, während sie beide zu viel tranken und immer wieder verstohlene Blicke auf den leeren Platz am Tischende warfen, an dem noch vor zwei Tagen ihr Vater gesessen hatte – und wo bald einer von ihnen sitzen würde.

Eigentlich hatte es Zayda überrascht, dass die beiden überhaupt noch friedlich an einem Tisch zusammensitzen konnten. Vermutlich lag es nur daran, dass Darzir sich noch immer im Schock über den Tod seiner Frau und seines Sohns befand.

Es erschien ihr alles wie ein skurriler Albtraum, aus dem es kein Erwachen gab.

Zayda seufzte, drehte sich im Bett um und starrte an die Decke ihres Himmelbetts.

Es war unendlich still im Anwesen. Viel zu still.

Zayda benötigte mehrere Atemzüge, um zu realisieren, was sie daran störte. Das Fehlen mehrerer Herzschläge, die beim Einschlafen noch da gewesen waren.

Sie stand auf und warf sich eine Tunika über, ehe sie ihr altes Kinderzimmer verließ und die Galerie betrat, die den großen Saal umschloss. Die Wachen unten am Eingang sahen fragend zu ihr auf. Immerhin waren sie wach und schienen nicht alarmiert.

Dennoch beruhigte es Zayda nicht.

Als sie an Zeruks alten Gemächern vorbeiging, hörte sie ein Schluchzen. Beinahe hätte sie es für das von Piora gehalten, doch ihre Nackenhaare stellten sich unmittelbar auf.

Langsam schob sie die Tür auf, auch wenn ihre Magie bereits das schreckliche Bild vorzeichnete, bevor sie es mit ihren eigenen Augen erblicken konnte.

Der Geruch von Blut und Wein war so dominant, dass er alles andere überdeckte.

Genauso wie Darzirs kniende Gestalt die blutüberströmte Piora überschattete, die leblos in seinen Armen hing. Er wiegte sie sanft vor und zurück und flüsterte dabei immer wieder und wieder den Namen seiner Frau. Seiner Nerike, deren Einäscherung er erst gestern beigewohnt hatte!

Zayda stand wie erstarrt in der Tür und spürte absolut nichts mehr außer Kälte. Der verdammte Raum ähnelte einer albtraumhaften Kopie ihres eigenen Gemachs. Das große Bett, zerwühlt und von Blutspritzern besudelt. Hinter Pioras Leiche auf dem Teppich lag das Bettlaken ... und unter dem Stoff ragte eine kleine Hand hervor.

Zayda streckte ihre Funken nur zögerlich aus.

Kein Herzschlag. Absolute Stille.

Darzir hatte sie noch immer nicht bemerkt. Sein Atem ging stoßweise, während er Piora den falschen Namen zuflüsterte. Zayda hätte wetten können, dass es sein Atem war, der so nach Wein stank.

Tote. Immer mehr Tote.

Darzir ist im Delirium! Wo ist Zeruk? Wie konnte er das zulassen?

Was für dumme Fragen du dir doch stellen kannst, Zayda, dachte sie als Nächstes, während sie lautlos an Darzir vorbeischritt. Zu der benachbarten Kammer, die einen Schreibtisch beherbergte.

Und einen toten Zeruk, der über den Trümmern eines Schemels zusammengebrochen war. Stechender Schmerz schnürte Zaydas Kehle zu, als sie ihren Bruder erblickte.

Seltsam. Djark sterben zu sehen oder ihre Eltern tot vorzufinden, hatte nichts dergleichen bei ihr ausgelöst.

Als sie sich neben Zeruk in die Hocke sinken ließ, kam sie sich das erste Mal in ihrem Leben einfach nur alt und müde vor. Ausgelaugt.

Sie legte prüfend eine Hand auf seine Brust und sandte Magie in sein Inneres. Kein Wunder, dass hier weniger Blut war.

Einen Kampf hatte es nicht gegeben, höchstens einen Streit.

Auch wenn Darzir betrunken und verrückt geworden war, so hatte er nichts von seiner tödlichen Präzision verloren, die man ihm während der jahrelangen Ausbildung eingetrichtert hatte. Ein sauberer Stich ins Herz, von hinten. Zeruk hatte es vermutlich nicht einmal geahnt und auch nicht gespürt.

Zaydas Hand zitterte, als sie sie zurückzog und aufstand. Zorn brodelte in ihrem Inneren, der das Mal an ihrem Unterarm strahlend leuchten ließ.

Mit unsicheren Schritten verließ sie die Kammer und blieb fassungslos hinter ihrem ältesten Bruder stehen, der noch immer reglos über Piora kauerte und sie ignorierte.

Ihrem letzten Bruder.

Sie wollte nichts mehr, als ihn für diese schändliche Tat zu bestrafen. Für diese Feigheit!

Doch sie hielt sich zurück, ballte nur die Fäuste, bis sich ihre Fingernägel tief in ihre Handballen gruben.

Sie konnte nicht – denn in seinem Zustand war er kein würdiger Gegner, nur ein kleiner Welpe. Es wäre unehrenhaft.

Und dennoch schrie alles in ihr, es zu tun.

Ein Zucken ihrer Finger würde genügen.

Doch die Enttäuschung, diese Morde nicht verhindert zu haben, hielt sie endgültig zurück.

Weshalb hatte sie es nicht gehört? Nicht gefühlt?

Ihre Arme bebten jetzt.

Wozu habe ich diese Fortschritte gemacht? Mir diese Magie geholt, wenn ich so etwas nicht verhindern kann? Ich hätte doch nur rechtzeitig aufwachen müssen ...

Dann dämmerte es ihr, und eine Gänsehaut fraß sich hartnäckig über ihren Rücken. Verdammt!

Das ist Kalaratis Strafe. Das sind die verdammten Auswirkungen der Prüfung! Sie hat das getan ... Sie!

Die dunkle Umarmung

Von ihren drei Brüdern war Zeruk der Einzige gewesen, mit dem sich Zayda eine Zusammenarbeit hatte vorstellen können: Er als Herrscher der Stadt und sie an seiner Seite, als Magierin und starke Hand, die seine Frau nicht hätte sein können. Wieso wurde ihr das erst so spät klar?

Ihre Finger zitterten so sehr, dass es schmerzte. Überhaupt alles schmerzte. Ihre Haut, ihre Knochen und Adern, in denen das Blut wütend pulsierte.

Der Schmerz spülte ihre letzten Hemmungen fort.

Ihr rechter Arm zuckte vor und packte Darzir an der Schulter. Ohne das übliche dicke Wams und die Schulterschützer aus gehärtetem Leder wirkte er dünn und beinahe zerbrechlich. Sie konnte seine Schulterknochen und das Schlüsselbein fühlen, und es war ihr egal, dass beides geräuschvoll knackte, als sie ihn kraftvoll herumriss.

Er schrie überrascht auf, als sie ihn mit Wucht von der toten Piora wegzog und gegen die Wand drückte. Er stand so neben sich, dass er sich nicht einmal wehrte!

Ihre Magie drang auf ihn ein, jagte durch seinen Körper und sorgte dafür, dass er keinerlei Widerstand leisten konnte. Sie fühlte und wusste alles.

Sie spürte den Alkohol, der durch seine Adern strömte, und schickte ihre Funken auf die Jagd nach der Substanz in seinem Blut. Er schrie auf, als sich ein Gefühl in ihm breitmachte, als würde er verbrennen. Seine Haut zischte und dampfte, und er zuckte weg, doch sie erlaubte ihm nicht, sich von der Holzvertäfelung zu lösen. Ihre Magie fesselte ihn daran wie unsichtbare Eisenketten.

Zayda linderte sein Leiden erst, als der Alkohol bis auf den letzten Rest aus seinem Körper verbannt war – und es kostete sie all ihre Willenskraft, ihn nicht auf der Stelle aus dem Leben zu reißen. Mit schmerzhaft zusammengepressten Zähnen veränderte sie die Aufgabe ihrer Magie und ließ sie heilen. Die Schmerzen in seinen Gliedern verschwanden, und auch der Nebel in seinem Kopf lichtete sich. Er schien erstarrt und sah sie einfach aus geweiteten Augen an.

Als sie ihn losließ und er an der Wand herunterrutschte, war sein Blick auf Piora gerichtet, die halb hinter dem Bett verborgen lag. Dennoch musste er wissen, was er getan hatte. All das Blut auf ihrem Gesicht und der Brust sprach für sich.

Sie würde ihm keinen weiteren Augenblick im schonenden Delirium gönnen.

Kaum war sie einen Schritt zurückgetreten, rappelte er sich auf und wurde grünlich im Gesicht. Er erinnerte sie mehr und mehr an den Jungen, den sie noch aus ihrer frühesten Kindheit im Gedächtnis hatte.

Das hier war kein Mann von Ehre.

„Sieh dir an, was du getan hast!", sagte sie kalt, doch Darzir reagierte vollkommen verzweifelt.

„Er war es! Er hat sie getötet!"

„Nein, das warst du, du verdammter Idiot. Du hast Piora und ihren kleinen Sohn ..."

Darzir brüllte wütend.

„Ich meine nicht seine Schlampe! Ich rede von meiner Nerike! Er hat sie und meinen Kleinen zu schwarzen Klumpen zerfallen lassen!"

Das reichte Zayda. Sie machte einen Schritt vor und schlug seine Hand weg, als er sie abwehren wollte. Kaum berührten ihre langen Finger seine verschwitzte Stirn, erstarrte er und versuchte, sich innerlich gegen ihre Magie zu wehren.

Lächerlich. Auch wenn er vielleicht im Laufe seiner Ausbildung einige rudimentäre Tricks zur Abwehr von Gedankenlesen erlernt

hatte, war sein geistiger Schutz nicht stärker als der eines Klein-
kindes. Sie forschte in seinen Erinnerungen und stockte.

Darzir glaubte wahrhaftig, dass Zeruk für den Tod seiner Familie verantwortlich war. Sogar jetzt, nachdem er von seiner heftigen
Trunkenheit befreit war.

Doch sie kannte Zeruks Charakter. Auch wenn er immer als
ausgezeichneter Krieger und intelligenter Stratege geglänzt hatte, so
war er eines ganz sicher nie gewesen: ein Kindermörder.

Wie hätte er es auch anstellen sollen?

Er wusste nicht mal im Ansatz, worum es sich bei der schwarzen Krankheit handelte, geschweige denn, wie man Menschen
damit ansteckte, ohne sich selbst zum Tode zu verurteilen.

Ihr ältester Bruder war verzweifelt, weil er seine Macht dahin-
schmelzen sah und weil er seine tote Frau und seinen Sohn tatsächlich geliebt hatte. Aber Darzir war nicht dumm! Es gab doch nicht
den geringsten Hinweis oder gar Beweis für Zeruks Schuld! Wie
kam er überhaupt auf eine derartige Idee?

Zayda forschte tiefer, grub sich immer weiter in seine
Gedankenwelt und überflutete das Hirn ihres Bruders mit Magie.
Etwas stimmte ganz und gar nicht … da war etwas Fremdes.
Etwas, das konstruiert wirkte. Nach einem weiteren Schwall ihrer
Magie zerbrach sie die Illusion und erstarrte.

Sie kannte diese Magie nur zu gut.

Der Verrat, der ihr innewohnte, war so ungeheuerlich, dass er
Zaydas Gefühle zerbrechen ließ. Sie fühlte, wie etwas in ihr starb
und nicht mehr zu heilen war.

Als sich ihr Blick klärte, hatte sie die Hand von Darzirs Stirn
sinken lassen. Ihr Bruder starrte sie reglos an. In seinen Augen lag
so viel Angst, dass sie ganz dunkel waren.

„Geh. Solange ich dich noch lasse."

Er kam keine drei Schritte weit, ehe sie die Kontrolle verlor.

Der Holzboden begann zu zittern. Erst schwach, dann immer
deutlicher. Darzir gab ein Keuchen von sich und stürzte gegen das

Geländer des Außengangs, als ihn eine Druckwelle aus Magie erfasste. Von unten schallten jetzt erste Rufe nach oben, doch es war Zayda egal. Alles war bedeutungslos, während sie das Unfassbare zu verarbeiten versuchte.

Ich sollte ihn hier und jetzt töten.

Sie folgte ihrem Bruder hinaus auf die Galerie, schwang sich über das Geländer und sprang hinab in die Mitte des Saals. Die nächste Druckwelle fegte alle Sessel, Schemel und Tische mit einem Krachen an die Wände, ein Muster aus Rissen in den Marmorplatten hinterlassend.

Darzir brüllte den Wachen nun etwas entgegen, doch als sie den beiden Männern einen Blick zuwarf, erstarrten sie auf der Stelle.

„*Geht!* Alle."

Dass die Männer in Rüstung bei ihrem Anblick und ihrer von Magie vibrierenden Stimme erbleichten und in die Nacht hinauseilten, hätte ihre Mutter Leryda sofort mit dem Tode bestraft.

Zayda konnte ihre Gefühle nicht mehr zähmen. Sie war nun allein in der großen Halle und verlor völlig die Kontrolle.

All der Hass, der Groll, die Enttäuschung und Wut ... all die Ängste, die sie dahinter verbarg – sie ließ allem freien Lauf.

Die Magie bahnte sich ihren Weg, ließ ihren Körper kribbeln und beben. Sie veränderte sich, krallte sich an die lodernden Emotionen in Zaydas Brust und verschmolz mit ihnen zu einer unkontrollierbaren Einheit.

Es fühlte sich an, als wäre es schon immer ihre Bestimmung gewesen, so zu enden. Eine ungeahnte Macht durchströmte sie, brandete über die drei magischen Male hinweg, als wären sie nichts, und bahnte sich einen Weg an die Oberfläche.

Sie musste es zulassen, es gab kein Zurück mehr.

Sie *wollte* es zulassen.

Der Brudermord war der Funken in ein großes Meer aus dunklem Öl. Der Akt, der alles in ihrem Inneren in Brand steckte.

Schwärze quoll aus ihren Fingern. Es fühlte sich an wie heißes Pech, wie der dunkelste Abgrund. Wie ein schreiender Sturm bei Nacht, der alle Sterne am Firmament verschlang.

Dunkler Rauch entstand aus der Masse, stieg in die Höhe und schloss sich dem Sturm an. Doch es war nicht nur Schmerz, nicht nur Rauch. Es war lebendig.

Die Schwärze strich wie schwebende dunkle Schlangen über ihre Haut, hinterließ dabei eine Gänsehaut und wollte gefüttert werden.

Sie ließ mehr Magie aus ihrer inneren Quelle frei, ließ sie strömen und sich wandeln … bis ein Zittern durch den Rauch lief und sich alles veränderte. Die Dunkelheit übernahm die Kontrolle. Zayda konnte wie in Zeitlupe zusehen, wie sich die Schwärze gegen sie wandte. Machtlos.

Nein! Nein, ich habe die Kontrolle!

Doch die Schwärze lachte nur dunkel.

Der Sturm aus Rauch umkreiste sie nun wie ein Rudel wilder Wölfe, nach Fleisch und Kontrolle hungernd. Die Schwärze stürzte sich auf sie, fraß sich durch ihre Haut bis in ihre Knochen und nahm ihr die Sicht.

Zayda schrie! Sie schrie und konnte es im Tosen des Sturms doch nicht hören.

Lass los! Lass es los, jag es fort! Du *bist deine Magie!*, versuchte sie, sich selbst zu überzeugen, doch es half nichts.

Die Schwärze verschlang sie immer weiter, bis die Welt nur noch aus Qualen bestand. Schwärze.

Da drang auf einmal etwas an ihr Ohr, das nicht zum tosenden Lärm des gewaltigen magischen Ausbruchs passte.

Jemand rief ihren Namen.

Sie schlug die Augen auf, auch wenn sie in ihrem Leben noch nie etwas als schwieriger empfunden hatte.

Hinter dem Schmerz tauchte ein Schemen auf, hell leuchtend gegen die Dunkelheit des Sturms.

Zayda begriff nicht, was mit ihr geschah. Sie starb … sie musste doch gerade sterben, oder nicht? Doch anstelle von weiterem Schmerz tauchte das lindernde Gefühl von Heilung auf und bahnte sich einen Weg in ihr Innerstes.

Als sie blinzelte, wurde ihre Sicht klarer, und sie erkannte die Gestalt. Zayda lag auf dem Rücken, und er kniete über ihr, hatte seine Hände auf ihren Bauch gepresst und ließ heilende Magie in ihr Inneres strömen.

Tanem.

Er brüllte vor Anstrengung. Erst da bemerkte Zayda, dass sie selbst nicht mehr schrie, sondern der Lärm nur noch von der tosenden Magie herrührte, die in schwallartigen Wellen aus ihrem Körper hervorbrach und über ihre verkrampften Glieder leckte.

Er rettete ihr das Leben!

Der Hass in ihrem Inneren verlor sofort an Kraft, und Tränen liefen über ihr Gesicht, auch wenn diese vordergründig von den Schmerzen herrührten.

Weshalb tust du das?

Der junge Miakoda war nicht in der Lage, zu sprechen. Er jagte immer mehr und mehr seiner Magie in sie hinein. Seine Arme waren schwarz. Zaydas Augen weiteten sich, als sie den Rauch sah, der um sein Prüfungsmal aus Siad peitschte.

Zuzusehen, wie sein Mal vor ihren Augen faktisch ausbrannte, ersetzte den Rest ihrer Wut durch Scham und ließ die letzten schwarzen Schlieren um sie herum erlöschen.

Tanem kippte kraftlos zur Seite und schlug auf dem Boden neben ihr auf, wo er schwer atmend liegen blieb. Sein ganzer Körper zitterte. Dampf stieg von ihm auf. Ein leises Krächzen entwich seiner Kehle, während er sie schweigend anstarrte.

Eine ganze Weile lagen sie reglos nebeneinander, dann schloss Tanem die Augen, um sie nicht länger ansehen zu müssen. Zayda wollte aufstehen, doch ihr Körper gehorchte ihr noch nicht wieder. Ihr Herz trommelte so wild, dass es die jähe Stille übertönte. Als hätte es noch nicht verstanden, dass es vorbei war. Dass sie noch lebte und atmete.

„Tan…em", würgte sie hervor und war tatsächlich überrascht, dass ihre Stimme noch wie ihre eigene klang.

Er schlug die Augen mühsam wieder auf. Das Blau darin war noch nie so dunkel gewesen.

Mit zittrigen Armen drehte er sich, stemmte sich in die Höhe und rutschte ein Stück von ihr fort. „Nicht."

Gerade als sie schwerfällig Luft in ihre gepeinigte Lunge sog, erfüllte das typische Knistern eines Blitzes den Raum, und Vanu stolperte aus einem magischen Riss. Zayda wusste nicht, woher sie die Kraft nahm, aber auch sie drehte sich auf die Seite und schaffte es, sich aufzusetzen.

„Bei den Hütern", flüsterte die Felide, als sie die Hand fühlend in den Raum ausstreckte. Es war offensichtlich, dass sie die Zerstörung und die dunklen Schlieren auf dem Marmor richtig interpretierte. Mit raschen Schritten sprang Vanu an Tanems Seite und zog ihn auf die Beine. Als sie ihn berührte, zuckte sie sichtlich zusammen und warf einen entsetzten Blick auf Zayda, dann auf das Mal an Tanems Arm. Seine Hand hing schlaff herunter, als hätte er kein Gefühl mehr darin, und das Mal war nur noch ein Meer aus dunklen Blasen und Blut.

„Was hast du getan, Zayda?", flüsterte Vanu kaum hörbar und legte sich Tanems gesunden Arm über die Schulter, um den Jungen zu stützen. „Was hast du *getan?*"

Nie hatte sich ihr Inneres so leer angefühlt.

Sie wollte aufstehen, aber es ging nicht. Ihr Körper war zu schwach, versagte ihr den Dienst. Sie war ihren Freunden schonungslos ausgeliefert.

Und Vanu schien das ganz genau zu spüren, denn sie holte tief Luft und ließ ihrer Fassungslosigkeit freien Lauf.

„Bemerkst du denn nicht, was mit dir geschieht, Zayda?"

„Ich werde immer mächtiger!"

Tränen standen in Vanus Augen, nachdem diese Antwort aus Zayda herausgebrochen war.

„Du bist *krank*, Zayda! All dieser Schmerz, die Verluste, die Dunkelheit: Es hat deinen Verstand vergiftet!"

Als die Ratke ihre Fäuste ballte, traten schwarze Funken zwischen ihren Fingern hervor.

Vanus gerötete Augen weiteten sich, dann wurden sie hart. So hart wie Stein. Zayda konnte sehen, wie sie in diesem Moment alle schwesterlichen Gefühle für die Ratke abstreifte und nichts als Entsetzen zurückblieb. Und eine Stärke, die Zayda anwiderte. Vanu hatte das nicht verdient! Nur sie verdiente wahre Stärke!

Vanu zog Tanem etwas weiter in die Höhe und wappnete sich.

„Ich werde dafür sorgen, dass alle Phiruin erfahren, was du getan hast! Welchen Weg du eingeschlagen hast. Ich werde persönlich Sorge tragen, dass du aus allen magischen Kreisen und Schulen verbannt wirst. Du trägst ein tödliches Gift in dir und willst nicht geheilt werden, Zayda van Dymar."

Sie holte tief Luft. „Weißt du, was Tanem damals in Siad bei seiner Prüfung gesehen hat? So wie ich den Tod meiner geliebten Feliden erleben musste … so musste er mit ansehen, wie alle Miakoda von Dunkelheit verschlungen wurden. Vor zwei Jahren schon versuchten die Hüter, uns zu warnen. Ich hätte es früher sehen müssen, doch das spielt jetzt keine Rolle mehr. Wenn Tanem recht hat, wirst du sterben, wenn du das nächste Mal solche Magie wirkst. Sie wird dich von innen zerfressen und …"

Zayda ließ sich nicht weiter Beleidigungen ins Gesicht spucken! Sie packte die Magie mit einem wütenden Brüllen und schleuderte sie Vanu und Tanem in einem Speer entgegen.

Ein Blitz zuckte quer durch die große Halle und verschluckte die beiden, ehe Zaydas Magie sie erreichen konnte. Die Schwärze schlug in die dunkelbraune Holzvertäfelung und in Teile der linken Treppe ein und fraß sich knackend durch das Holz.

Als die Magie verging, war sie allein.

Sie wusste nicht, wie lange sie schon auf ihre offenen Hände starrte. Auf ihre langen, grazilen Hände, an denen nun jede Ader dunkel hervorstach. Auf die Finger, die schwarzen Rauch unter den Fingernägeln hatten, als hätte sie sich durch nasse Asche gegraben.

„Ich habe ... ich habe schwarze Magie gewirkt. Ich habe sie erschaffen", flüsterte Zayda atemlos und war unendlich froh, dass sich bisher niemand zurück in das Herrscherhaus gewagt hatte. Ob sich bereits die Kunde in der Stadt verbreitete? Ob man sich bereits darauf vorbereitete, sie zu holen? Für den selbstverliebten Tempelmeister wäre es ein gefundenes Fressen ... genau wie für Izerdan.

Sie durfte sich nicht einfach so verbannen lassen, nicht nach all den Ereignissen der letzten Tage. Nicht nach dem, was gerade geschehen war. Sie hatte einen unglaublichen Durchbruch errungen!

Langsam schloss sie die Augen und wandte ihren Blick nach innen.

Wenn Vanu recht hatte, würde sie sterben, sobald sie die Dunkelheit wieder hervorholte ... doch in ihrem Innersten befand sich nichts anderes mehr! Sie suchte nach ihren Funken, aber die waren vollkommen mit der dunkel brummenden Schwärze verschmolzen. Sobald sie einen Funken dazu brachte, sich aus ihrer inneren Quelle zu lösen, färbte er sich dunkel und war umgeben von einer grauen Aura.

Doch sie musste ihre Magie wieder einsetzen! Sie war ein essenzieller Teil von ihr. Sie war alles, was sie ausmachte ...

Ohne Magie kann ich nicht leben.

Sie würde es also wieder tun. Sie würde sich niemals davon abhalten lassen. Selbst im Schlaf wandte sie ihre Kräfte an.

Mit einem letzten Zögern verdrängte sie ihre Bedenken und holte stattdessen ihre dunkleren Emotionen hervor.

Es war anders als vorhin.

Ein kurzer heißer Stich der Wut genügte schon, um die Dunkelheit zu erschaffen und zu lenken.

Zayda hob die Hände, und schwarze Magie floss durch ihren Körper, quoll aus ihren Fingern, sogar noch schneller als ihre alte Magie! Es fühlte sich *gut* an!

Überall dort, wo der klebrige schwarze Rauch über ihre Haut glitt, erfüllte sie sofort ein berauschendes Gefühl, als würde sie zugleich gestärkt und geheilt.

Sie konnte weiterhin alles tun! Sich teleportieren, heilen, Gedanken lesen und übertragen – nur alles mit mehr Druck und Präzision. Es war, als wäre ihre wahre Magie erst jetzt erwacht!

Alle Magie, die sie bisher gewirkt hatte, erschien ihr auf einmal blass und … belanglos.

Ihre Funken flüsterten nicht mehr. Sie schrien! Sie wirbelten tosend durch ihren Verstand und wurden dunkler … und leiser. Bis ihr Widerstand erstarb.

Zayda spürte, wie sich ganz von selbst ein Lächeln auf ihre Lippen stahl.

Ihre alte Magie war nun still.

Für immer.

Mit einer wegwischenden Bewegung ließ sie die Schwärze los, und sie verflog, löste sich in grauen Nebel auf und verschwand.

Sie hatte die absolute Kontrolle darüber! Die Schwärze gehorchte, ohne ihrer Herrin Wunden zuzufügen oder sich gegen sie zu wenden, wie bei Kielle oder Jorek!

Die Phiruin würden sie zu ihrem ultimativen Feind erklären, wenn sie herausfanden, dass sie schwarze Magie so unfassbar gut kontrollieren konnte. Das sollte nicht möglich sein. Sie sollte sich bereits verwandeln oder den Verstand verlieren, doch sie fühlte sich einfach nur gut!

Sie konnte sich deutlich vorstellen, wie Garion die anderen Meister um sich scharte. Wie er sagen würde, dass er schon immer gewusst hatte, dass es ein großer Fehler war, eine Ratke an seiner Schule aufzunehmen.

Sie hatte es in Vanus Blick sehen können. Die Felide hatte einfach keinen Zugang zu Zaydas Denkweise – und sie würde ihrem Meister alles haarklein berichten, was er wissen wollte. Über ihre Ziele, ihre geheimen Unterhaltungen … ihre Sorgen.

Dass ihr Volk auseinanderbrechen und sich gegenseitig vernichten würde.

Nur wenn die Ratken vereint wären, würden Garion und seine Phiruin es nicht wagen, sie offen anzugreifen.

Die alten Magier würden keinen Krieg riskieren.

Zayda hingegen schon.

Das Erste, was ihr auffiel?

Mit schwarzer Magie war alles so intensiv, dass es verwirrend und überwältigend wirkte.

Sie wollte sich teleportieren, musste aber erst einmal ihre Gedanken und ihren Fokus neu ordnen, da sie den Schmerz, der jede ihrer magischen Regungen nun begleitete, noch nicht gewohnt war.

Sie streckte ihre Magie aus und fühlte … was? Dunkelheit, Hitze … Druck. Die Funken waren jetzt grau in ihrem Bewusstsein und breiteten sich unglaublich schnell in ihrer Umgebung aus, doch sie brauchte einige Zeit, um das bald entdeckte Pulsieren als das von schlagenden Herzen auszumachen.

Da lebte jemand. Da verbarg sich jemand im Innenhof, zwischen Stall und Mauer gekauert.

Zayda schnaubte und ließ ihre Magie weiter tasten. Sie hatte jetzt keine Zeit, sich mit Sebila oder Darzir und R'jato auseinanderzusetzen. Falls es überhaupt einer von ihnen war. Vermutlich waren sie schon längst geflohen und hatten sich dem Verrat der anderen angeschlossen.

Sie ballte die Fäuste und nutzte die neue Wut, um dem Schwall dunkler Funken neue Kraft zu geben. Ob sie ihren alten Meister zuerst suchen sollte? Als sie ihre Magie losschickte, war wieder alles so intensiv, dass sie sich kaum konzentrieren konnte. Welch geballte Macht!

Sie dachte mit aller Intensität an Izerdan, vollbrachte es aber nicht, eine Verbindung zu ihm aufzubauen.

Als sie aufstand, waren ihre Muskeln und Knochen nicht mehr zerfressen. Sie fühlte sich wie neugeboren und ignorierte den kleinen Rückschlag.

Er hatte sich auch zuvor schon abgeschirmt.

Nur dass sie jetzt einen ernsthaften Verdacht hatte, was seine Beweggründe anging.

Cara hatte behauptet, er wäre irgendwo im Westen, also würde sie ihn auf andere Weise ausfindig machen müssen. Es musste Aufzeichnungen geben, Briefe vielleicht. Sie würde sich alle Hinweise holen.

Als sie ihre Hand hob und die Magie für eine Teleportation aufbaute, beobachtete sie fasziniert, wie ein Blitz über ihre Finger zuckte. Er war nicht mehr weiß oder silbrig. Er war schwarz!

Wie konnte ein Blitz schwarz sein? Die flirrenden, zuckenden Lichtblitze schienen einfach aus dem genauen Gegenteil von Licht zu bestehen.

Sie streckte ihre Finger auseinander, um die kleinen Ladungen besser betrachten zu können, und vergaß dabei fast ihr Ziel. Doch die Magie drängte sie, sie wollte nun eingesetzt werden! Sie brüllte in ihrem Inneren und wollte aufbrechen. Wollte alles auseinanderbrechen, das sich ihr in den Weg stellte!

Sie ließ dem Blitz freien Lauf.

Er riss sie durch einen Strudel aus Mauern, Dächern und über Straßen – und spuckte sie inmitten von Izerdans Kammer wieder aus.

Das Zweite, was ihr auffiel?

Sie hatte den Transport unbeschadet überstanden, wenngleich schwarzer Dampf in einem schmalen Ring um sie aufstieg.

Das Dritte: Der Raum sah noch fast genauso aus wie vor sieben Jahren, als sie ihn zuletzt betreten hatte. Nur die zerborstene Tür war natürlich ersetzt worden.

Das Vierte: Sie war nicht allein.

Izerdan betrat die Hauptkammer von seinem Schlafgemach aus und tat ehrlich überrascht. Sie traute ihm keinen Augenblick.

„Zayda. Was führt dich zu dieser Stunde in meine Gemächer?"

„Ist das eine ernst gemeinte Frage, oder willst du dich über mich lustig machen?"

„Ich wundere mich ehrlich. Soweit ich weiß, trauerst du noch um den Verlust deiner geliebten Eltern."

Zayda schnaubte. „Man hat mir einen Gefallen getan. Früher oder später hätte ich sie selbst getötet, da bin ich mir mittlerweile sicher."

Das ließ Izerdan deutlich aufmerksamer werden. Sie bemerkte ein Zucken an seiner Hand. Ein althergebrachter Instinkt, sich an den Absorber zu fassen, den sie an einer Kette um seinen Hals spürte? Es musste ein besonderer Bilur sein, wenn er so hervorragend abschirmte, aber die Magie seines Trägers nicht zugleich absaugte.

Sofort wollte sie ihn besitzen!

„So kaltherzig kenne ich dich gar nicht, Zayda."

„Es hat sich einiges verändert." Sie fixierte ihn nun mit ihrem Blick, durchbohrte ihn förmlich damit. „*Du* hast einiges verändert."

„Ich weiß nicht, was du …"

Zayda unterbrach ihn mit einer unwirschen Geste, die unwillkürlich die Papierstapel in seinen Regalen zittern ließ.

„Spar dir diese Farce, Izerdan! Du hast meinen Bruder zum Mörder gemacht. Hast ihm weisgemacht, dass Zeruk der Attentäter sei, und ihn dazu gebracht, alle Gesetze der Herrschersöhne zu ignorieren und sie alle im Schlaf zu ermorden …"

Izerdan seufzte theatralisch. „Nun, ich bin ein Meister der Illusionen, Zayda. Doch ich sehe, ich hätte diese noch etwas mehr verfeinern müssen, um sie auch vor dir zu verbergen."

„Aus welchem Grund hast du das getan?! Zeruk war der Beste von ihnen, der einzig Aufrichtige, er ..." Sie brach ab, weil sie es hasste, wie deutlich ihre Stimme zitterte.

„Du hast es bereits ganz vortrefflich formuliert: Du liebtest ihn ... und er hätte gegenüber Darzir triumphiert. Du hättest ihn niemals freiwillig getötet, zumindest nicht in den nächsten Jahren – und dann wäre er bereits ein anerkannter Herrscher geworden."

Zayda starrte ihn an, während sie zu verarbeiten versuchte, was er da gerade sagte. Nicht nur, dass er es vollkommen dreist und ohne jegliche Reue einfach zugab ... seine Worte spielten auf so viel mehr an.

Auf Unbeschreibliches.

Eiseskälte rann Zaydas Rücken hinab, als sich das ganze Ausmaß vor ihr entfaltete.

„Du hast auch den Anschlag verübt."

Er sagte nichts. Er musste gar nichts sagen.

Sie wollte ihn packen, wollte ihm mit einem schnellen Ruck das Genick brechen und es beenden, aber sie konnte es nicht. Die Magie in ihrem Inneren schrie mit einer bestialischen Kraft nach Antworten.

Mit äußerster Beherrschung zwang sie ihre Lippen dazu, die nächsten Worte zu formen.

„Woher hattest du die schwarzmagischen Bilure dafür? Du bist kein Schwarzmagier!"

Izerdan verschränkte die Arme vor der Brust. Unfassbar, wie ruhig er angesichts ihrer Nähe bleiben konnte!

„Jahrelange Vorbereitung."

Als er nichts weiter entgegnete, fuhr sie erneut mit dem Arm durch die Luft. „Das ist keine Antwort!"

„Ich bin dir keine Antworten schuldig. Ich bin ein Meister und du eine Schülerin, du hast zu gehorchen und zu folgen."

Zayda starrte ihn fassungslos an. Und auf einmal dämmerte es ihr.

Er war wirklich bis vor Kurzem nicht hier. Er hat keine Ahnung, dass ich dieselbe magische Ebene wie er erreicht habe. Dass ich ihm ebenbürtig bin. Oder stärker.

Sie wusste nicht genau, wann sie sich dazu entschieden hatte. Wann sie beschlossen hatte, sich emotional von ihm zu distanzieren. Nicht länger auf seinen Rat zu hören oder etwas auf seinen Willen zu geben. Sie wechselte bewusst in eine förmlichere Rede, um ihm zu verdeutlichen, dass ihre Bindung vorbei war.

„Oh *Meister* … Ihr meint doch nicht wirklich, dass ich Euch jemals hörig war?"

Als er die Hand hob, sprang sie so schnell vor, dass er nicht mehr reagieren konnte. Mit einem Schlag ihrer Faust traf sie seinen Hals, und sie bekam die Kette zu fassen, ehe der Hieb ihn nach hinten schleuderte.

Der Schwung brachte ihn aus dem Gleichgewicht und ließ ihn durch die offene Tür in sein Schlafgemach stolpern, während er atemlos keuchte – dann prallten sie auf sein Bett, und Zayda sprang auf ihn.

Er zischte wütend, als sie den Absorber abriss und quer durch den Raum schleuderte.

„Du bist schnell."

„Das Privileg der Jugend."

Sein Grinsen wirkte falsch, als er sich dazu durchrang.

„So … wo stehen wir jetzt? Oder eher liegen?"

Alles an seiner Art widerte sie an. Wie hatte sie jemals zu ihm aufsehen können? Was hatte er noch alles getan? Sie wollte seinen Kopf packen und hineinsehen, doch dann spürte sie etwas, das sie völlig aus dem Konzept brachte – und anschließend einiges aus der Vergangenheit in eine völlig neue Perspektive rückte.

„Sagt mir, fühlt es sich nicht erbärmlich an, seine Schüler so schamlos auszunutzen?"

Der alte Mann runzelte gekünstelt die Stirn. „Ich verstehe nicht, was du andeuten willst."

„Als Kind hat man eine andere Sicht auf die Dinge ... aber selbst mit elf hätte mir nicht entgehen dürfen, wie Ihr Kielles Schutzlosigkeit genossen habt."

Seine Lippen wurden jetzt immer schmaler und ganz blass, weil er sie so fest zusammenpresste.

„Die Blicke ... die Sitzungen allein mit ihr! Habt Ihr das mit allen aus der Elite gemacht? Gehörte es zur Bezahlung? Hattet Ihr auch mich dafür vorgesehen?"

Wieder regte sich etwas zwischen seinen Beinen.

„Nicht bis gerade eben."

„Ah!" Sie drückte ihn tiefer in die Kissen und schloss die Hände um seinen Hals. Nach einem Moment raffte sie sich jedoch auf und rutschte von ihm weg. Froh, wieder auf ihren eigenen Füßen zu stehen, ohne Körperkontakt zu diesem Widerling.

Er wirkte wahrlich enttäuscht, als er sich aufrichtete. Sie wollte ihm nun definitiv mehr als nur den Kopf abreißen.

„Was sind wir für Euch? Spielzeug? Puppen?"

Izerdan stand nun wieder auf, und sie wünschte sich fast, er würde aufhören zu lächeln und sie endlich angreifen. Warum hatte sie es nicht beendet? Warum konnte sie nicht aufhören, ihm verdammte Fragen zu stellen?

„Kielle war in einer besonderen Situation. Sie hatte keine Eltern, die ihre Ausbildung für sie bezahlten."

Das habe ich jetzt auch nicht mehr, dank dir, schoss es ihr durch den Kopf, doch ihr Mund redete schon weiter.

„Also stimmt es. Ihr habt sie ausgenutzt", spie sie aus und machte noch einen Schritt von ihm weg. „Wozu habt Ihr Dienerinnen?!"

Er winkte ab, als wäre es nichts Besonderes.

Einfach unfassbar. Selbst jetzt, da ich ihm die Wahrheit ins Gesicht schleudere, bleibt er so ruhig wie eh und je! Hat er das von Garion? Garion …

„Ist irgendetwas über die Phiruin wahr, was Ihr mir gesagt habt? Garion hat keinen Anschlag geplant! Er hat mich sogar vor Euch gewarnt!"

„Er ist ein Bastard, der froh sein wird, wenn der letzte Ratke aus den Reihen der Phiruin verschwindet!", zischte Izerdan wütend.

„Ihr seid der manipulative Bastard hier! Jetzt sagt mir: *Woher* kam die schwarze Magie für die Bilure?"

Anstatt wütend zu werden, wie sie es erwartet hatte, schaute Izerdan sie nur enttäuscht an – und Zayda kam ein Verdacht, der einfach nicht wahr sein konnte.

„Hatte es vielleicht etwas mit dem Labor im Untergrund der Stadt zu tun? Das Labor, in dem mein erster Bruder zerfleischt wurde, während Ihr gemütlich Suppe und Widder an unserem Tisch genossen habt?"

Er atmete tief durch und starrte sie dann traurig an, während er seinen Mantel zurechtstrich und die Brosche löste, um den schweren Stoff auf den Boden neben dem Bett fallen zu lassen.

„Du warst meine aussichtsreichste Schülerin, nachdem Kielle auf so tragische Weise verseucht wurde. Weißt du, eigentlich wollte ich dich als neue Stadtherrin zu meiner wichtigsten Beraterin machen, nachdem ich deine Familie vernichtet habe. Aber du weißt zu viel. Ich werde dich leider auch töten müssen."

Sie stand weit genug entfernt, um noch einen Schutzschild hochzuziehen, ehe seine Magie gegen sie prallte. Während ein glühender Sturm aus Flammen über ihren Schild leckte und beinahe sein Bett in Brand steckte, wunderte sich ein kleiner Teil von Zayda, dass der Schild nicht auch von grauen Schlieren durchzogen war.

Zugleich hatte sie das Gefühl, den Schild eigentlich gar nicht mehr zu benötigen. Sie könnte die Flammen einfach über ihre Haut lecken lassen, denn etwas sagte ihr, dass ihre neue Magie sie schützen würde.

Herauszufinden, ob sie tatsächlich unverwundbar war, fand sie sehr verlockend.

Mit einem Wisch ihrer Hand fegte sie den Schild in einer Welle durch den Raum, sodass alle Flammen mit ihm fortgeschleudert wurden.

Izerdan sah vollkommen verändert aus. Alt und wütend, aber auch machtvoll. Sie hatte ihn noch nie so gesehen, doch es war einfach nur faszinierend, ihn dabei zu beobachten, wie er sein volles Potenzial nutzte.

Mit einem Wink seiner Hand fegte eine weitere Sturmwelle durch den Raum. Die Schwärze in ihrem Inneren reagierte sofort, stürzte sich seinen Flammen entgegen und erstickte sie mit einem leisen Zischen.

Wundervoll!

Sie holte mehr und mehr des dunklen Rauchs hervor und musste sich zurückhalten, als die Schwaden ihn erreichten, um ihn nicht sofort zu töten.

Es wäre so einfach!

Izerdan knirschte mit den Zähnen. Dass sie nicht gefeilt waren, fiel ihr in diesem Moment das erste Mal richtig bewusst auf. Er war kein Krieger und würde niemals mehr einer werden.

Die Schwärze packte seine Arme und riss sie zur Seite, als würde sie ihn an ein unsichtbares Folterkreuz pinnen.

„Wie … wie kannst du so stark sein?"

Zayda schüttelte tadelnd den Kopf. „Da war wohl jemand wirklich bei den Phiruin und hatte noch keine Zeit für ein Gespräch mit dem Tempelmeister? Dann hättet Ihr nämlich eine interessante Kleinigkeit erfahren. Zum Beispiel, dass ich die dritte Prüfung bestanden habe."

Er wand sich, versuchte, sie zu treten – was einem alten ehrenvollen Meister so gar nicht stand. Zayda sandte noch mehr ihres Rauches aus, der seine Beine umschloss und wie festes Pech umwickelte.

Er sollte winseln und sich fürchten! Doch stattdessen blieb er so widerlich ungerührt, selbst als sie ihn unterworfen hatte! Schnaubend zerrte er an seinen schwarzen Fesseln.

„Schön, du hast Kalarati überzeugt, na und? Du denkst, es überrascht mich, dass du diese neuen Fähigkeiten hast? Ich habe dich dazu auserkoren! Ich habe dich jahrelang vorbereitet!"

„Schwachsinn!"

„Denkst du, ich hätte mich mit jeder auf einen Kontakt quer über das Land auf einer derart persönlichen Ebene eingelassen?"

„Aber … *warum?*"

„Du konntest schon als Kind schwarze Magie im Schnee verfolgen, hast es nur nicht verstanden. Du hast eine Reihe verseuchter Ratten in die Flucht geschlagen und einen schwarzmagischen Schädel zu deiner Trophäe gemacht, ohne Schmerzen bei seiner Berührung zu verspüren … du hast Jorek und Jelak gefunden und Kielles Attacke überlebt. Soll ich weitermachen?"

Zayda ballte ihre Fäuste. „*Nichts* davon geschah durch dein Zutun!"

„Und dennoch erkannte ich als Einziger dein Potenzial! Ich wollte es fördern und dich nicht an die Krankheit verlieren, solange ich den Abtrünnigen noch nicht unter Kontrolle hatte …"

„*Noch* nicht?"

Er stockte, schwieg aber. Da steckte so viel mehr dahinter!

„Du kanntest den Abtrünnigen, nicht wahr? Du weißt, wer er ist. Daher hattest du die Bilure, um meine Eltern zu ermorden!"

Er schwieg weiter. Sie zerrte mit ihrer Magie an seinen Armen.

„Sag es!"

Er presste die Kiefer fest aufeinander, als sie seine Schultern knacken hörte.

Die Magie färbte seine Haut an den Unterarmen langsam schwarz, nachdem sie den Stoff seines edlen Hemdes zerfressen hatte. Schweiß brach auf seiner Stirn aus.

Sie war sich absolut sicher, dass er diese Tortur nicht lange durchhalten würde. Wenn sie an die Schmerzen dachte, die ihr die Magie beim ersten Mal beigebracht hatte, dann müsste er jetzt bereits vor Agonie weinen wie ein Kleinkind!

Die Dunkelheit in ihrem Inneren war noch lange nicht zufrieden mit seiner Reaktion. Es sollte sie vielleicht ängstigen, dass ihre Magie solch ein Eigenleben entwickelte und etwas *wollte* ... aber es gefiel ihr!

Er starrte sie so hasserfüllt an, dass es sie nicht überrascht hätte, wenn er ihre Magie im nächsten Moment mit eigener Schwärze erwidert hätte.

Sie drückte weiter zu, streckte seinen linken Arm, bis er am Ellbogen nachgab und sich unnatürlich verdrehte. Die Magie pulsierte um die Wunde, als könnte sie seinen Schmerz schmecken.

Seine Augen verdrehten sich, bis nur noch das Weiße zu sehen war, doch er schrie noch immer nicht.

Mit einem Ruck ihrer Hände brach sie ihm den zweiten Arm.

Sein Kopf zuckte hin und her. Er ächzte, verkrampfte ... und als er den Mund öffnete, waren seine Zähne blutig. Er wollte nicht, doch die Worte sprudelten auf einmal aus ihm heraus, ohne Sinn zu ergeben.

„Du hast alles zerstört! Ich wollte Jorek helfen! Ich wollte ihn retten ... wieder gesund machen. Ich war es ihm schuldig, weil ich ihn und seinen Bruder in die Tiefen dieses dunklen Strudels hineingezogen habe."

Jorek! Was in Kalaratis Namen hat das alles mit Jorek zu tun?

Sein Blick wurde kurz wieder klar. „All das geschah, nur weil *du* am Tag des Rituals so viel Aufmerksamkeit auf sie gezogen hast. Der Tempelmeister forderte Jorek als Tribut für sein Schweigen und so wurden sie getrennt. Sie hätten beide mir gehören sollen!

Meine Zwillings-Novizen! Deinetwegen verlor ich einen Magier an die Ausbildung der Templer, und niemand durfte es wissen, weil *deine* Mutter es verbot! Und *du* hast Jorek einfach getötet. Er war meine Bürde!"

„Das genügt!"

Sie packte seinen Kopf, um ihre Hände an beide Schläfen pressen zu können. Schwärze quoll aus ihren Fingern und drang durch seine Haut, waberte über sein Gesicht und erreichte Izerdans Ohren und Augen.

Als sich das Weiß seiner Augen dunkel färbte, schrie er endlich auf und zuckte heftig, doch sie fing das schmerzerfüllte Brüllen mit einem dämpfenden Schutzschild ab.

Niemand würde ihn schreien hören, bis sie es gestattete.

Noch zwei Atemzüge ... noch einer ... dann erreichte sie seinen Verstand und brach sich durch seine magischen Barrieren wie durch dickes Eis auf Irfens See im tiefsten Winter. Mit brutaler Gewalt.

Der Abtrünnige. Wer war er?

Izerdan wand sich vor ihr. Blut lief aus seinem Mundwinkel. *Ich weiß es nicht.*

Du lügst!

Nein, ich ...

Er schrie innerlich, als sie einen neuen Blitz aus schwarzer Magie durch seinen Kopf jagte. Sie würde jedes Wort aus ihm herauspressen, wenn es sein musste – und er spürte ganz genau, dass sie für eine sehr lange Zeit nicht ermüden würde.

Er war ... ein Niemand. Ein Magier aus Mazmorra ... er wurde krank und verschwand. Man schrieb ihn als tot ab, und er kam hierher ... Indem er Magie stahl, konnte er sich halbwegs am Leben halten ... Er entführte Unvorsichtige mit magischem Speicher ... meine Schüler ... Bis er zu krank wurde und ich ihn fand.

Zayda wollte es einfach nicht glauben.

Wo ist er? Weshalb hast du ihn nicht getötet?

Ich wollte ihn am Leben halten. Er war die Quelle der Krankheit, ich musste ihn erforschen.

Erforschen? Soll das heißen, du hattest ihn in deinen Händen? Du hast ihm geholfen?! Er hat Kielle infiziert! Warum solltest du das tun?

Ich musste alles von ihm lernen! Ich wollte Jorek heilen. Aber es war vergebens, du hast ihn doch gesehen, als du Jorek getötet hast.

Was? Wann?

Ein kurzes Lächeln zuckte über Izerdans gequältes Gesicht.

In seinem alten Labor. In meinem Labor, nachdem ich es übernommen hatte, um Jorek zu heilen. In einem Käfig. Er starb kurz darauf.

Eiseskälte rann ihren Rücken hinab und brachte ihre Magie zum Zittern.

Der alte Mann. Er war der Abtrünnige.

Das widerliche Lächeln hatte sich auf Izerdans Lippen eingegraben, doch sie würde es ihm aus dem Gesicht brennen!

Alles, an das sie jemals geglaubt hatte, war falsch.

Sie würde weiter gehen als jemals zuvor. Weiter als bei Jorek und Djark. Der Hass auf den Unbekannten und auf Izerdan verschmolz in diesem Augenblick zu einem glühenden Ball aus dunkler Magie, die sich in seinen Verstand fraß.

Du hast ihn mir genommen! Du hast mir die Rache genommen!

Nein … Nein!

Du wusstest all die Jahre, wer er ist und wo er ist: in einem verdammten Käfig in einem Loch im Boden!

Ich wollte …

Es ist mir egal, was du wolltest! Du hast deine eigenen Schüler entführt und geopfert, um den todgeweihten Jorek zu retten. Weil du Schuldgefühle hattest oder sonst etwas absolut Absurdes!

Sie konnte spüren, wie ihr die Kontrolle entglitt. Sie schrie ihn an, wurde immer lauter, bis die dunklen Schwaden im Raum wild hin und her zuckten und auch über die Haut ihrer Erschafferin leckten.

Die Magie wollte töten.

Sie würde ihr ihren Willen lassen.

Izerdan zuckte, schrie erneut auf. Er wollte noch mehr sagen, doch sie ließ es nicht mehr dazu kommen. Sie würde ihm erst seinen Verstand nehmen, bevor sein Leben folgte. Als sie seine letzten Barrieren mit ihrem dunklen Rauch einriss, veränderte sich etwas.

Eine Verbindung baute sich auf, wie sie sie nie zuvor verspürt hatte. Ein schwarzes Band, das all seine Handlungen und den Rest seiner Persönlichkeit umhüllte, den sie noch übrig gelassen hatte.

Vielleicht war es noch zu früh, ihn zu töten. Ihre Magie stürzte sich so begierig auf ihn, dass Zayda sie gar nicht mehr bremsen konnte. Sie nistete sich in seinem Kopf ein und fühlte sich dort sehr wohl … und ein Gedanke schoss wie von selbst zu ihm hinüber. Ein Befehl, der viel tiefer ging als das Verlangen nach Antworten:

Du wirst mir gehorchen!

Sein Wille bäumte sich auf, warf sich gegen ihren magischen Angriff, doch sie ließ ihn abprallen und stürmte weiter vorwärts.

Sie konnte spüren, dass er etwas über diesen Irrsinn denken *wollte*, es aber nicht konnte. Sie kontrollierte nun vollständig seinen Willen!

Als sie ihre Schwärze zurückzog, blieb das magische Band bestehen, und sein Blick flackerte … dann wurde er trüb. Ein heller Schleier legte sich über seine Iris und die Pupillen. Seine Augen wurden weiß, als wäre er blind. Sie ließ ihn los, sodass er mit den Beinen auf dem Boden aufkommen konnte. Sobald er sicher stand, löste sie die schwarze Magie, die sich fesselnd um seine Arme geschlungen hatte, und befahl ihr zugleich, seine Brüche zu heilen.

Ihr Atem ging schwer, doch als sie kurz prüfend an sich hinabblickte, waren ihre Arme weder mutiert noch schwarz verfärbt. Unglaublich, sie trug wirklich keine Schäden davon!

Izerdan hingegen sah ziemlich mitgenommen aus, doch es genügte, ihm zu befehlen, dass er stehen sollte.

Und er tat es, ganz egal, ob seine Muskeln nach einer Erholung schrien.

Du bist ab jetzt mein ergebener Diener. Mein Besitz!

Er neigte den Kopf, auch wenn die Bewegung noch kantig und unnatürlich wirkte.

Ja, Herrin.

Irfen

Izerdan war nicht mehr.

Der alte Meister aus Irfen, der weise Magier, der in Wahrheit ihre Familie ausgelöscht hatte, um sie selbst immer weiter zu manipulieren, an die Macht zu bringen und anschließend zu einer Marionette seines Willens zu machen.

Er unterstand nun ihrem Willen.

Zayda atmete tief durch und genoss das Gefühl, als Izerdan ebenfalls die Luft in seine Lunge sog.

Wenn sie wollte, könnte sie ihm sogar verbieten zu atmen. Sie könnte ihm hier und jetzt befehlen, sich einen Dolch ins Herz zu stechen. Was für ein berauschendes Gefühl der Kontrolle! Niemand hatte ihr jemals verraten, dass so etwas überhaupt möglich war.

Sie lächelte. Vielleicht aus gutem Grund.

„Wirst du meinen Wünschen folgen?"

Seine Stimme klang rau und war etwas stockend, als er antwortete.

„Ja, Herrin."

Glücksgefühle durchströmten ihren Körper. Das war tausendmal besser als der Tod! Ob er es noch mitbekam, dass sie ihn kontrollierte? Sein Geist war sehr still. Eigentlich konnte sie darin überhaupt keine persönlichen Wünsche oder Gedanken mehr entdecken.

Schade eigentlich, es hätte ihre Rache um einiges süßer gemacht, wenn er tatenlos hätte zusehen müssen, wie sie ihn lenkte.

Und nun war ihr ach so intriganter Meister zu ihrer Marionette geworden!

Er stand einfach nur da. Vorsichtig trat sie wieder näher an ihn heran und wedelte mit der Hand vor seinen Augen. Sein Blick folgte überraschend der Bewegung.

„Du kannst noch sehen?"

„Ja, Herrin."

Erstaunlich! Es musste sich um einen Schleier aus Magie handeln, der diesen Effekt auslöste. Etwas völlig Neues.

Sie hatte ihn zu einer Puppe gemacht, zu einem Sklaven ihres Willens ... und zugleich war er ein wichtiger Teil des Netzwerks der Phiruin! Es würde auffliegen!

Außer ich suche die Antworten auf ihre Fragen in seinem Kopf und rede für ihn ... falls er das nicht mehr kann.

„Fühlst du die Phiruin jetzt gerade?"

„Nein, Herrin."

Gut. Das ist gut. Dann haben wir noch Zeit.

„Hör zu. Du wirst ab jetzt behaupten, dass es ein ... Missgeschick bei einem magischen Experiment gab! Du bist dabei beinahe erblindet, verstanden?"

„Ja, Herrin."

Oh, Kalarati, das wird niemals funktionieren.

Zayda seufzte und erinnerte sich daran, dass sie wohl besser aufhören sollte, Kalarati in ihre kleinen Stoßgebete einzubeziehen. Nach all dem, was im Tempel geschehen war. „Wenn andere in der Nähe sind, nennst du mich nicht Herrin! Noch nicht."

„Ja, Herrin."

„Genug!"

„Ja, H..."

Zu sehen, wie ihm die Luft wegblieb, hätte in einer anderen Situation vielleicht amüsant sein können. Jetzt wollte ihr der Schweiß ausbrechen.

Was habe ich getan? Ich habe den einzigen Ratkenmeister der Phiruin ausgeschaltet. Der einzige Verbindungsmann zu ihnen, durch die sie mehr herausfinden könnte.

Zayda hielt inne und atmete einmal tief durch. Eins nach dem anderen. Sie hatte ihn jetzt auf ihrer Seite.

Izerdan, hast du noch Zugriff auf deine Magie?

Er schwieg kurz, was sie sofort nervös werden ließ. Wann war sie das letzte Mal so aufgeregt gewesen? Mit zehn, als sie sich in das Kriegerritual geschlichen hatte?

Ihr trommelnder Herzschlag verlangsamte sich erst wieder, als ein seltsames Gefühl an ihrem Hinterkopf entlangstrich. Fremde Magie, die sich in seinem Körper regte.

Bei Kalarati! Ich kann seine Magie spüren, als wäre es meine!

Sie schloss die Augen und trat noch einen Schritt von Izerdan zurück, ohne bewusst ihre Magie nach ihm auszustrecken. Dennoch fühlte sie das Pulsieren seiner Energie, sogar das besondere Glühen in seinen Malen!

Sie ignorierte die Kopfschmerzen, die sich breitmachten, als sie ihm befahl, eine Flamme über seiner runzligen Hand zu entfachen. Er reagierte höchstens einen Wimpernschlag versetzt.

Das reicht. Du ziehst dir jetzt neue Sachen an und kommst anschließend zum Tempelplatz. Bring alle alten Novizen mit, die noch deiner Schule angehören. Sie zögerte kurz, bevor sie ihn fixierte. „*Meiner* Schule."

Er neigte leicht den Kopf. „Sehr wohl, Herrin."

Sie ließ ihn stehen und betrachtete das Durcheinander in seinem Studienzimmer. Immerhin war die Tür nicht zerstört ... im Gegensatz zu der Haupthalle im Anwesen. Seufzend schloss sie die Augen und ignorierte das Rascheln von Kleidung aus Izerdans Gemach.

R'jato?

Er griff so abrupt nach der magischen Verbindung, dass ihr beinahe der Atem stockte.

Zayda! Du ... du lebst?

Die Tatsache, dass wir reden, spricht wohl für sich?

Gut, dumme Scherze sind wohl auch noch an der Tagesordnung, nachdem du den großen Saal im Anwesen in Trümmer gelegt hast.

Darum kümmere ich mich später. Sind alle wohlauf?

Wohlauf? Zeruk und Piora sind tot! Was hast du getan*, Zayda? Was war das für ein unglaublicher Lärm? Ich dachte, das Haus würde einstürzen!*

Zayda zögerte. Falls er und die Diener wirklich nicht gesehen hatten, wie sie die Kontrolle verlor und schwarze Magie erschuf … dann war noch nicht alles verloren.

Falls du das denkst: Ich habe Zeruk und seine Frau und den Kleinen nicht getötet! Ich bin nur … um einiges mächtiger geworden. Wenn du … wenn du keine Angst davor hast, mir zu folgen, bedarf ich deiner Hilfe.

Das ließ R'jato schnauben. Sie hatte ihn also nicht vollkommen verunsichert. *Ein Krieger hat keine Angst.*

Gut. Dann hör mir jetzt genau zu …

Der Knall, der ihre Teleportation begleitete, ließ die meisten Ratken und definitiv alle Diener und Sklaven auf der offenen Fläche zusammenzucken.

Der dunkle Blitz zuckte in großen Bögen über den Tempelplatz, während Zayda mit einem lautlosen Befehl sicherstellte, dass sich Izerdan weiter im Hintergrund halten würde, sodass ihn niemand bemerkte.

Sie trat einen Schritt vor, an eine Stelle, von der sie den ganzen verhassten Tempel überblicken konnte.

Der perfekte Ort für den nächsten Schritt ihres Plans.

Sie holte Luft und hielt all ihre Gedanken an.

„Ich bin Zayda van Dymar!", rief sie über den großen Tempelplatz mit magisch verstärkter Stimme. Darin schwang ein dröhnendes Donnern, das niemand ignorieren konnte. Sie hob eine Hand und ließ ihre Magie in das Anwesen tasten, wo sie die Leiche ihres Bruders in der zerstörten Haupthalle vorfand. Jemand hatte ihn dorthin transportiert, doch jetzt würde er in einem schwarzen Blitz verschwinden.

Gerade als sich die meisten Versammelten auf dem Platz in ihre Richtung gedreht hatten, erschien Zeruks Leiche zu ihren Füßen. Sein Körper sackte sichtlich zusammen und blieb verdreht liegen.

Sie hasste es, ihn so zu sehen, doch es musste sein, um ihre Worte zu unterstreichen.

„Mein Bruder Zeruk ist tot! Ich fordere meinen ältesten Bruder Darzir zu einem Kampf um die Herrschaft heraus! Ihr sollt meine Zeugen sein, wie ich ihn auf ehrenhafte Weise besiege."

Die meisten sahen sie irritiert an, manche begannen zu murmeln – und einige Diener eilten rasch vom Platz, sicherlich um ihren hochrangigen Herren hiervon zu berichten, wie es ihre Pflicht war.

Ein Novize des Tempels hingegen erklomm rasch die Stufen zum großen offenen Portal des Gebäudes, und nur einen Moment später schritt ihr der Tempelmeister mit wehendem Mantel entgegen.

„Was geht hier vonstatten? Warum schreist du über den halben Tempelplatz? Das wird dich ganz sicher nicht in Kalaratis Gunst steigen lassen, nach dem, was du getan ha..."

„Ihr könnt Zeugnis ablegen von meinem Kampf, Tempelmeister", sagte sie möglichst ruhig. Wenngleich ihre Aufmerksamkeit bereits auf etwas anderes gerichtet war.

Sie hörte schon von Weitem die lauten Proteste eines wohlbekannten Mannes, ehe sich eine Schneise zwischen den murmelnden Zuschauern formte. Zum Vorschein kamen die neuen Wachen des Anwesens, mit ihren Händen an den Waffen – und ihr Bruder, dessen Arme auf dem Rücken verschränkt waren und von R'jato dort gehalten wurden, während er ihn vorwärtsstieß.

Dem Leibwächter schien es offensichtlich zu gefallen, ihren breitschultrigen Bruder in seiner Gewalt zu haben.

Darzir versuchte immer wieder vergebens, aus dem eisernen Griff zu entkommen, und erstarrte erst, als er seine Schwester vor sich erblickte.

„Was soll das, Zayda? Das ist unerhört!"

Erneut versuchte er, R'jatos Griff abzuschütteln.

Vermutlich hatte Zaydas Gehilfe ihm die Handgelenke verdreht, um ihn kampfunfähig zu machen, was ihn wütend knurren ließ.

„So behandelt man keinen van Dymar!"

Zaydas Blick wurde kalt.

„Einen Ehrlosen sehr wohl."

Sie beugte sich näher an ihn heran, um drohend zu zischen: „Du hast Zeruk und seine Familie feige erstochen! Die einzige Möglichkeit, deine Ehre wiederherzustellen, ist es, mich in einem offenen Kampf um die Macht zu besiegen!"

„Das ist Irrsinn! Ich habe meine Familie gerächt."

Sie gab R'jato ein Zeichen, ihren Bruder loszulassen.

„Das Ausmaß deiner Dummheit ist erbärmlich! Zeruk hätte das niemals getan. Du wurdest benutzt, Darzir! Deine Hand und dein Dolch waren nur ein Werkzeug in einer viel weitreichenderen Intrige, und du warst zu verbohrt und blind, um es zu bemerken – und nun wird es Zeit, diese Blutfehde zu beenden."

Darzirs Hände waren zu Fäusten geballt, als er seine Arme demonstrativ lockerte. Er warf R'jato einen bösen Blick zu, der einen Schritt zurücktrat.

Gerade als ihr Bruder etwas erwidern – und hoffentlich einem Kampf zustimmen – wollte, packte jemand sie an der Schulter.

Zaydas Kopf fuhr herum, und sie erblickte den Tempelmeister, der sich neben ihnen aufgebaut hatte.

„Ihr habt kein Recht darauf, hier eine solche Szene zu ma…"

„Jetzt nicht!"

Sein Gesicht lief dunkelrot an, doch sie stieß ihn mit einem Ruck von sich. Als er entrüstet reagieren wollte, jagte sie einen schwarzen Pfeil in seine Richtung, lenkte ihn aber im letzten Moment noch in Richtung seiner Füße.

Er wankte zurück und fiel. Eine herrliche Erniedrigung für den ehrvollen Mann.

„Ich sagte: Jetzt nicht!"

Zayda packte ihn mit ihrer Magie und teleportierte ihn mit einem schwarzen Blitz auf die Stufen seines Tempels. Alle in der Nähe stehenden Zuschauer wichen bei diesem Anblick intuitiv zurück. Sie war jedoch noch nicht fertig.

Zayda wollte von niemandem gestört oder unterbrochen werden – und ihre Magie ebenso wenig. Sie zog all die Wut empor und wandelte sie in Flammen. Es erfreute sie zutiefst, dass diese schwarz waren, als sie sie in einem großen Kreis um sich, Darzir und seine Begleiter in die Höhe schießen ließ.

Überraschte Schreie wurden laut, und weitere Diener flohen, während sich mehr und mehr Ratken versammelten, dabei allerdings einen sicheren Abstand zu den Flammen hielten, die Zayda konstant vom Pflaster aufsteigen ließ.

Darzir regte sich zwischen seinen Wächtern, und sie wandte ihre Aufmerksamkeit wieder ihm zu.

Seine Augen loderten jetzt voll Hass.

„Du hast recht. Zeruk hätte das niemals getan", spuckte er aus und sah vielsagend auf die schwarzen Flammen. „Du warst das! Du Bestie!"

Das überraschte sie tatsächlich.

„Was? Nein, du verstehst ni…"

Darzir brüllte auf und stieß die Wachen rechts hinter sich weg, während er dem Krieger links von sich das Schwert aus der Scheide riss. Mit einem Lächeln auf den Lippen sprang sie einen Schritt zurück.

Zayda verspürte keinerlei Veranlassung, ihm seinen Irrtum zu erklären.

Denn sie hatte, was sie wollte: einen echten Kampf.

R'jato, stell bitte sicher, dass mir die Wachen nicht in den Weg kommen.

Sie erzeugte eine Lücke in den dunklen Flammen und beobachtete aus dem Augenwinkel, wie R'jato die Männer dazu brachte, sich wenn auch widerwillig zu entfernen.

Darzir bemerkte es ebenfalls und wechselte die Schwerthand, ehe er auf sie zuhechtete. Sie wich ihm mit Leichtigkeit aus. Jeder seiner Angriffe war so vorhersehbar, obwohl er eine viel bessere Kampfausbildung erhalten hatte.

Weil sie alles in seinem Kopf sehen konnte.

Nach einigen Augenblicken war er atemlos und wutentbrannt.

„Worauf wartest du?", schrie Darzir ihr entgegen. Seine Schwertspitze zitterte wie ein Schilfhalm im Sturm. „Du hast Djark oft genug so angesehen! Ich habe keinen Schutz, du willst doch deine verdammte Magie einsetzen, nicht wahr? *Tu es!*"

Wollte Darzir jetzt auch noch andeuten, dass er sie für die Mörderin von Djark hielt? Ihre Wut ließ die Flammen höher lodern, doch sie hielt sie in dem weiten Kreis und verhinderte, dass sie sich auf ihren Gegner stürzten.

„Keine Sorge, *Bruder*", rief sie und spuckte das letzte Wort dabei nur widerwillig aus. „Ich werde dich nicht mit meiner Magie töten. Ich habe selbst als Schwarzmagierin noch mehr Ehre im Leib als du."

„Aaaaah!"

Er schwang sein geborgtes Schwert, und es war ihm offensichtlich egal, dass es kürzer war als sein eigenes, das man ihm wohl im Anwesen abgenommen hatte.

Zayda machte einen Schritt zurück, um dem Streich zu entgehen, und wünschte sich, R'jato hätte Darzirs Schwert mitgebracht. Es gäbe dem Ganzen mehr Gewicht und Ehre.

Einen Moment spielte sie mit dem Gedanken, es aus dem Anwesen zu teleportieren, doch ihr blieb nicht die Zeit, um danach zu suchen. Ihr Bruder bekam seine Wut allmählich unter Kontrolle und wurde präziser – was den schmerzhaften Strich an ihrem Arm erklärte, als die Klinge sie streifte. Darzir holte wieder aus, und sein Schwert war definitiv noch immer zu nah. Er würde sie treffen, äußerst gefährlich diesmal.

Sie riss intuitiv einen Schild hoch, und seine Klinge prallte lautlos gegen die verdichtete Mischung aus Luft und Magie.

„Ein Schutzschild?", blaffte er wütend. „Ist es das, was du als ehrenhaften Kampf bezeichnest?"

Zayda schnaubte. „Na schön. Ganz wie du willst, *Bruder*."

Sie streckte die Hand aus, und in der versammelten Menge ächzte jemand überrascht auf, als schwarze Blitze seine Waffe verschwinden ließen. Es tat verdammt gut, das Gewicht des Morgensterns zu fühlen, der einen Herzschlag später in ihrer Hand erschien.

Darzirs Augen weiteten sich, als sie ausholte und das schwere Ende an der Kette in seine Richtung schwingen ließ. Die Spitzen sausten so nah an seinem Kopf vorbei, dass es ihm Haare ausriss. Er versuchte, die Situation auszunutzen, als das Gewicht weiterschwang und ihm ihre offene Seite bot, doch sie drehte sich mit und schlug ihm mit der linken Hand gegen die Kehle, kaum war sie nah genug.

Darzir ächzte und stolperte rückwärts. Ihre Finger kribbelten vor Angriffslust. Die Magie schrie! Sie verlangte so intensiv danach, sich auf ihn zu stürzen und seine Innereien zu zerfetzen, dass ihr kurz schwindlig wurde.

Sie konnte bereits fühlen, wie die Magie den Griff des Morgensterns entlangstrich, doch noch hielt sie sich zurück.

Ganz im Gegenteil zu Darzir. Er nutzte ihren kurzen Moment der Unaufmerksamkeit – und rammte ihr sein Schwert in die linke Schulter.

Die schwarzen Flammen ihrer Absperrung verloren deutlich an Kraft, während der Schmerz über ihre Schulter in den Arm strömte. Langsam, ganz langsam.

Sollte Schmerz nicht durch den Körper schießen? Ihre Magie dämpfte es ab und verstärkte ihre Klarheit. Mit einem lauten Zischen machte sie einen ruckartigen Schritt zur Seite und spürte, wie die Klinge ihr Fleisch verließ und an ihrem Schlüsselbein entlangkratzte. Am liebsten hätte sie sie gepackt und mit ihrer Magie verbogen, doch das wäre wohl wieder in die Kategorie *unehrenhaft* gefallen.

Also machte sie einen Ausfallschritt zur Seite, holte wieder aus und legte so viel Kraft in ihren unverletzten Arm, wie sie es ohne Magie vermochte.

Schon während ihre Muskeln die Befehle ausübten und der Morgenstern seine Drehung vollführte, wusste sie es. Die Spitzen erreichten ihren Bruder und bohrten sich in seinen Oberarm, während das wuchtige Gewicht ihm den Knochen zerschmetterte.

Er brüllte schmerzerfüllt auf und wollte zurückweichen, doch sie riss schon wieder am Morgenstern und ignorierte das Ziehen in ihrem Arm. Sie holte aus und traf diesmal seinen Unterarm, den er trotz des Bruchs noch schützend erhoben hatte.

Blut spritzte.

Sie holte wieder aus. Schlug wieder zu.

Traf diesmal seine Brust und passte ihren Winkel an, als er in die Knie ging.

Holte aus.

Wieder und wieder.

Bis er still vor ihr kniete und sie außer Atem war.

Sie ließ den Morgenstern zu Boden fallen und hob in einer langsamen Bewegung sein Schwert auf, das ihm irgendwann entglitten sein musste.

Sein Blick wurde bereits trüb, als er kraftlos den Kopf hob und sie ungläubig anstarrte.

Nicht so ungläubig wie beim Anblick des Schwertes, das sie ihm nun mit Wucht durch die Brust rammte. Seine Hände zuckten noch einmal, dann spürte sie, wie sein Herz stehen blieb. Sein Körper kippte zur Seite und wirbelte Staub auf, als er das Pflaster traf.

Sie ließ die Flammen verschwinden, während sie sich zu ihm hinabbeugte. „Grüß Zeruk und Djark von mir."

Zayda erhob sich und sah sich langsam um. Unzählige Augen waren auf sie gerichtet, wie sie blutüberströmt auf dem großen Tempelplatz über ihrem toten Bruder stand.

Über dem letzten männlichen Erben ihres Clans.

„Ich bin Zayda van Dymar!", schrie sie aus vollster Kraft, beugte sich dann hinab und zog Darzir an seinem Haupthaar in die Höhe, um allen zu zeigen, dass er sein Leben ausgehaucht hatte.

„Ich bin Zayda! Und ich beanspruche die Herrschaft über Irfen und alle angrenzenden Ländereien. Gibt es jemanden, der mich herausfordern will?"

Totenstille lag über dem Platz.

Sie hatte sicherlich genug Zeit verstreichen lassen, um geflohenen Dienern die Möglichkeit zu geben, ihre Herren heranzuholen, sodass diese noch das Ende des Kampfes erlebt hatten.

Sie fing Izerdans trüben Blick quer über den Platz und sandte ihm einen knappen Gedanken. Er trat demonstrativ zwischen den Zuschauern hervor, und alle erkannten ihn an seinem Mantel als hochrangigen Magier.

Die Menge hielt den Atem an, als er sich deutlich verneigte und ihr damit seine Gefolgschaft zum Ausdruck brachte.

Sie spürte den Schock von Cuvia, Sikeh und Meisterin Cara, die ihm zum Platz gefolgt waren. Nach kurzem Zögern traten sie ebenfalls vor und schlossen sich allesamt ihrem Anführer an.

Ihre tief geneigten Häupter besiegelten Zaydas Sieg.

Mehr und mehr Ratken schlossen sich den hochrangigen Magiern an und beugten das Haupt vor der Siegerin. Nur der Tempelmeister warf demonstrativ seinen zerzausten Mantel zurück und verschwand im Inneren des Tempels.

Es spielte keine Rolle.

Sie war die neue Herrin von Irfen.

Es war still im Anwesen; von der einstigen Betriebsamkeit war nicht viel geblieben.

Zayda würde Sebila damit beauftragen müssen, eine neue Dienerschaft einzustellen und einzuweisen, während sie sich mit den hochrangigen Männern der Stadt traf.

Sie würde sich mit den Zünften der Stadt befassen müssen, mit den Vorstehern der größten Schmieden, der Kriegerschulen und den Meistern der verschiedenen Kampfkünste.

Izerdan auf ihrer Seite zu haben, würde dabei auf jeden Fall hilfreich sein. Wenig überraschend, hatte er ihr offizielles Angebot, ihr neuer oberster Berater zu werden, sofort angenommen. Bisher ahnte niemand, dass der angeblich erblindete Magier nicht mehr war als eine Marionette, der sie Informationen entziehen und Befehle geben konnte.

Lächelnd machte Zayda es sich auf dem Stuhl ihres Vaters bequem und entschied im selben Moment, dass ihr der Beratersaal nicht zusagte. Alles erinnerte sie an ihre Eltern, alles roch nach ihnen. Stank.

Es wurde Zeit für Veränderungen.

Sie erhob sich wieder und packte den Stuhl, um ihn mit einem schwarzen Blitz in den großen Saal zu teleportieren. Eine Dienerin schrie auf, als sich das massige Möbelstück und die Magierin plötzlich dort materialisierten.

„Zayda!", rief Sebila überrascht.

Die junge Herrscherin ließ ihren Blick langsam durch den Saal streifen und nickte, mehr zu sich selbst.

„Ich werde den großen Saal zu meinem neuen Hauptsitz der Macht machen. Ich erwarte, dass du dafür sorgst, dass alles entsprechend hergerichtet wird. Du wirst meinen Hofstaat führen."

„Na-natürlich."

Zayda lächelte, als sie ihre Dienerin betrachtete. Man könnte sie fast als so etwas wie eine alte Freundin bezeichnen. In all der Zeit in Natuh hatte sich Sebila niemals beschwert und niemals den Wunsch geäußert, sie zu verlassen. Sie würde es auch jetzt nicht tun, ganz egal, wie dunkel Zaydas Magie war oder noch werden würde.

„Lass alle Wappen, Trophäen und Erinnerungsstücke im Anwesen vernichten."

Sebila musterte sie kritisch, ehe sie einen Blick an die Wand warf, auf die Zayda sich bezog. „Was geschieht mit dem Erbe der van Dymars? Mit ihren Errungenschaften?"

„Du weißt, ich schätze es, dass du dich ebenso wie R'jato trotz meiner neuen Magie noch getraust, mir Widerworte entgegenzubringen. Aber mein Clan existiert vom heutigen Tage an nicht mehr."

„Aber …"

„Nein. Alle van Dymars sind tot." Sie packte Wappen, Felle und Hörner an der Wand und riss sie mit einem Schwall schwarzer Magie zu Boden. Sebila ächzte überrascht auf, als die Trophäen in schwarze Flammen aufgingen und zischend zu Glut und Asche verbrannten.

„Ab heute existiert nur noch Zayda."

Nachdem Sebila fluchtartig mit zwei der neuen Wachen, die R'jato eingestellt hatte, in die Stadt aufgebrochen war, um neue Diener zu verpflichten, teleportierte Zayda die zerstörten Möbel und all die Relikte des alten Prunks in den Innenhof.

Sie sah sich in der großen Halle um und spürte eine tiefe Unruhe in ihrer Brust, die sich nach und nach mit der Dunkelheit in ihre innerste Quelle fraß.

Die Magie regte sich in ihrem Inneren.

Sie wollte hinaus und gierte nach Nahrung. Zayda fielen eine Menge gute Ziele für diese lebhafte Wut ein. Doch der Dunkelheit in ihrem Herzen genügte der Gedanke nicht, Vanu und Tanem zu knechten. Sie wollte alle Meister, alle Phiruin, alle Völker unter sich wissen!

Noch reichte das Ausmaß ihrer Macht dafür nicht aus. Nachdem man offensichtlich keinem einzigem Feliden oder Miakoda trauen konnte, würde sie ganz neue Wege einschlagen müssen, um die Ratken vor diesen hinterlistigen Verrätern zu schützen. Sie würde alle Fremden in der Stadt gefangen nehmen oder verbannen lassen. Was klüger war, hatte sie noch nicht entschieden, denn sich zu früh allzu viele Feinde zu machen, wäre vielleicht nicht die beste Idee.

Selbst wenn sie alle Krieger in Irfen davon überzeugen könnte, Jagd auf die Phiruin und ihre Magier zu machen, wäre das erst der Anfang. Sie benötigte deutlich mehr Magie und Zugang zu mehr Quellen und Männern. Ihr vordringliches Ziel stand klar vor ihren Augen: das ganze Volk der Ratken aus dem Hochland unter ihrer Kontrolle zu vereinen.

Der selbstgefällige König Ray'Kal der östlichen Stämme war ihr dabei definitiv im Weg.

Wie in Kalaratis Namen soll ich das *anstellen?*

Die schwarze Magie in ihrer Brust regte sich willig, doch sie allein war noch nicht mächtig oder erfahren genug, um ihn so bald aus seiner Position zu verdrängen.

Sie würde subtiler vorgehen müssen. Würde Anhänger um sich scharen, Kontakte knüpfen und Spione einsetzen müssen.

Ein kurzer Gedanke genügte, um R'jato herbeizurufen. Er hatte sich seit dem Kampf auf dem Tempelplatz mit keinem Wort geäußert, sondern sich um die Einäscherung ihrer beiden Brüder gekümmert, da sie sich in diesem Fall gegen den Brauch gewandt hatte, der Bestattungszeremonie beizuwohnen.

Bei Darzir, weil sie keinem Schwächling und feigen Brudermörder Ehre erweisen wollte.

Bei Zeruk ... weil sie sich keine Blöße geben wollte.

Sie würde nie wieder Schwäche zeigen.

Außerdem wagte es nach ihrem Auftritt auf dem Marktplatz niemand, sie öffentlich zu kritisieren.

Ob man sie nun bewunderte oder fürchtete?

Zayda ließ ihre Finger über die Armlehne des Throns gleiten.

Spielt es eine Rolle?

R'jato trat ein und neigte leicht den Kopf. Es wirkte steif und distanziert.

Sie musste das klären.

„Hast du Angst vor mir?"

„Ich sagte es schon zuvor: Krieger verspüren keine Angst."

„Du bist aber nicht nur ein Krieger. Du bist auch ein Mensch – und ich denke, die ... Entwicklung mit meiner Magie erlaubt es durchaus, zu fragen."

„Zayda, du hast jahrelang einen schwarzmagischen Schädel als Trophäe bei dir getragen."

„Ich bin eine Schwarzmagierin, R'jato! Soweit ich weiß, ist es das Schlimmste, was ich mir hätte einfallen lassen können."

„Soweit *ich* weiß, habe ich dir schon vor vielen Jahren gesagt, dass du etwas Besonderes bist. Ich hatte natürlich nicht damit gerechnet, dass du plötzlich mit schwarzen Blitzen und Flammen um dich wirfst ..."

Sie beobachtete ihn ganz genau. Er grinste, und sie konnte tatsächlich keine Furcht in seiner Ausstrahlung entdecken. Anscheinend war er tatsächlich ein Krieger durch und durch. Sie war mit ihren neunzehn Sommern offensichtlich noch nicht so weit, denn sie verspürte unangenehme Unsicherheit.

„Die Leute werden denken, ich sei für alles verantwortlich! Für die Verschwundenen. Für den Tod meiner Eltern!"

„Na und?"

Das raubte Zayda tatsächlich kurz die Sprache.

„Du warst jahrelang nicht hier. Tatsächlich ist die Bevölkerung der Stadt nicht im Geringsten beunruhigt. Man hat sich daran gewöhnt, dass gelegentlich jemand grundlos verschwindet. Ehrlich gesagt, sterben wesentlich mehr Ratken wegen belangloser Streitigkeiten oder bei Kämpfen zwischen verfeindeten Clans."

„Aber Izerdan …"

„… hat dir in seinen geheimen Treffen weisgemacht, die Stadt würde im Terror untergehen?", beendete er ihren Satz mit einem doppeldeutigen Ton. „Fakt ist: Die wenigen Fälle der schwarzen Krankheit in der normalen Bevölkerung wurden schnell beseitigt. Im Hochland gibt es wesentlich mehr Fälle."

Ich sollte mir definitiv einige Vertraute aus dem Hochland anschaffen, wenn ich in Zukunft die Wahrheit erfahren will. Und ich werde den Rest von Izerdans Verstand auslesen müssen.

Sie warf dem alten Magier einen bösen Blick zu, ohne dass er darauf reagierte. Seine trüben Augen blieben weiterhin starr in die Ferne gerichtet, während er seine Magie nutzte, um das Anwesen vor fremden Gedanken abzuschirmen, wie es die Berater ihres Vaters vor ihrem Tod getan hatten.

Nur dass sie ihm eingebläut hatte, keine Fehler dabei zu begehen, und sich dessen auch sicher sein konnte. Sie spürte es sofort wie ein Kribbeln in ihrem Hinterkopf, wenn seine Magie aktiv war.

R'jato räusperte sich.

„Darf ich fragen, warum er so schweigsam dasteht?"

„Ich … habe ihn gründlich von meinem Weg überzeugt. Er wird sich niemals mehr gegen mich wenden."

„Gut. Denn versteh mich nicht falsch: Nur weil ein Großteil der Städter dich vermutlich nicht für den Tod deiner Familie und das Verschwinden der Magier verantwortlich machen wird, bedeutet das sicher nicht, dass du dir mit deiner Vorgehensweise keine Feinde gemacht hast."

Zayda nickte bedächtig. „Das habe ich nicht anders erwartet. Eine Frau an der Macht ist eine Sache … genauso eine Magierin. Aber beides vereint in einem schwarzen Herz? Die Arbeit für meine Ziele beginnt gerade erst."

„Und was sind deine Ziele, wenn ich fragen darf?"

Zayda nickte in einer knappen Geste zu Izerdan hinüber. „Er war vielleicht ein manipulativer Bastard, aber in einem hat er meiner Meinung nach immer recht gehabt: Den Ratken fehlt eine führende Hand, die alle Stämme eint und zu wahrer Größe führen wird."

„Ich bin sicher, dass du eine herausragende Herrscherin der Stadt sein wirst."

„Ich meine nicht nur Irfen, R'jato."

Seine Augen weiteten sich kurz, dann nickte er nachdenklich.

„Du wirst eine treue Gefolgschaft benötigen. Es wird schwer sein, herauszufinden, wer dein Feind ist und wer dein Freund. Ich kann es zurzeit nur von einem sicher sagen. Und der steht vor dir."

Zayda zog eine Augenbraue hoch, ehrlich überrascht.

„Du willst mir also wirklich weiterhin folgen?"

„Wann wollte ich das jemals nicht?"

Zayda schmunzelte. „Du weißt aber schon, dass ich keinen Leibwächter mehr benötige?"

R'jato zog sein Schwert, dann ging er auf ein Knie und bot ihr seine Klinge dar.

„Ich werde viel mehr für Euch sein, Herrin."

Sie konnte nicht anders. Sie lächelte, und die schwarze Magie in ihrer Brust vibrierte erwartungsvoll, bevor sie eine schwarze Flamme über ihrer Hand erschuf und spielerisch tanzen ließ.

„Sehr gut. Ich habe noch sehr viel mit dieser Welt vor."

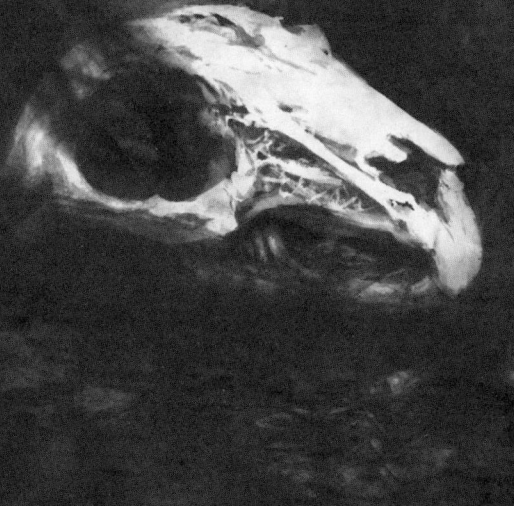

Ende

Glossar

Der Van-Dymar-Clan
Personen
Die Welt
Magie

van Dymar

Zayd
† Stadtherrscher

Balzayd
Stadtherrscher

Leryda
Balzayds Frau

Darzir
Krieger

Zeruk
Krieger

Djark
Krieger

Zayda
Magierin

Personen

Sebila – Zaydas Amme und Dienerin der Familie van Dymar.

König Ray'Kal – Anführer der mächtigsten Stämme im Hochland der Ratken, jedoch lang nicht aller Ratken.

Izerdan – Irfens hochrangigster Magier und Meister der Magieschule, Mitglied der Phiruin.

Cara und Oyran – weitere Lehrmeister an Izerdans Schule.

Kielle – Zaydas beste Freundin und Art Mentorin, da sie schon länger ausgebildet wird und Zayda hilft.

Jelak – ein sommersprossiger Mitschüler, der wie Zayda ebenfalls am Kriegerritual teilnahm, bevor er Magie-Novize wurde.

Perkir – ein Verbündeter von Jelak, sein Vater **Volutan** ist ein Berater der Herrscherfamilie.

Cuvia und Sikeh – ältere Schülerinnen, die Izerdans magischer Elite angehören.

R'jato – Zaydas Leibwächter und ausgebildeter Elitekämpfer.

Taniz – alter Bekannter von R'jato, lebt in Irfen.

Garion – Zaydas zweiter magischer Meister, der Leiter der magischen Ausbildungsstätte in Tna'Ni.

Vanu – eine junge Felide, die seit ihrer Kindheit als Magierin in Tna'Ni ausgebildet wird.

Leron und Lerana – magische Feliden-Geschwister, die mit Zayda eine Ausbildung in Tna'Ni genießen. Leron hat nach seiner ersten magischen Prüfung in Siad beschlossen, ein **stiller Wächter** zu werden. Ein magischer Wächter mit Schweigegelübde.

Tanem – magisch begabter Miakoda, der in seiner Heimat an keiner Schule akzeptiert wurde und deshalb nach Tna'Ni wanderte.

Die Welt

Ratken – das kriegerische Volk des Hochlands, das in mehrere Clans und Stämme unterteilt ist. Einige haben sich einem König angeschlossen, dessen Sitz in Mazmorra liegt. Alle Ratken haben gelbe Augen, Krieger feilen ihre Zähne spitz.

Feliden – sind das mysteriöse Volk der Steppen und trockenen Wälder des Südens. Auch ihr Volk ist in mehrere Gruppen geteilt, und sie sind gute Kämpfer, jedoch wesentlich öfter magisch begabt als Ratken.

Miakoda – sind das magischste Volk von Tyarul, das es sich zur Aufgabe gemacht hat, die Magie der Welt zu erhalten und das Wissen über die Energie zu sammeln.

Hornträger – das hart arbeitende Volk der Hornträger lebt in Großteilen von Tyarul; neben den Ratken haben sie am wenigsten Magier in ihren Reihen, machen das aber durch Fleiß und Stärke wett.

Tyarul – die magische Parallelwelt, die alle Völker und Magie beherbergt. Seit vielen Jahrhunderten ist sie abgeschirmt von unserer Welt und kämpft gegen den Rückgang der Magie und dunkle Krankheiten, die Spannungen zwischen den Völkern erzeugen.

Irfen – Sitz der Herrscherfamilie van Dymar, freie Stadt.

Mazmorra – Hauptstadt des östlichen Königreichs der Ratken unter Führung von Ray'Kal.

Tna'Ni – größte Schule der Felidenmagier im weiten Süden.

Magie

In Tyarul wird natürliche, von Menschen manipulierbare Energie als *Magie* bezeichnet. Magier können diese in der Umgebung wahrnehmen, in sich aufnehmen und sie sowohl in ihrem Körper als auch außerhalb nutzen. Dazu zählt elementare Magie wie das Erzeugen von Feuer oder Kontrollieren von Wasser, aber auch mentale Magie wie das Übertragen und Lesen von Gedanken oder Teleportieren über weite Distanzen. **Schwarze Magie** ist die entartete, unnatürliche Energie, die durch negatives Denken und Handeln genährt wird und einen eigenen Willen entwickelt. Zur Zeit von „Zaydas" Ereignissen ist diese vor allem mit dunklen Krankheiten und Wesen verbunden, die immer wieder für schreckliche Dinge verantwortlich sind.

Bilure – magische Speichersteine, die von begabten Magiern erschaffen werden können. Es ist ein anstrengender Prozess, die Magie in die besonderen Kiesel zu leiten und dort zu sichern; dementsprechend selten und teuer sind diese Steine. Je nach Magie hat der Bilur danach eine andere Farbe. Dunkelrot für Heilung, Orange für Feuer, Grün zum Teleportieren …

Absorber – sind eine besondere Form der Bilure. Sie beschützen und schirmen Magie ab, je nach Machart die des Trägers oder die der Umgebung. Sie können auch zum Angriff gegen Magier genutzt werden.

Konane – wird die Anwendung von Magie genannt, bei der ein Magier die Energie zu seinen Augen lenkt, um seine Sehkraft zu verstärken. Besonders hilfreich erweist es sich in der Nacht, bei Nebel und Rauch. Wenn die Konane aktiv ist, wird ein glänzendes Leuchten in den Augen sichtbar, ähnlich der Reflexion von Katzenaugen bei Nacht. Auf die gleiche Weise kann auch das Gehör verbessert werden.

Makani Chenda – eine geistige Verbindung zweier oder mehrerer Menschen, in der sie Gedanken austauschen können. Mindestens einer in der Verbindung muss ein Magier sein und die Energie für das unsichtbare Netz aufrechterhalten. Der Name stammt von den Miakoda, weshalb Ratken ihn kaum so nennen.

Das Schicksal von Tyarul ist noch lange nicht bestimmt …
doch es steht bereits geschrieben.

In den ersten Teilen der „Vermächtnis der Wölfe"-Reihe:

Zähmung, Zorn, Zwang und Zwietracht (in Arbeit)

 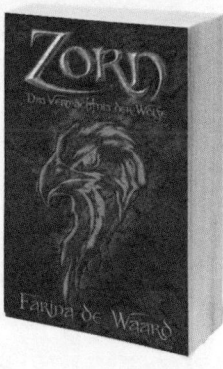 

Zähmung – Teil 1
794 Seiten
ISBN: 978-3-945073-00-1

Zorn – Teil 2
805 Seiten
ISBN: 978-3-945073-01-8

Zwang – Teil 3
792 Seiten
ISBN: 978-3-945073-03-2

Prolog Zähmung

Sie presste das in Lumpen gewickelte Bündel gegen ihre Brust und eilte stolpernd fort von der dunklen Straße und dem fremden Haus.

Der Atem brannte ihr in den Lungen, und der Schmerz ihrer geprellten Rippen ließ sie keuchen, aber sie zwang sich dennoch, schneller zu laufen.

Um sie herum erstreckte sich eine Stadt, mit all den verwirrenden Eindrücken einer ihr unbekannten Welt: glühende Glasgefäße, in denen kein Feuer brannte; bunte Metallkutschen, die sich ohne Pferde bewegen konnten …

So viel Fremdes, das ihr die Entscheidung, wohin sie am besten fliehen sollte, erschwerte. Sie verließ das dunkle, schlafende Viertel und kam ungewollt in eine Gegend, die heller erleuchtet war. Verdammt! Sie musste verschwinden, fort aus der Stadt und dem verräterischen Licht.

Sie suchte nach einem Weg, der ihr bessere Deckung bieten würde, als sie plötzlich Rufe hinter sich hörte. Hektisch warf sie einen Blick über ihre Schulter und entdeckte die hochgewachsenen Gestalten der Wachen, denen sie erst vor Kurzem entflohen war.

Trotz der großen Entfernung konnte sie die gelb glühenden Augen der Männer nur zu gut erkennen. Ratken!

Hatten sie sie gesehen?! Fast wäre ihr ein Ächzen entwichen, und sie duckte sich rasch hinter eine dieser Kutschen. Ihr Herz raste; sie kauerte sich in den dunkelsten Schatten, den sie erreichen konnte.

Die Rufe wurden lauter. Jetzt kamen sie aus der entgegengesetzten Richtung.

Sie war umzingelt! Wie hatten die Wächter sie nur so schnell wieder aufgespürt?

Ohne zu zögern, sprang die Frau aus ihrem Versteck und rannte zu dem einzigen Ausweg, der sich ihr bot: ein dunkler Abgang am Rand der Straße. Hinab in die unbekannte Tiefe der schlafenden Stadt.

Sie stolperte die rutschigen Treppenstufen eines Tunnels hinunter und sah sich um. In dem langen Gewölbe war es heller, als sie erhofft hatte. So schnell wie möglich versuchte sie, die neuen Eindrücke einzuordnen und einen Fluchtweg zu finden. In der Mitte stützte eine Reihe dicker Säulen die Decke ab, und zwei parallele, tiefer gelegene Schächte führten rechts und links neben ihr am Boden entlang.

Sie warf einen Blick auf das glatte Metall, das sich unten in den Gruben entlangzog und in die Schwärze von unnatürlich glatten, perfekt geformten Tunneln führte.

Für einen Moment wagte die Frau aufzuatmen, sie war nicht in eine Sackgasse gelaufen und hatte Zeit gewonnen.

Auf einmal war es unheimlich still, jetzt, da die Rufe der Wächter nicht mehr die Luft erfüllten. Nur das leise Schnarchen einiger Vagabunden war zu vernehmen, die an eine Säule gelehnt schliefen. Weiter hinten endete das Gewölbe an einer Wand. Dort war eine Tür, hell leuchtend vor dem dunkelgrauen Hintergrund der Mauer.

Was würden die Wachen von ihr erwarten? Ihr erster Instinkt war, in einen der Schächte zu springen und ihn entlangzurennen, aber die Männer hatten Fackeln und Bögen. Nein, das war zu offensichtlich. Ihr Blick heftete sich an die Tür, sie rückte das Bündel in ihrem Arm zurecht und rannte los.

Ihre Schritte hallten laut in dem Gewölbe wider, dann kam sie schlitternd und atemlos vor der weißen Tür zum Stehen und drückte die Klinke herunter.

Verschlossen.

Auf den Stufen am Eingang waren jetzt schwere Schritte zu hören, dazu mischten sich die aufgeregten Stimmen der Wächter. Auch heftiges Ruckeln änderte nichts daran, dass die Tür verriegelt und stabil war. Sie ließ fluchend von ihr ab und wollte gerade den Sprung in einen der Tunnel wagen – da waren schon die ersten Wächter unten angekommen.

Gehetzt drückte sie sich hinter den einzigen Sichtschutz, die letzte Säule der Halle, und hielt den Atem an. Vor ihr, an der Mauer neben der Tür, hing ein gläserner Kasten, aber ein Glassplitter würde ihr kaum als Waffe genügen.

Sie war in eine Falle gelaufen und konnte nicht mehr unbemerkt entkommen! Die Erkenntnis traf sie wie ein Schlag und ließ einen schmerzenden Kloß in ihrem Hals entstehen, der ihr den Atem nahm.

Eine der orangefarbenen Lampen an der feuchten Decke flackerte unregelmäßig. Die schnellen Schritte verstummten und machten einer Stille Platz, die die Frau zu verhöhnen schien.

„Wir wissen, dass du hier bist! Komm raus!", rief einer der Wächter laut.

Sie presste sich noch dichter an den Stein, noch tiefer in den Schatten und starrte in das Glas an der Wand, in dem sich das Geschehen in der restlichen Halle verzerrt spiegelte. Voller Schrecken erkannte sie den Anführer, der nun vortrat und seine Untergebenen mit einem Nicken ausschwärmen ließ.

Acht der Männer zögerten keinen Moment, sprangen mit Fackeln und Bögen auf beiden Seiten in die tiefer liegenden Schächte und eilten in Richtung der schwarzen Öffnungen, die sich an beiden Enden des Gewölbes auftaten. Das flackernde Licht und die Verzerrungen durch das Glas ließen das Geschehen unwirklich erscheinen.

Erstarrt beobachtete die Frau, wie zwei der Ratken zu den schlafenden Männern gingen und ihnen ein paar harte Tritte versetzten. Aufgeschreckt flohen sie geduckt aus dem Untergrund in die Dunkelheit der Nacht. Der Anführer lachte grausam.

„Es ist egal, wo du dich versteckst! Wir werden dich finden!", höhnte er mit eiskalter Stimme. Sie wusste, dass er recht behalten würde. Während sich die Schritte schnell und gleichmäßig in ihre Richtung bewegten, blickte sie noch einmal verzweifelt umher.

Wenn sie jetzt aus dem Schatten der Säule trat, um in einen der Tunnel zu flüchten, hatten sie sie schon so gut wie in ihren Klauen. Ein Pfeil in ihrem Arm oder Bein würde sie zwar nicht töten, ihre Flucht aber sicherlich ein für alle Mal beenden.

Langsam rutschte sie an der breiten Säule herunter. Sie wollte schon aufgeben, die Augen schließen und darauf warten, dass einer der Wächter um die Ecke kam und sie wieder packte … als ihr auffiel, wovor sie schon die ganze Zeit gestanden hatte: ein in den Boden eingelassener Gitterrost.

Für einen kurzen Augenblick starrte sie fassungslos darauf. Am Rand war der Rost mit den Steinplatten verankert. Sie legte das Bündel ab, steckte ihre Finger zwischen die dünnen Stäbe und rüttelte heftig daran. Ein unüberhörbares, metallisches Knirschen breitete sich in dem Gewölbe aus, in dem die Männer näher schlichen.

„Ich habe etwas gehört!", zischte einer der Männer, der in einem der seitlichen Schächte lief. Er schien schon nah zu sein.

„Sie ist hinter einer der letzten Säulen!"

Fieberhaft zog sie noch einmal vergeblich an dem Gitter.

„Passt auf, dass ihr das Bündel nicht trefft!", hallte die Stimme des Anführers mit befehlendem Ton zu ihr, und sie hörte hastige Schritte.

Wut stieg in ihr hoch. Nein! So leicht konnte, nein, *durfte* sie sich nicht wieder einfangen lassen! Sie konzentrierte den letzten Hauch Magie in ihren Muskeln und riss das Ding aus seiner rostigen Verankerung.

Als die Magie aus ihrem ausgelaugten Körper rann, wurde ihr kurz schwarz vor Augen. Kraftlos ließ sie das Gitter mit lautem Scheppern neben sich auf den gefliesten Boden fallen.

Sie packte die verknoteten Tücher des Bündels, hängte es sich an den Arm und ließ sich am Rand der Öffnung hinunter. Ihre Füße fanden keine Stufen, keinen Halt, und so hing sie einen Moment an ihren Händen, unter sich nur gähnende Leere.

Über ihr tauchte der dunkle Schatten eines Mannes auf.

Er streckte eine seiner vernarbten Pranken nach ihr aus, doch ehe er sie packen konnte, ließ sie sich fallen und wurde von der Schwärze des Lochs verschluckt.

Das unverwechselbare Brüllen des Anführers verfolgte sie in einer Woge aus Tobsucht, ehe sie ihm endgültig entglitt. Der Hüne konnte ihr mit seinen breiten Schultern unmöglich folgen.

Völlige Dunkelheit umfing sie, als sie auf feuchtem, weichem Grund aufkam, der ihren Sturz abfederte. Sie warf einen raschen Blick nach oben, wo das Fackellicht der Wachen bereits das Loch ausleuchtete, jedoch niemand hindurchkam. Die Frau atmete erleichtert auf, nahm das Bündel wieder an ihre Brust und wagte noch einen Blick hinauf zu der Öffnung.

Schatten bewegten sich oben, dann hörte sie Geraschel, als würden sich Leiber an die Öffnung drängen. Bogensehnen sirrten, und im letzten Moment konnte sie sich zur Seite werfen, bevor mehrere Pfeilspitzen zitternd in dem Teil des Bodens stecken blieben, den der schwache Lichtkegel der Öffnung erhellte. Von oben vernahm sie wüstes Fluchen.

Zwei weitere Pfeile surrten durch den Lichtkegel, diesmal schräger – und bohrten sich wenige Fingerbreit von ihrem Fuß entfernt in die Dreckschicht des Bodens.

Erschrocken stolperte sie weg und fiel gegen eine glitschige Wand direkt hinter ihr. Von oben dröhnte erneut das wütende Brüllen des Ratken ... Ihre letzten Kraftreserven sammelnd, rappelte sie sich auf. Das wenige Licht, das durch die schmale Öffnung flackerte, war schon bald keine Hilfe mehr.

Sie tastete sich an der feuchten Wand entlang und bewegte sich, so schnell sie es wagen konnte. Vor sich hörte sie das Rascheln und sanfte Trippeln von Pfoten. Kleine leuchtende Augen reflektierten Licht, das sie hier unten kaum noch wahrnehmen konnte.

Noch immer war das Brüllen des Anführers zu hören, es hallte scheinbar unaufhörlich nach. Allmählich nahm sie aber noch ein anderes Geräusch wahr.

Das unverwechselbare Knistern einer magischen Aufladung. Entsetzt versuchte sie, ihr Gesicht mit einem Arm zu schützen, als ein donnerndes Grollen die Stille zerriss.

Der Boden unter ihr erzitterte. Trockene Hitze und gleißendes Licht brandeten durch den Tunnel, umfluteten sie für einen Moment und nahmen ihr den Atem. Die Druckwelle fegte durch den Gang und schleuderte sie zu Boden.

Irgendwie schaffte sie es, sich trotz des bebenden Untergrunds abzurollen. Mit ohrenbetäubendem Lärm stürzte die Decke ein. Qualmende Felsstücke krachten direkt neben ihr auf den Boden, und Staub breitete sich aus, doch wie durch ein Wunder blieb sie unverletzt. Innerhalb weniger Sekunden war es vorbei.

Hustend richtete sie sich wieder auf, versuchte, nicht zu viel heiße Luft und Qualm in ihre brennenden Lungen zu ziehen, und warf einen fassungslosen Blick zurück.

Um sie herum erstreckte sich ein Trümmerfeld.

Von oben drang flackerndes Licht durch das aufgerissene Loch in der Decke. Dichte Rauchschwaden waberten über die schwelenden Brocken am Boden. Für einen Moment fiel es ihr schwer, den Blick von der Zerstörung zu reißen, der sie unerklärlicherweise entronnen war, dann trugen ihre Füße sie fort in die Dunkelheit. Da vernahm sie auch schon von oben den knurrenden Befehl, ihr zu folgen. Die Ratken kletterten über die

Trümmer herunter, ihr Fackellicht erhellte den Gang und warf hektische Schatten.

Ein Pfeil zischte im Dämmerlicht knapp an ihrer Schulter vorbei. Die Frau stürzte den scheinbar endlosen Gang weiter und um eine Biegung, wo sie erneut völlige Dunkelheit erwartete. Sie streckte eine Hand aus, bevor sie weiterrannte. Dann spürte sie einen Luftzug neben sich und kam rutschend zum Stehen, tastete sich in der Schwärze ein Stück zurück und fand eine Öffnung. Eine schmale Abzweigung.

Sie schlüpfte gerade um diese zweite Ecke, als die Fackeln der Wächter den Schatten zurückdrängten. Sie hörte Rufe und Kommandos, erkannte die tiefe Stimme des Anführers und tastete sich weiter an der Wand entlang. Panik breitete sich in ihr aus, und ihr Atem ging schnell und stoßweise. Das Licht der Fackeln fiel jetzt um die Ecke. Vielleicht hatte sie Glück, und sie bemerkten den schmalen Seitengang nicht!

Aber die Krieger hielten an und lauschten. Auf einmal schienen ihr Atem und ihre Schritte unendlich laut. Sie blieb wie angewurzelt stehen und hielt die Luft an, in der Hoffnung, sich noch nicht verraten zu haben.

Die Krieger teilten sich auf, ihre Schritte hallten donnernd im Kopf der Frau wider. Flackerndes Fackellicht erreichte sie, dann brüllte einer von ihnen. „Sie ist hier!"

Sie stürzte wieder los, einen Arm ausgestreckt – und schrie auf, als ein Pfeil sich tief in ihre Wade grub. Schmerz schoss durch ihre Muskeln, sie strauchelte, und ihr Bein knickte weg. Ein weiteres Geschoss traf ihre Schulter und rang ihr einen lauten, gequälten Ton ab. Das schmutzige Bündel hielt sie weiterhin fest an ihre Brust gepresst.

Sie lehnte sich an die feuchte Wand und hielt kurz inne. Übelkeit machte sich in ihr breit. Verzweifelt versuchte sie, sich zu fassen und die Schmerzen zu verdrängen, aber ihr Bein wollte sie kaum mehr tragen. Es hatte keinen Sinn mehr. Mit dieser Verletzung hatte sie keine Chance. Es war vorbei.

Ihr Körper versteifte sich, als sie Schritte hinter sich hörte.

Die Ratken kamen mit gespannten Bögen näher, bereit, ihre Flucht auf Befehl ein für alle Mal zu beenden. Aus der Masse großer dunkler Körper trennte sich eine Gestalt und trat vor. Zischend pfiff ihr Atem durch die zusammengebissenen Zähne, als sie den Anführer erkannte. Magie lag wie eine glänzende Schicht in seinen gelben Augen.

Stöhnend richtete sie sich wieder auf, riss sich den Pfeil aus der blutenden Wade, stützte sich auf ihr gesundes Bein und streckte ihm den verschmierten Pfeil als Waffe entgegen.

Er erwiderte ihren Blick, und ein überlegenes, sadistisches Lächeln umspielte seine Lippen. Es schien fast, als wolle er lachen, während er zu ihr schritt.

Voller Entschlossenheit stach sie mit dem Pfeil nach ihm, als er in ihre Reichweite kam, aber er wich ihrem Hieb mit Leichtigkeit aus. Sie ging zum nächsten Angriff über, belastete ihr verletztes Bein und strauchelte.

Der Pfeil kratzte nur an seinem Unterarm entlang, schlitzte sein Hemd auf. Dann packte er ihr Handgelenk und entwand ihr die armselige Waffe.

Ihr wütender Schrei schien ihn kaltzulassen, als sie versuchte, sich aus seinem eisernen Griff zu winden, und er den Pfeil einfach fallen ließ. Mit einer fließenden Bewegung zog er etwas unter seinem Mantel hervor. Sie konnte für einen kurzen Moment dunkelblau glänzendes Metall sehen, bevor der riesige Mann ihr den Dolch ohne Mühe bis zum Heft in die Brust rammte.

Mit brennendem Schmerz fuhr ihr die Klinge zwischen die Rippen – keine zwei Fingerbreit neben dem Bündel, das sie noch immer schützend an sich gepresst hielt.

Es herrschte Totenstille, während die Frau ungläubig auf den Griff ihres eigenen Dolches starrte, den die Ratken ihr bei ihrer Gefangennahme abgenommen hatten. Das Bündel fiel aus ihrem zitternden Arm zu Boden. Die anderen Wächter kamen näher und beleuchteten die Umgebung für ihren Anführer.

Er richtete einen erwartungsvollen Blick auf das Bündel zu ihren Füßen und erstarrte. Es waren nur Lumpen.

„Was?! Wo ist deine Tochter?", rief der Ratke ungläubig. Seine Augen hatten jetzt etwas Gehetztes, und seine grässlich spitzen Zähne waren hinter zusammengepressten Lippen verborgen.

Ja, dachte sie in diesem letzten Moment des Triumphs, *jetzt ist dir nicht mehr nach Grinsen zumute.*

Mit einem kräftigen Ruck zog er das Messer aus ihrer Brust.

Schmerz lähmte ihren Leib und ihre Arme wie Gift. Sie spürte, dass das Leben aus ihrem Körper rann. Warmes Blut tränkte ihr Hemd und tropfte zu Boden.

„Du wirst sie niemals finden!", presste sie zwischen zusammengebissenen Zähnen hervor und sank auf die Knie.

„Ich werde sie finden! Ich werde sie finden und es genießen, all deine Verbündeten einen nach dem anderen sterben zu sehen, bevor ich dein Balg meiner Meisterin übergebe!"

Sie schluckte schwer und schmeckte Blut, bevor sie sich eine Antwort abringen konnte. „Sie wird einmal dein Tod sein, Mazuk!"

Sein hämisches Lachen hallte in ihrem Kopf wider. „Ach ja?!" Mazuk ließ ein verächtliches Schnauben hören. Er umfasste ihr Kinn mit seiner rauen Pranke und zog ihr Gesicht näher zu sich. „Und dein Tod ist sie bereits!", entgegnete er. In seiner Stimme schwangen Zorn und Genugtuung mit.

Sie schloss die Augen, während sie den Schmerz hinunterschluckte und sich ihrem Schicksal ergab. Mazuk stand unbewegt über ihr, als sie ein letztes Mal die schweren Lider anhob und mit stolzem Blick den Hass in seinen Augen erwiderte.

Ende Leseprobe

Weitere Infos unter www.fanowa.de

Danke ...

... an das Team von Droemer Knaur!
Die E-Books meiner „Vermächtnis der Wölfe"-Reihe
erscheinen jetzt alle im Droemer Knaur Verlag,
weitere Infos dazu finden sich auf:
www.fanowa.de
und
www.droemer-knaur.de

... an meine Lektoren!
Danke für eure unzähligen Stunden
des Lesens und Korrigierens, danke für die tollen
Anmerkungen und Fragen.
Danke Mama und Papa, Julian und Ramona,
Eva und Suell, Anna und Ursula. Eure
Arbeit lässt mich immer besser werden.
Nicht zuletzt ein großes Dankeschön
an Herrn Leipold, der meinem Buch
wie immer noch den Feinschliff gegeben hat.

... an dich, lieber Leser,
dass du meiner Geschichte deine Zeit geschenkt hast!
Ich freue mich, wenn sie dir Lesevergnügen bereitet hat
und du Zenay und Zayda auf ihrem Weg
in Tyarul weiterhin begleitest.